Elisabeth Büchle

Wohin der Wind uns trägt

Roman

Über die Autorin

Elisabeth Büchle ist gelernte Bürokauffrau, examinierte Altenpflegerin und seit ihrer Kindheit ein Bücherwurm. Schon früh begann sie, eigene Geschichten zu Papier zu bringen. Mit ihrem Mann und den fünf Kindern lebt sie im süddeutschen Raum. Ihr Debütroman „Im Herzen die Freiheit" erschien im März 2006 und war ein großer Erfolg. Ihr zweiter Roman „Die Magd des Gutsherrn" folgte im März 2007.

Elisabeth Büchle

Wohin der Wind uns trägt

Roman

GerthMedien

FSC
Mix
Produktgruppe aus vorbildlich bewirtschafteten Wäldern und anderen kontrollierten Herkünften

Zert.-Nr. SGS-COC-1940
www.fsc.org
© 1996 Forest Stewardship Council

Verlagsgruppe Random House FSC-DEU-0100
Das für dieses Buch verwendete FSC-zertifizierte Papier
München Super liefert Mochenwangen.

2. Auflage 2008
Bestell-Nr. 816 179
ISBN 978-3-86591-179-7
Umschlaggestaltung: Michael Wenserit
Umschlagfoto 816 179: Corbis
Umschlagfoto 16 179: Getty Images
Satz: Mirjam Kocherscheidt; Gerth Medien GmbH
Druck und Verarbeitung: GGP Media GmbH, Pößneck
Printed in Germany

Für Marika

*Ein herzliches Dankeschön gebührt meinen Eltern,
Hanne und Gerhard Ade, die früher mit uns Kindern
unzählige kleine Reisen unternommen haben.
Sie haben in mir die Neugierde für andere Städte und
Landschaften, die dazugehörenden geschichtlichen Ereignisse
und die dort lebenden Menschen geweckt.
Ich wünsche euch noch viele schöne Entdeckungsreisen
mit eurem „modernen Planwagen".*

*Eine Episode in diesem Roman handelt von einem Hagelsturm.
Ich schrieb sie einige Wochen bevor ein Gewitter mit
tennisballgroßen Hagelkörnern meine Heimatstadt verwüstet
hat. Noch einmal möchte ich mich an dieser Stelle bei Manfred
Neumeyer bedanken, der alles stehen und liegen ließ und früh
am nächsten Morgen viele Kilometer herfuhr, um mit viel
Energie und Humor unser Dach zu reparieren und die
zertrümmerten Dachfenster regensicher zu machen.
Danke, Manne!*

*Im Besonderen danke ich meinem Mann Christoph,
der mich immer wieder zum Schreiben ermuntert
und mir den nötigen Freiraum dafür schafft.
Ich liebe dich!*

Hintergrundinformation

Ab etwa 1720 waren die ersten Weißen, vor allem Fallensteller und Jäger, in den Rocky Mountains unterwegs.

Im Jahre 1803 verkaufte Napoleon Bonaparte das Land westlich des Mississippi bis Kanada hinauf für nur 15 Millionen Dollar an die USA. (Das gesamte Gebiet nannte sich damals Louisiana und seine Ausmaße waren nicht bekannt.) Dieses Gebiet sollte erforscht und schließlich auch besiedelt werden.

Die bekannteste Expedition, die vor allem wissenschaftlichen Zwecken diente, war die von Präsident Jefferson finanzierte Lewis-und-Clark-Expedition (1804–1806). Es folgten Trapper, abenteuerlustige Amerikaner und vor allem Missionare, die den Ureinwohnern des weiten, unbekannten Landes das Evangelium bringen wollten.

Der wohl bekannteste Weg in Richtung Westküste ist der sogenannte Oregon-Trail (Oregon-California-Trail). Auf der über 3.000 Kilometer langen Strecke waren die Pioniere unzähligen Gefahren ausgesetzt. Heute schätzt man, dass auf dem Weg vom Missouri bis nach Oregon bzw. Kalifornien 30.000 Menschen starben. Das würde auf die Wegstrecke umgerechnet etwa alle 70 Meter ein Grab bedeuten.

Noch heute zeigen auf der Grasfläche des South Pass oder im weichen Kalkstein bis zu 1,50 Meter tiefe Spuren und Furchen von den Wagenrädern der schwer beladenen Planwagen, welchen Weg die Emigranten nahmen. Auch die unzähligen in die Kreidefelsen eingeritzten Namen und Nachrichten an nachfolgende Angehörige sind noch deutlich zu erkennen.

1846

Christen, die nicht weinen und meinen,
sie seien besonders glaubensstark,
sollten sich nicht täuschen.
Gott kann ihnen am Ziel
nicht einmal die Tränen abwischen.

Johannn Albrecht Bengel

Kapitel 1

Der warme Wind strich über die Wiese und setzte spielerisch die Blütenköpfe der Gänseblümchen, der Veilchen und des Klees in Bewegung. Die Rasenfläche wurde von einem Bach begrenzt, der sich wie ein silbern glänzendes Band durch die Landschaft schlängelte. Sein klares Wasser floss leise murmelnd durch das steinige Bachbett, vorbei an den violett blühenden Magnolienbäumen.

Entlang des Baches waren mehrere mit weißen Tischdecken überzogene Tische aufgestellt. Auf ihnen standen Unmengen von verschiedenen Kuchen, rot schimmernde Beerenbowle, blitzende Kristallgläser und dazwischen mit Orchideenblüten geschmückte Schalen für die Gäste von Natasha Steinmanns Geburtstagsfeier bereit.

An der flachen Uferböschung hatten es sich Joanna Steinmann und ihre Freundin Linda Fowler bequem gemacht. Joanna hatte sich ihrer Schuhe und Strümpfe entledigt und ließ die Füße im Wasser baumeln.

Langsam lauter werdende Stimmen verrieten, dass sich die Gäste, die zunächst im Salon des Hauses empfangen worden waren, den im Schatten der Bäume aufgestellten Köstlichkeiten näherten.

Joanna zog eilig ihre Füße aus dem angenehm kühlen Wasser und versuchte umständlich, die Strümpfe über die feuchten Füße zu ziehen, bevor einer der Gäste sie so sah.

„Beeil dich bitte, Jo. Simon Bryant ist schon fast hier. Bitte, beeil dich!“, flüsterte Linda aufgeregt.

Joanna presste die Lippen aufeinander, um nicht zu lachen. Die Siebzehnjährige wusste, wie sehr ihre gleichaltrige Freundin für den Erben der Bryant-Plantage schwärmte. Simon hatte vor Kurzem *West Point* abgeschlossen und hielt sich für einige Zeit in ihrem Distrikt auf, bevor auch er – wie so viele andere Männer – nach Mexiko in den Krieg ziehen würde.

„Ich bin es doch, die keine Schuhe anhat, also beruhige dich, Linda.“

„Aber er könnte annehmen, ich hätte es dir gleichgetan.“

„Das ist unmöglich. Simon weiß sehr wohl, was für eine gesittete und wohlerzogene Dame du im Gegensatz zu mir bist", spottete Joanna und verschnürte den zweiten Schuh. Eilig zupfte sie die verschiedenen Schichten weißer Unterröcke und schließlich das blaue Organdykleid zurecht.

„Er ist da!", zischte die aufgeregte Linda und Joanna wandte sich mit einem fröhlichen Lächeln nach ihrem Nachbarn um. „Guten Abend, Simon Bryant. Haben sie dich aus den ehrwürdigen Mauern von *West Point* hinausgeworfen?"

„Jo, du weißt sehr genau, dass Mr Bryant einen hervorragenden Abschluss errungen hat!", begehrte Linda auf. Sie warf der Freundin einen vorwurfsvollen Blick zu, ehe sie ebenfalls, mit tiefrotem Gesicht, zu dem schlanken, uniformierten jungen Mann aufsah.

„Danke für die Ehrenrettung, Miss Fowler. Aber Olivers Schwester hat selten einmal ein freundliches Wort für mich übrig. Seit sie und ihre große Familie auf der *Green-Crystal*-Plantage leben, hatte ich Zeit, mich an ihre spitze Zunge zu gewöhnen."

Joanna lächelte dem Freund ihres ältesten Bruders Oliver zu und wandte sich dann wieder in Richtung des Bachbettes um. Sie beobachtete scheinbar interessiert ein Libellenpärchen, das sich in wilden Schleifen über das von der Sonne silbern angestrahlte Wasser bewegte, während Simon Linda höflich begrüßte. „Darf ich den Damen ein Glas Bowle bringen?", fragte er schließlich.

Während Linda mit einem schüchternen Nicken ihre Zustimmung gab, wandte Joanna sich wieder dem Mann zu. Er stand noch immer hinter ihr, weshalb sie weit zu ihm aufsehen musste. „Hast du das auf deiner Militärschule beigebracht bekommen, Simon? Ich erinnere mich gut an die Gartenparty vor zwei Jahren. Da wolltest du deiner Schwester Bowle bringen, und die hatte sie letztendlich auf ihrem neuen Musselinkleid."

„Jo, bitte. Ich erinnere mich ebenfalls an diesen unglücklichen Unfall. Du scheinst vergessen zu haben, dass dein kleiner Schoßhund Mr Bryant vor die Füße gelaufen war und ihn zu Fall gebracht hat."

Joanna blinzelte Linda zu. „Tatsächlich? Dann hoffen wir einmal, dass Rowdy Simon heute nicht begegnet."

„Über dein *Schoßhündchen* kann heute niemand mehr fallen. Das ist inzwischen eher ein Bär als ein Hund", lachte Simon und wandte sich dem Getränkebüfett zu.

„Warum benimmst du dich so unmöglich, Jo?"

„Damit stelle ich nur deine Freundlichkeit, deine Anmut und deinen Liebreiz in den Vordergrund, liebe Linda."

„Joanna!", zischte ihre Freundin.

„Schließlich soll Simon doch merken, was für eine Perle neben seiner unmöglichen Nachbarin sitzt."

„Joanna!"

„Ich weiß, wie ich heiße, Linda Fowler."

„Du bist wirklich unmöglich."

„Ich wollte nur helfen", erwiderte Joanna ungerührt und lächelte dem zurückkehrenden Mann strahlend entgegen.

Simon reichte ihnen ihre Gläser und setzte sich neben sie ins Gras. „Hast du etwas von deinem Vater und deinem Bruder gehört?", fragte er an Joanna gerichtet und streckte seine Beine in Richtung Bach.

„Seit ein paar Wochen schon nicht mehr. Zuletzt schrieb Vater", erwiderte Joanna knapp und wandte ihr Gesicht der glitzernden Wasseroberfläche zu. Sie vermisste ihren Vater und den ältesten Bruder, seit die beiden in den Krieg gezogen waren. „Hat James Polk inzwischen nicht genug Männer in den Krieg geschickt? Vielleicht sind Texas und die anderen Territorien es gar nicht wert, so viele Menschen in einem blutigen Krieg sterben zu lassen."

„Wie sprichst du über unseren Präsidenten, Jo?", flüsterte Linda mit einem entsetzten Blick auf ihre Freundin. Sie hatte, was politische Themen anbetraf, wenig Ahnung und fürchtete wohl, aus der Unterhaltung ausgeschlossen zu werden.

Joanna lächelte ihr beruhigend zu. Kaum ein Mann mochte es, wenn eine Frau sich politisch äußerte, und sie schätzte, dass das bei Simon Bryant nicht anders war.

Der *West-Point*-Absolvent runzelte sofort die Stirn und schüttelte den Kopf, sodass seine blonden Haare frech in seine Stirn fielen. „Vielleicht überlässt du das Kriegsgeschäft lieber uns, Joanna Steinmann."

„Ach, richtig, ich vergaß. Die Militärakademie. Ich war nicht dort und darf mir deshalb auch kein Urteil erlauben. Aber dass ich Angst um meine Familie habe, das gestattest du mir doch, oder nicht?", gab Joanna zurück und blitzte den Mann mit ihren grünen Augen herausfordernd an.

„Ist schon gut, Joanna", beschwichtigte Simon und sprang auf, als die junge Frau sich erhob.

„Ich gehe mal nach Ellie sehen“, erklärte sie, zwinkerte der erschrockenen Linda ein weiteres Mal zu und schritt dann würdevoll davon, wobei sie in einer Hand ihr noch volles Glas hielt und mit der anderen die vielen Lagen Stoff ihres Kleides ein wenig anhob.

Eigentlich brauchte ihre zwölfjährige Schwester niemanden mehr, der auf sie achtgab, doch es war eine willkommene Entschuldigung, die beiden alleine zu lassen – und eine Gelegenheit, ihre aufwirbelnden Gefühle wieder zu besänftigen. Sie hatte tatsächlich Angst um ihren Vater, der als Infanterist in der Armee diente, und um ihren ältesten Bruder Oliver, der inzwischen Leutnant war.

Joanna nickte grüßend den Nachbarn zu, die sich an diesem frühen Abend auf *Green Crystal* eingefunden hatten, um den Geburtstag ihrer Tante zu feiern, während auch ihr Mann, Joannas Onkel, in Mexiko als Dragoneroffizier kämpfte.

Das Mädchen ging langsam an den schwarzen Musikern vorbei, die gerade ihre Instrumente aufstellten, und betrat durch die Verandatür den angenehm kühlen Salon.

Auch hier standen kleinere Gruppen von Gästen beieinander und unterhielten sich, doch auch hier blieb Joanna nicht stehen. Langsam verließ sie den Salon in Richtung Foyer. Sie wollte gerade auf die große, geschwungene Treppe zugehen, als ihr ihre Schwestern Beckie und Branca entgegenwirbelten. Die Zwillinge stellten sich vor ihre zwei Jahre ältere Schwester und redeten wild auf sie ein. Joanna winkte lachend mit beiden Händen ab.

Schließlich setzte sich Branca durch. „Hast du ihn gesehen, Joanna? Er ist da! Sieht er nicht hinreißend aus? Groß und männlich ... und diese Uniform!“

„Du meinst Simon Bryant?“

„Wen denn sonst? Branca spricht seit Wochen nur noch von Simon Bryant“, lachte Beckie gutmütig und verließ ihre beiden Schwestern, um in den Garten hinauszugehen.

„Ich habe vom Fenster aus gesehen, dass du dich mit ihm unterhalten hast, Joanna. Was hat er gesagt?“, fragte Branca.

„Simon Bryant?“ Joanna runzelte die Stirn, als müsse sie erst überlegen, ob sie den Soldaten überhaupt gesehen, geschweige denn mit ihm gesprochen hatte.

„Bitte, Joanna! Denkst du, ihm wird mein Kleid gefallen?“ Branca drehte sich einmal um die eigene Achse und blitzte ihre Schwester mit ihren grünen Augen aufgeregt an.

„Meine Güte, Branca. Woher soll ich das denn wissen?"

„Du willst doch nur, dass Simon sich noch länger mit deiner langweiligen Freundin Linda abgibt."

„*Ich* halte dich nicht auf, Branca", lachte Joanna gutmütig.

Ihre Schwester presste aufgebracht die Lippen aufeinander. Dann rauschte sie mit erhobenem Kopf an ihr vorbei, wobei ihr durch eine Krinoline weit ausfallendes Kleid mit wippenden Bewegungen über den frisch gebohnerten Holzboden strich.

Erneut wollte Joanna sich der Treppe zuwenden, die hinauf in ihr Zimmer führte, als die tiefe Türglocke erklang. Langsam wandte sich die junge Frau um und beobachtete, wie Mary, eine der Haussklavinnen, die große, schwere Tür aufzog. Sie sprach mit jemandem, den Joanna nicht sehen konnte, schloss die Tür schließlich wieder und drehte sich in das Foyer hinein. Tief in Gedanken versunken, rieb sie sich mit der Hand den Nacken. Irgendetwas schien nicht in Ordnung zu sein.

Joanna raffte ihren Rock und ging auf die ältere Frau zu.

Mary hob den Kopf, senkte jedoch schnell wieder den Blick und sagte, als Joanna bei ihr angekommen war: „Eine Mitteilung vom Kriegsministerium, Missi Joanna. Als die Carwells eine Mitteilung vom Ministerium bekamen, enthielt diese schlechte Nachrichten."

Joanna nickte und blickte bekümmert auf das Papier, das offenbar ein Bote gebracht hatte. Sie konnte sich gut an den Tag erinnern, an dem bei den Carwells eine Mitteilung des Militärs abgegeben worden war. Sie hatte die schreckliche Nachricht enthalten, dass der älteste Sohn der Familie gefallen war.

Mary streckte ihr das Papier entgegen und Joanna nahm es mit zitternden Fingern aus der Hand der Schwarzen. Sie betrachtete das unscheinbare Stück Papier in ihren gepflegten Händen und spürte eine bedrohliche Hitze in ihrem Körper aufsteigen. Angst machte sich in ihr breit. Nur mühsam konnte sie sich dazu überwinden, das Papier zu wenden und das Siegel zu öffnen. Sie faltete die Nachricht auseinander und erstarrte, als sie zu lesen begann.

Linda lächelte ihren Gesprächspartner strahlend an. Sie fühlte sich wunderbar leicht und beschwingt. Obwohl Joanna sie vor über zehn Minuten verlassen hatte, saß Simon noch immer neben ihr an der Uferböschung und unterhielt sich mit ihr. Er war ein angenehmer, höflicher Gesellschafter, und sie spürte ihr heftig klopfendes Herz umso mehr, je häufiger er sie mit seinem Lächeln bedachte. Gerade erklärte er ihr, wohin sein Marschbefehl ihn in Mexiko führen würde, als eine fröhliche, glockenhelle Stimme seinen Namen rief.

Simon erhob sich sofort. Er verneigte sich höflich, um Joannas jüngere Schwester mit dem obligatorischen Handkuss zu begrüßen.

Linda vermutete, dass es sich um Branca handelte, denn Beckie war eher zurückhaltend, fast schüchtern und hätte sich vermutlich nicht einfach in ein Gespräch eingemischt. So richtig auseinanderhalten konnte Linda die Zwillinge noch immer nicht, obwohl die Familie nun bereits seit fast zehn Jahren auf *Green Crystal* lebte.

Joannas Mutter war damals gerade verstorben und Benjamin Steinmann hatte sich nicht um die Kinder und seine Arbeit als Jurist gleichzeitig kümmern können. So war er dem freundlichen Angebot seines Bruders Sebastian gefolgt und mit seiner Schar in das große, herrschaftliche Haus der Plantage gezogen. Sebastian Steinmanns Frau hatte nichts dagegen gehabt, da sie die Kinder mochte und ihr eigene verwehrt geblieben waren.

Linda musterte den *West-Point*-Absolventen aufmerksam. Er wirkte ein wenig unsicher. Ob auch er sich von der bereits ausgesprochen hübschen Fünfzehnjährigen beeindrucken lassen würde – wie so viele andere junge Männer in der Gegend?

„Du bist groß geworden ... und richtig hübsch“, sagte Simon.

Enttäuscht wandte Linda sich ab und blickte in das gemütlich vor sich hinsprudelnde Wasser. Sie war keine dieser atemberaubenden Schönheiten, die der Süden in großer Zahl hervorzubringen schien. Sie empfand sich vielmehr als gewöhnlich. Ihre Hüften waren ein wenig zu breit und einer ihrer oberen Schneidezähne stand deutlich schief. Das hatte sie lange Zeit zu verstecken versucht, indem sie kaum oder nur mit vorgehaltener Hand gelächelt hatte – außer sie befand sich in Gegenwart ihrer Freundin Joanna, die über ihren Makel offenbar großzügig hinwegsehen konnte.

Plötzlich hörte sie ein Räuspern neben sich. Als sie sich umwandte, war Simons Gesicht sehr dicht vor ihrem. Er lächelte sie an und fragte flüsternd: „Würden Sie mir bitte helfen, Miss Fowler? Ist das nun Beckie oder Branca?“

Verwundert blickte die junge Frau zu ihm auf. Diese Nähe zu ihm ließ ihr Herz flattern. Linda atmete tief ein und erklärte dann leise: „Branca, Mr Bryant. Das müsste Branca sein."

„Sicher?"

„Die Forsche ist Branca, die Ruhige Beckie."

Simon bedankte sich leise und wandte sich wieder dem ungeduldig wartenden Mädchen in dem aufwendigen geblümten Musselinkleid zu.

Linda folgte der oberflächlichen Unterhaltung einige Zeit, dann wandte sie sich wieder dem Bach zu. Sie hörte Branca kichern und entzückte Rufe ausstoßen, doch ansonsten bekam sie kaum noch etwas mit, da sie in grüblerische Gedanken versunken war. Dabei entfernte sie sich langsam ein paar Schritte von Simon Bryant und Branca.

Linda war mit ihren nahezu achtzehn Jahren noch immer nicht verheiratet. Das lag – wie auch bei vielen ihrer Nachbarinnen – vor allem daran, dass sich viele der infrage kommenden Männer zurzeit in Mexiko befanden und so die Auswahl an Heiratskandidaten gering war. Zudem fehlten die Väter, die entsprechende Arrangements treffen konnten. Doch sie war bereits seit zwei Jahren in Simon Bryant verliebt. Dieser hatte sich damals einige Wochen auf seiner elterlichen Plantage aufgehalten, ehe er erneut hinter den dicken Mauern der Militärakademie verschwunden war. Ihr Vater hatte ihre Zuneigung zu dem Bryant-Erben gerne gesehen, sie aber gebeten abzuwarten, wo der junge Mann seine Pflichtzeit beim Militär verbringen würde. Nun würde er also nach Mexiko gehen, und sie fragte sich, ob sie tatsächlich noch so lange warten wollte, zumal das Warten unwiderruflich mit Ängsten um den Zukünftigen verbunden sein würde. Zu viele Versehrten- und Todesmeldungen waren bereits in Bamberg und der Umgebung eingetroffen.

Dennoch – sie war sich sicher, dass Simon Bryant es wert war, auf ihn zu warten und die Ängste um ihn auszuhalten. Allerdings fragte sie sich, ob der junge Mann nicht eine ihrer Nachbarinnen wesentlich interessanter und reizender finden würde als sie.

Linda hörte, wie sich ihr von hinten leise Schritte näherten, und wandte sich um. Branca unterhielt sich nun mit Mrs Bryant, Simons Mutter, während er erneut neben sie getreten war.

„Darf ich Ihr Glas wieder auffüllen, Miss Fowler?", fragte der junge Mann.

„Gerne, herzlichen Dank", murmelte sie und reichte ihm das Kristallglas.

Er nahm es ihr aus der Hand und für einen kleinen Bruchteil berührten sich ihre Finger.

Linda schreckte zusammen und eine zarte Röte legte sich auf ihre Wangen.

Der Soldat musterte sie kurz, lächelte und wandte sich dann ab.

Hatte er die Berührung absichtlich herbeigeführt? Peinlich berührt senkte die junge Frau den Kopf.

Joanna Steinmann kniete in der Mitte der Eingangshalle und hatte ihr Gesicht in ihren Händen verborgen. Obwohl sie keinen Laut von sich gab, war es einer stillen Beobachterin wie Mary zweifelsohne klar, dass Joanna unsäglich litt. Der Brief mit der schrecklichen Nachricht lag unbeachtet neben ihr auf dem Parkett.

Joanna spürte jeden Herzschlag, der den Schmerz durch ihren ganzen Körper pumpte. Eiskalte Hände schienen nach ihrem Herz zu greifen und es zerreißen zu wollen. Die Heiterkeit und Ausgelassenheit, die sie noch wenige Momente zuvor empfunden hatte, waren von ihr gewichen. Sie spürte nur noch einen unsäglichen Schmerz.

Leise näherten sich ihr Schritte, und das Rascheln des Stoffes machte deutlich, dass es sich um eine Frau in einem der typischen langen, vornehmen Seidenkleider handeln musste.

„Joanna? Was tust du hier? Ist dir nicht gut?" Die Stimme ihrer älteren Schwester Denise drang schwach durch ihre wild jagenden Gedankengänge zu ihr hindurch.

„Sie sind tot, Denise, alle tot!", murmelte Joanna leise und krümmte sich wie unter heftigen Schmerzen zusammen. Es war schrecklich, die Wahrheit aussprechen zu müssen.

„Von wem sprichst du?" Denise' leise Worte klangen ängstlich.

Langsam richtete die junge Frau ihren Oberkörper auf, blieb jedoch auf den Knien. Dann deutete sie mit zitternder Hand auf den Brief.

Denise bückte sich, nahm das Papier in ihre Hände und las, was darauf stand. Mit einem erstickten Schrei ließ sie es wieder fallen, und nach einigen Drehungen durch die Luft landete es auf dem Stoff von Joannas Rock, der sich weit um ihre Beine ausgebreitet hatte. Doch die wischte das Blatt mit der Hand beiseite, als hoffe sie, damit auch die grausame Wirklichkeit fortwischen zu können. Ihre Schwester sank neben ihr zu Boden.

Joanna rutschte näher an sie heran. „Denise! Nicht ohnmächtig werden! Komm wieder zu dir!“, rief Joanna laut.

Sofort kam Mary zu ihnen herübergelaufen. Die Sklavin kniete sich neben die beiden Frauen, holte ein Riechfläschchen aus ihrer Schürzentasche und hielt es unter Denise’ Nase. Nach wenigen Augenblicken zeigte der Duft seine Wirkung und Denise kam wieder zu sich. „Pa, Oliver, Onkel Sebastian ...“, murmelte sie und blickte ihre Schwester fragend an.

Joanna nickte nur. Sie wollte das Schreckliche nicht noch einmal aussprechen.

„Missi Joanna?“, flüsterte Mary, ohne sie anzusehen.

Draußen setzten die Instrumente ein und begannen, eine fröhliche, ausgelassene Tanzmelodie zu spielen. Gelächter und Beifall begleitete die Musik und wurde durch die offene Tür des Salons bis in das Foyer hineingetragen, in dem doch nur Angst und Kummer herrschten.

„Sie sollen aufhören! Aufhören!“, schrie Denise plötzlich. Sie wollte aufspringen, doch sie trat auf die Krinoline und stürzte nach vorne, in die Arme ihrer zwei Jahre jüngeren Schwester. Joanna fing sie auf und hielt sie fest. Hilfe suchend blickte sie auf die noch immer neben ihnen kniende Schwarze.

„Missi Joanna?“, wiederholte die Sklavin leise und wagte es, der weißen Frau direkt ins Gesicht zu sehen, was den Sklaven eigentlich strengstens untersagt war.

„Pa und Onkel Sebastian sind tot, Mary. Pa starb irgendwo auf dem Schlachtfeld, Onkel Sebastian kurz darauf im Feldlazarett.“

„Und Master Oliver?“, flüsterte Mary. Ihre Augen füllten sich mit Tränen.

Joanna schluchzte leise auf. Zu Oliver hatte Mary ein ganz besonderes Verhältnis gehabt. Manchmal schien es, als wollte sie die Mutterrolle für den bereits erwachsenen Mann übernehmen. „Er gilt als vermisst, Mary.“

„Vermisst?“

„Klammere dich nicht an eine trügerische Hoffnung. Vermisst heißt nichts anderes als irgendwo beim Feind tot liegen geblieben oder so verstümmelt, dass er nicht mehr identifiziert werden konnte und in einem Massengrab in Mexiko beigesetzt wurde.“

„Missi Joanna ...“, hauchte Mary, ehe auch sie ihr Gesicht hinter ihren schlanken schwarzen Fingern verbarg.

Noch immer drang die ausgelassene Musik der Kapelle beinahe höhnisch in die Halle hinein.

„Wir müssen es Missus Steinmann sagen. Missi Joanna, *Sie* müssen es Missus Steinmann sagen!“

„Ich?“ Joanna riss ihre Augen weit auf und ließ Denise los, die zusammengekauert in ihrem Schoß liegen blieb.

„Jemand muss es der Missus und Ihren Schwestern sagen. Und auch Ihr Bruder, Master Stewart, muss informiert werden.“

Joanna nickte zögernd. Sie war älter als die Zwillinge und auch als Carole und Ellie. Denise hingegen war im Moment nicht in der Lage, den anderen die schlimme Nachricht zu überbringen. Sie würde es ihnen sagen und einen Boten zu Stewart schicken müssen. Auch ihrer Tante durfte sie die tragischen Nachrichten nicht länger verheimlichen – nicht einmal an ihrem Geburtstag.

Denise hob langsam ihren Kopf. „Joanna, was soll denn nun aus uns werden?“

„Was meinst du, Denise?“

„Sieh dich um, Joanna. Wir sind nur noch eine Handvoll Frauen. Irgendjemand muss die große Plantage leiten und den Arbeitern Anweisungen geben. Sonst laufen sie alle fort oder tun nichts mehr.“

„Vielleicht kommt Stewart zurück ...“, versuchte Joanna ihre Schwester – und auch sich selbst – zu beruhigen. Betreten blickte sie sich in der großen, vornehm ausgestatteten Halle um. Sie konnte sich nicht vorstellen, dass Stewart zurückkam, um die Leitung von *Green Crystal* zu übernehmen. Er mochte die Institution der Sklaverei nicht und hatte deshalb gleich an seinem 21. Geburtstag der Plantage den Rücken gekehrt. Seitdem arbeitete er bei einem Schreiner in Bamberg und war mit seinem Leben dort zufrieden.

Aber Denise hatte recht. Weder sie noch Joanna selbst und schon gar nicht ihre jüngeren Schwestern würden die Plantage führen können. Auch Natasha Steinmann konnte das nicht. Sie hielt zwar den großen Haushalt am Laufen, mit den Feldern hatte sie jedoch nie etwas zu tun gehabt, ganz zu schweigen von den sonstigen Verwaltungsaufgaben. Was also würde nun mit *Green Crystal* und vor allem auch mit ihr und ihren Schwestern geschehen?

Kapitel 2

Die Zweige der Ligustersträucher, die den hinteren Teil des Friedhofes einsäumten, bogen sich heftig in dem immer weiter auffrischenden Wind. Hoch am Himmel zog ein Milan seine Bahnen und nutzte die starken Winde aus, um sich minutenlang im Gleitflug dahintreiben zu lassen. Zwischen den teilweise sehr alten und verwitterten grauen Grabsteinen hatten sich die Steinmann-Frauen, einige Nachbarn und die Haussklaven versammelt, um den Toten, die endlich von Mexiko überführt worden waren, die letzte Ehre zu erweisen.

Der Pastor sprach von der Hoffnung der Auferstehung. Joanna wollte sich gerne mit diesen Worten über ihren schmerzlichen Verlust trösten lassen, doch seit der Nachricht über den Tod ihres Vaters und ihres Onkels hatte sie eine kalte Mauer aus Trauer und Angst um ihr Herz aufgebaut. Der Sturm ungeklärter Fragen wütete heftiger in ihrem Inneren als der Wind, der an ihrem schwarzen Bombasinkleid und ihren aufgesteckten braunen Locken zerrte.

Der Sarg ihres Vaters wurde in die Erde hinabgelassen, und sie versuchte gar nicht erst, gegen ihre Tränen anzukämpfen. Anschließend wurde die Flagge der Vereinigten Staaten von Amerika vom Sarg ihres Onkels genommen und auch er verschwand in der Tiefe.

Während Natasha erst an das eine und dann an das andere Grab trat und auch ihre Schwestern und Stewart ein wenig nach vorne rückten, beobachtete Joanna, wie die Schwarzen sich wortlos abwandten und langsam in Richtung Haus oder Nebengebäude gingen. Sebastian Steinmann war sicherlich kein strenger oder gar grausamer Herr gewesen, dennoch hatte er sie in Unfreiheit gehalten, und die junge Frau wusste nicht zu sagen, ob sie tatsächlich traurig über den Tod des Mannes waren.

Ellie warf einen Strauß aus Wiesenblumen auf das Grab ihres Vaters und wandte sich heftig schluchzend um. Denise nahm sie in den Arm und gemeinsam gingen sie auf das Tor des Familienfriedhofes zu. Carole und Beckie standen noch eine Weile am offenen Grab und wandten sich dann schweigend ab. Branca nahm eine Handvoll Erde und warf sie mit einer schnellen Bewegung auf den Sarg. Mit einem unangenehm lauten Poltern fiel die Erde auf das Holz. Das Mädchen zuckte zusammen und drehte sich um, um ebenfalls zum Haus zurückzugehen.

Stewart blieb reglos stehen und schließlich trat Joanna neben ihn. Dann nahm auch er eine Handvoll der dunklen Erde auf, presste sie mit seiner großen, schwieligen Hand zusammen und ließ sie hinunter auf den Sarg fallen. Joanna schloss gequält die Augen. Schließlich hob sie die Hand, betrachtete die zartgelbe Rose darin und warf sie ebenfalls auf das helle Holz, das den leblosen Körper ihres Vaters umgab.

„Ich muss mit dir sprechen, Jo", flüsterte Stewart leise und blickte zu ihr hinüber.

Joanna nickte und wandte sich um. Sie ging ein paar Schritte und ließ dabei den Blick über den Garten schweifen. Der Wind drückte die Blumen nieder und brachte die Zweige der Eichen in Bewegung, sodass deren Schatten unstete Muster auf das Grün warfen.

Stewart folgte seiner Schwester mit großen Schritten. Er verschränkte die Arme vor seiner muskulösen Brust und blickte zum Herrenhaus und den dorthin schlendernden Menschen hinüber. „Wie geht es dir und den Mädchen?", fragte er leise. Seine tiefe Stimme klang besorgt.

„Ellie ist sehr tapfer. Manchmal höre ich sie nachts weinen, aber wenn ich zu ihr hinübergehe, schickt sie mich immer wieder zu Bett. Carole will mit niemandem über Pas Tod reden. Beckie ist unendlich traurig. Sie liest viel in ihrer Bibel und scheint darin Trost zu finden. Branca ... nun, du weißt, wie sie ist. Sie scheint nie etwas zu nah an sich herankommen zu lassen. Ich denke, sie wird klarkommen. Denise ..." Joanna runzelte leicht ihre Stirn.

„Was ist mit Denise?"

„Sie hat Angst, Stewart. Arnaud Brook und sie wollten nach Vaters Heimkehr heiraten, doch Arnaud hat sich seit Wochen nicht mehr sehen lassen. Ich glaube, er war, seit die Todesnachricht auf *Green Crystal* ankam, nicht ein einziges Mal hier. Denise' Gedanken waren seit Langem auf eine Ehe mit Arnaud ausgerichtet und sie hat ihre Aussteuer komplett. Sie ist fürchterlich durcheinander."

„Brook ist aber nicht in Mexiko, oder doch?"

„In Mexiko? Ich dachte, er sei hier im Distrikt."

„Vielleicht möchte er Denise nur Zeit lassen, mit ihrer Trauer klarzukommen."

„Vielleicht sollte er einmal daran denken, dass sie gerade in ihrer Trauer seinen Trost und seine Unterstützung ganz besonders gebrauchen könnte", schoss Joanna scharf zurück.

Stewart zog die Augenbrauen in die Höhe. „Und was ist mit dir, Jo?"

„Mit mir?“

„Wie kommst du zurecht? Wie geht es dir?“

„Möchtest du das wirklich wissen?“

Stewart nickte.

Joanna ging bis zum Bachufer hinüber und trat mit dem Schuh gegen einen kleinen, flachen Kieselstein, der mit einem leisen Aufklatschen in das vom Wind unruhig aufgepeitschte Wasser fiel. „Es tut so weh, Stewart. Ich habe tausend Fragen, die vielleicht niemals beantwortet werden. Ich möchte sie zurückhaben – Pa, Oliver, Onkel Sebastian – und ich schimpfe mich eine Närrin aufgrund dieses Wunsches. Ich möchte die Mädchen trösten und brauche doch selbst Trost. Ich möchte trauern und beginne allmählich, meine Tränen zu hassen. Ich wünschte mir, ich könnte wie Beckie in meinen Glauben flüchten, aber ich habe mich seit Monaten nicht mehr an Gott gewandt, und ich weiß nicht, ob ich einen Gott lieben kann, der scheinbar alle Personen, die ich liebe, aus meinem Leben reißt. Ich ...“ Joanna wandte sich zu ihrem Bruder um und er zog sie in seine Arme. Ihr Hut rutschte nach hinten und fiel schließlich herunter, um von den unruhigen Wellen des Baches davongetragen zu werden. Ein paar lose Haarsträhnen wehten nach vorne und umspielten ihr Gesicht und das ihres Bruders, das er heftig und mit schmerzlich geschlossenen Augen gegen ihre Wange drückte. Joanna vergrub ihr Gesicht an seinem Hals und fing an zu weinen.

Schließlich ließ Stewart sie wieder los, nahm ihr Gesicht zwischen seine beiden rauen Hände und blickte sie intensiv an. „Hast du jemanden, mit dem du sprechen kannst, Jo?“

„Linda. Sie kommt, sooft es ihr möglich ist, hierher. Manchmal versucht sie, mich aufzumuntern und zu trösten, indem sie mir erzählt, was sie gerade in der Bibel gelesen hat.“

„Das ist schön“, sagte Stewart und ließ sich ins Gras fallen. Joanna setzte sich neben ihren Bruder.

„Was ist mit dir, Stewart?“

„Ich bin erwachsen. Der Verlust tut natürlich weh, doch ich habe inzwischen mein eigenes Leben. Außerdem habe ich Pläne.“

„Pläne?“

„Ich werde fortziehen, Jo.“

„Wohin?“, fragte Joanna ängstlich. „Weit fort?“

„In den Westen, Jo. In ein Territorium, das sie Oregon nennen.“

Joanna warf ihrem Bruder einen entsetzten, ungläubigen Blick zu. „Oregon? An die Pazifikküste? Stewart, was hast du vor? Was willst du dort?“

„Ich werde mir Land suchen und eine eigene Existenz aufbauen“, antwortete er mit in die Ferne schweifendem Blick.

„Das kannst du auch in South Carolina.“

„Ich will weg von hier. Hier gibt es zu viele Sklaven. Ich mag weder die Institution noch die Tatsache, dass die Sklaven den einfachen weißen Männern die Arbeit wegnehmen.“

„Aber uns, deine Schwestern, magst du noch, oder nicht? Bist du schon mal auf den Gedanken gekommen, dass wir auf deine tatkräftige Hilfe angewiesen sein könnten, Stewart Steinmann?“

„Ihr seid hier versorgt. Die Plantage ist eine Goldgrube und dank Mr Warrens Empfehlung hat Tante Natasha ja auch einen Verwalter gefunden.“

„Ja. Schön herausgeredet, Mr Stewart Steinmann. Du wirst dich in irgendein Abenteuer stürzen, während wir Mädchen hier weiterhin auf den guten Willen anderer angewiesen sind.“

„Natasha liebt euch, als wärt ihr ihre eigenen Töchter. Mein Entschluss steht fest, Jo.“

„Und wann gedenkst du abzureisen?“

„Sobald ich weiß, dass es euch allen wieder besser geht.“

„Deshalb wolltest du also mit mir sprechen? Ich darf deine Spionin sein, um dir rechtzeitig mitzuteilen, wann alle deine Schwestern den Schmerz so weit überwunden haben, dass du ohne ein schlechtes Gewissen das Weite suchen kannst?“

„Es ist mein Leben, Joanna“, begehrte Stewart auf.

„Über das du selbst bestimmen darfst, Stewart, ich weiß“, entgegnete Joanna plötzlich sehr leise. „Aber ist dir schon einmal der Gedanke gekommen, dass wir Frauen diese Freiheit nicht haben?“

„Das ist Blödsinn, Joanna. Ihr habt die Sicherheit einer gut gehenden Plantage, die euch versorgen wird. Denise wird in einen guten Haushalt einheiraten und der Verwalter wird sich um alles kümmern.“

„Um Beckies Schüchternheit und um Brancas Männergeschichten? Um Carole, die nicht weiß, wo ihr der Kopf steht, und um Ellie auf ihrem Weg zum Erwachsenwerden?“

„Denkst du, ich habe Lust, mich mit euren Frauengeschichten auseinanderzusetzen?“, gab Stewart zurück.

„Deshalb willst du mehrere Tausend Meilen zwischen dich und uns bringen?“

„Sei nicht unverschämt, Joanna."

„Ich bin nicht unverschämt. Ich habe dir eine Frage gestellt und erwarte von dir eine ehrliche Antwort."

„Ich dachte, du würdest dich hier um alles kümmern, Jo. Du bist die stärkste von euch Mädchen. Pa und Onkel Sebastian haben das auch immer gesagt."

„Ich bin eigensinnig und für das ideale Frauenbild hier zu frech. Das ist etwas ganz anderes als Stärke."

„Fein, dass du es endlich zugibst", lachte Stewart plötzlich und blickte liebevoll zu ihr hinunter. „Ich möchte mich nicht mit dir streiten, Jo. In einem Jahr bist du wahrscheinlich längst mit einem reichen Plantagensohn verheiratet. Du wirst mir keine Träne nachweinen, glaube mir."

„Dann umso mehr, Stewart. Ich weiß nicht, ob ein Leben, wie Tante Natasha es führt, für mich das Richtige ist."

„Dein Freigeist, wie?" Stewart stöhnte auf.

Joanna zog die Schultern in die Höhe.

„Was ist mit diesem Simon Bryant, Olivers Freund? Er ist ein netter, weltoffener junger Mann."

„Er steckt ebenfalls irgendwo in Mexiko. Außerdem hat er sich vor seiner Abreise mit Linda verlobt."

„Wie auch immer, Jo. Meine Entscheidung ist gefallen. Ich warte, bis die Zeit günstig ist, und dann werde ich South Carolina verlassen." Nach diesen deutlichen Worten stand Stewart auf.

Joanna blickte auf das Wasser und spürte den kühlen, kräftigen Wind in ihrem Gesicht. Der Schmerz über den Verlust ihrer Angehörigen rumorte in ihrem Inneren und nun mischte sich dem noch ein weiterer Schmerz bei. Auch der Abschied von Stewart würde wie ein kleiner Tod für sie sein. Langsam erhob sie sich und wandte sich ihrem Bruder zu, der auf die sich heftig im Sturm biegenden Eichenbäume und die wild flatternden grauen Moosschleier blickte. „Ich liebe dich, Stewart, und ich werde dich furchtbar vermissen", rief sie gegen den Wind an. „Es wird nicht mehr lange dauern, bis wir uns alle so weit von dem Schrecken und der Todesnachricht erholt haben, dass du gehen kannst."

„Du bist ein wunderbares Mädchen, Jo Steinmann. Hier wird für dich und die Mädchen gesorgt werden, und eines Tages wirst du einen großartigen, liebenswürdigen Mann heiraten, der sich hoffentlich ebenso gerne mit dir streitet wie ich."

Joanna nickte nur und wandte sich in Richtung des von der Abendsonne golden beschienenen Hauses.

Kapitel 3

Eine schwüle Hitze hing in der Luft und nicht der leiseste Windhauch brachte ein wenig Abkühlung. Die Vorhänge an den Fenstern und der Moskitovorhang um Joannas Bett hingen bewegungslos bis zum Boden hinunter, obwohl alle Fenster und selbst die Tür zum Flur geöffnet waren. Ein halbes Jahr war seit der Beerdigung vergangen, und wieder einmal dachte Joanna über das Gespräch nach, das sie damals mit Stewart geführt hatte. Er hatte sie beruhigen wollen, indem er ihr sagte, dass *Green Crystal* ja jetzt einen Verwalter hätte, der sich um alles kümmern würde. Doch in der Zwischenzeit hatte sie den Mann als sehr gewalttätig und dem Alkohol zugetan kennengelernt.

Erst heute hatte sie mitansehen müssen, wie Dan Cutler, der von ihrem Nachbarn Neil Warren empfohlene Verwalter, zwei Sklaven mit der Peitsche misshandelt hatte. Sie kannte die Feldsklaven nicht. Sie wusste nur, dass sie jeden Tag schwer arbeiten mussten, um auch ihr den luxuriösen, angenehmen und bequemen Lebenswandel ermöglichen zu können, der in diesem Haus herrschte. Auch mit den meisten der Haussklaven hatte sie wenig zu tun. Sie waren einfach da und gehörten doch irgendwie nicht richtig ins Haus. Nur zu Mary, der Vorsteherin der Haussklaven, hatte sie einen engeren Kontakt und sie mochte sie sehr. Dennoch spürte sie die zunehmende Unruhe im Haus und ahnte, wie es in den kleinen, einfachen Steinhütten der Sklaven aussehen mochte. Ihr Los war schwer und die harte Hand des Verwalters machte es noch unerträglicher.

Joanna setzte sich auf und brachte damit das Moskitonetz, das über ihrem Bett angebracht war, zum Schaukeln. Sie kämpfte sich durch den Vorhang und trat ans Fenster. Sie misstraute Dan Cutler, und das nicht nur wegen seiner Trinkerei und seiner Unfreundlichkeit den Sklaven gegenüber. Hin und wieder verschwand er für einen ganzen Tag in der nächsten Stadt, und das, ohne irgendjemanden darüber zu unterrichten, was er dort tat. Zudem ließen sein Lebenswandel und seine Kleidung darauf schließen, dass er über viel Geld verfügte.

Sie hatte ihrer Tante schon mehrfach von ihren Vorbehalten Dan Cutler gegenüber erzählt, doch Natasha Steinmann hatte nie darauf reagiert. Die Witwe trauerte noch immer um ihren Mann und war erleichtert, dass jemand die Führung der Plantage übernommen hatte.

Joanna schaute gedankenverloren aus dem Fenster, vor dem dunkle Schatten tanzten. Ob sich Tante Natashas Gleichgültigkeit dem Mann gegenüber nicht eines Tages bitter rächen würde? Was, wenn die Sklaven gegen ihren Unterdrücker zu rebellieren gedachten? Was, wenn Dan Cutler sich eines Tages auch den Herrschaften gegenüber nicht mehr im Griff hatte?

Joanna wandte sich wieder um. Sie machte sich auch Sorgen um Denise. Arnaud Brook hatte sich nicht mehr gemeldet, und irgendwann hatten sie erfahren, dass er ebenfalls nach Mexiko gegangen war. Nun machte Neil Warren Denise auf überaus charmante Art den Hof. Würde Denise sich entscheiden, den wesentlich älteren Mann zu heiraten, nur um der Unsicherheit und ihrer Angst, alleine zu bleiben, zu entkommen? Tante Natasha riet ihr nicht unbedingt zu, redete ihr diesen Schritt aber auch nicht aus. Joanna jedoch misstraute Mr Warren ebenso wie diesem Dan Cutler. Immerhin war er es gewesen, der Tante Natasha den Aufseher empfohlen und ihn praktisch für sie eingestellt hatte, da die trauernde Frau damals nicht in der Lage gewesen war, selbst irgendwelche Entscheidungen zu treffen.

Vielleicht sollte sie ihn einmal besuchen, um mit ihm über die missliche Lage auf *Green Crystal* zu sprechen. Wenn, dann musste sie das tun, bevor sie sich endlich dazu durchrang, Stewart einen Brief zu schreiben, um ihm mitzuteilen, dass er seine Reise antreten konnte.

Ein seltsames Rauschen und Knacken drang von draußen zu ihr herein. Joanna schloss nachdenklich die Augen und lauschte. Es war doch absolut windstill, demnach konnten es nicht die großen alten Eichen mit ihren Moosbehängen sein, die dieses immer lauter werdende Geräusch verursachten. Ein wenig unleidlich wischte sie sich den Schweiß von der Stirn.

Plötzlich riss Joanna die Augen weit auf. Sie erinnerte sich an die seltsam zuckenden Schatten auf der Wiese. Hastig fuhr sie herum, riss den schweren Vorhang beiseite und blickte hinaus.

Da waren sie wieder: die tanzenden Schatten auf der Wiese. Das Knistern, Prasseln und Rauschen war plötzlich beängstigend laut. Joanna lehnte sich so weit aus dem Fenster hinaus, wie es ihr möglich war, und schaute nach oben. Erschrocken öffnete sie ihren Mund zu einem lautlosen Schrei. Der Dachstuhl brannte über die gesamte Länge des großen Hauses.

Unfähig, sich zu bewegen, starrte sie in die Flammen. Rot, gelb, orange und blau tanzten sie zwischen Holzbalken und

Ziegeln hervor. Gierig züngelnd, leckten sie an den Verstrebungen. Dunkle Rauchwolken drehten sich in den nachtschwarzen Himmel hinein.

Joanna schaffte es schließlich, sich aus ihrer Erstarrung zu lösen. Sie lief barfüßig durch ihr Zimmer in den Flur hinaus und begann dort, die Namen ihrer Schwestern und den ihrer Tante zu rufen.

Ellie stürmte aus dem Nachbarzimmer. Vermutlich hatte die feuchte Hitze auch sie am Schlafen gehindert.

„Das Haus brennt, Ellie. Wecke die Haussklaven, und dann lauft, so schnell es geht, hinaus. Lauf!"

„Das Haus brennt?"

„Stell keine Fragen, Ellie. Lauf!"

„Ja, Joanna." Die Zwölfjährige lief in ihrem weißen Nachthemd den Flur entlang und verschwand auf der Treppe.

Joanna öffnete Brancas Zimmertür. Sie lief zum Bett, riss den Vorhang beiseite und rüttelte an den Schultern ihrer Schwester.

Branca fuhr mit einem Schrei aus dem Schlaf hoch. Mit weit aufgerissenen Augen starrte sie Joanna an. „Bist du verrückt, mich so zu erschrecken, Joanna?"

„Raus mit dir. Das Haus brennt."

„Ist das einer deiner dummen Scherze, Joanna?"

„Ich scherze nicht. Wenn du nicht verbrennen willst, dann lauf raus. Und nimm Beckie mit!"

Branca sprang mit einem Satz aus dem Bett und griff nach ihren Kleidern.

„Lass das! Raus mit dir!", rief Joanna und hastete in das Zimmer von Denise.

Ihre älteste Schwester schlief noch, war aber leicht zu wecken. Als sie begriff, was Joanna ihr klarzumachen versuchte, begann sie heftig zu zittern. „Oh, Joanna! Was sollen wir nur tun?"

„Das Haus verlassen, Denise. Lauf raus!", fauchte Joanna sie an und schob sie bis in den Flur. Dort begann Denise zu laufen und Joanna wandte sich dem nächsten Zimmer zu. Ihre Tante zu wecken erwies sich als schwierig. Wahrscheinlich hatte sie ein Beruhigungsmittel eingenommen, denn auf dem Nachttisch neben dem Bett stand eine dunkle Medizinflasche. Mehrmals rüttelte Joanna die Frau, bis sie halbwegs wach war und beinahe gemächlich in Richtung Flur tapste. Entnervt schob Joanna sie an. Im Flur konnte sie bereits die ersten Rauchschwaden entdecken, die durch die Decke und über die Treppe in das oberste Stockwerk hereindrangen.

Ohne recht zu wissen, weshalb, öffnete sie auch die Tür zum Zimmer ihres Vaters. Dort waren alle Möbel sorgfältig mit weißen Tüchern abgedeckt. Der Raum wirkte kalt und verlassen, obwohl sich auch hier die Hitze staute. Prüfend blickte Joanna sich um. Gab es irgendetwas, was sich zu retten lohnte? Einen Moment lang betrachtete sie das Gemälde ihrer Mutter, das über der kleinen Kommode an der Wand hing. Joanna war sechs Jahre alt gewesen, als Kassandra Steinmann gestorben war. Sie konnte sich nur an ihre Gesichtszüge erinnern, weil es dieses Bild gab. Ob sie es herunternehmen und retten sollte? Eilig trat sie auf das Ölgemälde zu. In diesem Moment fiel ihr Blick auf die kleine Kommode. Unter dem Tuch, das darübergebreitet war, zeichnete sich ein rechteckiger Gegenstand ab. Joanna wusste sofort, um was es sich handelte. Es war die Bibel, in der ihre Mutter Tag für Tag gelesen hatte. Ihr Vater hatte sie immer unter dem Gemälde liegen gehabt, weil das Buch untrennbar zu ihrer Mutter zu gehören schien.

Ohne zu zögern, riss Joanna das weiße Tuch herunter, griff nach der Bibel und verließ dann mit eiligen Schritten das Zimmer. Der Rauch drang nun immer dichter in den Flur hinein, und es wurde auch für sie Zeit, das Haus zu verlassen. Sie stürmte an den offenen Zimmertüren entlang. Plötzlich bemerkte sie in einem der Räume eine Bewegung. Es war Brancas Zimmer. Abrupt blieb sie stehen und drehte sich um. „Branca! Komm sofort da raus! Was machst du noch hier?“ Ihr Blick fiel auf den breiten Rücken eines Mannes.

Dan Cutler!

Als er sich langsam nach ihr umdrehte, entdeckte Joanna, dass seine Jackentaschen voller Schmuck waren, und auch in seinen Händen hielt er, fest an seinen Oberkörper gepresst, einige wertvolle Ketten.

Mit offenem Mund starrte sie den Verwalter an. Dann wandte sie sich um und begann zu rennen. Sie stürmte den Flur entlang und wirbelte die Treppe hinunter, wobei sie stolperte. Doch bereits nach wenigen Stufen hatte sie sich wieder gefangen. Sie lief durch die Halle, und ohne sich ein weiteres Mal umzusehen, stürzte sie auf den Vorplatz ins Freie hinaus.

Unter einer Baumgruppe drängten sich die anderen Frauen ängstlich aneinander und blickten mit großen, entsetzten Augen auf das lodernde Inferno, das sich immer schneller vom Dachboden auf die anderen Stockwerke auszubreiten schien.

Joanna, erleichtert, den Flammen und dem Verwalter entkommen zu sein, warf sich in die Arme von Mary, die ihr beruhigend über die Locken strich. Über die Schulter der Schwarzen hinweg blickte sie auf die anderen Frauen. Plötzlich schrak sie auf. „Wo ist Beckie?"

„Beckie?" Mary drehte sich um, betrachtete die kleine Gruppe eng beieinanderstehender Frauen und schüttelte dann den Kopf. „Sie muss noch drinnen sein, Missi Joanna."

Joanna riss Branca grob herum und herrschte sie an: „Wo ist Beckie?"

„Beckie? Oh nein, ich habe sie vergessen!"

„Du hast ...?" Joanna blickte auf das Kleiderbündel und die Schmuckschatulle in Brancas Armen und schlug ihr beides aus den Händen. Dann wandte sie sich um und hastete wieder auf die offen stehende große Eingangstür zu.

„Joanna! Du darfst nicht mehr da rein!", rief Denise ihr mit sich überschlagender Stimme zu.

„Missi Joanna!", hörte Joanna auch Mary nach ihr rufen, doch sie ließ sich nicht beirren. Sie musste Beckie holen, bevor sie ein Opfer der schnell um sich greifenden Flammen werden würde.

Als sie die Treppe in den ersten Stock hinauflief, fiel ihr Dan Cutler ein. Ob er noch da war? War er noch irgendwo in dem großen Haus? Sie hatte ihn nicht herauskommen sehen. Unsicher blickte Joanna auf den ihr entgegenquellenden Rauch. Aber irgendwo da drin war auch Beckie ...

Entsetzt schaute Linda auf das hoch in den Himmel hinaufzüngelnde Flammenmeer und die dichten schwarzen Rauchberge, die sich vom Haus in die Höhe wälzten. Der Wagen stoppte, und ihr Vater und zwei seiner höhergestellten Sklaven sprangen augenblicklich ab, um bei den Löscharbeiten zu helfen. Linda hatte von ihrem Zimmer aus das Feuer auf *Green Crystal* gesehen und sofort ihren Vater alarmiert. Nun stieg sie langsam ab und nahm die Kutschzügel, um die nervösen Pferde an einem dafür vorgesehenen Querbalken anzubinden. Prüfend sah sie zu den Steinmann-Frauen hinüber, die sie unter einer Baumgruppe entdeckt hatte.

Mrs Steinmann kauerte zusammengesunken auf dem Boden und hatte die Hände vors Gesicht geschlagen, um nicht mitansehen zu müssen, wie ihr herrliches großes Plantagenhaus von den Flammen zerstört wurde.

Denise hielt die zwölfjährige Ellie fest in den Armen, wobei es eher den Anschein hatte, als suche die Ältere bei der Jüngeren Halt.

Carole stand nahe bei Mary, und die beiden blickten mit großen Augen zu den Flammen hinüber, die ihre Gesichter beleuchteten – das eine tiefschwarz, das andere kreidebleich.

Branca kauerte auf dem Boden, als versuche sie, irgendetwas Wertvolles zu verstecken oder zu beschützen.

Doch wo waren Beckie und Joanna?

Linda sah sich um. Die Haussklavinnen hatten eine lange Kette zum Bach hinunter gebildet, um den Männern vor dem Haus mit allen Gefäßen, die aufzutreiben waren, Wasser heraufzureichen. Vielleicht befanden sich Joanna und Beckie dort. Doch auch zwischen den schemenhaft im roten Licht des Feuers angeleuchteten Gestalten konnte sie weder die eine noch die andere ausmachen.

Sie hob ihren Rock an und eilte auf die Gruppe weißer Frauen zu. Denise schien durch sie hindurchzusehen und auch Branca beachtete sie nicht. So wandte die junge Frau sich an Mary. „Wo sind Beckie und Jo, Mary?"

„Drinnen!", hauchte die Schwarze.

„Sie sind noch in dem brennenden Haus?", stieß Linda aus. Panische Angst drohte ihr den Atem zu rauben. Vom Dach waren nur noch ein paar schwarze, drohend in den dunklen Himmel ragende, rauchende Balken übrig, die wie das Skelett eines verendeten Tieres aussahen, und aus den Fenstern des ersten Stocks schlugen meterweit die Flammen heraus. „Was machen die beiden noch im Haus, Mary? Warum sind sie nicht bei euch?", rief Linda ungeduldig.

„Missi Beckie kam nicht heraus, da ist Missi Joanna wieder reingelaufen."

„Oh, nein. Wir müssen etwas tun. Bitte, Mary!", flehte Linda. Ein paar Dachbalken stürzten mit gewaltigem Donnern in sich zusammen. Feuersäulen jagten weit in die Höhe, und ein Funkenregen ergoss sich über die Männer, die dem Haus am nächsten waren. Wie verirrte Glühwürmchen fegten die hellen Feuerpunkte durch die Luft und verschwanden dann in der Dunkelheit. Ebenso schwand Lindas Hoffnung, Joanna und Beckie noch helfen zu können, dahin. Die junge Frau sank in die Knie. Ihre Augen waren auf das Inferno gerichtet und verzweifelt schüttelte sie den Kopf. Sie presste ihre Hände gegen ihre Brust und Tränen der Verzweiflung rannen ihr über die Wangen. Linda flehte ihren Gott an, ein Wunder zu tun und die beiden Mädchen zu retten.

Irgendwo gab es eine Explosion und für einen Moment wurde der Himmel taghell erleuchtet. Erschrocken stoben die Helfer auseinander, um sich möglichst weit vom Haus zu entfernen. Kurz darauf stürzte ein gewaltiger Teil der Außenwand auf die Wiese und begrub die Rosenhecken und einige Magnolienbäume unter sich.

Linda schrie auf und drückte ihre Stirn in die warme, trockene Erde. „Nicht Jo, Herr. Doch nicht Jo." Tränen der Verzweiflung liefen ihr über die Wangen.

Das Prasseln und Knacken des widerstrebenden, aber dem Tode geweihten Hauses nahm an Lautstärke zu, und an den nahen Eichen verbrannten die dem Haus zugewandten Blätter durch die ungeheure Hitze. Linda hob erneut den Kopf und schloss gequält die Augen. Gab es wirklich keine Hoffnung mehr für die beiden?

„Joanna! Das Feuer ist schon im vorderen Bereich und auf der Treppe!", rief Beckie und hustete.

Joanna blickte auf die undurchdringliche Feuerwand, die ihnen den Weg in die Halle hinunter verwehrte. Sie hustete ebenfalls und warf sich verzweifelt herum. Vermutlich würden sie eher ersticken als verbrennen. Joanna hob ihr weißes Nachthemd an und legte sich den Stoff über Nase und Mund. Mit zusammengekniffenen Augen blickte sie den dunklen Flur entlang, der von unzähligen tanzenden Flammenzungen erfüllt war. „Wir müssen zurück!", rief sie ihrer Schwester zu. Dabei wusste sie im Grunde selbst nicht, was sie jetzt machen sollten. Die Fenster waren so hoch, dass sie kaum hoffen konnten, einen Sprung aus ihnen zu überleben. Wo also sollten sie hinflüchten?

„Joanna, denk an das Kreuz. Denk immer an das Kreuz, ja?"

Joanna blickte ihre jüngere Schwester verwirrt an. Sie dachte an Rettung, an Sauerstoff, an Abkühlung und einen Weg aus dieser Falle. Was wollte Beckie denn mit einem Kreuz? „Komm mit!", fuhr sie die jüngere Schwester an und griff mit ihrer freien Hand nach der von Beckie, um sie hinter sich herzuziehen. Doch wohin? Sie lief an den offen stehenden Türen vorbei.

Ob Dan Cutler sich auch noch im Haus befand? Doch selbst wenn – was sollte er ihnen schon tun? Das Feuer und vor allem der Rauch waren im Moment ihr größter Feind!

Im hinteren Bereich des Flures brach mit lautem Getöse die Decke ein, und ein heißer Funkenregen ergoss sich über die beiden Mädchen, die sich Schutz suchend und verzweifelt aneinanderklammerten. Joanna zitterte am ganzen Körper. Das Atmen begann in ihren Lungen zu schmerzen und sie erkannte die Aussichtslosigkeit ihrer Bemühungen. Verzweifelt blickte sie auf ihre jüngere Schwester, in deren Augen dasselbe Wissen, aber auch ein seltsamer Glanz lag. „Tut mir leid, Beckie. Wir kommen hier nicht mehr heraus."

„Ich weiß", hustete die Jüngere und legte ihre beiden Arme um Joannas Körper. „Deshalb habe ich dir gesagt, du sollst an das Kreuz denken. Jesus ist für uns gestorben. Wir werden bald bei ihm sein!"

Joanna nickte verwirrt. Früher hatte sie Beckies Glauben geteilt. Aber jetzt – nach allem, was passiert war?

Wieder fielen einige der glühend heißen Holzbohlen von der Decke herunter. Unwillkürlich wichen die beiden in Richtung Treppe zurück, doch auch dort schlug ihnen eine helle, heiße Flammenwand entgegen.

Joannas Blick schweifte unruhig durch die geöffnete Tür vom Zimmer ihrer Tante. Und dort sah sie es: das Kreuz!

Es war nur eines der Fensterkreuze, die die kleinen Glasfenster in den Fassungen hielten, doch das war Joanna gleichgültig. Beckie hatte sie an das Kreuz erinnert, an die Hoffnung, die sie in sich trug, und dieses Kreuz hatte sie auf den rettenden Gedanken gebracht. „Beckie!", rief sie laut und zerrte die Schwester in das Zimmer hinein. Mit einem Fußtritt schloss sie die Tür hinter sich und Beckie und sperrte das brausende Knistern und Bollern der Flammen wenigstens für einen Moment aus. Unbarmherzig zog sie ihre Schwester bis an das Fenster heran.

„Joanna, was hast du vor?" In Beckies Stimme schwang ein wenig Hoffnung mit, dem grausigen, frühen Tod doch noch entkommen zu können.

„Onkel Sebastians Kontor grenzt unterhalb von Tante Natashas Fenster bis fast ans Haus. Wir können auf das Dach hinunterspringen und von dort auf den Boden!"

„Springen? Joanna, das sind trotzdem noch etwa zwei Meter!"

„Das schaffen wir. Komm!", zischte Joanna ungehalten und öffnete das Fenster. Dunkler Rauch schlug ihnen entgegen und ließ die beiden Mädchen heftig husten. Ein Funkenregen zischte von oben herunter und ein bedrohliches Knacken erfüllte den Raum. „Raus hier, Beckie!", drängte Joanna. „Spring einfach hinüber!" Sie schob ihre Schwester auf das Fensterbrett zu.

Beckie erwachte aus ihrer Erstarrung. Sie raffte ihr knöchellanges Nachthemd in die Höhe und kletterte geschickt auf das Sims. Noch ehe Joanna ihr weiter gut zureden musste, sprang sie laut schreiend in die Tiefe.

Joanna atmete einmal tief aus und erstieg ebenfalls das Sims. Sie sah Beckie, die langsam das schräge Dach des Bürohauses mit den Füßen voraus hinunterglitt. Kurze Zeit hing sie mit dem Unterkörper über dem Dachende, ehe sie es wagte, sich hinunter ins Gras fallen zu lassen.

Wieder ächzte und stöhnte das Haus bedrohlich auf. Joanna zögerte nicht länger. Sie stieß sich ab, fiel die gut zwei Meter nach unten und landete auf dem Dach, dessen Ziegel laut aufklackten. In diesem Moment brach der Dachstuhl laut donnernd und Funken speiend zusammen. Die Fensterscheiben des Zimmers, aus dem sie gerade noch hinuntergeschaut hatte, zerbarsten in Millionen von kleinen Scherben, die, von den Flammen golden angeleuchtet, glitzernd an ihr vorbei zu Boden fielen.

Joanna wollte sich dem Schauspiel nicht länger hingeben. Sie ahnte, dass das Haus schon bald der in ihm wütenden Kraft nichts mehr entgegenzusetzen hatte, und folgte Beckie. Sie landete ein wenig ungeschickt auf der Wiese und verzog das Gesicht, als ein stechender Schmerz durch ihren Knöchel schoss. Dennoch hinkte sie zu Beckie hinüber, die ihr mit Tränen in den Augen entgegenlief.

„Du hast einen Ausweg für uns gefunden, Joanna!", jubelte das Mädchen und umarmte seine Schwester so heftig, dass diese beinahe nach hinten gekippt wäre.

Joanna erwiderte die Umarmung. Sie fühlte die Erleichterung, die ihre Verzweiflung und ihre Panik vertrieb, und auch einen unerklärlichen Frieden in sich, obwohl sie gerade erst dem Tode entronnen war. „Nicht ich, kleine Beckie", sagte sie, „das Kreuz."

„Das Kreuz?" Beckie schob sie von sich und blickte sie mit fragendem Gesichtsausdruck an.

„Das Kreuz hat mir den Weg gezeigt."

„Du hast ein Kreuz gesehen?"

„Das Fensterkreuz."

„Das finde ich wundervoll, Joanna!“

„Was? Dass ich ein Kreuz gesehen habe oder dass wir gerettet wurden?“

„Dass wir im doppelten Sinne durch das Kreuz gerettet sind“, lachte Beckie und nahm sie an der Hand.

Kapitel 4

Stewart stand an eine der Eichen gelehnt, deren Blätter seltsam vertrocknet und teilweise verschrumpelt aussahen. Sie waren dem Feuer zu nahe gewesen. Entsetzt blickte er auf den immer noch heftig qualmenden Trümmerhaufen, der einmal ein stolzes großes Haus gewesen war, und schüttelte den Kopf. Wieder verspürte er Erleichterung, als er sich die Erzählung vom Brand und der Rettung von Joanna und Beckie durch den Kopf gehen ließ. Allerdings machte sich auch eine Mischung aus Wut, Unsicherheit und Verzweiflung in ihm bemerkbar. Keines der Argumente, die er Joanna gegenüber angeführt hatte, als er ihr erklärt hatte, dass er in Richtung Westen zu ziehen gedachte, hatte noch Gültigkeit.

Stewart wandte sich um und ging in Richtung des sich durch die Wiese schlängelnden Baches, an dessen Uferböschung Joanna stand, den Blick ihm zugewandt. Der Wind spielte mit ihrer Bluse, dem Rock und ihren Haaren. Obwohl sie sehr schlank war, spiegelte ihre ganze Erscheinung an diesem Tag Energie und einen eisernen Willen wider. Mit in die Hüfte gestemmten Händen stand sie vor dem glitzernden Wasser und ließ ihn nicht einen Augenblick aus den Augen. Er kannte seine Schwester gut genug, um zu wissen, dass sie kaum mehr von ihrer Idee abzubringen sein würde.

„Was gibt es da zu überlegen, Stewart Steinmann? Das Haus ist zerstört. Vater und Onkel Sebastian, die es wieder hätten aufbauen können, sind tot. Oliver wird vermisst, und mindestens dreißig Sklaven haben die Nacht genutzt, um zu fliehen. Tante Natasha ist ein nervliches Wrack und Denise hat heute Morgen dem vehementen Drängen Neil Warrens nachgegeben und in eine Eheschließung mit ihm eingewilligt. Und das aus lauter Angst, ohne ein sicheres Zuhause dazustehen. Du musst hierbleiben oder uns mitnehmen!“

„Ich kann nicht bleiben, Jo. Ich habe bereits meine Stellung aufgegeben und meinen Privatbesitz verkauft. Ich wollte in den nächsten Tagen aufbrechen."

„Dann wird dir nichts anderes übrig bleiben, als uns mitzunehmen."

„Alle?"

„Eine ganze Horde Frauen, ja. Ellie, Carole, Branca, Beckie, Tante Natasha und mich."

„Tante Natasha?" Entgeistert schüttelte der junge Mann den Kopf. Joanna würde doch nicht wirklich verlangen, dass er neben seinen Schwestern auch noch die zerbrechliche, verwöhnte Tante Natasha mit auf die lange, anstrengende Reise nahm, auf der zudem mit unzähligen Gefahren zu rechnen war.

„Wir können sie doch nicht einfach hier zurücklassen."

„Sie könnte doch mit Denise zu Warren ziehen. Neil Warren hat sich doch so fürsorglich gezeigt, als er dafür gesorgt hat, dass *Green Crystal* einen Verwalter bekommt. Da wird er neben seiner Frau auch noch deren Tante aufnehmen können ..."

„Fürsorglich gezeigt? Sein Verwalter hat das Feuer genutzt, um unsere Zimmer auszuplündern."

„Mr Cutler?"

„Ja. Ich habe ihn oben in unseren Zimmern gesehen."

„Weißt du, was du da sagst?"

„Das ist mir durchaus bewusst, Stewart."

„Ist er entkommen?", wollte Stewart wissen.

„Ich weiß es nicht. Ich war zu sehr mit meiner eigenen misslichen Lage beschäftigt, als dass ich mich auch noch um Dan Cutler hätte kümmern können."

„Reg dich bitte nicht auf. Du kannst Neil Warren nicht die Schuld für die Taten des Aufsehers zuschieben. Er hat sich höchstens der Unwissenheit und einer schlechten Menschenkenntnis schuldig gemacht."

„Danke für deine präzise Analyse, Stewart. Sie hilft uns jedoch nicht weiter. Denise lässt sich nicht davon abbringen, den fast doppelt so alten Mr Warren zu heiraten. Außerdem habe ich eine sehr labile Tante und vier jüngere Schwestern, um die ich mich zu kümmern habe. Ich habe keine Lust, das Anwesen irgendwie zu verwalten, zumal ich hier ohnehin nicht den Rest meines Lebens verbringen wollte."

Stewart brummte vor sich hin und wandte sich abrupt um. Erneut marschierte er auf die rauchende Ruine zu. Bei dem Gedanken daran, sich von fünf Schwestern und seiner Tante begleiten zu lassen, schüttelte er widerwillig den Kopf. Die Mädchen – und vor allem Tante Natasha – waren nicht dafür geschaffen, eine lange und unbequeme Fahrt zu unternehmen, die Entbehrungen, harte Arbeit und Gefahren mit sich brachte. Ausgenommen vielleicht Joanna, die zwar zart wirkte, jedoch einen ausgesprochen festen Willen besaß und für die Gesellschaft South Carolinas als Frau fast schon zu viel Eigensinn an den Tag legte.

Der junge Schreiner drehte sich erneut um und prallte mit seiner Schwester zusammen, die ihm gefolgt war.

Joanna blickte ihn flehend an. „Bitte, Stewart. Sieh dich um. Hier wird alles verfallen. Was wird mit uns geschehen? Wir können doch nicht alle zu Denise und ihrem zukünftigen Ehemann ziehen."

„Es wäre doch nur für eine begrenzte Zeit, Jo. Du bist im heiratsfähigen Alter, die Zwillinge fast auch und –"

„Und wen sollen wir heiraten? Hast du da eine Idee? Sollen wir es wie Denise machen und uns an irgendwelche älteren Männer klammern? Die jungen sind – wie du weißt – fast alle im Krieg."

Stewart blickte entsetzt zu Joanna hinunter und wandte sich ab. Denise würde sich in eine Zweckehe mit einem älteren Mann fügen und vielleicht sogar eines Tages Liebe für ihn empfinden können. Das konnte er sich auch bei Beckie vorstellen, kaum jedoch bei der lebenslustigen Branca. Das Mädchen war auf der Suche nach dem Märchenprinzen auf einem schneeweißen Pferd. Bei Joanna war diese Vorstellung völlig unmöglich. Sie würde einen Mann brauchen, der besonders starke Nerven hatte und sie von Herzen liebte.

Nachdenklich fuhr er sich mit beiden Händen über das Gesicht und schüttelte dabei den Kopf. Joanna, zu der er schon immer eine besondere Beziehung gehabt hatte, würde er gerne mitnehmen. Doch er konnte den jüngeren Mädchen nicht die starke Schwester rauben, zumal es tatsächlich viel von Neil Warren verlangt war, die vier Mädchen und Tante Natasha mit bei sich aufzunehmen.

Stewart wandte sich Joanna zu. „Ich spreche mit den Mädchen, Jo. Ich sage ihnen, was auf sie zukommen wird, und wir nehmen nur die mit, die sich ohne Bedenken für die Reise entscheiden können. Die anderen muss Denise bei sich aufnehmen."

Mit einem lauten Jubelruf warf sich Joanna in seine Arme und drückte ihn an sich.

1847

Seid fröhlich in Hoffnung, geduldig in Trübsal,
haltet an am Gebet.

Römer 12,12

Kapitel 5

Die staubige, unbefestigte Straße von Independence war überfüllt mit vornehmen Equipagen, schmalen Einsitzern, robusten Canestooga-Planwagen und Reitern. Zwischen ihnen liefen Erwachsene, Kinder, Hunde und gelegentlich auch mal ein Huhn hin und her. Der Geräuschpegel zwischen den Häusern war gewaltig.

Trotz der frühen Morgenstunde brannte die Sonne bereits heiß vom Himmel herunter. Joanna stand unter dem schützenden Vordach der Poststelle und wischte sich mit einem weißen, spitzengeschmückten Tuch den Schweiß von der Stirn. Sie hatte an ihre Schwester Denise, an ihre Tante Natasha sowie an ihre Freundin Linda Fowler Briefe aufgegeben. Es gab viel von den ersten aufregenden Wochen ihrer Reise von Bamberg, South Carolina, über St. Louis, Missouri, bis hierher nach Independence zu berichten.

Joanna beobachtete, wie ihr Bruder ihre beiden Kutschen mitsamt den Zugpferden verkaufte. Schließlich überreichte er den beiden schwarzen Burschen, die sie von *Green Crystal* hierherbegleitet hatten, ihre Freilassungsurkunden. Die – das konnte die junge Frau auch aus der Entfernung erkennen – musterten den weißen Master mit großen, ungläubigen Augen, ehe sie sich umwandten und unter Freudensprüngen in der belebten Straße verschwanden.

Zwei Frauen drückten sich unachtsam an ihr vorbei, sodass sie bis an die raue Holzwand zurückweichen musste. Sie hörte die beiden auf Deutsch miteinander streiten. Joanna lächelte den Frauen nach, da sie den Wortlaut ihrer Auseinandersetzung sehr wohl verstanden hatte. Immerhin kamen auch ihre Großeltern aus Deutschland. Sie waren irgendwann Ende des 18. Jahrhunderts in Charleston gelandet. Von dort aus hatten sie sich, gemeinsam mit vielen anderen Landsleuten, einen Weg weiter in das Landesinnere gesucht, um die kleine Stadt Bamberg zu gründen. Ihr Vater hatte von seinen Eltern Deutsch gelernt und Wert darauf gelegt, dass auch seine Kinder die Sprache ihrer Vorfahren sprechen konnten.

Zwei Männer gingen an ihr vorbei und genau in diesem Moment huschte etwas Großes, Graues pfeilschnell über die staubige Straße auf sie zu und zwischen den beiden Männern hindurch.

Einer der beiden geriet ins Taumeln und hielt sich an einem der Pfeiler fest, die das Dach stützten, während der andere erschrocken zurückwich und gegen Joanna prallte. Sogleich zog er seinen großen braunen Hut vom Kopf und murmelte: „Entschuldigen Sie bitte, da war –"

„Rowdy!", herrschte Joanna ihren Hund an, der sich, glücklich darüber, sie gefunden zu haben, an ihre Beine schmiegte.

„Na hören Sie mal!", erwiderte der Mann und setzte sich den Hut wieder auf den Kopf. Entrüstet musterte er sie von oben bis unten. „Ich wollte mich gerade bei Ihnen entschuldigen und Sie fahren mich so unhöflich an!"

„Entschuldigen Sie bitte", gab Joanna nicht weniger aufgebracht zurück. „Im Moment sind Sie es, der hier unhöflich ist. Es ist wohl Ihrer Aufmerksamkeit entgangen, dass ich mit dem Hund gesprochen habe und nicht mit Ihnen."

„Das ist mir allerdings entgangen, junge Frau. Normalerweise schenkt man seine Aufmerksamkeit zuerst der Person, die mit einem spricht, und nicht einem halbwilden Straßenköter."

„Halbwilder Straßenköter? Dies ist ein durchaus wohlerzogener Hund. Außerdem steht es mir immer noch frei, meine Aufmerksamkeiten zu verteilen, wie es mir angebracht und angenehm erscheint."

„Ein wohlerzogener Hund also. Haben *Sie* ihn erzogen?", wollte der Mann wissen.

„Jawohl, das habe ich. Und jetzt entschuldigen Sie mich bitte." Joanna warf dem jungen Mann mit den kantigen Gesichtszügen einen knappen Seitenblick zu, während sie seinem Begleiter, der sich die ganze Zeit im Hintergrund gehalten hatte, ein freundliches Lächeln schenkte. Dann schlenderte sie, mit ihrem Hund Rowdy an der Seite, zum Pferdehändler hinüber, mit dem Stewart noch immer verhandelte.

„So viel zu den wohlerzogenen, liebreizenden Südstaatendamen", hörte sie den Mann hinter sich noch sagen.

Der andere erwiderte etwas leiser: „Vielleicht hatte die Dame nicht ganz unrecht. Du ..."

Mehr konnte sie nicht verstehen, doch ein belustigtes Lächeln schlich sich auf ihre Gesichtszüge. Jetzt wurde der Mann auch noch von seinem Begleiter zurechtgewiesen. Eigentlich konnte er ihr fast leidtun. Zu Hause, in ihrem Distrikt, war sie allgemein als argumentationsfreudig bekannt gewesen, und die Menschen hatten das mit der Zeit so hingenommen. Doch dem

Fremden gegenüber hätte sie vielleicht ein wenig nachsichtiger sein sollen.

Sie erreichte das Stallgebäude, das sich bedenklich schief an einen Saloon anzulehnen schien. Stewart lächelte ihr entgegen und deutete auf vier braune Tiere, die außerhalb des Stalles angebunden worden waren. „Was sagst du zu diesen?"

Joanna musterte die Maultiere und zuckte leicht mit den Schultern. „Du sagtest, sie seien besser zum Ziehen der Wagen geeignet als Pferde. Was soll ich schon dazu sagen?"

„Sieh sie dir an, Jo. Du hast dich jeden Tag mindestens einmal bei den Pferden auf *Green Crystal* herumgetrieben oder bist ausgeritten. Du kennst dich aus. Gibt es irgendetwas an ihnen auszusetzen?"

Joanna trat zu dem ersten Muli heran und strich ihm über den Hals. Sie war zwar viel geritten, doch was ein gutes Zugtier ausmachte – davon hatte sie wenig Ahnung. Doch offenbar wollte Stewart ihre Meinung hören, und so betrachtete sie jedes der von ihm ausgesuchten Tiere und nickte dann zustimmend.

„Sie mögen vielleicht Hunde erziehen können, doch von Mulis haben Sie reichlich wenig Ahnung", hörte sie da eine spöttische Stimme hinter sich.

Ruckartig wandte sie sich um und blinzelte gegen die Sonne an, um das kantige Gesicht mit den hell leuchtenden blauen Augen erkennen zu können. Die beiden Männer hatten denselben Weg eingeschlagen wie sie. „Wenn Sie darin ein solcher Spezialist sind, Mister, können Sie uns gerne beratend zur Seite stehen. Vorausgesetzt, Ihre Höflichkeit wird damit nicht überfordert."

„Jo!", zischte Stewart, und als Joanna sich nach ihm umwandte, konnte sie einen entsetzten Ausdruck in seinen Augen sehen.

„Mein Bruder wird Ihnen sicherlich gerne helfen", erklärte der große Mann an Stewart gewandt und sein Begleiter gesellte sich tatsächlich zu ihnen.

„Dann ist also Ihr Bruder der eigentliche Pferdeexperte?", fragte Joanna herausfordernd.

„Zugegeben." Der Mann grinste und bückte sich, um Rowdy über das dunkle Fell zu streichen.

„Sie haben also ebenso wenig Ahnung von Mulis wie ich!"

Mit weit in die Höhe gezogenen Augenbrauen und einem amüsierten Lächeln wandte sich der Fremde ab und gesellte sich zu den anderen beiden Männern.

Joanna bückte sich und kraulte Rowdy, der es sich zu ihren Füßen bequem gemacht hatte. Dabei beobachtete sie das Geschehen vor dem Stall. Die Männer sonderten zwei der Mulis wieder aus und verschwanden mit ihnen im Stall. Kurz darauf führte der Bruder des unhöflichen Mannes eine graue Mulidame heraus und band sie neben den verbliebenen fest. Dann wandte er sich ihr zu. „Entschuldigen Sie bitte, dass ich mich noch nicht vorgestellt habe. Mein Name ist Michael Thompson. Wie ich soeben erfuhr, werden wir wohl gemeinsam den nächsten Wagenzug in Richtung Westen nehmen."

Joanna lächelte den Mann freundlich an und reichte ihm ihre Hand, die er kurz drückte. „Joanna Steinmann, Mr Thompson. Herzlichen Dank, dass Sie uns bei der Auswahl der Zugtiere helfen."

„Das ist doch selbstverständlich. Unser Vater züchtet in Pennsylvania Pferde. Wir sind also mit den Tieren aufgewachsen. Ich möchte ungern mitansehen, wie Sie unterwegs in Schwierigkeiten geraten, nur weil Sie schlechte Tiere haben."

„Das ist sehr freundlich, Mr Thompson. Ich freue mich, bereits einen unserer Wegbegleiter kennenzulernen."

„Ach ja?", brummte eine tiefe Stimme hinter ihr, die unverkennbar ihrem Bruder gehörte. Dieser führte eine weitere dunkle Mulistute aus dem Stall heraus. Offensichtlich grollte er ihr, da sie einen ihrer Helfer mit ihrer schnippischen Art beleidigt hatte.

„Haben Sie schon einen Planwagen und eine anständige Ausrüstung?", erkundigte sich Michael Thompson.

Joanna lächelte ihn an. Der junge Mann schien im Gegensatz zu seinem Bruder ein höflicher und freundlicher Zeitgenosse zu sein. Mit ihm zu reisen würde sicherlich sehr angenehm sein. „Noch nicht. Wir sind erst gestern in Independence eingetroffen und möchten uns in den nächsten Tagen mit unserer Reiseausrüstung befassen. Allerdings fand ich dieses nützliche Ratgeberbuch für Pioniere." Joanna streckte dem gut aussehenden Mann ihre Broschüre entgegen, in der allerlei Tipps und Ratschläge für die Emigration in Richtung Westküste zu finden waren.

Michael Thompson blätterte in dem Ratgeber und reichte ihn dann wieder Joanna. „Das ist vermutlich sehr nützlich. Sollten Sie dennoch Hilfe benötigen, scheuen Sie sich nicht, uns aufzusuchen."

„Das werden wir. Vielen Dank für Ihr freundliches Angebot."

Der junge Mann nickte ihr zu und setzte sich den Hut wieder auf seine schwarzen Haare.

Stewart verabschiedete sich inzwischen mit einem kräftigen Handschlag von dem größeren der beiden Brüder. Dieser näherte sich nun ihr, einen prüfenden Blick auf das Buch in ihrer Hand werfend. „Ich wage zu bezweifeln, dass Ihnen das weiterhelfen wird. Ich glaube kaum, dass darin steht, wie ein Gespann zu lenken oder auf einem Lagerfeuer ein Essen zu kochen ist. Vielmehr nehme ich an, das Buch wurde von einem Mann für Männer geschrieben."

„Vielen Dank für Ihre überaus ermutigenden Worte."

„Vielleicht sollten Sie sich noch ein wenig auf die lange Reise vorbereiten, Mrs Steinmann", lachte der Mann, schob sich den Hut tiefer in die Stirn und folgte seinem Bruder, der bereits über die staubige Straße davonging.

Stewart, der inzwischen noch vier weitere Mulis ausgesucht hatte, hielt ihr deren Führstricke entgegen und blickte sie auffordernd an.

Joanna klemmte sich ihr Buch wieder unter den Arm und nahm die Stricke in die andere Hand. Es stellte sich als ausgesprochen schwierig heraus, die Tiere dazu zu bewegen, ihr zu folgen. Nach einigen Minuten schweißtreibenden Kampfes – unter Beobachtung von einigen älteren Männern – nahm sie sich vor, den Rat von Michael Thompsons Bruder zu befolgen: Sie würde sich auf die vor ihr liegende Reise noch besser vorbereiten.

Alexander Thompson grinste zu seinem Bruder hinüber, der ihn jedoch nicht beachtete. Er wirkte konzentriert und nachdenklich und hatte die Augen auf den unebenen Gehweg gerichtet. Auch er schien mit den Gedanken bei ihren beiden neuen Bekannten zu sein, denn nach ein paar schweigsamen Minuten hob er den Kopf und fragte: „Ob es so gut ist, Frauen auf die Reise mitzunehmen? Wäre es nicht sinnvoller, sie zu Hause warten zu lassen, zumindest so lange, bis ihre Männer Häuser bauen konnten?"

„Sprichst du von der wortgewandten Südstaatendame?"

„Hast du ihr Kleid, ihre Frisur und ihre alabasterweiße Haut gesehen, Alec? Und die gepflegten weißen Hände? Die Frau hat mit Sicherheit noch niemals irgendwelche Arbeiten verrichten müssen."

„Sklavenbesitzer?“

„Vermutlich ihr Vater. Bei Stewart Steinmann bezweifle ich das ein wenig. Seine Hände weisen deutliche Spuren einer schweren Arbeit auf.“

Alec nickte und bog in den Seitenweg ein, der sie auf das Feld hinausführen würde, auf dem sich die Planwagen zu sammeln begannen. „Gut, dass wir vorbeigekommen sind. Die beiden Mulis waren für einen langen Weg nicht geeignet.“

„Eines von ihnen hätte die Reise mit Sicherheit nicht überstanden. Allerdings frage ich mich, warum Steinmann zwei Wagen mit sich führen will.“

„Zwei Wagen? Ich dachte, er will sicherheitshalber vier Ersatzmulis mitnehmen.“

„Nein, er sprach von zwei Planwagen, die er heute noch erstehen will.“

„Vielleicht hat die streitbare Südstaatendame ihre gewaltige Aussteuer dabei, dazu ein Klavier, eine umfangreiche Ballgarderobe und zwei Sklaven“, witzelte Alec.

„Du findest sie nicht gerade sympathisch, wie?“

„Sollte ich das, Mike?“

„Immerhin werden wir einige Monate mit den Steinmanns unterwegs sein.“

„Wie mit vielen anderen Menschen auch. Da werde ich der aufbrausenden Lady doch wohl hoffentlich aus dem Weg gehen können.“

„Schade. Ich dachte, sie könnte eine angenehme Gesellschaft für Laurie sein.“

„Die beiden sind so unterschiedlich wie Tag und Nacht. Von angenehm kann da kaum die Rede sein.“

„Sei nicht unfair, Alec. Auch wenn Mrs Steinmann dich verärgert hat.“

„Verärgert?“ Alec lachte kurz auf. „Sie hat mich angegriffen.“

„Wohl eher ihr Hund“, spottete Mike und schlug ihm kurz auf die muskulöse Schulter.

„Rowdy! So ein Name kann nur ihr einfallen. Aber er passt. Zu beiden! Und *die* Dame willst du Laurie als Freundin an die Seite stellen?“, lachte Alec und kickte mit seinem Stiefel einen Stein beiseite. Er grinste zu seinem Bruder hinüber, doch dessen Blick war auf das Wagenlager gerichtet. Offensichtlich suchte er nach jemandem. Dann schlich sich ein liebevolles Lächeln auf sein Gesicht, und Alec war sich sicher, dass er Laurie, seine junge Ehefrau, entdeckt hatte. Unwillkürlich ging Mike ein wenig schneller und Alec fiel zurück.

Er dachte noch einmal zurück an die Begegnung mit dem Ehepaar Steinmann. Es würde spannend sein zu beobachten, wie sich die verwöhnte Südstaatendame in die bunt zusammengewürfelte Gruppe einfinden würde, die sich außerhalb der Stadt bereits zusammengefunden hatte.

Während Stewart die beiden Planwagen nacheinander zu den anderen hinaus vor die Stadt brachte, holte Joanna Beckie, Branca, Carole und Ellie aus dem Hotel. Bepackt mit ihren Taschen und Koffern, marschierten sie durch die unebenen, staubigen Straßen. Sie boten in diesen Tagen kein ungewöhnliches Bild, dennoch sah sich Beckie unangenehm berührt um, und Branca schimpfte leise vor sich hin.

„Warum hat Stewart nur die beiden Burschen gehen lassen? Sie sollten eigentlich mein Gepäck tragen."

„Joanna hat dir schon in Bamberg gesagt, dass du nicht zu viele von den Kleidern, die Linda und die Carwell-Frauen uns netterweise überlassen haben, einpacken sollst."

„Es sind Kleider aus der letzten Saison. Ich bin froh, dass ich überhaupt ein paar gefunden habe, die sich vielleicht so ändern lassen, dass sie akzeptabel erscheinen werden", gab Branca missgelaunt an Carole zurück, die sie jedoch mit Nichtbeachtung strafte. Carole hatte sich noch nie sehr viel aus Kleidern, Hüten, Fächern oder gar Schmuck gemacht.

Ellie stolperte über eine Unebenheit und fiel auf die Knie.

Sofort war Joanna bei ihr und half ihr wieder auf die Beine. „Alles in Ordnung, Ellie?"

„Ich weiß nicht, Joanna. Warum konnten wir nicht im Hotel bleiben?"

„Weil es viel Geld kostet. Wir müssen unser ganzes Vermögen, das Pa uns hinterlassen hat, in Zugtiere, Wagen, Ausrüstung und die Bezahlung des Führers investieren."

„Wovon sollen wir dann in diesem Territorium leben?"

„Das weiß ich jetzt auch noch nicht. Die Leute werden Häuser bauen müssen. Vielleicht kann Stewart ihnen seine Dienste als Schreiner anbieten. Und wir werden Felder bepflanzen. Von ihnen können wir uns ernähren und den Überschuss verkaufen."

„Wir sollen pflanzen?" Branca blieb stehen und drehte sich mitsamt ihren beiden gewaltigen Koffern nach Joanna und Ellie um. „Dort wird es doch Sklaven geben, die diese Arbeit verrichten, oder etwa nicht?"

„Da, wo wir hinziehen, gibt es keine Sklaverei, Branca."

„Ich vergaß. Das Land ist noch nicht Teil der Union und darf sich noch nicht einmal Territorium nennen, nicht wahr?"

„Du wusstest, was auf uns zukommen würde."

„Ja. Und ich wusste auch, dass ich nicht in das Haus der Warrens ziehen wollte. Da ist diese Reise das kleinere Übel."

Joanna blickte ihre jüngere Schwester zweifelnd an. War es richtig gewesen, Branca mitzunehmen? Sie war den Luxus und die helfenden Hände der Sklaven gewohnt. Warum nur hatte sie sich dazu entschlossen, diesem bequemen Leben den Rücken zu kehren? Doch nun war es ohnehin zu spät. „Gut, dann geh bitte weiter", wies sie Branca an und das Mädchen gehorchte. „Gerne. Ich möchte endlich von dieser staubigen, überfüllten Straße herunter", murmelte es.

Von irgendwoher tauchte Rowdy auf, sprang um Beckies Füße und behinderte sie beim Gehen.

„Ruf bitte deinen Hund hier fort", keuchte der ältere Zwilling und Joanna kam der Bitte nach und pfiff den Hund zu sich. „Soll ich dir etwas abnehmen, Beckie?", fragte sie dann.

„Du hast doch selbst genug zu tragen."

„Du darfst gerne einen meiner Koffer nehmen, Joanna!", rief Branca über die Schulter nach hinten.

„Die sind mir zu schwer", gab Joanna ungerührt zurück.

„Wohin, Joanna?", unterbrach Carole ihre Schwestern.

„In diese Seitengasse hier. Aber gib acht, sie ist in einem noch schlechteren Zustand als die Hauptstraße."

„Ist das überhaupt noch möglich?", entgegnete Beckie leise, als sie Carole in den abzweigenden Weg folgte.

Joanna lächelte und tauschte die Taschen in ihren Händen aus, da sie ungleich schwer waren. Dabei vernahm sie eilige Schritte hinter sich und wandte sich um. Die Brüder Thompson eilten ihnen mit großen Schritten nach.

„Mrs Steinmann. Kann ich Ihnen Ihr Gepäck abnehmen?", bot Michael Thompson sofort an, kam auf sie zu und wollte nach ihren Taschen greifen.

„*Mrs* Steinmann?“ Carole und Beckie lachten glockenhell auf und auch Ellie begann zu kichern.

Branca hingegen blieb ernst. „Sie können doch nicht tatsächlich annehmen, dass eine Frau mit so einer frechen Zunge jemals das Herz eines Mannes gewinnen und heiraten wird, Sir. Aber mein Gepäck dürfen Sie gerne tragen.“ Sie ließ ihre beiden Koffer fallen und warf dem älteren der Brüder ein einnehmendes Lächeln zu.

Verwirrt blickte Michael zu Joanna.

Sie tat das Gelächter der jüngeren Mädchen, Brancas Spott und ihre eigene Belustigung mit einer einfachen Handbewegung ab. „Vielen Dank für Ihr Angebot. Darf ich Ihnen meine Schwestern vorstellen, Mr Thompson? Das sind Beckie und Branca.“ Joanna wies mit der Hand auf die Zwillinge. „Dann haben wir hier Carole und unsere kleine Ellie.“

„Und Sie sind wirklich alle Schwestern?“

„Alle. Wir haben sogar noch eine Schwester in South Carolina, und Stewart ist mein Bruder, nicht mein Mann.“

„Der Glückliche!“, brummte der jüngere Thompson und nahm sich Ellies Gepäcks an.

„Ja, tatsächlich, Mr Thompson. Er liebt alle seine Schwestern und er würde garantiert keine von ihnen gegen einen Bruder eintauschen wollen!“, erklärte sie und ergriff ihre Taschen wieder.

„Willst du uns nicht verraten, wie unsere Helfer heißen, Joanna?“, fragte Branca und schenkte Michael Thompson ein weiteres Lächeln.

„Entschuldigt, Mädchen. Das hier ist Michael Thompson und das ...“ Nachdenklich und mit leicht gerunzelter Stirn blickte sie auf Michael Thompsons Bruder.

„Alexander Thompson“, stellte er sich vor und ging mit Ellies Gepäck davon.

Branca trippelte neben Michael her, während ihre Zwillingsschwester ihr entrüstet nachblickte.

„Nimmst du bitte eine von Beckies Taschen?“, fragte Joanna an Ellie gewandt.

Diese nickte und ergriff den Unterarm ihrer Schwester. „Die sehen gut aus, oder?“, flüsterte sie ihr zu.

Joanna zuckte gleichgültig mit den Schultern und erwiderte: „Das schon, sonst würde Branca es vorziehen, ihre Koffer selbst zu tragen.“

„Bestimmt nicht", lachte Ellie und eilte zu Beckie, um deren kleinere Tasche zu nehmen. Carole und Joanna folgten der kleinen Gruppe mit etwas Abstand.

„Was denkst du? Wie lange braucht Branca, um die Hälfte aller ledigen Männer des Wagenzuges um sich zu scharen? Eine Woche?"

„Weniger, Carole. Interessanter ist die Frage, wie lange die Männer brauchen, um festzustellen, dass Beckie ebenso gut aussieht, aber bei Weitem liebenswerter ist?" Joanna konnte ein Lachen nicht unterdrücken. „Lass uns schneller gehen, sonst verpassen wir vielleicht eine interessante Unterhaltung."

„Einen Lehrvortrag darüber, wie man einen gut aussehenden, hilfsbereiten jungen Mann dazu bringt, alles für einen zu tun?"

„Wir spotten zu viel, Carole."

„Branca hat es verdient. Außerdem ist sie es von uns nicht anders gewohnt und es macht Spaß."

„Da kann ich dir leider nicht widersprechen."

„Das wusste ich." Carole lachte und ging wieder etwas zügiger. Ihr schien es nichts auszumachen, ihre Taschen zu schleppen. Allerdings nahm Joanna an, dass sich auch kaum etwas darin befand. Immerhin hatten sie bei dem Feuer auf *Green Crystal* alle ihre persönlichen Gegenstände verloren, und Carole war nicht darauf aus gewesen, sich erneut eine große Garderobe zuzulegen.

Joanna wurde aus ihren Überlegungen gerissen, als Stewart ihnen entgegengeeilt kam. Er dankte den beiden Männern und nahm Joanna beide Taschen ab, damit sie eine der kleineren von Carole übernehmen konnte. So erreichten sie nach einigen Minuten die inzwischen niedergetretene Wiese außerhalb der Stadt, auf der sich bereits die ersten Wagen des Trecks sammelten, dem sie sich anschließen würden.

Branca blieb fassungslos stehen, während Michael Thompson ihr Gepäck vor einem der beiden Steinmann-Wagen abstellte. Sie wandte sich an ihren Bruder, der gerade die Mulis aus ihrem Geschirr befreite, und fragte mit weit aufgerissenen Augen: „Wo sind die Equipagen, Stewart? Ich gehe sofort zurück ins Hotel. Ihr könnt gerne hier schlafen, wenn ihr wollt."

„Tut mir leid, Branca. Für das Hotel haben wir kein Geld. Abgesehen davon wird dir nichts anderes übrig bleiben, als dich im Planwagen einzurichten, wenn du mit uns kommen willst", erwiderte Joanna und stellte ihr Gepäck neben den zweiten Wagen.

„Bitte?“

„Nimm es einfach als gegeben hin“, lachte sie und bedankte sich bei Michael Thompson für seine Hilfe.

Offenbar ahnte der junge Mann eine anstehende Konfrontation, denn er hatte es plötzlich sehr eilig, sich zu entfernen.

Ellie strahlte ihren Helfer dankend an und Alec zog vor der jungen Dame grüßend den Hut. „Es war mir eine Ehre, Miss.“ Im Vorbeigehen klopfte er Stewart aufmunternd auf den Rücken. „Viel Spaß noch, Steinmann.“ Es war nur zu deutlich, dass er Stewart um die Begleitung seiner vielen Schwestern keineswegs beneidete.

Joanna ärgerte sich darüber und so blitzte sie ihn mit herausfordernden Augen an. Der junge Mann hielt inne. „Wollten Sie noch etwas sagen, Miss Steinmann?“

„Sie werden auch noch erkennen, welche Vorteile es hat, ein paar Frauen um sich zu haben. Spätestens, wenn wir unterwegs sind und die erste warme Mahlzeit ansteht.“

„Soll das eine Einladung sein, Miss Steinmann?“

„Ich werde mich hüten, Mr Thompson.“

„Weshalb? Liegt es an Ihren mangelnden Kochkünsten?“

„Vielmehr an unserem mangelnden Bekanntschaftsverhältnis.“

„Also an diesen seltsamen Südstaatenregeln. Mein Bruder ist übrigens mit einer ausgezeichneten Köchin verheiratet.“

„Was möchten Sie damit andeuten? Dass Sie keiner Einladung unsererseits bedürfen oder dass ich mir bei Ihrer Schwägerin ein paar Tipps abholen soll, bevor ich mich an einen Herd wage?“

„Ich wollte nur einige Dinge klarstellen.“ Sein Blick ging bei diesen Worten zu Branca hinüber, die noch immer mit angewidertem Gesichtsausdruck die mit Planen überzogenen Holzkarren betrachtete.

„Das haben Sie hiermit getan. Und seien Sie versichert: Wir sind durchaus in der Lage, uns zurechtzufinden.“

„Das wollte ich keinesfalls anzweifeln, Miss Steinmann.“ Alexander Thompson tippte sich lässig mit dem Zeigefinger an die Hutkrempe, grinste vor sich hin und folgte seinem Bruder, der bereits zwischen den Wagen verschwunden war.

Stewart trat neben sie und betrachtete sie mit hochgezogenen Augenbrauen.

„Es tut mir leid, Stewart. Ich bin schuld, dass du jetzt fünf Schwestern am Hals hast.“

Stewart musterte sie einen Moment, dann nahm er sie in den Arm, drückte sie kurz an sich und schob sie dann von sich fort, um sie wieder ansehen zu können. „Ist schon gut, Jo. Ihr seid meine Familie. Ich kann dir nicht allein die Verantwortung für die Mädchen überlassen, zumal du selbst noch minderjährig bist. Wir werden unseren Weg gemeinsam gehen. Siehst du dort drüben die Frau mit der roten Bluse? Sie wird alleine mit drei Kindern mitfahren. Ihr Mann ist bereits vor Jahren in den Westen gezogen und hat ihr jetzt geschrieben, dass sie nachkommen soll. Ihre Kinder sind noch klein, dagegen sind meine wunderbaren Schwestern alle schon beinahe erwachsen."

„Aber ein wirrer, nicht gerade einfach zu hütender Hühnerhaufen."

Stewart lachte und strich ihr über die linke Wange. „Das hast du gesagt, Jo. Ich wollte sogar Denise mitnehmen. Also mach dir keine Vorwürfe, sondern hilf mir lieber, die jungen Damen dazu zu überreden, sich ein Nachtlager zu richten. Ich werde unter einem der Wagen schlafen. Verteile du die Mädchen einfach sinnvoll auf die beiden Fahrzeuge."

„Du meinst so, dass die Gefahr von nervenaufreibenden Diskussionen untereinander möglichst gering ist?"

„Das in etwa wollte ich sagen."

Joanna blickte lächelnd ihrem Bruder nach, der sich den Mulis zuwandte, als ginge ihn alles Weitere bezüglich der Planwagen nichts mehr an.

Am nächsten Tag streiften die Steinmann-Geschwister durch Independence auf der Suche nach Ausrüstungsgegenständen und Vorräten für die Fahrt. Die Stadt war auf die ständig durchziehenden Wagentrecks gut vorbereitet. So mancher Händler verdiente sich an den Menschen, die es in die unendlichen Weiten des zum großen Teil noch wilden und unerforschten Westens zog, eine goldene Nase.

„Sieh dir das an, Stewart!", rief Branca begeistert und zog unter den Auslagen vor einem der Läden eine schön schimmernde Holztruhe hervor, die mit Lederriemen und Schnallen verschlossen werden konnte. „Darin könnte ich meine Kleider unterbringen."

„Die Kiste ist zu breit und außerdem ist der Deckel gewölbt. Wir könnten nichts mehr darauf stapeln."

„Meine Güte, Stewart. Irgendwo muss ich meine Kleidung doch unterbringen können."

„Lass uns nachsehen, was wir sonst noch finden", murmelte der junge Mann und warf Joanna einen verzweifelten Blick zu.

Diese zog nur die Schultern nach oben, holte ihr Buch hervor und blätterte darin. Nachdem sie fündig geworden war, hielt sie ihm das aufgeschlagene Buch entgegen und tippte auf eine Abbildung. „Was hältst du von solchen Kisten? Sie haben einen abnehmbaren Deckel. Wir könnten sie für unsere Kleider benutzen, aber auch Küchenutensilien, Gewürze und Geschirr darin unterbringen."

Stewart warf einen kurzen Blick auf die abgebildeten Kisten und nickte. „Die könnte ich selbst bauen. Das Holz käme uns billiger als gekaufte Kisten", murmelte er und betrat, gefolgt von seinen Schwestern, den Laden, vor dem sie gestanden hatten.

Von der Decke hingen Befestigungsbänder, Gürtel, Schnüre und Lederriemen herunter, dazu Gestelle aller Arten und Formen, Taschen, Beutel und Feldflaschen. An einem Ständer baumelten Unmengen von Hosen, Hemden, Hüten und sogar Unterwäsche wild durcheinander. Der Geruch von Tabakrauch, Holz und Leder mischte sich mit dem eines billigen Parfüms, und Joanna glaubte, zudem den Geruch von Alkohol und gebratenem Hasen ausmachen zu können. Aber vielleicht täuschte die Vielzahl von Gerüchen, die in der staubigen, stickigen Luft lagen, einfach nur ihre Sinne.

Ellie und Carole zwängten sich neugierig durch die engen, zugestellten Gänge, während Branca vor einem Sortiment Spiegel stehen blieb.

Joanna betrachtete die unterschiedlichen Schnüre und Lederriemen, die ihr ins Gesicht hingen, und betastete einige von ihnen prüfend. Es war ungewohnt für sie, solch derbe Materialien anzufassen, kannte sie doch bisher im Grunde nur Samt, Tüll, Spitze, Organza, Seide, Musselin und andere erlesene Stoffe, die für Vorhänge, Hutbänder, Bett- und Tischwäsche oder ihre Kleider verwendet worden waren. Mit lächelndem Gesicht bestaunte sie die unterschiedlichen Stärken der angebotenen Waren. Zum ersten Mal fühlte sie beim Gedanken an die ihnen bevorstehende Reise ein Ziehen in ihrem Inneren. Vermutlich würde sie für den Rest ihres Lebens nie wieder etwas Vornehmeres als vielleicht Baumwolle oder Leinen in ihren Händen halten. Sie würde für ihre Mahlzeiten, ihre Kleidung und alles Weitere arbeiten müssen. Wahrscheinlich würde sie auch nie wieder zu ihrem reinen Vergnügen in einem Damensattel über eine Wiese galoppieren, sondern stattdessen hinter einem Muli hergehen, das einen Pflug zog.

Joanna senkte den Kopf, betrachtete ihre Hände und schüttelte leicht den Kopf. Sie konnte nicht leugnen, dass sie sich ein wenig vor dem Neuen und Unbekannten fürchtete, aber gleichzeitig spürte sie auch eine freudige Aufgeregtheit in sich.

Als sie den Kopf wieder hob, begegnete ihr Blick dem von Alexander Thompson. Überrascht schaute Joanna ihn einen Moment lang an, um sich dann hastig abzuwenden. Musste dieser unhöfliche Mensch ihr ständig begegnen? In dem Moment machte sie sich klar, dass sie ihn die nächsten Monate wohl täglich zu Gesicht bekommen würde.

„Joanna? Wo bist du denn? Das musst du dir ansehen!“, hörte sie Carole rufen.

Sie drückte sich, ohne ein Wort an Alexander Thompson zu richten, zwischen einem Mann in einer halb zerrissenen Weste und einem Stapel Feldgeräte vorbei, stieg über einen umgefallenen Sack hinweg und erreichte Carole und Ellie. Die beiden beugten sich kichernd über einen Tisch, auf dem Metallgeschirr gestapelt war. Sie nahm eine unförmige Blechtasse in die Hand und stellte erstaunt fest, wie leicht sie war.

„Ihr könnt gleich für alle je ein Gedeck heraussuchen“, rief Stewart ihnen aus der gegenüberliegenden Ecke zu.

„Branca wird begeistert sein“, lachte Carole und nahm sich einen Becher und einen tiefen Teller.

„Nicht nur sie“, murmelte Beckie und betrachtete lange einige Becher, ehe sie die Auswahl wieder zurücklegte und andere heraussuchte.

„Es ist egal, wie sie jetzt aussehen“, erklärte Carole. „Sie werden ohnehin zerkratzt, zerbeult und unförmig sein, bis wir da ankommen, wo wir hinreisen werden.“

„Ebenso wie wir“, meinte Joanna.

„Du machst mir Mut“, erwiderte Beckie leise.

„Wir werden das Geschirr vor dem ersten Gebrauch kräftiger zu reinigen haben als nach jeder vor uns liegenden Mahlzeit“, spottete Joanna und handelte sich den verärgerten Blick des Ladenbesitzers ein.

Der bärtige Mann war dabei, mit äußerster Konzentration zusammenzurechnen, wie viel Stewart für die Gegenstände, die er bereits ausgewählt hatte, zu zahlen hatte. „Gefällt Ihnen irgendetwas an meinem Laden nicht, Lady?"

„Ich fürchte, Sie haben nicht genug Zeit, um sich meine Anregungen bezüglich einiger Änderungen anzuhören, Sir", gab sie mit einem freundlichen Lächeln zurück und hörte das verhaltene Kichern in ihrem Rücken.

„Sie brauchen nicht bei mir zu kaufen, Miss."

„Nein, sicherlich nicht. Es gibt genug andere Geschäfte wie dieses in der Stadt", bestätigte Joanna, kein bisschen eingeschüchtert durch den Versuch des Mannes, sie zurechtzuweisen.

Verärgert brummte der Ladenbesitzer etwas vor sich hin, um sich dann wieder seiner Liste zu widmen. Offenbar hatte Joanna ihn durcheinandergebracht, denn er fing wieder von vorne an zu rechnen.

„Brauchen wir nicht noch wärmere Decken und einige Lebensmittel, Stewart?", erkundigte sich Beckie und sofort fuhr der Kopf des Händlers erneut in die Höhe.

„Doch, aber dafür müssen wir mit einem der Wagen kommen. Oder wollt ihr Mädchen die Säcke bis vor die Stadt schleppen?"

„Danke, die Taschen gestern haben mir schon vollkommen ausgereicht", winkte Carole ab.

„Und wir werden nicht damit rechnen können, erneut so freundliche Hilfe zu bekommen", stimmte Ellie der älteren Schwester zu.

Joanna, die ahnte, dass sich zumindest Alexander Thompson noch im Laden befinden konnte, erwiderte nicht gerade leise: „Hört euch das an. Dieser Mr Alexander Thompson scheint tatsächlich eine Verehrerin gefunden zu haben."

„Dich sicherlich nicht. So schnell, wie er gestern Abend geflohen ist, kann ich nur vermuten, dass du mal wieder deine Zunge nicht im Zaum halten konntest!", gab Ellie frech grinsend zurück und wandte sich um.

„Gewöhnt man sich denn nicht mit der Zeit an diese spitze Zunge, kleine Miss?", ertönte Mr Thompsons Stimme und das Gesicht des Mannes tauchte hinter einem der überfüllten Regale auf.

Joanna konnte trotz des Dämmerlichtes im Laden das Strahlen auf Ellies Gesicht sehen.

„Denken Sie nur nicht, Mr Thompson, dass Joanna sich damit in unserem Distrikt sehr beliebt gemacht hat. Es gab viele Frauen und ebenso viele Männer, die eine Unterhaltung mit ihr fürchteten", erklärte Branca.

„Nur keine Angst, Mr Thompson“, mischte sich Joanna ein. „Die meisten Menschen in unserem Distrikt haben sich mit der Zeit daran gewöhnt. Ihnen wird das in den nächsten Monaten sicherlich auch gelingen.“

„Vergiss nicht, Jo, dass die Menschen von den Nachbarplantagen dir immer nur zeitweise ausgesetzt waren. Sie konnten immer nach Hause gehen, wenn es ihnen mit dir zu bunt wurde. Mr Thompson wird sich deiner Nähe nicht vollkommen entziehen können“, wandte Stewart ein.

Joanna lächelte in seine Richtung. „Du machst mir Angst, Stewart.“

„Jo, bitte!“, gab er etwas genervt zurück, da der Ladenbesitzer ein drittes Mal begann, die Zahlen zu addieren.

„Vielleicht können wir beantragen, dass die Thompsons ganz vorne und wir Steinmanns ganz hinten im Wagenzug fahren?“, schlug Joanna vor.

Alexander Thompson grinste belustigt. „Ein guter Gedanke, Miss Steinmann, zumal ganz vorne der angenehmste Platz im Wagenzug sein wird. Die hintersten Wagen bekommen den meisten Staub und Schmutz entgegengeschleudert.“

Der Mann hinter der Theke blickte ein weiteres Mal von seinen Zahlenreihen auf und lachte.

„Dann werden Sie sicherlich Gentleman genug sein, um Ihren Platz in der Schlange mit dem unseren zu tauschen“, meinte Joanna, verstimmt über ihren Fehler, und wandte sich dem Ladenbesitzer zu. Wenn er sich weiterhin ständig ablenken ließ, würden sie morgen noch in dem stickigen, engen Laden stehen. Sie trat neben Stewart an die Theke und zog dem verdutzten Mann die Liste und den Stift aus den knorrigen Händen. „Sie gestatten?“, fragte sie viel zu spät, und ohne eine Antwort abzuwarten, legte sie das Papier auf das unebene, verschmutzte Holz und addierte die Zahlen eilig zusammen. Das Ergebnis unterstrich sie zweimal und schob den Zettel Stewart hin, der mit einem belustigten Grinsen im Gesicht das Geld abzuzählen begann.

„Woher soll ich wissen, dass die Dame sich nicht verrechnet hat?“, protestierte der Ladenbesitzer.

„Sie war die Beste ihrer Jahrgangsstufe“, flüsterte Carole ihm zu. „Wenn sie nicht eine Frau gewesen wäre, hätte sie einige Angebote angesehener Universitäten wahrnehmen können. Leider durchschauten die rechtzeitig, dass sich hinter ‚Jo Steinmann‘

eine Joanna Steinmann verbarg.“ Mit diesen Worten nahm sie die aufgestapelten Teller und Tassen vom Ladentisch.

„Erstaunlich“, lachte Alexander Thompson.

Joanna ging, gefolgt von ihren Schwestern, an dem Mann vorbei, ohne ihn eines Blickes zu würdigen, und verließ das Geschäft.

Während die jüngeren Schwestern sich auf den Rückweg zu den Wagen machten, sah sich Joanna die draußen ausgestellten Waren noch ein wenig genauer an. Dabei entdeckte sie eine junge Frau in einem einfachen grauen Rock und einer hellen Bluse, über die sie schützend eine Schürze gebunden hatte. Ihr blondes Haar hatte sie zu einem Knoten geschlungen und unter einer Haube versteckt.

Langsam ging sie auf die Frau zu, die sich ein wenig mühsam an einem Reiseherd zu schaffen machte. Plötzlich sprang neben ihr ein Mann mit einem gewaltigen Satz von der Straße auf den Gehweg, blieb dort einen Augenblick stehen und stellte seinen Sack, den er lässig über der Schulter getragen hatte, mitten auf den Herd. Joanna beobachtete, wie die Frau stutzte und sich dann langsam erhob.

„Entschuldigen Sie, Sir“, sagte sie leise. „Ich habe mir gerade den Herd näher angesehen.“

„Lassen Sie sich nicht stören, M’am“, brummte der Mann und spuckte einen Strahl Kautabak auf die Straße.

„Aber Sie haben Ihr Gepäck daraufgestellt, Sir. Könnten Sie es bitte wieder herunternehmen?“

„Weshalb?“ Der Mann wandte sich um und wollte auf den Ladeneingang zugehen.

Joanna stellte sich ihm in den Weg. „Würden Sie dem Wunsch der Dame bitte nachkommen und Ihr Gepäck von dem Herd nehmen?“

„Was geht Sie an, was ich tue und was nicht, Miss?“

„Es geht mich insoweit etwas an, als auch mich dieser Herd interessiert. Außerdem ist es doch nun wirklich nicht zu viel verlangt, dass sie der freundlichen Bitte der Dame nachkommen.“

Einen Moment lang starrte der Mann sie aus seinen dunklen Augen an, dann lachte er schallend los. Er wollte sich zwischen ihr und den Auslagen vorbeidrücken, doch Joanna huschte einen winzigen Schritt zur Seite und machte ihm dieses Unterfangen somit unmöglich. „Ich denke, der Ladenbesitzer wird nicht sehr begeistert sein, wenn er hört, dass Sie seine Kunden daran hindern, seine Waren anzusehen.“

„Das ist mir egal."

„Dann haben Sie auch nichts dagegen, wenn die Dame und ich Ihr Gepäck von dem Reiseherd herunternehmen?"

„Das hätten Sie gleich haben können, Miss."

„Wie Sie meinen", murmelte Joanna und ließ den Mann passieren.

Er zuckte nur kurz mit seinen buschigen grauen Augenbrauen und verschwand dann im dunklen Inneren des Geschäftes.

Joanna näherte sich wieder der Frau, die sie ein wenig hilflos musterte.

„Vielen Dank für Ihre Hilfe. Ich hätte mich nicht getraut, den Mann noch einmal anzusprechen."

„Auch wenn er ziemlich ungehobelt war, so haben wir wenigstens seine Erlaubnis, sein Gepäck beiseitezuschaffen."

Die junge Frau blickte in Joannas vergnügt blitzende Augen. „Was haben Sie vor?"

Joanna nahm den Sack auf und warf ihn mit einem kräftigen Ruck auf die Straße hinunter. „So, jetzt können wir uns den Herd einmal genauer ansehen."

Ein Lächeln legte sich auf das Gesicht der Frau. „Er ist vollständig zwischen Kisten und Säcken versteckt."

„Wir könnten ihn ein wenig weiter nach vorne ziehen."

„Dann fallen aber die Kisten und Säcke übereinander."

„Ich glaube kaum, dass das hier jemandem auffallen wird."

Die junge Frau lachte auf eine herrlich ansteckende Weise, und gemeinsam machten sie sich daran, den Herd ein Stück nach vorne zu bewegen. Doch so fest sie auch zerrten, das schwere Gerät ließ sich nur wenige Zentimeter hervorziehen.

Joanna richtete sich auf. „Sie sollten genau diesen Herd kaufen, M'am. Vermutlich befinden sich in seinem Inneren versteckt einige Goldbarren!", lachte sie und versuchte ein weiteres Mal, den Reiseherd hervorzuziehen. Er wankte zwar und mit ihm auch die an ihm lehnenden Kisten und Säcke, doch hervorziehen konnte sie ihn nicht. Erst nachdem auch die andere Frau noch einmal beherzt zugriff, gelang es, die Kochgelegenheit zumindest halb zwischen den anderen Auslagen hervorzuholen. Die beiden Frauen knieten inzwischen auf der Veranda und blickten sich prüfend an.

„Sie reisen auch in Richtung Westen?", fragte schließlich die blonde Frau leise.

„Ja. Und ich denke, so ein Reiseherd wäre ganz geschickt. Versuchen wir es noch einmal?"

„Sicher!“, erwiderte die Frau, und mit vereinten Kräften gelang es ihnen, das Gerät ganz hervorzuziehen.

Joanna bemühte sich darum, den Herd, der ja auf einen Planwagen sollte und bei jedem Halt wieder abgeladen werden musste, in die Höhe zu heben, doch es wollte ihr nicht gelingen. „Unmöglich. Das Ding mag sich zwar ein transportabler Reiseherd nennen, doch zum Reisen ist er gänzlich ungeeignet. Vermutlich besteht er aus massivem Eisen. Ich höre jetzt schon die Zugtiere keuchen und die Achsen der Wagenräder ächzen, wenn wir uns so ein Monstrum auf einen Planwagen zu laden wagen.“

Ihr Gegenüber lachte erneut herzlich auf. „Sie gefallen mir, Miss.“

Joanna streckte der Frau ihre rechte Hand engegen. „Joanna Steinmann.“

„Sie sind eine von den Steinmanns?“ Wieder lachte die junge Frau und nahm die dargebotene Hand, um sie erstaunlich kräftig zu drücken. „Sie und ihre Geschwister waren am gestrigen Abend unser Hauptgesprächsthema. Ich bin Laurie Thompson. Ich freue mich, die Frau kennenzulernen, die es fertiggebracht hat, meinen Schwager in seiner Gemütsruhe zu erschüttern.“ Sie blickte über Joannas Schulter hinweg und lächelte jemandem zu.

Joanna drehte sich um und wie erwartet verließ Alexander Thompson gerade den Laden.

„Kann ich helfen, Miss Steinmann?“, fragte er und bot ihr seine Hand zum Aufstehen an, doch Joanna ignorierte diese Geste.

„Gerne. Sie können dieses Stück Eisen wieder ein wenig nach hinten schieben. Nicht, dass noch jemand darüberstolpert und womöglich eine harmlos flanierende Dame unsanft anrempelt.“

Mr Thompson wollte den Herd lässig mit einem Fuß nach hinten schieben, was ihm jedoch nicht gelang und die beiden jungen Frauen zum Lachen brachte.

Unwillig brummte der Mann vor sich hin.

Laurie Thompson, die ihren Schwager nicht noch weiter reizen wollte, unterdrückte schließlich ihr fröhliches Lachen und wandte sich wieder an Joanna. „Wir sehen uns sicher bald wieder, Miss Steinmann.“

Mit einem Lächeln im Gesicht nickte Joanna ihr bestätigend zu und verließ den hölzernen Gehweg, um zu den Wagen zurückzugehen.

Kapitel 6

Vereinzelte Wolken zogen über den strahlend blauen Himmel hinweg und schoben sich westlich zu einer Wand zusammen. Die Bäume am Stadtrand rauschten laut im zunehmenden Wind, während die Tuchplanen über den Wagen flatterten. Inzwischen standen mehr als zwanzig Planwagen auf der Wiese vor Independence. Die Gruppe der Menschen, die sich dem Treck anschließen wollten, konnte kaum bunter zusammengewürfelt sein. Da gab es Familien, eine allein reisende Frau mit Kindern, jungverheiratete Paare, Geschwister, ein älteres und ein schwarzes Ehepaar. Schon jetzt ging es an den Abenden sehr laut zu. Die Kinder der Siedler, die sich bereits miteinander angefreundet hatten, spielten vergnügt Fangen, und einige Tiere – wie Joannas Rowdy – sprangen bellend, wiehernd und kreischend um die Wagen, während zwei Männer auf ihren Instrumenten musizierten – der eine auf einer Geige, der andere auf einer Mundharmonika.

An diesem Abend sollten sich die Familienvorstände auf einem großen, freien Platz innerhalb ihrer Wagenansammlung treffen, um ihren Treckführer kennenzulernen und ein paar wichtige Hinweise von ihm entgegenzunehmen.

Joanna Steinmann blickte ihrem Bruder nach, der mit weit ausholenden Schritten davonging. Dann drehte sie sich wieder Ellie zu, deren lange, glatte Haare sie mit einer weichen Bürste bearbeitete. „Ich weiß genau, weshalb er mich nicht dabeihaben wollte“, murmelte sie vor sich hin.

Beckie entgegnete, ohne von ihrer Flickarbeit aufzusehen: „Das weiß jeder von uns, Joanna.“

„Was ist so schlimm daran, geradeheraus zu sagen, was ich denke?“

„Vielleicht gerade die Tatsache, dass du das tust?“, vermutete Carole, die gerade dabei war, das Geschirr vom Abendessen abzutrocknen.

„Oder deine Ausdrucksweise?“, mutmaßte Branca und betrachtete sich ein weiteres Mal in dem kleinen Reisespiegel, den Stewart sich gekauft hatte, damit er sich auch unterwegs rasieren konnte.

„An meiner Ausdrucksweise gibt es nichts auszusetzen.“

„Sicher nicht, Joanna“, lachte Beckie und legte ihre Flickarbeit beiseite. „Heute ist es so ruhig im Lager. Es ist beinahe so, als wollten alle lauschen, was dieser Mr Stevens zu sagen hat", murmelte sie noch und wandte sich ihrem Planwagen zu, den sie gemeinsam mit Branca bewohnte.

„Tatsächlich?" Joanna lächelte und beeilte sich plötzlich mit dem Bürsten. Mit flinken Fingern flocht sie Ellie einen dicken Zopf, dann gab sie ihr mit der Bürste einen Klaps auf die linke Schulter. „Abmarsch, Miss Steinmann. Schlafen Sie gut."

„Jetzt schon? Ich möchte doch auch hören, was Stewart zu erzählen hat, wenn er zurückkommt."

„Das wird er dir auch morgen früh noch erzählen können", erwiderte Joanna unnachgiebig und drückte dem Mädchen die Bürste in die Hand.

„Du führst dich auf wie Tante Natasha."

„Mag sein, aber bei mir wirst du auf die erste Bitte reagieren und nicht erst auf die vierte oder fünfte, junge Dame."

Joanna wandte sich um, raffte ihren grauen Rock hoch und stieg über die Deichsel des Wagens hinweg.

„Wo willst du hin?", erkundigte sich Carole, und Ellie, die bereits halb in den Wagen geklettert war, drehte sich noch einmal um.

„Dorthin, wo offenbar auch alle anderen hingegangen sind: Ich suche mir einen guten Platz, um der Unterhaltung beiwohnen zu können."

„Du meinst: dorthin, wohin alle anderen neugierigen Personen geschlichen sind, um dir ebenfalls einen versteckten Platz zu suchen, von dem aus du ungesehen der nicht für dich bestimmten Unterhaltung lauschen kannst", verbesserte Beckie sie mit einem vorwurfsvollen Blick.

Die junge Frau winkte unbeeindruckt und ging langsam zwischen den Planwagen hindurch, um in die Nähe des freien Platzes zu gelangen, in dessen Mitte ein Feuer prasselte. Sie versteckte sich hinter einem Haselnussstrauch. Als ihr Blick auf den Mann fiel, der dem Feuer am nächsten stand und zu den anderen sprach, erkannte sie in ihm den unfreundlichen Mann, der vor dem Laden seinen Leinensack auf den Reiseherd gestellt hatte. War das etwa ihr Treckführer? Der ältere Herr mit den grauen, buschigen Augenbrauen stand breitbeinig da und erzählte mit lauter Stimme von den Gefahren, die ihnen unterwegs begegnen konnten. Die tanzenden Schatten auf seinem Gesicht ließen seine Ausführungen noch ein wenig erschreckender wirken. Ob er damit allzu furchtsame Personen von der Reise abhalten wollte?

Ein leises Rascheln neben ihr ließ Joanna erschrocken zusammenfahren. Schnell wandte sie den Kopf.

Laurie Thompson kam leise näher und gesellte sich zu ihr hinter den knorrigen Haselnussstrauch. „Dieser grässliche Mensch wird unser Führer sein?", fragte sie leise. Aus ihrer Stimme war deutlich Furcht herauszuhören.

„Es scheint so, Mrs Thompson."

„Jedenfalls hat er eine Menge zu sagen."

„Sieht so aus", erwiderte Joanna leise.

„Denken Sie, er übertreibt?"

„Ich weiß nicht. Die Indianer in unserer Gegend sind entweder fortgezogen oder zivilisiert. Ich kenne die Geschichten über die ‚Wilden', wie Mr Stevens sie nennt, nur aus Gesprächen, Zeitungsartikeln und irgendwelchen Reiseberichten."

„Hoffen wir, dass es dabei bleibt, Miss Steinmann", murmelte Laurie Thompson und wandte ihre Aufmerksamkeit wieder den Geschehnissen auf dem Platz zu.

Joanna musterte die Frau neben sich. Ihre Haare waren zu einem Knoten auf dem Hinterkopf zusammengebunden, ihr Rock mit der hellen Bluse wirkte schlicht, aber ordentlich und sauber. Am meisten faszinierten sie jedoch die Hände der Frau, die nur wenig älter als sie selbst sein mochte. Ihr waren die kräftigen Finger mit den kurzen, teilweise eingerissenen Fingernägeln, den Schwielen und auch deutlichen Vernarbungen bereits bei ihrer ersten Begegnung vor dem Laden aufgefallen. Selbst jetzt, wo die Dunkelheit der Nacht sich immer schwerer auf die Erde legte, konnte sie jeden Riss und jede Schwiele erkennen. „Was auch immer uns auf dieser Reise erwartet: Ich nehme an, dass Sie in jedem Fall besser mit den Widrigkeiten klarkommen werden als ich. Sie mussten in Ihrem Leben immer schwer arbeiten, nicht wahr, Mrs Thompson?"

„Wie kommen Sie darauf?", fragte die Frau, ohne den Blick von der Gruppe am Feuer zu nehmen.

„Ihre Hände. Sie sehen fast so aus wie die einer Feldarbeiterin."

Laurie Thompson lächelte verstehend vor sich hin. „Ich musste schon sehr früh im Haushalt und auf den Feldern mithelfen, Miss Steinmann. Meine Eltern besitzen eine kleine Farm, die jedoch keinen großen Ertrag abwirft." Wieder lächelte die Frau und ihre Augen taxierten dabei den breiten Rücken ihres Ehemannes. „Umso verwunderlicher, dass ich heute Mrs Michael Thompson bin."

Interessiert wandte sich Joanna ihrer Gesprächspartnerin zu, die nun den Blick von der Gruppe nahm und sie aufmerksam ansah.

„Haben Sie Lust auf einen Spaziergang, Miss Steinmann? Wir könnten uns ein bisschen besser kennenlernen."

Joanna nickte begeistert und trat von dem Haselstrauch zurück.

Während sie zwischen den Wagen umherschlenderten, erzählte Laurie Thompson Joanna von der kleinen Farm in Pennsylvania, auf der sie aufgewachsen war. Sie berichtete von der schweren, harten Arbeit auf den Feldern und dem Tod ihres älteren Bruders. So manchen Winter hatten sie Hunger gelitten und auch die Schulbildung ließ zu wünschen übrig. Sowohl Laurie als auch ihre Geschwister hatten mehr Zeit für die Feldarbeit oder für den Haushalt aufbringen müssen, als für die Schule zur Verfügung stand. Schließlich hatte Michael Thompson, der Erbe einer gut gehenden Pferdezucht, ihr seine Aufwartung gemacht. Unzählige Mädchen aus ihrer Umgebung hatten sich für den jungen Mann interessiert, und doch war sie es gewesen, die er schließlich vor den Traualtar geführt hatte. „Ich wundere mich noch heute darüber, Miss Steinmann", schloss Laurie Thompson.

„Wundern? Das ist eine seltsame Art, Liebe zu erwidern."

Laurie lachte und drückte kurz ihren Arm. „Ich liebe ihn – so wie zehn andere junge Frauen ihn liebten. Bessergestellte, intelligentere, hübschere ..."

„Aber offenbar weniger liebenswerte. Ich vermute, Ihr Michael hat die richtige Entscheidung getroffen."

„Ich wusste es doch: Alec hat sich geirrt."

„Ihr Schwager? Hatte er eine andere Braut für seinen älteren Bruder ins Auge gefasst?", fragte Joanna überrascht.

„Nein. Alec hatte nichts gegen unsere Hochzeit einzuwenden. Ich meinte, er hat sich in Bezug auf Sie geirrt."

„In Bezug auf mich? Was erlaubt sich Mr Alexander Thompson, nach so kurzer Zeit ein Urteil über mich zu fällen?"

Wieder lachte Laurie belustigt auf und schüttelte dabei amüsiert den Kopf. „Ich wollte nur sagen, dass ich Sie sehr nett finde, offenbar ganz im Gegensatz zu meinem Schwager."

„So?" Ein Lächeln legte sich auf Joannas Gesicht. Sie ahnte, dass sie in Alec Thompson einen Ersatz für Simon Bryant gefunden hatte, mit dem sie sich immer wieder die wildesten Wortgefechte geliefert hatte.

Die beiden ungleichen Frauen drehten eine weitere Runde um die Wagen und warfen einige neugierige Blicke auf die noch immer miteinander diskutierenden Männer.

„Unsere Reise wird bald beginnen, Miss Steinmann. Haben Sie nicht auch etwas Angst?"

„Angst? Nein, Mrs Thompson. Nicht direkt. Ich hatte Angst, als das Plantagenhaus unserer Tante niederbrannte und eine meiner Schwestern sich noch darin befand. Oder in den unsicheren Tagen nach dem Brand, als wir nicht wussten, wie es mit uns Mädchen weitergehen sollte."

„Und die Reise bereitet Ihnen wirklich keine Angst? Niemand von uns kennt das Land, in das wir reisen werden, nicht einmal den Weg dorthin. Wir sind vollkommen diesem schrecklich unfreundlichen Mann ausgeliefert und können die Gefahren, die uns unterwegs begegnen können, nur erahnen."

„Wissen Sie, Mrs Thompson, in meiner größten Panik während des Brandes und mit der schwindenden Hoffnung, Beckie und mich noch aus dieser Flammenhölle herausbringen zu können, habe ich erkannt, worauf viele Menschen – wie Beckie – ihre Hoffnung setzen. Sie wollte mich trösten, mir die Angst nehmen und mich auf ein Leben nach unserem Feuertod vorbereiten, und in dem Moment erkannte ich die tröstliche Hoffnung, die in ihrem Glauben liegt. Gleichzeitig fanden wir einen Ausweg. Diese Einsicht begleitete mich auch in den unruhigen, von Sorgen und Ängsten geprägten Tagen nach dem Brand, und ich tat es Beckie gleich und flüchtete mich in die Arme von Jesus Christus. Seine Liebe zu mir und seine Worte des Trostes, der Ermunterung und seine Versprechen an uns füllten mich seitdem immer wieder neu mit Hoffnung. Auch in Bezug auf unseren langen Weg in den Westen, Mrs Thompson. In mir lebt die Hoffnung, dass es gut sein wird, ihn zu bestreiten und vielleicht auch zu durchleiden."

„Ich weiß, was Sie meinen. Halten Sie an dieser Hoffnung fest, Miss Steinmann. Halten Sie sie fest in Ihrem Herzen, denn etwas Besseres gibt es nicht", flüsterte Laurie Thompson. „Alec scheint ebendiese Hoffnung zumindest teilweise verloren zu haben."

„Wollen Sie mir mehr erzählen?" Joanna biss sich auf die Unterlippe. „Sie brauchen meiner Neugier natürlich nicht nachzugeben, Mrs Thompson", sagte sie schnell. „Die Lebensgeschichte von Mr Alexander Thompson geht mich ebenso wenig an wie meine ihn."

Laurie machte mit der freien Hand eine abweisende Handbewegung und erklärte: „Da gibt es gar nicht viel zu erzählen, Miss Steinmann. Alec war verlobt."

„Meine Güte. Ist seine Verlobte gestorben? Das tut mir sehr leid", flüsterte Joanna.

„Nein, Miss Steinmann. Die junge Frau hat die Verlobung gelöst. Vermutlich weil Alec zu viel außerhalb unseres Heimatstädtchens unterwegs war", erläuterte Laurie schnell und schwieg dann. Offenbar war sie nicht gewillt, mehr Einzelheiten zu erzählen. Laurie blickte zu der Männerrunde hinüber, die sich allmählich aufzulösen begann. Dann drückte sie Joannas Arm und flüsterte: „Allein die Reise bis hierher brachte eine Besserung in Alecs trauriges Gemüt. Ihre Worte locken ihn wieder aus seiner schweigsamen Reserviertheit hervor und Ihre Schwestern Beckie und Ellie scheint er tatsächlich zu mögen. Vielleicht wäre Beckie ja –?"

„Überstürzen Sie nichts, Mrs Thompson. Und lassen Sie sich eines gesagt sein: Beckie ist ein ganz besonderes Mädchen. Wir Steinmanns würden sie nicht jedem überlassen!"

Kapitel 7

Der Wind blies heftig über die Felder und Wiesen hinweg und rüttelte an den Ästen der Bäume. Irgendwo hämmerte ein Specht gegen einen Stamm und aus einer anderen Richtung kam das verhaltene Bellen eines Hundes. Eine vornehme Equipage holperte unruhig über die Landstraße. Der schwarze Kutscher hatte alle Hände voll zu tun, die Pferde unter Kontrolle zu halten, da der heftige Wind gelegentlich kleinere Äste von den Bäumen riss, die auf den Weg hinunterfielen.

Linda Fowler, die neben ihrem schwarzen Mädchen Ocean saß, blickte beunruhigt durch das Fenster auf die Überreste von *Green Crystal*. „Vielleicht war es doch keine so gute Idee, ausgerechnet heute zu den Warrens zu fahren", murmelte die junge Frau und betrachtete den braunen Briefumschlag in ihren Händen. „Andererseits werden Denise und Natasha sich freuen, endlich etwas von den Geschwistern zu hören." Sie seufzte. Auch sie hatte von Joanna Post aus Independence erhalten und den langen, ausführlichen Brief mit wechselnden Gefühlen gelesen. Einerseits beneidete sie diese ein wenig um die Abwechslung und das Abenteuer, das ihr bevorstand. Andererseits war sie traurig darüber, dass sie ihre beste Freundin verloren hatte. Zudem spürte Linda Angst um Joanna und ihre Geschwister in sich.

Nachdenklich blickte sie aus dem Fenster und beobachtete die Sklaven der Steinmanns. Sie hatten neben den Ruinen des Hauses einige weitere Hütten errichtet und arbeiteten auf den Feldern. Vermutlich waren alle Haussklaven – mit Ausnahme von Mary, die Mrs Steinmann in den Haushalt der Warrens gefolgt war – nun ebenfalls zu den Arbeiten auf den Feldern eingeteilt worden.

Linda atmete erleichtert auf, als sie die fleißig arbeitenden Schwarzen sah. Lindas Mutter hatte schon Sorge gehabt, was aus den gut dreißig verbliebenen Sklaven der Steinmanns werden sollte, wenn sie niemand mehr zum Arbeiten anleitete. Nicht, dass ihre Mutter sich um das Wohlergehen der Schwarzen sorgte – sie fürchtete sich vielmehr vor gelangweilten und außer Kontrolle geratenen Sklaven, die vielleicht in der Gegend herumziehen und stehlen oder sogar Schlimmeres tun würden. Aber Neil Warren hatte sich bereit erklärt, die Plantage der Steinmanns mitzuverwalten, und offenbar schien das gut zu funktionieren.

Die Kutsche ratterte über eine Brücke und bog von der Landstraße auf die Zufahrt zu den Warrens ab. Es dauerte nur noch wenige Minuten, bis das Gefährt vor der großen, geschwungenen Treppe des Haupthauses hielt und einer der Warren-Haussklaven ihr die Kutschtür öffnete und seinen Arm als Hilfe zum Aussteigen anbot.

Linda raffte ihr hellblaues Kleid zusammen und entstieg, gefolgt von Ocean, dem leicht schwankenden Wagen. Prüfend sah sie sich auf dem Anwesen um. Selten einmal fand hier eines der traditionellen Feste des Distrikts statt, und die junge Frau stellte nachdenklich fest, dass sie erst zweimal bei den Warrens gewesen war. Das Haus – wie das gesamte Anwesen – wirkte sehr gepflegt und zeugte von einer guten Leitung.

Linda raffte ihr Kleid, ging die hellen Stufen hinauf und zog am Klingelzug. Der tiefe Klang einer sehr großen Glocke hallte bis zu ihr hinaus. Es verging eine ungewöhnlich lange Zeit, bis die Tür endlich geöffnet wurde und ein älterer schwarzer Mann mit verkniffenem Gesichtsausdruck sie eintreten ließ.

Das Foyer wirkte, obwohl es mit großen Fenstern ausgestattet war, unangenehm dunkel. Vermutlich lag das an dem dunklen, fast schwarzen Holzboden, den ebenfalls sehr dunklen Möbeln und der braun-beige gestreiften Tapete an den Wänden, an denen gewaltige, in Goldrahmen eingefasste Ölgemälde längst verstorbener Warren-Ahnen hingen.

„Bitte richte Mrs Denise Warren und Mrs Natasha Steinmann aus, dass Linda Fowler sie besuchen möchte", wies sie den Alten an, der schweigend nickte und mit schlurfenden Schritten durch die Halle ging, um in einem Flur zu verschwinden.

Wieder dauerte es recht lange, bis er zurückkam und sie bat, im Salon auf die beiden Frauen zu warten. Dabei öffnete er eine der großen Holztüren und ließ sie in einen Raum treten, der den enormen Reichtum der Familie erahnen ließ. Mehrere Kristallleuchter hingen von der hohen Decke herunter und die blauen, samtenen Vorhänge maßen mindestens drei Meter. Schimmerndes Silber stand auf zwei Mahagonikommoden und die blauen Bezüge der Sessel und Stühle waren mit Goldfäden bestickt worden.

Linda trat an eines der hohen Fenster und blickte auf den gepflegten Rosengarten hinaus, als hinter ihr die Tür geöffnet wurde. Natasha Steinmann trat ein, schloss die Tür hinter sich und ging Linda mit würdevollen Schritten entgegen. „Miss Fowler. Schön, dass Sie uns einmal besuchen kommen. Setzen Sie sich doch bitte. Das Mädchen wird gleich Tee und Gebäck servieren. Was führt Sie zu uns?"

Linda folgte der Aufforderung und setzte sich auf einen der Stühle. Prüfend musterte sie die ältere Dame und stellte fest, dass sie dunkle Ringe unter den Augen hatte. Litt sie nach wie vor unter dem Tod ihres Mannes vor einem Jahr, oder war es der Abschied von den Mädchen, die sie wie Töchter bei sich aufgenommen und erzogen hatte, der ihr zu schaffen machte?

„Ich habe vom Postamt in Bamberg einen Brief für Sie und Denise mitgebracht, Mrs Steinmann. Er kommt aus Independence."

„Von den Mädchen und Stewart? Wie wunderbar! Ach, was bin ich erleichtert, endlich etwas von ihnen zu hören. Denise wird sich ebenfalls sehr freuen, von ihren Geschwistern Post zu bekommen. Ich danke Ihnen, dass Sie den Weg hier heraus auf sich genommen haben, nur um uns den Brief zu bringen, Miss Fowler."

„Das habe ich doch gerne getan, Mrs Steinmann. Haben Sie sich inzwischen gut eingelebt?"

„Recht gut, Miss Fowler. Es ist ungewohnt, in einem fremden Haushalt zu leben, doch die Steinmanns konnten es bei uns, so werde ich es auch bei den Warrens können, nicht wahr?"

Linda nickte, spürte aber deutlich die Unsicherheit der älteren Dame.

Eine Schwarze huschte herein, stellte ein silbernes Tablett mit Tee und Gebäck auf den Tisch und verschwand ebenso leise, wie sie gekommen war.

Nachdenklich blickte Linda auf den Brief, reichte ihn schließlich Natasha Steinmann hinüber und fragte: „Kommt Denise noch, Mrs Steinmann?"

„Denise fühlt sich heute nicht sehr wohl. Sie lässt sich entschuldigen."

„Das ist aber schade. Seit ihrer Hochzeit habe ich sie nicht mehr gesehen. Vielleicht sollte ich sie einmal zu mir auf einen Nachmittagskaffee einladen", überlegte Linda laut und erhob sich.

„Das ist sehr aufmerksam von Ihnen, Miss Fowler." Auch Natasha stand auf und reichte Linda zum Abschied die Hand.

„Grüßen Sie Denise bitte von mir, Mrs Steinmann. Ich werde ihr und selbstverständlich auch Ihnen demnächst eine Einladung übermitteln."

„Danke. Ich wünsche Ihnen eine sichere Heimfahrt."

Linda lächelte die Frau an und beeilte sich dann, den Salon zu verlassen.

Mrs Steinmann folgte ihr, obwohl sie sich lieber sofort an das Lesen ihres Briefes gemacht hätte.

Unbehaglich blickte Linda sich um. Weshalb nur spürte sie so eine seltsame Kälte in sich, seit sie das Haus betreten hatte? Hatte das etwas mit der dunklen Einrichtung oder mit der hier herrschenden, unheimlichen Stille zu tun? Dieses Haus strahlte eine leere, kalte Atmosphäre aus. Linda blickte in den dunklen Flur hinein, in dem wohl die Privaträume der Familie lagen. Dann schlich sich ein Lächeln auf ihr Gesicht. Vielleicht würden das Foyer und die langen, dunklen Flure bald von Lachen und fröhlichem Stimmengewirr erfüllt sein. Immerhin fühlte sich Denise Warren nicht wohl genug, um sie empfangen zu können.

An der Tür verabschiedete sich Linda von Mrs Steinmann. Linda hob mit einer Hand ihren Rock an und stieg die breiten Stufen hinunter, gefolgt von einer schweigsamen Ocean. Am Fuß der Treppe angekommen, drehte sich die weiße Frau zu ihrer Begleiterin um und fragte: „Kennst du einen der Warren-Sklaven, Ocean?“

„Nicht näher, Missi Linda.“

„Mr Warren richtet selten einen Ball oder ein Gartenfest aus“, überlegte Linda laut. „Vielleicht wird sich das mit dem Einzug von Denise ändern.“ Sie bemerkte das zaghafte Kopfschütteln ihres Mädchens. Linda, die um Oceans Menschenkenntnis wusste und ihre Meinung in den letzten Jahren zu schätzen gelernt hatte, hob die schön geschwungenen Augenbrauen leicht an und legte fragend den Kopf zur Seite. „Du glaubst nicht, dass sich etwas ändern wird, Ocean?“

„Massa Warren ist ein harter Mann, Missi Linda. Seine Leute müssen sehr schwer arbeiten, auch sonntags. Auch sein eigenes Leben scheint nur aus Arbeit zu bestehen.“

„Seltsam“, murmelte die junge Frau und wandte sich wieder ihrer Kutsche zu. „Dabei sind die Herren unseres Landstriches sonst doch so gerne auf Festen, um Karten zu spielen, Wettritte auszuführen und auch mal einen über den Durst zu trinken.“

„Massa Warren ist ein sehr disziplinierter Mensch“, hörte sie Ocean flüstern.

„Du scheinst doch mehr zu wissen, Ocean.“

„Ich kenne nur die Gerüchte, Missi Linda.“

Linda nickte und blickte zum Haus zurück, das von der Abendsonne rötlich angestrahlt wurde. An einem Fenster im Erdgeschoss war der Vorhang ein Stück zur Seite geschoben worden, und sie glaubte, Denise zu erkennen, die sie offenbar beobachtete. „Disziplin ist nicht unbedingt eine negative Charaktereigenschaft“, stellte sie fest und fragte sich, wie eine leichtlebige, auf Äußerlichkeiten bedachte und die Bälle und Feste liebende Denise wohl mit dem ernsten, ehrgeizigen Neil Warren zurechtkommen mochte. Sie nahm sich vor, Denise und ihre Tante gleich in den nächsten Tagen einmal zu sich auf die Plantage einzuladen. Im Moment drängte es sie jedoch nach Hause, denn sie wollte an Joanna schreiben, solange diese sich noch an einem Ort befand, der für die Post problemlos erreichbar war.

Vier Tage später brachte ein Bote eine Antwort auf ihre schriftliche Einladung an Denise und Mrs Steinmann. Die beiden Frauen bedankten sich herzlich, mussten ein Treffen jedoch auf unbestimmte Zeit verschieben. Denise fühlte sich noch immer unwohl und Natasha Steinmann wollte sie in dieser Situation nicht alleine lassen.

Ein wenig enttäuscht blickte Linda auf die handgeschriebenen Zeilen und legte das Papier dann auf ihren Sekretär. Vielleicht erwartete Denise tatsächlich schon ihr erstes Kind. Manchen Frauen ging es zu Beginn einer Schwangerschaft tatsächlich so schlecht, dass sie weder Gäste empfangen noch selbst einen Besuch machen wollten. Mit einem wissenden Lächeln verließ sie ihr Zimmer. Vor der Tür stieß sie auf ihre Mutter, die mehrere Papiere in den Händen hielt und der Tränen über die Wangen rollten.

Mrs Fowler sah auf und der Schrecken und die Trauer in ihren Gesichtszügen verwandelten sich in Furcht und Mitleid.

„Ist etwas geschehen, Ma?“, fragte Linda leise und griff fürsorglich nach dem Ellenbogen ihrer Mutter.

Die Frau nickte und schluchzte leise auf.

„Ma? Was ist denn nur? Komm herein und setz dich erst einmal.“

„Es tut mir ja so unendlich leid, Kind“, murmelte Mrs Fowler und blickte auf die tränenverschmierten Papiere in ihren Händen.

„Was tut dir leid? Willst du mir nicht sagen, was passiert ist?“, drängte Linda. Eine kalte Hand schien nach ihrem Herzen zu greifen, und ihre Knie begannen, unkontrolliert zu zittern. Was für schlechte Nachrichten konnten sie dieser Tage schon erreichen? Die gleichen, die auch schon ihren Weg in andere Häuser ihrer Nachbarschaft gefunden und unendliches Leid, Trauer und Verzweiflung mit sich gebracht hatten?

„Es gab wieder eine Schlacht, Kind. Dieses Mexiko ...“ Mrs Fowler verstummte, schüttelte den Kopf und blickte wieder auf die Papiere. Ihre Tränen tropften auf das oberste Blatt und ließen die Tinte darauf zu einem bizarren Marmormuster verschwimmen.

„Simon?“, entfuhr es Linda. Ein heftiger Schmerz schoss durch ihr Herz und sie bekam keine Luft mehr. Sie glaubte zu ersticken und griff sich mit beiden Händen an den Hals. Ihre Beine gaben nach und sie glitt zu Boden. „Simon!“, wiederholte sie und ihre Augen wanderten fragend und bittend zugleich zum Gesicht ihrer Mutter hinauf.

Kapitel 8

Die Tage zogen sich hin, und während in den Talsenken und entlang der Fluss- und Bachufer noch immer Schnee lag, begann das übrige Land allmählich zu trocknen. Schließlich lockte die wärmer werdende Sonne erste, zarte Blumen aus den braunen Wiesen. Einer baldigen Abreise stand nichts mehr im Weg. Somit war es an der Zeit, dass sich die Frauen mit ihren neuen Aufgaben, dem Lenken der Wagen und Führen der Zugtiere, vertraut machten.

Joanna beobachtete Beckie bei ihren ersten Fahrversuchen. Der Wagen rumpelte über die unebene Wiese und hinterließ auf der aufgeweichten Erde tiefe Spuren. Bedenklich neigte sich das Fahrzeug auf die linke Seite, die Plane schlug gegen ihre gebogenen Halterungen und zerrte an den Seilen, die sie am Holz des Karrens befestigten. Alec Thompson, der neben Beckie auf dem Kutschbock saß, war jedoch wachsam. Er griff vorsichtshalber nach den Zügeln, jedoch ohne sie Beckie aus der Hand zu nehmen. Nachdem sie einen weiteren Bogen gefahren waren, wurde der Planwagen gestoppt, und Joanna konnte hören, wie der junge Mann Beckie lobte und wie ihre Schwester sich daraufhin bedankte und erklärte, sie sei froh, dass sie ihre erste Übungsstunde hinter sich hatte.

„Jetzt bist du an der Reihe, Joanna!“, rief Beckie und ließ sich von Alec Thompson vom Wagen helfen.

„Ich warte, bis Stewart mit Branca fertig ist.“

„Das kann dauern. Sieh dir unser ängstliches Häschen doch einmal an“, erwiderte Beckie. Während sie auf Joanna zuging, zeigte sie in die Richtung, wo Branca auf dem zweiten Planwagen saß und unter Anleitung ihres Bruders die Mulis antrieb.

„Sie ist nicht ängstlicher oder mutiger als wir alle.“

„Nun geh schon, Joanna. Mr Thompson wartet.“

„Das soll er ruhig, Beckie. Und das werde ich auch – auf Stewart nämlich.“

„Alec Thompson ist ein hervorragender Lehrer und er hat mehr Geduld als Stewart. Da er schon so freundlich ist und uns seine kostbare Zeit opfert, kannst du wenigstens so höflich sein, sein Angebot in Anspruch zu nehmen.“

„Seine kostbare Zeit? Was hat er denn sonst zu tun? Seit Wochen sitzen wir hier fest und warten darauf, dass es endlich losgeht.“

„Niemand konnte ahnen, dass noch einmal Schnee fällt, Joanna. Und für uns war die Verzögerung von Vorteil, so konnte Stewart einige sinnvolle Veränderungen an unseren Planwagen vornehmen."

„Da siehst du es, liebe Beckie. Wir schulden den Thompsons keinesfalls etwas. Immerhin hat Stewart auch ihren Wagen umgebaut und mit praktischen Holzkisten und Gestellen ausgestattet."

„Miss Steinmann?", hörten sie Alec Thompson herüberrufen.

Die Mädchen wandten sich dem Mann bei dem Planwagen zu.

Alec schüttelte mit einem schiefen Grinsen im Gesicht den Kopf und fragte: „Miss Joanna Steinmann, brauchen Sie eine schriftliche Einladung?"

„Ich bitte darum, Mr Thompson. In doppelter Ausführung und von Präsident James Polk eigenhändig unterschrieben."

Alec wandte sich um und rief seinem Bruder, der gerade mit seiner Frau auf dem Kutschbock hinter ihm vorbeifuhr, zu: „Ich komme dann nächstes Jahr nach, Mike."

„Raff dich auf, Joanna. Mr Thompson ist durchaus umgänglich", drängte Beckie erneut.

„Du scheinst ihn ja zu mögen", erwiderte Joanna.

„Ja, ich mag ihn", gab Beckie zu ihrer Verwunderung leise zu.

Verwirrt blickte Joanna sie an und hob dann die Augenbrauen. Ob Laurie vielleicht doch recht behalten würde?

Erneut drang Alec Thompsons Stimme zu ihr herüber. „Miss Joanna Steinmann aus Bamberg, South Carolina, Vereinigte Staaten von Amerika, auf Gottes wunderschöner Erde ...!"

„Wie gut, dass er nicht auch noch meine Konfektionsgröße weiß", murmelte sie vor sich hin und hörte ihre Schwester vergnügt lachen. Sie ging zwischen den Schlammlöchern auf der Wiese hindurch zu dem wartenden Planwagen und ihrem Lehrer.

„Liegt es an Ihrer Angst vor den vier harmlosen Stuten im Gespann, dass Sie mich hier minutenlang in einem Schlammloch stehen lassen, Miss Steinmann?"

„Es hat Sie niemand gezwungen, im Schlammloch zu warten, Mr Thompson. Sie könnten schon längst wieder oben auf dem trockenen Kutschbock sitzen."

„Ein Gentleman hilft einer Dame für gewöhnlich beim Aufsteigen, Miss."

„Vielleicht benötigt nicht jede Dame Hilfe beim Aufsteigen, Mr Thompson."

„Auch gut", erwiderte er einfach, ergriff eine der Haltestangen und schwang sich auf die Kutschbank.

Einen Moment lang blickte Joanna verdutzt zu ihm hinauf und senkte dann schnell den Kopf. Belustigt lächelte sie vor sich hin. Mit einer solchen Reaktion hatte sie nicht gerechnet. Jetzt galt es für sie allerdings, sich keine Blöße zu geben. Sie raffte ihren grauen Baumwollrock weit in die Höhe, stellte ein Bein auf den untersten Tritt und stieß sich mit dem anderen ab. Es gelang ihr, sich geschickt nach oben zu ziehen, und erleichtert ließ sie sich neben dem Mann auf dem unbequemen, harten Holzbrett, das als Kutschsitz diente, nieder.

Sie ließ sich den Aufbau und die Handhabung des Zaumzeuges erklären und nahm es schließlich selbst in ihre Hände.

„Wo sind Ihre Handschuhe?", wollte Alexander Thompson wissen.

„Ich brauche keine. Es ist nicht sehr kalt."

„Die Stuten da vorne sind keine zierlichen Reitponys, Miss Steinmann. Es hatte schon seinen Grund, warum Ihr Bruder die Handschuhe angeschafft hat."

Joanna wandte sich halb um und rief Beckie zu, sie solle ihr doch ihre Handschuhe überlassen.

Die jüngere Schwester eilte sofort herbei und reichte ihr die gewünschten Utensilien herauf. „Wo hast du denn deine?"

„Ehrlich gesagt, ich weiß es nicht."

„Du warst schon immer großartig darin, Dinge zu verlegen, Joanna Steinmann."

„Ich hatte sie in meiner Kiste."

„Oder neben der Kiste, vielleicht aber auch auf der Kiste und möglicherweise in einer anderen Kiste", zog Beckie sie lachend auf.

„Du wirst es schon bemerken, wenn du heute Abend statt Fleisch ein Paar zähe Lederhandschuhe zum Essen vorgesetzt bekommst, Beckie Steinmann."

Lachend wandte ihre Schwester sich ab und entfernte sich wieder, um Joannas erste Fahrversuche aus sicherer Entfernung zu beobachten.

„Eines weiß ich nun mit Sicherheit, Miss Steinmann: Ich werde mich nie von Ihnen zum Essen einladen lassen." Der Mann neben ihr lachte belustigt auf und das Geräusch ließ die Ohren der vier Mulis nach hinten zucken. „Wir langweilen die Ladys, Miss Steinmann." Alec zeigte auf die Stuten. „Wenn Sie sie bitte in Bewegung setzen würden?"

Kapitel 9

Linda Fowler saß zusammengekauert vor ihrem Bett und blickte auf die Zeile schwarzer Buchstaben, die sie in panische Angst versetzt hatte. Simon Bryant war in einer Schlacht schwer verwundet worden. Doch was hieß das? War er inzwischen gestorben? Lebte er noch und litt unsägliche Schmerzen? Lag er irgendwo in einem Lazarett und kämpfte gegen den Tod an?

Die junge Frau warf die Papiere so heftig von sich, dass sie laut raschelnd durch die Luft flatterten, ehe sie sich weit verstreut auf dem Boden verteilten. Sie warf sich herum, sodass sie zum Knien kam, legte ihre Arme auf das Bett und vergrub ihren Kopf in ihnen. Ihr ganzer Körper schmerzte und begann, unkontrolliert zu zittern. Die Verzweiflung überfiel sie wie eine eiskalte Welle und drohte, sie mit sich fortzuspülen. Sie schluchzte heftig; dabei krallten sich ihre Hände in den kühlen Seidenüberwurf des Bettes. Sie wollte schreien und toben und doch einfach nur bewegungslos daliegen und alles vergessen. In diesen Minuten wurde ihr bewusst, wie sehr sie Simon liebte. Sie liebte seine ruhige, aufrichtige Art. Sie liebte und bewunderte seinen tiefen Glauben an Gott und die Gewissheit, mit der er erklären konnte, dass nichts in seinem Leben geschah, was nicht durch die Hand Gottes geleitet wurde.

Linda stöhnte gequält auf. Auch das, was ihm jetzt widerfahren war? Hatte Gott es zugelassen, dass dieser großartige junge Mann auf so furchtbare Weise leiden und vielleicht früh sterben sollte? Was hatte er mit Simon vor?

Leise Schritte erinnerten Linda daran, dass Ocean noch immer bei ihr im Zimmer war. Doch sie wandte sich nicht um und drückte ihr Gesicht nur noch tiefer in die Bettdecke.

Ocean kniete sich neben sie auf den Boden und legte einen Arm um ihre bebenden Schultern, die andere Hand berührte die ihre. Lange Zeit kauerten sie so da und schließlich hörte Linda Ocean flüstern: „Herr, sei du unser Licht in der Dunkelheit. Lass die Hoffnung in unserem Herzen hell strahlen."

Linda hob kaum merklich den Kopf und betrachtete die schwarze Hand auf ihrer alabasterweißen. Sie wusste, dass diese Geborgenheit und der Trost, der sich wie eine kleine, wärmende Flamme in ihrem Inneren bemerkbar machte, nicht von der liebevollen Anteilnahme, von der fürsorglichen Umarmung und der Nähe dieser einfachen Sklavin kam, sondern aus den Worten der jungen Frau, die ernst gemeint und voller Zuversicht an ihren Gott gerichtet waren.

Als Ocean ihr Gebet beendet hatte, herrschte einen Moment lang Stille. Dann flüsterte Linda: „Ich liebe ihn doch so sehr, Ocean." Sie schluchzte erneut auf und warf sich in die Arme der schwarzen Frau, die sie sanft hin- und herwiegte.

Viel später erst trocknete Linda ihre Tränen und lächelte Ocean ein wenig beschämt an. Die Sklavin nahm erneut Lindas Hand in die ihre, als wäre es das Selbstverständlichste auf der Welt und als habe sie nicht einen respektvollen Abstand zu ihrer weißen Herrin einzuhalten.

„Ich bin so froh, dass du da bist, Ocean. Und ich danke dir."

Ocean nickte und lächelte sanft.

„Am liebsten würde ich nach Mexiko reisen und mir Gewissheit verschaffen. Ich möchte bei ihm sein und ihn pflegen ..." Wieder schluchzte Linda auf und presste ihre Lippen fest aufeinander. „Aber das geht wohl nicht", fügte sie leise hinzu.

„Nein, Missi. Das wird nicht gehen. Aber Sie können in Ihren Gebeten bei Master Bryant sein."

Linda nickte und fühlte die Hilflosigkeit wie eine quälende Last auf ihrem Herzen liegen.

„Schreiben Sie an Master Carwell, Missi. Er ist doch im selben Regiment wie Master Bryant."

Linda hob den Kopf und blickte die schwarze Frau neben sich aufmerksam an. Dann nickte sie zustimmend. „Das ist ein guter Gedanke, Ocean. Scott Carwell wird mir schreiben können, was mit Simon geschehen ist und wie es ihm geht", stimmte sie zu. Entschlossen zog sie ihre Hand aus der von Ocean und erhob sich. Die junge Frau setzte sich an ihren Sekretär, schob die Nachricht von Denise Warren und Natasha Steinmann beiseite und griff nach ihrer Feder. Langsam senkte sie das Schreibutensil in ihr Tintenfass und blickte dann nachdenklich aus dem nahen Fenster über die Parkwiese zum Fluss hinunter. „Ich darf nur die Hoffnung nicht aufgeben", murmelte sie vor sich hin, ehe sie die Regimentsadresse auf den blütenweißen Umschlag schrieb.

Kapitel 10

Dichter Nebel lag über der Landschaft, als sei sie in weißen Tüll gehüllt worden. Die blattlosen Bäume streckten ihre Äste wie drohende Fantasiegestalten in den morgendlichen, noch dunklen Himmel und der rötliche Schimmer im Osten zauberte ein unwirkliches Licht auf die Planwagen. Schaukelnd bewegten sich die Wagen über die Wiese auf einen ausgefahrenen Weg zu und die eisenbeschlagenen Holzräder ratterten laut über die harte Erde. Die Geschirre der Zugtiere klirrten, und das Leder der Zügel und des Zaumzeugs knarrte unter der hohen Belastung, der es ausgesetzt war. Einige Zugochsen ließen ihre tiefen Stimmen hören, während die Maultiere und Pferde schnaubten und ihr Atem sich für einen kurzen Augenblick in kleinen Wolken vor ihren Nüstern zeigte.

Joanna ging eilig neben dem Wagen her. Wie die meisten ihrer Mitreisenden hoffte auch sie, durch den Marsch nach der kalten Nacht schnell wieder warm zu werden. Sie hielt das Führseil des Leitmulis in den Händen, doch die Tiere folgten dem voranfahrenden Wagen ohnehin beinahe blind. Branca, die auf dem Kutschbock saß, hatte keine Schwierigkeiten, die Zugtiere zu lenken. Neben Joanna gingen Beckie und Ellie, wie sie selbst auch in die wärmsten Kleider, die sie hatten finden können, eingehüllt und mit Hauben und Schals angetan, während Stewart neben dem vorderen Gespann herging und es führte. Dort saß Carole auf dem Kutschbock.

Es war nicht einfach, über die holprige und gefrorene Straße zu gehen, und Joanna brauchte all ihre Aufmerksamkeit, um nicht zu fallen oder umzuknicken. Dabei hatte sie auch noch die Tiere im Blick zu behalten.

Ein Reiter näherte sich ihr von hinten. Joanna schaute über die Schulter zurück und blickte in das bärtige, verbissen wirkende Gesicht von Mr Esra Stevens. „Mehr Abstand halten, Miss."

„Ich bin froh, dass die Tiere sich am Wagen vor uns orientieren, Mr Stevens", erwiderte sie.

„Sie müssen lernen, die Mulis zu führen – oder zurückbleiben."

„Ich muss allein das tun, was unsere Wagen sicher vorwärtsbringt, Mr Stevens, und nicht das, was lediglich ihrem Auge als optische Unregelmäßigkeit auffällt."

Der Mann beugte sich ein wenig herunter und musterte sie. „Ach, Sie sind das", knurrte er und spuckte in die andere Richtung seinen Tabak aus.

„Verzeihen Sie bitte, dass auch mein Anblick Ihren Augen ein Problem bereitet, Mr Stevens."

„Jedenfalls sind Sie nicht auf den Mund gefallen. Wenn Sie nicht riskieren wollen, dass Ihre Mulis bei einem plötzlichen Halt oder wenn sie durch irgendetwas aufgeschreckt werden, in den vorderen Karren laufen, halten Sie mehr Abstand!" Der Mann schnalzte seinem Reittier auffordernd zu und ritt weiter an dem Wagenzug entlang.

„Was Mr Stevens sagte, klang doch sehr vernünftig, Joanna", meinte Beckie an ihre ältere Schwester gewandt.

„Ich weiß nicht, welche Gefahr höher zu bewerten ist, Beckie. Die eines plötzlichen Erschreckens der Tiere, die auf mich eigentlich recht ruhig wirken, oder die, dass sowohl ich als auch Branca in Schwierigkeiten geraten, wenn der vordere Wagen aus dem Blickfeld der Tiere verschwunden ist."

„Was hältst du davon, dass wir uns als vollkommene Laien einfach an die Anordnungen unseres Treckführers halten, Joanna Steinmann?"

„Wenig, wenn sie mir nicht logisch begründet erscheinen, Beckie Steinmann."

„Warum tauscht ihr nicht einfach, Joanna?", schlug Ellie vor. „Du und Carole, ihr könnt die Wagen gut lenken. Dann können Branca, Stewart und Beckie abwechselnd die Führleine übernehmen."

„Wir müssen sowieso durchwechseln, Ellie. Den einen werden innerhalb kürzester Zeit die Arme, Hände und das Gesäß wehtun, den anderen die Füße und Beine." Joanna betrachtete prüfend den knappen Abstand zwischen den führenden Mulis und dem vor ihnen hin- und herschwankenden Planwagen.

Erneut näherte sich ein Reiter von hinten. Die drei Schwestern drehten sich herum und erkannten Alec Thompson, der die Leitstute ihrer Zuchtherde neben sich herführte. Dem schönen Tier folgten in geringem Abstand die anderen Stuten.

„Miss Steinmann?"

„Bitte?", erwiderten alle drei und ihnen war die Belustigung deutlich anzusehen. Ellie kicherte verhalten vor sich hin und blickte in Richtung des groß gewachsenen Mannes auf dem schwarzen Hengst.

Auch er lächelte und schüttelte dabei den Kopf. „Miss *Joanna* Steinmann."

„Bitte, Mr Thompson?"

„Sie müssen Ihre Mulis ein wenig zurückhalten. Die Tiere folgen zwar bereitwillig dem vorderen Wagen, aber wenn Sie sie auf ihn auflaufen lassen, werden sie mit Sicherheit sehr unfreundlich."

„Siehst du, Mr Stevens hatte doch recht", wandte sich Beckie an Joanna.

Die warf ihr einen wenig freundlichen Blick zu. „Und was lässt dich glauben, dass Mr Thompson recht hat? Wäre es nicht möglich, dass sich gleich zwei Vertreter des männlichen Geschlechtes in ihrem Urteil irren?"

„Wäre es nicht auch möglich, dass die eigensinnige Joanna Steinmann im Unrecht ist?", erwiderte Beckie gelassen.

Joanna konnte das Grinsen im Gesicht des jüngeren Thompson-Bruders deutlich sehen.

„Soll ich Stewart fragen gehen?", rief Ellie dazwischen, blickte dabei jedoch nicht ihre ältere Schwester, sondern Alec an.

„Er wird dir nichts anderes sagen, kleine Miss", erwiderte Alec freundlich und zwinkerte ihr belustigt zu, was ein strahlendes Lächeln auf die noch kindlichen Gesichtszüge des Mädchens zauberte.

„Nun gut, wenn die Herren es so wünschen ...", murmelte Joanna und gab der auf dem Bock sitzenden Branca ein Handzeichen. Dann stellte sie sich neben die vordere dunkle Maultierstute und stemmte sich mit ihrer Schulter gegen deren rechte Brustseite, sodass sie erst langsamer wurde und dann ganz stehen blieb.

Alec behielt währenddessen die nachfolgenden Wagen wachsam im Auge, doch deren Führer und Kutscher waren aufmerksam genug und reagierten entsprechend auf den kleinen Halt.

Joanna wartete, bis sich der Abstand zwischen ihnen und dem voranfahrenden Wagen vergrößert hatte, dann schnalzte sie den Tieren zu, woraufhin sich das Gespann mit einem heftigen Ruck wieder in Bewegung setzte.

„Sie können gut mit den Tieren umgehen, Miss Steinmann", lobte Alec sie.

„Denken Sie nur nicht, dass nur Sie und Ihr Bruder etwas von Pferden verstehen."

„Sie werden kaum mehr Zeit in einem Damensattel verbracht haben als vor dem Frisiertisch, Miss Steinmann."

„Joanna ist jeden Tag geritten, Mr Thompson", warf Ellie ein. „Sie war die beste Reiterin in unserem Distrikt!"

„Haben Sie den Titel beim Damenwettritt im Damensattel gewonnen?“

Joanna blickte den Mann an, der sich mit beiden Händen auf den Knauf seines Sattels stützte. Sie schluckte eine weitere vorlaute Antwort herunter, da sie wusste, dass sowohl Ellie als auch Beckie Mr Thompson sehr schätzten.

Alec Thompson zwinkerte Ellie zu, lächelte Beckie freundlich an und tippte sich, an sie gewandt, mit einer lässigen Bewegung mit dem Zeigefinger an die Krempe seines Hutes. Mit der Leitstute am Führseil entfernte er sich von der Wagenkolonne und die anderen Pferde folgten dem Leittier augenblicklich.

Joanna wurde von Beckie aufmerksam gemustert, und so wandte sie sich ihrer Schwester zu. „Es war doch freundlich von ihm, uns auf die Gefahr aufmerksam zu machen, Joanna.“

„Selbstverständlich, Beckie“, erwiderte Joanna einfach.

Sie sah der kleinen Pferdeherde begeistert nach. Die Zuchttiere, die die Thompsons mit auf den Weg in den Westen nahmen, sahen ausgesprochen vielversprechend aus. Jetzt verstand sie auch, weshalb an den Wagen von Mike und Laurie ein kleiner Anhänger befestigt worden war. Dort, und in zahlreichen Gepäcktaschen auf den Rücken der Pferde selbst, befand sich das mitgeführte Heu und der Hafer. Mochte Alec Thompson noch so sehr über ihr Handbuch für Emigranten spotten, so wusste sie doch aus diesem, dass den Pferden – im Gegensatz zu den Zug- und Nutztieren, aber auch zu den Mustangs der Indianer – das Präriegras nicht bekam. Die Pferde brauchten das Extrafutter vor allem in den Zeiten, in denen sie sich abseits der Flüsse mit begrünten Uferrändern befanden.

Kapitel 11

Unzählige Schmeißfliegen hatten ihren Weg in das Zelt gefunden. Ihr Brummen wurde zu einem beständig zunehmenden Geräusch, das aus dem Lazarett nicht mehr fortzudenken war. Hinzu kam das leise Jammern der Verletzten und die gelegentlichen Schreie derjenigen, die unter heftigen Schmerzen litten und kein Vergessen in einer Bewusstlosigkeit finden konnten. Die knappen Befehle der Ärzte und ihrer Helfer, die sich um eine viel zu große Anzahl von verwundeten Soldaten zu kümmern hatten, erhöhten den Geräuschpegel zusätzlich. Der Geruch von getrocknetem Blut, Exkrementen, Erbrochenem und Alkohol lag in der Luft, schaffte es aber nicht, den von faulenden Verletzungen zu überlagern.

Eine Fliege krabbelte Simon Bryant über das Gesicht, und mit einer unwilligen Kopfbewegung versuchte er, den bläulich schimmernden Schmarotzer loszuwerden. Das Insekt flog zwar davon, kam jedoch nach wenigen Sekunden wieder zurück. Der junge Mann hob nun vorsichtig seinen rechten Arm, um das Tier energischer zu vertreiben, doch die Bewegung bereitete ihm große Schmerzen, und so konnte er sie nur sehr langsam und mit wenig Überzeugungskraft ausführen.

Über das Stöhnen und Weinen der neben ihm liegenden Verletzten hörte er weit entfernt das Detonieren einiger größerer Geschosse der Artillerie und das Stakkato der feuernden Musketen. Es wurde noch immer gekämpft.

Die Hitze war unangenehm drückend. Waren es die Schmerzen oder die heiße, schlechte Luft unter den Planen, die ihm das Wasser aus allen Poren trieb? Simon konnte seine Gedanken nur schwer zusammenhalten. Ständig schienen sie davonfliehen zu wollen und in alle Richtungen auszuströmen. Sie ergaben keinen Sinn und führten erst recht nicht zu einem Ergebnis seiner Überlegungen. Meist jedoch endeten sie bei einer wundervollen jungen Dame, die er in South Carolina zurückgelassen hatte und nach der er sich Tag für Tag mehr sehnte. Es war tröstlich, an Linda zu denken, sich ihre Gesichtszüge vorzustellen, ihre liebevoll blitzenden Augen und das Lächeln, mit dem sie nur ihn zu bedenken schien. Die Gedanken an sie waren der einzige Halt, der ihm blieb – die einzige Möglichkeit, nicht vor Schmerz und Verzweiflung verrückt zu werden.

Simon schloss die Augen, fühlte die Fliege über seine Stirn krabbeln, spürte den brennenden, an ihm reißenden Schmerz in seinem linken Arm und die Schwäche in seinem Körper. Er hörte die wieder und wieder feuernden Waffen in der Ferne und versuchte erneut, seine Gedanken beisammenzuhalten. Er wollte beten und zu seinem Gott flehen, dass er diesem Elend ein Ende setzen möge. Er wollte ihn bitten, ihm seine zermürbenden Schmerzen zu nehmen und ihn schnell in Lindas Arme zurückkehren zu lassen, doch er brachte nur ein schwach geflüstertes Wort zustande: „Herr ...“

Einen Moment schien es, als hielten die Waffen inne, als sei jeglicher Schmerz aus den Verletzten um ihn her gewichen, denn kein Stöhnen, kein Jammern und Weinen war zu hören. Einen kleinen Augenblick lang spürte er in sich den Willen zu überleben. Dann nahm er den Arzt wahr, der mit hastigen Bewegungen seinen Verband löste, um sich seine Wunde am linken Oberarm anzusehen. Die Geräusche des Schlachtfeldes und die des Lazarettes waren wieder da, ebenso seine kaum auszuhaltenden Schmerzen.

Der Militärarzt in seiner blutverschmierten Uniform pfiff nach einem Soldaten und winkte ihn zu sich. „Eine Trage, Soldat. Amputation!“

Simon Bryant bäumte sich schreiend auf. Zwei Hände drückten ihn auf die harte Pritsche zurück, doch das wäre nicht nötig gewesen. Seine Schwäche und vor allem der Schmerz hätten ihn ohnehin zurückgeworfen.

„Nur so haben Sie eine Überlebenschance, Bryant“, erklärte der Arzt. Die beiden Helfer kamen mit der hölzernen Trage heran und setzten sie neben ihm ab. Sie würden ihn anheben und hinüberziehen müssen. Simon ahnte den zusätzlichen Schmerz, der ihm nun zugefügt werden würde, und presste die Zähne fest aufeinander. Er würde nicht noch einmal schreien und auch nicht fluchen, nahm er sich vor und kniff die Augen kräftig zusammen.

Als man ihn anhob und sein Körper zu zerreißen drohte, flüsterte er nur: „Gott, wo bist du?“

Kapitel 12

Am Rande eines Waldstückes, in dessen Schatten noch immer Schneereste lagen, schlängelte sich ein Ausläufer des Missouri entlang. Esra Stevens ritt an den Planwagen vorbei und rief den Siedlern zu, dass sie hier die Nacht verbringen würden.

Joanna, die wieder einmal auf dem Kutschbock ihres zweiten Wagens saß, ließ die Tiere anhalten und blickte prüfend zum Himmel hinauf. Es war tatsächlich an der Zeit, das Nachtlager vorzubereiten. Die Sonne stand bereits tief im Westen und würde nicht mehr sehr lange Tageslicht spenden. Sie trat die Bremse des Planwagens mit einer energischen Fußbewegung fest und spürte dabei sämtliche Muskeln in ihrem Leib. Ihr Gesäß schmerzte, ihre

Knöchel mussten mindestens auf das Doppelte ihres normalen Umfanges angeschwollen sein und ihr Magen rebellierte. Sie war es nicht gewohnt, so früh aufzustehen, nur ein flüchtiges Frühstück zu sich zu nehmen, um die Mittagszeit eine kurze Rast einzulegen und erst gegen Abend eine anständige Mahlzeit zu essen, die zuvor erst einmal zubereitet werden musste.

Beckie, die die letzten Meilen im Inneren des schaukelnden Planwagens gesessen hatte, da ihre Beine sie nicht mehr hatten tragen wollen, hob die Plane an und seufzte erleichtert auf. „Endlich."

„Ich werde heute Nacht schlafen wie ..."

„... ein Stein", lachte Carole. Dann wandte sie sich an Joanna. „Ich habe die Männer zurückkommen sehen, die Mr Stevens auf die Jagd geschickt hat. So, wie es aussah, haben sie einige Hasen und sogar zwei Hirsche erlegt. Soll ich zur Verteilung gehen?"

„Wenn du noch kannst, darfst du gerne zur Verteilung der Lebensmittel gehen und dich in der Schlange anstellen, Carole. Ich jedenfalls werde vom Kutschbock steigen, mich nach hinten in den Wagen schleppen und erst einmal meine Beine hochlegen."

„Daraus wird wohl nichts werden, Jo", ermahnte Stewart sie, der seine Schwestern inzwischen mit dem zweiten Wagen, den er, begleitet von Branca, gelenkt hatte, eingeholt hatte. Er kam an den Kutschbock heran und streckte ihr hilfsbereit beide Hände entgegen.

Die junge Frau ließ sich mehr in seine Arme fallen, als dass sie abstieg.

„Branca liegt im anderen Wagen und weint", erklärte Stewart. „Sie kann offenbar keinen Schritt mehr gehen. Carole und Ellie sollen zur Fleischverteilung, Beckie kann bereits beginnen, die Vorbereitungen für unser Abendessen zu treffen, und du gehst Feuerholz sammeln."

„Vielleicht sollte ich auch einfach anfangen zu weinen", murmelte Joanna, blickte jedoch mitleidig auf die geschlossene Plane des anderen Wagens. Branca war schon immer sehr empfindsam gewesen. Sie wandte sich wieder Stewart zu. „Irgendwelche besonderen Wünsche, Mr Steinmann? Buche, Eiche, Birke, Tanne oder Kiefer?"

„Einfach trockenes Holz", lachte Stewart und wandte sich den erschöpften Mulis zu. Sie mussten dringend ausgeschirrt, gebürstet, gefüttert und mit frischem Wasser versorgt werden.

Joanna strich der dunklen Mulistute, die als Leittier diente, über den Hals und ging zum zweiten Planwagen der Steinmanns hinüber. Vorsichtig zog sie die Plane ein wenig beiseite und warf einen prüfenden Blick auf die wie leblos daliegende jüngere Schwester. „Bleib einfach liegen, Branca. Wir bringen dir nachher etwas zu essen und Waschwasser."

„Du bist ein Engel, Joanna."

Joanna griff nach einem der grob geflochtenen Weidenkörbe, die im hinteren Bereich des Wagens standen, und machte sich langsam auf in Richtung Wald. Dabei kam sie am Wagen der Thompsons vorbei. Offenbar waren die beiden Männer noch mit den von ihnen mitgeführten Zuchtpferden beschäftigt, denn die Ochsen an ihrem Planwagen standen noch im Geschirr.

Laurie kam soeben mit einem großen Stück rohem Fleisch von der Verteilung zurück. Sie bemerkte Joanna nicht, und so verließ diese die Wagenkolonne, um jenseits des ausgefahrenen Weges in das Dickicht des Waldes einzudringen.

Das Unterholz knackte, als sie sich hindurchzwängte, und ein kurzes, heftiges Aufrascheln einige Meter von ihr entfernt deutete darauf hin, dass irgendein Kleintier Reißaus vor ihr nahm. Joanna machte sich daran, Feuerholz zu sammeln. Das fortlaufende Bücken fiel der jungen Frau ausgesprochen schwer, da ihr jeder einzelne Muskel in ihrem Körper schmerzte. Zudem stellte sie sehr schnell fest, dass sich ein Großteil der Äste nicht für ein Feuer eignen würden. Sie waren noch zu feucht. Also ging sie dazu über, einige Äste von den Sträuchern und Bäumen zu brechen, wobei sich viele von ihnen als ausgesprochen widerborstig erwiesen.

Nachdem sie endlich ihren Korb gefüllt hatte, trat sie den Rückweg an. Joanna kam erneut bei den Thompsons vorbei und stellte fest, dass Laurie noch immer alleine war.

„Hast du schon Feuerholz, Laurie?", rief sie der jungen Frau zu, mit der sie sich inzwischen angefreundet hatte.

„Ich wollte mich gerade auf die Suche machen, Joanna."

„Dann nimm doch das Holz hier. Wir sind mehr Personen und können uns unsere Aufgaben aufteilen."

„Das ist lieb von dir. Danke."

„Gerne, Laurie." Joanna legte das Brennholz neben den Wagen und wandte sich sofort wieder um.

Ein weiteres Mal drang sie in den dichten Wald ein und mühte sich ab, den Bäumen größere Äste zu rauben. Als der Korb wieder gefüllt war, trat sie erneut den Rückweg an. Das unwillige Weinen von Kindern schlug ihr aus dem Lager entgegen, und als sie sich den Wagen näherte, entdeckte sie Mrs Paltrow, die die Reise in den Westen allein mit ihren Kindern auf sich genommen hatte, um ihrem Mann nachzureisen. Die junge Mutter hielt einen zweijährigen, heftig schluchzenden Jungen in den Armen, während an ihrem Rockzipfel eine Dreijährige hing, die ebenfalls lauthals gegen irgendetwas protestierte. Der ältere Sohn – er mochte gerade einmal fünf Jahre alt sein – stand mit tief in den Hosentaschen vergrabenen Händen vor der kleinen Gruppe und wirkte ausgesprochen missmutig.

„Kann ich Ihnen helfen, Mrs Paltrow?“, rief Joanna hinüber.

Die Frau zog in einer hilflosen Geste die Schultern nach oben, schüttelte dann jedoch den Kopf.

„Ich bringe Ihnen Feuerholz, damit Sie die Kinder nicht allein lassen müssen, Mrs Paltrow“, entschied Joanna und schüttete die gerade gesammelten Zweige in einen bereits parat stehenden Korb der Frau.

„Gott segne Sie, Miss Steinmann.“

Joanna lächelte, wandte sich um und machte sich ein drittes Mal auf den Weg in den Wald. Inzwischen waren die Schatten länger geworden und die Sonne stand knapp oberhalb der Baumwipfel. Ihren müden Händen fiel es immer schwerer, Äste von den Büschen und Bäumen abzubrechen, und so dauerte es diesmal sehr lange, bis sie ihren Korb gefüllt hatte.

Als sie schließlich den Rückweg antreten wollte, stellte sie erschrocken fest, dass sie das Lager nicht mehr sehen konnte. Nur die schwarz in die Höhe ragenden Baumstämme um sie herum waren noch zu erkennen. Prüfend musterte sie den zwischen den Laubbäumen hindurchschimmernden Abendhimmel und drehte sich dabei einmal um sich selbst. Doch die benadelten und belaubten Äste hielten jegliches Licht davon ab, bis auf den Waldboden vorzudringen. Ein Anflug von Panik überfiel sie. Wie sollte sie den Weg zurück finden?

Joanna stellte den schweren Weidenkorb vor sich in das weiche, feuchte Moos und richtete sich wieder auf. Sie schloss die Augen und versuchte, die Geräusche des Waldes von denen zu trennen, die von dem nahe gelegenen Lager herüberdringen mussten. Doch außer dem Zirpen der Grillen und dem Rascheln der Blätter im Wind war nichts zu hören.

Joanna hielt die Augen weiterhin geschlossen. Unruhige Gedanken jagten in ihrem Kopf durcheinander. Wie hatte sie so unachtsam sein und sich so weit vom Lager entfernen können, dass sie nicht mehr zurückfand?

Beckie spießte – so wie sie es bei Laurie Thompson gesehen hatte – die in feine Streifen geschnittenen Fleischstückchen auf einen dünnen Ast und legte diesen beiseite, um sich den Kartoffeln zuzuwenden. Schließlich waren auch sie fürs Kochen vorbereitet. Was ihr nun noch fehlte, war das Feuer.

Sie erhob sich und betrachtete die kleinen Rauchfahnen, die sich zumindest vor fünf oder sechs anderen Wagen in den Himmel hinaufdrehten. Wo nur blieb Joanna mit ihrem Feuerholz? Das Mädchen drehte sich nach Stewart und Ellie um, die von der Wiese zurückkehrten, auf der sie die Mulis angepflockt hatten, und rief: „Habt ihr Joanna gesehen?"

„Jo? Ich habe sie schon vor einer kleinen Ewigkeit zum Holzsammeln geschickt."

„Ich weiß, Stewart. Deshalb wundert es mich auch, dass sie noch nicht zurück ist."

Stewart runzelte die Stirn und schüttelte den Kopf. „Kannst du nach ihr suchen, Beckie?"

Das Mädchen nickte und wandte sich in Richtung des Thompson-Wagens um. Wenn Joanna irgendwo stehen geblieben war, weil sie mit jemandem plauderte, dann wohl am ehesten bei Laurie Thompson.

Jede Bewegung bereitete ihr Schmerzen, doch da der Hunger ebenfalls unangenehm an ihr nagte, ging sie eilig voran. Auch vor dem Wagen der Thompsons knisterte bereits ein Feuer und der verführerische Duft von gegrilltem Fleisch lag in der Luft.

Laurie rührte in einem schwarzen, gusseisernen Topf, hob jedoch den Kopf, als sie Beckies Schritte hörte. „Hallo, Miss Steinmann. Brauchen Sie Hilfe?", fragte sie.

„Alles ist vorbereitet, Mrs Thompson, nur Joanna ist uns verloren gegangen. Sie haben sie nicht zufällig gesehen?"

„Schon eine ganze Weile nicht mehr. Sie ging in Richtung Wald, um Holz zu sammeln."

Mike und Alec Thompson, die am Planwagen beschäftigt gewesen waren und Beckie gehört hatten, kamen zu den beiden herüber. „Vielleicht ist sie von jemandem aufgehalten worden, Miss Steinmann", vermutete Mike Thompson.

„Die junge Dame liebt es doch, sich mit anderen anzulegen. Vermutlich tut sie das im Augenblick mit einem vor Angst erstarrten Kaninchen oder einem vollkommen verwirrten Fuchs", versuchte auch Alec, sie zu beruhigen. Dabei wickelte er ein derbes Seil auf und hängte es an eine Befestigung des Planwagens.

„Sie kann unmöglich noch im Wald sein, Mr Thompson. Stewart hat sie vor über einer Stunde zum Holzsammeln geschickt."

Laurie blickte auf den inzwischen schwarz wirkenden Wald hinüber. „Sie hat mir ihr Feuerholz gegeben, und später sah ich, wie sie einen weiteren Korb voll Holz Mrs Paltrow schenkte."

Mike Thompson zog die Hände aus seinen Hosentaschen und fuhr sich mehrmals über sein bärtiges Kinn. „Weshalb tut sie das? Sie kann sich doch denken, dass es im Wald dunkel wird und Sie auf das Feuerholz warten", überlegte er laut.

„Ich war sehr erleichtert, nicht auch noch in den Wald gehen zu müssen, nachdem ihr so lange nicht von den Pferden zurückkamt. Und Mrs Paltrow hatte genug mit ihren Kindern zu tun. Es schien so, als wollten sie nicht alleine gelassen werden. Wie hätte sie sich um Feuerholz kümmern können?", erklärte Laurie.

„So ist Joanna", murmelte Beckie, während sie beunruhigt zum Wald hinübersah.

Alec richtete sich auf und bat Beckie: „Erkundigen Sie sich bitte bei Mrs Paltrow, ob Ihre Schwester noch einmal in den Wald zurück ist. Ich hole Stewart. Und vielleicht auch diesen verrückten Hund. Er könnte sie finden, wenn sie tatsächlich noch im Wald ist."

Beckie raffte ihren Rock in die Höhe und eilte zum Wagen von Mrs Paltrow. Nun wurde sie nicht mehr von ihrem Hunger, sondern von ihrer Angst um Joanna getrieben. Während sie lief, betete sie zu ihrem Herrn, dass er auf Joanna achtgeben möge.

Frierend und vor Furcht zitternd, hockte Joanna auf einer dicken Baumwurzel und hatte die Arme um sich geschlungen. Sie wusste nicht, was sie tun sollte. Aus lauter Angst, sich noch weiter vom Lager zu entfernen, wagte sie es nicht, in irgendeine Richtung zu gehen. Die Geräusche um sie herum halfen nicht dabei, ihre Angst zu lindern, denn neben dem Rauschen der Blätter und dem Knacken der Äste im leichten Abendwind raschelte es unentwegt irgendwo im Unterholz. Sie fuhr erschrocken zusammen, als ganz in der Nähe ein größerer Nachtvogel durch die Zweige strich. Hitzewellen jagten durch ihren Körper. Ihr Gesicht schien zu brennen.

Langsam hob sie den Kopf und blickte an den sich leicht bewegenden Baumkronen vorbei in den nachtschwarzen Himmel hinauf, an dem sich kein einziger Stern als tröstliches Licht zeigen mochte. „Sie suchen mich doch, Herr?“, flüsterte sie leise. Lange Zeit beobachtete sie die Bewegungen der Zweige und spürte immer mehr die Zuversicht in sich, dass Gott sie nicht im Stich lassen würde. Er konnte dafür sorgen, dass sie gefunden wurde.

Wieder etwas zuversichtlicher, aber immer noch frierend und heftig zitternd, saß sie minutenlang da und lauschte in den Wald hinein. Plötzlich riss sie ihre Augen weit auf. Ein seltsames, lang gezogenes Heulen drang durch die Dunkelheit. Gab es hier Wölfe? Jegliche Ruhe war wieder fort, als habe der Wind, der durch die Baumwipfel strich, sie mit sich davongetragen. Von irgendwoher kam ein Knacken und Rascheln und das Unterholz bewegte sich. Ein langhaariges, nur als dunkler Schatten erkennbares Tier sprang mit wenigen kraftvollen Sätzen zwischen den schwarzen Baumstämmen hindurch. Für einen kurzen Moment hielt es inne und kam dann langsam auf Joanna zu.

Joanna erhob sich und ergriff einen ihrer gesammelten Äste. Wie eine Axt nahm sie ihn in beide Hände. Das Tier kam immer näher. Sie nahm ihre primitive Waffe ein wenig höher. Dann war das Tier plötzlich sehr schnell bei ihr. Mit einem Satz sprang es an ihr hoch. Eine feuchte Schnauze fuhr ihr über die Wange und ein freudiges Winseln ließ sie aus ihrer Bewegungslosigkeit und panischen Furcht erwachen.

„Rowdy?“, flüsterte sie und ließ den Ast fallen. Erleichtert strich sie ihrem großen Hund durch das zerzauste Fell. „Rowdy! Du hast mich gefunden!“ Schließlich hob sie den Kopf und blickte erneut zum nächtlichen Himmel hinauf. Ein einzelner, matter Stern leuchtete zu ihr herunter und ein Lächeln legte sich auf ihr Gesicht. „Ein Hoffnungsschimmer“, flüsterte sie und dankte ihrem Gott, dass er ihren Hund bis zu ihr geführt hatte.

Erleichtert klammerte sie sich an das Seil um Rowdys Hals. „Du kennst sicher den Weg zurück. Lauf zu Stewart!“, befahl sie dem Hund. Dieser drehte sich augenblicklich um und marschierte zwischen dem Unterholz und den Baumstämmen hindurch in die Richtung, aus der er wenige Minuten zuvor gekommen war.

Joanna hielt das Seil, das an seinem Halsband befestigt war, krampfhaft fest, da sie befürchtete, der Hund könne ohne sie zum Lager laufen und sie wieder in der undurchdringlichen Dunkelheit des Waldes zurücklassen.

Je weiter sie lief, desto mehr fragte sie sich, wie sie, ohne es zu bemerken, so tief in den Wald hatte hineingelangen können.

Als sie die Kochfeuer wie helle Punkte zwischen den Bäumen hindurchschimmern sah, atmete sie erleichtert auf. Plötzlich stellte sich ihr eine nicht sehr große, jedoch breite Gestalt in den Weg und sie zuckte erschrocken zurück. Rowdy ließ sein tiefes, grollendes Knurren hören, blieb aber ruhig an ihrer Seite stehen.

„Na endlich, Miss Steinmann. Können Sie sich nicht denken, dass wir anderes zu tun haben, als stundenlang nach Ihnen zu suchen?"

Joanna betrachtete die Umrisse des ganz offensichtlich verärgerten Esra Stevens. „Entschuldigen Sie bitte, wenn ich Sie von Wichtigerem als der Rettung eines Menschenlebens abgehalten habe, Mr Stevens", erwiderte sie herausfordernd.

„Auf unserem Weg gibt es tatsächlich Wichtigeres, als ein einzelnes vorlautes Mädchen zu retten."

„Sie meinen das Überleben einer ganzen Gruppe?"

„Sie haben es verstanden, Miss."

„Dann können Sie vielleicht auch verstehen, dass Sie eine ganze Gruppe verlieren werden, wenn Sie nicht nach den einzelnen Gliedern Ausschau halten und sie vor Gefahren und dem drohenden Tod bewahren wollen!"

„Sie waren die Einzige, die sich verirrt hat, Miss Steinmann", brummte ihr Gegenüber und wandte sich zum Gehen um.

„Aber es hätte jedem anderen genauso passieren können."

„Halten Sie einfach Ihren vorlauten Mund", schnauzte Esra Stevens zurück und spuckte seinen Kautabak in das Unterholz.

„Mr Stevens –", begann Joanna, wurde jedoch von der tiefen Stimme Alec Thompsons unterbrochen, der sich ebenfalls durch das Unterholz zwängte.

„Ich denke, es ist genug!", sagte er ruhig, aber bestimmt.

„Meinen Sie mich oder Mr Stevens, Mr Thompson?"

„Das dürfen Sie sich gerne aussuchen, Miss Steinmann", erwiderte er gelassen auf ihre aufgebrachte Frage. Er wandte sich um und ging den beiden voran durch das Gehölz, um den Wald zu verlassen.

Ein Jubelruf ertönte, Beckie kam auf Joanna zugelaufen und warf sich ihr um den Hals. „Sie haben dich gefunden! Gott sei Dank!“, flüsterte sie, ehe sie ihre Schwester wieder losließ. Auch Ellie, Branca und Carole schlossen Joanna erleichtert in die Arme.

„Vielen Dank, Mr Stevens!“, rief Joanna dem unfreundlichen älteren Mann nach, der sich bereits ein paar Schritte entfernt hatte, sich nun aber noch einmal umdrehte und die verschmutzte, müde Gestalt von oben bis unten musterte.

„Ich hoffe, das war Ihnen eine Lehre, Miss Steinmann.“

Joanna nickte nur. In Zukunft würde sie mit Sicherheit darauf achtgeben, immer in der Nähe der Wagen zu bleiben.

„Danke, Mr Thompson, dass Sie unsere Schwester zurückgebracht haben“, wandte sich Beckie an den großen Mann, der Rowdy mit beiden Händen durch das Fell strich.

„Gern geschehen, Miss Steinmann.“ Alec verneigte sich in Richtung der fünf Schwestern.

„Es war wohl vielmehr Rowdy, der mich gefunden hat, Beckie“, stellte Joanna richtig.

„Dann gebührt unser Dank dennoch Mr Thompson. Es war seine Idee, diesen unmöglichen Hund nach dir auszuschicken, Joanna.“ Beckie lächelte Alec an, der mit einer Hand abwinkte, seinen Blick jedoch herausfordernd auf Joanna gerichtet hielt.

Ihr war klar, dass sie sich bei dem Mann ebenfalls bedanken sollte, doch es fiel ihr nicht gerade leicht, ein freundliches Wort für ihn zu finden.

„Danke, Mr Thompson“, sagte sie nach längerem Zögern, fügte jedoch noch hinzu: „Ich hoffe, Sie erkennen nun, wie gut abgerichtet Rowdy ist.“

„Lasst uns endlich etwas essen“, brummte Stewart knapp.

Joanna konnte den mahnenden Blick ihres älteren Bruders trotz des kargen Lichts der langsam herunterbrennenden Feuer erkennen. Bei dem Gedanken an die Mahlzeit erinnerte sich Joanna an ihre ursprüngliche Aufgabe. „Das Holz!“, flüsterte sie und blickte betreten auf ihre verschmutzten, aber leeren Hände. Sie hatte das gesammelte Feuerholz im Wald liegen gelassen.

Ellie kicherte los, während Carole den Kopf schüttelte. „Das sieht dir ähnlich, Joanna“, meinte sie belustigt. „Du lässt alles irgendwo liegen.“

„Kommen Sie“, lachte Alec. „Laurie hat genug für uns alle gekocht. Obwohl ich befürchte, dass wir die Mahlzeit – dank

Miss Joanna Steinmann – kalt essen müssen." Er schlug Stewart belustigt auf die Schulter und ging in Richtung des Thompson-Planwagens voran.

Joanna kam, nachdem sie sich erst einmal gewaschen und umgezogen hatte, zum Kochfeuer der Thompsons hinüber. Obwohl sie sich ein warmes Tuch um die Schultern geschlungen hatte, fröstelte es sie noch immer.

„Setz dich doch zu mir, Joanna", lud Laurie ihre neu gewonnene Freundin ein.

Joanna folgte ihrer Aufforderung mit einem dankbaren Lächeln. Sie ließ sich von Laurie ihren Blechteller mit einem würzig duftenden Eintopf füllen. In der Hoffnung, dass die Mahlzeit sie von innen her aufwärmen würde, begann sie zu essen.

„So schnell müssen Sie Ihre Prinzipien über Bord werfen, Miss Steinmann", begann Alec, sie zu necken.

Joanna war klar, dass er auf ihre Diskussion über eventuelle Einladungen zu gemeinsamen Mahlzeiten anspielte, und schüttelte lächelnd den Kopf.

„Ich finde gemeinsame Mahlzeiten ohnehin sehr sinnvoll", überlegte Stewart laut. „Was haltet ihr davon, wenn wir innerhalb unseres Trecks eine kleine Gruppe bilden, die sich gegenseitig bei der Erledigung der verschiedenen Aufgaben hilft?"

Joanna sah ihren Bruder an. „Das ist ein guter Gedanke, Stewart. Während die einen das Vieh versorgen, kann jemand anders nach Feuerholz sehen, und wieder andere bereiten die Mahlzeiten zu. Gerade Mrs Paltrow könnte tatkräftige Hilfe bei den Kindern, aber auch beim An- und Abspannen der Zugochsen gebrauchen. Wir könnten außerdem die Familie Barter fragen, ob sie sich unserer Gruppe anschließen wollen, ebenso wie das Ehepaar Lewis."

„Lewis?" Branca blickte Joanna mit weit in die Höhe gezogenen Augenbrauen an und schüttelte den Kopf. Ein paar lose Strähnen ihrer ansonsten sorgfältig aufgesteckten Locken tanzten dabei aufgebracht um ihr Gesicht. „Du weißt doch, was Mr und Mrs Lewis für Leute sind!"

„Bitte, Branca. Ich vermute, sie wollen in den Westen, weil sie dort den Vorurteilen, die Menschen ihrer Hautfarbe entgegengebracht werden, zu entkommen versuchen. Da sollten wir es ihnen auf ihrem Weg dorthin nicht auch noch unnötig schwer machen."

„Sie waren Sklaven, Joanna. Das ist alles, was wir von ihnen wissen. Vielleicht haben sie sich nicht einmal freigekauft, sondern sind Flüchtlinge."

„Und?", erwiderte die junge Frau ernst und musterte ihre jüngere Schwester mit zusammengezogenen Augenbrauen. Hatte Branca – obwohl sie liebevoll von einer Mammy umsorgt worden war und auch die großherzige, freundliche Mary kennengelernt hatte – so tief sitzende Vorbehalte gegenüber dunkelhäutigen Menschen? Joanna hatte das Ehepaar Lewis bewusst genannt, da sie in den letzten Tagen immer wieder festgestellt hatte, dass viele der Mitreisenden die Schwarzen mieden. „Was meint ihr anderen?" Die junge Frau blickte herausfordernd in die Runde.

Carole, Beckie und Laurie nickten ihr zustimmend zu, während Stewart ihr ein Lächeln schenkte. Mike Thompson schaute zum Feuer der Lewis' hinüber, deren Wagen unweit von ihrem eigenen stand; sein Bruder Alec hielt seinen Blick nachdenklich auf den Boden gerichtet.

„Können wir uns darauf einigen, dass wir die nächsten Tage abwarten, wie wir mit den einzelnen Menschen zurechtkommen?", schlug Beckie schließlich vor. „Dann können wir sie noch immer fragen, ob sie sich unserer Gruppe anschließen wollen."

„Mrs Paltrow würde ich aber gerne gleich fragen", murmelte Joanna leise.

„Die Frau kann wirklich Hilfe gebrauchen", stimmte Laurie zu.

„Dann sprich bitte mit ihr", ermunterte ihr Mann sie und Laurie erhob sich sofort.

Joanna kratzte ihren Teller aus und stand ebenfalls auf. „Ich frage Mr und Mrs Lewis."

„Darüber haben wir uns aber noch nicht geeinigt", warf Branca sofort ein.

„Müssen wir uns über jede einzelne Partei beraten und abstimmen? Sollten wir unsere Hilfe nicht allen anbieten, die sie nötig haben?", hakte Joanna unnachgiebig nach.

„Dann besteht die Gefahr, dass die Gruppe zu groß und unüberschaubar wird. Ich möchte nicht eines Tages für den ganzen Wagenzug kochen müssen", protestierte Carole und erhielt Zustimmung vonseiten Brancas.

„Von unüberschaubar kann ja bis jetzt noch keine Rede sein. Fragt Mrs Paltrow und die Lewis'", beendete Stewart die Diskussion seiner Schwestern.

Gerade als sich der Mond über die Baumwipfel des nachtschwarzen Waldes schob, kletterte Joanna in den Planwagen, den sie sich mit Ellie und Carole teilte.

Ihre Schwestern schliefen bereits.

Die junge Frau kniete sich vor die hochgeklappte Rückwand des Wagens und blickte in die Nacht hinaus. Irgendwo flackerte noch ein einsames Lagerfeuer. Weiter entfernt war das Wiehern eines der Pferde zu hören und hin und wieder die leise gesprochenen Worte einiger Männer. Die junge Frau legte die Arme auf die Kante der Klappe und schaute nachdenklich zum sichelförmigen Mond hinauf. Ein aufregender Tag lag hinter ihr. Sie hatten die erste Etappe ihres weiten Weges hinter sich gebracht und sie hatte sich verirrt. Am Lagerfeuer hatten sie versucht, sinnvolle Regelungen für ein hilfreiches Miteinander zu finden, und anschließend hatte sie noch ein Weilchen am Feuer der Lewis' gesessen und das Ehepaar näher kennengelernt. Die beiden schienen einfache, aber ausgesprochen freundliche und gottesfürchtige Menschen zu sein. Sie war froh darüber, dass sie sich ihrer Gruppe anschließen wollten.

Joanna schloss ihre Augen und legte den Tag dankbar zurück in die Hände ihres Gottes.

Kapitel 13

Eine einzelne Petroleumlampe erleuchtete den großen Salon und brachte die goldfarbenen Rahmen, aus denen die Ahnen längst vergangener Tage herunterblickten, zum Schimmern. Vor einem der Fenster, das von schweren, dunklen Vorhängen eingerahmt war, standen zwei Männer und taxierten sich mit ihren Blicken.

„Ich hätte gute Lust, Sie umzubringen, Dan Cutler. Die Kleine hat Sie gesehen und Sie lassen sie einfach gehen!"

„Sie hält mich sicherlich für tot."

„Nur so lange, bis sie brieflich von Linda Fowler oder einer ihrer Freundinnen das Gegenteil erfährt. Was glauben Sie, wie schnell dann ein Brief von ihr hier sein wird, der Denise oder Natasha Steinmann oder wen auch sonst immer darüber informiert, was Sie getan haben? Wie schnell könnten Rückschlüsse auch auf mich gezogen werden!" Der wütende Mann wurde immer lauter. Dann besann er sich und machte einen Schritt auf Dan Cutler zu, der sich beinahe ängstlich gegen die Fensterbank drückte.

„Deshalb wollte ich ja auch untertauchen", verteidigte sich der ehemalige Verwalter von *Green Crystal*.

„Sie sind aber noch immer hier."

„Weil Sie noch Aufgaben für mich hatten."

„Nicht unter diesen Umständen!", fauchte sein Auftraggeber ihn an und wandte sich aufgebracht um. Er blickte aus dem Fenster in die tiefschwarze, warme Nacht hinaus. Dieser Dan Cutler dachte nicht weiter als bis in seine Geldbörse hinein.

„Dann gehe ich jetzt", schlug Cutler vor.

„Das hilft Ihnen, jedoch nicht mir, falls irgendwelche Nachrichten von den Steinmanns hier ankommen und für Gerüchte sorgen sollten. Immerhin wurden Sie hier im Distrikt nach dem Brand schon gesehen", erwiderte der andere genervt.

„Das tut mir leid ..."

„Sie werden das in Ordnung bringen." Der Mann drehte sich hastig um.

Dan Cutler, der sich gerade wieder aufgerichtet hatte, blickte ihn überrascht an. „Wie ... wie sollte ich ...?"

„Sie werden das Mädchen finden und zum Schweigen bringen."

„Sie finden ...?"

„Das ist das größere Problem, nicht wahr?", höhnte der andere und grinste den verwirrt dreinblickenden Mann geringschätzig an.

„Sie wollen, dass ich Joanna Steinmann töte?", hakte Cutler nach.

„Richtig", zischte der Mann ungehalten. Grimmig und mit wild flackernden Augen blickte er zutiefst entschlossen auf den Verwalter und erklärte: „Sie schießt mit Worten schärfer als Sie mit einer Muskete, Cutler. Und gerade das macht sie für uns gefährlich. Also sehen Sie zu, dass Sie Ihre Zeugin finden und zum Schweigen bringen."

Kapitel 14

„Wir sind so ein Leben einfach nicht gewohnt, Joanna."

„Wir werden uns daran gewöhnen."

„Aber wann? Wie lange werde ich mit Schmerzen schlafen gehen und unter Schmerzen aufstehen?", begehrte Beckie auf.

„Was willst du von mir hören, Beckie? Ich spüre ebenfalls alle Knochen und Muskeln, und, glaube mir, das sind bei mir nicht weniger als bei dir."

Mit einem verzweifelten Lächeln versuchte Beckie ein weiteres Mal, dem Führungsmuli das Geschirr anzulegen.

„Kann ich helfen?", hörten die Mädchen eine männliche Stimme hinter sich fragen.

„Guten Morgen, Mr Thompson." Ein Strahlen legte sich augenblicklich auf Beckies Gesicht. „Gerne."

Alec lüftete grüßend seinen Hut und nahm dem Mädchen das Geschirr ab. Er zeigte ihr, wie sie es in der Hand halten sollte, um es dem Tier möglichst leicht anlegen zu können. Dann nahm er es wieder ab und forderte sie auf, es selbst einmal zu versuchen.

Joanna beobachtete Alec Thompson und ihre Schwester, während sie der zweiten vorderen Mulistute das Geschirr anlegte. Ein Lächeln stahl sich auf ihr Gesicht. Beckie gegenüber konnte sich Alec Thompson durchaus aufmerksam und charmant benehmen. Sie fragte sich, ob es tatsächlich möglich war, dass sich zwischen Beckie und Alexander Thompson etwas entwickelte, wie Laurie es einmal gemeint hatte. So, wie die beiden miteinander umgingen, hielt sie das gar nicht mehr für ausgeschlossen.

„Sie kommen ohne meine Hilfe zurecht, Miss Joanna Steinmann?", fragte der junge Mann an sie gewandt.

„Wie Sie sehen, Mr Thompson."

„Ich sehe es mit Verwunderung, Miss Steinmann. Bislang dachte ich, Sie könnten höchstens mit Worten sicher umgehen."

„Gerade wollte ich meine Meinung über Sie revidieren, da Sie meiner Schwester so vorbildlich helfen. Aber schon sind Sie wieder dabei, dieses positive Bild zu zerstören."

Alec lächelte breit, tippte sich grüßend an seinen Hut und verschwand zwischen ihrem Wagen und dem seines Bruders.

Beckie sah vorwurfsvoll zu ihrer Schwester hinüber. „Ach, Joanna. Kannst du nicht ein wenig höflicher ihm gegenüber sein? Er hätte Dank verdient, nicht Spott."

„Du hast ihm doch gedankt, liebe Beckie, das dürfte ihm zur Genüge gereicht haben. Außerdem habe ich nicht den Eindruck, als könne er sich nicht wehren."

„Das stimmt", lachte Beckie und zog die Lederzügel durch die Schlaufen bis zum Kutschbock nach hinten. „Ich habe sogar den Eindruck, dass ihm eure kleinen Streitgespräche auch noch Freude bereiten. So wie Simon Bryant."

Joanna zuckte mit den Schultern und blickte sich dann suchend nach Branca um, doch die war offensichtlich noch immer nicht aus dem Planwagen herausgeklettert. Ihre Schwester hielt wohl nichts davon, schon bei Tagesanbruch aufzustehen und ein wenig bei der Arbeit mitzuhelfen.

Sie ging zu dem zweiten Wagen der Steinmanns hinüber, rüttelte an der Plane und rief mehrmals nach Branca, die nicht mehr als ein unwilliges Brummen von sich gab. „Branca Steinmann, wir haben schon alle Tiere angespannt und gleich wird es bei den Thompsons ein Frühstück geben. Wenn du nicht bis zum Mittagessen hungern willst, solltest du besser schnell aufstehen."

„Ich suche den Nachttopf, Joanna."

„Hier gibt es noch Hunderte von Bäumen, hinter denen du dich verstecken kannst, Branca Steinmann. Warte erst einmal, bis wir auf der baumlosen Prärie unterwegs sind."

Ein empörter Laut kam aus dem Inneren des Wagens und Joanna wandte sich übermütig lachend ab.

Rowdy kam struppig und verschmutzt von irgendwoher angelaufen und begleitete sie auf ihrem Weg zu Laurie. Als sie am Wagen der Thompsons ankam, jonglierte ihre neue Freundin gerade eine große gusseiserne Pfanne über dem offenen Feuer und bemühte sich darum, mit der freien Hand das Rührei von deren Boden zu lösen. „Guten Morgen, Laurie!", rief Joanna ihr zu.

„Guten Morgen. Kannst du mir bitte die Pfanne abnehmen? Sie wird mir zu schwer."

Joanna nahm die Pfanne aus der Hand der jungen Frau. „Wir werden uns wohl daran gewöhnen müssen, entweder verbrannte oder halb rohe Lebensmittel zu uns zu nehmen, nicht wahr?"

„Wenn Sie nochmals die Kochkünste meiner Schwägerin kritisieren, könnte es sein, dass Sie sich sehr schnell wieder Ihr eigenes Süppchen kochen dürfen." Alec Thompson tauchte hinter dem Wagen auf und kam auf sie zu. „Geben Sie her, bevor wir Sie nach Ihrem Ausflug im Wald auch noch aus dem Feuer retten müssen", spottete der junge Mann gutmütig und nahm ihr die Pfanne ab, während er sie einfach beiseiteschob.

„Die Geschichte mit dem Wald werde ich wohl bis Oregon vorgehalten bekommen?"

„Es sei denn, Sie bieten uns unterwegs neuen Anlass, Sie aus einer misslichen Lage zu befreien."

„Damit Sie noch mehr Grund zum Spotten haben, Mr Thompson? Ich werde mich hüten!"

„Schade, dann könnte es auf dem langen Weg ja an Unterhaltung und Abwechslung fehlen."

„Der Weg selbst wird für Sie genug Unterhaltung und Abwechslung bereithalten, Mr Thompson. Übrigens: Sie lassen gerade unser Frühstück verbrennen."

Schnell nahm Alec die Pfanne aus dem Feuer und stellte sie auf das niedergetretene Gras.

Beckie kam, gefolgt von Branca, Ellie und Carole, und brachte das Geschirr der Steinmanns. Auch Stewart und Mike, die bereits bei den abseits weidenden Pferden der Thompsons gewesen waren, kamen zum Frühstück. Nun fehlten nur noch die Lewis' und Mrs Paltrow mit ihren drei Kindern, damit das erste gemeinsame Frühstück beginnen konnte.

So weit das Auge reichte, gab es nichts als grasbewachsene, gelegentlich von kleinen Baumgruppen unterbrochene und mit bunten Frühlingsblumen übersäte Hügelketten. Darüber spannte sich ein beinahe wolkenloser, tiefblauer Abendhimmel.

Die Deichseln der schwankenden Planwagen ächzten mit dem Leder des Zaumzeugs um die Wette. In den Fahrzeugen klapperten die aufgehängten Werkzeuge und schlugen die nebeneinandergestapelten Holzkisten aneinander.

Joanna sehnte sich endlich den Halt für ihr Nachtlager herbei. Bis auf eine kurze Pause in der Mittagszeit, um eine kleine Mahlzeit einzunehmen, waren sie ununterbrochen durch die hügelige Landschaft gefahren. Nun konnte sie nicht mehr sagen, was ihr mehr wehtat – das Gesäß vom Fahren des Planwagens oder die Füße, die meilenweit barfüßig durch das blau schillernde Gras gelaufen waren.

Esra Stevens ritt auf seinem Fuchs an der langen Kolonne entlang und bedeutete den Wagenführern, dass sie mit ihren

Prärieschonern einen Kreis bilden sollten. Als er sah, dass Joannas Mulis sich wenig begeistert von dieser Regelung zeigten, brummte er verärgert vor sich hin.

Joanna blitzte ihn herausfordernd an und meinte: „Sie werden es uns schon noch ein paar Tage nachsehen müssen, dass wir mit den Wagen nicht sofort eine Pirouette und einen zweifachen Salto vollführen können, wenn Ihnen danach zumute ist, Mr Stevens."

„Ich sollte Ihre Weiberwagen genauso wie den von Mrs Paltrow zurückschicken", erwiderte er. „Niemals hätte ich mich darauf einlassen sollen, Wagen ohne einen männlichen Führer mitzunehmen. Auch nicht für den doppelten Preis!", gab Esra Stevens ungehalten zurück.

Joanna zog die Augenbrauen weit in die Höhe. Sie hatte nicht gewusst, dass Stewart und Mrs Paltrow für die reinen Frauenwagen dem Führer mehr Geld hatten geben müssen. „Sie können weder uns noch Mrs Paltrow vorwerfen, wir würden den Wagenzug aufhalten, Mr Stevens."

„Bis jetzt noch nicht. Aber das wird noch kommen. Warten Sie nur, bis wir den ersten Fluss überqueren oder –"

In diesem Moment tauchte Alec Thompson wieder einmal wie aus dem Nichts auf, nahm Joanna die Peitsche und das Führungsseil aus der Hand und dirigierte die störrisch gegen das Geschirr ankämpfenden Mulistuten in den Kreis der anderen Wagen. „Ich bin für diesen Wagen mitverantwortlich, Mr Stevens."

„Und ich für den von Mrs Paltrow", sagte eine junge, etwas aufgeregt wirkende männliche Stimme aus dem Hintergrund.

Joanna wandte sich um. Einer der Barter-Söhne, kaum älter als sie selbst, trat zwischen den Mulis und dem vorderen Wagen der Steinmanns hervor und gesellte sich zu Alec Thompson.

„Meinetwegen", brummte der grauhaarige Alte und wendete seine Stute.

Tatsächlich ging Andy Barter sofort zu Mrs Paltrows Wagen hinüber, um der Frau beim Abschirren der Ochsen zu helfen.

Joanna nahm Alec Thompson die langstielige Peitsche wieder aus der Hand und rief Carole, die noch immer auf dem Kutschbock saß, zu: „Komm, wir spannen schnell die Mulis aus, damit ich gleich für uns alle Feuerholz holen kann. Du fragst Stewart, welche Aufgaben heute für dich anstehen."

„In Ordnung, Joanna." Carole sprang mit einem Satz vom Kutschbock und machte sich am Zaumzeug zu schaffen, während Joanna sich wieder Alec Thompson zuwandte.

„Vielen Dank für Ihre Hilfe, Mr Thompson."

„Gern geschehen, Miss Steinmann. Ich kann doch nicht zulassen, dass Stevens Sie zurückschickt. Sonst würden mir wohl eine Menge amüsanter Diskussionen entgehen – und wahrscheinlich auch noch einige unterhaltsame Ereignisse."

„Welch heroische Beweggründe, sich für unseren Wagen einzusetzen, Mr Thompson!"

„Sie werden es mir einfachem Rancher aus dem unzivilisierten Norden schon nachsehen müssen, wenn ich einer kultivierten Lady aus dem Süden –"

Er wurde von der aufgeregt klingenden Stimme seiner Schwägerin unterbrochen. „Alec! Mike sucht dich. Der dunkle Hengst macht Probleme!"

Alec Thompson warf Joanna noch einen belustigten Blick zu, zuckte mit den Schultern und eilte dann davon.

Joanna blickte ihm lächelnd nach. Sie nahm an, dass vor allem Beckie der Grund war, dass Alec Thompson sich für den einen der beiden Prärieschoner der Familie Steinmann verantwortlich zeigte.

Die Tage vergingen. Allmählich wurde das frühe Aufstehen, die langen Fußmärsche, das Lenken der Wagen und das allabendliche Bilden eines Wagenkreises zur Routine, und die bis zum Einbrechen der Dunkelheit zu verrichtenden Aufgaben gingen den Reisenden immer leichter von der Hand.

Alec Thompson, der eigentlich für die Pferdeherde zu sorgen hatte, ließ sich zwischendurch immer wieder bei den Wagen der Steinmanns sehen, während Andy Barter tagsüber fast ununterbrochen bei Mrs Paltrow und ihren Kindern zu finden war. Er führte die Ochsen oder lenkte den Wagen, und nicht selten scharte er dabei alle drei Kinder um sich, die mit glühender Bewunderung ihren Helfer umgarnten.

Auch Joanna hatte eine kleine Freundin gefunden: Die fünfjährige Ruth Turner wich oft stundenlang nicht von ihrer Seite, und ihre Eltern wunderten sich jeden Tag mehr, welche Redegewandtheit ihre bislang so stille Tochter zu entwickeln begann.

Es war der achte Abend, seit sie von Independence aufgebrochen waren, als sie in der Nähe von *Independence Crossing* ihr Nachtlager aufschlugen.

Joanna näherte sich auf der Suche nach Feuerholz dem brausenden, gurgelnden Fluss und betrachtete fasziniert das Glitzern, das die niedrig stehende Frühlingssonne auf die unruhige Wasseroberfläche zauberte.

Doch die Schönheit der Landschaft konnte nicht darüber hinwegtäuschen, dass ihnen nach der Überquerung des *Kansas River*, die glücklicherweise ohne größere Komplikationen vonstattengegangen war, eine weitere, nicht ungefährliche Flussüberquerung bevorstand. Am nächsten Morgen würden sie an dieser Furt den *Big Blue River* zu überqueren haben. Joanna wandte sich von der Uferböschung ab und trug ihre beiden vollen, schweren Körbe zum Lagerplatz zurück. Schon aus einiger Entfernung schlug ihr der übliche Lärm des Trecks entgegen: die unterschiedlichen Tierlaute, das fröhliche Lachen der mitreisenden Kinder und die Rufe der Erwachsenen. Sie stellte ihre Körbe in das Gras und betrachtete die ersten Rauchsäulen kleinerer Lagerfeuer und die zwischen den Wagen hin und her laufenden Menschen. Ein Lächeln legte sich auf ihre müden Gesichtszüge. Sie mochte den Anblick der zu einem Kreis zusammengestellten Wagen. Er war für sie zu einem Sinnbild von Zusammengehörigkeit und Schutz geworden.

Joanna und Carole saßen auf dem Kutschbock und blickten auf den ersten Wagen, der den *Big Blue River* überqueren sollte. Während im Osten die ersten hellen Sonnenstrahlen den Himmel erhellten, wurde der Fluss seinem Namen voll und ganz gerecht. Das sprudelnde, schnell dahinziehende Wasser schimmerte in einem wunderschönen, tiefen Blau.

Der Planwagen der Turners wurde von zwei Ochsen gezogen, die gemächlich und scheinbar furchtlos in die Fluten stiegen. Hinten, unter der Schnürung, schaute Ruth neugierig aus dem Wagen heraus, und als sie bemerkte, dass Joanna zu ihr hinübersah, begann sie, heftig zu winken. Die Kinder schienen die Reise zu genießen. Für sie war der Weg in Richtung Westen anscheinend nicht mehr als ein lang andauernder, aufregender Ausflug. Joanna konnte nur hoffen und beten, dass nichts passieren würde, was die Begeisterung der Kinder trüben würde.

Die Zuschauer klatschten begeistert, als die triefenden Ochsen und der ebenso nasse Prärieschoner der Turners das andere Ufer erreichte. Mit wenigen kraftvollen Tritten zogen die Tiere den Wagen über die Böschung hinauf auf die Prärie.

Auch Joanna lächelte erleichtert.

Dann fiel ihr Blick auf Esra Stevens, der mit heftigen Gesten die nächste Familie zur Eile antrieb. Auch dieser Wagen durchquerte den *Big Blue* ohne Probleme, und so wagten es die Nachfolgenden mutiger und in kürzeren Abständen, ihre Tiere mit den Wagen und ihrer wertvollen Fracht in das Wasser zu führen.

„Es geht doch alles ganz gut voran", murmelte Carole und deutete mit einer Hand auf die Fahrzeuge, die sich jenseits des Flusses wieder sammelten.

Joanna nickte nur, beobachtete aber gleichzeitig einen Wagen, der bedenklich ins Schlingern geriet. Esra Stevens, dessen Stute bis zum Bauch im Fluss stand, dirigierte das Pferd durch das Wasser und schlug dabei mit seiner langen Peitsche mehrmals auf die nervösen Mulis ein. Mit gewaltiger Kraftanstrengung schafften sie es schließlich, den Wagen aus dem Wasser an Land zu ziehen.

„Die Mulis haben mehr Angst vor dem Wasser als die Ochsen", stellte Carole fest und warf einen prüfenden Blick auf ihre vier Tiere, die im Moment jedoch noch gelassen Ufergras ausrupften.

„Ist Andy Barter bei Mrs Paltrow auf dem Wagen?", fragte Joanna ihre jüngere Schwester.

„Ich habe ihn vorhin dort gesehen."

Joanna war erleichtert. Zwar war Mrs Paltrow eine sehr selbstständige, mutige Frau, doch im Umgang mit dem Gespann war sie dem neunzehnjährigen Andy Barter sicherlich unterlegen.

„Wir müssen aufschließen", stellte Carole fest. „Vor uns sind nur noch der Wagen der Barters, der der Lewis' und der von Mrs Paltrow."

Schon trieb Mr Barter seine vier Mulis in die Fluten hinein. Sie waren noch nicht weit gekommen, als Mr Stevens laut zu schimpfen und aufgeregt zu gestikulieren begann.

„Sie sind zu weit links, auf derselben Spur, in der vorhin der andere Wagen zu schlingern begann", murmelte Joanna und stand auf, um besser sehen zu können.

Die Mulis von Mr Barter warfen wild die Köpfe in die Höhe, und der ältere Herr tat sich schwer damit, sie zurück auf die Furt zu dirigieren, doch es gelang ihm schließlich. Allerdings waren die Bewegungen des Wagens wohl zu heftig ausgefallen. Eines der Räder hatte sich verkeilt oder war doch noch in tieferes Gewässer geraten, denn der Planwagen neigte sich plötzlich weit zur Seite und drohte zu kippen.

Joanna atmete erschrocken ein und Carole stieß einen erstickten Ruf aus. Irgendetwas fiel aus dem Wagen heraus.

Sofort trieb Esra Stevens sein Pferd weiter in die Fluten hinein, flussabwärts, während es Mr Barter gelang, den Wagen wieder in eine aufrechte Position zu bringen. Doch die Strömung zerrte heftig an dem Planwagen, zumal die Mulis nun stillstanden.

„Treib sie weiter!“, flüsterte Joanna, als könne Mr Barter sie hören, und tatsächlich setzte sich das Gefährt unter heftigem Rucken und Schaukeln wieder in Bewegung. Doch der Wagen der Lewis’ folgte ihm nicht. Mr Lewis war abgestiegen und lief mit weiten, großen Sprüngen die steile Böschung entlang, ebenfalls den Flusslauf hinunter.

„Was haben sie verloren?“, fragte Joanna und setzte sich wieder.

„Die Frage ist: *Wen* haben sie verloren?“, flüsterte Carole.

Joanna wandte ihr ruckartig den Kopf zu. Carole zog nur hilflos die Schultern nach oben und beobachtete weiter die wilde, nicht ungefährliche Jagd der beiden Männer.

Kapitel 15

Die Chaise rollte die Landstraße entlang und bog auf den Vorplatz zum Plantagenhaus der Warrens ein. Linda Fowler betrachtete die violett blühenden Magnolienbäume und die bunten Blumenbeete zwischen den gepflegten Grasflächen. Nachdenklich schüttelte sie den Kopf. Wie wunderbar lebensfroh wirkte die Parkanlage im Vergleich zu dem düster gehaltenen Inneren des großen Hauses. Warum nur überkam sie dieses bedrückende Gefühl, wenn sie daran dachte, dass sie das Haus der Warrens ein weiteres Mal betreten sollte? Sie hatte sich doch aus freien Stücken auf den Weg hierher gemacht, nachdem auch bei den letzten beiden festlichen Veranstaltungen in ihrem Distrikt weder Denise noch ihre Tante erschienen waren.

Die junge Frau seufzte. Hatte sie nicht genug Sorgen und Kummer, seit sie die Nachricht von Simons Verwundung erreicht hatte? Warum belastete sie sich auch noch mit den etwas seltsamen Verhältnissen, in denen Denise lebte, seit sie Neil Warren geheiratet hatte und in sein abseits gelegenes Plantagenhaus gezogen war? Joanna hatte ihr das Versprechen abgenommen, ein wenig nach Denise und ihrer Tante zu sehen, und sie wollte dieses Versprechen halten.

Linda ließ sich aus der offenen Kutsche helfen und betrachtete nachdenklich die Fassade des Hauses. Sie versuchte vergeblich, die unangenehme Erinnerung an das düstere Innere und die seltsam kalte Atmosphäre, die ihr von ihrem letzten Besuch geblieben war, zu vertreiben. Schließlich ging sie, gefolgt von Ocean, die flachen Stufen hinauf und zog an dem Klingelzug neben der großen, schweren Eingangstür. Es dauerte nur wenige Sekunden, bis ihr geöffnet wurde. Zu ihrer Freude stand Mary vor ihr.

„Mary, schön, dich zu sehen. Wie geht es dir?"

„Danke, Missi Linda. Sie möchten zu Missus Denise?"

„Ich würde sie gerne besuchen. Ich hoffe, ich komme nicht ungelegen?"

„Missus Denise ist hinten auf der Veranda, Missi Linda. Ich führe Sie zu ihr."

Linda winkte mit einer knappen Handbewegung ab. „Ich gehe einfach durch den Park bis nach hinten, Mary. Vielen Dank." Erleichtert, das düstere Haus nicht betreten zu müssen, wandte sie sich ab und ging die Stufen wieder hinab. Langsam schlenderte sie um das Haus herum und betrat die Parkwiese.

Die gesamte hintere Haushälfte wurde von einer großen, hölzernen Veranda eingerahmt und vor einer offen stehenden Tür konnte sie Denise entdecken. Die junge Frau saß in einem weinroten, samtenen Polstersessel und eine leichte Decke war über ihre Beine ausgebreitet. Über ihren schmalen Schultern lag ein mit Rosenknospen besticktes Baumwolltuch.

Linda fragte sich, warum Denise die wärmenden Decken benötigte. Es war selbst im Schatten des Balkons, unter dem sie saß, sehr warm.

Die junge Hausherrin hob den Kopf und entdeckte die Besucherin.

Linda winkte ihr zu, während sie mit der anderen Hand ihren fliederfarbenen Rock ein Stück in die Höhe raffte. Vorsichtig betrat sie die Veranda über die schmale Holztreppe und ihre Schuhe klapperten laut über den Holzboden. Linda blickte in Denise' bleiches Gesicht mit den unruhigen grauen Augen, und sie hatte den Eindruck, dass sie nicht willkommen war. Doch sie wollte sich von ihren Gefühlen nicht irritieren lassen, also trat sie neben den Stuhl, beugte sich leicht herunter und umarmte die ältere Schwester ihrer Freundin. „Hallo, Denise. Es ist schön, dich zu sehen.“ Sie bat Ocean, die in einiger Entfernung stehen geblieben war, ihr einen Stuhl aus dem Salon zu holen.

Die junge Sklavin nickte und entfernte sich. Linda wandte sich wieder der schweigsamen Denise zu. „Dieser Garten ist herrlich.“

„Ja, der Garten ist wunderschön“, sagte die Hausherrin leise. „Farbenfroh und voller Leben ... und so friedlich.“

Linda blickte über die Wiese zu den alten, moosbehangenen Eichen und den schlanken Weiden hinüber. Sie sog den Duft der überwältigenden Blütenfülle ein, den die warme Luft mit sich trug, und lauschte auf das Zwitschern der Vögel. Der Garten verbreitete tatsächlich eine angenehm ruhige, friedliche Atmosphäre, und doch fragte sie sich, warum Denise das so sehr betont hatte? Vermisste sie innerhalb des Hauses die Ruhe und den Frieden? Linda schüttelte über sich selbst den Kopf. Nur weil sie sich im Warren-Haus nicht wohlfühlte, durfte sie in die Aussage der Hausherrin nicht zu viel hineininterpretieren.

Ocean brachte ihr einen Stuhl und dankbar ließ Linda sich neben Denise nieder. „Wir haben euch bei den Bällen der Haussers und Cassvilles vermisst, Denise.“

„Ich bin in anderen Umständen, Linda. Es ist nicht angebracht, dass ich mich noch auf Bällen und Gartenpartys sehen lasse.“

„Wie wunderbar, Denise! Ich gratuliere!“, rief Linda mit einer Begeisterung, die nicht verraten sollte, dass bereits im gesamten Distrikt über eine mögliche Schwangerschaft der jungen Mrs Warren geredet wurde. Linda musterte ihre schweigsame Gesprächspartnerin aufmerksam. Denise zeigte nicht gerade den Stolz oder die Freude, die von einer werdenden Mutter eigentlich erwartet werden konnten. Ging es ihr in ihrer Schwangerschaft so schlecht? „Du fühlst dich nicht wohl, nicht wahr?“, fragte sie vorsichtig nach.

„Die Übelkeit ist an manchen Tagen ausgesprochen unangenehm. Außerdem fühle ich mich sehr schwach. Schon die kleinste Tätigkeit strengt mich mehr an, als ich es mir jemals vorstellen konnte.“

„Das tut mir leid. Dann verstehe ich, warum dir nicht der Sinn danach steht, die Feste im Distrikt zu besuchen, obwohl man dir deine Schwangerschaft noch kein bisschen ansehen kann. Und Mrs Steinmann benötigst du sicher für deine Pflege in deiner Nähe."

„Tante Natasha und Mary kümmern sich gut um mich, ja", erwiderte Denise und schloss für einen Moment die Augen, als würde sie das Sprechen sehr anstrengen.

Linda schwieg, und da auch Denise nichts sagte, klang das Singen der Vögel besonders laut und das Zirpen der Grillen beinahe nervend. Unruhig begann Linda, auf ihrem Stuhl hin und her zu rutschen. Ihr war es doch früher nicht schwergefallen, sich mit Denise zu unterhalten. Nachdenklich betrachtete sie die schmale, bleiche Gestalt neben sich. Joannas Schwester hatte abgenommen, das war nicht zu übersehen. Und war sie schon immer so blass und ihre Augen so glanzlos gewesen? „Dir scheint es sehr schlecht zu gehen, Denise", sagte sie schließlich. „Kann ich irgendetwas für dich tun?"

„Nein, Linda. Wie ich schon sagte, Mary und Tante Natasha kümmern sich wunderbar um mich. Mir wird es ganz bestimmt bald wieder besser gehen."

„Mr Warren wird sich sehr freuen, bald schon einen Erben für sein großes Anwesen in den Armen halten zu dürfen."

„Sicher, Linda."

Linda warf Ocean einen fragenden Blick zu. Das Mädchen zog die Schultern leicht nach oben, womit es verriet, dass es das Gespräch sehr aufmerksam verfolgte. „Gut", sagte Linda verunsichert und erhob sich. „Ich möchte dich nicht zu sehr anstrengen. Bitte bestell deiner Tante herzliche Grüße."

„Danke, Linda. Auch für deinen Besuch", erwiderte Denise, und zum ersten Mal glaubte Linda, ein Aufleuchten in den Augen ihrer Gesprächspartnerin erhascht zu haben. Vielleicht erkannte sie die lange Anfahrt an, die sie auf sich genommen hatte, um nach ihr zu sehen.

Linda folgte einem spontanen Impuls, ging vor dem Sessel der werdenden Mutter in die Hocke und ergriff deren Hände. „Ich hoffe, du fühlst dich bald wieder wohl, sodass du dich auf dein Kind freuen kannst, Denise. Ich wünsche dir und deinem Baby Gottes Segen."

Die Augen ihres Gegenübers schimmerten feucht, doch dann senkten sich die langen, dunklen Wimpern. Das gehauchte Danke war kaum zu hören.

Einen kurzen Augenblick musterte Linda die abgenagten Fingernägel von Denise, ehe sie ihre Hand leicht drückte und sich wieder erhob.

Gefolgt von Ocean, verließ sie die Veranda und ging durch den Park zurück in Richtung Vorplatz des Hauses. An der Hausecke wandte Linda sich noch einmal um und sah, dass Denise beide Hände vor das Gesicht geschlagen hatte. Ihre Schultern bebten, als weine sie.

Ocean berührte sie sachte am Ellenbogen. „Nicht zurückgehen, Missi Linda. Ich fürchte, Sie können ihr nicht helfen."

„Weißt du etwas? Sie ist doch nur schwanger."

Ocean schüttelte einfach nur den Kopf und ging weiter auf die wartende Chaise zu. Linda folgte ihrem Mädchen zögernd. Als sie im Begriff war, mithilfe des Kutschers in das Gefährt zu steigen, hörte sie Marys Stimme hinter sich.

„Sie gehen schon wieder, Missi Linda?", fragte die Sklavin und kam eilig näher.

„Ich hatte den Eindruck, als sei mein Besuch für Mrs Warren zu anstrengend."

„Der Besuch ist es nicht, Missi Linda."

„Kann ich etwas für sie tun?"

Mary drehte sich zum Haus um. Sie schien eines der Fenster zu mustern, in dem sich die Sonne spiegelte, und schüttelte langsam den Kopf. „Beten Sie für sie, Missi Linda."

„Für was, Mary?"

Hilflos schüttelte die ältere schwarze Frau den Kopf. Tränen schimmerten in ihren Augen. „Was soll ich sagen, Missi? Dafür, dass sich in ihrem Leben etwas ändert? Dass sie Ruhe findet?", flüsterte Mary, wandte sich abrupt ab und ging davon.

Verwirrt blickte Linda der älteren Frau nach, bis sie im Haus verschwunden war. Dann erst ließ sie sich in ihr Fahrzeug helfen.

Während sie die Plantage und die zugehörigen Ländereien verließen, fragte sich Linda, was Marys Andeutungen wohl zu bedeuten hatten.

Mary schloss die schwere Eichentür hinter sich und wandte sich um. Erschrocken zuckte sie zusammen. Vor ihr stand Neil Warren und seine geballten Fäuste und die wütenden Gesichtszüge ließen sie nichts Gutes ahnen.

„Was hast du mit der kleinen Fowler zu schwatzen?“

„Sie war zu Besuch bei Missus Denise, Massa“, erwiderte Mary wahrheitsgetreu.

„Sie hat dich nicht zu sich gerufen. Du bist aus eigenem Antrieb zu ihr gegangen. Was also hast du ihr gesagt?“

Mary zog ängstlich den Kopf ein. Leise murmelte sie: „Ich habe sie gebeten, für Missus Denise zu beten, da sie sich nicht wohlfühlt, Massa.“

„Ich will nie wieder mitansehen müssen, wie du einen weißen Besucher unseres Hauses belästigst. Hast du mich verstanden? Du sprichst nur, wenn du etwas gefragt wirst! Hat man dir das auf *Green Crystal* nicht beigebracht?“

„Doch, Massa.“

„Dann halte dich gefälligst daran!“, brüllte er sie an und stieß sie grob gegen die Tür.

Mary unterdrückte einen Schmerzensschrei. „Ja, Massa“, sagte sie schnell, um seinen unbändigen, beinahe wilden Zorn nicht noch weiter herauszufordern.

„Das will ich dir geraten haben. Sonst wirst du zu spüren bekommen, was hier mit ungehorsamen Arbeitern geschieht.“

„Ja, Massa“, wiederholte sie, während in ihrem Inneren eine Welle des Zorns über sie hinwegrollte. Dieser Mann hatte kein Recht, sie so zu demütigen. Sie war noch immer Missus Steinmanns Eigentum.

Neil Warren drehte sich um und entfernte sich mit großen, schweren Schritten von ihr.

Die Erleichterung, die sie darüber empfand, wich unwillkürlich einer neuen Angst, als ihr klar wurde, dass er nun seine Frau aufsuchen würde.

Kapitel 16

Mr Stevens war schnell wieder zurück. Er bedeutete Andy Barter, den Wagen von Mrs Paltrow an dem der Lewis’ vorbeizulenken, um als Nächster den Fluss zu überqueren. Andy folgte der Aufforderung und lenkte den Wagen in den wild dahinsprudelnden Strom.

Joanna blickte auf das Wasser. Was war da gerade geschehen? War eines von Andys Geschwistern aus dem Wagen gefallen und von den Fluten mitgerissen worden? Weshalb hatte Mr Stevens die Suche so schnell aufgegeben? Und Andy? Wie konnte er nun den Wagen von Mrs Paltrow durch den Fluss lenken? Hatte er das Geschehen nicht mitbekommen? Aber er musste doch zumindest gesehen haben, wie sowohl Mr Stevens als auch Mr Lewis davongejagt waren.

Der Wagen der Paltrows kam sicher am anderen Ufer an und wurde die flache Böschung hinauf zu den dort bereits wartenden Fahrzeugen gelenkt. Joanna sah Andy abspringen, zum Gefährt seiner Familie laufen und dann ebenfalls, diesseits des Flusses, das schlammige, feuchte Ufer entlangrennen.

Esra Stevens winkte heftig mit seiner Peitsche, und erst jetzt wurde der jungen Frau klar, dass ihr Wagen der nächste war, der den Fluss überqueren sollte.

Ein unruhiges Ziehen jagte durch ihren Körper. Sie presste die Lippen aufeinander und griff nach der Peitsche. Doch eine große Hand kam ihr zuvor. Alec Thompson stand neben ihrem Wagen und war im Begriff aufzusteigen. „Carole, würdest du bitte zu Branca in den anderen Wagen gehen? Ich habe den Eindruck, sie fürchtet sich vor der Überquerung und könnte Beistand gebrauchen."

„Ja, Mr Thompson", erwiderte Carole knapp, kletterte gewandt vom Kutschbock und verschwand nach hinten.

Joanna rutschte zur Seite und ließ den jungen Mann neben sich Platz nehmen. Er nahm ihr wortlos die Zügel aus der Hand, schnalzte laut und die Mulis setzten sich augenblicklich in Bewegung. „Ich würde Sie gerne nach hinten zu Miss Beckie und zu Ellie schicken, doch ich brauche Sie hier auf dem Kutschbock für den Fall, dass es Schwierigkeiten gibt, Miss Steinmann."

„Ich sollte bis gerade eben den Wagen allein durch den Fluss bringen, Mr Thompson. Da werde ich auf dem Platz hier vorne schon ausharren können."

„Gut", erwiderte er ruhig.

Die Hufe der Mulis ließen das Wasser aufspritzen und der Planwagen rollte in das Flussbett hinein. Alec dirigierte die Tiere weiter flussaufwärts, dem gegenüberliegenden Ufer entgegen, und nur ein Mal hatte Joanna für den Bruchteil einer Sekunde das Gefühl, als schwimme das Gefährt. Die Steine am Ufer rollten laut rasselnd unter den Huftritten der Mulis davon und gleich darauf knirschten die beschlagenen Räder über sie hinweg. Holpernd und schwankend erklommen sie die Wiese oberhalb der Furt. Joanna musste sich mit beiden Händen am Kutschbock festklammern, um nicht herunterzufallen. Schließlich trat Alec die Bremse fest und reichte Joanna die Zügel zurück.

„Vielen Dank“, murmelte sie ungewohnt zurückhaltend.

„Es war mir ein Vergnügen, Miss Steinmann“, erwiderte Alec Thompson, als er vom Kutschbock sprang. „Ich habe Sie noch nie so angenehm schweigsam erlebt.“ Er ging mit großen Schritten um den Wagen herum und Joanna hörte ihn rufen: „Geht es Ihnen gut, Miss Beckie und Ellie?“

„Uns geht es bestens, Mr Thompson. Haben Sie vielen Dank für Ihre Hilfe!“, antwortete Beckie von hinten.

Joanna raffte ihren Rock zusammen und kletterte vorsichtig vom Kutschbock. Sie beobachtete, wie Alec Thompson sein Reitpferd losband, das er hinten an ihrem Wagen festgemacht hatte, sich in den Sattel schwang und das Tier in den Fluss zurücklenkte. Er musste zu der wartenden Pferdeherde zurück, um auch die wertvollen Tiere sicher durch die Fluten zu bringen. Gerade kamen auch Stewart, Branca und Carole sicher am Ufer an und Joanna atmete erleichtert auf.

Es dauerte lange, bis auch der Wagen von Mr und Mrs Lewis als letzter den *Big Blue River* überquert hatte. Inzwischen hatte sich die schlechte Nachricht herumgesprochen, dass Mr Lewis die aus dem Planwagen gefallene Mrs Barter gesucht und gefunden hatte. Als Mr Lewis gemeinsam mit Andy und dessen Vater den leblosen Körper der Frau aus dem Wagen der Lewis’ holte, war selbst dem letzten Mitglied des Wagenzuges klar, dass sie ihr erstes Todesopfer zu beklagen hatten.

Joanna beobachtete die weinende Familie, die sich um den toten, von den Flussfelsen übel zugerichteten Körper ihrer Mutter und Ehefrau drängte. Betroffen und mit Tränen in den Augen senkte sie den Blick.

Lautes Wiehern und Muhen ließ die junge Frau wieder aufsehen. Am anderen Ufer sammelten sich nun die Pferde, Kühe und Ochsen, die mitgeführt wurden. Zum ersten Mal konnte Joanna sehen, wie groß die Herde der Familie Thompson war, und mit Bewunderung im Blick betrachtete sie die wunderschönen Zuchttiere.

Unter heftigem Aufspritzen des Wassers trieben einige Männer die Tiere über die Furt zu ihnen herüber. Joanna hätte das Schauspiel gerne noch ein wenig länger beobachtet, doch Esra Stevens kam auf seinem Pferd zu ihr geritten und forderte lautstark und gewohnt ruppig ihre Aufmerksamkeit. „Haben Sie Ihren Wagen und das Geschirr überprüft, Miss? Wir werden nicht schon wieder auf Sie warten."

„Sie haben bislang nicht einen winzigen Augenblick lang auf unseren Wagen warten müssen, Mr Stevens. Außerdem müssen wir zuerst Mrs Barter beerdigen, bevor wir weiterfahren. Dann ist noch immer Zeit, die letzten Vorkehrungen für den weiteren Weg zu treffen."

„Sie irren sich, Miss Steinmann. Wir werden jetzt sofort weiterziehen."

„Das dürfen Sie nicht, Mr Stevens!" Entsetzt blickte Joanna zu dem Mann hinauf, der den Hut tief in seine Stirn gezogen hatte, sodass seine Augen im Schatten lagen.

„Was darf ich nicht, Miss Steinmann?", fragte er und beugte sich ein wenig auf seinem Pferd zu ihr hinunter, als spreche er mit einem kleinen, ungezogenen Kind.

„Sie können von der Familie nicht verlangen, die Tote nur notdürftig unter die Erde zu bringen, wo sie von Wildtieren mit Leichtigkeit wieder ausgescharrt werden kann. Außerdem brauchen Mr Barter und seine Kinder ihre Zeit am Grab. Es wird schon grausam genug für sie alle sein, ihre Mutter und Ehefrau zurücklassen zu müssen, ohne jemals wieder die Möglichkeit zu haben, an ihrem Grab zu trauern."

„Für solchen Firlefanz haben wir keine Zeit."

„Es wird noch eine ganze Weile hell sein. Wir kommen auf dieser Ebene zügig voran und können bis zum Abend noch eine große Strecke hinter uns bringen. Selbst wenn wir uns hier noch ein oder zwei Stunden länger aufhalten, als Sie es sich für diesen Tag vorgenommen hatten, Mr Stevens."

„Sie dürfen gerne hier zurückbleiben. Ich werde Sie nicht zwingen, mit uns weiterzureisen", lachte der Mann und wandte sich einem Reiter zu, der sich ihnen langsam genähert hatte.

„Sie haben zugesagt, dass Sie sich um diese Frauenzimmer kümmern wollen, Mr Thompson. Also bringen Sie sie zur Vernunft, und sorgen Sie dafür, dass sie den Wagenzug nicht aufhalten." Mr Stevens wendete sein Pferd und ließ Joanna einfach stehen.

Alec Thompson blickte auf die junge Frau, die Stevens mit geballten Fäusten aufgebracht nachsah, herab. „Er hat recht, Miss Steinmann. Wir müssen weiter", sagte er mit einem bedauernden

Blick in Richtung der trauernden Familie und sprang von seinem Pferd.

Joanna strich der Stute von Alec Thompson über die warmen, weichen Nüstern. „Sie geben diesem unsensiblen Menschen auch noch recht, Mr Thompson?“

„Mr Barter und Andy bekommen von mir zwei Pferde. Sie werden Mrs Barter begraben und dann nachkommen.“ Alec Thompson winkte ab, als Joanna den Mund öffnete, um etwas zu erwidern. „Für die anderen Kinder tut es mir leid. Vermutlich wäre es tatsächlich gut für sie, wenn sie von ihrer Mutter in aller Ruhe Abschied nehmen könnten, aber wir stehen unter einem enormen Zeitdruck. Sie wissen, dass wir vor dem Winter auf der anderen Seite der Rocky Mountains sein müssen.“

„Es geht um zwei Stunden, Mr Thompson. Das ist doch eine durchaus vertretbare Zeit.“

„Es sind zwei kostbare Stunden, Miss Steinmann.“ Alec Thompson musterte sie beinahe mitleidig, dann wandte er sich langsam um, um das Geschirr der Mulis zu überprüfen.

Joanna stand noch immer bei der Stute, strich über ihren Hals und griff in die weiche, gepflegte Mähne. Beckie würde sich glücklich schätzen können, wenn sie tatsächlich diesen Mann heiraten sollte. Er arbeitete sauber und korrekt und übernahm bereitwillig Verantwortung. Zudem war die Herde, die er und sein Bruder mit sich führten, sehr vielversprechend und würde ihnen im Westen eine gesicherte Zukunft bescheren.

Der laute Ruf von Esra Stevens riss die junge Frau aus ihren Gedanken. Sie strich dem Tier noch einmal über die Stirn und wandte sich dann um.

„Wer wird den Wagen der Barters fahren, wenn der Vater und Andy hier zurückbleiben, Mr Thompson?“, fragte Mr Stevens.

„Andys jüngere Schwester kann vorerst den Kutschbock übernehmen, die beiden Jungen das Antreiben der Mulis.“

Joanna nickte traurig. Der jüngste der Barter-Söhne mochte gerade einmal sieben Jahre alt sein. Er würde nun mehr schwere Aufgaben übertragen bekommen und zwangsläufig sehr schnell erwachsen werden müssen.

Minuten später setzte sich der Wagenzug in Bewegung und sie fuhren weiter durch die unebene Prärie. Schnell wurde ihnen der Blick zurück zum *Big Blue* und zu den beiden Gestalten, die das erste Grab auf diesem Treck zu schaufeln begonnen hatten, von den Hügeln verwehrt.

Kapitel 17

Joanna hielt ein totes Präriehuhn zwischen ihren Beinen und rupfte ihm mit viel Kraft, aber sichtlich wenig Übung die Federn aus. Um ihren Rocksaum herum lagen bereits eine Menge Federn, und die kleineren, flauschigen Daunen flogen umher, während die junge Frau über das bereits entfachte Feuer hinweg zum Wagen der Barters blickte. Dort herrschte trauerndes Schweigen.

Laurie hievte den schweren Wasserkessel auf das Eisengestell über dem Feuer, dann richtete sie sich auf und streckte ihren Rücken durch, wobei sie beide Hände in ihre Seiten stemmte. Joanna blickte ihre Freundin an und runzelte dann leicht die Stirn. Laurie war zu jung und bewegte sich viel zu viel, um bereits einen kleinen Bauchansatz haben zu können. In dieser Haltung war aber deutlich eine kleine Rundung bei ihr festzustellen. Joanna lächelte und wartete, bis die junge Frau sich wieder neben ihr auf der Holzkiste niedergelassen hatte. „Verrätst du einer neugierigen Person, wann es so weit sein wird, Laurie?“, fragte sie dann.

„Was ...?“ Laurie blickte sie entsetzt an. „Woher ...?“ Auch diesen Satz brachte sie nicht zu Ende.

Das veranlasste Joanna zu einem kurzen Auflachen. Dem ersten an diesem langen, tragischen und anstrengenden Tag. „Man sieht es ein wenig, Mrs Thompson.“

„Man sieht es schon?“ Entsetzt riss Laurie ihre Augen auf und blickte an sich herab.

Joanna zog die Augenbrauen in die Höhe und ließ ihre Hände von der ungewohnten Arbeit ausruhen. Lauries Reaktion überraschte sie.

„Es stimmt schon, Joanna. Ich bekomme ein Kind. Aber ich habe es noch nicht einmal Mike gesagt.“

„Aber warum denn nicht? Das ist doch eine wunderbare Neuigkeit. Dein Mann wird sich sicherlich mit dir freuen und –“

„Er hätte die Reisevorbereitungen abgebrochen, wenn ich ihm vor unserer Abreise davon erzählt hätte.“

„Aber warum hast du es ihm nicht später gesagt, Laurie? In Independence oder irgendwo zwischen dieser letzten halbwegs zivilisierten Ansiedlung von Häusern und hier?“

„Ich hatte Angst, er wäre mir böse.“

„Aber wieso –?“

„Wach auf, Joanna! Wir befinden uns im Niemandsland. Zwischen Independence und der Westküste liegen 2 000 Meilen unbekanntes und wildes Land."

Joanna nickte nachdenklich und wandte sich wieder dem von Stewart geschossenen Präriehuhn zu. „Trotzdem", sagte sie. „Ich finde, du solltest es deinem Mann erzählen. Außerdem gibt es nichts dagegen einzuwenden, dass dich dein Mann ein wenig bemuttert, oder?"

Laurie lachte in ihrer ansteckenden Weise auf. „Du bist einfach zu direkt. Aber vermutlich hast du recht. Ich werde es ihm bei der nächstbesten Gelegenheit sagen", flüsterte sie ihr noch zu, ehe sich Carole, Ellie und Branca bei ihnen am Feuer niederließen.

„Wo ist Beckie?", erkundigte sich Ellie und griff nach einem Messer, um Laurie beim Schälen der Kartoffeln zu helfen. „Sie wollte Büffeldung für das Feuer sammeln", erklärte Joanna.

Branca schüttelte sich angewidert. „Wie tief will sie denn noch sinken?", fragte sie leise.

„Du warst es doch, die sich ständig über die Stechmücken beschwert hat. Mr Ravens hat Beckie erklärt, dass der Büffeldung ebenso gut brennt wie unser Holz und zudem die Mücken vertreibt. Also beschwer dich nicht, sonst kannst du morgen wieder ganz ungrazil nach den Biestern um dich schlagen."

Carole lachte über Brancas Mienenspiel, das zwischen Dankbarkeit und Entsetzen schwankte, und schüttelte schließlich über Joannas unbeholfene Bemühungen, das Präriehuhn seiner Federn zu berauben, den Kopf. „Vielleicht solltest du es besser mit deiner spitzen Zunge versuchen", schlug sie vor und wurde mit dem belustigten Lächeln der Umsitzenden bedacht.

Plötzlich wurde es außerhalb des Wagenkreises unruhig. Mehrere Stimmen riefen durcheinander und der erstickte Schrei einer Frau ließ auf eine schreckliche Ursache der Aufregung schließen. Die vier Steinmann-Schwestern und Laurie hoben die Köpfe. Unsicher schauten sie sich an, blieben aber bewegungslos sitzen.

„Jemand sagte, es sei ein Bär gewesen", rief eine Stimme.

„Ein Bär? Er hat mit einem Bär gekämpft?"

„Das Tier hatte das Mädchen angegriffen."

„Was ist mit dem Mädchen? Wie schlimm ist es verletzt?"

„Ich weiß es nicht. Sie bringen sie gerade. Wo sind die anderen Steinmanns?"

Alec Thompson dirigierte seine Stute zwischen zwei Planwagen hindurch auf die der Steinmanns zu. Er hielt Beckie in seinen Armen. Sie war blutverschmiert, ihre Bluse hing nur noch in Fetzen an ihr und ihr Gesicht war schmerzverzerrt.

Stewart lief heran und bahnte sich energisch einen Weg durch die ebenfalls angelockte Menschenmenge. Entsetzt blickte er zu ihm hinauf.

Alec schaute ihn ernst an und reichte Beckie so sanft, wie es ihm möglich war, zu ihrem Bruder hinunter, der sie wiederum vorsichtig auf den Boden legte.

Ungewohnt langsam stieg der junge Mann von seinem Pferd, um es dann an einem der Wagen festzubinden. Schließlich kauerte er sich neben Stewart, der über Beckie gebeugt dasaß und offenbar nicht wusste, was er nun mit ihr tun sollte.

„Wir brauchen einen Arzt", murmelte er leise vor sich hin.

Alec schüttelte traurig den Kopf. „Es gibt keinen Arzt, Stewart. Dabei ist Andy noch schlimmer zugerichtet worden."

„Andy?"

„Er hat sie gehört, als sie um Hilfe rief. Mike bringt ihn und das Pferd."

„Er hat ihr geholfen?"

Alec nickte, obwohl er annehmen musste, dass der besorgte Bruder das nicht sah. Doch sein Blick war auf die vier Steinmann-Mädchen gerichtet, die sich langsam näherten. Schnell erhob er sich und ging ihnen mit großen Schritten entgegen. „Gehen Sie bitte wieder zum Feuer zurück", wies er sie mit leiser Stimme an.

Branca gehorchte sofort. Ellie und Carole warfen ihm fragende Blicke zu, während Joanna zwar ebenfalls stehen blieb, jedoch versuchte, links an ihm vorbeizublicken.

Er stellte sich ihr in den Weg und erklärte: „Wir kümmern uns um Ihre Schwester. Stewart ist bei ihr. Gehen Sie bitte zurück."

„Wurde sie wirklich von einem Bär angegriffen?"

„Von einer Bärin, die ihr Junges schützen wollte. Andy Barter hat sie gerettet, wurde dabei aber ebenfalls verletzt."

Carole ergriff Ellie an der Hand und die beiden folgten Branca.

Joanna hingegen versuchte, rechts an Alec vorbeizugehen, doch er stellte sich ihr erneut in den Weg. „Was soll das, Mr Thompson?", begehrte sie auf. „Ich möchte zu Beckie."

„Das ist kein Anblick für eine junge Frau."

„Ich will ihr helfen."
„Sie können ihr nicht helfen."
„Ich kann bei ihr sein und für sie beten."
„Das ist wirklich kein Anblick für Sie."
„Das zu entscheiden steht noch immer mir allein zu, Mr Thompson." Mit erstaunlicher Kraft drückte sie ihn beiseite und wollte erneut an ihm vorbei.
Er stellte sich ihr jedoch wieder in den Weg und griff nach ihren Oberarmen. Wütend blitzten ihre grünen Augen zu ihm auf. In ihnen lag der unbändige Wille, endlich zu ihrer Schwester gelassen zu werden. Alec zögerte einen Moment. Diese Frau wusste, was sie wollte, und vermutlich war sie auch in der Lage einzuschätzen, wie viel sie sich zumuten konnte. Also ließ er sie los und trat zur Seite.
Sie ging an ihm vorbei, eilte mit in die Höhe gerafftem Rock zu der am Boden liegenden Beckie und warf sich neben sie auf die Erde. Mrs Lewis kniete inzwischen bei dem verletzten Mädchen. Sie schickte die neugierig herangelaufenen Mitreisenden fort und begann, sich ruhig und offenbar sehr routiniert um die Verletzungen zu kümmern.
Stewart erhob sich und ging mit schweren Schritten zu Alec hinüber. Mit hängenden Schultern blieb er neben ihm stehen. „Ich hätte niemals zulassen dürfen, dass sie mich begleiten."
„Du wolltest es nicht?", fragte Alec verwundert nach.
„Jo hat mich dazu überredet."
„Sie hat einen starken Willen."
„Und eine überzeugende Art, ihre Anliegen vorzubringen und durchzusetzen. Ich hätte hart bleiben sollen. Das ist kein Leben für die Mädchen. Heute Morgen Mrs Barter, nun Beckie und der junge Barter. Wie wird das weitergehen?" Stewart schüttelte den Kopf und drückte sich die geballten Fäuste gegen die Stirn.
„Mach dir keine Vorwürfe, Stewart. Sieh dir die anderen Frauen im Wagenzug an. Sie haben alle ihre Probleme, und ich finde, deine Schwestern halten sich gut. Beckie ist nicht schwer verletzt. Sie wird einige Zeit Schmerzen haben und Narben zurückbehalten, doch sie wird überleben, und das Durchlittene kann sie stärken."
Stewart zog hilflos und resigniert die Schultern nach oben. „Ich habe ohnehin keine andere Wahl mehr."
„Stewart!", rief Joanna herüber. Sie hatte sich weit über den wie leblos daliegenden Körper ihrer Schwester gebeugt und ging

Mrs Lewis bei der Versorgung der Wunden zur Hand. „Stewart, wir brauchen eine Decke, um Beckie warm zu halten. Außerdem benötigen wir sauberes Wasser, möglichst abgekocht, und Verbandsmaterial. Und bring unseren Medikamentenkasten mit!"

Stewart nickte und eilte davon, während Alec sich umwandte, um seinem Bruder, der gerade mit Andy Barter und dem schwer verletzten Pferd im Lager ankam, entgegenzugehen. Sie würden den beiden Frauen einen weiteren Patienten anvertrauen und Alec war sich sicher, dass die Verletzten in ihren Händen gut aufgehoben sein würden.

Dieses Mal setzten sich die Reisenden gegen ihren missmutig gestimmten Führer durch und so blieben sie einen ganzen Tag an diesem Platz. Beckie Steinmann hatte zwar Schmerzen, doch sie war nicht schwer verletzt. Ihr Retter allerdings hatte tiefe Fleischwunden davongetragen, die ihm wohl noch lange Probleme bereiten würden. Mrs Lewis hatte darauf bestanden, dass er ein wenig Laudanum, eine Mixtur aus Alkohol und Opium, bekam, um seine Schmerzen zu mildern.

An diesem Tag schloss sich die Familie Barter dem engeren Kreis der Steinmanns, Thompsons, Lewis' und Paltrows an. Mr Barter war dankbar, seine Kinder in der Obhut der anderen zu wissen, da er den Ruhetag nutzen wollte, um nochmals zum Grab seiner Frau zurückzukehren. Mrs Lewis und Joanna kümmerten sich um die beiden Verletzten, während das Pferd von Andy Barter getötet werden musste.

Joanna wusch die Schulterwunde ihrer Schwester aus, die die Prozedur mit zusammengebissenen Zähnen schweigend über sich ergehen ließ. Dann nahm sie die von Mrs Lewis zubereitete Gelbwurzpaste und strich sie vorsichtig in die Wunde. „Ich verbinde dich jetzt. Danach werden deine Schmerzen erträglicher sein", erklärte sie Beckie.

Diese nickte nur knapp und ließ auch das Verbinden klaglos über sich ergehen. Doch sie seufzte erleichtert auf, als sie sich wieder auf ihr weich ausgepolstertes Lager im Wagen zurücklegen konnte. „Danke, Joanna. Vielen Dank für deine Hilfe."

„Wir beide sind nicht unbedingt die besten Feuerholz-Sammler, wie?", scherzte Joanna und war erleichtert, ein flüchtiges Lächeln auf Beckies Gesicht zu sehen.

„Ich bin selbst schuld, Joanna. Ich habe im Sand die Spuren der Bärin gesehen."

„Dachtest du, sie seien schon älter?"

„Ich habe mir gar nichts gedacht, Joanna. Die ganze Prärie ist durchzogen von irgendwelchen Wagen- oder Tierspuren. Ich habe sie mir angesehen, vermutet, dass sie von einem großen Raubtier stammen müssen, und bin einfach weitergegangen. Dann sah ich den kleinen Braunbär. Ein richtig drolliger Kerl. Und schon stand dieser stinkende, zottelige Koloss vor mir und hieb mit seinen Pranken auf mich ein." Sie atmete tief ein. „Es tat schrecklich weh. Ich wollte weglaufen, aber es war beinahe so, als wollte die Bärin mich erdrücken. Dann hörte ich einen Ruf und ein Pferd tauchte neben mir auf. Der Bär schlug sofort auf das Pferd ein. Andy – er zwängte sich zwischen mich und den Bär – rief immerzu, ich solle fortlaufen. Aber ich konnte nicht. Alles tat so schrecklich weh und ich wollte Andy doch nicht mit dem Bär allein lassen. Dann waren auf einmal Alec und Mike Thompson da und haben auf die Bärin geschossen." Sie machte eine Pause. Dann sah sie ihre Schwester ernst an. „Wie geht es Andy, Joanna? Ist er sehr schlimm verletzt?"

„Er hat viel Blut verloren. Aber Jasmine Lewis ist sich sicher, dass er es überstehen wird."

„Das ist gut!", seufzte Beckie erleichtert und schloss erschöpft die Augen.

„Schlaf jetzt, meine Kleine. Wenn du starke Schmerzen hast, dann sag Bescheid, und du bekommst ein wenig Laudanum. Ich werde jetzt Jasmine helfen, Andy neu zu verbinden."

„Wenn er wach ist, Joanna, würdest du bitte ..." Beckie brach ab und schloss die Augen wieder.

Joanna, die annahm, dass sie vor Erschöpfung eingeschlafen war, strich ihr über die Stirn. Sie wollte leise aus dem Wagen klettern, als ihre Schwester sich wieder regte.

„Bitte, Joanna ...", flüsterte Beckie. „Sag ihm, dass ich ihm herzlich danke und für eine schnelle Genesung bete. Tust du das für mich?"

„Gerne, Beckie. Und jetzt schlaf!", erwiderte Joanna sanft und strich ihr erneut über die Stirn.

„Dir danke ich auch, Joanna, und Mrs Lewis."

„Ist schon gut, Beckie."

Beckie lächelte erneut und drehte dann, leise aufseufzend, ihren Kopf zur Seite.

Joanna verließ den Wagen, und als sie sich umwandte, stand Alec Thompson vor ihr.

„Wie geht es Miss Beckie?", erkundigte er sich.

„Sie hat Schmerzen, doch die Wunden sind sauber und werden gut verheilen. Auch dank Ihres schnellen Eingreifens." Sie ging an ihm vorbei in Richtung des Barter-Wagens und er folgte ihr.

„Das sind gute Nachrichten, Miss Steinmann."

Joanna sah prüfend zu dem Mann hinüber, der den Blick nachdenklich nach vorne gerichtet hatte. Offenbar hatte er sich große Sorgen um Beckie gemacht. Ein Lächeln legte sich auf ihre Gesichtszüge. Sie würde Mr Thompson bald schon die Erlaubnis für einen Besuch an Beckies Krankenbett erteilen müssen.

In dem Moment kam Rowdy kläffend angelaufen und forderte ihre Aufmerksamkeit. Sie strich ihm im Gehen über das struppige, schmutzige und verfilzte Fell. „Dich sollte ich auch ein bisschen besser pflegen, alter Herumtreiber", murmelte sie halblaut vor sich hin.

„Meinen Sie mich, Miss Steinmann?"

Lächelnd blickte Joanna zu Alec hinauf, der sie mit unverhohlenem Spott in den Augen betrachtete. „Sie können sich sicher sein, dass ich in dem Fall keinesfalls die höfliche Anrede ‚Mister' vergessen hätte, Mr Thompson."

„Bei ‚Herumtreiber' würden Sie aber bleiben?"

„Wenn Sie sich dadurch angesprochen fühlen ..." Am Wagen der Barters angekommen, kniete sich Joanna auf das gelbliche Präriegras und wusch in einem Eimer neben dem Wagenrad ihre Hände. Rowdy drückte sich gegen sie, um weitere Streicheleinheiten einzufordern. „Nun verschwinde endlich, Rowdy", sagte sie und schob den Hund mit dem Bein beiseite.

Das Tier gab ein enttäuschtes Wimmern von sich und legte sich einige Schritte entfernt auf den Boden.

„Erlauben Sie, dass ich mich um ihn kümmere?", fragte Alec Thompson. „Sie haben mit den beiden Verletzten und Ihren übrigen Aufgaben genug zu tun, Miss Steinmann."

„Heißt das, Sie haben nicht genug zu tun?"

„Ich bin, im Gegensatz zu Ihnen, Miss Steinmann, schon vor Sonnenaufgang aufgestanden. Die Pferde und Rinder sind versorgt, die Hühner gefüttert und ihrer Eier beraubt, zwei Hasen sind geschossen, die Wagenachsen geschmiert und das Zaumzeug ist eingefettet, ich habe mit dem ältesten Sohn von Mrs Paltrow und dem jüngsten Barter ein paar Schießübungen gemacht und ein Wettrennen mit Ihrer kleinen Freundin Ruth hinter mir."

„Ist schon gut, Mr Thompson. Sie erhalten die Erlaubnis, meinem Rowdy den Pelz zu bearbeiten."

„Ich danke vielmals, Miss Steinmann", lachte der junge Mann, verbeugte sich galant und pfiff dem Hund, der dem Mann zu Joannas Erstaunen – und auch ein wenig zu ihrem Missfallen – sofort folgte.

„Joanna?", drang die tiefe Stimme von Mrs Lewis zu ihr heraus. „Ich könnte deine Hilfe gebrauchen."

„Ich komme, Jasmine." Schnell kletterte Joanna in den Wagen der Barters.

Jasmine Lewis hatte dem jungen Mann bereits die Verbände abgenommen. Joanna hockte sich auf die andere Seite zwischen Holzkisten und einen Leinensack. Sie half, die Wunden zu säubern und mit der Paste, die Jasmine aus ihren Vorräten zubereitet hatte, einzureiben.

„Du machst das sehr gut, Joanna."

„Vielen Dank. Woher weißt du eigentlich, wie man solche Wunden behandelt?"

„Ich habe früher mit der Missus die Verletzten versorgt."

„Auf einer Plantage?"

„Ja, auf einer großen, reichen Plantage in Mississippi."

„Wie seid ihr freigekommen, du und dein Mann?" Joanna bemerkte den zögernden Blick der Frau. Vielleicht hatte Branca recht, und die beiden waren tatsächlich keine Freien, sondern flüchtige Sklaven, und darüber wollte Jasmine sicher nicht sprechen. „Entschuldige bitte meine Neugier. Ich habe mich nur gefragt, was der Grund dafür ist, dass ihr in den Westen zieht. Uns blieb nichts anderes übrig. Mein Vater, mein älterer Bruder und mein Onkel, dem die Plantage gehörte, auf der wir lebten, sind in Mexiko gefallen. Sie haben alle in derselben Brigade gedient und sind in derselben Schlacht gestorben. Was wäre uns Mädchen geblieben? Eine führerlose Plantage? Eine schnelle Heirat mit irgendeinem Mann aus unserem Distrikt? Davor bin ich geflohen – und meine Schwestern habe ich mitgenommen."

„Sind wir nicht alle vor irgendetwas oder irgendjemandem auf der Flucht, Joanna? Sieh dir die Menschen um uns herum an: die Thompsons – sind sie vor der zunehmenden Enge im Osten geflohen? Und vor einer verlorenen Liebe? Oder Mrs Paltrow – hatte sie genug von der Einsamkeit, da ihr Mann schon seit beinahe drei Jahren in Oregon lebt, sie ihn damals jedoch nicht begleiten wollte? Und die Barters – haben korrupte Geschäftemacher sie ihres Landes beraubt?"

„Jedenfalls sind wir alle unterwegs, um den Gefahren und Widrigkeiten zu trotzen und um unsere Wünsche und Hoffnungen in Erfüllung gehen zu sehen."

„In Erfüllung, Joanna? Weißt du, was unser himmlischer Vater für Zukunftspläne für uns hat?"

„Nein, Jasmine. Aber die Hoffnung lebt in unserem Herzen, denn genau dieser himmlische Vater ist der Grund dafür, dass auf der Erde überhaupt noch Hoffnung existiert!"

„Amen dazu!", lachte Jasmine.

Andy öffnete die Augen und wagte ein schiefes Lächeln. „Ihre Behandlung ist schmerzhaft, aber Ihre Worte heilen."

„Du bist ja doch wach", lachte Joanna. „Ich soll dir herzliche Grüße von Beckie ausrichten. Sie dankt dir für deine Hilfe, und sie sagt, sie will für deine Genesung beten."

Eine feine Röte überzog das bleiche Gesicht des jungen Mannes. „Wie geht es Beckie? Diese Bärin hatte sie so fest im Griff, dass ich dachte, sie würde ihr alle Rippen brechen."

„Es geht ihr den Umständen entsprechend gut. Sie wird sicherlich vor dir wieder auf den Beinen sein, um sich persönlich für deine Hilfe bedanken zu können."

„Sie darf nicht zu früh aufstehen. Sie muss sich nicht bei mir bedanken. Jeder hätte das für Beckie getan!"

„Ich bezweifle, dass sich jeder unbewaffnet in den Kampf mit einem Bär gewagt hätte, Andy", widersprach Jasmine sanft.

„Wann fahren wir weiter?"

„Erst morgen."

„Wir sollten weiterziehen", meinte er. „Wer weiß, wann dieses Jahr der Schnee kommt."

„Wir werden dafür einen anderen Ruhetag ausfallen lassen, Andy. Mach dir bitte darüber keine Gedanken. Schlaf jetzt, ruh dich aus und werde schnell wieder gesund."

Andy nickte Joanna zu und schloss die Augen.

Als Joanna gerade aus dem Wagen klettern wollte, hörte sie, wie er leise murmelte: „Für Beckie wird es gut sein, wenn wir einen Tag Rast machen."

Kapitel 18

Eine lange Wagenkolonne rumpelte über den steinigen Grund. Untermalt wurden die klappernden Geräusche der Wagen durch das Stöhnen und Weinen der Verletzten, aber auch vom fortdauernden Donnern der Geschütze und dem Aufjaulen und Detonieren der aufschlagenden und explodierenden Geschosse in einiger Entfernung.

Simon Bryant kannte diese Geräuschkulisse gut genug, um abschätzen zu können, dass die Front immer näher rückte. Die Truppen der Vereinigten Staaten von Amerika befanden sich auf dem Rückzug, und er lag hier mit Hunderten weiterer Schwerverletzter und hatte keine Möglichkeit, sich selbst in Sicherheit zu bringen. Wie lange würde es dauern, bis auch ihre provisorische Unterkunft geräumt und sie mit Wagen weggebracht werden würden? Einerseits sehnte er sich den Augenblick herbei, andererseits fürchtete er ihn. Jede größere Bewegung und jede Erschütterung bereitete ihm unsägliche Schmerzen. Das Stoßen und Schlagen der Ambulanzwagen auf dem unebenen Untergrund würde ihn vermutlich an den Rand des Wahnsinns treiben, so wie all die anderen armen Kreaturen, die er schreien, weinen, fluchen und brüllen hörte.

Eine Gestalt kauerte sich neben ihn und Simon wandte langsam den Kopf. Es war Scott Carwell, der ihn mit gehetztem Blick ansah. Sein Gesicht war pulververschmiert und sein Hemd an der Schulter zerrissen und in Blut getränkt.

„Du bist verletzt, Scott."

„Nur ein Kratzer, Simon. Vergiss es. Los. Ich helfe dir auf die Beine."

„Wir werden schon noch hier weggebracht", erwiderte Simon lethargisch.

„Hör mir mal gut zu, Junge", flüsterte Scott und beugte sich zu Simon hinunter, sodass sein Mund dicht an dessen Ohr war. „Aus diesem Zelt wird niemand mehr geholt werden. Die Ambulanzwagen sind so gut wie alle weg und die Mexikaner nur noch ein oder zwei Meilen von hier entfernt. Wenn du nicht heute noch in Gefangenschaft wandern willst, stellst du dich jetzt auf deine Beine und lässt dir von mir auf einen der Wagen helfen. Ich riskiere Kopf und Kragen mit dieser Aktion."

„Du hast dich von der Truppe entfernt?"

„Wenn du dich jetzt nicht wie ein altes Waschweib zierst, wird es nur ein paar wenige Minuten dauern und niemandem auffallen. Also los."

„Verschwinde, Scott. Geh zu deiner Truppe."

„Du verstehst wohl nicht. Die Wagen fahren zum Hafen. Ein Ambulanzschiff wird dich nach Hause bringen. Weg von diesem Inferno! Zu deiner Linda!"

„Linda", stöhnte Simon und schloss gequält die Augen. Wie sehr sehnte er sich nach ihr. Er wollte ihr schönes Gesicht ansehen und sie endlich einmal wieder in die Arme schließen. Er wollte seinen Kopf in ihrem Haar bergen. Die Sauberkeit und den süßlichen Duft einatmen, den sie verströmte. Dann blickte er auf seinen Armstumpf. „Sie wird mich nicht mehr wollen, Scott."

„So ein Blödsinn. Linda liebt dich."

Simon stieß ein wütendes Schnauben aus. „Mein Anblick wird sie abstoßen. Sie wird keinen Krüppel heiraten wollen."

„Du kannst sie auch mit einem Arm umarmen, Idiot! Steh jetzt endlich auf, bevor der letzte Wagen ohne dich abfährt", zischte Scott ungehalten und griff nach seinem gesunden Arm.

Allein diese Bewegung bereitete Simon Schmerzen. Sein Blick schweifte über die vielen Männer hinweg, die um ihn herum lagen und ängstlich auf die näher kommenden Schlachtgeräusche lauschten, ohne zu wissen, welcher Zukunft sie entgegensahen. Doch er hatte einen Freund an der Seite, der ihm hier heraushelfen wollte. Er konnte das Angebot nicht ablehnen und er konnte auch Scott nicht noch länger von seiner Truppe fernhalten. Schließlich würde Carwell nicht der Erste sein, der wegen Missachtung eines Befehles oder gar versuchter Desertion erschossen werden würde.

Simon biss sich die Lippen blutig, bis er aufrecht stand. Schwer auf seinen Freund gestützt, da der Blutverlust und das lange Liegen ihn geschwächt und seinen Blutkreislauf aus der Bahn gebracht hatten, kam er nur langsam dem Zeltausgang näher. Keiner der Sanitäter oder Ärzte beachtete die beiden Männer. Sie waren alle zu sehr mit ihrer Arbeit und dem angstvollen Lauschen auf die näher kommenden Detonationen und der Hoffnung, dass sie hier rechtzeitig abgezogen wurden, beschäftigt.

Als sie das Zelt verließen und Simon den Kopf hob, stach ihm die heiße mexikanische Sonne unangenehm ins Gesicht. Ein heftiger Schwindel bemächtigte sich seiner und stöhnend lehnte er sich an Scott Carwell.

„Weiter Junge, weiter. Du kannst dich nachher ausruhen und meinetwegen so lange schlafen, bis Linda dich wach küsst."

„Linda!", stöhnte Simon erneut. Er setzte einen Fuß vor den anderen, angetrieben von dem inneren Bild einer lachenden jungen Frau mit aufgesteckten dunkelblonden Locken und blauen Augen, die ihn liebevoll ansahen.

Sie erreichten den letzten Wagen, während die anderen schon in einiger Entfernung davonrumpelten. Scott drängte ihn nach hinten, doch einer der Aufsicht führenden Soldaten schüttelte entschieden den Kopf. „Hier ist voll, Jungs."

„Für ihn habt ihr noch Platz!", erklärte Scott bestimmt.

Simon schüttelte den Kopf. Ihn würde dasselbe Schicksal ereilen wie die anderen zurückgelassenen Verletzten.

„Du kannst sagen, was du willst. Hier ist kein Platz mehr."

„Er braucht nicht viel Platz. Er kann sitzen", drängte Scott unbeeindruckt weiter.

Simon schloss gequält die Augen. Wie sollte er die lange Fahrt auf dem ruckelnden Gefährt im Sitzen aushalten?

„Halt dich hier fest", forderte Scott ihn auf und ließ Simon los, sodass dieser keine andere Möglichkeit hatte, als sich an dem rauen Holz des Pritschenwagens festzukrallen. Scott verschwand für einen kurzen Moment, war aber sehr schnell wieder zurück. In seiner Hand trug er seinen Dragoner-Säbel. Als er den Säbel zog, zuckten sowohl Simon als auch der andere Soldat erschrocken zurück. „Sehen Sie? Ich gebe Ihnen den Säbel, wenn Sie meinen Freund hier noch mitnehmen."

Simon wollte protestieren. Der Säbel war der beste, den er jemals zu Gesicht bekommen hatte. Er stammte aus einem Werk in Solingen, Deutschland, und war ein Geschenk von Scotts Vater an ihn gewesen.

„Scott, nicht", widersprach er kraftlos und ging leicht in die Knie.

„Lass mich in diesem ganzen verfluchten Krieg wenigstens ein Mal etwas Sinnvolles tun. Und jetzt rein mit dir!", fauchte sein Kamerad und schob ihn unsanft auf die Ladefläche. Zwei Männer, auf die er fiel, schrien schmerzgepeinigt auf.

„Grüß meine Familie, Simon. Und warte nicht mit der Hochzeit. Ich bin kein guter Trauzeuge!"

Der Wagen fuhr ruckartig an. Der begleitende Soldat schwang sich schnell neben den Kutscher und befestigte seinen neuen, wertvollen Säbel an seiner Uniform.

Simon hob unter Schmerzen den Kopf. Scott hatte sich bereits abgewandt und lief zu seinem Pferd. Ob er es noch rechtzeitig zu seiner Truppe schaffen würde, bevor sein Verschwinden bemerkt wurde? Würde in diesem Chaos überhaupt jemand bemerken, dass er fehlte? Er hätte ihm mit seinem eigenen Säbel einen Hieb verpassen und ihn mit sich auf den Wagen ziehen sollen, überlegte Simon, bevor er das Bewusstsein verlor.

Stundenlang rollte die Wagenkolonne durch das trockene, ausgeblutete Land, einer der besetzten Hafenstädte entgegen. Simon Bryant verharrte in seiner gnädigen Bewusstlosigkeit, während Scott Carwell, in seinem eigenen Blut liegend, auf einem der unzähligen Schlachtfelder Mexikos zurückblieb.

Wolkenfetzen zogen über den Himmel, und mit ihnen schwebten laut kreischende Möwen über dem Schiff, das sich mit geblähten Segeln durch den Golf von Mexiko schob. Gischt spritzte auf und durchnässte die auf dem Deck liegenden Verletzten.

Simon schloss die Augen, lauschte auf das Plätschern der Wellen gegen den Schiffsrumpf, die Befehle der Vorgesetzten an die Matrosen und das Schlagen der Wanten gegen die drei hölzernen Masten. Die frische Luft tat ihm unendlich gut, und auch sein Arm schmerzte weniger, seit er der drückenden Enge und der stickigen und säuerlichen Luft unter Deck entkommen war. Langsam öffnete er die Augen wieder. Sein Blick wanderte an den gelblichen, vom Wind geblähten Segeln hinauf.

Sie waren auf dem Weg in den Süden der USA. Bald würde er wieder zu Hause sein. Doch was sollte dort aus ihm werden? Er hatte einen Arm eingebüßt – und das war nicht die einzige Verletzung, die er aus dem Krieg mitbrachte. Es gab Zeiten, da träumte er so heftig von dem, was er auf dem Schlachtfeld erlebt hatte, dass er im Schlaf schreiend um sich schlug. Das war auch der Grund gewesen, weshalb man ihn mit einigen andern an Deck gebracht hatte. Hier konnte er keinen neben ihm liegenden Patienten mehr mit seinen unkontrollierten Tritten und Schlägen zusätzlich verletzen.

Simon fragte sich, wie seine Zukunft in der Heimat aussehen würde. Konnte er jemals die Leitung der Plantage seines Vaters übernehmen? Würden die schwarzen Arbeiter auf einen Massa hören, der ihnen körperlich nichts entgegenzusetzen hatte? Und

Linda? Würde sie ihn wirklich noch lieben können, wie Scott es ihm versichert hatte? Einen Augenblick lang überlegte er, ob es nicht besser wäre, wenn er sich einfach in die Fluten stürzte.

Simon schloss die Augen. Scott Carwell hatte seine Truppe unerlaubt verlassen und seinen wertvollen Säbel verschenkt, nur um ihm ein Weiterleben und eine Heimkehr zu ermöglichen. Wie konnte er da über Bord springen? Er war es wenigstens ihm schuldig, um sein Überleben zu kämpfen.

Kapitel 19

Linda öffnete das Samtband ihres Hutes unter dem Kinn und nahm die Kopfbedeckung ab. Ein paar Strähnen lösten sich aus der Frisur und kitzelten sie an den Wangen. Hastig schob sie sie hinter ihr Ohr und betrachtete mit zweifelndem Blick die große Eingangstür vom Warren-Haus.

Es war mehrere Wochen her, seit sie zuletzt hier gewesen war, und sie fragte sich, ob sie nicht früher hätte wiederkommen sollen – oder ob sie nicht jetzt besser ferngeblieben wäre? Sie fröstelte bei dem Gedanken, gleich die dunkle, kühle Eingangshalle betreten zu müssen, und doch machte sie sich auf den Weg zu den breiten Stufen, die sie an die Eingangstür bringen würden.

Die tiefe Glocke hallte laut durch das Haus. Es dauerte lange, bis Mary ihr öffnete. Ein erleichtertes Lächeln huschte über das schwarze Gesicht. „Missi Linda. Gott sei Dank. Sie sind da."

Linda hob überrascht die Augenbrauen. Diese Begrüßung ließ sie nichts Gutes ahnen. „Was ist los, Mary?"

„Gehen Sie in den Salon, Missi. Ich richte Missus Denise aus, dass Sie da sind, und bringe Sie dann zu ihr."

Linda nickte und ging in den Salon hinüber. Sie war ein wenig enttäuscht, da sie eigentlich gehofft hatte, Denise wieder auf der Veranda in dem wunderschönen Garten treffen zu können und gar nicht erst das dunkle Haus betreten zu müssen. Warum hatte Mary sie überhaupt gebeten, im Salon zu warten, um sie dann zu Denise zu bringen? Weshalb kam die Hausherrin nicht einfach hierher? Wieso konnte sie, wenn sie in einen anderen Raum zu Denise gebracht werden sollte, nicht in der Halle warten? Sollte sie nicht gesehen werden?

Sie ging bis an die geschlossene Verandatür, öffnete sie und trat auf die sonnenüberflutete Veranda hinaus. Munteres Vogelgezwitscher erfüllte die schwülwarme Luft und begeistert nahm Linda die bezaubernde Schönheit des Parks in sich auf.

Genießerisch schloss sie die Augen. Doch wie so oft in den letzten Wochen schlich sich sofort Simon in ihre Gedanken ein. Furcht und eine quälende Ungewissheit vertrieben die friedliche Stimmung, die der Park in ihr wachgerufen hatte.

Linda öffnete die Augen und blinzelte nicht nur gegen die helle Sonne, sondern auch gegen ihre Tränen an.

Im Salon wurde die Tür geöffnet und sie fuhr aufgeschreckt herum. Schnell ging sie in den dunklen Raum zurück und schloss hinter sich die Verandatür.

Mary bat sie mit einer kleinen Geste, ihr zu folgen. Täuschte sie sich oder bewegte Mary sich besonders leise durch die Halle? Weshalb blickte sie sich nervös wie ein verängstigtes Mäuschen nach allen Türen um, die vom Foyer abgingen? Vor wem hatte sie Angst und aus welchem Grund?

Mary öffnete, ohne anzuklopfen, eine hohe Tür, die von dem dunklen Flur im ersten Stock abging, und hielt sie Linda auf.

Kaum hatte die junge Frau den abgedunkelten Raum betreten, schloss sich die Tür hinter ihr. Überrascht drehte sie sich um. Mary war nicht mit eingetreten.

Langsam ließ Linda ihren Blick durch den Raum schweifen. Ein aus rotbraunem Holz und goldschimmernden Verzierungen gefertigtes Empire-Bett stand in der Mitte des Zimmers. An der Wand befand sich ein gewaltiger Schrank aus demselben Holz und an der gegenüberliegenden Seite ein offener Kamin und eine große Kommode. Braune, schwere Samtvorhänge verhüllten die drei großen Fenster und taten ihr Übriges, um auch diesen Raum dunkel und erdrückend wirken zu lassen.

Plötzlich bewegte sich die schwere Decke im Bett.

Linda trat an die hohe, in der Mitte abgesenkte Seitenkante des Bettgestells und betrachtete die eingefallenen, bleichen Wangen von Denise Warren. Tief in den Höhlen liegende graue Augen blickten sie an.

„Hallo, Denise“, grüßte Linda und ihre Stimme klang ungewohnt rau.

„Linda Fowler", entgegnete Denise leise und emotionslos.
„Was ist mit dir, Denise?"
„Mir geht es nicht gut."
„Dir geht es schon lange nicht gut. Aber das kann doch nicht noch immer von der Schwangerschaft sein."
„Ich ... ich bin nicht mehr schwanger", erwiderte Denise tonlos.
Linda erschrak. „Das tut mir sehr leid, Denise", murmelte sie verwirrt. „Wann ...?"
„Vor zwei Wochen."
Linda schüttelte irritiert den Kopf. Hatte Denise bei der Fehlgeburt so viel Blut verloren, dass sie noch immer das Bett hüten musste, oder war der Verlust einfach zu viel für ihr empfindsames Gemüt? Aber gerade dann musste sie dringend aus diesen dunklen Räumen gebracht werden, damit sie wieder die Sonne zu Gesicht bekam. Entschlossen wandte Linda sich um und zog die Vorhänge mit einer heftigen Bewegung zurück. Helle, warme Sonnenstrahlen bahnten sich ihren Weg in das dunkle Zimmer und ließen das Rotbraun der Möbel in warmen Tönen aufleuchten.
„Das ist zu hell, Linda", empörte sich Denise kraftlos und schloss gequält die Augen.
Die Besucherin zog den linken Vorhang schnell wieder zu, sodass zumindest das Bett wieder im Schatten lag, ließ die anderen aber offen. „Meinst du, du schaffst es aufzustehen, Denise? Dann würde ich dich gerne ein wenig hinunter in den Garten begleiten. Es ist wunderbar draußen. Die Vögel singen und der Duft der Blüten ist atemberaubend."
„Ich weiß nicht ...", erwiderte Denise unsicher.
Nach kurzem Zögern öffnete Linda eine der Kleiderschranktüren und wühlte sich durch die ausnahmslos dunkelvioletten, grauen und braunen Kleider. Erstaunt fragte sich Linda, ob Denise diese dunklen Stoffe tatsächlich für sich ausgesucht hatte. Sie griff nach einem tiefblauen, seidenen Morgenmantel und schloss die Schranktür wieder.
Denise sah sie ängstlich an. „Bitte Linda. Es ist keine gute Idee, nach draußen zu gehen. Ich fühle mich nicht wohl genug."
„Ich werde Mary holen. Mit unser beider Hilfe schaffst du es nach unten. Ein bisschen frische Luft wird dir guttun."
Denise schüttelte den Kopf und blickte sie fast wütend an.
Linda sah es mit Erleichterung. Zumindest schien nicht jegliches Leben aus Joannas Schwester gewichen zu sein. Da Denise

jedoch den oberen Rand der Bettdecke festhielt, deckte sie ihre Beine auf. Erschrocken wich sie einen Schritt zurück. Die Beine wiesen blaue und gelbe Flecken und unzählige Schrammen auf.

Denise schrie auf, zog die Beine an und kauerte sich zusammen. „Verschwinde! Niemand hat dich eingeladen!“, brüllte die junge Frau und stieß mit dem Ellenbogen eine Tasse vom Nachttisch.

„Na, zumindest hast du deine Stimme noch nicht verloren“, meinte Linda, nachdem sie sich von ihrem ersten Schreck erholt hatte.

„Und du bist rücksichtslos und ungehobelt“, fauchte Denise zurück.

„Ich will doch nur, dass du schnell wieder auf die Beine kommst“, rechtfertigte Linda ihr Verhalten.

Die Tür wurde aufgerissen und Mary trat ein. „Ist alles in Ordnung?“, fragte sie atemlos. Sie fand ihre Herrin noch im Bett, schien darüber erleichtert und packte, obwohl ihr als Sklavin so etwas streng untersagt war, die Besucherin am Arm. „Schnell, Sie müssen gehen, Missi.“

„Weshalb? Ich wollte mit Denise gerade –“

„Nicht fragen. Kommen Sie schnell.“ Mary zog sie in den Flur hinaus und zu ihrer Verwunderung in ein angrenzendes Zimmer hinein. Die mit Tüchern abgedeckten Möbel darin machten deutlich, dass es unbewohnt war.

„Was soll das?“, fragte Linda unwirsch und befreite sich aus Marys Griff.

„Bitte entschuldigen Sie, dass ich Sie angefasst habe, Missi. Aber –“

„Dass du mich berührst, macht mir nichts aus, Mary.“

„Ich weiß, Missi. Sie sehen uns Sklaven anders als die anderen ...“

„Das tut nichts zur Sache, Mary. Was ist hier los? Was ist mit Denise? Sie hat zerschrammte, vollkommen blaue Beine.“

„Pssst, leise!“ Mary hielt einen Finger vor ihren Mund und blickte Linda flehend an. Einen Moment lang herrschte absolute Stille. Dann waren Schritte auf dem Flur zu hören. Die Tür nebenan wurde geöffnet und wieder geschlossen.

Linda löste sich aus ihrer Erstarrung und ging zum Kamin hinüber. Vermutlich war das Abzugsrohr dasselbe wie das drüben in Denise’ Zimmer und konnte ihr eine Möglichkeit zum Lauschen bieten.

Eine tiefe Männerstimme – Linda vermutete, dass sie Neil Warren gehörte – war zu hören. Sie konnte jedes Wort verstehen, da der Hausherr vermutlich nahe am Kamin im anderen Zimmer stand.

„Was war das für ein Lärm, Denise?"

„Ich bin gegen das Wasserglas gestoßen, Neil. Entschuldige bitte."

„Du hast mich bei meiner Arbeit unterbrochen."

„Es tut mir leid."

„Jetzt liegst du schon den ganzen Tag im Bett und bringst es noch immer fertig, mich zu stören."

„Es wird nicht wieder vorkommen", erwiderte Denise so leise, dass Linda die Antwort nur erahnen konnte.

„Ich habe laute Stimmen gehört."

„Ich habe nach meinem Mädchen gerufen."

„Du hast einen Klingelzug am Bett. Du wirst doch imstande sein, daran zu ziehen."

„Ich bin nicht an den Klingelzug gekommen. Bitte verzeih mir, Neil."

Eine Tür wurde zugeworfen, und dann entfernten sich eilige, schwere Schritte. Lindas Finger fuhren über den glatten, sauberen Kaminsims, ehe sie sich langsam umdrehte. „Wo ist Natasha Steinmann?", fragte sie Mary.

„Abgereist, Missi Linda."

„Was heißt abgereist? Was geht hier vor? Ist Mr Warren immer so unfreundlich zu Denise?"

Mary nickte. „Missus Steinmann sagte immer, das seien die ersten Schwierigkeiten in einer Ehe. Sie wollte Missus Denise helfen und bekam Ärger mit Neil Warren. Vielleicht hat er sie fortgeschickt? Immerhin gehört sie nur entfernt zur Familie."

„Du weißt nicht, weshalb Mrs Steinmann gegangen ist?"

„Sie war eines Tages plötzlich abgereist. Sie hat nur einen Brief hinterlassen."

„Wohin ist sie gefahren?", fragte Linda verstört.

„Zu den Verwandten im Nachbardistrikt."

„Weißt du das sicher?"

„Es stand wohl in dem Brief."

Verwirrt schüttelte Linda den Kopf und wandte sich wieder dem Kamin zu.

„Schlägt Mr Warren seine Frau?"

„Nein!", rief Mary erschrocken. „Das würde er niemals tun, Missi."

„Woher hat sie die Wunden an ihren Beinen?“

Mary hielt einen Moment inne. Dann erwiderte sie zögernd: „Sie ist aus dem Fenster gesprungen, Missi.“

„Aus dem Fenster?“ Linda wandte sich ruckartig nach der Schwarzen um. „Mein Gott, Mary! Was ist nur mit Denise?“

„Bitte, Missi. Sie müssen leiser sprechen.“

„Erzähl mir bitte, was in diesem Haus vor sich geht.“

„Sie wissen, dass ich das nicht darf, Missi.“

„Du bist niemand anderem als Denise und Mrs Steinmann verpflichtet.“

„Massa Warren gab mir diese Stellung. Ich bin jetzt auch Teil seines Haushaltes.“

„Er hat dich nicht gekauft, Mary. Die Plantage *Green Crystal* existiert noch, selbst wenn gegenwärtig niemand auf ihr lebt und sie von hier aus bewirtschaftet wird. Aber du musst selbst entscheiden, was Denise dient. Ich zwinge dich nicht, mir zu erklären, was eine schwangere Frau dazu bewogen hat, aus dem Fenster zu springen.“

Linda wusste, dass Mary die Steinmann-Kinder liebte wie ihre eigenen. Sicher wollte sie nur das Beste für Denise, also würde sie ihr die Entscheidung überlassen müssen. Sie wandte sich der Tür zu und griff nach der Klinke. „Ich gehe besser, Mary.“

„Aber Sie kommen doch wieder, Missi Linda?“

„Ich werde bald wiederkommen. Bis dahin kannst du dir überlegen, ob du mich einweihen möchtest, und dann können wir gemeinsam sehen, wie wir der armen Denise helfen können.“

„Beten Sie für Missus Denise, Missi. Mehr werden wir ohnehin nicht tun können. Mr Warren ist sehr streng zu ihr, aber er ist ihr Ehemann.“

Linda unterdrückte weitere Fragen, obwohl sie brennend heiß auf ihr Herz drückten.

Da Mr Warren sie nicht sehen sollte, stahl sie sich durch einen schmalen Türspalt, wenngleich ihr der Reif ihres Rockes dabei sehr hinderlich war, und trat auf den Flur hinaus.

Im Haus war es vollkommen still. Ein eisiges Frösteln erfasste die junge Frau.

Eilig verließ sie das Gebäude. Es konnte ihr nicht schnell genug gehen, bis der Kutscher ihr in das Gefährt geholfen hatte und losgefahren war. Erst als sie eine gute Strecke von dem Anwesen entfernt waren und die Sonne ihre warmen Strahlen auf ihr Gesicht schickte, entspannte sie sich wieder ein wenig.

Kapitel 20

Dunkle, gewaltige Wolkenmassen schoben sich über den düsteren Himmel und entluden ihre nasse Fracht über dem Flachland und den Hügeln mit dem braunen Grasbewuchs. Die Regenwand war so dicht, dass die Hügelketten rings um sie her nicht mehr zu erkennen waren. Der Regen, der ständig in Joannas Augen lief, behinderte ihre Sicht zusätzlich, sodass sie gelegentlich nicht einmal den voranfahrenden Wagen erkennen konnte. Krampfhaft hielt sie die Zügel in den behandschuhten Händen und versuchte, die unwilligen Mulis zu lenken, während Beckie barfüßig durch die schlammige Erde ging und die Tiere antrieb.

Der Regenguss hatte so plötzlich begonnen, dass Mensch und Tier gleichermaßen davon überrascht worden waren. Nach der Hitze des Tages war Joanna der Regenguss erst sehr willkommen gewesen, doch nun begann sie zu frieren. Die nassen Kleider, die an ihrem Körper klebten, trugen ihr Übriges dazu bei, dass sich das so schnell nicht änderte.

Sie fragte sich, ob sie nicht lieber anhalten und das Ende des Regens abwarten sollten, doch ihr Führer hatte sie, seit sie vor einigen Tagen den *Platte River* erreicht hatten, nur noch erbarmungsloser angetrieben. Dabei hätten viele der Reisenden an dem wunderbar grünen Flussufer mit seinen Büschen und Bäumen gerne einen Tag Rast gemacht. Doch Esra Stevens hatte sie zur Eile gedrängt, und so folgten sie dem Lauf des *Platte,* ohne den Fluss tatsächlich immer in Sichtweite zu haben.

Zwei weitere Stunden dauerte der Regen an, dann hörte er ebenso abrupt auf, wie er begonnen hatte. Die Strahlen der Nachmittagssonne brachen sich ihren Weg durch die Wolkendecke und verdrängten diese innerhalb kürzester Zeit vollständig. Die Erde begann zu dampfen und schwüle Hitze breitete sich aus. Das dichte Fell der Mulis war klatschnass, und die Ausdünstungen der Tiere nahmen beständig zu, ebenso wie deren Unwillen, weiter im Geschirr voranzugehen. Trotz der Lederhandschuhe fingen Joannas Hände an zu schmerzen, und so atmete sie erleichtert auf, als von vorne der Ruf zum Halten kam.

Energisch brachte sie die Tiere zum Stehen, dann trat sie die Bremse fest und kletterte vom Kutschbock. Ihre Füße sanken bis zu den Knöcheln in die aufgeschwemmte Erde ein.

Mike Thompson kam von seinem Wagen herüber und wandte sich sofort an Stewart. „Ich würde gerne nach Alec und der Herde sehen."

„Geh nur, Mike. Ich kümmere mich hier um alles."

Mike Thompson nickte und lief eilig davon.

„Wir müssen auf die Brennholzvorräte zurückgreifen, die wir bei unserem letzten Halt gesammelt haben, Jo. Ich werde einen halbwegs trockenen Platz suchen, wo wir unser Feuer machen können. Ihr zieht euch zuerst um und kümmert euch dann um eure Aufgaben."

„Ich möchte lieber gleich zu den Barters gehen und nach den Kindern sehen, Stewart", bat Beckie.

„Erst wenn du etwas Trockenes anhast. Mr Barter wird mit den Kindern zurechtkommen, bis du umgezogen bist", ermahnte Stewart sie und machte sich unter dem Wagen zu schaffen.

Joanna winkte Beckie und bedeutete ihr damit, dass sie zuerst in den Wagen gehen und sich umziehen sollte. Seit Mrs Barter gestorben war, kümmerte ihre Schwester sich um die Halbwaisen. Zudem hatte sie die Pflege von Andy übernommen, der inzwischen zwar wieder aufstehen, jedoch noch keine schwere körperliche Arbeit übernehmen konnte. Mehr als einmal hatte Joanna mitbekommen, wie Beckie ihn ermahnen musste, sich zu schonen.

Ellie und Branca, die noch halbwegs trocken waren, kletterten aus dem Wagen heraus und wurden von Stewart zu Arbeiten angewiesen. Mrs Paltrow, erschöpft und ebenfalls durchnässt, brachte ihre drei Kinder vorbei, da sie noch allerhand zu tun hatte. Jasmine Lewis nahm sich der drei viel zu munteren Kinder an, während ihr Mann ihre Arbeiten mit übernahm.

Lächelnd beobachtete Joanna, wie ihre kleine Gruppe innerhalb des Wagenzuges beinahe schon automatisch Hand in Hand arbeitete. Dann wandte sie sich um und blickte in die fragenden Augen von Mr Ravens, einem älteren Herrn, der die beschwerliche Reise in den Westen zusammen mit seiner Frau und seinem unverheirateten Sohn angetreten hatte.

„Haben Sie die anderen Wagen gesehen, Miss Steinmann?", erkundigte sich der Mann.

„Fehlen noch welche?“, fragte Joanna erschrocken. Suchend blickte sie sich um und stellte fest, dass wenigstens zehn Wagen fehlten. „Sucht Mr Stevens schon nach ihnen, Mr Ravens?“

„Mr Stevens sitzt an seinem Feuer und wärmt sich mit Whisky auf, Miss Steinmann. Er scheint nicht einmal bemerkt zu haben, dass einige Familien aus der Wagengruppe verloren gegangen sind. Sie und Ihr Bruder müssen auf den letzten beiden Wagen gewesen sein, die hier ankamen. Deshalb wollte ich wissen, ob Sie etwas bemerkt haben.“

„Bei der schlechten Sicht war das kaum möglich, Mr Ravens. Aber ich werde gleich einmal Ellie fragen. Sie war im hinteren Wagen. Vielleicht hat sie etwas bemerkt.“

Der ältere Herr mit dem struppigen weißen Bart nickte.

Joanna machte sich, gefolgt von Mr Ravens, auf die Suche nach ihrer jüngsten Schwester und fand sie beim Wagen der Paltrows, wo sie beim Versorgen der Ochsen half. „Ellie, es sind noch nicht alle Wagen angekommen. Hast du eine Ahnung, wo die nachfolgenden Wagen den Anschluss an unsere verloren haben könnten?“

Ellie hob den Kopf und wischte sich mit dem Unterarm über die Stirn, wobei eine braune Schmutzspur zurückblieb. Ihr fragender Blick war für Joanna Antwort genug. Dem Mädchen war ebenfalls entgangen, dass einige Wagen nicht am Lagerplatz eingetroffen waren. Also winkte sie ab und machte sich, erneut begleitet von Mr Ravens, auf die Suche nach Mr Stevens. Sie fand ihn an einem kleinen, heftig rauchenden Lagerfeuer. Eine Flasche mit dunklem Inhalt stand vor seinen Füßen und er starrte gedankenverloren zwischen zwei Wagen hindurch auf das Flachland hinaus.

„Mr Stevens?“

Der Treckführer schaute sie überrascht an. „Miss Steinmann“, brummte er. „Haben Sie irgendwelche Schwierigkeiten?“

„Ich nicht, Mr Stevens. Aber offenbar ist Ihnen entgangen, dass unterwegs zehn Wagen verloren gegangen sind.“

„Es kommt schon mal vor, dass einige Wagen mit dem Tempo der anderen nicht mithalten können und später eintreffen, Miss Steinmann.“

„Wir sind kein Wagenzug mit über einhundert Präriesch onern, Mr Stevens. Die Wagen haben im Regen den Anschluss verloren. Wie sollen sie uns noch finden?“

„Die Spuren sind tief in die nasse Erde eingegraben, Miss. Die Leute werden sich zu helfen wissen und den Spuren folgen.“

„Nur, wenn es nicht noch weitere Schwierigkeiten gibt. Denken Sie nicht, es wäre angebracht, den Spuren zurück zu folgen, um die verloren gegangenen Wagen zu suchen und ihnen gegebenenfalls Hilfe zu bringen?“

„Wenn es Ihnen Freude macht, Miss Steinmann“, lachte der Mann und griff nach der Flasche, um sie an seine Lippen zu setzen.

Joanna blickte ihn wütend an. „Es gehört zu Ihren Aufgaben, die Gruppe zusammenzuhalten, Mr Stevens.“

„Das stimmt nicht, Miss Steinmann. Meine Aufgabe ist es, so viele wie möglich über die Rockys zu bringen. Wann die Wagen am Rastplatz eintreffen, ist die Angelegenheit der Leute höchstpersönlich.“

„Und wenn sie bis zum Einbruch der Dunkelheit nicht hergefunden haben?“

„Dann werden sie morgen sehr früh aufstehen müssen, um uns weiter folgen zu können.“

„Was aber, wenn sie tatsächlich nicht weiterfahren können?“

„Dann werden sie einen Wagen oder einen Reiter zu uns schicken und uns informieren.“

„Dann kann es aber schon so spät sein, dass die zu Hilfe eilenden Personen in die Dunkelheit kommen.“

„Meine Güte, Miss. Nehmen Sie sich ein Pferd und gehen Sie die Leute suchen, wenn es Sie glücklich macht. Sie werden sehen: Kaum dass Sie im Sattel sitzen, kommen die fehlenden Wagen bereits um den nächsten Hügel gerollt.“ Wieder nahm der Mann einen großen Schluck aus seiner Flasche.

Joanna drehte sich entrüstet um. Sie folgte Mr Ravens, der eines seiner Mulis von seinem Wagen losband und sich auf den blanken Rücken schwang. „Lassen Sie es gut sein, Mr Ravens. Ich werde die Thompsons fragen, ob wir einen Suchtrupp bilden können. Das Muli ist viel zu erschöpft. Mit den Pferden wird es doch einfacher und schneller gehen, denken Sie nicht auch?“

„Gut“, erwiderte der Mann erleichtert und rutschte wieder von seinem Zugtier hinunter.

Joanna ließ Mr Ravens zurück und eilte zurück zu den Steinmann-Wagen, wo Carole bereits ein Feuer gemacht hatte und dabei war, eine Abendmahlzeit zuzubereiten.

Stewart kümmerte sich um die Mulis, die er neben den Wagen angebunden hatte. „Wo warst du?“, rief er Joanna entgegen.

„Bei Mr Stevens. Stell dir vor, er ist nicht bereit, die fehlenden Planwagen suchen zu gehen. Ob die Thompson-Brüder mit ihren Reitpferden weit von hier entfernt sind?“

„Vermutlich in Richtung Fluss. Ich nehme eins der Mulis und gehe sie suchen.“ Stewart band eins der Tiere los, schwang sich auf dessen Rücken und verschwand in Richtung Fluss.

Die Sonne stand bereits sehr tief am Himmel und fröstelnd legte Joanna die Arme um sich.

„Du bist noch immer nicht umgezogen, Joanna“, ermahnte Beckie sie, die gerade vom Wagen der Barters herüberkam, um eine Portion der Abendmahlzeit für Andy zu holen.

Joanna musterte ihre Schwester. Beckie hatte inzwischen Farbe bekommen und ihre ohnehin schon hellen Haare waren von der Sonne ausgebleicht. Obwohl sie sich umgezogen und notdürftig gewaschen hatte, haftete noch immer ein deutlicher Hauch von Schmutz an ihr, der sie jedoch keinesfalls abstoßend wirken ließ. Beckies Augen glänzten fröhlich und ihr Lächeln war strahlender als jemals zuvor. Die Strapazen der Reise schienen ihr nichts auszumachen. „Dir scheint dieses Vagabundenleben gut zu bekommen, Beckie“, bemerkte Joanna.

„Nein, liebe Joanna. Es zehrt an meinen Kräften und an meiner Geduld – wie bei euch anderen auch. Aber ich sehe hier draußen die Allmacht Gottes, die Schönheit seiner Schöpfung, und ich lerne, aus seiner Kraft zu leben, da meine ohnehin nicht ausreicht.“

„Du bist ein großartiger, liebenswerter Mensch, Beckie Steinmann!“, erwiderte Joanna voller Zuneigung.

„Dem kann ich nur beipflichten“, brummte eine tiefe Stimme hinter ihr.

Erschrocken wandte sie sich um. Alec Thompson, Stewart und Mike Thompson näherten sich. Auf dem weichen Boden waren die Schritte der Reittiere so leise, dass sie sie nicht hatte kommen hören. Jeder der Männer führte ein Handpferd bei sich. Offenbar wollten sie noch mehr Helfer auffordern, sich der Suche nach den Vermissten anzuschließen.

Joanna blinzelte zu Beckie hinüber, doch die war bereits mit einem Teller in der Hand wieder auf dem Weg zurück zum Wagen der Barters. Hatte sie Alec Thompsons Worte nicht gehört, oder hatte sie bewusst nicht darauf reagiert, weil ihr seine Zuneigungsbekundungen in aller Öffentlichkeit unangenehm waren? Vielleicht hatte sie sich schnell ihren Aufgaben zugewandt, um die Röte zu verbergen, die sich in ihrem Gesicht ausgebreitet hatte. Ein Lächeln legte sich auf Joannas Gesicht und sie wandte sich wieder an die drei jungen Männer. „Sie haben Ihre Herde allein gelassen?“

„Der junge Ravens wollte heute mit uns zusammen die Herde beaufsichtigen. Er ist noch dort“, erklärte Mike.

Joanna nickte. Seit sie die Zuchtpferde der Thompsons mit den Ersatzochsen und –mulis, den Rindern und den Schafen zusammengetan hatten, benötigten sie mehr Helfer, um die Herde beisammenzuhalten und zu versorgen. In der Regel war aber wenigstens einer der Thompson-Brüder dort. Doch Pete Ravens war der Aufgabe mit Sicherheit auch allein gewachsen.

„Ich werde sehen, ob ich noch drei Männer finde, die uns begleiten“, meinte Alec und warf Stewart die Zügel seines Handpferdes zu. Dann dirigierte er seine Stute vorsichtig zwischen den Wagen hindurch und verschwand aus Joannas Blickfeld.

„Geh dich endlich umziehen, Jo. Ich will dich morgen nicht mit Fieber mitschleppen müssen“, rügte Stewart seine Schwester.

Joanna nickte und kletterte gewandt in den Wagen. Dort stellte sie bekümmert fest, dass die Plane nicht ausgereicht hatte, um ihre Habseligkeiten komplett vor dem Regen zu schützen. Teile der Bettwäsche, die Geschirrkiste und ihre Kleiderkiste waren nass. Ärgerlich legte sie alle ihre Kleider heraus. Sie fand eine halbwegs trockene Bluse, aber keinen Rock, den sie anziehen konnte. Einzig das mitgenommene Sonntagskleid schien halbwegs geschützt gewesen zu sein, doch das hellgrüne Kleid mit dem dunkelgrünen Organzaüberwurf und den hellen Spitzeneinsätzen eignete sich keinesfalls für ihre Aufgaben, die sie an diesem Tage noch würde erledigen müssen. Nachdenklich blickte sie sich um. Caroles und Ellies Kleider würden ihr nicht passen und auch die Zwillinge waren etwas kleiner als sie. Ob sie sich von Laurie ein Kleid ausleihen konnte? Nachdenklich betrachtete sie ihr Leibchen und schüttelte dann den Kopf.

Sie öffnete Stewarts Kleiderkiste und entnahm ihr eine Hose. Sie würde ihr mit Sicherheit viel zu groß sein, doch mit einem Gürtel würde sie sie tragen können. Sie zog die Wollhose an, krempelte die langen Hosenbeine hoch und blickte prüfend an sich hinunter. Sie würde dringend zusehen müssen, dass zumindest ein Rock bis morgen früh wieder trocken wurde.

Als Joanna kurz darauf zwischen die zusammengestellten Wagen trat, wurde sie von ihren Mitreisenden kritisch gemustert. Sie zuckte mit den Schultern und erklärte: „Meine Kleiderkiste hat sich als Wasserspeicher zur Verfügung gestellt. Da Stewart darauf bestanden hat, dass ich mir etwas Trockenes anziehe, blieb mir keine sehr große Wahl.“

Stewart schüttelte grinsend den Kopf, während die beiden Thompson-Brüder zeitgleich in Gelächter ausbrachen.

„In dem Aufzug kannst du uns gleich begleiten, Jo“, spottete Stewart und deutete auf eines der Pferde, für das sie offensichtlich noch keinen Reiter gefunden hatten.

Mr Ravens hatte sich bereit erklärt, bei der Suche nach den vermissten Wagen zu helfen, ebenso wie ein junger Bursche, der sich Joanna als Silas Krasko vorgestellt hatte.

„Hat sich sonst niemand bereitgefunden, die Vermissten zu suchen?“, fragte Laurie, die zu ihrem Mann getreten war.

„Leider nein. Die Leute sind mit sich und ihren durchnässten Sachen beschäftigt“, entgegnete Alec und schwang sich in den Sattel.

Joanna nahm ihrem Bruder die Zügel des reiterlosen Pferdes aus der Hand. „Hier sind alle versorgt und in diesem Aufzug kann ich mich Ihnen tatsächlich bedenkenlos anschließen, meine Herren.“

„Wir haben keinen Damensattel“, wandte Alec grinsend ein und zog dann die Augenbrauen in die Höhe, als sie sich ohne Schwierigkeiten in den Sattel hinaufstemmte.

„Bis zu meinem zwölften Lebensjahr bin ich ausschließlich im Herrensattel geritten, Mr Thompson. Dann hat sich irgendjemand bei meinem Vater darüber beschwert und ich bekam einen Damensattel.“

„Den du über ein halbes Jahr weiteren Beschwerden zum Trotz großzügig ignoriert hast“, erklärte Stewart.

„Ich frage mich trotzdem, ob es richtig ist, eine Frau auf den Ritt mitzunehmen.“

„Ich werde Ihnen schon nicht im Weg sein“, erwiderte Joanna und strich der hübschen Stute über den Hals, ehe sie das Tier fast aus dem Stand in den Galopp trieb.

Die Radspuren der elf Wagen hatten sich tief in den weichen Untergrund gegraben, und es war tatsächlich ein Leichtes, ihnen zu folgen. Für einen Moment fragte sich Joanna, ob ihr Ritt nicht tatsächlich unnötig war, doch sie schob diese Überlegung beiseite. Sie hielt es für ihre Pflicht, sich nach den Fehlenden umzusehen und ihnen gegebenenfalls Hilfe zu bringen.

Stewart schloss zu ihr auf und betrachtete sie mit einem schiefen Grinsen. Offenbar wusste er nicht recht, ob er sie wegen ihrer Eigenmächtigkeit rügen, für ihr Engagement loben oder wegen ihrer Aufmachung verspotten sollte. So schwieg er lieber und begann, mit seinem Blick intensiv die Umgebung abzusuchen. Es dauerte tatsächlich nicht lange, bis sie in einiger Entfernung einige sich bewegende Punkte entdeckten. Sofort stoppten die sechs Reiter die Pferde und beobachteten, wie sich ihnen langsam ein paar Planwagen näherten.

„So, wie es aussieht, hatte Mr Stevens wohl recht, Miss Steinmann“, lachte Alec und setzte sich wieder im Sattel zurecht. Unter seinem dunklen, breitkrempigen Hut blickte er sie herausfordernd an.

„Egal, wie spöttisch Mr Stevens auf unsere schnelle Rückkehr reagieren mag, Mr Thompson – es war richtig, sich auf die Suche nach den Vermissten zu machen.“

„Es sind nur sieben Wagen“, murmelte Silas Krasko.

Alec stellte sich in die Steigbügel und kniff die Augen zusammen. Er nickte ein paarmal, ehe er sich wieder in den Sattel setzte. „Du hast recht, Silas. Es fehlen drei Wagen.“ Mit diesen Worten trieb er seine langbeinige dunkle Stute an und meterweit wurde der feuchte Schmutz unter den Hufen davongeschleudert.

Joanna und die anderen Männer folgten ihm augenblicklich. Die kleine Kolonne stoppte, als die Reiter bei ihnen ankamen. Der vorderste Wagen gehörte einem gebürtigen Schweden, und der Mann erklärte in gebrochenem Englisch, dass zwei Wagen zurückgeblieben waren, da ein gebrochenes Rad ersetzt werden musste. Dass ein weiterer Wagen fehlte, hatte er nicht bemerkt.

Stewart wandte sich an Mike, Alec und Silas: „Sie werden Hilfe gebrauchen können. Reiten wir zu ihnen. Mr Ravens, Sie und Joanna können die Wagen weiter begleiten.“

„Wer sucht den fehlenden Prärieschoner, Stewart?“, wandte Joanna ein.

„Das werden wir tun, sobald der kaputte Wagen wieder fahrtüchtig ist.“

„Bis dahin wird es zu dunkel sein, um abweichende Radspuren erkennen zu können. Und morgen früh werden sie vielleicht gar nicht mehr zu erkennen sein. Der Boden ist so nass, dass die Spuren schnell zuschwemmen könnten."

„Du willst also suchen helfen?"

Joanna nickte. „Jetzt sofort, solange wir noch ein wenig Tageslicht haben."

Stewart betrachtete prüfend die Männer, Frauen und Kinder, die sich um die Gruppe Reiter scharten. „In Ordnung", sagte er schließlich und wandte sich an Alec Thompson.

„Vielleicht kannst du die eigenwillige junge Dame auf ihrer Suche nach dem verlorenen Wagen begleiten?"

Alec Thompson nickte zustimmend.

Stewart bat Mr Ravens, die Wagen zum Treck zurückzubegleiten. Der ältere Mann übernahm die ihm übertragene Aufgabe gerne und forderte die Familien auf, sich wieder fahrbereit zu machen.

Indessen zog Stewart den Kopf seines Tieres herum, damit er es an den neugierig herangetretenen Menschen vorbei auf die Ebene lenken konnte.

Während Mr Ravens die nur langsam vorankommenden Wagen antrieb, folgte der kleine Suchtrupp weiter den tief eingegrabenen Spuren.

Keiner von ihnen bemerkte die kleine Gruppe von Reitern in ledernen Gewändern und mit langen, glänzend schwarzen Haaren, die ihnen oberhalb einer Hügelkette folgte.

Langsam, aber unaufhaltsam brach die Dunkelheit herein. Die Sonne schob sich hinter einige Hügel und tauchte die Landschaft in goldenes Licht. Unter den Tritten der Pferde raschelte das gelbe Präriegras, während hoch oben am wolkenlosen Himmel ein Raubvogel seine Bahnen zog. Joanna und Alec hatten sich wie vereinbart von Mike und Stewart getrennt, die dem Wagen mit dem gebrochenen Rad zu Hilfe gekommen waren.

„Sie hatten recht mit Ihrer Befürchtung, Miss Steinmann."

„Es kommt selten vor, dass Sie mir recht geben, Mr Thompson", lachte Joanna und stellte sich in die Steigbügel, aber noch immer war von dem dritten fehlenden Wagen nichts zu sehen und die fortschreitende Dunkelheit würde sie bald zum Umkehren zwingen.

Alec warf Joanna einen prüfenden Seitenblick zu. Das Mädchen machte es einem nicht gerade leicht, höflich zu ihm zu sein.

Allerdings musste er zugeben, dass ihm Menschen, die nicht aus reiner Höflichkeit oder falscher Bescheidenheit mit ihrer Meinung hinter dem Berg hielten, sympathisch waren. Er war es nur nicht gewohnt, von einer so jungen Frau permanent in seine Schranken verwiesen zu werden. In seiner Heimat hatten sich die Mädchen auffällig um seine Aufmerksamkeit und um die seines Bruders bemüht und sich immer nur von ihrer besten Seite gezeigt. Doch was hatte er davon gehabt? Eine unehrliche Verlobte? Nein, das konnte er ihr nicht vorwerfen. Clara hatte ihm irgendwann ehrlich ins Gesicht gesagt, dass sie eine weitaus bessere Partie gefunden hatte und ihre Verlobung als aufgelöst betrachtete. Vielleicht war es ihm einfach nur schwergefallen, tiefer gehende Gefühle von oberflächlicher Schwärmerei zu unterscheiden.

Alec warf der erstaunlich schweigsamen Joanna einen weiteren Seitenblick zu. Mit den zu einem einfachen Knoten geschlungenen Haaren, den Männerhosen und ihrer lässig darüber getragenen Bluse wirkte sie im Moment eher wie ein heranwachsender Jüngling. Vielleicht war das ja auch von Vorteil, stellte er mit einem erschrockenen Blick auf eine seitlich von ihnen liegende Hügelkette fest. Dort ritten hintereinander und mit zur Schau gestellter Gelassenheit sieben Indianer auf ihren Pferden. Sie beobachteten ihn und Joanna und hielten auf gleicher Höhe mit ihnen mit.

Beunruhigt drehte Alec sich halb im Sattel um. Ob es sinnvoll war, die Suche abzubrechen und zurückzukehren? Wieder lenkte er seinen Blick zu den schwarzen Silhouetten hinauf, die vor dem hellen Hintergrund der hinter den Hügeln verschwundenen Sonne zu sehen waren, und runzelte die Stirn. „Nehmen Sie meinen Hut und meine Jacke", murmelte er schließlich und reichte Joanna seinen Hut hinüber.

Belustigt blitzte sie ihn an, doch sie nahm den Hut entgegen und stülpte ihn sich über die dichten braunen Haare. „Woher kommt Ihre plötzliche Sorge um mich, Mr Thompson?"

„Daher", erwiderte er knapp und deutete mit einer Kopfbewegung in die Richtung, in der sich die Indianer befanden.

Alec sah Joanna zusammenzucken. „Das sind Indianer", stellte sie leise fest.

„Richtig. Und deshalb möchte ich gerne, dass Sie meine Jacke über Ihre Bluse ziehen und die Haare unter Ihrem Hut verstecken."

„Vermutlich kommen sie gar nicht erst auf die Idee, mir etwas anzutun, da sie sich zu sehr über meine Maskerade amüsieren werden.“

„Das Risiko würde ich an Ihrer Stelle eingehen.“

„Damit Sie Ihren Spaß haben, Mr Thompson?“, erwiderte Joanna sofort.

Alec gab ein missmutiges Brummen von sich. Wollte Joanna Steinmann sich lieber in Gefahr bringen, als ein Mal einen Rat von ihm anzunehmen und ihre wie Gewehrsalven hervorgebrachten Entgegnungen zu unterlassen? „Wir werden umkehren“, entschied er schließlich und zügelte seine Stute.

Joanna tat es ihm gleich, blickte ihn jedoch zweifelnd an. „Wir haben die Vermissten noch nicht gefunden.“

„Mir ist nicht eben wohl bei dem Gedanken, den Indianern zu begegnen, Miss Steinmann.“

„Sie haben eine andere Kultur und eine andere Hautfarbe als wir, Mr Thompson. Das bedeutet noch lange nicht, dass sie keine vernünftig denkenden Menschen sind.“

„Vielleicht unterscheidet sich unsere Art der Vernunft?“

„Die Familie Ritter hat den Anschluss verloren und ich werde sie suchen“, widersprach Joanna hartnäckig.

„Und die?“, brummte Alec und deutete erneut mit einer Kopfbewegung auf die Reiter, die nun den Hügel hinab auf sie zugeritten kamen.

„Vielleicht haben sie den Wagen der Ritters ja gesehen“, überlegte Joanna.

„Vielleicht wäre es besser für die Familie Ritter, wenn sie sie nicht gesehen hätten?“

„Sie stecken voller Vorurteile, Mr Thompson.“

„Vielmehr voll Vorsicht und Besorgnis, Miss Steinmann. Nehmen Sie jetzt meine Jacke, bevor die Männer uns erreicht haben.“ Alec blickte Joanna durchdringend an. Er machte sich Sorgen um das Wohlergehen der Frau, von der er nicht wusste, ob sie tatsächlich ausgesprochen großherzig und mutig oder einfach nur leichtsinnig und zu fortlaufendem Widersprechen aufgelegt war.

„In Ordnung“, murmelte sie schließlich und ließ sich die ärmellose Weste geben. Während sie sie sich überzog, fragte sie: „Was halten Sie davon, wenn wir ihnen entgegenreiten, Mr Thompson?“

„Soll ich Sie gegen ein paar dieser hervorragenden Mustangs eintauschen?“

Joanna warf ihm einen vorwurfsvollen Blick zu, doch dann erhellte für einen kurzen Augenblick ein amüsiertes Lächeln ihr ernstes Gesicht. „Wenn diese Menschen mein diskutierfreudiges Wesen kennenlernen, Mr Thompson, werden sie Ihnen ein paar Mustangs schenken, damit Sie mich wieder mitnehmen."

Auch Alec konnte ein kurzes Grinsen nicht unterdrücken. Das Mädchen wusste sehr wohl um seine Eigenheiten und hatte sogar die Gelassenheit, sich darüber lustig zu machen.

„Gut, reiten wir ihnen entgegen und versuchen, sie nach dem fehlenden Planwagen zu fragen."

„Beherrschen Sie die Sprache der Indianer, Mr Thompson?", wollte Joanna wissen.

„Ich weiß noch nicht einmal, welchem Stamm sie angehören, Miss Steinmann. Sioux, Crow, Cheyenne ...? Ich hatte gehofft, Sie könnten mit ihnen kommunizieren. Sie werden sich doch wohl nicht von Sprachbarrieren bremsen lassen, oder?" Alec sah ihr gezwungenes Lächeln und dankte Gott im Stillen dafür, dass er es in ihre Kleiderkiste hatte regnen lassen.

In einem leichten Trab näherten sie sich den ihnen entgegenkommenden Reitern. Als sie nur noch wenige Meter voneinander entfernt waren, stellte Alec mit Verwunderung fest, dass zwei der Reiter Frauen waren. Das beruhigte ihn ein wenig, und als er schließlich in die neugierigen dunklen Gesichter blickte, die von glatten schwarzen Haaren umrahmt waren, musste er Joanna recht geben. Die Frauen und Männer zeigten mehr Interesse an ihrer ungewöhnlichen Erscheinung, als dass sie irgendwelche unguten Absichten hegten. Der älteste der Männer, der einen ledernen Überwurf trug, während die beiden anderen Männer unbekleidete, muskulöse Oberkörper zur Schau trugen, umrundete Joanna und ihn. Alec meinte zu erkennen, dass er an ihren beiden Stuten interessiert war. Schließlich lenkte der Mann sein Pferd neben das seine und sprach mit langsamer, tiefer und monotoner Stimme zu ihm in einer Sprache, die er nicht verstand.

Besorgt blickte er zu Joanna hinüber, die von ihrem Pferd abstieg und ihm die Zügel der grauen Stute hinaufreichte. Die junge Frau wandte sich an die beiden indianischen Frauen.

Mit neugierigen, fast schwarzen Augen sahen diese Joanna an und grinsten dann breit, als ihnen klar wurde, dass die Person in Männerkleidung ebenfalls eine Frau war.

Alec ignorierte den noch immer auf ihn einredenden Mann mit der prägnanten, breiten Nase, dem rundlichen Gesicht und den sehr schmalen Lippen. Er beobachtete, wie die beiden Frauen die Knöpfe an Joannas Bluse berührten und bewunderten.

Die junge Frau, die die Berührungen ruhig über sich ergehen ließ, lächelte und riss die Knöpfe an ihren Ärmeln ab, um sie den beiden Indianerinnen zu geben.

Ein begeistertes Strahlen legte sich auf ihre Gesichter, wobei die ältere Frau einige Zahnlücken erkennen ließ. Joanna bekam im Gegenzug von der jüngeren Frau eine Kette aus glatten, flachen Steinen. Von der anderen Indianerin erhielt sie ein mit ebensolchen Steinen geschmücktes Lederband, das sie in den Haaren getragen hatte. Joanna nahm den Hut ab, und ihre Haare, die sich unter der Kopfbedeckung gelöst hatten, fielen über ihren Rücken bis zur Hüfte hinunter. Sie legte sich die schmale, leise klirrende Kette um und flocht sich eine Strähne ihres Haares, um sie mit dem Lederband zu umwickeln. Nachdem sie sich den Hut wieder aufgesetzt hatte, kniete sich Joanna auf den nassen Prärieboden. Mit dem Zeigefinger ihrer rechten Hand begann sie, etwas in die feuchte Erde zu malen.

Alec, der neugierig näher reiten wollte, bemerkte die auffordernden Blicke der fünf Männer. Fragend warf er dem Stämmigen, der noch immer mit seiner monotonen Stimme auf ihn einsprach, einen Blick zu. Der Anführer der kleinen Gruppe deutete, ohne seinen Redefluss zu stoppen, auf die schimmernden Hornknöpfe an Alecs Baumwollhemd.

Grinsend riss Alec sie alle ab, sodass auch er jedem der Männer zwei Knöpfe schenken konnte. Diese nahmen die Geschenke mit begeistertem Nicken an und reichten ihm im Gegenzug Schmuck aus ihren Haaren oder vom Ledergeschirr ihrer Pferde.

Nun erst ließen sie ihn sein Pferd und das von Joanna zu den Frauen hinüberdirigieren. Verwundert stellte er fest, dass Joanna einige Wagen in den Schmutz gemalt hatte, dann zwei weitere und schließlich zwei Reiter, von denen einer deutlich als Frau zu erkennen war. Schließlich stellte sie sich aufrecht hin, beschattete ihre Augen mit beiden Händen und drehte sich suchend einmal im Kreis. Erneut ging sie in die Hocke und malte, weiter entfernt von den anderen Zeichnungen, einen einzelnen Planwagen zwischen die Grashalme. Anschließend rieb sie ihre schmutzigen Finger an der Hose ihres Bruders sauber.

Die beiden Frauen begannen, aufgeregt und ebenso unverständlich wie der alte Mann – wenngleich viel schneller – zu sprechen. Eine von ihnen rief dem Alten etwas zu. Der Mann nickte, grinste und deutete mit der Hand in Richtung der Hügelkette, auf der Alec die Indianer zuerst gesehen hatte.

Alec schaute Joanna mit gerunzelter Stirn an. „Aber aus dieser Richtung sind wir gekommen. Wir hätten Wagenspuren sehen müssen, wenn sie dort langgefahren wären."

Joanna drehte sich um und deutete noch einmal auf den von ihr separat gemalten Wagen.

Die jüngere der beiden Indianerinnen nickte heftig und deutete auf die beiden gemalten Reiter, dann auf Alec und Joanna. Seine Begleiterin und er bekundeten ihre Zustimmung ebenfalls durch ein Nicken. Die Indianerin zeigte auf den einzelnen Wagen und schließlich in dieselbe Richtung, die ihnen zuvor schon angedeutet worden war.

„Wir müssen irgendetwas übersehen haben, Mr Thompson."

Zweifelnd sah Alec das Mädchen an, das ihm entschieden die Zügel aus der Hand zog. „Wir können ihnen vertrauen oder es sein lassen."

„Was von beidem Sie tun, steht wohl außer Frage", erwiderte er.

„Ich hatte den Eindruck, dass diese Indianer ehrliche, höfliche Leute sind und dass sie sehr wohl verstanden haben, weshalb wir hier unterwegs sind. Warum sollten wir nicht eine Unachtsamkeit oder einen Fehler unsererseits eingestehen und ihrem Hinweis folgen?", meinte Joanna.

Alec zog hilflos die Schultern in die Höhe. „In Ordnung. Es ist ohnehin schon fast dunkel. Sollten wir die Ritters nicht dort finden, wo die Indianer uns hinführen, können wir immer noch morgen weiter den Spuren folgen", gab er schließlich nach.

Joanna schwang sich in den Sattel. Sekunden später saßen auch die Indianer auf ihren Tieren und ritten auf die Hügelkette zu, von der sie heruntergekommen waren.

„Möchten Sie eigentlich Ihre Weste wiederhaben? Mir scheint, Sie können sie besser brauchen als ich. Oder fügen Sie sich der Kleiderordnung der Männer hier?"

Alec blickte an seinem Oberkörper hinunter. Er hatte alle Knöpfe seines Hemdes eingebüßt, und da er aufgrund der Hitze nach dem Regen auf ein Unterhemd verzichtet hatte, war sein Oberkörper vollkommen entblößt.

Die Nacht hatte das Land fest im Griff. Weder der Mond noch ein einziger kleiner Stern zeichneten sich am Himmel ab, und es war so dunkel, dass Joanna kaum mehr die Ohren der grauen Stute erkennen konnte, auf deren Rücken sie saß. Daher konnte sie nur anhand ihres Gehörs ihrem Vordermann folgen.

Joanna fragte sich, wie ihre Führer die Richtung beibehalten wollten, doch offenbar hatten sie damit überhaupt kein Problem. Eines der Indianerponys schnaubte verhalten und plötzlich ging es steil bergab. Die Stute hinter ihr rutschte ein wenig, doch Alec Thompson war ein guter Reiter und hatte das Tier schnell wieder unter Kontrolle.

„Alles in Ordnung bei Ihnen, Miss Steinmann?“, fragte er von hinten.

Sie lächelte amüsiert. „Ich hatte gerade den Eindruck, als hätten *Sie* Schwierigkeiten, Mr Thompson.“

„Da möchte man zuvorkommend und höflich sein und verbrennt sich nur die Finger. Ich sollte Sie einfach ignorieren.“

Schweigend wurde der nächtliche Ritt fortgesetzt. Erst nach einiger Zeit drang ein warnendes Zischen von einem der Indianer zu ihr nach hinten. Kurz darauf bellte ihnen eine Stimme entgegen, die zwischen Aufregung und Furcht schwankte: „Wer ist da?“

Joanna zügelte, wie die Männer und Frauen um sie herum, das Pferd. „Mr Ritter? Sind Sie das?“, rief sie.

„Sind Sie vom Treck? Haben Sie nach uns gesucht?“

„Ich bin Joanna Steinmann, Mr Ritter.“

„Das ist das vorlaute Mädchen mit den vielen Schwestern“, rief der Mann, vermutlich zu seiner Familie hinüber. „Man hat uns tatsächlich gefunden!“ Jubelrufe von Mr Ritters Familie drangen durch die Dunkelheit.

„Warum haben Sie kein Feuer gemacht?“, rief Alec, der bereits abgestiegen war und seine Stute in Richtung der Stimme führte.

„Mr Thompson? Sind Sie das? Wir hatten keinen trockenen Brennholzvorrat.“

„Haben Sie im Regen die Wagenkolonne verloren, Mr Ritter?“

„Ja, gleich zu Beginn des Regens. Wir mussten zurückbleiben, da sich die Plane gelöst hatte und zu viel Wasser in den Wagen kam. Bis wir so weit waren, war die Regenwand so dicht, dass wir nichts mehr sehen konnten. Wir sind alleine weitergezogen, haben aber wohl schon sehr früh den richtigen Weg verlassen.

Wie haben Sie uns gefunden?", fragte Mr Ritter in die Dunkelheit hinein.

„Diese Leute haben uns geholfen", erwiderte Alec.

„Wer?"

„Indianer, Mr Ritter. Sie haben uns zu Ihnen geführt", erklärte ihm Joanna.

„So?", lautete die deutlich misstrauische Frage.

Joanna stieg ebenfalls ab. Vermutlich war es am besten, wenn sie hier übernachteten und erst bei Sonnenaufgang versuchten, die anderen Wagen wiederzufinden. Sie nahm an, dass sie sich fast auf derselben Höhe befanden wie die zwei anderen zurückgebliebenen Wagen, nur sehr viel weiter vom *Platte River* entfernt. Allerdings war ihr unwohl bei der Vorstellung, dass Stewart und die Mädchen, ebenso wie die Thompsons, sich vermutlich große Sorgen um sie und Alec machen würden.

Es dauerte nur wenige Minuten, bis einer der Indianer ein kleines, trotz des nassen Untergrundes nahezu rauchfreies Feuer entfacht hatte. Der angenehm helle Schein machte es möglich, dass die Neuankömmlinge die Familie, deren Kinder in den Wagen verbannt worden waren, genauer betrachten konnten.

Während Mr Ritter Alec Thompson dankte, musterte er die Indianer mit zusammengezogenen Augenbrauen und ignorierte sie dann, indem er sich in seiner Decke unter dem Wagen zusammenrollte.

Joanna zuckte mit den Schultern und ging zu den beiden Frauen hinüber, die Decken ausbreiteten und getrocknetes Fleisch an die Männer verteilten. Auch sie bekam ein Stück in die Hand gedrückt, und mit einer Handbewegung wurde ihr angedeutet, welche Decke sie zum Sitzen benutzen durfte.

Alec, der die beiden Stuten versorgt hatte, setzte sich schließlich neben sie. Er nahm mit einem dankbaren Lächeln das Trockenfleisch und einige im Feuer gegrillte Wurzeln entgegen.

Die Indianer unterhielten sich leise, lächelten und nickten dabei ihren Gästen ab und zu freundlich zu. Immer wieder berührten die beiden Frauen die mit weißem Stoff überzogenen Knöpfe, die Joanna ihnen geschenkt hatte und die sie sich inzwischen an dünnen Lederschnüren in die Haare geflochten hatten.

„Das sind angenehme Menschen, nicht wahr?", flüsterte Joanna in Alecs Richtung und streckte ihre kalten Füße dem wärmenden Feuer entgegen.

„Das stimmt. Ich dachte allerdings, dass Sie größere Probleme damit hätten, dass Sie sich nicht mit ihnen unterhalten können."

„Dass ich nicht mit ihnen streiten kann, das wollten Sie doch sagen, Mr Thompson, oder nicht?"

„Sie haben mich durchschaut, Miss Steinmann", lachte Alec und stützte sich nach hinten auf die Ellenbogen, um in den Himmel hinaufzusehen.

Joanna hob ebenfalls den Kopf und betrachtete fasziniert das goldene Funkeln der unzähligen Sterne. Sie wusste nicht, wann die blinkenden Himmelslichter die Dunkelheit durchbrochen hatten, doch sie bewunderte staunend ihre Schönheit und lächelte zufrieden zu ihnen hinauf. Nach dem anstrengenden Tag war es tröstlich zu wissen, dass es einen Gott gab, der alle Sterne und die Erde fest in seiner Hand hielt – und somit auch sie.

Nach einer Weile senkte sie wieder den Kopf und blickte zu Alec Thompson hinüber. „Denken Sie, wir werden morgen die anderen Wagen schnell einholen können?", fragte sie ihn.

„Ich vermute fast, dass unsere neuen Freunde uns auf dem schnellsten Weg zu ihnen führen werden."

„Dazu müssten sie wissen, wo sich das Nachtlager befindet", warf Joanna zweifelnd ein.

„Sie wissen es. Ich bin mir sicher, dass sie uns schon länger beobachtet haben."

„Und weshalb hätten sie das tun sollen?"

„Fragen Sie sie", erwiderte er mit einem breiten Lächeln und zog die Schultern ein wenig nach oben. „Vielleicht haben sie bemerkt, dass uns einige Wagen verloren gegangen sind, und wollten wissen, wie lange wir brauchen, um es zu bemerken. Oder sie wollten sehen, ob wir bereit sind umzukehren, um sie zu suchen, und wie ungeschickt wir uns dabei anstellen werden."

„Sie meinen, sie amüsieren sich über uns?"

„Wenn ich mir das Grinsen auf ihren Gesichtern ansehe ...", entgegnete Alec und deutete mit einer Kopfbewegung in Richtung der Indianer.

„Stört es Sie?"

„Kein bisschen, ich verstehe sie ja nicht."

Joanna lachte leise auf. „Gerade das ist es, was mich stört."

„Das dachte ich mir bereits, Miss Steinmann", lachte Alec, setzte sich wieder auf und legte die Arme um seine Knie.

„Ob es möglich sein wird, ihre Sprache zu erlernen?"

„Jeder Indianerstamm hat seine eigene Sprache, Miss Steinmann. Sie werden kaum in die Verlegenheit kommen, nochmals eine Gruppe dieses Stammes zu treffen, schon gar nicht in den westlichen Territorien."

Joanna stimmte ihm zu und beobachtete die beiden Frauen, die ihr mehrmals zulächelten, sich jedoch nicht in ihrer Unterhaltung stören ließen.

„Genügt es Ihnen nicht, wenn Ihre Schwestern und Stewart Sie verstehen?"

„Es gibt durchaus mehr Menschen, die mich verstehen, Mr Thompson."

„Das bezweifle ich gelegentlich, Miss Steinmann. Laurie vielleicht noch. Doch ich gebe zu, dass ich oft genug verwirrt auf Ihre Äußerungen reagiere", spottete er weiter.

„Sie können gerne Beckie zurate ziehen, sollten Sie wieder einmal vor dem Problem stehen, dass Sie mich nicht verstanden haben, Mr Thompson."

„Beckie?"

„Sie erinnern sich doch sicher an meine charmante jüngere Schwester, Mr Thompson?"

„Sehr genau, Miss Steinmann. Und Miss Beckie ist, im Gegensatz zu Ihnen, durchaus zu verstehen."

Joanna musterte ihren Gesprächspartner. Er blickte jedoch noch immer in die kleinen Flammen des Feuers, das sie angenehm wärmte. „Sie wollen sich mit mir wohl nicht über Beckie unterhalten, Mr Thompson?"

„Über Miss Beckie? Dazu sehe ich keine Veranlassung, Miss Steinmann." Alec Thompson erhob sich. „Ich sehe noch mal nach den Stuten und lege mich dann schlafen."

Joanna wickelte sich fester in ihre Decke ein, da es inzwischen deutlich kühler geworden war. Ihre indianischen Begleiter sahen Alec nach und steckten aufgeregt miteinander redend die Köpfe zusammen, bevor sie Joanna mit einem deutlich belustigten Lächeln bedachten. Sie lächelte zurück und legte sich dann zum Schlafen hin.

Joanna saß bereits auf der grauen Stute der Thompsons, als die Ritters noch immer damit beschäftigt waren, ihre Mulis anzuspannen. Mrs Ritter wagte sich kaum ein paar Schritte vom

Wagen fort und auch die Kinder blieben hinter der Plane. Der Familie war ihre Furcht vor den dunkelhäutigen Fremden deutlich anzumerken.

Schließlich gesellte sich Alec zu Mr Ritter. Er half ihm, die vier Mulis anzuschirren, und reichte dann Mrs Ritter die Zügel und die Peitsche hinauf. Sie trieb die Zugtiere an, während ihr Mann mit auffordernden Rufen neben den Tieren herging.

Die Indianer hatten die ablehnende Haltung der weißen Familie gespürt und waren schon ein ganzes Stück vorausgeritten. Joanna tat das leid, doch da sie sich ohnehin nicht mit ihnen unterhalten konnte, ritt sie neben dem Planwagen her.

Nach einer Weile trafen sie auf die kaum noch ersichtlichen Wagenspuren des Trecks und innerhalb kürzester Zeit hatten sie das Lager erreicht.

Alec und Joanna blieben bei den abseits verharrenden Indianern zurück. Fragend sah die junge Frau Alec an. Wie sollten sie den Menschen danken?

Schließlich schlug Alec vor: „Ich würde ihnen eine der Stuten geben, die dem Alten so gefallen, doch sie würden wenig Freude an ihr haben, da den Pferden das Präriegras nicht bekommt. Vielleicht kann ich Mr Ritter überreden, eines seiner Ersatzmulis an die Indianer abzugeben."

„Das wird er nicht einsehen. Mr Ritter wird niemals eines seiner Mulis an diese ‚Wilden' abgeben", erklärte Joanna bestimmt.

Alec zeigte ihr sein schelmisches Grinsen und ritt dem mitten in das Lager rollenden Wagen nach.

Noch immer im Sattel sitzend, beobachtete Joanna, wie Alec zu Mr Ritter und Esra Stevens ritt, die heftig miteinander diskutierten. Deutete sie die Gesten falsch oder schlug sich Mr Stevens tatsächlich auf Alecs Seite? Jedenfalls ritt Alec kurze Zeit später in Richtung des Flusses davon und kehrte mit einem der Mulis von Mr Ritter zu ihr und den wartenden Indianern zurück.

Wie schon am Abend zuvor ritt der Alte mit prüfendem Blick um Alec und das Muli herum, um dann sein Tier neben dem des Weißen zum Stehen zu bringen. Wieder überschüttete er ihn mit einem Schwall monotoner Worte. Alec reichte ihm den Führstrick des grauen Tieres und winkte ab, als der Mann eindringlicher auf ihn einzusprechen begann.

Joanna neigte den Kopf leicht zur Seite und beobachtete das siegessichere Lachen auf dem Gesicht des Indianers, der schließlich wortlos davonritt. Seine Männer folgten ihm, und nur die beiden Frauen winkten Joanna kurz zu, ehe auch sie ihre Mustangs wendeten und den Männern nachritten.

„Wie haben Sie das gemacht, Mr Thompson? Ich hätte nie gedacht, dass Mr Ritter tatsächlich eines seiner Mulis als Dank für ihre Hilfe beisteuern würde."

Alec lenkte sein Pferd vor das ihre und griff nach den Zügeln der grauen Stute. Dabei blickte er sie aus seinen hellen blauen Augen triumphierend an. „Ich habe ihm gesagt, dass die Indianer ein Entgelt verlangen. Entweder er gibt ihnen eines seiner Mulis oder Miss Steinmann, die sich aufopferungsvoll auf die Suche nach ihm und seiner Familie gemacht hat, wird als ein solches angesehen."

„Das ist nicht Ihr Ernst!", rief Joanna.

„Wieso nicht? Haben Sie den Indianer etwa verstanden? Und jetzt runter von meiner wertvollen Zuchtstute, Miss Steinmann."

Joanna gehorchte sofort und wurde augenblicklich von ihren Schwestern und einem aufgeregt bellenden Rowdy begrüßt.

Hinter ihnen drängte Esra Stevens lautstark und mit deutlichem Widerwillen in der Stimme endlich zum Aufbruch. Es galt, die verlorene Zeit wieder aufzuholen.

Kapitel 21

Der weiße Jasmin stand bereits in voller Blüte. Linda sog seinen verführerischen Duft ein, den der laue Abendwind über die weiß gekalkte Veranda trug. Der geflochtene Weidenstuhl quietschte, als Linda ihr Gewicht ein wenig verlagerte, um mit der Schreibfeder an das kleine Tintenfässchen gelangen zu können. Ein liebevolles Lächeln, vermischt mit einer Spur von Trauer und Sehnsucht, legte sich auf ihr junges Gesicht. Sie schrieb an einem Brief, der bereits mehrere eng beschriebene Seiten umfasste und von dem sie nicht wusste, wann sie ihn würde aufgeben können.

Sie vermisste Joanna. Sie wünschte sich, jemanden an ihrer Seite zu haben, mit dem sie um Simon weinen, hoffen und beten konnte. Außerdem würde Joanna wissen, wie Denise geholfen werden konnte. Ihr fehlte Joannas Art, die Dinge beim Namen zu nennen, ihre herausfordernden Fragen und Entgegnungen ebenso wie das schweigsame, nachdenkliche Zusammensein mit ihr. Keine der Frauen, die sie vorsichtig auf die unglückliche Denise angesprochen hatte, bestärkte ihre Vermutung, dass ihr geholfen werden musste. Die meisten von ihnen hatten nicht aus Liebe geheiratet, da ihre Eltern die Ehe arrangiert hatten. Sie kannten alle die Schwierigkeiten, die vor allem für die ersten Monate solcher Ehen typisch waren. Zudem waren bei Denise sehr bald Komplikationen in der Schwangerschaft und schließlich der Verlust des ersten Kindes zu beklagen gewesen.

Hin und wieder fragte sich Linda, ob ihre Sorge um Denise nicht maßlos übertrieben war, zumal sie wusste, wie allein schon die düstere Atmosphäre des Warren-Hauses sie bedrückte. Doch dann dachte sie an die verletzten Beine der jungen Frau, an ihren leblosen Blick und die beinahe um Hilfe bettelnden Worte von Mary.

Neil Warren mochte seiner jungen Frau keinen physischen Schaden zufügen, doch offenbar konnte er wenig Positives an ihr finden und war unfreundlich und ungerecht. Vielleicht war das Neil Warrens Art, und Linda fragte sich, ob sie sich auf sein gesamtes Umfeld auswirkte. Hatte Natasha Steinmann, die eigentlich in der unmittelbaren Nähe *Green Crystal*s hatte bleiben wollen, es deshalb vorgezogen, zu Verwandten zu reisen? Vermutlich wurde sie von Neil Warren über die Entwicklung der Geschäfte von *Green Crystal*, von denen es sich ohne Frage gut leben ließ, auf dem Laufenden gehalten.

Linda, die bei ihren Überlegungen im Schreiben innegehalten hatte, senkte leise seufzend den Kopf. Ob sie Joanna in ihrem Brief überhaupt von Denise berichten sollte? Womöglich fiel es ihrer Freundin ein, ihren Weg in den Westen abzubrechen, um zu Denise zurückzukehren. Linda tauchte die Feder erneut in die schwarze Tinte, schrieb aber noch immer nicht.

Sie hätte nichts dagegen einzuwenden, wenn Joanna tatsächlich nach Bamberg zurückkehren würde. Doch es war nicht fair, die Freundin von ihrem eingeschlagenen Weg abzubringen. Zudem war sie sich selbst nicht sicher, inwieweit Denise tatsächlich Hilfe benötigte.

Linda nahm sich vor, in den nächsten Tagen noch einmal zum Warren-Haus hinauszufahren.

Der schnelle Galopp eines Pferdes ließ sie aufblicken. Sie erkannte ihren Vater, der über die Wiese geritten kam. Die hohe Geschwindigkeit, die der ansonsten so gemütliche Mann innehatte, beunruhigte Linda, sodass sie aufstand und bis an die Brüstung der Veranda nach vorne trat. Tatsächlich hielt ihr Vater direkt auf sie zu und zügelte erst knapp vor dem hölzernen Geländer sein heftig atmendes, nass geschwitztes Reitpferd.

„Pa? Was ist los?“

„Simon Bryant ist zu Hause, Linda! Ein Schiff hat ihn bis Charleston gebracht, und er hat einen Mann gefunden, der ihn mit seinem Fuhrwerk hierhergefahren hat!“

Eine heiße Welle der Aufregung durchflutete Lindas Körper und sie spürte ihr Herz bis zum Hals hinauf schlagen. Simon war zurück! Er war wieder hier zu Hause, im sicheren South Carolina. Sie würde ihn sehen und mit ihm sprechen können. „Ich muss sofort zu ihm“, hauchte sie.

„Das dachte ich mir schon, Tochter. Ich habe einen der Burschen beauftragt, die Chaise anzuspannen und dich zu den Bryants hinüberzuchauffieren.“

„Danke, Pa! Vielen Dank. Das sind die besten Nachrichten, die ich seit Langem erhalten habe!“, jubelte Linda und stürmte über die Veranda.

Die Nachbarplantage war nicht weit entfernt, doch Linda erschien die Fahrt unerträglich lang. Als die Chaise endlich vor dem Anwesen der Bryants hielt, konnte sie es kaum abwarten, bis der Schwarze ihr aus dem Gefährt half. Sie raffte ihr Kleid in die Höhe und lief auf die Stufen zu, die zum Plantagenhaus hinaufführten, wobei ihr mehrere Lagen Unterröcke wild um ihre Beine wirbelten. Mit großen Sprüngen lief sie über die überdachte Vorderhausveranda und stürmte auf die gewaltige Eingangstür zu. Donnernd ließ sie den Türklopfer gegen das Holz fallen.

Die Zeit, bis die Tür langsam von einem Haussklaven geöffnet wurde, erschien ihr endlos. Ohne eine Erklärung abzugeben – schließlich kannte man sie im Hause Bryant –, stürmte sie an dem Schwarzen vorbei in das Foyer. Dort traf sie auf Mrs Bryant, die mit nachdenklicher Miene eines der aufgestellten Blumenarrangements musterte. „Mrs Bryant, kann ich zu ihm?“

Erschrocken, als habe Linda sie ganz tief aus ihrer Gedankenwelt herausgeholt, fuhr Simons Mutter zusammen und wandte sich ihr langsam zu. „Guten Tag, Linda. So früh hatte ich nicht mit einem Besuch von dir gerechnet", murmelte die Frau verwirrt.

„Vater sagte mir, dass Simon angekommen ist. Ich möchte ihn gerne besuchen, Mrs Bryant."

Ein flüchtiges Lächeln huschte über das ausdrucksstarke, schöne Gesicht der älteren Frau und sie nickte Linda knapp zu. „Ich gehe hinauf und melde dich bei ihm an, Linda. Er ist von der langen Reise sehr geschwächt, und er hat Schmerzen, doch dein Anblick wird ihm sicherlich guttun und seinen Heilungsprozess fördern."

„Danke", seufzte Linda und beobachtete voll aufgewühlter Vorfreude, wie die Frau die Stufen in den ersten Stock hinaufging. Linda atmete tief ein. Sie nahm sich vor, weder Simons Verletzung zu ignorieren noch zu direkt auf den Stumpf zu achten. In einem stillen Gebet bat sie Gott um Hilfe, dass ihr das gelingen mochte.

Unruhig ging sie im Foyer auf und ab, doch als sie die Holzstufen knarren hörte, wirbelte sie herum.

Mrs Bryant kam die Stufen hinunter. Linda erschrak. Das freundliche Lächeln, das sie vorhin noch gezeigt hatte, war verschwunden. Ihre Miene wirkte undurchdringlich und Linda glaubte eine Spur von Trauer darin zu entdecken. „Es tut mir leid, Linda. Simon möchte dich gerne auf einen anderen Tag vertrösten", erklärte Mrs Bryant.

„Einen anderen Tag?" Verwirrt blickte Linda an ihrer zukünftigen Schwiegermutter vorbei die Stufen hinauf. „Hat er das gesagt? Es macht mir nichts aus, ihn so zu sehen, wie er ist – wie auch immer sein Zustand sein mag, Mrs Bryant. Ich bin so glücklich, ihn wieder hierzuhaben. Ich werde ihn auch gewiss nicht lange besuchen. Schließlich möchte ich doch auch, dass er schnell wieder zu Kräften kommt."

„Das weiß ich, Linda. Doch es war Simons ausdrücklicher Wunsch", erklärte Mrs Bryant erneut.

Linda schüttelte irritiert den Kopf. Sie verstand das nicht. Sie wollte doch zu ihm, ihn halten, ihn trösten und ihm Mut zusprechen. Eine Minute würde ihr genügen, um sich zu vergewissern, dass er tatsächlich wieder zurück war!

„Bitte Mrs Bryant. Nur eine Minute, ein einziger Blick ..."

Mrs Bryant nahm sie kurz in den Arm und führte sie dann in Richtung Tür. „Es tut mir sehr leid, Linda. Glaube mir, ich verstehe dich, aber Simon will dich im Moment nicht sehen."

„Er will mich nicht sehen!" Linda blieb abrupt stehen und wandte sich halb nach der Treppe um. Eisig kalte Hände schienen nach ihr zu greifen und ihr Herz zu umklammern, als wollten sie es ihr aus dem Körper reißen. Was war mit Simon geschehen? Hatten dieser Krieg und die Verletzung ihm jegliche Gefühle ihr gegenüber geraubt? War die Trennung zu lange und die Erfahrungen in Mexiko zu furchtbar gewesen?

„Lass ihm ein wenig Zeit, Linda. Es ist nicht leicht für ihn, mit nur einem Arm aus dem Krieg zurückzukommen."

„Aber ich liebe ihn doch – ob mit oder ohne Arm, Mrs Bryant. Ich liebe ihn, seinen Humor, sein großes Herz, seine Ansichten und Einstellungen, seine Liebe zu den Menschen, zum Leben und zu Gott."

Wieder huschte ein Lächeln über Mrs Bryants Gesicht, und ehe Linda wusste, was geschah, wurde sie von der älteren Dame erneut in die Arme gezogen. „Danke, Linda! Vielen Dank. Ich hatte schon befürchtet, du würdest dich von ihm abwenden, nun, da er ..."

„Das würde ich niemals tun, Mrs Bryant. Niemals! Ich nehme an, dass es für einen Mann wie Simon schwer ist, eine solche Verletzung zu akzeptieren und sich mit der veränderten Situation abzufinden, doch ich werde da sein, um ihm bei beidem zu helfen."

„Ich werde es ihm sagen, Linda."

„Ich werde morgen wiederkommen, Mrs Bryant. Sagen Sie ihm das bitte auch. Morgen wird er mich sicherlich empfangen!"

Mrs Bryant nickte, doch in ihren Augen lag deutlicher Zweifel.

Kapitel 22

Joanna Steinmann kämpfte sich barfüßig durch das Präriegras, während sie die Mulis am Führstrick neben sich herdirigierte. Sie hatte es schon längst aufgegeben, sich an die Sitten ihrer Heimat zu halten, die ihr so etwas untersagt hätten. Ihre Augen brannten von der stechenden Sonne, ihre Haut war dunkel geworden und die braunen Haare ausgebleicht. Sie hatte das Gefühl, dass die Welt um sie herum nur noch aus Staub bestand. Unter den Hufen der Zugtiere, den sich vorwärtsschleppenden Menschen und den Wagenrädern wirbelte die sandige Erde auf. Meterweit wurde die Staubschicht vom leichten Wind in die Höhe getragen, um eine braune Wolke an den Himmel zu malen.

Ihre Füße schmerzten – ebenso wie der gesamte Rest ihres Körpers. Vergeblich bemühte sie sich, ein wenig Speichel im Mund zu sammeln, um ihn herunterschlucken zu können, denn ihr Hals fühlte sich brennend heiß, trocken und unangenehm kratzig an. Unmöglich konnte sie schon wieder anhalten, um am Wagen nach der Wasserflasche zu verlangen, denn Mr Stevens trieb sie jeden Tag unbarmherziger vorwärts.

Die Wagen hatten sich weit auseinanderbewegt, um nicht ständig dem aufgewirbelten Schmutz der Voranfahrenden ausgesetzt zu sein. So konnte sie nur einen anderen Wagen in ihrer unmittelbaren Nähe, auf gleicher Höhe, sehen. Joanna hoffte, dass sie sich bald für ihre nächtliche Rast sammeln würden. Prüfend warf sie einen Blick in die andere Richtung. Dort war niemand zu erkennen, und die fehlende Staubwolke machte ihr klar, dass sie und Beckie sich am äußersten Rand der Kolonne befanden. Ein Hochplateau war weit entfernt als dunkler Schatten zu erahnen und irgendwo dort musste sich auch der *Platte River* durch das weite, unberührte Land Nebraskas schlängeln.

Den Blick noch zur Seite gerichtet, trat sie in eine Vertiefung und fiel der Länge nach hin. Das Seil zum Führungsmuli spannte sich und mit einem Wiehern blieb es augenblicklich stehen. Schnell rappelte sich die junge Frau wieder auf. Sie wollte Beckie ein Zeichen geben, dass bei ihr alles in Ordnung war und sie ihr helfen sollte, die Tiere wieder anzutreiben, als sie spürte, wie der Boden unter ihren Füßen zitterte. Joanna runzelte die Stirn und betrachtete die harte, warme Erde. Kleine Steinchen begannen zu hüpfen und der trockene Bodenstaub wirbelte auf. Schließlich trug der Wind ein unheilvolles Geräusch heran, das schnell zu einem lauten Grollen und schließlich zu einem gewaltigen Donnern anschwoll. Verwirrt wandte sich Joanna zu Beckie um, die mit weit aufgerissenen Augen und offenem Mund über sie hinweg in die Weite blickte. Joanna wirbelte herum, sodass sich ihr Rock um ihre Beine wickelte. Eine braune, große Staubwolke hing in der Luft. Aus der Wolke heraus bewegten sich gewaltige dunkle Gestalten mit massigen Köpfen, kräftigen Nacken, zottigem, verfilztem Fell und bedrohlichen Hörnern genau auf die beiden Frauen und ihren Wagen zu.

Joanna ließ den Führstrick los und wirbelte herum. Sie musste den Wagen erreichen. Vor diesem großen Hindernis würden die Büffel sicherlich ausweichen, nicht jedoch vor ihr, die sich, überzogen vom Staub der Plains, kaum vom sandigen Boden abhob. Aber würde sie ihn noch rechtzeitig erreichen?

Eines der Mulis sprang ihr laut wiehernd in den Weg. Joanna musste zur Seite ausweichen. Die anderen Tiere wurden mitgezerrt und warfen sich wild gegen ihr Zaumzeug.

Panisch schrie sie auf. Plötzlich wurde sie in die Höhe gewirbelt. Ein starker Arm zog sie auf ein Pferd und sie wurde gegen einen muskulösen Körper gepresst. Inmitten der stampfenden, wild dahinjagenden Herde lief das Reittier über die Ebene, ehe es dem Reiter gelang, es aus der Mitte der brüllenden, wild gewordenen Tiere herauszulenken. Noch immer donnerten vereinzelte Tiere mit gesenkten Köpfen an ihnen vorbei, doch sie stellten keine Gefahr mehr dar.

Joanna blinzelte gegen den aufgewirbelten Staub an und blickte der Herde nach, die sich immer weiter entfernte. Dann erst wandte sie den Kopf und sah in Alec Thompsons helle Augen, die sie prüfend musterten.

„Sind Sie verletzt?“, fragte er und klang tatsächlich besorgt.

Anstatt zu antworten schaute Joanna zum Wagen hinüber und rief entsetzt: „Beckie! Sie müssen zu Beckie!“ Energisch versuchte sie, sich aus seinem festen Griff zu befreien und auf den Boden hinunterzukommen.

Alec Thompson wendete das Pferd so, dass auch er in Richtung des Wagens sehen konnte. Das Gefährt lag auf der Seite und die wild um sich schlagenden Mulis hingen im Geschirr fest. Endlich wurde Joanna losgelassen, und sie glitt am Pferdeleib hinunter, bis sie mit den nackten Füßen in der aufgewühlten Erde stand. Alec trieb die Stute an und jagte dem verunglückten Planwagen entgegen. Im vollen Galopp sprang er vom Pferd und eilte um den Wagen herum. Joanna hob ihren Rock und begann zu laufen. Sie musste zu Beckie! War ihr etwas zugestoßen? Hatte der Wagen sie unter sich begraben?

Gerade als sie den Wagen erreichte, tauchte Alec unter der Plane und neben ihm die verschmutzte Beckie auf. Blut lief ihr über den Arm.

„Beckie!“, rief Joanna. Die beiden Schwestern ließen sich förmlich gegeneinanderfallen und sanken eng umschlungen in die Knie. Tränen liefen über Joannas Gesicht. „Das wollte ich nicht,

Beckie", flüsterte sie in das Haar ihrer Schwester. „Ich hätte Stewart nicht überreden dürfen, euch mitzunehmen. Diese Reise wird uns noch alle umbringen."

„Sag so etwas nicht, Joanna, bitte. Wir hatten alle die Wahl, ob wir bleiben oder mitgehen wollten. Und gerade weil die Reise so viel von uns fordert, wird sie uns verändern. Soll ich dir verraten, was mein erster klarer Gedanke war, nachdem die Tiere den Wagen umgestürzt hatten?"

Joanna hob den Kopf. Eine helle Tränenspur zeigte sich auf ihrer Wange.

Beckie lächelte sie liebevoll an und beugte sich nahe an das Ohr ihrer Schwester, wohl damit Alec Thompson ihre Worte nicht verstehen konnte: „Ich habe Gott für die kraftvollen, wilden Geschöpfe gedankt, die uns und den Indianern, die du getroffen hast, Nahrung, Felle und vieles mehr liefern werden."

Joanna blickte ihre jüngere Schwester mit offenem Mund an. Dann schüttelte sie langsam den Kopf, begann zu kichern und lachte schließlich laut los.

Beckie stimmte in das Lachen mit ein.

Irgendwann sah Joanna auf und in das verwirrte Gesicht von Alec Thompson. Mit weit in die Höhe gezogenen Augenbrauen musterte er die beiden Frauen, schüttelte schließlich den Kopf und begab sich zu den noch immer in ihren Geschirren verfangenen Mulis.

„Wir verwirren Mr Thompson, Beckie."

„Das tust du des Öfteren, Joanna. Er wird es inzwischen gewohnt sein."

„Bei mir schon. Aber du solltest vielleicht ein bisschen vorsichtiger sein", flüsterte Joanna ihr zu.

„Warum?"

Noch ehe Joanna etwas erwidern konnte, wurde knapp neben ihnen ein schäumendes Pferd zum Halten gebracht.

„Beckie? Jo? Seid ihr verletzt?" Stewart sprang aus dem Sattel.

„Ich habe eine Fleischwunde am Oberarm. Aber es wird nicht weiter schlimm sein", beruhigte Beckie ihren Bruder.

„Und ich konnte dank Mr Thompson den Büffeln entkommen, Stewart", bemühte sich auch Joanna, Stewarts Ängste zu zerstreuen.

„Gott sei Dank!", erwiderte er, blickte jedoch noch immer prüfend von einem verschmutzten Gesicht in das andere. Schließlich nickte er und brummte: „Dieser verrückte Stevens. Veranstaltet eine Jagd auf die Kolosse, obwohl die Wagen in unmittelbarer Nähe sind. Die Viecher sind den Lärm der Gewehre mit Sicherheit nicht gewohnt; deshalb gingen sie panisch durch."

„Dieses Durcheinander haben wir also Mr Stevens zu verdanken?", fragte Joanna mit einem Blick auf die weit verstreut herumliegenden und teilweise zerstampften Utensilien ihrer Familie. „Am besten, ich hole ihn, damit er uns beim Aufräumen und Aufrichten des Wagens helfen kann", schlug sie aufgebracht vor.

„Alec hat ihn schon zu Mike und den anderen Herdenwächtern geschickt. Unsere Tiere sind mit den Büffeln durchgegangen. Wir werden sie vermutlich nicht einmal alle wiederfinden", knurrte Stewart sichtlich wütend. Er wandte sich Alec zu, der ihm mit ernster Miene entgegenkam. „Eines der Mulis werden wir erschießen müssen, ein zweites ist verletzt. Ich denke aber, dass Mike es wieder hinbekommt."

Joanna gesellte sich zu den beiden Männern. „Sie haben Mr Esra Stevens zur Herde geschickt?", fragte sie Alec Thompson. „Sie wollen mir doch nicht erzählen, dass er sich von Ihnen hat herumkommandieren lassen?"

„Mit einer Pistole vor seiner Nase und konsequenter Unnachgiebigkeit konnte ich ihn durchaus überzeugen, Miss Steinmann."

„Sie haben ihm mit einer Waffe gedroht?"

„Mit seiner eigenen. Ich selbst besitze keine." Er wandte sich Joannas Bruder zu. „Kommst du, Stewart?"

Joanna blickte den großen, breitschultrigen Mann prüfend an.

Er drehte den Kopf leicht zur Seite und musterte sie erneut. „Entschuldigen Sie bitte, wenn ich Sie jetzt erschreckt habe, Miss Steinmann, und verzeihen Sie, dass ich Ihnen im Moment keine weiteren Fragen beantworte. Aber wir sollten die Tiere aus ihren Fesseln befreien."

„Ich halte Sie nicht auf, Mr Thompson", erwiderte Joanna. „Immerhin haben Sie mir und meiner Schwester schon genug von Ihrer ausgesprochen wertvollen Zeit zur Verfügung gestellt."

„Das soll so viel heißen wie ‚Danke', Alec", spottete Stewart und ging mit großen Schritten zu den noch immer wild strampelnden Mulis.

Alec deutete mit dem Kopf zu der etwas abseits stehenden Beckie. „Vielleicht können Sie sich in der Zwischenzeit um den Arm Ihrer Schwester kümmern?"

„Das hätte ich ohnehin getan, Mr Thompson“, schoss Joanna zurück und wandte sich um.

Beckie hatte sich inzwischen auf eine der wenigen noch intakten herumliegenden Holzkisten gesetzt und krempelte vorsichtig den Ärmel ihrer Bluse nach oben. Eine lange, jedoch nicht allzu tiefe Schnittwunde kam zum Vorschein.

Joanna besah sie sich ein wenig genauer. „Ich werde dich verbinden, sobald ich halbwegs sauberes Verbandsmaterial gefunden habe, Beckie.“ Sofort machte sie sich daran, die herumliegenden Gerätschaften, Kleidungsstücke, Decken und Küchenutensilien einzusammeln.

Es dauerte Stunden, bis sich die verstreuten Planwagen nach dem unplanmäßigen Halt gesammelt hatten und die ersten Kochfeuer entfacht worden waren. Zwei der Büffel waren erlegt worden und einige Frauen machten sich an das ungewohnte Enthäuten der zotteligen, schweren Gesellen.

Laurie und Branca bereiteten die Mahlzeit für die kleine Gruppe vor, die sich innerhalb des Trecks zusammengefunden hatte, während Carole, Ellie und Joanna noch immer mit Aufräumen beschäftigt waren. In der Zwischenzeit versuchten Stewart, Alec, Mr Lewis und einige weitere Männer, den umgestoßenen Planwagen wieder auf seine Räder zu wuchten. Es gelang ihnen schließlich unter Mithilfe zweier Zugochsen. Die anderen Fahrzeuge waren nicht zu Schaden gekommen, da sie sich, um dem aufgewirbelten Staub der Voranfahrenden zu entkommen, sehr weit voneinander entfernt hatten.

Prüfend ließ Joanna ihren Blick über die aussortierten Gegenstände und Kleider gleiten, die aus dem Wagen geschleudert worden waren und über die die Büffelherde getrampelt war. Die Tiere hatten ganze Arbeit geleistet. Was ihnen unter die Hufe gekommen war, war so zerstört, dass an eine Reparatur nicht zu denken war. Sie würden die Sachen zurücklassen müssen.

Beckie gesellte sich zu ihren Schwestern und betrachtete den beträchtlichen Berg ihrer zerstörten Habseligkeiten. Dann legte sie einen Arm um Joannas Hüfte und flüsterte: „Hauptsache, wir sind am Leben geblieben, Joanna.“

„Du hast recht. Ich kann alle diese Dinge entbehren, selbst wenn ich bis zum Ende unserer Reise in Stewarts viel zu großen

Hosen herumlaufen müsste – aber dich kann und möchte ich nicht missen." Sie blickte sich um und beobachtete das rege Treiben der anderen um sie herum. Alec Thompson stand bei seinem Bruder und beobachtete sie und Beckie. Sie drückte das Mädchen fest an sich und flüsterte: „Und ich glaube, da bin ich nicht die Einzige."

Beckie nickte und löste sich von Joanna. Stewart bedeutete ihnen mit einem knappen Winken, dass sie den Wagen wieder beladen konnten. Nur die an einer Stelle stark zerfetzte Abdeckplane über den Spannhölzern zeugte noch davon, dass er ein Zusammentreffen mit einer gewaltigen Herde Bisons hinter sich hatte.

Zwei Stunden später – die meiste Arbeit war inzwischen getan – holte sich Joanna eine kleine Schüssel des nicht eben frischen, sauberen Wassers aus dem Fass am Wagen. Sie verließ das Lager und ging in die Prärie hinaus, gefolgt von Rowdy, den sie den ganzen Tag über noch nicht zu Gesicht bekommen hatte. Sie suchte sich ein Plätzchen abseits, um sich notdürftig Gesicht, Hals und Arme zu waschen. Schließlich kippte sie das restliche, verschmutzte Wasser neben sich, blieb aber noch auf der Anhöhe sitzen, kraulte den ruhig daliegenden Hund und ließ ihren Blick über das Land schweifen.

Die Sonne verabschiedete sich hinter einem Hügel. Das goldgelb leuchtende Land nahm einen dunkleren, braunen Ton an, während der noch blaue Himmel in farbenfrohem Kontrast zu ihm stand.

Noch immer waren die Männer, die die davongesprengten Nutz- und Reittiere suchten, nicht zurückgekehrt, und schon bald würde es dunkel werden.

Joanna blickte über die Schulter zurück und beobachtete Laurie, die neben einem der Feuer unruhig auf und ab ging. Dann sah sie, wie Alec zu seiner Schwägerin trat, die nach einem kurzen Gespräch verneinend den Kopf schüttelte. Vielleicht wollte sie nicht, dass Alec sich sein Pferd nahm und nach ihrem Mann suchen ging? Joannas Blick folgte Alec Thompson. Er sprach kurz mit Beckie, die sich an ihren Arm griff und seine Erkundigung mit einem freundlichen Lächeln beantwortete. Schließlich unterhielt er sich noch kurz mit Ellie. Das Mädchen brachte dem hochgewachsenen Mann nach wie vor ihre kindliche Bewunderung entgegen. Danach ging er zu den Zugtieren, die ein Stück abseits der Wagen festgebunden waren, und untersuchte noch einmal das verletzte Muli.

Joanna senkte den Kopf. Alec Thompson mochte sich – wie früher Simon Bryant – gerne mit ihr verbal auseinandersetzen, doch für Beckie konnte sie sich keinen aufmerksameren und fürsorglicheren Ehemann wünschen. War er nicht sofort in ihre Richtung galoppiert, als klar war, dass die durchgehende Büffelherde direkt auf ihren Wagen zusteuerte? Deutlich hatte sie gespürt, wie erschrocken er reagiert hatte, als er den umgekippten Wagen gesehen hatte und ihm bewusst geworden sein musste, dass Beckie darauf gesessen hatte. Wie sicher hatte sie sich gefühlt, als er sie auf das Pferd gezogen hatte und mit ihr durch die wild rennende Büffelherde galoppiert war. Beckie würde es genießen können, in seinen starken und fürsorglichen Armen zu liegen.

Joanna runzelte die Stirn, als bei diesem Gedanken eine seltsame Unruhe in ihr aufstieg. Viele kleine Lagerfeuer verbreiteten in der hereinbrechenden Dunkelheit einen hellen, einladenden Schein und Joanna hörte das muntere Spiel einer Geige. Sie sollte nicht so alleine hier sein und unnützen Gedanken nachhängen, schimpfte sie sich. Eilig machte sie sich auf den Rückweg und pfiff laut nach Rowdy, der Alec Thompson entgegenlief. Der junge Mann saß auf einem Pferd und entfernte sich von ihrem Lager. Obwohl der Hund mit großen, kräftigen Sprüngen zu ihr zurückkam, war sie sich nicht sicher, ob Rowdy nicht lieber dem Reiter gefolgt wäre. Sie fuhr dem Tier durch das Fell und murmelte: „Wenn es denn sein muss: Ich gebe es zu, er ist ein durchaus patenter, annehmbarer Mensch. Das heißt aber noch lange nicht, dass wir ihm alle komplett ergeben sein müssen, nicht einmal, wenn er uns eine Pistole vor das Gesicht hält." Joanna lachte leise vor sich hin, während sie zurück zu den Wagen ging.

Esra Stevens sah gerädert und wütend aus, als er mit großen Schritten an den Wagen vorbeiging, die für die Weiterfahrt gerüstet wurden. Immer wieder rief er irgendwelche Anweisungen und trieb die Menschen zur Eile an. Schließlich näherte er sich den beiden Wagen der Steinmanns. Mit zusammengekniffenen Augen musterte er die defekte Plane des am Vortag verunglückten Prärieschoners. „Sie waren es also schon wieder, die den Zug so früh am Abend zum Stoppen brachten, Miss Steinmann?"

„Ich möchte Sie darauf aufmerksam machen, Mr Stevens, dass es eine durchgehende Herde Büffel war, die uns zum Halten zwang."

„Solchen Widrigkeiten muss man sich entgegenstellen können. Wenn der Weiberwagen den Zug noch öfter aufhält, werden wir alle in den Rockys einschneien und verhungern."

„Lassen Sie mich in Ruhe weiterpacken, Mr Stevens. Anschließend können wir unverzüglich unseren Weg fortsetzen und heute gut und gerne achtzehn Meilen zurücklegen. Dann haben wir die verlorenen Meilen wieder aufgeholt."

„Sie tun gerade so, als hätten Sie den Weg schon einmal gemacht."

„Dann könnte ich getrost auf einen Führer verzichten."

„Passe ich Ihnen nicht, Miss Steinmann?"

„Mir behagt es nicht, dass Sie immerzu die Schuld bei unseren Wagen suchen. Außerdem möchte ich betonen, dass der gestrige Zwischenfall von *Ihnen* herbeigeführt wurde. Vielleicht sollten Sie sich – anstatt uns zu drohen – bei uns entschuldigen und sich nach dem Ergehen meiner Schwester erkundigen, die sich durch das unglückliche Zusammentreffen mit der durchgehenden Herde verletzt hat."

„Sie reizen mich. Allein durch Ihre vorlaute Art."

„Zugegeben, meine oft zu direkte Art ist mein größtes Problem, Mr Stevens. So wie Ihre Raubeinigkeit das Ihre, Mr Stevens?"

„Ich denke, es reicht jetzt, Miss Steinmann", brummte eine tiefe Stimme neben ihr.

Joanna blickte in das düstere Gesicht von Alec Thompson. Sie holte tief Luft. „Wunderbar, Mr Thompson. Verteidigen Sie Mr Stevens nur weiter. Immerhin mussten Sie sich ebenfalls gestern in Lebensgefahr begeben."

„Ohne ein Wort des Dankes von Ihnen zu erhalten, so wie Sie keine Entschuldigung von Mr Stevens erhielten?"

Joanna erwiderte sofort: „Das wollte ich gestern Abend noch tun, doch Sie waren mit dem Pferd unterwegs, bevor ich dazu Gelegenheit finden konnte."

Alec nickte und wandte sich ab. Laurie, die ebenfalls dabei war, die letzten Vorbereitungen für die Abfahrt zu treffen, beobachtete Joanna und Esra Stevens – ebenso wie alle anderen um sie herum.

Mr Stevens blickte Joanna düster an. „Sie und Ihre Schwestern sind eine Gefahr für uns alle. Und Sie zudem eine unangenehme Nervensäge und –"

„Ich denke, es reicht", wiederholte Alec Thompson, diesmal an Mr Stevens gewandt. Dabei hielt er es offenbar weder für nötig, sich dem Mann zuzuwenden, noch, stehen zu bleiben.

Zu Joannas Erstaunen drehte der ältere Mann sich wortlos um und setzte seinen Gang entlang der Wagen fort. Rowdy, der die ganze Zeit neben Joanna gesessen hatte, sprang auf und lief zu Alec hinüber, der inzwischen bei Laurie angekommen war und mit ihr sprach. Joanna war erleichtert, dass die Männer – und mit ihnen Mike Thompson – von der Suche nach den verstreuten Tieren sicher zurückgekehrt waren. Dennoch blickte ihre Freundin sehr besorgt drein.

Als Alec Thompson zu den Mulis hinüberging, eilte Joanna zu Laurie, um ihr die schwere Kiste mit den Küchenutensilien abzunehmen und in ihren Wagen zu hieven.

„Denkst du, Mr Stevens lässt uns heute tatsächlich achtzehn Meilen weiterziehen?“, fragte Laurie leise. Es war ganz offensichtlich, dass sie sich auf keine Diskussion mit dem unfreundlichen, kurz angebundenen Mann einlassen wollte.

„Wir sind früh dran und durch den längeren Halt gestern ausgeruht. Heute scheint es nicht ganz so heiß zu werden wie in den vergangenen Tagen. Es wäre vermutlich von Vorteil, wenn wir einige Meilen gutmachen könnten.“

„Vielleicht sollten wir dich zur Treckführerin bestimmen. Wenn du einen aufforderst, eine beschwerliche, große Meilenzahl zu gehen, hört sich das weitaus motivierender an als bei Mr Stevens.“

„Wir sprechen uns wieder, wenn wir in der Mittagssonne noch zehn Meilen vor uns haben, liebe Laurie“, lachte Joanna und drückte der Freundin fest die Hand.

„Alec wird mir heute mit dem Kutschieren helfen, Joanna. Er und Mike haben beschlossen, dass Mike bei der Herde die Aufsicht führt. Die Tiere sind noch immer nervös und einige sind verletzt. Er kennt sich da besser aus als Alec.“

„Warum sagst du mir das?“

Laurie warf Joanna einen prüfenden Blick zu, dann lächelte sie und griff mit beiden Händen nach dem Kutschbock, um sich hinaufzuziehen. „Vielleicht findest du eine Gelegenheit, dich bei Alec zu bedanken ...“

„Sollte ich das?“

Laurie lachte leise. Als sie die Zügel in die Hände nahm, blickte sie mit einem fröhlichen Lächeln, das ihre Sorgen und die Angst vor dem heutigen Tagesmarsch vergessen ließ, zu Joanna hinunter. „Du bist nicht glücklich, wenn du dich nicht mit jemandem streiten kannst, nicht wahr, Joanna?“

Kapitel 23

Zwei Reiter folgten schweigend den in den Prärieboden eingegrabenen Radspuren. Sie waren bereits mehrere Wochen unterwegs, doch ihr Ziel war noch weiter von ihnen entfernt, als sie angenommen hatten.

French Maison deutete mit einer Kopfbewegung in Richtung der einsamen Pferdespur, die ihnen schon vor einigen Tagen aufgefallen war. Sie folgte ebenfalls den in den Prärieboden eingegrabenen Radspuren. „Wir kommen dem Kerl näher", murmelte er.

Caspar Lewis nickte mit grimmiger Miene und wischte sich den Schweiß von der Stirn. „Was treibt diesen einsamen Reiter wohl dazu, dem Treck zu folgen?"

„Vielleicht wurde er aufgehalten und versucht, die Kolonne einzuholen?", vermutete Maison.

Der junge Plantagenerbe grinste ihn schief an, während er sein Taschentuch mit Monogramm wieder in die Westentasche schob. „Oder sein Mädchen ist ihm abgehauen und er möchte es wieder zurückholen", mutmaßte er und beide Männer brachen in Gelächter aus. Doch Caspar Lewis wurde schnell wieder ernst. Mit wütend zusammengezogenen Augenbrauen musterte er die Sonne, die sich immer weiter den Horizont hinaufkämpfte. „Wir sind leider auch aufgehalten worden", brummte er und warf French Maison einen vorwurfsvollen Blick zu.

Der zog nur die Schultern in die Höhe. Er hatte keine Erinnerung mehr daran, was in St. Louis vorgefallen war. Eines Morgens war er in einer Gefängniszelle aufgewacht. Offenbar hatte er am Abend zuvor wieder einmal einen über den Durst getrunken und das Inventar ihres Hotels zerstört. Natürlich war es Mr Lewis ein Leichtes gewesen, den entstandenen Schaden zu begleichen. Doch bis die Anweisung aus Mississippi in St. Louis angekommen war, hatte man ihn festgehalten. In der Zwischenzeit hatte der Wagenzug Independence längst verlassen.

French Maison war von Gregory Lewis, einem einflussreichen, wohlhabenden Plantagenbesitzer, beauftragt worden, seinen Sohn Caspar auf der Suche nach zwei entflohenen Sklaven zu begleiten. Mr Lewis hatte ihm eine hohe Belohnung in Aussicht gestellt, falls es ihnen gelang, die beiden Schwarzen zurückzubringen. Allerdings hatte er niemals gedacht, dass das Ehepaar so weit kommen würde, und als sie in Independence schließlich einsehen mussten, dass die beiden auf dem Weg in Richtung Westküste waren, hatte er eigentlich umkehren wollen. Doch Caspar Lewis hatte ihn verpflichtet, seinen Auftrag auszuführen. Nur die in Aussicht gestellte Verdopplung seines Lohnes hatte ihn schließlich dazu gebracht, dem Treck zu folgen. Vor einigen Tagen, als das wertvolle Pferd von Caspar Lewis zu lahmen begonnen hatte, war er noch davon ausgegangen, dass damit das Ende ihres Ausfluges gekommen war, doch sein Arbeitgeber schien um keinen Preis aufgeben zu wollen. French Maison warf seinem schweigsamen, vornehmen Begleiter einen prüfenden Blick zu. Ob sein Lohn und die Kosten der Verfolgung nicht bereits bei Weitem den Wert der beiden Sklaven übertrafen? Maison strich sich über seinen Bart. Der finanzielle Verlust konnte keinesfalls so hoch sein, dass sich die Mühen und Ausgaben lohnten.

Wieder ließ er seinen Blick über das weite Land schweifen, das sich in sanften Hügeln vor ihm ausbreitete.

„Ich sehe ihn!“, sagte Caspar Lewis plötzlich.

Maison fuhr erschrocken zusammen. „Den Wagenzug? Die Spuren sehen viel älter aus.“

„Nein, den einsamen Reiter“, erwiderte der jüngere Mann und reichte ihm ein Fernrohr hinüber.

French Maison nahm es und setzte es an sein linkes Auge, während er das rechte zusammenkniff. Tatsächlich war dort in weiter Entfernung etwas zu sehen, doch er konnte nicht mit Sicherheit sagen, ob das tatsächlich ein Reiter oder irgendein Wild war.

Es dauerte bis zum Abend, bis sie den Reiter vor sich mit bloßem Auge erkennen konnten, und es war bereits dunkel, als sie ihn endlich eingeholt hatten.

Der Mann saß an einem Feuer und blickte die beiden Männer eher neugierig als überrascht an.

Caspar Lewis begann die Unterhaltung mit dem etwas grobschlächtig wirkenden Mann: „Mein Name ist Lewis, mein Begleiter heißt French Maison. Wir kommen aus Mississippi.“

„Dan Cutler“, murmelte der andere undeutlich und spuckte einen Priem Tabak in die aufzischenden Flammen. „South Carolina“, fügte er dann noch hinzu.

„Sie folgen auch den Wagenspuren des Trecks?“

„Ja“, erwiderte der andere knapp und stopfte sich ein neues Stück Kautabak in die Wange.

„Wir versuchen ebenfalls, ihn einzuholen, Mr Cutler“, fuhr Lewis fort. „Wir verfolgen zwei flüchtige Schwarze, die sich dem Treck angeschlossen haben. Was schätzen Sie, wie groß ihr Vorsprung ist?“

Maison klopfte mit seiner Pfeife gegen die Sohle seines Stiefels und überlegte, ob Lewis wohl jemals zuvor das Wort Sklave in den Mund genommen hatte. Offenbar war die Bezeichnung in seiner Gesellschaftsschicht tabu.

„Ziemlich groß. Vielleicht ein paar Wochen. Sie sind zügig unterwegs.“

„Ich hatte eigentlich nicht vor, bis in eines der westlichen Territorien zu reisen, um meinen Besitz wiederzuerlangen.“ Lewis schien diesen letzten Satz mehr zu sich selbst als zu Cutler gesagt zu haben.

Dan Cutler nickte und holte neben sich ein Präriehuhn hervor. Er begann, es mit kräftigen Handbewegungen zu rupfen. Dabei spuckte er ein weiteres Mal einen braunen Strahl in die züngelnden Flammen des Feuers.

French Maison erhob sich und machte sich an seinen Satteltaschen zu schaffen, in denen sich ihre Vorräte befanden. Er legte, in der Hoffnung, etwas von dem frisch geschossenen Präriehuhn angeboten zu bekommen, einige Kartoffeln so vor sich hin, dass es von Mr Cutler als ein Angebot gedeutet werden konnte, ebenfalls zuzugreifen.

Während er zwei Zwiebeln schälte, erklärte Dan Cutler, dass er auf der Suche nach einem jungen Mädchen war, das er dringend wieder zurück in die Heimat bringen musste. Zu mehr Informationen ließ er sich nicht hinreißen, und schließlich gab Caspar Lewis es auf, weiter in ihn zu dringen, und die Männer begannen, sich über unverfängliche Themen zu unterhalten.

Als sie sich später in ihre Decken rollten, beobachtete French Maison, wie Caspar Lewis seine Sattelpistole lud und neben sich auf den Boden legte. Offenbar misstraute er ihrem neuen Bekannten. Allerdings entging seinem jugendlichen Geldgeber, dass Dan Cutler dasselbe getan hatte.

Kapitel 24

In der Mitte des Wagenkreises brannte ein großes Feuer, dessen Funken wie Glühwürmchen dem nachtschwarzen Himmel entgegenstrebten, um in der Luft zu verglühen. Ein kräftiger Wind ließ die Flammen einen unruhigen Tanz vollführen. Joanna und Laurie saßen ein Stück abseits vom Lager. Die Stimmen der um das Feuer versammelten Männer waren bis zu ihnen zu hören, wenngleich sie nicht verstehen konnten, was gesprochen wurde.

Esra Stevens war der Lauteste von ihnen.

Joanna blickte zu der Männerrunde hinüber, die sich um das Feuer herum versammelt hatte. Sie nahm an, dass sich die Männer bei Stevens über das forsche Tempo beschwerten, zu dem sie angetrieben wurden. Zudem war ihr Führer immer häufiger betrunken, und es ging das Gerücht um, dass er sich an einem der jüngeren Mädchen hatte vergreifen wollen. Doch Joanna konnte nicht sagen, ob an diesem Gerede etwas dran war oder ob es der Fantasie einer besorgten und erschöpften Mutter entstammte, die sich, wie viele andere der Mitreisenden, von einzelnen Unzufriedenen hatte aufputschen lassen.

„Mike ist auch wütend auf Mr Stevens, Joanna. Er hat zwei seiner besten Zuchtstuten und drei Rinder verloren. Auch ein paar anderen Familien fehlt Vieh."

Joanna schüttelte nachdenklich den Kopf. „Ich verstehe Mr Stevens nicht. Er kennt doch das Land, und er hätte wissen müssen, dass die Jagd auf die Büffel die Herde in Panik versetzen würde."

„Alec sagte, er sei angetrunken gewesen", erwiderte Laurie. Dann griff sie nach der Hand ihrer Freundin. „Was ist, wenn die Männer sich mit Mr Stevens nicht mehr einigen können, Joanna? Ich fühle mich ihm irgendwie ausgeliefert."

Joanna nickte. Sie konnte ihre Freundin gut verstehen.

Die Sterne verschwanden hinter einer dichten Wolkendecke und das Land wurde in undurchdringliche Dunkelheit gehüllt. Der Wind nahm an Intensität zu und Alec Thompson blickte vom Rücken seiner Stute prüfend zum Himmel hinauf. Ob sich ein Sturm zusammenbraute? Der junge Mann schloss die Augen und lauschte auf die Bewegungen der Tiere. Sie verhielten sich weiterhin ruhig und schienen kein nahendes Unwetter zu spüren. Erleichtert ließ er sich tiefer in den Sattel gleiten. Er genoss die Stille hier draußen auf der Ebene und war erleichtert, der Diskussion im Lager entkommen zu sein.

In Gedanken ließ er nochmals den Tag Revue passieren.

Laurie und er hatten sich auf dem Kutschbock abgewechselt. Er bewunderte die Stärke und Ausdauer seiner Schwägerin ebenso wie die der anderen Frauen und Kinder, die an diesem Tag fast 20 Meilen hinter sich gebracht hatten. Er hatte sehr wohl die wütenden, aufgebrachten Blicke einiger Familien in Richtung Esra Stevens gesehen. Auch Mrs Paltrow und Beckie hatten erschöpft ausgesehen, doch über ihre Lippen waren keine Klagen und keine aufgebrachten Worte gekommen. Nur Branca hatte sich während einer kurzen Mittagsrast bei Stewart über das Tempo und den Staub beklagt, doch der hatte sie schnell zum Schweigen gebracht. Ellie und Carole machten die Strapazen anscheinend wenig aus. Vielleicht lag das an ihrer Jugend, bei Carole wohl auch an ihrer kräftigen Statur und der Tatsache, dass sie sich dem rauen Land um sie her anzupassen schien. Joanna Steinmann hatte recht: Die Steinmann-Mädchen waren alle sehr unterschiedlich.

Wieder wanderten seine Gedanken zu den Geschehnissen des Tages zurück und ein breites Grinsen legte sich auf seine verschmutzten Gesichtszüge. Am Nachmittag hatte Joanna Steinmann sich tatsächlich noch bei ihm für die Rettung vor den Büffeln bedankt. Ihre Worte waren ehrlich gemeint gewesen, und er hatte eingesehen, dass das Mädchen sich offenbar weder zu etwas zwingen ließ noch festgelegten Regeln zu folgen gedachte. Sie hatte sich bedankt, als sie die Zeit dazu und den Wunsch danach hatte.

Alec Thompson weckte sein Tier aus seiner Ruhe und trieb es, nur dem Gehör nach, einem sich entfernenden Ochsen hinterher. Der ließ sich, wenn auch ein wenig unwillig, wieder zurück zu den anderen Tieren treiben.

Erneut bemühte sich der junge Mann, in der undurchdringlichen Dunkelheit etwas zu erkennen, da er wusste, dass hier irgendwo die Hochebene steil abfiel. Esra Stevens hatte ihm mitgeteilt, dass ihnen am nächsten Tag der erste Abstieg bevorstand. Alec hatte jedoch wenig Lust, im Dunkeln dem Abgrund näher zu kommen als unbedingt nötig. Allerdings ließ die Finsternis nicht zu, dass er über einen Radius von einem oder zwei Metern hinaussah.

Einer der beiden an einen Pflock gebundenen Hengste wieherte laut, und die Stuten begannen, sich unruhig zu bewegen.

Alec lauschte in die Dunkelheit hinein, konnte jedoch nichts Ungewöhnliches feststellen. So wendete er sein Reitpferd, um die Herde einmal zu umkreisen. Er war noch nicht weit gekommen, als die Stute plötzlich mit dem linken Vorderhuf wegrutschte und sich unkontrolliert nach vorne warf. Alec, der weder etwas sah noch wusste, was sein Pferd zum Stolpern gebracht hatte, rutschte seitlich weg. Er verlor den rechten Steigbügel und warf sich, um das Tier nicht in seiner Bewegung zu behindern, aus dem Sattel.

Sein Körper schlug schwer auf der harten Erde auf. Er hörte Sand und kleinere Gesteinsbrocken davonrollen. Ohne es verhindern zu können, rutschte Alec hinterher, einen Abhang hinunter, dabei zerriss etwas Scharfkantiges seine Hosenbeine und schlitzte ihm die Haut auf. Mit beiden Händen versuchte er, nach irgendetwas zu fassen, aber er fand nichts, woran er sich hätte festhalten können, um den Fall abzubremsen.

Einen kleinen Moment lang erlaubten es die am Himmel entlangziehenden Wolken ein paar Sternen, ihr freundliches, helles Licht zu zeigen, dann schloss sich der düstere Vorhang wieder und hüllte Joanna erneut in Dunkelheit. Die junge Frau warf einen Blick über die Schulter zurück. Sie durfte sich nicht weiter von den Wagen entfernen, als ihr noch ein Blick auf das Feuer möglich war, sonst würde sie in dieser Finsternis nicht mehr zurückfinden.

Sie ließ sich auf einer kleinen Erderhebung nieder, stützte ihre Hände hinter sich ab und streckte die Beine aus. Dann legte sie ihren Kopf in den Nacken und blickte in den bewölkten Himmel hinauf. Vergeblich hoffte sie, einen weiteren Blick auf einen der hinter dem Schwarz versteckten Sterne erhaschen zu können. Um sie herum herrschte absolute Dunkelheit. Es war nichts zu sehen, doch sie hörte das laute Zirpen der Grillen, vernahm das verhaltene Brüllen eines Ochsen und schließlich ein hohes Wiehern. Offenbar befand sich die mitgeführte Herde nicht weit von ihr entfernt.

Joanna schloss die Augen, um zu beten, wie sie es oft tat, wenn sie sich alleine irgendwo außerhalb der Wagenburg zurückzog. Sie dankte Gott ein Mal mehr dafür, dass er auf dieser gefährlichen Reise bei ihnen war und für sie sorgte. Büffel und die Präriehühner gab es reichlich, sodass es ihnen an frischer Nahrung nicht fehlte, und sie war dankbar, dass das Wasser, das selten einmal richtig sauber wirkte und von einigen kleinen Lebewesen bevölkert war, sie nicht krank machte. Und sie dankte für sämtliche Menschen aus ihrer kleinen Gruppe, die füreinander einstanden und die ein Weiterkommen auf diesem Treck möglich machten.

Plötzlich näherte sich der eilige Hufschlag eines Pferdes. Joanna riss die Augen auf und sprang auf ihre Füße. An dem unrhythmischen Geräusch hörte sie, dass das Tier verletzt sein musste. Mit zusammengekniffenen Augen versuchte die junge Frau, etwas zu erkennen, doch es war unmöglich. Das Tier wurde langsamer und blieb schließlich stehen. Ein kurzes Schnauben und weitere zaghafte Schritte wiesen Joanna die Richtung, die sie einschlagen musste. Langsam tastete sie sich Schritt für Schritt vorwärts. Schließlich verriet ihr ein weiteres Schnauben, dass das Pferd nur noch wenige Schritte von ihr entfernt war. War das Tier reiterlos? Wieso lief es dann mit seiner Beinverletzung, obwohl es nicht angetrieben wurde? Normalerweise belastete ein verletztes Tier sein schmerzendes Bein nicht – es sei denn, es war vor irgendetwas geflohen.

Als Joanna einige Schritte weiterging, konnte sie die dunklen Umrisse eines gesattelten, aber reiterlosen Pferdes erkennen. Das Tier schlug aufgeregt mit dem Schweif. Sie griff nach den herunterhängenden Zügeln und fuhr dem Tier mit der freien Hand über die Stirn. Selbst in der Dunkelheit konnte sie die helle Blesse sehen. Nun war sie sich sicher, dass sie Alec Thompsons Stute vor sich hatte. Aber wo war der junge Mann? War ihm etwas zugestoßen?

Joanna fuhr mit der Hand über die rechte und schließlich über die linke Vorderhand der Stute. Dabei zuckte das Tier leicht zurück. „Es ist alles in Ordnung, mein Mädchen“, flüsterte Joanna und richtete sich wieder auf. „Sehr weit bist du bestimmt nicht gelaufen, zumal ich vorhin die Herde hören konnte.“ Joanna sah in die Nacht hinein. Wie sollte sie in dieser Dunkelheit die Herde oder gar einen einzelnen Mann finden? Unsicher und ängstlich wandte sie sich wieder der Stute zu. Ob sie zuerst zurück ins Lager gehen und dort Hilfe organisieren sollte? Mit einem Blick über die Schulter wurde ihr klar, dass sie die Wagenburg nicht mehr finden würde. Sie hatte das Feuer aus den Augen verloren.

Joanna spürte einen Anflug von Angst in sich aufkeimen. Mit weit aufgerissenen Augen wandte sie den Kopf dem mit Wolken überzogenen Himmel zu. Sie hoffte auf ein Aufreißen der Wolkendecke, auf ein klein wenig Licht, um wenigstens die Herde sehen zu können. Doch nichts geschah. „Hilf mir bitte, Herr“, flüsterte Joanna und senkte den Kopf wieder.

Die Stute stupste ihr mit den Nüstern gegen den Arm. Joanna strich ihr über die Stirn und hielt dann mitten in der Bewegung inne. Schließlich lächelte sie zum nachtschwarzen Himmel hinauf, als wolle sie sich für den Gedanken, der ihr gerade gekommen war, bedanken. Sie griff nach den Zügeln des Tieres. „Du suchst auch die Nähe anderer Lebewesen, nicht wahr, du Herdentier?“, flüsterte Joanna. Sie schlug, wenn auch ungern, der Stute gegen das Maul.

Das Tier riss den Kopf nach hinten und wieherte laut auf. Nicht weit entfernt antwortete ein anderes Pferd mit einem lauten Wiehern.

Joanna lächelte zufrieden und führte die Stute hinter sich her. Das Tier hinkte, setzte den linken Vorderlauf jedoch auf und Joanna nickte erleichtert. Vermutlich war die Verletzung nicht allzu schlimm.

Es dauerte nicht lange, bis sie in geringer Entfernung typische Herdengeräusche vernahm. Je näher sie kam, desto unruhiger wurden die Tiere. Einige dösende Pferde begannen, sich zu bewegen, ein Ochse grunzte kurz auf und schien sich zu erheben. Mehrere Kühe schoben sich in Richtung von Joanna und der Stute. Die Hörner der Tiere erinnerten die junge Frau unangenehm an die Büffel. Sie drückte sich Schutz suchend an den warmen, kräftigen Körper der Stute.

Zumindest hatte sie die Herde gefunden. Hier irgendwo musste auch Alec Thompson sein. Doch was war mit ihm geschehen? Gab es hier wieder einen Bären oder vielleicht Silberlöwen? Joanna lief der Schweiß den Rücken hinunter, doch sie rief sich zur Ruhe. Die Herde würde hier nicht so friedlich dösen und grasen, wenn sich eine Raubkatze oder ein Bär in der Nähe befände. „Mr Thompson?“, rief sie halblaut. Zwei Mulis sprangen vor ihr zur Seite. Sie hörte, roch und spürte die Anwesenheit der Tiere, konnte jedoch, außer der Stute neben sich, keines mehr erkennen. „Mr Thompson? Wo sind Sie?“, rief sie nun etwas lauter und erntete ein mehrstimmiges Muhen und ein erneutes Grunzen eines Ochsens.

Täuschte sie sich oder hatte sich da auch eine menschliche Stimme unter die Reaktionen gemischt? „Mr Thompson? Sind Sie hier irgendwo in der Nähe?"

Die Tiere gewöhnten sich an ihre Anwesenheit und ihre laute Stimme. Ihre Reaktionen waren nun deutlich ruhiger und leiser.

„Hier! Am Abhang!", konnte sie die tiefe Stimme des Mannes hören.

Erleichtert atmete Joanna aus. „Sind Sie verletzt?"

„Noch nicht!", lautete die Antwort.

„Ich kann in der Dunkelheit nichts sehen! Reden Sie weiter, damit ich Ihrer Stimme folgen kann, Mr Thompson."

„Sind Sie das, Miss Steinmann?"

Seine Stimme half ihr, sich zu orientieren. Sie hielt sich ein wenig weiter links. „Ja", lautete ihre knappe Antwort.

„Was tun Sie hier draußen? Sie werden sich verirren, wie schon einmal zu Beginn unserer Fahrt. Erinnern Sie sich?"

Joanna folgte der Stimme, die deutlich angestrengt klang.

„Mein Erinnerungsvermögen ist durchaus intakt, Mr Thompson. Ich bin nur hier, um Ihnen zu helfen. Reden Sie bitte weiter."

„Ich kann mich nicht mehr lange halten."

„Was machen Sie denn?"

„Ich genieße die schöne Aussicht", polterte Alec Thompson ungehalten zurück.

Joanna korrigierte ihre Richtung wieder ein wenig. „Dann sollte ich Sie dabei vielleicht nicht stören, Mr Thompson?", forderte Joanna den Mann heraus, da er wieder zu sprechen aufgehört hatte.

„Verrücktes Mädchen! Gehen Sie schneller oder Sie können dem Geräusch meines Absturzes folgen. Dann kommt Ihre Hilfe jedoch ein wenig zu spät und Sie müssen alleine den Weg zurück zu den Wagen suchen."

„Sie hängen an einem Abgrund?"

„Richtig, Miss Steinmann. Und Sie haben ihn fast erreicht. Gehen Sie langsamer und tasten Sie vorsichtig mit den Füßen den Untergrund ab."

„Gerade eben haben Sie mich noch zur Eile angetrieben."

„Da waren Sie auch noch weiter entfernt. Ich möchte nur nicht, dass Sie gleich neben mir hängen."

„Weil Sie die schöne Aussicht in dieser dunklen Nacht für sich alleine genießen wollen?" Joanna fühlte ein paar größere Felsbrocken und aufgeworfene Erde unter ihrem Schuh, ließ die Stute los und ging in die Knie. Sie tastete mit den Händen den Boden ab und bewegte sich nur noch auf allen vieren voran. „Sind Sie noch da, Mr Thompson?"

„Natürlich", keuchte Alec ganz in ihrer Nähe.

Joanna kroch weiter auf allen vieren voran, bis ihre Hände schließlich ins Leere griffen. „Ich habe eine Kante erreicht."

„Ich bin links von Ihnen, Miss Steinmann. Ich kann Sie gegen die Wolken erkennen."

Joanna schob sich vorsichtig ein wenig weiter nach links und legte sich dann flach auf den Bauch. Sie streckte beide Arme über die steil abfallende, halb steinige, halb sandige Kante hinweg und tastete in die Luft. Schließlich bekam sie einen Haarschopf mit kurzem, kräftigem Haar zu fassen. „Wie soll ich Sie von da unten heraufbekommen, Mr Thompson?"

„Ihnen ist auf dem Weg hierher nicht zufällig meine Stute begegnet? An ihrem Sattel befindet sich ein Seil."

Vorsichtig schob Joanna sich wieder zurück.

„Wo gehen Sie hin?", zischte der Mann und Joanna hörte einige Gesteinsbrocken in die Tiefe springen.

„Ich hole das Seil."

„Bis Sie die Stute gefunden haben –"

„Sie steht hier gleich hinter mir. Also sparen Sie Ihre Kräfte auf und halten Sie einfach den Mund."

„Und das von Ihnen ...", knurrte Alec keuchend, und wieder hörte Joanna, wie sich einige Steine aus der Wand lösten und in die Tiefe kullerten.

Eilig stand sie auf und ging zu der Stute zurück, um das aufgerollte Seil aus dem Riemen des Sattels zu ziehen. Sie machte eine feste Schlaufe und befestigte das andere Ende am Sattelknauf. Vorsichtig näherte sie sich wieder dem Abhang. Als weitere Steine polternd in der Tiefe verschwanden, zog sich alles in ihr zusammen. „Mr Thompson?", entfuhr es ihr erschrocken.

„Ich bin noch da. Also geben Sie acht, dass Sie nicht noch mehr Gestein lostreten."

„War ich das?"

„Keine Ahnung!", lautete die gepresste Antwort und ein unterdrücktes Stöhnen folgte.

Joanna flehte Gott ununterbrochen um Hilfe an, während sie sich erneut auf allen vieren dem Abgrund näherte. „Wie lange hängen Sie denn schon da?", fragte sie.

„Woher soll ich das wissen? Ich hatte nicht die Möglichkeit, meine Taschenuhr hervorzuziehen."

Joanna konnte ein kleines Lächeln nicht unterdrücken. „Hier kommt Ihr Seil", rief sie und warf den Strick hinab. „Ich habe eine Schlaufe geknotet, in die Sie Ihren Fuß setzen können. Rufen Sie, wenn Sie so weit sind, dann lasse ich die Stute vorwärtsgehen."

„Ob ich Ihrem Knoten trauen kann?"

„Sie dürfen ihn gerne lösen und Ihren eigenen Knoten knüpfen, Mr Thompson", antwortete Joanna mit einem ärgerlichen Unterton in der Stimme, der jedoch ein Zeichen ihrer Besorgnis war. Sie ließ das Seil hinab, schwenkte es nach Alecs Anweisungen so, dass er es zu greifen bekam, und wartete darauf, dass er ihr zu verstehen gab, dass er bereit war.

Schließlich tastete sich Joanna am Seil entlang zurück zu der Stute und ließ dann das Tier vorwärtsgehen. Sie hörte, wie der Strick über den Boden glitt. Plötzlich gab es einen heftigen Ruck. Der Sattel knarrte und die Stute wieherte auf. „Weiter, Mädchen", flüsterte Joanna. „Ich weiß, dein Bein tut weh, aber Mr Thompson wird wesentlich mehr Schmerzen ertragen müssen, wenn du nicht ordentlich ziehst." Sie ging rückwärts und zerrte kräftig am Zügel. Schritt um Schritt stemmte sich das Pferd gegen den Zug an seinem Sattel an.

„Halt!", rief Alec Thompson schließlich durch die Dunkelheit und sofort blieb die Stute stehen.

Joanna tastete sich am Seil entlang in Richtung Klippe, bis sie den Mann auf dem Boden entdeckte. Seine Beine hingen noch immer über dem Abgrund. Vorsichtig ging sie auf ihn zu, ergriff ihn von oben unter den Schultern und half ihm, sich ganz hinaufzuziehen. Als das gelungen war, ließ Joanna sich erschöpft neben Alec Thompson auf den Boden fallen. Beide atmeten aufgrund der Anstrengung heftig und schnell.

Joanna, die auf dem Rücken lag, entdeckte den Mond zwischen ein paar auseinanderreißenden Wolken. Sie lächelte zum Himmel hinauf und wandte dann den Kopf dem noch immer keuchenden und am Boden liegenden Mann neben sich zu. „Sind Sie verletzt, Mr Thompson?"

„Nur ein paar Kratzer und Schrammen, Miss Steinmann. Aber danke der Nachfrage."

Alec hatte sich inzwischen auf die Unterarme gestützt und zeigte ihr ein schiefes, beinahe verlegenes Grinsen. „Jetzt sind wir wohl quitt, Miss Steinmann."

Joanna setzte sich auf und bemühte sich darum, ihre langen dunklen Locken zu bändigen. Dabei entgegnete sie: „Sind Sie deshalb über den Abgrund gesprungen? Damit ich mich revanchieren kann?"

„Sicher, Miss Steinmann. Ich bringe mich gerne in Lebensgefahr, nur damit Sie mir gegenüber keine Schuldgefühle mehr haben müssen."

„Sehr aufmerksam von Ihnen", gab Joanna zurück und lachte dann erleichtert halblaut vor sich hin.

„Sehen Sie, das wäre einem Ihrer Gentlemen aus dem Süden sicherlich nicht in den Sinn gekommen!"

„Mit Sicherheit nicht, Mr Thompson. Deren Ritterlichkeit paart sich nicht mit größenwahnsinnigem Leichtsinn."

„Und wenn ich Ihnen nun sage, dass ich nur unseren morgigen Weg auskundschaften wollte?"

„Dann sind Sie nicht sehr weit gekommen."

„Ich wäre vielleicht sehr schnell sehr weit gekommen, Miss Steinmann", lachte Alec.

„Wie tief geht es denn dort hinunter?", wollte Joanna wissen.

„Ich weiß es nicht, Miss Steinmann. Mr Stevens meinte jedoch, wir müssten die Wagen abseilen."

„Abseilen?" Joanna blickte erschrocken zu dem jungen Mann hinüber, der sie erneut auf seine unglaublich freche Art angrinste.

Dann zog er seine Stute an den herunterhängenden Zügelenden zu sich heran und begann, ihr Bein abzutasten. „Bist ein braves Mädchen", lobte er schließlich das Tier.

Joanna erhob sich und wandte sich in die Richtung, in der sie den Wagenzug vermutete. „Ich mache mich auf den Rückweg." Joanna ging an der Stute vorbei in Richtung Herde, blieb aber nach wenigen Schritten verunsichert stehen, da alles um sie herum nach wie vor nur undurchdringliche schwarze Dunkelheit war. In welche Richtung musste sie gehen? Wo befand sich die kleine Bodenwelle, von der aus sie das Feuer wieder sehen konnte? Joanna fuhr zusammen, als sie fest am Unterarm gepackt wurde.

„Sie sind noch schlimmer als ein neugeborenes Fohlen, Miss Steinmann. In dieser Dunkelheit werden Sie sich nur verlaufen."

„Dann zeigen Sie mir die Richtung."

„Ich werde mich hüten. Ich weiß, wo die Herde steht, und jetzt auch, wo der Abgrund ist. Das ist aber auch schon alles.

Bis zum Morgengrauen werden Sie mir schon Gesellschaft leisten müssen."

Joanna verdrehte die Augen und entzog Alec ihren Arm. Sie war nicht unbedingt erfreut über die Aussicht, die Nacht auf der harten Erde in der unmittelbaren Nähe der Tiere und vor allem in der von Mr Alexander Thompson verbringen zu müssen. „Ich gehe jetzt ein Stück in die Richtung, in der ich das Lager vermute. Wenn ich es nicht innerhalb weniger Minuten sehen kann, komme ich zurück."

„Das werden Sie schön bleiben lassen, Miss Steinmann. Ich habe keine Lust, morgen Ihrem Bruder gegenüberzutreten, um ihm zu sagen, dass wir Sie erneut suchen müssen, nur weil Sie wieder einmal Ihren eigensinnigen Dickkopf durchgesetzt haben."

„Ich *werde* ihn durchsetzen, Mr Thompson."

„Und ich werde das zu verhindern wissen, und wenn ich Sie hier festbinden muss, Miss Steinmann." Alec Thompson klang sehr besorgt, beinahe wütend.

Sie konnte ihn schon nicht mehr sehen, da sie einige Schritte weitergegangen war, und blieb erneut stehen. Ihr blieb nichts anderes übrig, als auf ihn zu hören. Sie hatte keine Ahnung, wie sie den Rückweg finden sollte, und auch wenig Lust, die Nacht irgendwo alleine dort draußen auf der Ebene zu verbringen. „In Ordnung. Ich füge mich dieser höheren, dunklen Gewalt."

„Damit meinen Sie aber nicht mich, oder?", spottete Alec nun wieder und trat auf sie zu.

Erleichtert blickte sie auf die große, breitschultrige Gestalt vor ihr. Es tat unendlich gut, überhaupt etwas erkennen zu können.

„Sie können sich meiner Bewunderung sicher sein, Miss Steinmann", sagte er und ergriff sie einfach an der Hand, um sie hinter sich her zurück zu der gesattelten Stute zu ziehen.

Joanna blickte in die Dunkelheit hinein. Vielleicht hatte sie Alec Thompsons Bewunderung, Beckie jedoch seine Liebe. Sie bemühte sich verzweifelt darum, das unruhige, nahezu schmerzhafte Gefühl in ihrem Inneren zu verdrängen, das sich bei diesem Gedanken bei ihr einschlich.

Etwas stieß sie mehrmals gegen die Seite. Unwillig öffnete Joanna die Augen. Sie lag auf dem Boden, in eine Decke gewickelt, die

Alec Thompson zusammengerollt auf dem Sattel seiner Stute gehabt hatte, und konnte im frühen Nebel des neuen Tages die bunt zusammengewürfelte Herde, das noch farblose Präriegras und, über sie gebeugt, das unrasierte Gesicht Alec Thompsons erkennen.

Als sie ihn ansah, hörte er endlich auf, sie mit der Stiefelspitze heftig anzustupsen. Er hatte in der Nacht ein kleines Feuer entzündet und ihr seine Decke gegeben. Sie hatten lange miteinander gesprochen und waren dabei nur selten in ihren sonst so unfreundlichen Umgangston zurückgefallen. Schließlich hatte er sich ein Pferd gesattelt, um seine Kontrollrunden um die Herde herum fortzuführen, und sie hatte sich in die Decke eingerollt und war sehr schnell eingeschlafen.

„Aufgestanden, Miss Steinmann. Sie müssen zurück zu den Wagen."

„Dort wird noch niemand für den Aufbruch gerüstet sein, Mr Thompson."

„Sicher nicht. Aber es könnte für Ihren Ruf von Vorteil sein, wenn Sie ungesehen zurückkehren."

Joanna sprang sofort auf die Beine. Ihre Frisur hatte sich komplett aufgelöst und der Wind blies ihr die Haare ungestüm ins Gesicht. Als sie die Locken mit beiden Händen energisch zurück auf den Rücken warf, wandte Alec Thompson sich wieder seinem Pferd zu. Sie raffte eilig ihren Rock weit in die Höhe und lief in Richtung einiger flacher Hügel, die vermutlich das Lager vor ihr versteckten. Eine Hitzewelle durchflutete sie. Alec Thompson hatte recht. Was würden die Leute denken, wenn sie erfuhren, dass sie eine ganze Nacht alleine mit einem jungen Mann bei der Herde verbracht hatte?

Joanna senkte unangenehm berührt den Kopf. Was würde Beckie denken, wenn sie hiervon erfuhr? Das wollte sie ihrer Schwester nicht antun, da sie meinte, in ihren Augen Zuneigung und Bewunderung für Lauries Schwager entdeckt zu haben.

Ihr Atem ging heftig, und ihr Herz raste, als sie die Hügel hinaufeilte und von dort das noch schlafende Lager betrachtete. Langsam wandte sie sich um. Hinter ihr bewegte sich die Herde träge umher und an ihrem Rand stand ein einzelnes Pferd. Sein nur als schwarze Silhouette erkennbarer Reiter schien sie zu beobachten.

Hastig wandte sie sich um und lief, mit weit in die Höhe gerafftem Rock, auf ihre beiden Wagen zu.

Dort angekommen, bereitete sie schnell ein Feuer vor, dann holte sie die vier Mulis heran, die ihren Wagen ziehen würden, und erst als sie sich auf den Weg machte, auch die anderen vier Zugtiere zu holen, regten sich weitere Personen innerhalb der Wagenburg.

Joanna lächelte erleichtert. Niemand hatte ihr Fernbleiben bemerkt.

Kapitel 25

Ein paar Sperlinge hüpften munter über den mit kleinen Steinplatten ausgelegten Platz vor dem Hauseingang, als Linda sich der Tür näherte. Es war noch recht früh am Morgen, und doch brannte die Sonne bereits heiß vom wolkenlosen Himmel herab und vertrieb die letzten Nebelfelder, die über einigen Feldern in der Nähe des Waldes gehangen hatten. Linda beschattete ihre Augen mit einer Hand und blickte an dem hellen, säulengeschmückten Haus hinauf zu dem Fenster, hinter dem sie Simon Bryants Zimmer wusste.

Bereits drei Mal hatte sie sich seit Simons Rückkehr zum Haus seiner Eltern kutschieren lassen, einmal sogar in Begleitung ihrer Mutter, damit niemand ihr unschickliches Verhalten vorwerfen konnte, doch nie war sie bis zu ihrem Verlobten vorgedrungen. Mit einer tiefen Sehnsucht in ihrem Herzen seufzte sie leise auf und hob ihre Rockfülle an, um auf die Veranda zu treten.

Sie musste nicht einmal klopfen. Eine der Haussklavinnen hatte ihr Kommen bereits bemerkt und öffnete ihr die Tür, um sie hereinzulassen.

„Linda!“, rief Simons Mutter wie jedes Mal, wenn sie das Haus betrat, und kam ihr mit wehendem Rock entgegengeeilt. Tränen schimmerten in ihren Augen.

Linda zog es schmerzhaft das Herz zusammen. War etwas mit Simon? Ging es ihm schlechter? Ihre Knie begannen zu zittern, und ihre Lippen bebten, als Mrs Bryant schließlich vor ihr stand und sie in den Arm nahm.

„Ich bin zutiefst dankbar, dass du so treu kommst und zu unserem Simon hältst. Ich fürchtete schon, du würdest eines Tages aufgeben – so wie Arnaud Brook bei Denise aufgegeben hat.“

„Arnaud Brook? Aufgegeben? Was meinen Sie?“

„Hat Denise Steinmann nicht so sehr um den Verlust ihres Vaters, ihres Bruders und des Onkels getrauert, dass sie Arnaud Brook von sich stieß?“

„Denise? Sie hat getrauert, ja, aber Arnaud Brook war es, der sich zurückzog und schließlich in den Krieg ging, Mrs Bryant! Darüber war sie furchtbar verzweifelt“, erwiderte Linda.

„So etwas“, murmelte Mrs Bryant und schüttelte irritiert den Kopf. „Ich dachte immer, Denise sei in ihrer Trauer so verstört gewesen, dass der arme Arnaud sich deshalb irgendwann zurückgezogen hat.“

Linda sah Simons Mutter nachdenklich an. „Ich habe mit Denise niemals darüber gesprochen, Mrs Bryant. So nahe standen wir uns nicht. Vielleicht gab hier ein Missverständnis dem anderen die Hand.“

„Eine solche Verbindung geht aufgrund von Missverständnissen zugrunde?“ Mrs Bryant schüttelte erneut den Kopf. „Nun ja, zumindest Denise hat ihr Glück gefunden, nicht wahr?“

Linda nickte wenig überzeugt. Glücklich wirkte Denise keinesfalls, und einen Moment lang wagte sie sich zu fragen, ob Joannas ältere Schwester vielleicht auch aus Trotz so schnell in eine Heirat mit dem wesentlich älteren Neil Warren eingewilligt hatte. War ihre Verbindung zu Arnaud tatsächlich aufgrund eines Missverständnisses zu Ende gegangen? Hätte ein einziges klärendes Gespräch die beiden Menschen, die sich doch offenbar geliebt hatten, zueinanderfinden lassen?

Linda blickte auf die Stufen, die zum ersten Stock hinaufführten, und wandte sich dann mit bittendem Blick der Hausherrin zu.

Simons Mutter strich ihr mit der flachen Hand über die linke Wange und wandte sich zum Gehen um. „Ich spreche mit Simon, Linda“, murmelte sie, ehe sie langsam die Stufen hinaufging.

Linda blickte ihr nach und schickte ihre flehenden Gebete mit ihr mit. Dennoch spürte sie eine nagende Unsicherheit in sich aufkeimen, die sie empfand, seit Simon sie am ersten Tag seiner Heimkehr einfach nach Hause geschickt hatte. Irgendwann musste es ihm doch besser gehen, sodass er sie empfangen konnte. Er konnte sich nicht ein Leben lang in seinem Zimmer dort oben verstecken.

Linda fuhr auf, als sie Schritte auf der Treppe vernahm. Ihr Herz hämmerte heftig, aber Mrs Bryants Gesichtszüge konnten ihren Kummer nicht verbergen. Linda eilte ihr bis zum Treppenabsatz entgegen und blickte mit ihren großen blauen Augen bittend zu ihr hinauf.

Simons Mutter kam auf sie zu und ergriff sie an beiden Oberarmen. „Es tut mir sehr leid, Linda. Er möchte alleine sein."

„Er will mich immer noch nicht sehen, Mrs Bryant?"

„Es tut mir sehr leid. Ich fürchte, dass es dir und meinem Simon nicht anders ergehen wird als Arnaud Brook und Denise Steinmann."

Linda entzog sich dem Griff von Mrs Bryant und straffte ihre Schultern. Sie dachte an ihre Überlegung von zuvor. Vielleicht hätte nur ein einziges Gespräch zwischen Arnaud Brook und Denise Steinmann ihre Beziehung retten können. Sie würde nicht zulassen, dass ein einziges ausgebliebenes Gespräch sie für immer vor die Frage stellen würde, ob sie und Simon Bryant nicht doch ein glückliches Paar hätten werden können. Zumindest musste sie wissen, weshalb Simon sie nicht sehen wollte. „Ich werde jetzt hinaufgehen, Mrs Bryant", erklärte sie mit fester Stimme und wandte sich der Treppe zu.

Mrs Bryant fuhr herum und hielt sie am Unterarm zurück. „Nicht, Linda. Er möchte es nicht."

„Und ich möchte nicht behandelt werden wie eine Fremde. Ich habe ein Recht darauf, meinen Verlobten zu sprechen."

„Aber es schickt sich nicht, Linda. Er liegt zu Bett."

„Ich werde Ocean mit hinaufnehmen." Linda winkte ihr Mädchen, das abwartend in der Halle gestanden hatte, zu sich.

„Er wird ärgerlich werden."

„Das wird er vermutlich, Mrs Bryant", erwiderte Linda, straffte dann aber erneut ihre Schultern und zwang sich selbst, an ihrem Entschluss festzuhalten.

Simons Mutter blickte sie erschrocken an.

Linda wusste, dass sie Simon sehr liebte und nur das Beste für ihn wollte. Doch war es wirklich das Beste für Simon, wenn man in seiner Situation immer nur seinen Wünschen nachkam? Erneut entzog Linda der besorgten Mutter ihren Arm. „Ich gehe jetzt hinauf, Mrs Bryant", wiederholte sie.

Mrs Bryant nickte schließlich und ließ sich auf einer der Stufen nieder.

Linda nickte Ocean zu, die ihrer Herrin sofort folgte. Als sie fast oben angelangt waren, wagte die schwarze Frau zu sagen: „Man sagt, Master Simon gehe es sehr gut. Er verlässt aber kaum sein Zimmer. Er ist böse auf sich selbst."

Dieses Wissen stärkte Lindas Willen, endlich einen entscheidenden Schritt auf ihren Verlobten zuzugehen.

Oben angekommen, ging sie mit großen, energischen Schritten den Flur entlang und klopfte kräftig gegen Simons Zimmertür. Sie hörte ein tiefes Brummen aus dem Inneren, drückte die Klinke hinunter und trat, gefolgt von ihrem Mädchen, ein. Ocean schloss hinter ihnen die Tür und lehnte sich mit dem Rücken gegen sie, um sich so unsichtbar wie möglich zu machen.

Linda musterte die Gestalt in dem breiten französischen Bett, die ihr den Rücken zugedreht hatte. Die Haare standen ein wenig wirr zu Berge. Ihr Blick fiel sofort auf den Armstumpf, der in einem Baumwollhemd steckte, das in einem Knoten endete. Offenbar hatte Simon jemand anderen erwartet, denn er wandte sich nicht einmal um und zeigte auch sonst keine Reaktion auf ihre Anwesenheit. „Simon?" Lindas Stimme klang unsicher.

Der junge Mann warf sich erschrocken im Bett herum. Die Aufhängung des zurückgeschlagenen Moskitonetzes klapperte und selbst das Bett quietschte protestierend. Dunkle Augen musterten sie erst verwirrt, dann wütend und mit einer schnellen Bewegung zog Simon mit dem gesunden Arm die leichte Decke bis hinauf an seine Schultern. „Was machst du hier?", brummte er sie an.

Linda schluckte schwer. Im Stillen flehte sie Gott an, dass sie die richtigen Worte finden würde. Langsam ging sie zum Fenster hinüber, um es weit zu öffnen. Sie hatte das Gefühl, frische Luft zu benötigen.

„Ich hatte darum gebeten, dich nicht heraufzulassen. Wo ist meine Mutter?"

„Sie sitzt unten auf der Treppe und fürchtet sich vor dem, was nun geschehen wird, Simon. Sie hat Angst, weil ihr Sohn sich offenbar sehr verändert hat. Sie hat Angst, dass ich dich aufgebe oder dass ich dich jetzt zu sehr aufrege, indem ich einfach hier hereinplatze."

„Mutter sitzt auf der Treppe? Sie hat Angst?"

„Sie hat Angst und ich ebenfalls. Ich verstehe nicht, warum ich dich nicht sehen und nicht mit dir sprechen darf. Ich möchte mit dir unsere Zukunft planen."

„Zukunft?", lachte Simon.

Die Bitterkeit in seiner Stimme erschreckte sie zutiefst.

„Was willst du mit mir besprechen? Was willst du sehen? Einen Krüppel? Bist du neugierig auf diesen hässlichen, nutzlosen Armstumpf?“

Linda wandte sich dem offenen Fenster zu. Sie blickte hinaus auf die weite Wiesenfläche, die in Baumwollfelder überging. Schweigend beobachtete sie die fröhlichen Bewegungen der Weiden entlang des Flusses, der auch an der Plantage der Steinmanns vorbeigurgelte. Angst und Trauer überfluteten sie, doch sie wollte sich der Hoffnungslosigkeit, die diesen Gefühlen folgte, nicht hingeben. Jetzt wusste sie, was Simon quälte, und doch konnte sie nicht mit Sicherheit sagen, wie und ob sie ihm würde helfen können. Die junge Frau schloss die Augen und schickte erneut ein stilles, kurzes Gebet zum Himmel.

Schließlich wandte sie sich um. „Ich weiß nicht, was mit dir dort in Mexiko geschehen ist, was du erlebt und erlitten und was du zu Gesicht bekommen hast. Du bist verändert, und vermutlich wird das jeder Mann sein, der aus einem solchen Krieg nach Hause zurückkehrt. Aber du hast die Wahl: Entweder du versinkst hier weiter in Selbstmitleid und gibst alles auf, was dir vorher wichtig erschien, du verabschiedest dich von deinen alten Gefühlen, Ideen und der dir übertragenen Verantwortung für dieses Haus und die Menschen darin und verlierst damit auch mich. Oder du sprichst über das, was du erlebt hast, und betest zu Gott, dass du die Veränderungen in deiner Seele und an deinem Körper annehmen lernst. Ich bin nach wie vor bereit, mein Leben an deiner Seite zu führen. Ich sehe dich nicht als Krüppel.“

„Linda –“

Die junge Frau hob die Hand und musterte Simons Gesicht. Leise und mit sanfter Stimme, doch mit ernstem Blick und Tränen in den Augen erklärte sie: „Du hast die Wahl, Simon Bryant. Ich bin nicht sehr gut darin zu argumentieren und ich diskutiere nicht gerne. Aber wir hatten Pläne. Wir wollten heiraten, weil wir uns lieben. Ich möchte diese Pläne nach wie vor verwirklichen. Jetzt musst *du* entscheiden, ob du das alles noch willst. Ich werde dich nicht mehr bedrängen, Simon. Du sollst nur wissen, dass ich dich immer noch liebe und dass ich für dich beten werde.“ Linda ging zur Tür hinüber, die hastig von Ocean geöffnet wurde. Tränen liefen über ihre Wangen, und da sie sie nicht zeigen wollte, wandte sie sich nicht mehr nach Simon um. Doch sie blieb im Türrahmen noch einmal stehen und murmelte:

„Ich hoffe, ich höre von dir, Simon. Und wenn es Monate dauern wird." Sie raffte ihr Kleid, trat über die hohe Schwelle und hörte, wie Ocean leise hinter ihr die Tür schloss. Erschöpft und zitternd lehnte sie sich mit dem Rücken gegen die Wand im Flur und schlug beide Hände vor ihr tränennasses, vor Aufregung gerötetes Gesicht.

Kapitel 26

Ein Planwagen nach dem anderen wurde von Esra Stevens geholt und in Richtung des abfallenden Geländes gebracht. Joanna blickte den davonziehenden Wagen nach und beobachtete die im starken Wind flatternden Planen. Die Fuhrwerke schaukelten heftig hin und her, als sie über den kleinen Hügel rollten, auf dem sie in der Nacht zuvor gesessen hatte und der ihr später den Blick auf das große Lagerfeuer verweigert hatte.

Sie hörte Andy Barter zu, der Carole, Ellie und Beckie erzählte, dass die Wagen, von zwei Ochsen und gut einem Dutzend Männern mit Seilen gesichert, den Abhang hinuntergerollt werden würden. Die Zugtiere, wie auch die übrige Herde, würden später nachfolgen.

„Das hört sich aber abenteuerlich an", murmelte Beckie und blickte fragend zu Joanna hinüber, die nun ein wenig näher trat.

„Wir haben den *South Platte* überquert und einige andere Flüsse. Wir werden auch diesen Berg hinunterkommen, Beckie."

„Runter kommt man immer", lachte Ellie übermütig.

Beckie blickte sie vorwurfsvoll an. „Du schon, kleines Mädchen. Du kannst den Berg notfalls auch mit Purzelbäumen nehmen."

„Vorwärts oder rückwärts?", brummte Ellie, die es nicht mochte, wenn sie als kleines Mädchen bezeichnet wurde, was Beckie durchaus wusste.

„Das bleibt deiner Fantasie überlassen", meinte Carole.

„Vielleicht sollten wir uns auch abseilen lassen?", schlug Beckie vor und warf Andy einen fragenden Blick zu.

Der Junge schüttelte lächelnd den Kopf. „Das wird nicht nötig sein. Der Abstieg ist zwar steil, für einen Menschen jedoch gut zu bewältigen. Du musst nur achtgeben, dass du außerhalb der Reichweite der Wagen bleibst, Beckie."

„Das werde ich. Vielen Dank, Andy." Beckie lächelte zurück und wandte sich Joanna zu. „Du bist so schweigsam, liebe Schwester."

„Vielleicht weil die liebe Schwester den Abhang schon zu Gesicht bekommen hat?", fuhr Carole dazwischen. In ihrer Stimme klang eine Mischung aus Spott und Herausforderung.

Joanna riss die Augen weit auf und wandte sich der Vierzehnjährigen zu. „Möchtest du uns irgendetwas Wichtiges mitteilen, Carole Steinmann?"

„Willst du es nicht den anderen erzählen, Joanna Steinmann?", fragte Carole. „Erzähl deinen Schwestern doch einmal, weshalb du heute Nacht nicht im Wagen warst", forderte sie Joanna auf und gab damit zu verstehen, dass sie mehr über die vergangene Nacht wusste, als ihre Schwester angenommen hatte.

„Vielleicht weil du dich so breitgemacht hast und Ellie gelegentlich nachts um sich schlägt?", konterte Joanna und hoffte, die Unterhaltung in der unter den Mädchen üblichen fröhlichen Art zu belassen. Gleichzeitig wollte sie sie möglichst schnell beenden, damit Beckie nicht erfuhr, wo sie die Nacht über gewesen war – und vor allem, bei wem.

„Das erklärt noch lange nicht, weshalb du heute Morgen über die kleine Anhöhe kamst. So früh und heimlich, damit dich ja keiner sehen konnte."

„Du warst heute Nacht nicht im Wagen?", flüsterte Ellie aufgeregt. Ihre Augen begannen, neugierig zu glänzen.

„Stell dir vor, Ellie. Und ich habe weder einen grünen Bären noch einen blauen Büffel gesehen", gab Joanna prompt zurück.

Ellie zog eine Fratze, während Beckie leise vor sich hinlachte: „Hast du ein Geheimnis, das du mit uns teilen willst, Joanna Steinmann?"

„Dann wäre es kein Geheimnis mehr."

„Dann gibt es da also etwas – oder ... jemanden?"

„Dort draußen gibt es Stille und viel Zeit zum Nachdenken und Beten."

„Und?", hakte Carole nach, und Ellie prustete vergnügt los, ohne jedoch ihre Augen von der älteren Schwester zu lassen.

„Nun gib dir einen Ruck und berichte!", forderte Beckie sie auf und hakte sich freundschaftlich bei Joanna ein.

Diese seufzte und entschloss sich, die Flucht nach vorne zu wagen. Wenn sie bei der Wahrheit blieb, würde Beckie ihr glauben und aus der vergangenen Nacht nicht so ein großes Problem machen, wie es zu erwarten wäre, wenn sie später irgendwann einmal durch Zufall erfahren würde, dass Joanna die Nacht über draußen bei Alec Thompson gewesen war. „Ich saß gestern Abend auf einem Hügel ein Stück abseits von der Wagenburg. Dann hörte ich hinter mir ein verletztes Pferd ..."

Während sie erzählte, sahen sie vier Augenpaare mit wachsendem Interesse an.

Schließlich nickte Carole. Sie schien mit der Erklärung zufriedengestellt zu sein.

Ellie hüpfte aufgeregt von einem Bein auf das andere und versuchte, noch mehr Einzelheiten aus Joanna herauszulocken.

Beckie hingegen schüttelte den Kopf und flüsterte: „Das war sehr gefährlich, Joanna. Für dich und vor allem für Alec. Wir können alle froh sein, dass die Geschichte so glimpflich ausgegangen ist."

Zwei weitere Wagen rumpelten an ihnen vorüber. Stewart rief seine fünf Schwestern zu sich. Ihre beiden Fahrzeuge würden zwar die letzten sein, doch es galt, noch einmal alle Achsen zu überprüfen, ebenso, ob der Inhalt der Planwagen ausreichend gesichert war.

Ellie und Carole liefen zu ihrem Bruder hinüber, doch Joanna wurde von Beckie am Arm zurückgehalten. „Magst du ihn?", fragte sie leise.

„Wen?"

„Wen? Alec Thompson natürlich."

„Hat es den Anschein?", lautete Joannas Gegenfrage.

„Nein! Aber ich weiß, du mochtest Simon Bryant, und mit ihm hast du ebenfalls ununterbrochen deine scharfen Rededuelle geführt."

„Deswegen habe ich ihn trotzdem großzügig Linda überlassen", erinnerte Joanna ihre Schwester.

„Und wem willst du Alec Thompson überlassen?"

„Dir?"

Beckie lachte, löste sich von ihr und eilte ein wenig schneller auf ihren Wagen zu.

Es dauerte noch über zwei Stunden, bis Stewart den ersten ihrer beiden Wagen an den Abhang des Hochplateaus heranlenkte.

Branca blieb bei dem anderen Wagen zurück, da sie auf Stewart warten wollte, damit er beim Abstieg in ihrer Nähe blieb, während Ellie, Carole, Beckie und Joanna sich ebenfalls auf den Weg machten.

„Wo war denn nun die Absturzstelle?“, wollte Ellie wissen.

Joanna zeigte auf ein paar Spuren im sandigen Boden, die darauf hindeuteten, dass dort die Stute ihre Last vom Abgrund weggezogen hatte. Gemeinsam und sehr vorsichtig traten die vier Schwestern an den Rand der Ebene und blickten in die Tiefe. Steil fiel hier die Kante ab. Doch keine drei Meter tiefer befand sich ein breiter Absatz.

Fast zeitgleich prusteten die Mädchen los. Ellie lachte so sehr, dass sie sich auf den Boden setzen musste, während Beckie Joanna umarmte, damit die beiden sich aneinander festhalten konnten. Carole flüsterte ihren Schwestern, immer wieder von kleinen Lachsalven unterbrochen, zu: „Alec ist sehr groß. Wenn er hier hing, war es von seinen Füßen bis zu dem Vorsprung vermutlich nicht einmal ein halber Meter.“ Wieder begannen die Schwestern zu lachen.

Plötzlich stieß Beckie Joanna in die Seite. „Der Abenteurer naht!“, zischte sie warnend.

Sofort wurden die vier Mädchen ernst.

Einige Männer trieben die bunt gemischte Herde näher, und als Alec Thompson die Frauen beim Abhang stehen sah, ließ sein deutlich verlegenes, beinahe hilfloses Grinsen erahnen, dass er die Stelle bereits bei Tageslicht gesehen hatte.

Wieder brachen die vier Mädchen in haltloses Gelächter aus.

„Hühnerhaufen!“, schimpfte Stewart, der die vier Mulis hinter sich herführte, um sie zur Herde zu bringen. Dort sprach er mit Alec Thompson und sah dann herüber. An seinem breiten Grinsen war zu erkennen, dass sich der junge Thompson selbst nicht schonte und sich freiwillig weiterem Spott aussetzte.

Joanna hingegen sah die Unterhaltung nicht gern. Sie hatte keine Lust, sich später von Stewart anhören zu müssen, wie gefährlich es gewesen war, dass sie sich nachts vom Lager entfernt hatte. Dementsprechend vorwurfsvoll blickte sie zu Alec Thompson hinüber, doch der zog nur schief grinsend den Hut und wandte sich wieder den Tieren zu.

Joanna stieg vorsichtig den steinigen Weg nach *Ash Hollow* hinab und blickte über die Schulter zurück.

Beckie schaute sehr ängstlich drein, während Carole und auch Ellie beinahe gelassen vorwärtsgingen.

Plötzlich erschallte über ihnen ein Warnruf.

Joannas Kopf fuhr in die Höhe. Weit über ihnen stand ihr Wagen steil in der Wand und schien seitlich etwas weggerutscht zu sein. Irgendetwas stimmte nicht. Ließ die Kraft der Männer nach, die die Wagen abfierten? War eines der Seile gerissen?

„Schneller, Mädchen. Runter mit euch", zischte Joanna und zog Beckie an sich vorbei.

„Was ist?"

„Macht, dass ihr aus der Gefahrenzone kommt. Wir sind zu nahe an der Abfierstelle!"

„Aber Joanna ..."

„Lauf und bete!", fuhr Joanna Beckie an.

Endlich wandte sich ihre Schwester um und ging zügig weiter. Sie rutschte mehr, als dass sie ging, über die teilweise sandigen, teilweise felsigen Stellen hinweg. Carole kam ihr hinterher, so schnell, wie es ihr möglich war. Auch Ellie lief einfach nur noch hinunter, ohne ein Mal zu straucheln oder zu rutschen. Joanna folgte ihren Schwestern. Sie rutschte über den sandigen Untergrund und drehte sich dem Abhang zu, um mit beiden Händen Halt zu suchen. Als sie den fand, halb gegen die schräg abfallende Wand gelehnt, huschte ihr Blick wieder nach oben. Es hatte den Anschein, als hätten die Männer an den Seilen den Planwagen wieder unter Kontrolle. Er rollte langsam, Stück für Stück, den unebenen, engen Weg hinab. Erleichtert drehte Joanna sich um, damit sie sich weiter auf ihren Abstieg konzentrieren konnte. Genau in diesem Moment löste sich an dem Steinmann-Wagen eines der Halteseile. Joanna hörte die Männer rufen und drehte sich hastig um.

Das Gefährt sackte sofort etwas seitlich ab, und zwei weitere Männer mussten nun ihrerseits ihre Seile loslassen, da sie von dem abrutschenden Wagen in die Tiefe gezogen zu werden drohten. Die neun anderen Männer stemmten sich gegen den sandigen Untergrund. Weiter und weiter drohte der Wagen zu schwenken und entzog sich damit der Kontrolle der Männer. Schließlich gab es ein schnalzendes Geräusch. Eine weitere Verankerung hatte sich aufgrund der Schräglage gelöst. Der Wagen rutschte unkontrolliert den Abhang hinunter und zog einen der

Männer hinter sich her. Rufe wurden laut. Jemand versuchte, zu Hilfe zu eilen. Doch der Wagen rollte und rutschte zu schnell in die Tiefe.

Joanna sah, wie die Plane aufflog und zerriss. Das Holz der Aufbauten barst auseinander. Das ganze Ungetüm kam ungebremst auf sie und ihre Schwestern zu. Der Planwagen geriet in Schräglage und überschlug sich. Er wurde in die Luft geschleudert und kam krachend wieder auf, um noch ein wenig schneller seinen Weg abwärts fortzusetzen.

Joanna schrie auf und begann, den Abhang hinunterzurennen. Sie spürte, wie panische Angst sie wie ein eiskalter Regenguss überfiel. Sie wollte sich umdrehen und sehen, wie nahe der sich überschlagende Wagen ihr und ihren Schwestern bereits war. Doch sie zwang sich zum Weiterlaufen. Beckie verschwand aus ihrem Blickwinkel. Sie hatte eine Schneise erreicht, die sie abseits des direkten Abstieges brachte. Carole folgte ihr. Doch Joanna und Ellie waren noch so unendlich weit von dieser Stelle entfernt! „Lauf, Ellie, lauf!“, rief sie mit sich überschlagender Stimme. Sie hastete weiter. Vollkommen unkontrolliert rutschte sie den steilen Berg hinab. Das Geräusch des heranrollenden Wagens wurde immer lauter. Joanna widerstand dem inneren Drang, sich umzudrehen. Dann sah sie vor sich Ellie fallen. Das Mädchen rutschte über Geröll und Sand hinweg. Offenbar konnte sich ihre Schwester an der steilen Stelle nicht mehr halten.

Joanna warf sich nach vorne. Unsanft kam sie mit dem Oberkörper auf dem harten Boden auf. Ohne etwas sehen zu können, griff sie zu. Sie erwischte ein Stück Stoff und klammerte sich daran fest. Nun rutschte auch sie den Abhang hinunter. Irgendwann kamen sie zum Halten. Gehetzt blickte die junge Frau zurück. Der Planwagen hatte sie fast erreicht. Zersplitterte Holzlatten ragten ihr drohend entgegen. Joanna wusste: Sie würden entweder überrollt und in die Tiefe gerissen oder aufgespießt werden.

Ihr Blick fiel auf die neben ihnen in die Höhe ragende Bergwand. In Sekundenschnelle stand sie auf, ergriff Ellie am Arm und zog sie hinter sich her. Ellie zitterte am ganzen Körper. „Klettere da hinauf“, fauchte Joanna ihre jüngere Schwester an, doch die war wie gelähmt. Also schob Joanna Ellie auf den steil abfallenden Hang und drückte sie mit all ihrer Kraft ein wenig nach oben. Dann schlug sie ihr wie einem widerspenstigen Muli auf das Hinterteil.

Nun begann Ellie zu klettern.

Joanna war erleichtert. Sie drückte sich, knapp unterhalb von Ellies Füßen, mit ihrem Körper fest gegen die Wand und presste die Augen zu. Sie war nicht in der Lage, ein Gebet zu formulieren, und so murmelte sie nur ununterbrochen den Namen ihres Herrn Jesus Christus vor sich hin und wartete auf das, was kommen würde.

Rowdy bellte, und Joanna spürte, wie Ellie sich bewegte.

„Rowdy!", rief das Mädchen erschrocken.

„Bleib!", brüllte Joanna panisch zurück und drückte ihr Gesicht wieder gegen den harten Fels. Ihr angespannter Körper zitterte. Ein lautes Krachen verriet ihr, dass das Gefährt bereits ganz nah hinter ihnen war.

Kapitel 27

Die Chaise stoppte, da sie einen anderen Wagen, der aus Richtung Bamberg kam, passieren lassen musste. Linda lehnte sich ein wenig aus dem Wagen und erblickte Neil Warren auf einem Einspänner. Sein Gesicht wirkte angespannt und abweisend, dennoch drängte es die junge Frau, ihn anzusprechen. „Guten Tag, Mr Warren!", rief sie.

Neil Warren lüftete seinen Hut und nickte ihr grüßend zu, ehe er sich besann und den Wagen höflich an ihre Seite lenkte. „Guten Tag, Miss Fowler. Sie sind schon früh unterwegs."

„Ich komme von einem Besuch bei der Familie Bryant."

„Wie geht es Ihrem Verlobten, Miss Fowler?"

„Nicht sehr gut. Dieser Krieg ..." Linda hielt inne und schüttelte den Kopf. Es ging Neil Warren nichts an, welche Sorgen sie aufgrund Simons Zustand durchlitt. Vermutlich interessierte es ihn auch nicht sonderlich. Sie beschloss, das Thema zu ändern. „Wie geht es Ihrer Frau, Mr Warren?"

„Sie erholt sich allmählich von ihrem Verlust, Miss Fowler. Danke der Nachfrage."

„Dann ist sie wieder auf den Beinen?"

„Sie verbringt einen Großteil ihrer Zeit im Garten."

„Das ist schön. Sie haben in Ihrem Garten ein wahres Paradies geschaffen, Mr Warren."

„Dieses Lob gebührt meiner verstorbenen Mutter. Sie gab die Anweisungen für die Anlage."

Linda nickte. „Dann grüßen Sie bitte Denise."

„Danke, Miss Fowler", erwiderte Warren knapp.

„Darf ich Ihre Frau bald einmal wieder besuchen kommen? Oder besser noch: Ich würde sie gerne einmal einladen. Ich denke beinahe, sie kam seit Monaten nicht mehr von Ihrem Anwesen fort." Linda bemerkte sehr wohl das Zucken um Mr Warrens Mundwinkel, doch er schenkte ihr ein knappes Lächeln und ein wenig aussagekräftiges Nicken. Linda, die sich noch immer Sorgen um Joannas ältere Schwester machte, wollte es dabei nicht bewenden lassen. „Wenn Sie das nächste Mal in die Stadt fahren, könnten Sie Denise doch bei uns vorbeibringen, Mr Warren. Sie ist jederzeit herzlich willkommen."

„Wenn ich in die Stadt fahre, bin ich, wie heute auch, geschäftlich unterwegs, Miss Fowler. Und dann kann ich nicht sagen, wie lange ich tatsächlich zu tun habe. Eine so ungenaue Zeitplanung macht es schwer, Mrs Warren irgendwo zu Besuch vorbeizubringen."

Linda atmete tief ein. Sie konnte sich des Eindruckes nicht erwehren, dass Mr Warren diese Ausrede nur zu willkommen war. „Denise ist auf jeden Fall jederzeit willkommen, Mr Warren. Sie wissen doch: Nicht selten bleibt ein Besuch auch einmal über Nacht oder gar mehrere Nächte. Wir sind darauf eingerichtet."

Mr Warren nickte und sein Gesichtsausdruck wurde eine Spur unfreundlicher.

Linda erschauderte. Dieser Mann war wie das Haus, in dem er lebte: düster und unheimlich.

„Miss Fowler." Der Mann lüftete zum Abschied noch einmal den Hut und trieb dann den Buggy an ihrer Chaise vorbei.

Sowohl Linda als auch Ocean, die neben ihr saß, wandten sich um und sahen dem Fahrzeug nach, bis es aus ihrer Sicht verschwand. Als sie sich wieder nach vorne wandten, trafen sich ihre Blicke.

„Was für ein unsympathischer Mann", murmelte Linda und forderte dann den Kutscher auf, die Fahrt fortzusetzen.

Weshalb nur hatte sich Denise mit diesem Mann eingelassen? Wenn doch nur Arnaud Brook rechtzeitig aus dem Mexiko-Krieg zurückgekehrt wäre, um diese Heirat zu verhindern.

Kapitel 28

Joannas Rock flatterte auf, als der Wagen vorbeidonnerte. Ganz langsam wandte sie das Gesicht dem Abgrund zu. Das Gefährt überschlug sich ein weiteres Mal und verschwand dann aus ihrem Blickfeld. Die Geräusche des brechenden Holzes und das Donnern der aufschlagenden Wagenteile wurden leiser.

Irgendwann wurde ihr bewusst, dass sie noch immer an die Bergwand gedrückt dastand. Es war ihr nichts geschehen! Sie trat zurück, wobei sie auf einen Blechbecher trat, der laut klappernd davonsprang. Überall verstreut lag der einstige Inhalt ihres Wagens. Joanna blickte zu Ellie hinauf, die noch immer an der Wand hing und sich nicht rührte. „Du kannst herunterkommen, Ellie!“, rief sie mit unsicherer Stimme.

Das Mädchen ließ einfach los und fiel seiner Schwester vor die Füße.

Joanna kauerte sich nieder und nahm Ellie in den Arm, die sich heftig gegen sie drückte. Joanna strich dem Mädchen die blonden Haarsträhnen aus dem verstaubten, tränenüberströmten Gesicht. Dann schloss sie fest die Augen. „Danke, Gott“, flüsterte sie in Ellies Haar.

Von oben näherten sich ihnen eilige Schritte. Stewart zog Ellie an den Schultern hoch und musterte sie prüfend. „Bist du in Ordnung, Kleine?“, keuchte er.

„Mir geht es gut, Stewart.“

Er ließ das Mädchen los, und sie wurde sofort von Beckie und Carole umarmt, die ebenfalls zu ihnen gelaufen waren. Stewart baute sich vor Joanna auf und musterte sie ebenfalls von oben bis unten. „Du scheinst auch wieder einmal davongekommen zu sein, Jo.“

„Es hat den Anschein“, erwiderte sie und wurde von ihm heftig in seine kräftigen Arme gezogen. Joanna legte ihre Wange an Stewarts Hals und flüsterte: „Mach dir keine Gedanken, Stewart. Sehr viel mehr kann wohl nicht mehr passieren. Dein Leben wird bald wieder ein wenig ruhiger verlaufen.“

„Ein schwacher Trost, Jo. Wir haben noch nicht einmal die Hälfte unseres Weges hinter uns.“

„Aber den ersten Berg“, gab sie zu bedenken.

Weitere Schritte näherten sich und die beiden lösten sich voneinander.

Mr Lewis und Peter Ravens trugen einen schrecklich zugerichteten Mann an ihnen vorbei. Joanna blickte ihnen erschrocken nach.

„Er hatte das Führseil nicht nur um seinen Körper gewickelt, sondern verknotet", erklärte Stewart. „Er muss ein ganzes Stück vom Wagen mitgezogen worden sein, bis sich das Seil endlich löste."

Joanna schloss gequält die Augen.

Ihre Schwestern wichen zurück, als der über und über mit Blut bedeckte Mr Schlenker an ihnen vorbeigetragen wurde.

„Was ist denn eigentlich geschehen?", fragte Joanna ihren Bruder.

„Ein Seil löste sich bei einem der Ochsen, und die Männer waren schon zu erschöpft, um das zusätzliche Gewicht halten zu können."

„Die Männer hätten zwischendurch einmal ausgetauscht werden oder eine längere Pause machen müssen", stellte Joanna sachlich fest und blickte zum Hochplateau hinauf. Dort standen noch immer die Männer und blickten zu ihnen hinunter. Joanna glaubte, in zwei von ihnen die beiden Thompson-Brüder erkennen zu können.

„Ich muss wieder hinauf, Jo. Unser anderer Wagen steht noch oben."

„Kann nicht ein anderer ihn holen und die Mulis ausschirren? Beckie und Ellie sehen so aus, als könnten sie dich hier gebrauchen."

„Sie haben dich und Carole, Jo. Oben wartet Branca. Glaube mir, nach dem, was gerade geschehen ist, wird ihr der Abstieg nicht unbedingt leichter fallen."

„Soll ich mich um Branca kümmern, Stewart?"

„Ich möchte, dass ihr Mädchen endlich nach unten geht", bestimmte Stewart.

Joanna widersprach nicht weiter. Tatsächlich war ihr nicht danach zumute, den Berg wieder hinaufzuklettern und ihn später noch einmal hinunterzugehen. Also wandte sie sich um, sammelte ein paar ihrer persönlichen Gegenstände ein und ging zu den drei auf sie wartenden Mädchen.

Beckie hob ebenfalls einige der weit verstreut herumliegenden Kleider und Gegenstände auf. „Den Rest werden wohl die Männer bringen, die noch oben an den Seilen stehen."

„Hoffentlich bevor die Thompsons und ihre Helfer die Herde hier herunterbringen", murmelte Joanna und legte ihren freien

Arm um Ellie. Sehr vorsichtig und langsam machten sich die vier Mädchen weiter auf den Weg in das Tal *Ash Hollow* hinunter.

Minuten später standen sie am Fuße des Berges und blickten fassungslos auf die Landschaft, die sich ihnen eröffnete. Vor ihnen lag eine große und von vielen bunt blühenden Blumen geschmückte Wiese. Mehrere kleine und größere Flüsse schlängelten sich durch sie hindurch, und das saubere, klare Wasser glitzerte, von der Sonne beschienen, zu ihnen herüber. Hochgewachsenes Gras, das im Gegensatz zum gelblichen Präriegras saftig und grün war, wechselte sich mit Johannisbeerbüschen und Rosenbüschen ab. Dazwischen wuchs Jasmin, dessen betörender Duft ihnen entgegenwehte. Jenseits eines größeren Flusses zog sich die grüne Ebene scheinbar endlos dahin, ehe eine dunkle Front, vermutlich ein Berg oder eine Hügelkette, das Tal begrenzte. Das Schönste für die Pioniere waren jedoch die Bäume – hauptsächlich Eschen, die dem Tal seinen Namen gegeben hatten. Es waren die ersten grünen Bäume, die sie seit mehr als einhundert Meilen zu Gesicht bekamen.

Fasziniert ging Joanna auf eine stattliche Esche zu und tastete mit der Hand nach der graugrünen Rinde, die von tiefen, schmalen Längsfurchen durchzogen war. Die wie Federn angeordneten, am Rande gezackten Blätter waren noch jung und leuchteten in frischem Grün, einer Farbe, die sie lange nicht gesehen hatte.

Joanna blickte zum Himmel hinauf, an dem noch immer die eine oder andere größere Wolkenbank vom Wind dahingeschoben wurde. Wie herrlich würde es sein, unter diesen ausladenden Ästen im Schatten zu sitzen!

Beckie trat neben sie und legte einen Arm um ihre Hüfte. „Das ist fast ein Paradies, nicht wahr?"

Carole, die mit beiden Beinen, ungeachtet ihres nass werdenden Rockes, in einem Bach stand, rief zu ihnen herüber: „Eiskaltes, absolut reines, klares Wasser. Wie auf *Green Crystal!*"

„Wenn wir uns erst einmal alle darin gewaschen haben, wird es bestimmt nicht mehr so rein und klar sein", lachte Joanna. Einige Kinder sprangen laut quietschend im flachen Gewässer herum, während die ersten Frauen sich bereits mit Bergen von Wäsche an einigen kleineren Quellen zu schaffen machten.

„Hoffentlich macht Mr Esra Stevens uns nicht allen einen Strich durch die Rechnung und schickt uns sofort weiter", murmelte Beckie und löste ihre einstmals weiße, inzwischen befleckte und graue Schürze von ihrem Kleid.

„Dann wird *seine* Rechnung nicht aufgehen, Beckie. Wir haben mindestens einen Tag Pause verdient", erwiderte Joanna bestimmt.

„Richtig, sollte er tatsächlich vorhaben, uns sofort weiterzutreiben, hat er sich gründlich verrechnet." Beckie lachte und lief zu dem siebenjährigen Barter-Jungen hinüber, der bereits vollkommen nass war.

Auch Joanna wandte sich den aufgereihten Wagen zu. Jasmine Lewis kam ihr mit besorgtem Blick entgegen. „Ist bei dir und deinen Schwestern alles in Ordnung, Joanna?", fragte sie.

„Wir sind heil hier unten angekommen, im Gegensatz zu unserem Wagen – und zu Mr Schlenker."

„Seine Frau hat mich gebeten, ihn zu versorgen."

„Inzwischen hat sich wohl herumgesprochen, was für medizinische Kenntnisse du besitzt", bemerkte Joanna und folgte Jasmine bis zu dem abseits im Schatten eines Baumes liegenden Verletzten, um ihr zu helfen.

Mr Schlenker sah furchtbar zugerichtet aus. Hautfetzen hingen ihm wie Lappen vom Körper und eine tiefe, keilförmige Wunde klaffte im Schädel. Joanna zog die Nase kraus. Diese Verletzung würde nicht schnell verheilen – wenn überhaupt!

Die junge Frau kniete sich in die weiche, grasbewachsene Erde und begann, die Kleidungsstücke um die Wunden herum beiseitezuschieben. „Gut, dass wir hier sauberes Wasser haben. Wir sollten viel davon in Eimern und Gefäßen sammeln, bevor die Herde unten ist und durch das Wasser trampelt."

Jasmine Lewis nickte und ging los, um Joannas Vorschlag in die Tat umzusetzen.

Die Kinder waren gebadet worden und die Frauen hatten sich im Schutze einiger Bäume und Sträucher gewaschen. Überall an den Ästen und Leinen, die zwischen den einzelnen Wagen gespannt worden waren, flatterte frisch gewaschene Wäsche im kräftigen Wind.

Seit Stunden versuchte Jasmine, die Blutung an Mr Schlenkers Kopfwunde zu stoppen, während Joanna die vielen anderen Wunden und Abschürfungen gesäubert und versorgt hatte. Schritte näherten sich ihnen. Ein Schatten fiel auf Joanna, und als sie den Kopf hob, blickte sie in die besorgt blickenden Augen von

Alec Thompson. „Wie steht es um ihn?“, fragte er leise und stellte einen Eimer frisches Wasser zwischen sie und Jasmine.

„Nicht sehr gut, fürchte ich“, antwortete Jasmine und drückte erneut Verbandsmaterial auf die weit aufklaffende Kopfwunde.

„Ich habe das Gefühl, der Schädel ist gespalten“, erklärte Jasmine. Ihr ebenholzschwarzes Gesicht glänzte vom Schweiß, obwohl die Sonne gerade wieder einmal hinter einer schnell ziehenden Wolkenwand verschwunden war.

Alec gab ein verstehendes Brummen von sich. Dann kniete er sich neben Joanna und schob sie mit der Schulter ein wenig zur Seite. „Ich löse Sie beide ab, Miss Steinmann. Ich habe Ihnen und Jasmine Wasser gebracht. Sie können sich die Hände waschen und ein paar Johannisbeeren essen.“ Mit einer knappen Kopfbewegung deutete er auf eine Schüssel, die abseits unter einer anderen Esche stand.

„Danke“, lächelte Joanna und tauchte ihre Hände in das klare, eiskalte Wasser. Das Blut an ihren Fingern verfärbte es in eine schmutzig braune Brühe. Als ihre Hände einigermaßen sauber waren, erhob sie sich und bedeutete Jasmine, einfach sitzen zu bleiben. Mit dem Eimer in der Hand ging sie auf den nächsten Wasserlauf zu, wusch sich dort auch die Arme und das staubige und von blutigen Spuren durchzogene Gesicht, ehe sie den Eimer auswusch und für Jasmine frisches Wasser einfüllte.

Wieder zurück, wartete sie, bis auch die ehemalige Sklavin ihre Hände gewaschen hatte. Anschließend setzten die beiden sich unter die Esche, lehnten sich mit dem Rücken an den Baumstamm und stellten die kleine Emailleschüssel neben sich. Langsam aßen sie eine der kleinen, runden roten Beeren nach der anderen.

„Ich glaube, ich habe niemals etwas Besseres gegessen“, seufzte Jasmine und schloss die Augen, als die letzte Beere zwischen ihren vollen Lippen verschwunden war.

„Du hast recht“, nickte Joanna und schloss ebenfalls die Augen. Den Hinterkopf gegen den rauen Stamm der Esche gelehnt, lauschte sie auf das leise Rauschen der Blätter über sich, das Flüstern des Grases, das im Wind raschelte, und auf das leise Plätschern des Wassers. Unwillkürlich wurde sie an *Green Crystal* erinnert und ein wehmütiger Zug legte sich auf ihre jugendlich schönen Gesichtszüge. Sie vermisste Denise und fragte sich, ob diese womöglich schon ein Kind unter ihrem Herzen trug. War sie glücklich? Und wie es wohl Tante Natasha ging? Lebte sie noch immer bei den Warrens? Wie ging es Linda – und Simon? Dauerte der Krieg in Mexiko noch immer an?

Das leise Weinen einer Frau holte sie in die Gegenwart zurück. Vermutlich handelte es sich um Mrs Schlenker. Joanna öffnete die Augen und sah sich suchend um. Alec Thompson hielt das Verbandsmaterial gegen die Wunde gedrückt, doch er blickte zu ihr herüber. Sofort sprang sie auf die Beine und lief zu ihm. „Entschuldigen Sie bitte, Mr Thompson“, sagte sie. „Sie haben Ihre eigenen Aufgaben zu erledigen. Ich sollte Sie nicht so lange davon abhalten.“

„Das ist schon in Ordnung“, erwiderte der Mann und rutschte auf den Knien ein Stück beiseite, damit sie ihren Platz wieder einnehmen konnte.

Joanna bemühte sich darum, den Verbandsstoff zu übernehmen, ohne seine Hand berühren zu müssen.

Jasmine, die ihrer weißen Freundin gefolgt war, kniete sich ebenfalls neben den reglos daliegenden Körper und tastete mit dem Handrücken nach der Stirn. Sofort erhob sie sich wieder und meinte: „Ich sehe einmal nach, was mein Kräuterkasten noch hergibt. Kommst du allein zurecht, Joanna?“

„Ja, Jasmine. Geh nur.“

Die schwarze Frau wandte sich um und eilte davon. Auch Alec Thompson erhob sich, blieb jedoch unschlüssig hinter ihr stehen. Joanna blickte auf und blinzelte gegen die gerade durch die Wolken brechende Sonne an. „Sie dürfen an Ihre eigenen Aufgaben gehen, Mr Thompson. Ich komme wirklich gut alleine zurecht“, sagte sie.

„Das glaube ich Ihnen. Das tun Sie und Ihre Schwestern alle immer – irgendwie. Und dabei sind Sie mehr damit beschäftigt, anderen zu helfen, als dass Sie nach sich selbst sehen.“

„Gibt es daran irgendetwas auszusetzen?“

„Nur, wenn Sie irgendwann einmal selbst keine Kraft mehr haben und nicht mehr mithalten können.“

„Dann hoffen wir auf die Gegenliebe und Hilfe derjenigen, die wir bis dahin mit unserer Aufmerksamkeit bedacht haben – und auf die Hilfe Gottes.“

Alec lächelte, nickte und wandte sich um.

„Außerdem erwarte ich, dass Sie zur Abwechslung einmal wieder als Retter an unserer Seite stehen, Mr Thompson“, fügte Joanna hinzu.

„Zur Abwechslung, Miss Joanna Steinmann?“ Alec Thompson drehte sich noch einmal nach ihr um.

„Sie haben uns heute sträflich vernachlässigt. Wir waren gezwungen, uns selbst zu helfen."

„Niemand verlangt von Ihnen, sich ständig in Gefahr zu bringen."

Joanna warf den blutbeschmierten Lappen in den Eimer und griff nach einem neuen, den sie mit einem heftigen Ruck entzweiriss und auf die tiefe, keilförmige Wunde hielt. „Und ich dachte, Sie gefallen sich als helfend herbeieilender Retter. Oder sind Sie doch lieber das Opfer, das gerettet werden möchte?" Sie konnte es nicht lassen, ihn ein wenig aufzuziehen, allerdings lag dieses Mal nicht der sonst übliche Spott in ihrer Stimme.

„Das kommt auf die Situation an."

„Ich verstehe. Meiner Hilfe vertrauen Sie sich nur dann an, wenn Sie unter sich sicheren Boden wissen, Mr Thompson."

„Das dürfen Sie gerne annehmen, Miss Steinmann."

Joanna wandte sich dem Mann, der die Hände vor der Brust verschränkt hielt, einen kurzen Augenblick zu. Dann kümmerte sie sich weiter um den Verletzten. „Wollen Sie damit andeuten, Sie wussten, dass sich sicherer Boden unter Ihren Füßen befand?"

„Diese Frage, Miss Steinmann, werden Sie sich wohl noch sehr lange stellen müssen", erwiderte er mit einem Anflug von Humor in der Stimme. Schließlich entfernten sich seine Schritte.

Kapitel 29

Linda hörte die fröhlichen, lauten Männerstimmen, die verrieten, dass es bereits vor dem Abendessen ein wenig Bourbon-Whisky gegeben hatte. Sie atmete tief ein – so tief, wie es ihr eng geschnürtes Korsett zuließ –, strich mit beiden Händen über den weichen Samtstoff ihres gelben Abendkleides und warf einen letzten, kritischen Blick in den Spiegel.

Ocean, die ihr die Haare hochgesteckt hatte, räumte die Bürste und die übrigen Kämme und Haarnadeln beiseite und summte dabei leise vor sich hin.

Linda seufzte. Es fiel ihr an diesem Abend schwer, zu den Gästen hinunterzugehen, die fast jeden Abend das Haus der Fowlers bevölkerten und nicht selten bis spät in die Nacht blieben. Sie war diesen Lebensstil seit frühester Kindheit gewohnt, doch ihr leidendes Herz sehnte sich heute viel mehr nach Ruhe.

„Brauchen Sie noch etwas, Missi Linda?“, fragte Ocean und trat neben sie.

Linda griff nach ihren beiden dunklen Händen und drückte sie fest. „Mir ist nicht nach Gesellschaft zumute, Ocean. Ich wünschte, die Gäste würden alle wieder gehen und ich könnte mit meinen Eltern sprechen.“

„Was Sie später bereuen würden?“, murmelte Ocean sehr leise und drückte ihre Hände fest.

Linda zog leicht ihre weißen, unbedeckten Schultern in die Höhe. „Vielleicht. Ma möchte mich mit einem anderen Mann zusammenbringen, da sie Simon bereits aufgegeben hat. Vielleicht hast du recht, und es ist besser, wenn ich nicht mit meinen Eltern über Simon rede.“

Ocean lächelte nur.

„Mir fehlt Jo“, fuhr Linda fort. „Mit ihr konnte ich immer über alles sprechen. Sie würde mir helfen.“

„Sie sind stärker, als Sie meinen. Sie haben ein Herz, das die Nöte anderer Menschen sieht. Das allein ist mehr, als viele andere junge Frauen in Ihrem Alter von sich sagen können. Und Sie haben Gott an Ihrer Seite, der Ihnen die Kraft geben wird, die Not anzugehen.“ Ocean lächelte und wandte sich wieder ihrer Arbeit zu.

Zögernd verließ Linda das Zimmer und trat in den von vielen Kandelabern beleuchteten Flur hinaus. Sie würde Joanna Steinmann immer vermissen. Aber in Ocean schien sie eine neue Freundin gefunden zu haben – eine, der sie mehr anvertrauen konnte als anderen Mädchen in ihrem Alter.

Ein wenig getröstet ging sie in den festlich gedeckten Speiseraum. Die männlichen Anwesenden erhoben sich und begrüßten sie höflich. Linda setzte sich an ihren Platz, ließ sich ein wenig Beerenwein und Wasser einschenken und reichte einer Sklavin ihren Teller, damit er nach ihren Wünschen gefüllt wurde.

Während der Mahlzeit wurde lockere Konversation betrieben, doch kaum, dass die Nachspeise – süßer Kuchen mit Erdbeeren – wieder abgeräumt war, wandten sich die Männer ihren eigenen Themen zu.

„Ich war heute in Bamberg“, begann Mr Hausser, einer ihrer direkten Nachbarn, und ließ sich einen weiteren Whisky einschenken. „Sicher wisst ihr, dass ich mich schon seit Jahren darum bemüht habe, dem alten Steinmann einen Teil seiner Wälder abzukaufen, die er ungenutzt verwildern ließ. Er hat mich immer hingehalten, vermutlich um den Preis weiter in die Höhe zu treiben. Ich schrieb nach einer angemessenen Zeit an Mrs Steinmann, ob vielleicht sie bereit sei, die Wälder an mich zu verkaufen. Sie erklärte sich einverstanden, doch dann verließ sie unseren Distrikt. Nun war ich bei ihrem Notar in Bamberg und zeigte ihm ihre schriftliche Einwilligung bezüglich des Verkaufes und bat ihn, alles in die Wege zu leiten."

„Das hört sich doch gut an und Mrs Steinmann wird das Geld gut gebrauchen können. Hat sie denn noch immer keinen Ersatz für diesen windigen Dan Cutler gefunden?", erkundigte sich ein weiterer Nachbar interessiert.

„Nein. Und Neil Warren scheint sich nicht mehr zu trauen, ihr einen weiteren Verwalter zu empfehlen."

„Versorgt er die Plantage jetzt mit?"

„Mehr schlecht als recht, aber wer kann ihm das verübeln? Er hat genug mit seinen eigenen Geschäften zu tun und von den Gewinnen wird er wenig zu sehen bekommen."

„Eine Provision für seine Dienste vermutlich", meinte Lindas Vater und zündete sich seine Pfeife an.

„Jedenfalls hat mir der Notar erklärt, dass jemand mit großer Vehemenz versuche, die Plantage an sich zu reißen", berichtete Mr Hausser weiter.

„An sich zu reißen?" Die Nachbarn horchten auf.

„So hat er sich ausgedrückt. Er sagte, es liege kein offenes Angebot eines Geschäftsmannes aus der Gegend vor, was ja nicht unbedingt unehrenhaft wäre. Ein unbekannter Vermittler hat ihn kontaktiert – im Auftrag eines Mandanten, dessen Namen er nicht preisgeben wollte. Dieser Unbekannte will die gesamte *Green-Crystal*-Plantage übernehmen."

„Das ist tatsächlich sonderbar", murmelte Mr Fowler. Lindas Vater zog die Augenbrauen nachdenklich zusammen, als er prüfend in die Runde blickte. „Ich nehme nicht an, dass einer von uns Interesse daran hat, eine weitere Plantage zu übernehmen oder die Ländereien zu zerstückeln und gewinnbringend weiterzuverkaufen?"

Alle anwesenden Männer schüttelten verneinend die Köpfe.

„Dann müssen wir wohl davon ausgehen, dass jemand durchaus den Wert *Green Crystal*s erkannt hat, aber durch die Verheimlichung seines Namens erreichen möchte, nicht frühzeitig als potenzieller Käufer erkannt zu werden“, vollendete Mr Hausser seine Überlegungen.

Mr Carwell, der das erste Mal seit der Nachricht vom Tode seines Sohnes Scott wieder bei einer Gesellschaft war, rieb sich über das Kinn und überlegte laut: „Wer könnte das sein? Ein Spekulant, der die Plantage und somit Mrs Steinmann ausbluten lassen würde, um möglichst gewinnbringend weiterzuverkaufen? Oder vielleicht einer dieser neureichen Kapitalisten aus dem Norden, die immer wieder ihre Finger nach unseren Ländereien ausstrecken und es dabei nicht lassen können, unsere Leute mit ihren abolitionistischen Reden zu beeinflussen?“

„Linda, Liebling. Es ist ein so wunderbarer Abend. Würdest du mich auf einen kleinen Spaziergang begleiten?“, flüsterte Mrs Fowler Linda zu und erhob sich bereits. Die Männer standen ebenfalls höflich auf.

Linda, die keine Veranlassung mehr hatte zu bleiben, obwohl es sie durchaus interessierte, wer wohl hinter *Green Crystal* her war, erhob sich ebenfalls und folgte ihrer Mutter durch den Raum und über die Veranda in den Garten. Nachdem sie auf den mit Rindenmulch ausgelegten Spazierpfad getreten waren, hängte sich ihre Mutter bei ihr ein, und beide schlenderten auf den bereits blühenden Rosengarten zu. Die Sonne sandte ihre letzten Strahlen über ein paar Hemlocktannen hinweg zu ihnen hernieder.

Mrs Fowler seufzte leise und drückte ihr Gesicht vorsichtig gegen eine der duftenden, tiefroten Blüten. „Arme Natasha. Erst verliert sie ihren Mann, ihren Schwager und einen ihrer geliebten Neffen. Dann zieht es Stewart in den Westen und er nimmt auch noch vier ihrer Nichten mit. Nur Denise war vernünftig genug, einen aussichtsreichen Kandidaten zu ehelichen und in unserem schönen Bamberg zu bleiben. Doch jetzt versucht tatsächlich jemand, ihr *Green Crystal* zu rauben. Sie sollte schnell jemanden finden, der sich gegen diese Angriffe von außen zur Wehr setzt. Könnte nicht Neil Warren etwas unternehmen, damit Natasha nicht auch noch ihre Plantage verliert? Immerhin hat er eine Steinmann geheiratet!“

Linda war überrascht. Ihre Mutter hatte sich richtiggehend in Rage geredet. So deutlich hätte sie ihre Meinung im Beisein ihres Mannes niemals geäußert. „Ich vermute, Mr Warren hat mit seiner eigenen Plantage und seinen eigenen Geschäften genug Arbeit am Hals, Ma. Er hat die Aufsicht über *Green Crystal* übernommen, wohl in der Hoffnung, sie bald wieder in andere Hände legen zu können", vermutete Linda, obwohl sich ein ungutes Gefühl in ihrem Inneren zu regen begann. Wer war der Mann, der einen anderen, dem Notar in Bamberg unbekannten Herrn schickte, um Mrs Steinmanns führungslose Plantage zu übernehmen? Welche Absichten hegte er? Weshalb nur überfiel sie dieses seltsame Gefühl, wenn sie versuchte, Denise' Ehemann zu verteidigen?

Ihre Mutter ließ die Rosenblüte los und setzte langsam ihren Weg fort. Nach einiger Zeit meinte sie: „Vielleicht hat Denise doch nicht die richtige Entscheidung getroffen. Neil Warren ist an seine Plantage gebunden, obwohl sie nicht mehr so einträglich ist wie noch vor einigen Jahren. Arnaud Brook hingegen besitzt nur kleinere Ländereien, die jedoch, so munkelt man, ausgezeichnete Erträge abwerfen. Er hätte die Zeit gehabt, sich auch noch um *Green Crystal* zu kümmern – zumindest so lange, bis Natasha, die immerhin noch recht jung ist, einen neuen Mann gefunden hat."

„Das alles ist für Mrs Steinmann doch völlig unsicher."

„Nun ist ihr die Plantage auch nicht mehr sicher. Zumal sie sich einfach zu ihren Verwandten verkrochen hat, was auch immer sie zu diesem Schritt bewogen hat", murmelte Mrs Fowler und atmete den Duft einer weiteren Rose ein. „Aber wir beide verstehen von diesen geschäftlichen Transaktionen ohnehin zu wenig, um darüber ein Urteil fällen zu können, nicht wahr, mein Liebling?", sagte sie und setzte erneut ihren Weg fort.

Linda ging neben ihr her und runzelte die Stirn. Vielleicht war es gerade ihre mangelnde Kenntnis über die geschäftlichen Angelegenheiten, die sie so unruhig werden ließ. Oder lag es daran, dass sie Neil Warren wenig Gutes zutraute? Verwunderte es sie nicht bereits, dass er sich überhaupt um *Green Crystal* sorgte? Die Steinmann-Plantage ging ihn doch nun wirklich nichts an, und wenn er dadurch sogar seine eigenen Geschäfte vernachlässigen musste, die laut ihrer Mutter offenbar nicht mehr gut gingen ... Oder war genau das der Punkt, der sie hatte aufhorchen lassen? Brauchte Neil Warren *Green Crystal,* um sich weiter über Wasser halten zu können? Hatte er Denise deshalb so plötzlich einen Heiratsantrag gemacht, kurz nachdem ihr Vater und ihr Onkel verstorben waren und das Plantagenhaus abgebrannt war? Hatte Joanna ihr gegenüber nicht den Verdacht geäußert, dass Dan Cutler – dieser von Mr Warren empfohlene Verwalter –

etwas mit dem Brand zu tun gehabt hatte? Joanna hatte einmal angedeutet, dass sie ihn während des Feuers im Haus gesehen hatte. Noch heute war unklar, ob der Verwalter in den Flammen umgekommen war. Allerdings gab es Personen, die behaupteten, Dan Cutler nach dem Brand gesehen zu haben. Wie stand Neil Warren zu diesem Mann? Hatte er ihn empfohlen, weil er sich dadurch Vorteile erhoffte? Diebesgut? Oder die Plantage selbst, weil Denise ihn nach dem Brand heiraten musste und Natasha Steinmann auf seine Hilfe bezüglich der Plantage angewiesen war?

Ein eiskalter Schauer überfiel Linda. Hatte Neil Warren Dan Cutler angestiftet, das Plantagenhaus in Brand zu stecken, und dabei den Feuertod der Steinmann-Frauen in Kauf genommen? Hatte auch die Hochzeit mit Denise zu seinem Plan gehört? Was hatte er noch mit ihr vor? Erhoffte er sich Vorteile bei einem Aufkauf der Plantage, weil er mit einer Steinmann verheiratet war? Weshalb aber dann die Heimlichtuerei?

Verwirrt schüttelte Linda den Kopf. Ging ihre Fantasie mit ihr durch, nur weil sie Neil Warren nicht mochte? Vermischte sich das wenige, was sie zuvor gehört hatte, mit ihren Vorurteilen, ihren Verdächtigungen und ihrer Angst, die sie jedes Mal überfiel, wenn sie das Warren-Haus betrat oder Mr Neil Warren begegnete?

Linda blieb abrupt stehen. Sie hatte Mary versprochen, sich um Denise zu kümmern. Sie durfte etwaiges Unrecht nicht zulassen, zumal es Joannas Tante war, der die Plantage weggenommen werden sollte. Und Mrs Steinmann hatte von diesen Geschäften mit Sicherheit ebenso wenig Ahnung wie sie selbst.

Linda wandte sich ihrer Mutter zu. „Ma, denkst du nicht auch, ich sollte Mrs Steinmann schreiben und sie bitten zurückzukommen, um gemeinsam mit ihrem Notar nach dem Rechten zu sehen?"

„Der Notar wird das tun, Linda. Uns geht das alles nichts an. Ausgenommen natürlich, einer dieser ungehobelten Yankees möchte sich in unserem Distrikt einquartieren und die schwarzen Arbeiter gegen uns aufhetzen. Man hört ja in letzter Zeit so viel ..."

„Ach Ma, das sind doch alles nur Gerüchte", seufzte Linda und wandte sich wieder dem Haus zu. Sie jedenfalls würde Natasha Steinmann schreiben. Die Frau musste erfahren, dass jemand seine Hände nach *Green Crystal* ausstreckte und wie gut Denise ihre Anwesenheit im Haus Warren gebrauchen konnte. Außerdem würde sie an Joanna schreiben, um eine eindeutige Antwort auf ihre Frage zu erhalten, was und wen Joanna damals im Haus gesehen hatte. Würde sie herausfinden können, ob Dan Cutler noch lebte? Wenn das der Fall war und sich herausstellte, dass er irgendwelche dunklen Machenschaften mit Neil Warren geplant und durchgeführt hatte, dann musste sie auf Denise achtgeben. Doch um das alles zu bewerkstelligen, benötigte sie Hilfe. Ocean würde ihr sicher beistehen, doch es fehlte ihr an männlicher Unterstützung. Traurig dachte sie an Simon Bryant, der jedoch nicht mehr er selbst war.

Kapitel 30

Die Moskitos, die nun vermehrt um sie herschwirrten, kündigten den nahen Abend an. Joanna schlug nach einem der stechfreudigen Blutsauger und wandte sich dann wieder Mr Schlenker zu, der halb bei Besinnung war und undeutliche deutsche Worte vor sich hinmurmelte.

„Will er uns etwas sagen?“, flüsterte Jasmine.

„Wenn ich seine Worte richtig verstehe, spricht er von einer Frau namens Martha und einem Kind, das er alleine gelassen hat.“ Joanna zog unsicher die Schultern in die Höhe. Sie und ihre Schwestern waren der deutschen Sprache längst nicht mehr so mächtig, wie es ihre Eltern, Tante Natasha oder Onkel Sebastian gewesen waren.

„Seine Frau heißt Annette“, murmelte Jasmine und versuchte, dem Mann, dessen Augenlider unruhig flatterten und der seine Hände fahrig über das Gras bewegte, etwas von ihrem dunklen Kräutergebräu einzuflößen. Ein Großteil der Flüssigkeit lief jedoch aus den Mundwinkeln über die Wange in die Haare hinein und mischte sich dort mit dem Blut, das noch immer unaufhörlich aus der Wunde rann. Joanna hob den Kopf, als die schwarze Frau leise weitersprach: „Wie ich früher schon zu dir sagte, Joanna: Wir alle hier sind vor irgendetwas oder irgendjemandem auf der Flucht.“

„Ich werde sterben“, hauchte plötzlich eine schwache Stimme.

„Ja, das werden Sie, Mr Schlenker“, bestätigte Jasmine ruhig.

„Annette?“

„Wir werden uns um Ihre Frau kümmern, Mr. Schlenker. Soll ich sie holen?“

„Martha und das Kind?“

Joanna presste die Lippen aufeinander und sah Jasmine hilflos an.

„Möchten Sie mit mir beten, Mr Schlenker?“, fragte Jasmine den Sterbenden.

Der junge Mann schloss die Augen, seufzte leise und nickte.

Jasmine stieß Joanna mit dem Ellenbogen in die Seite. „Geh Mrs Schlenker holen. Lass dir aber ruhig ein paar Minuten Zeit. Es eilt noch nicht.“

Joanna stand auf und überließ es der schwarzen Frau, sich weiter mit Mr Schlenker zu befassen. Als sie aus dem Windschatten des Wagens trat, erfasste sie eine heftige Bö. Ihr blutverschmutzter, staubiger Rock zerrte wild an ihren Beinen, und ihre vom Sturz beim Abstieg ohnehin in Mitleidenschaft gezogene Bluse flatterte wild, während ihre Frisur sich endgültig auflöste und die langen braunen Locken wie eine Fahne im Wind wehten. Hilflos blieb sie stehen und betrachtete ihre Hände, die dunkel vom Blut des Mannes waren.

„Kann ich Ihnen helfen, Miss Steinmann?“, fragte eine tiefe Stimme neben ihr und Joanna fuhr erschrocken herum. Alec Thompson trat einen Schritt zurück und hob beruhigend eine Hand.

„Was schleichen Sie hier herum? Haben Sie nichts Besseres zu tun, Mr Thompson?“

„Ich bin gerade dabei, Ihr verbliebenes Hab und Gut in Ihren zweiten Wagen zu packen, bevor es anfängt zu regnen“, brummte der Mann zurück.

Mit Schrecken erkannte Joanna, dass er Kleider von ihr und Carole in den Händen hielt. Sie sah sich um. Es herrschte hektisches Treiben zwischen den Planwagen, denn es galt, die Reste der Mahlzeiten, die inzwischen getrocknete, frische Wäsche und allerlei mehr in die Wagen zu bringen. Der heftige Wind hatte inzwischen große, dunkle Wolkenmassen herangeweht und in diesem Moment spürte Joanna den ersten Regentropfen auf ihrem Arm. „Da Sie ohnehin meine Wäsche spazieren tragen, Mr Thompson, kommt es wohl auch nicht mehr darauf an, wenn ich Sie bitte, mir schnell meine Haare zu flechten?“ Sie hielt ihre blutverschmierten Hände hoch, um ihm klarzumachen, dass sie zum Haareflechten im Moment nicht in der Lage war.

„Das wird zumindest bei Weitem weniger Aufsehen erregen als die einsame Nacht mit mir bei der Herde."

„Die übrigens bemerkt wurde, Mr Thompson!", gab Joanna schnell zurück.

„Das ist mir klar geworden, als ich heute Morgen eine Schar lachender Steinmann-Mädchen an meiner Absturzstelle stehen sah." Alec legte die Kleider zu Boden und trat nahe an Joanna heran, die irritiert zu ihm hinaufsah. „Soll ich Ihnen nun Ihre Haare flechten oder Sie lieber küssen?"

Joanna zuckte zusammen und drehte sich blitzschnell um, wobei sie ihre Hände noch immer seitlich von sich streckte. „Auf was für absurde Ideen Sie kommen, Mr Thompson!", rügte sie ihn augenblicklich und konnte dennoch das heftige Schlagen ihres Herzens nicht ignorieren. Sie spürte seine Finger in ihrem Nacken und ein aufgeregter, eiskalter Schauer lief durch ihren Körper. Sie presste die Lippen aufeinander und blickte auf ihre blutverkrusteten Hände. Sie musste schnell Mrs Schlenker holen und vor allem: schnell fort aus der unmittelbaren Nähe dieses Mannes. „Wissen Sie eigentlich, was Sie da tun?", fragte sie ihn schließlich unfreundlicher, als es gedacht war.

„Wissen Sie, dass Ihre Haare ebenso widerspenstig sind wie Sie?" Er reichte ihr den geflochtenen Zopf über die Schulter nach vorne, und sie wickelte mit spitzen Fingern ein paar längere Haarsträhnen fest um dessen Ende, um zu verhindern, dass er sofort wieder aufging.

„Vielen Dank, *Mr Thompson.*" Sie betonte seinen Namen deutlich, um trotz ihrer momentanen Nähe die innere Distanz aufrechtzuerhalten. Sie und Alec Thompson waren inzwischen die Einzigen innerhalb der Steinmann- und Thompson-Familien, die sich noch mit ihren Nachnamen ansprachen. Und dabei wollte Joanna es auch belassen.

„Für eine festliche Abendgarderobe kann mein Kunstwerk allerdings nicht herhalten, Miss Steinmann." Er nahm die Kleider wieder auf und blickte in den inzwischen fast dunklen Himmel. Immer mehr Tropfen fielen auf die Erde herunter.

Joanna wandte sich um und machte sich auf die Suche nach Mrs Schlenker. Dabei fragte sie sich, weshalb sie es eigentlich für so nötig hielt, zwischen sich und Alec Thompson einen gewissen Abstand aufrechtzuerhalten. Zuerst kam ihr Beckie in den Sinn. Doch dann musste sie sich eingestehen, dass dahinter auch der

Wunsch steckte, sich selbst nicht wehzutun. Offenbar war sie dabei, sich in Alexander Thompson zu verlieben.

Kapitel 31

Vom heftigen Wind aufgepeitscht, jagten dicke Regentropfen über die Plains und innerhalb von Sekunden waren die drei Männer durchnässt. Die Pferde dampften und zuckten nervös mit den Ohren, da das lange Präriegras unter den Böen heftig raschelte.

Caspar Lewis versuchte vergeblich, sein Gesicht unter seinem vornehmen Panamahut vor dem Regen zu schützen. Eine dichte graue Regenwand, die schräg von vorne auf sie einschlug, sowie die hereinbrechende Dunkelheit machten es unmöglich, weiter als ein paar Schritte zu sehen.

Schließlich zügelte Dan Cutler sein Pferd und schwang sich mit steifen Gliedern aus dem Sattel. „Es hat keinen Sinn“, rief er den anderen beiden zu. „Wir könnten die Wagenspuren verlieren. Außerdem ist es ohnehin schon dunkel.“ Er warf dem jungen Lewis einen wütenden Blick zu.

Dan Cutler hatte schon vor mehr als einer Stunde darauf gedrängt, das Nachtlager aufzuschlagen, da er das Unwetter hatte kommen sehen. Doch Lewis war es allmählich leid, den beiden Sklaven quer durch dieses baumlose, harte und keine Abwechslungen bietende Land zu folgen. Er wollte sie endlich einholen und zurück auf die Plantage seines Vaters bringen. Sollten sie sich zur Wehr setzen oder ihm bei seinem langen Heimweg lästig fallen, würde er sie erschießen. Dann würde er sie eben tot mit nach Hause bringen – so könnten sie wenigstens noch als Warnung für die anderen Schwarzen dienen. Dann könnte er endlich einmal wieder in einem anständigen Bett schlafen, sich baden, saubere Kleidung tragen, sich mit Frauen amüsieren und einen anständigen Whisky oder auch Wein und französischen Champagner genießen. Außerdem würde er sich dort wieder mit seinesgleichen umgeben können und sich nicht mit einem korrupten Cutler oder einem einfältigen Maison auseinandersetzen müssen.

Caspar Lewis löste den Gurt und zog den Sattel vom Rücken der müden Stute. Er schüttelte mit grimmiger Miene den Kopf, legte den Sattel ab und band die Zügel der Stute um sein Handgelenk, ehe er sich in das nasse Gras setzte und den Rücken gegen den Sattel lehnte. Um alles andere sollte sich Maison kümmern, beschloss er und zog seinen Hut tief in sein Gesicht. Allerdings lief ihm der Regen nun in den Nacken. Fluchend schlug er mit der Hand auf die Erde.

Da ohnehin nicht daran zu denken war, ein Feuer in Gang zu bringen, reichte French Maison ihm ein Stück gedörrtes Fleisch und eine Handvoll gerösteten Mais vom Vortag. Während er auf beidem herumkaute, beobachtete er Dan Cutler. Wie jeden Abend kontrollierte dieser sorgfältig seine Waffe und verfiel in düsteres Grübeln. Caspar ließ ihn nicht aus den Augen, bis er sich sicher sein konnte, dass der Mann eingeschlafen war.

Misstrauisch holte auch er seine Sattelpistole hervor und legte sie unter seinen Sattel, damit sie halbwegs trocken blieb. Er misstraute Cutler jeden Tag mehr. Sein Anliegen, ein junges Mädchen nach South Carolina zurückzuholen, kam ihm suspekt vor, zumal er niemals über die Hintergründe des Vorhabens sprach. Zudem missfiel ihm, dass der Mann ständig seine Waffe bei sich trug, obwohl sie bislang weder Indianer noch Wild gesehen hatten. Was dieser Mann wohl von dem Mädchen wollte? Er jedenfalls fand Cutler äußerst unsympathisch. Unter anderen Umständen würde er einem Mann wie ihm aus dem Weg gehen.

Einer plötzlichen Eingebung folgend, stand er leise auf und ging zu French Maison hinüber, der mit geschlossenen Augen auf dem Boden kauerte. Unsanft tippte er ihn mit der Stiefelspitze an.

Sein Begleiter hob den Kopf und schob sich den Hut aus dem Gesicht.

„Stehen Sie auf, Maison. Wir reiten weiter.“

„Ohne Cutler?“

Lewis nickte.

Ein breites Grinsen legte sich auf Maisons Gesicht und er stand sofort auf.

So leise wie möglich führten sie ihre Pferde ein Stück vom Lager weg, und während Caspar Lewis die Tiere hielt, brachte Maison die beiden Sättel und ihr restliches Zubehör heran. Schnell waren die Tiere wieder gesattelt und beladen und wenig später setzten die beiden ihren Ritt fort. Dabei mussten sie weit nach unten gebeugt auf die tief eingesunkenen Radspuren auf dem Boden achten, um sie nicht zu verlieren.

Nach einiger Zeit rief French Maison gegen das Prasseln des Regens an: „Ich bin froh, diesen raubeinigen Kerl endlich los zu sein, Mr Lewis."

„Ich traue ihm nicht. Sobald wir den Wagenzug erreicht haben, sollten wir in Erfahrung bringen, welches Mädchen aus South Carolina darunter ist. Vielleicht ist es dann an der Zeit, dieses Kind zu beschützen."

Maison nickte und konzentrierte sich wieder auf die kaum erkennbaren Spuren.

Kapitel 32

Joanna und Jasmine saßen unter einer schützenden Plane neben Mr und Mrs Schlenkers Wagen und zwangen sich, die Mahlzeit zu sich zu nehmen, die Laurie und Beckie zubereitet hatten. Mrs Schlenker kauerte neben ihrem Mann, hielt seine Hand und strich ihm fortwährend mit verzweifelt wirkenden Bewegungen den Regen aus dem Gesicht.

Im Dämmerlicht des zu Ende gehenden Tages legte Mrs Schlenker ihren Kopf auf die Brust ihres Mannes und begann, laut schluchzend zu weinen. Mitfühlend schloss Joanna die Augen. Selbst der Wind und der heftig herniederprasselnde Regen schienen einen Moment lang zu verstummen, ehe sie mit größerer Wucht zu wüten begannen. „Ich denke, er hat es geschafft", murmelte Jasmine. „Er hat seinen Frieden und seine Heimat gefunden."

„Mrs Schlenker wird das nicht so sehen, Jasmine."

„Nein. Aber es wird die uns von Gott übertragene Aufgabe sein, uns um sie zu kümmern, ihr in ihrer Trauer beizustehen und ihr zu helfen, Oregon zu erreichen. Und selbst dort wird sie noch auf Hilfe angewiesen sein."

Joanna erhob sich, darum bemüht, nicht gegen die tief durchhängende, mit Wasser gefüllte Plane zu stoßen. „Ich sehe nach, ob ich einen der Männer finden kann."

„Sie diskutieren noch immer dort hinten." Trotz des Sturmes und des herniederprasselnden Regens verhandelten die Männer wieder einmal mit Esra Stevens, dem sie die Schuld an dem heutigen Unglück gaben. Er war der Treckführer und hatte dafür zu sorgen, dass die unerfahrene, unwissende Schar, die sich ihm anvertraut hatte, Seile und Halterungen überprüfte und notfalls austauschte. Ebenso wäre es seine Aufgabe gewesen, danach zu sehen, dass die Männer an den Zugseilen sich Pausen gönnten oder rechtzeitig ausgewechselt wurden. Zudem hatte er zum Zeitpunkt des Unglücks wieder einmal durch Abwesenheit geglänzt.

„Ich sehe trotzdem nach, Jasmine. Und ich hole eine Schaufel“, erwiderte Joanna müde und trat in den strömenden Regen hinaus. Innerhalb weniger Sekunden war sie komplett durchnässt, und der Staub, der sich auf ihren Körper und ihre Kleidung gelegt hatte, lief in schmutzigen Bächen an ihr hinab. Mühsam stapfte sie durch die aufgeweichte Erde. Als sie die dunklen Schatten in dem Grau-in-Grau des späten Abends unterscheiden konnte, stellte sie mit prüfendem Blick fest, dass noch immer alle Männer und auch viele Frauen sich um Esra Stevens scharten. Der stand jedoch seltsam teilnahmslos an eine schlanke Weide gelehnt da. Also drehte Joanna sich um und ging zu ihrem Wagen zurück, in dem sie Beckie, Branca, Ellie und Carole vermutete. Mit geballter Faust schlug sie gegen das Holz des Wagens.

Vorsichtig, um dem Regen nicht noch zusätzlich Einlass zu gewähren, wurde die Plane ein wenig zurückgeschlagen. Caroles Gesicht tauchte auf und mit weit in die Höhe gezogenen Augenbrauen musterte das Mädchen die Gestalt vor sich von oben bis unten. „Du warst schon mal hübscher anzusehen, Joanna.“

„Ich passe mich lediglich dem Rahmen an, Carole. Oder siehst du hier ein Büfett, spielende Musiker und einen dekorierten Ballsaal?“ Joanna stellte sich auf Zehenspitzen und schaute in das Wageninnere. „Es ist eng geworden dort drin.“

Carole nickte. „Wir müssen uns noch von einigem trennen. Und selbst dann wird es kein Vergnügen sein, zu fünft hier drin zu schlafen. Nein, warte, ich muss mich verbessern: Zu viert zusammen mit Branca hier drin zu schlafen, wird kein Vergnügen sein.“

„Du darfst dich gerne zu Stewart unter den Wagen legen, Carole Steinmann“, dröhnte Brancas Stimme zu Joanna hinaus.

„Das ist es doch, was du immer wolltest, nicht wahr, Carole?“

„Du hast mich durchschaut, Joanna.“

Die beiden Schwestern lächelten sich belustigt an. Sie waren die hitzigen, aber dennoch liebevollen Wortgefechte untereinander gewohnt.

Doch Carole wurde schnell wieder ernst. „Was ist mit Mr Schlenker, Joanna?"

„Er ist verstorben. Ich brauche unsere Schaufel."

Beckie schob sich hinter Carole und blickte hinaus. „Arme Mrs Schlenker. Ich komme mit dir, um sie ein wenig zu trösten."

„Bleib du besser hier im Trockenen, Beckie, und sieh zu, dass unsere Schwestern nicht wie Furien aufeinander losgehen. Jasmine kann sich um Mrs Schlenker kümmern."

Beckie reichte ihr die Schaufel hinaus und Joanna trat ihren Rückweg zum Wagen der Schlenkers an. Unter der Plane, die kaum noch Schutz vor dem schräg herabfallenden Regen bot, kauerte Jasmine und wiegte Annette Schlenker in ihren Armen. Die Witwe klammerte sich schluchzend und Hilfe suchend an die schwarze Frau.

Joanna sah sich um. Um dem Wüten des Sturmes nicht zu sehr ausgesetzt zu sein, würde sie im Windschatten der Esche ein Grab für Mrs Schlenkers jungen Ehemann ausheben. Sie ging an dem leblosen Körper vorbei und begann, unter Mühen ein Loch zu graben. Bereits nach kurzer Zeit taten ihr die Hände weh. Schwer auf den Holzstiel gestützt, wurde ihr klar, dass sie wohl die ganze Nacht für diese Arbeit brauchen würde.

Plötzlich berührte sie jemand sachte an der Schulter. Erschrocken fuhr sie herum. Vor ihr stand ein ebenfalls durchnässter Mike Thompson und lächelte verlegen. „Ich wollte dich nicht erschrecken, Joanna, entschuldige bitte."

„Ist schon in Ordnung. Ich habe dich nur nicht kommen gehört. Warst du nicht bei den anderen Männern?"

„Doch, aber ich habe dich mit der Schaufel davongehen sehen. Die Arbeit ist zu schwer für dich. Ich werde das übernehmen. Vielleicht kannst du so lange zu Laurie gehen. Sie mag Stürme nicht sonderlich, und sie wollte dich bitten, heute Nacht bei ihr zu schlafen. Für euch wird es zu fünft in einem Wagen vermutlich sowieso zu eng."

„Vielen Dank, Mike. Natürlich kann ich Laurie Gesellschaft leisten." Joanna wandte sich in Richtung der Wagenburg um.

Die Männer diskutierten noch immer heftig miteinander und Joanna erkundigte sich bei Mike nach dem Grund.

„Mr Stevens ist uneinsichtig, wobei ich denke, dass wir ihm nicht allein die Schuld an der Tragödie heute zuschieben dürfen. Wir sind eigenständig denkende Menschen und müssen uns nicht wie eine Herde blind von einem einzigen Mann führen lassen."

„Die Stimmung wirkt sehr aufgeheizt."

„Das ist sie seit Wochen, Joanna. Einige sprachen heute zum ersten Mal von einer Rückkehr in den Osten."

„Rückkehr? Aber weshalb? Wir haben fast die Hälfte des Weges hinter uns."

„Aber die zweite Hälfte wird noch schwieriger, Joanna. Und du kennst Mr Stevens. Er ist nicht gerade der vertrauenswürdigste Mensch."

„Wir könnten auch ohne ihn den Weg finden, Mike."

„Ich möchte auch nicht wieder zurück, Joanna."

Joanna blickte nachdenklich zu den Wagen hinüber. „Müssen wir denn alle umkehren, wenn sich ein Teil des Wagenzuges dazu entschließt?"

„Es kommt darauf an, wie viele weiterziehen würden – und wohl auch, wer."

„Ich kann mir nicht vorstellen, nach *Green Crystal* zurückzukehren. Nicht nur, weil das Haus nicht mehr steht. Wir haben niemals richtig dorthin gehört."

Mike musterte Joanna. „Ich denke, für einige von uns wäre es besonders schwer, wenn wir uns wieder trennen müssten." Er zuckte mit den Schultern. „Warten wir ab."

Die junge Frau nickte. Sie nahm an, dass Mike auf seinen jüngeren Bruder und Beckie anspielte, und wieder einmal musste sie das unangenehme Ziehen in ihrem Inneren verdrängen, ehe sie Lauries Ehemann freundlich zulächeln konnte und schließlich ging.

Bevor sie zu Laurie hinüberging, klopfte Joanna ein weiteres Mal gegen das stabile Holz ihres verbliebenen Prärieschoners.

Wieder war es Carole, die den Kopf zur Plane hinausstreckte. „Wolltest du nicht das Grab ausheben?"

„Mike hat mich abgelöst, nachdem die anderen Männer dort draußen inzwischen Wurzeln geschlagen haben."

„Wundert mich nicht, so, wie sie begossen werden", scherzte Carole.

„Ich gehe zu Laurie. Sie hat Mike gebeten, mich für die Nacht zu schicken. Gibst du mir bitte meine Decke heraus?"

„Sie wird nass sein, bis du bei Laurie bist."

„Das ist immer noch besser, als mich mit vier Schwestern um den Schlafplatz zu streiten, der für höchstens zweieinhalb Personen reicht."

Joanna ließ sich die Decke hinausreichen und lief dann zum Wagen der Thompsons hinüber.

Gelbe und rote Feuerzungen griffen nach ihr, und obwohl sie so schnell lief wie noch nie in ihrem Leben, konnte sie den Flammen nicht entkommen. Hitze hüllte sie ein und nirgends gab es einen Weg zu entkommen.

Joannas Augen tränten und suchten nach dem Fensterkreuz, doch es gab keines.

Jemand rief ihren Namen. War das Beckie? Musste sie sie retten? Nein, die Stimme klang vielmehr nach Denise!

Joanna fuhr in die Höhe. Sie war schweißgebadet, und ihr Herz schlug so schnell, als drohe es, demnächst zu zerreißen. Verwirrt blickte sie sich um. Sie war nicht in ihrem Wagen, wenngleich er sehr ähnlich aussah. Und warum lag Laurie statt Carole und Ellie neben ihr? Allmählich fand sie aus dem Traum in die Gegenwart zurück. Ihr Wagen war heute den Abhang hinuntergestürzt und hatte Mr Schlenker mit sich gerissen. Sie hatten das grüne Tal erreicht, das sie so sehr an *Green Crystal* erinnerte, und sie hatte mehrmals von zu Hause gesprochen und sich Sorgen um Denise gemacht. Wahrscheinlich hatte sie deshalb auch diesen verwirrenden Traum gehabt.

Joanna fuhr sich mit der Hand über ihre schweißnasse Stirn und zwang sich, ruhig zu atmen. Schließlich blickte sie prüfend zu ihrer Freundin hinüber und stellte erleichtert fest, dass sie noch immer fest schlief.

Plötzlich hörte sie ein Klopfen und Mikes besorgte, leise Stimme fragte: „Joanna? Alles in Ordnung? Du hast geschrien."

„Nur ein schlechter Traum, Mike. Entschuldige, wenn ich dich gestört habe", flüsterte sie zurück. Sie bekam keine Antwort mehr und nahm an, dass Mike sich wieder unter dem Wagen schlafen gelegt hatte. Langsam legte sie sich zurück und zog die Decke bis unter ihr Kinn.

Was war nur mit ihr los? Sie konnte sich nicht erinnern, jemals einen solch schrecklichen Traum gehabt zu haben. Doch konnten ihre Erinnerungen an *Green Crystal* und Denise allein der Auslöser für diesen Albtraum sein?

Joanna schloss die Augen und lauschte auf das gleichmäßige Prasseln des Regens, fand aber keine Ruhe mehr. Aufgewühlt riss sie die Augen wieder weit auf und starrte auf die flatternde Plane über sich. Sie atmete mehrmals tief ein und aus. Dann suchte sie Trost und Ruhe in einem Gebet, doch auch das schien in dieser Nacht nicht zu helfen. Eine beklemmende Ahnung drohenden Unheils hatte von ihr Besitz ergriffen, und erstaunlicherweise empfand sie es umso vehementer, je mehr sie sich um das Ergehen von Denise und Natasha Steinmann Gedanken machte.

Kapitel 33

Die Junisonne brannte unbarmherzig heiß vom tiefblauen Himmel auf das Land hernieder und der Duft der Rosen lag schwer in der Luft. Die Grillen zirpten laut und das Singen der Schwarzen auf den nahen Feldern klang bis zum Haus herüber.

Denise Warren hob den Kopf von ihrer Stickarbeit. Sie sah über das dunkle Grün der gepflegten Parkwiese zu den alten, mit Moos geschmückten Eichen hinüber, die entlang des Zufahrtsweges standen und ein natürliches Dach aus Blättern bildeten, doch in ihren grauen Augen war kein Funke von Freude über diesen wunderschönen Anblick oder den friedlichen Tag zu entdecken.

Ihre Lippen waren zu schmalen Strichen zusammengepresst und ihre Finger hielten die Nadel viel zu fest. Diese körperliche Anspannung schien ein Dauerzustand bei ihr geworden zu sein. Sie spiegelte nur zu deutlich ihre Ängste und innere Belastung wider. Vielleicht hätte das Kind, das unter ihrem Herzen zu wachsen begonnen hatte, ein wenig Freude und Hoffnung in ihr erwecken können, doch mit ihrem verzweifelten Sprung aus dem Fenster hatte sie es umgebracht. Sie konnte heute nicht mehr sagen, ob sie tatsächlich bei klarem Verstand gewesen war, als sie vor einigen Wochen den gefährlichen Sprung gewagt hatte. Nur noch dunkel konnte sie sich an diesen wolkenverhangenen, grauen Tag erinnern, der ihr das dunkel eingerichtete Haus noch düsterer und bedrohlicher hatte erscheinen lassen.

Die Verzweiflung in ihrem Inneren war zu einer unermesslichen Qual angewachsen.

Aber war sie überhaupt bei klarem Verstand gewesen, als sie eingewilligt hatte, Neil Warren zu heiraten? Diesen älteren Mann, der sich immer so gut wie möglich von allen gesellschaftlichen Veranstaltungen ferngehalten hatte? Über dessen Familie und Lebenswandel sie im Grunde nichts gewusst hatte? Wie nur hatte sie dem Wunsch nachgeben können, hier in der vertrauten Umgebung ein beschützendes Zuhause zu erhalten, anstatt mit ihrer Familie fortzuziehen? Sie war ängstlich, zart und vielleicht auch verwöhnt – das hatte sie sich eingestanden. Nun musste sie sich aber auch eingestehen, maßlos naiv und dumm gewesen zu sein. Sie liebte Neil Warren nicht, hatte darin jedoch keinen Hinderungsgrund für eine gelingende Ehe gesehen. Schließlich gab es in ihren Kreisen unzählige Ehen, die von den Eltern arrangiert worden waren und bei denen sich die Ehepartner vor der Hochzeit kaum oder gelegentlich auch gar nicht gekannt hatten. Und sie hatte Arnaud Brook, den sie geliebt hatte und heute noch liebte, verloren – wenngleich sie nicht wusste, warum. Darüber hinaus waren ihr das Zuhause, ihr Vater, der Onkel, der ihnen eine Heimat geboten hatte, und Oliver, ihr geliebter ältester Bruder, an dem sie in besonderer Weise gehangen hatte, genommen worden.

Denise schüttelte über ihre eigenen Ausreden den Kopf. Sie war naiv und dumm gewesen, und das ließ sich durch nichts entschuldigen. Niemals hätte sie sich auf diese Ehe einlassen dürfen. Jetzt hatte sie die Folgen zu tragen. Und die schlimmste davon war die quälende Einsamkeit. Sie hatte ihre Familie verloren, zumal auch Tante Natasha es in diesem Haus nicht länger ausgehalten hatte. Ohne ihr Bescheid zu geben, war sie abgereist, und sie blieb länger fort, als sie gedacht hatte. Ihr Mann untersagte es ihr zu reisen und somit traf sie nicht einmal mehr irgendwelche Nachbarn. Seit es ihr gesundheitlich schlechter ging, war sie auf keine gesellschaftliche Veranstaltung mehr gekommen – inzwischen blieben sogar die Einladungen aus. Linda, Joannas frühere Freundin, war die Einzige, die Interesse an ihr zeigte, doch Lindas letzter Besuch hatte ihr nur Vorwürfe und Beschimpfungen seitens ihres Ehemannes eingebracht. Er wünschte es nicht, dass Linda ohne vorherige Anmeldung oder eine Einladung das Haus betrat.

Das Bellen einiger Hunde ließ sie in Richtung der Felder sehen. An ihrem Rand, zum Wald hin, konnte sie die große, dunkel gekleidete Gestalt ihres Ehemannes ausmachen, der sich wieder einmal mit seinen geliebten Hunden umgab. Denise fürchtete sich vor den Tieren. Sie waren zur Jagd abgerichtet und mit ihren spitzen Reißzähnen wirkten sie furchtbar bedrohlich. Die junge Frau hörte auf die Stimme ihres Mannes, der die Tiere zwar befehlend antrieb, jedoch immer wieder ein Wort der Aufmunterung und des Lobes für sie übrig hatte.

Für sie gab es das nicht.

Sie erntete lediglich harsche Kritik für beinahe alles, was sie tat. In Neil Warrens Augen gab es nichts, was sie richtig machen konnte, und er äußerte seinen Unmut darüber deutlich, gelegentlich auch einmal sehr laut. Er schränkte ihre Freiheiten so weit ein, dass sie nicht einmal mehr selbst aussuchen durfte, welche Kleider sie trug.

Denise seufzte und blickte zu Mary hinüber, die sich über die hölzerne Veranda ihrem Sitzplatz näherte. Auch sie hatte die Augen auf den Hausherrn gerichtet und ging schließlich vor Denise in die Knie. Vertraulich legte sie ihre schwarze Hand auf die von Denise und fragte: „Möchten Sie nicht einen kleinen Spaziergang machen, Missus Denise?"

Denise nahm die Augen nicht von ihrem näher kommenden Mann. Hatte er schlechte Laune? Wollte Mary sie hier forthaben, bevor Neil sie erneut mit seinen Vorwürfen überhäufen konnte? Langsam erhob sie sich und versteckte ihre Stickarbeit beinahe automatisch unter dem Sitzkissen des Korbstuhles. Sie wollte nicht, dass er etwas sah, was ihr Freude bereitete und ihr gefiel – aus lauter Angst, er würde sowohl die Handlung an sich als auch die Ausführung bemängeln und ihr auch noch die Begeisterung an dieser bescheidenen Beschäftigung nehmen.

Mary bot ihr ihre Hand zur Hilfe an, bis sie auf die tiefgrüne Wiese getreten war. Einen kleinen Moment lang fragte sich Denise, seit wann sie sich so schwach, zerbrechlich und hilfsbedürftig fühlte.

Wie es sich für eine Sklavin gehörte, trat Mary ein paar Schritte zurück und folgte Denise wie ein leiser, heimlicher Schatten.

Die kleinen Kieselsteine auf dem Spazierweg knirschten leise unter ihren Schuhen. Denise blieb stehen, hob den Kopf und ließ den Blick über die Wiese, die Blütenvielfalt, die großen, alten Bäume und den angrenzenden Wald gleiten. Wie konnte ein so düsteres, nahezu unheimliches Haus von so viel Schönheit und

Farbenfreude umgeben sein? Langsam wandte sie sich Mary zu. „Weißt du, Mary, ich habe das Gefühl, ich bin wie diese Plantage. Äußerlich hübsch und angenehm anzusehen und innerlich ein dunkles, hässliches Etwas."

Mary blickte sie lange schweigend an, ehe sich ein sanftes Lächeln auf ihre alten Gesichtszüge legte. „Sie dürfen sich Ihre innere Schönheit nicht von dem Haus und den Menschen, die darin leben, rauben lassen, Missus Denise."

„Ich bin einer der Menschen, die darin leben, Mary. Und das einzig Schöne, was noch in meinem Inneren vorzufinden war, habe ich getötet." Denise wandte sich ab und setzte langsam ihren Weg fort.

Minutenlang gingen die beiden Frauen schweigend hintereinander her, während das Bellen der Hunde sich in die andere Richtung entfernte. Schließlich traten sie vom Spazierweg auf den befestigten Pfad, der in den großen Wald hineinführte. Die knorrigen Zweige schabten knackend aneinander und der Ruf der Vögel wurde lauter. Der süßliche Duft auf der Parkwiese wich einem herben, feuchten Geruch, und angenehme Kühle und Frische umgab Denise, sodass sie erneut stehen blieb und tief einatmete. In dem Waldstück war es dunkel, dennoch wirkte es nicht düster und unheimlich, ganz anders als das Haus, in dem sie lebte. Lag es doch an den Menschen und an der Atmosphäre, dass das Warren-Haus so bedrückend auf sie wirkte?

Mary trat neben sie, und nun, da sie von Neil Warren nicht mehr gesehen werden konnten, blieb sie an ihrer Seite.

„Ich glaube, Linda Fowler hat mich inzwischen auch aufgegeben", seufzte Denise.

„Missi Fowler hat zurzeit eigene Sorgen, Missus Denise. Ihr Verlobter kam verletzt aus dem Krieg zurück und weigert sich, sie zu sehen."

„Wird es ihr wie mir ergehen? Arnaud hat sich auch einfach von mir abgewandt."

„Wichtig ist allein, dass Sie sich nicht selbst aufgeben, Missus Denise. Und eins dürfen Sie wissen: Gott gibt Sie niemals auf. Er liebt Sie und in seinen Augen sind Sie wertvoll."

Ein brennender Schmerz machte sich in Denise' Innerem bemerkbar. Nicht einmal das konnte sie mehr glauben. Zu viel war in ihr zerbrochen.

Langsam näherten sie sich dem Ende des Weges. Von dort führte nur noch ein schmaler Reitpfad tiefer in den Wald hinein, und Denise wusste nicht einmal, wo er endete. Neil hatte ihr gleich bei ihrer Ankunft im Warren-Haus gesagt, dass sie sich alleine höchstens bis hierher vom Anwesen entfernen durfte. Damals hatte sie das für liebevolle Fürsorge gehalten, inzwischen wusste sie, dass dieser Übergang die Grenze ihres Gefängnisses markierte.

Mit einem deutlichen Ziehen in ihrer Magengegend trat sie auf den Pfad. Heiße und kalte Schauer wechselten sich mit jedem Schritt, den sie machte, in ihr ab, und sie fragte sich, was wohl geschehen würde, wenn Neil jetzt kommen würde. Aber vielleicht sollte sie diesen Gedanken beiseiteschieben und einfach weitergehen, so weit ihre Füße in den schmalen, engen und vornehmen Schuhen sie tragen konnten. War das nicht ohnehin die beste Lösung? Vielleicht konnte sie es ihrer Tante Natasha nachtun und zu deren Verwandten ziehen. Gequält schüttelte Denise den Kopf. Die Schmach, vor ihrem Mann zu fliehen, wollte sie sich nicht antun. Außerdem würde Neil sie mit Sicherheit zurückholen – wenn es sein musste, mit Gewalt.

„Wir sollten umkehren, Missus Denise", drang Marys Stimme ängstlich in ihre Gedanken ein.

Denise blieb augenblicklich stehen. Es war nicht recht von ihr, Mary mit auf den Pfad zu nehmen. Als Sklavin hatte sie nahe beim Haus zu bleiben, sonst konnte sie übel bestraft werden.

Sehr langsam drehte Denise sich um und blickte auf den in mehreren Windungen verlaufenden Pfad zurück. Der Spazierweg war schon nicht mehr zu erkennen. Die Sonne, die durch die dichten Hemlocktannen, Kiefern, Buchen und hochgewachsenen Büsche fiel, malte helle, sich hin und her bewegende Kringel auf den moosbewachsenen, von braunen Tannennadeln und Blättern überzogenen Boden. Der Wald wirkte friedlich und freundlich, und die junge Frau schloss einen Augenblick die Augen, um sich von der wohltuenden Atmosphäre zu verabschieden. Langsam öffnete sie die Augen wieder und blickte in Marys besorgtes Gesicht, das so gar nicht zu der Gelassenheit passen mochte, die sich plötzlich auf sie gelegt hatte. „Das ist ein schöner Ort, Mary."

Die Schwarze sah sich um und zuckte kurz mit den Schultern.

Vielleicht war es für sie nur ein schmaler, uneben ausgetretener Reitpfad zwischen hohen Baumstämmen und dichtem Unterholz. Doch für Denise bedeutete er mehr. Die junge Frau ging in die

Hocke, sodass sich ihr Reifrock raschelnd aufbauschte und um ihren Körper ausbreitete. Sie strich mit der Hand über die weiche Erde und begutachtete ein paar ältere Fußabdrücke, die wohl nach dem letzten Regen entstanden waren. Die Abdrücke führten ins Unterholz.

Die junge Frau runzelte die Stirn. Stammten sie womöglich von Neil? War er hier mit seinen Hunden unterwegs gewesen? Denise erhob sich, folgte den Fußabdrücken und drang ohne Rücksicht auf ihr gutes Kleid in das Unterholz ein. Mit beiden Händen bog sie einige Haselnusszweige auseinander und entdeckte mitten auf einer kleinen Lichtung einen flachen Erdhügel. Die Erde darauf war noch recht frisch und nur wenige Grashalme zeigten sich zwischen den aufgeworfenen Erdklumpen.

Denise erschauderte und ließ die Zweige zurückschnellen, die sich raschelnd und unter heftigen Bewegungen wieder aufrichteten.

Ein Grab.

Offenbar hatte Neil hier einen seiner Hunde begraben. Eifersucht und sogar Wut stiegen in ihr auf. Die Tiere bekamen die Aufmerksamkeit und Fürsorge von ihrem Mann, die eigentlich ihr zustanden. Und nun hatte er eins dieser Biester ausgerechnet an dem Platz begraben, an dem sie sich vor ihm hatte zurückziehen wollen.

Eilig trat Denise auf den Weg zurück, raffte ihren Rock weit in die Höhe und rannte beinahe in Richtung Spazierweg.

Mary folgte ihr ebenso eilig und ergriff, als sie sie eingeholt hatte, ihren Arm. „Sie sollten nicht so schnell laufen, Missus Denise. Es tut Ihrer angeschlagenen Gesundheit nicht gut, und Massa Warren wird es nicht gerne sehen, wenn Sie verschwitzt und verschmutzt zum Haus zurückkehren."

Für einen Moment regte sich wilder Widerstand in Denise. Doch dann dachte sie an die finsteren Augen ihres Mannes, die weit in die Höhe gezogenen, vorwurfsvollen Augenbrauen und die scharfen, verletzenden Worte, die er für sie finden würde.

Sofort mäßigte sie ihren schnellen Gang.

Für einen kleinen Moment wagte sie es, sich an das freundliche Lächeln von Arnaud Brook zu erinnern. Doch der Schmerz über den Verlust festigte zusätzlich die eiskalte Mauer, die sie um ihr Herz errichtet hatte. Mit langsamen, kraftlosen Schritten kehrte sie in ihr Zuhause zurück.

Kapitel 34

Linda blinzelte in die helle Sonne hinauf und schloss dann wieder ihre Augen. Ein leichter Windhauch, der den Duft des Rhododendron mit sich trug, spielte mit ihrem Haar. Auf ihrem Schoß ruhte ein Gedichtband, doch sie las schon seit einigen Minuten nicht mehr darin. Eine einzelne Träne rollte über ihre Wange und tropfte schließlich auf den weißen Spitzenkragen ihres cremefarbenen Nachmittagskleides. Mehrere Tage waren bereits vergangen, seit sie bei den Bryants gewesen war. Seitdem hatte sie nichts von Simon gehört.

Langsame Schritte näherten sich über die Veranda. Ihr Vater kam zu ihr herüber und ließ sich neben ihr in einen Schaukelstuhl fallen, der bedenklich und protestierend knarrte.

Schnell strich sich das Mädchen eine weitere Träne von der Wange und wandte sich dem Mann zu. In seinen Händen hielt er den *Charleston Mercury* und eine Ausgabe der *L´Abeille/The Bee,* der zweisprachigen Tageszeitung aus New Orleans. Sie trafen immer mit einigen Tagen Verspätung hier in Bamberg ein und wurden vor allem von ihrer Mutter gelesen, die eine in New Orleans geborene Kreolin war. Henry Fowler legte die Zeitungen auf den kleinen Beistelltisch und zog einige braune Briefumschläge zwischen deren Seiten hervor. Dann ließ er seinen Blick nachdenklich in die Ferne schweifen, während er sich mit einem der Umschläge auf die linke Handfläche tippte.

Linda setzte sich in ihrem Stuhl auf. „Ist das ein Brief für mich, Pa?“, fragte sie leise.

Ihr Vater sah sie mit gekrauster Stirn prüfend an, als habe er soeben erst ihre Anwesenheit bemerkt. Schließlich schüttelte Mr Fowler den Kopf. „Erwartest du Post?“

„Ja, von Natasha Steinmann. Ich hatte ihr geschrieben, doch das ist schon eine Weile her.“

„Was veranlasst dich, Mrs Steinmann zu schreiben?“

Linda strich sich ein paar lose Haarsträhnen aus dem Gesicht. Sollte sie ihrem Vater sagen, dass sie sich Sorgen um das Grundstück der Steinmanns machte? Linda schüttelte den Kopf. In diese Männerwelt durfte sie sich offiziell nicht einmischen, zumal sie zugeben musste, dass sie von diesen Dingen auch nur wenig verstand. Sie wusste nur, dass es im Moment nicht ratsam war, Grundstücke zu veräußern, da die Preise sehr niedrig waren und viele Ländereien weit unter Wert verkauft werden mussten. Ein wenig hilflos lächelte Linda ihren Vater an. „Ich mache mir Sorgen um Denise Steinmann. Sie ist einsam dort draußen und es geht ihr gesundheitlich nicht sehr gut."

„Es ist sehr aufmerksam von dir, dich um die Nachbarin zu kümmern, Linda. Allerdings bezweifle ich, dass Mrs Steinmann ihre Entscheidung, zu Verwandten zu ziehen, bis sich eine Lösung für *Green Crystal* gefunden hat, wieder rückgängig machen wird."

„Weshalb denkst du das?"

„Die Warrens sind nicht gerade dafür bekannt, die freundlichsten Gastgeber zu sein. Wäre Denise Steinmanns Vater noch am Leben, hätte er sich mit Sicherheit dagegen gewehrt, Denise einen Warren ehelichen zu lassen. Sie sind gesellschaftlich nicht gerade angesehen, und gelegentlich wird gemunkelt, dass sie ihre Plantage mit nicht ganz ehrlichen Mitteln erstanden haben sollen."

Linda änderte ihre Sitzposition so, dass sie sich ihrem Vater besser zuwenden konnte. Sie ignorierte die Tatsache, dass ihr Buch dabei mit einem lauten Poltern auf den Holzboden fiel. „Hältst du Mr Warren für gefährlich?"

„Gefährlich?" Lindas Vater zuckte kurz mit den Schultern und blickte wieder auf den Briefumschlag. „Er würde Denise Steinmann nichts tun, falls du das meinst, Linda. Schließlich ist sie seine Ehefrau und er möchte von ihr gerne einen Erben geschenkt bekommen." Mr Fowler hatte sich endlich dazu durchgerungen, den Umschlag zu öffnen. Nachdem er den Inhalt des Briefes gelesen hatte, seufzte er laut auf. „Das hatte ich befürchtet."

„Ist etwas Schlimmes geschehen?"

„Deiner Großmutter in New Orleans geht es nicht gut. Sie bittet darum, dass deine Mutter zu ihr kommt."

Linda nickte und hob ihr Buch wieder auf. Die vornehme Dame aus New Orleans schrieb in regelmäßigen Abständen, wie schlecht es ihr ginge, und forderte einen länger andauernden Besuch ihrer Tochter ein. Das bedeutete für sie, dass ihre Eltern in nächster Zeit eine längere Reise unternehmen würden.

„Magst du uns dieses Mal nicht begleiten, Linda? New Orleans ist eine aufregende Stadt."

„Ich war schon dort, erinnerst du dich, Pa? Es war Karneval und ich habe euch zwischen den Tanzenden und Feiernden aus den Augen verloren. Stundenlang bin ich durch die Straßen und Gassen geirrt, bis mich ein spanisch sprechender Mann bei einem

Policier* abgegeben hat." Linda verdrängte die unangenehmen Erinnerungen an das Erlebnis von vor vier Jahren, und ihr Vater bat sie nicht weiter, sie zu ihrer Großmutter zu begleiten.

Linda wusste nicht, ob sie darüber erleichtert sein sollte. Immerhin fühlte sie sich bereits verlassen genug – durch den Verlust Simon Bryants und den Fortzug ihrer Freundin. Andererseits hatte sie eine gewisse Verantwortung für Denise Warren übernommen und wollte sie nicht einfach aus der Hand geben. Sie war schon viel zu lange nicht mehr bei ihr gewesen.

Ihr Vater erhob sich wortlos und verschwand im Inneren des Hauses. Linda folgte ihm nur wenige Minuten später. Sie wollte einen weiteren Brief an Natasha Steinmann schreiben, die aus unerklärlichen Gründen weder zurückgeschrieben hatte noch sich weiter um *Green Crystal* zu kümmern schien oder nach ihrer Nichte zu sehen gedachte.

Kapitel 35

Die Hufe der Zugtiere und die Wagenräder wirbelten den trockenen Bodenstaub auf, und eine weithin sichtbare, dunkle Wolke deutete darauf hin, wie weit sich die Wagen inzwischen verteilt hatten. Das braune Präriegras wogte unter den auffrischenden Böen hin und her und brachte ein beständiges Rauschen hervor. Dieses Geräusch wurde jedoch meist vom Knarren und Rollen der Wagen, den Tritten der Zugtiere und dem Schlurfen der müden, barfuß gehenden Menschen überlagert. Nachdem einer der Steinmann-Prärieschoner bei *Ash Hollow* zerschellt war und sechs weitere von dort den Rückweg angetreten hatten, war die Kolonne auf vierzehn Wagen geschrumpft.

Seitdem war Esra Stevens fast ununterbrochen angetrunken und hin und wieder sogar so betrunken, dass er auf einen der Wagen gelegt werden musste, weil er sich nicht mehr auf seinem Pferd halten konnte.

Der Treck hatte die beiden weit in die Höhe reichenden, bizarren Felsformationen *Courthouse Rock* und *Jail Rock* passiert

* Franz. für Sheriff bzw. Polizist. In New Orleans wurde zu großen Teilen Französisch gesprochen.

und näherte sich nun einer weiteren außergewöhnlichen Wegmarkierung. Während sich rechts von ihnen gelegentlich kleinere Berge und Felsen am Horizont abzeichneten, tauchte vor ihnen die scheinbar bis in den wolkenlosen Himmel reichende Säule auf, die aufgrund ihres schornsteinähnlichen Aussehens *Chimney Rock** genannt wurde.

Joanna blinzelte gegen das helle Licht der Sonne und den aufgewirbelten Staub an und tastete mit ihrer freien Hand nach dem Tuch, das sie sich über Mund und Nase gebunden hatte. Sie betrachtete den erst sanft ansteigenden, dann immer steiler werdenden rot schimmernden Felsen, auf den sie zuhielten. Müde wischte sie sich den Schweiß von der Stirn. Ihr linker Arm schmerzte und die mit einem Lederhandschuh geschützte Hand war inzwischen völlig gefühllos. Dennoch ließ sie das Führseil der vier Mulistuten nicht los.

Die junge Frau blickte erneut zum *Chimney Rock* und wünschte sich, sie hätten ihn bereits passiert. Weshalb nur wirkten so prägnante Landmarkierungen wie diese immer so, als wären sie innerhalb weniger Minuten zu erreichen, und doch dauerte es Stunden, bis sie sie tatsächlich passiert hatten?

„Sollen wir tauschen, Joanna?“, hörte sie Ellies Stimme vom Kutschbock herunter fragen und die dunkelste der Mulistuten antwortete mit einem lauten Schnauben.

„Dich hat sie nicht gemeint, Lady. Also gib Ruhe und bleib in der Reihe!“, brummte Joanna und erntete ein fröhliches Lachen ihrer jüngsten Schwester.

„Fehlt dir ein geeigneter Gesprächspartner so sehr, dass du jetzt schon beginnst, mit den Mulis zu streiten?“

„Ich streite niemals, Ellie Steinmann. Ich unterhalte mich nur gerne.“

„Im Besondern mit Leuten, die dir Widerworte geben.“

„Hast du schon einmal mit jemandem über ein Thema kontrovers diskutiert, wenn er dieselbe Meinung vertreten hat wie du selbst?“

„Ich komme selten in den Genuss, außer mit dir, Joanna. Aber denkst du tatsächlich, dieses Muli hat eine eigene Meinung, geschweige denn eine andere als du?“

* dt. Schornstein-Felsen

„Woher soll ich wissen, welche Meinung dieser Vierbeiner vertritt, wenn ich ihn nicht dazu befrage?“, lachte Joanna.

„Du bist verrückt, Joanna.“

„Wundert dich das, Ellie? Seit Wochen dringt der staubige Sand durch meinen Mund und meine Nase in mein Gehirn ein.“

„Wenn das Beckie wieder gehört hätte“, rief Ellie entsetzt.

„Sie ist weit genug entfernt, um meine wenig schönen Formulierungen nicht hören zu müssen.“

„Aber ich nicht, Joanna“, gab Ellie zurück.

„Seit wann bist du so empfindlich, Ellie Steinmann?“

„Seit Branca Carole ständig vorwirft, dass sie immer mehr zu einem verrohten Burschen wird. Das möchte ich nämlich nicht.“

„Das wirst du nicht, Ellie. Wir sind alle so unterschiedlich, dass es keine zweite Carole Steinmann geben wird.“

„Sollen wir nun tauschen?“, fragte Ellie erneut.

„Nur wenn du möchtest. Ich laufe mir lieber die Fußsohlen wund, als dass ich meinen Allerwertesten ...“

„Joanna Steinmann!“, fuhr Ellie dazwischen, lachte jedoch dabei.

„Bis jetzt bist du eine herrliche Mischung aus Beckie, Branca und Carole.“

„Und von dir habe ich nichts?“, wollte Ellie wissen und lächelte ihre ältere Schwester an, wohl weil sie deren Antwort bereits ahnte.

„Das ist auch besser so!“

Am Abend sammelten sich die Wagen, wie morgens von Alec Thompson vorgegeben, da Mr Stevens nicht ansprechbar gewesen war, jenseits des *Chimney Rock*.

Inzwischen routiniert, übernahm jeder der Reisenden, die sich um die Thompsons und Steinmanns geschart hatten, seine abendlichen Aufgaben. Nachdem sie gegessen hatten, erbot sich Joanna, den Thompson-Brüdern und Andy Barter, die bei der Herde Wache hielten, ihre Mahlzeit zu bringen.

Sie band das Reitpferd los, das die Thompsons hinter ihrem Wagen angebunden hatten, damit eine Verbindung zwischen ihnen und der abseits geführten Herde aufrechterhalten werden konnte. Sie sattelte das Tier und schwang sich schließlich auf seinen Rücken. Dabei breitete sich ihr weiter Rock fächerförmig über den Flanken des Pferdes aus.

„Grüß die drei von mir“, rief Beckie zu ihr herüber.

„Einen im Besonderen?“

Beckie errötete und wandte sich ab, doch Joanna hörte sie noch murmeln: „Wenn du es dich traust.“

„Du weißt, dass ich das gehört habe, und du kennst meinen Hang zur Direktheit, Beckie Steinmann.“

„Wie sollte ich das jemals vergessen?“, kam die spöttische Antwort und wieder lachte Joanna. Die Stute fiel in einen leichten Galopp. Joanna lenkte sie mit einer Hand, während sie mit der anderen die Umhängetasche, in der sie das Essen für die Männer transportierte, gegen ihren schlanken Körper presste.

Nach wenigen Minuten erreichte Joanna die drei Reiter mit ihrer Herde. Da sie immer ein gutes Stück hinter den Wagen blieben, kamen sie erst jetzt an ihrem Ziel für den heutigen Tag an. Eine Staubwolke hüllte sie ein, und wieder einmal erkannte die junge Frau die Dringlichkeit, die vielen Tiere von den Wagen fernzuhalten. Sie hatten an diesem Tag wahrlich genug Staub eingeatmet und geschluckt!

Die Pferde, Ersatzmulis, Ochsen und weitere Vierbeiner schienen von dem langen Marsch des Tages müde zu sein, denn sie blieben sofort stehen, als die Reiter sie nicht weiter antrieben und stattdessen auf Joanna zusteuerten.

Andy Barter und Mike Thompson zogen grüßend ihre Hüte, während Alec wie so oft nur leicht mit dem Zeigefinger an seine breite Hutkrempe tippte und ihr sein jungenhaftes, freches Grinsen als Begrüßung zeigte.

„Ich bringe etwas zu essen und herzliche Grüße von Beckie“, rief Joanna, als sie noch einige Pferdelängen von den Männern entfernt war. Vorsichtig nahm sie die Umhängetasche ab, um sie Andy Barter hinüberzureichen. „Besonders herzliche Grüße an Sie, Mr Thompson“, fügte sie noch hinzu. Das Grinsen auf dem Gesicht des Mannes verschwand einen Augenblick. Mike und Andy sahen sie überrascht an und so zog sie entschuldigend die Schultern in die Höhe. „Tut mir leid, Mike. Ich habe Laurie vor meinem Ritt nicht mehr gesehen. Sie war mit Jasmine Büffeldung sammeln.“ Dann wandte sie sich an Andy. „Und deinen Vater habe ich auch nicht mehr gesehen.“

Andy nickte schweigend, wendete sein Pferd und ritt, gefolgt von Mike, zur Herde zurück.

„Sie brechen sein Herz, Miss Steinmann", murmelte Alec in ihre Richtung.

Joanna neigte den Kopf zur Seite und musterte verwundert das Gesicht des Mannes, das um die Mund- und Nasenpartie deutlich heller war, da auch er auf seinem Ritt ein Tuch umgebunden hatte. „In seine Herzensangelegenheiten will ich mich nicht einmischen, Mr Thompson."

„Aber in die Ihrer Schwestern?"

Joanna lächelte.

„Wir Steinmanns interessieren uns füreinander und sind auch sehr ehrlich zueinander."

„Was Ihnen nicht schwerfällt", erwiderte Alec lachend und deutete mit dem Kopf in die Richtung, in der sich das Lager befand. „Ich begleite Sie zu den Wagen zurück."

„Das ist nicht nötig, Mr Thompson. Ich bin alleine hierhergekommen und ich finde auch alleine wieder zurück."

„Das würde ich nie infrage stellen, Miss Steinmann. Allerdings hatte ich ohnehin vor, mich von Pete Ravens ablösen zu lassen." Er lenkte seine Stute an ihr vorbei, woraufhin Joanna ihr Tier wendete und ihm folgte. Nachdenklich betrachtete sie seinen breiten Rücken, und zum ersten Mal an diesem Abend fragte sie sich, weshalb sie freiwillig diesen Ritt auf sich genommen hatte, anstatt ihn einem der Männer zu überlassen, die sonst diese Aufgabe übernahmen. Lag es daran, dass sie schon immer gerne geritten war? Oder hatte sie unbewusst eine Gelegenheit gesucht, Alec Thompson zu sehen?

Joanna presste die Lippen fest aufeinander und wies diesen Gedanken energisch von sich.

Alec Thompson wandte sich im Sattel um, und sie trieb die Stute an, um zu ihm aufzuschließen. „Was ist mit Esra Stevens?"

„Er liegt noch immer im Wagen der Kraskos und rührt sich nicht. Ich frage mich nur, woher er diese Mengen an Alkohol hat."

„Er hat seine Packpferde, Miss Steinmann."

„Vielleicht sollte ich mich einmal an ihnen zu schaffen machen, damit wir wieder einen Führer an unserer Seite haben."

„Sie misstrauen doch nicht etwa den Wegweisungen, die wir Männer gegeben haben, Miss Steinmann?"

„Ich habe heute keine Wagenspuren von früheren Trecks mehr gesehen, Mr Thompson."

„Das liegt vermutlich daran, dass das eine neuere, kürzere Strecke ist. Viele Wagenzüge fahren noch immer südlich von hier."

„Und woher haben Sie die Informationen über die kürzere Strecke, Mr Thompson? Von Ihrem morgendlichen Gespräch mit dem verkaterten Mr Esra Stevens?“

Alec rieb sich verlegen mit der Hand den Nacken, in dem sich inzwischen seine dunklen Haare wellten.

Joanna schüttelte aufgebracht den Kopf. „Sie verlassen sich weiterhin auf die Aussagen dieses Mannes? Woher nehmen Sie die Gelassenheit und die Zuversicht, dass er die Richtung unseres Weges noch angeben kann, wenn er ansonsten weder seine Gliedmaßen noch seinen Verstand unter Kontrolle hat?“

„Keine Angst, Miss Steinmann. Wir sind auf dem richtigen Weg.“

„Ich habe keine Angst, Mr Thompson. Ich ärgere mich einfach darüber, dass wir diesem Mann viel Geld bezahlt haben, damit er uns sicher in den Westen bringt, er jetzt aber wie ein Kleinkind in einem der Wagen durch die Wildnis geschaukelt werden muss.“

„Ihr Urteil wird ihm sicherlich helfen, wieder auf die Beine zu kommen.“

„Ich werde dem nachhelfen müssen, im Interesse aller Mitreisenden.“

Alec Thompson lachte laut auf und wandte sich wieder ab. „Wie kommen Sie dazu, den Wächtern die Mahlzeit zu bringen, Miss Steinmann?“, fragte er nach einiger Zeit des Schweigens.

„Die anderen Männer waren beschäftigt“, antwortete Joanna schnell.

„Die Männer sind immer beschäftigt – ebenso wie die Frauen des Wagenzuges. Haben Sie sich etwa vor einer Aufgabe gedrückt?“

„Wenn Sie Ihre Unfreundlichkeiten nicht für sich behalten, Mr Thompson, werden Sie bei Ihrer nächsten Wache hungern müssen.“

„Ich bin nur genauso ehrlich und direkt wie Sie.“

„Wie kommen Sie überhaupt dazu, mein Tun zu hinterfragen?“

„Ich sehe, wo und mit welcher selbstlosen Bereitschaft Sie überall aushelfen, Miss Steinmann, und ich gebe zu, dass mir das imponiert. Allerdings frage ich mich, ob Sie jemals bereit sind, aus Fehlern zu lernen. Erinnern Sie sich an den Wald, in dem Sie sich verirrten? An die Büffel oder an die Nacht, in der Sie das Lager aus den Augen verloren? Vielleicht sollten Sie es besser vermeiden, allein durch die Prärie zu reiten.“

Joanna schürzte die Lippen und warf ihrem Begleiter einen prüfenden Blick zu. Sorgte er sich etwa um ihre Sicherheit?

Als habe er ihre Gedanken erraten, hob er abwehrend beide Hände, wobei die Zügel der Reitstute auf ihrem Hals liegen blieben. „Verstehen Sie mich nicht falsch. Ich will Ihnen nicht Ihre Freiheiten beschneiden oder gar Ihre Hilfsbereitschaft infrage stellen."

„Stattdessen stellen Sie meinen gesunden Menschenverstand infrage?", schoss sie zurück, konnte ein selbstkritisches Lächeln jedoch nicht unterdrücken.

„Mir scheint, Sie haben verstanden, was ich sagen wollte."

Als sie im Lager ankamen, lief ihnen Ellie, gefolgt von Branca, entgegen. „Du hast etwas versäumt, Joanna! Gerade haben sich zwei Männer geprügelt", rief das Mädchen.

Joanna sah ihre Schwestern erschrocken an. War es schon so weit gekommen, dass die Männer des Wagenzuges aufeinander losgingen? Sie alle spürten die Unruhe und die Anspannungen der scheinbar endlosen Tage, die sich in immer gleicher Monotonie und doch permanenter Anstrengung dahinzogen, einem scheinbar niemals erreichbaren Ziel entgegen.

„Mrs Keith soll Mrs Birk gegenüber angedeutet haben, dass ihre Tochter ein verwöhntes Balg sei. Die Frauen bekamen Streit und zogen ihre Männer mit hinein", erklärte Branca und schüttelte verständnislos den Kopf.

„Ich glaube, wir könnten alle etwas Ablenkung gebrauchen. Die Stimmung der Reisenden ist auf einen gefährlichen Tiefpunkt gefallen", überlegte Joanna laut und ließ ihren Blick über das zu der frühen Abendstunde ungewöhnlich stille Lager gleiten.

„Was haltet ihr von einem Tanzabend?", schlug Branca vor, und ihre Augen begannen, vor Begeisterung zu leuchten.

Joanna lächelte sie an. Auch ihrer jüngeren Schwester würde eine Aufmunterung guttun und vielleicht würde so ein Tanzabend ihre mürrische Laune aufbessern. Joanna wandte sich um, als sie leicht an der Schulter berührt wurde.

Alec Thompson beugte sich von seinem Pferd weit zu ihr herüber. Verwirrt blickte die junge Frau in die durch die Schmutzschicht im Gesicht hell leuchtenden blauen Augen des jungen Mannes. Dieser flüsterte leise: „Helfen Sie mir bitte, Miss Steinmann. Ist das nun Beckie oder Branca?"

Joannas Augen wurden groß. Sie hielt es für unmöglich, ja fast für strafbar, dass ausgerechnet Alec, der doch ganz offensichtlich in Beckie verliebt war, sie und ihre im Wesen vollkommen unterschiedliche, wenn auch sehr ähnlich aussehende Schwester nicht auseinanderhalten konnte.

„Branca, Mr Thompson. Gerade Sie sollten die beiden doch auseinanderhalten können!"

„Sollte ich das?", fragte Alec ungewöhnlich ernst.

Joanna, der seine unmittelbare Nähe zu unangenehm wurde, trieb ihre Stute ein paar Schritte weiter und stieg ab. Sie strich dem Pferd über den Hals und schließlich über die feuchten Nüstern. Dann blickte sie an dem Tier vorbei zu Alec hinüber. Sie musste mehr Distanz zu Lauries Schwager aufbauen, denn keineswegs wollte sie sich zwischen ihn und Beckie drängen. Ihre spitzen Bemerkungen würden sie weiterhin davor schützen, ihre Gefühle für diesen Mann, die sie nicht mehr in den Griff zu bekommen schien, zeigen zu müssen. Ansonsten musste sie einfach aufpassen, dass sie Unternehmungen wie die heutige bewusst mied.

Keine halbe Stunde später war die Ruhe aus dem Lager gewichen. Ein Feuer züngelte hoch in den dunklen Himmel hinein, und die aufstrebenden Funken tanzten mit den Kindern, die sich an den Händen hielten und zur Musik einer Geige fröhlich im Kreise herumsprangen, um die Wette.

Mr Keith, dessen Gesicht deutliche Spuren des vorangegangenen, handfesten Streites mit Mr Birk aufwies, brachte eine schwere, gut mit Stroh ausgepolsterte Holzkiste aus seinem Wagen. Zur Freude der Männer beinhaltete sie sechs Flaschen guten Rotweines.

Der alte Mr Ravens unterstützte den Geiger mit seiner Mundharmonika, und Branca – in einem vornehmen, durch einen Reifrock ausgestellten Festkleid, das alle bisherigen Wetter- und Flusskapriolen überstanden hatte – zog den jungen Silas Krasko hinter sich her und begann, mit ihm zu tanzen. Doch sie verweilte nicht lange bei dem Jungen, sondern lief auf die Gruppe der Umherstehenden zu, um dann die widerstrebende Carole als Tanzpartnerin zu ihm auf die provisorische Tanzfläche zu ziehen. Sofort holte sie sich den ebenfalls in Mitleidenschaft gezogenen Mr Birk, um ihn dann schnell zu seiner Frau zu führen, die begeistert mit ihm zu tanzen begann. So stellte sie mit der größten Selbstverständlichkeit die Tanzpaare zusammen.

Joanna war erleichtert, dass Branca sie zu Stewart zog. Beckie tanzte mit Alec und wurde schließlich von einer strahlenden Ellie abgelöst. Stewart, der nicht gerade ein begeisterter Tänzer war, gab auch Joanna nach dem ersten Musikstück wieder frei, und so flüchtete sie sich, gemeinsam mit Laurie, deren Zustand sich nicht mit den immer schneller werdenden Melodien vertrug, zu Beckie. Gemeinsam schafften sie Wasser heran und bereiteten kalten Tee zu, der sehr schnell reißenden Absatz fand. Amüsiert blickten die drei jungen Frauen auf die Tanzenden vor dem Feuer. Schließlich ergriff Laurie Joannas Hand und drückte sie fest. „Das war eine ausgezeichnete Idee, Joanna."

„Der Einfall kam von Branca. Sie vermisst die Südstaaten-Feste. Umgesetzt hat die Idee aber wohl dein Schwager."

„Alec?" Laurie blickte Joanna überrascht an und lachte dann glockenhell auf. „Wer hätte das gedacht!", murmelte sie und drückte ihre Hand noch ein wenig fester.

„Ich frage mich nur, wo er sich inzwischen versteckt hält, um weiteren Tänzen mit den anwesenden jungen Damen aus dem Weg zu gehen."

„Ich glaube, er wollte Andy und Mike holen. Sie sollten auch noch etwas von dem Vergnügen haben", erklärte Laurie ihr.

Joanna nickte und warf einen prüfenden Blick zu Beckie hinüber, doch sie schien den jüngeren der Thompson-Brüder nicht weiter zu vermissen.

Laurie hakte sich bei Joanna ein. „Ihr Steinmann-Mädchen seid einfach großartig, Joanna. Ihr seid zwar hin und wieder etwas eigen, aber meistens fröhlich und hilfsbereit. Es tut uns allen unendlich gut, euch hier dabeizuhaben." Wieder lachte Laurie in ihrer ansteckenden Weise auf. „Ihr bringt uns auf die unterschiedlichsten Arten dazu, das Lachen und die Dankbarkeit – selbst über die kleinsten Dinge – nicht zu vergessen. So ist es auch mit diesem spontanen Fest heute Abend, selbst wenn wir morgen darüber klagen, dass wir zu wenig Schlaf hatten und unsere Füße noch mehr schmerzen. Und ich weiß jetzt schon, dass ihr euch auch darüber wieder gegenseitig aufziehen und amüsieren werdet."

Mit einer beinahe hilflosen Geste zog Joanna die Schultern in die Höhe. Dann blickte sie suchend zu den Feiernden hinüber und fragte sich, wo Beckie abgeblieben war. Vielleicht sah sie ja nach Mrs Schlenker, die noch immer sehr unter dem Tod ihres Mannes litt.

Zwei Stunden später kehrte allmählich wieder Ruhe im Lager ein. Nur noch wenige Leute saßen um das Feuer herum, und Joanna begann, an dem provisorisch aus Fässern und einem Brett errichteten Getränkebüfett aufzuräumen. Laurie war bereits zu Bett gegangen, da sie durch ihre Schwangerschaft mehr Ruhe benötigte als sonst. Mr Keith und Mr Birk saßen gemeinsam am niederbrennenden Feuer und unterhielten sich, während Jasmine Lewis soeben Mrs Schlenker eine gute Nacht wünschte und mit einem fröhlichen Winken in Joannas Richtung auf ihren Planwagen zustrebte.

Joanna winkte zurück und schüttete vorsichtig den restlichen Tee in eine Feldflasche. Jede Flüssigkeit war kostbar und durfte nicht verschwendet werden, selbst wenn sie sich nie sehr weit vom *North Platte* entfernten.

Von irgendwoher tauchte Beckie aus dem Dunkel auf. Sie kam auf das Getränkebüfett zu und schien mehr zu tanzen und zu hüpfen, denn zu gehen. Als sie Joanna entdeckte, legte sich ein so strahlendes Lächeln auf ihr Gesicht, wie ihre ältere Schwester es noch nie an ihr gesehen hatte.

Schnell war Beckie bei Joanna, nahm sie an den Händen und wirbelte sie einmal im Kreise herum, ehe sie atemlos vor ihr stehen blieb. Mit ihren funkelnden grünen Augen blitzte sie sie fröhlich an. „Du ahnst nicht, was geschehen ist, Joanna", lachte das Mädchen.

Joanna schüttelte den Kopf, obwohl Beckies überschwängliche Freude eine Vermutung in ihr aufkeimen ließ, die ihr jedoch einen unangenehmen, beißenden Stich in ihrer Brust einbrachte.

„Er hat mich gefragt! Er hat mich tatsächlich gefragt!", jubelte Beckie und sah sich dann erschrocken um. Doch niemand kümmerte sich um die beiden Schwestern.

Joanna hielt einen Moment die Luft an. Dann lächelte sie zurück und zog Beckie in ihre Arme. Freude und Schmerz wallten zeitgleich in ihr auf, und überwältigt von der Intensität der gegensätzlichen und verwirrenden Gefühle, klammerte sie sich an ihrer Schwester fest.

„Ich bin so froh, dass du noch auf bist, Joanna! Dir wollte ich es als Erster erzählen. Ich bin ja so aufgeregt und so glücklich und ..." Beckie löste sich aus der Umarmung.

Joanna freute sich über das Glück ihrer Schwester, und niemals durfte diese erfahren, welchen Schmerz es ihr eingebracht hatte. Sie wollte, dass Beckie glücklich war.

„Du sagst ja gar nichts, Joanna. So kenne ich dich überhaupt nicht.“

„Möchtest du, dass ich deine großartige Offenbarung mit meinen allseits gefürchteten Äußerungen verderbe?“

„Das tust du nie und das würdest du heute ohnehin nicht schaffen, liebe Joanna.“

„Was also hat er dich gefragt?“

„Das weißt du ganz genau, Joanna. Er hat mich gefragt, ob ich ihn heiraten möchte!“

Joanna schloss für einen kurzen Moment die Augen. „Und du hast, vernünftig wie du bist, natürlich Nein gesagt.“ Es fiel ihr nicht leicht, ihrer Stimme einen scherzhaften Klang zu verleihen.

„Wo denkst du hin, Joanna? Ich habe natürlich Ja gesagt!“, lachte Beckie fröhlich. „Ich habe Ja gesagt und stell dir vor: Ich habe sogar schon meinen ersten Kuss bekommen.“

Joanna nickte. „Dann sollte der junge Mann unbedingt lernen, dich und Branca auseinanderzuhalten. Nicht, dass er einmal versehentlich die falsche Dame seines Herzens in seinen Armen hält.“

Beckie kicherte und schob ihre Schwester noch ein Stück weiter von sich, damit sie sie wieder mit ihrem zauberhaften Lächeln anstrahlen konnte. „Er kann uns doch auseinanderhalten, Joanna.“

„Da wäre ich mir nicht so sicher, Beckie. Erst vorhin hat er mich gefragt, mit welcher von euch beiden er es gerade zu tun hätte.“

Beckie blickte ihre Schwester irritiert an und Joanna legte ihr eine Hand auf die Schulter. „Mach dir keine Sorgen, verlobtes Mädchen. Er wird es schon noch lernen – spätestens wenn Branca ihm ordentlich gegen das Schienbein tritt.“

„Er kann uns auseinanderhalten, Joanna. Schon längst. Außerdem kannst du ihn heute gar nicht zusammen mit Branca gesehen haben. Das ist nicht möglich!“

„Doch. Als ich mit ihm ins Lager kam.“

„Du warst schon lange hier, als er kam.“

„Ich versichere dir, dass ich mit ihm von der Herde hierhergeritten bin.“

Beckie schüttelte verwirrt den Kopf, dann stutzte sie und mit einem amüsierten Lächeln auf dem Gesicht ergriff sie Joanna am Unterarm. „Von wem sprichst du eigentlich, Joanna?“

„Von deinem Verlobten, Beckie Steinmann, von Mr Alexander Thompson."

Beckie blickte sie mit offenem Mund sprachlos an und begann dann, schallend zu lachen. Irgendjemand bat missmutig um Ruhe und so schlug die junge Frau ihre beiden Hände vor den Mund.

Joanna ergriff ihre jüngere Schwester am Unterarm und zog sie hinter sich her, zwischen den Wagen hindurch auf die Prärie hinaus.

Als Beckie sich endlich wieder beruhigt hatte, musterte sie Joanna, so weit das im fahlen Mondlicht möglich war. „Wer spricht denn hier von Alec, Joanna? Alec Thompson ist ein netter Kerl. Er erinnert mich ein wenig an Oliver und vermutlich habe ich in ihm eine Art Ersatzbruder gesucht. Aber so lieben, wie ich einen zukünftigen Ehemann lieben möchte, könnte ich ihn nun tatsächlich nicht."

Joanna blinzelte mehrmals. Sie wusste, was selten einmal vorkam, nicht, was sie sagen sollte. Eine Hitzewelle schoss durch ihren Körper, als ihr klar wurde, was das bedeutete. Sie schüttelte den Kopf, als hoffe sie, alle verwirrenden Gedanken dadurch vertreiben zu können. Energisch zwang sie sich, sich wieder auf ihre Schwester zu konzentrieren. Beckie stand noch immer fröhlich lächelnd vor ihr, und ihre Augen schienen heller zu funkeln als der Mond und die unzähligen Sterne, die inzwischen am nachtschwarzen Himmel erschienen waren. „Entschuldige, Beckie. Ich bin ein bisschen verwirrt. Kannst du bitte noch einmal ganz von vorne anfangen?"

Beckie lachte und erklärte schließlich: „Ich weiß nicht, wie du auf Alec kommst, Joanna. Aber bei meinem Verlobten handelt es sich um Andy Barter. Ich habe ihn lange gepflegt, nachdem er mich vor dieser Bärin gerettet hat, und ich habe viel Zeit mit ihm und seinen Geschwistern zugebracht, nachdem ihre Mutter gestorben ist. Ich weiß, er ist noch jung – gerade einmal drei Jahre älter als ich –, aber er ist für sein Alter sehr erwachsen, und außerdem ist er sehr liebenswert. Was soll ich sagen, Joanna?"

„Liebst du ihn?"

„Sehr!", lautete die einfache Antwort, die von einem leisen Seufzen begleitet wurde.

Joanna lächelte und schüttelte ein weiteres Mal den Kopf. „Ich freue mich unendlich für dich, Beckie Steinmann. Und ich wünsche dir und deinem Andy Gottes Segen für euer gemeinsames Leben."

„Danke, Joanna. Vielen Dank." Beckie wandte sich wieder den Wagen und dem langsam niederbrennenden Feuer zu.

Joanna beeilte sich, mit ihr Schritt zu halten, und konnte nicht umhin, noch ein weiteres Mal den Kopf zu schütteln. Andy Barter! Sie mochte den jungen Mann, der eine große Hilfe für seinen Vater und für Mrs Paltrow war, der Verantwortung für seine Geschwister übernommen hatte und sich auch an der Aufsicht über die Herde beteiligte. Andy Barter würde einen großartigen Ehemann für ihre Schwester abgeben.

„Joanna?"

„Ja?"

„Magst du Alec?"

„Diese Frage hast du mir schon einmal gestellt."

„Und wie lautet deine Antwort?"

„Ich habe dich gefragt, ob du dir das vorstellen kannst."

„Und ich habe deine Frage verneint. War das ein Fehler?"

„Dies zu ergründen, liebe verliebte Schwester, überlasse ich ganz deiner Fantasie."

„Wobei deine Fantasie weitaus besser ausgeprägt zu sein scheint. Alec Thompson und ich ..." Wieder lachte Beckie. Dann hängte sie sich bei Joanna ein. „Ich kann dir doch unmöglich dein willigstes Streitopfer nehmen. Immerhin hast du zu deinem zukünftigen Schwager höflich, freundlich, zurückhaltend und liebenswürdig zu sein."

„Das wird mir bei Andy Barter weitaus leichter fallen als bei Alexander Thompson. Ich danke dir, Beckie."

Kapitel 36

Es war weit nach Mitternacht, und der halbe Mond am wolkenlosen Himmel sandte sein sanftes Licht durch die Stoffplane hindurch in das Innere des Wagens, in dem Joanna und Laurie lagen.

Seit die Steinmanns einen ihrer Wagen verloren hatten, war Joanna ganz zu ihrer Freundin umgezogen. Immerhin verbrachte Mike viel Zeit bei der Herde, und wenn er einmal abgelöst wurde, legte er sich ohnehin unter den Wagen, da er seine Frau nicht wecken wollte. Die Schwangere schlief fest und Joanna lauschte auf ihre gleichmäßigen Atemzüge. Die Luft war erfüllt vom Duft irgendeines Gewürzes, das wohl nicht ordentlich verschlossen in seiner Kiste lag.

Joanna blickte auf den gewölbten Stoff über sich, der inzwischen mit unzähligen Stockflecken übersät war. Sie konnte einfach nicht einschlafen, obwohl sie unendlich müde war und den neuen Tag, der weitere Strapazen und viele Meilen Fußmarsch mit sich bringen würde, fürchtete. Doch Beckies Offenbarung, dass sie Andy Barter und nicht Alec Thompson zu heiraten gedachte, hatte ihre Gefühlslage durcheinandergewirbelt. Sie war seit Wochen davon ausgegangen, dass aus den beiden ein Paar werden würde. Deshalb hatte sie ihre aufkeimende Zuneigung für Alec zu unterdrücken versucht. Nun war das nicht mehr nötig, und dies hatte zur Folge, dass sie sich einem Gedanken, den sie tief in sich vergraben hatte, stellen musste: Sie liebte Alec Thompson! Aber wie sollte sie mit dieser Gewissheit – und der Freiheit, die sie plötzlich wie ein heftiger Wind umwehte – umgehen? Konnte und wollte sie das überhaupt? War sie bereit, sich zu binden?

Und Alec Thompson – der offensichtlich ungute Erfahrungen mit seiner damaligen Verlobten gemacht hatte ... Wäre es nicht einfacher, alles so zu belassen, wie es war?

Die junge Frau seufzte leise und setzte sich auf. Dabei stieß sie mit dem Kopf gegen die kleine Kiste mit ihren wenigen privaten Gegenständen, die sie in Lauries und Mikes Wagen untergebracht hatte. Die Holzkiste mitsamt ihrem Inhalt fiel auf sie herab. Erschrocken blickte Joanna zu ihrer Freundin hinüber. Hatte sie sie jetzt geweckt? Doch Lauries Atem blieb ruhig und der inzwischen deutlich gewölbte Bauch hob und senkte sich gleichmäßig.

Joanna ergriff ihre Bürste und die Haarspange, die Bibel, ein Journal und die Feder mit dem gut verschlossenen Tintenfass und stapelte alles etwas ordentlicher in die kleine Holzkiste, die Mike ihr zugestanden hatte. Dabei glitt ihr die Bibel ihrer Mutter aus der Hand und zu ihrem Erstaunen rutschte ein heller Briefumschlag aus dem Ledereinband heraus und fiel auf ihre Beine.

Verwundert nahm Joanna das Kuvert auf. Leise und vorsichtig legte sie die Bibel in die Kiste und drehte den Briefumschlag herum. Es stand weder eine Anschrift noch ein Absender darauf. Joanna zog das eng beschriebene Papier heraus, dem ein sanfter

Hauch eines Parfums anhaftete. Dieser Duft konnte doch nicht noch von ihrer Mutter stammen?

Neugierig geworden, schob sie ihre Decke beiseite und kletterte leise aus dem Wagen.

Draußen empfing sie das helle, wenn auch sanfte Licht des Mondes, angenehm frische, kühle Luft und der trockene, herbe Geruch der Plains. Aus einem der anderen Wagen drang leises Schnarchen und irgendwo gackerte leise ein Huhn. Rowdy war sofort an ihrer Seite und sie strich dem großen Hund liebevoll über den Kopf. Er leckte kurz ihre Hand und legte sich neben sie, als sie sich in ihrer Nachtbekleidung direkt neben dem Wagenrad auf den Boden setzte und sich mit dem Rücken gegen die Holzspeichen lehnte.

Zögernd faltete sie das Papier auseinander. Es handelte sich offenbar um einen Brief von Natasha Steinmann an ihren Mann Sebastian. Er begann mit einem Bibelvers aus den Psalmen. Joanna vermutete, dass Natasha ihn aus der Bibel ihrer Mutter abgeschrieben und den nicht vollendeten Brief in das Buch hineingelegt hatte. Vermutlich war sie beim Schreiben unterbrochen worden. Entweder hatte sie ihn später an der Stelle nicht mehr gesucht oder die Nachricht vom Tode ihres Mannes hatte sie in der Zwischenzeit erreicht und seinen Inhalt hinfällig gemacht. Joanna wollte nicht in die Privatsphäre ihrer Tante eindringen und entschied sich deshalb, den Brief nicht zu lesen.

Die junge Frau blickte nachdenklich an dem Wagen ihrer Schwestern vorbei. Sie konnte Stewart erkennen, der in seine Decke eingewickelt unter dem Fahrzeug lag. Müde legte sie ihren Kopf auf den des Hundes, der den seinen zutraulich gegen ihre Knie lehnte. „Es hat sich so viel verändert, Rowdy. Pa und Onkel Sebastian sind tot, Oliver vermisst und wir sind fort von zu Hause. Sogar Denise haben wir in South Carolina zurückgelassen."

Der Hund wedelte mit dem Schwanz, blieb ansonsten jedoch bewegungslos liegen.

Joanna legte einen Arm um das Tier und kraulte es fest, was dem Hund ein genüssliches, verhaltenes Fiepen entlockte. Doch es war nicht Joannas Art, in grüblerischen, missmutigen Gedanken zu verharren. „Wir haben uns auch verändert, nicht wahr? Ich kann mich nicht erinnern, zu Hause jemals für einen einfachen Schluck Wasser gedankt zu haben oder für eine erfrischende Brise." Joanna lachte leise auf und wollte den Brief gerade wieder zusammenfalten, als ihr das Wort „Denise“ darin ins Auge fiel. Sie zögerte einen Moment, dann begann sie, doch zu lesen.

… du willst mich beruhigen, indem du sagst, dass dies nicht von Bedeutung ist, mein Geliebter, doch es gelingt dir nicht. Noch immer ist jemand darum bemüht, Erkundigungen über Green Crystal einzuziehen. Es scheint fast, als strecke jemand seine Hand nach unserem Zuhause aus, solange du im Krieg bist. In mir wächst der Verdacht, dass es sich dabei um unseren Nachbarn, diesen etwas eigenartigen Mr Neil Warren handeln könnte. Stell dir vor, letzte Woche war er hier und bekundete mir gegenüber sein Interesse an Denise. Selbst er, der selten zu unseren Gesellschaften eingeladen wird oder diesen von sich aus fernbleibt, sollte doch bemerkt haben, dass unsere bezaubernde Denise bereits verlobt ist. Wie kann sich dieser Mann erdreisten, sich in eine Beziehung zu drängen? Ob ihm zu Ohren gekommen ist, dass, nachdem Stewart Green Crystal den Rücken gekehrt hat, auch Oliver sich entschieden hat, die Plantage nicht zu übernehmen, und sich stattdessen nach seiner Pflichtzeit beim Militär dem Jurastudium widmen will? Weiß er, dass Denise die Nächste in der Erbfolge sein wird? Versucht er nun, über eine Verbindung mit Denise nach unserem wunderschönen Zuhause zu greifen?

Ich würde es ihm verweigern! Dieser Mann ist mir unheimlich. Du kennst die Gerüchte um die Unehrenhaftigkeit der Familie Warren selbst und weißt, mit welchen unerlaubten, ja beinahe kriminellen Mitteln sie an ihr Grundstück gekommen sind. Arnaud Brook ist ein ehrenhafter Gentleman. Ich danke Gott, dass er unsere Denise erwählt hat. Ihm werden wir Green Crystal gerne anvertrauen, nicht wahr, geliebter Sebastian?

Du weißt, ich verstehe von diesen geschäftlichen Dingen nicht viel, und mein Vertrauen in unseren Anwalt ist nicht unerschütterlich, immerhin – und wer mag ihm das verdenken – ist er auch auf sein Auskommen angewiesen. Ich wünschte, du würdest sehr bald wiederkommen und das Geschick Green Crystals und mein Wohl sowie das der Mädchen wieder fest in deine Hände nehmen …

Joanna fiel das Briefpapier aus der Hand. Rowdy schnüffelte interessiert daran, ehe er erneut seinen Kopf auf ihren Schoß legte. Die junge Frau runzelte die Stirn und fühlte einen unangenehm kalten Schauer durch ihren Körper rieseln. Nur zu gut erinnerte sie sich an das beklemmende Gefühl, das sie in sich gespürt hatte, als Denise Neil Warren geheiratet und sie das erste und einzige Mal das neue Zuhause ihrer älteren Schwester betreten hatte. Ob irgendetwas dort nicht in Ordnung war?

War an Tante Natashas Vermutungen etwas dran? War Neil Warren an Denise nur deshalb interessiert, weil sie die Nächste in der Erbfolge der Steinmanns war? Selbstverständlich wurden die wenigsten Ehen in diesen Kreisen aus Liebe geschlossen. Doch wenn Neil Warren tatsächlich schon vor dem Tod der Männer seine Finger nach der Plantage ausgestreckt hatte, dann war das doch sehr seltsam. Zumal er mit Sicherheit gewusst hatte, dass Denise mit Arnaud Brook verlobt war. Was nur hatte Mr Brook bewogen, sich nach der Todesnachricht aus Mexiko so schnell zurückzuziehen und sogar selbst in den Krieg zu ziehen? Warum hatte er Denise nicht tröstend zur Seite gestanden? Warum hatte er die Verlobung aufgelöst? Hatte Neil Warren auch hier seine Finger im Spiel gehabt? Vielleicht wäre es besser gewesen, Natasha Steinmann hätte Denise abgeraten, den Heiratsantrag anzunehmen.

Joanna sprang so plötzlich auf ihre Füße, dass Rowdy erschrocken aufbellte. Sie gebot ihm, still zu sein, doch Stewart wälzte sich bereits unter dem Steinmann-Wagen hervor. „Was ist los, Jo?“, fragte er verschlafen, stand auf und kam langsam zu ihr herüber.

„Ich kann nicht schlafen, Stewart. Außerdem habe ich diesen Brief hier gefunden.“ Sie reichte ihrem Bruder das Papier.

Dieser überflog die Zeilen flüchtig und blickte sie dann mit müden Augen an. „Leg dich wieder hin, Jo. Morgen haben wir wieder gut 20 Meilen vor uns.“

„Verstehst du denn nicht, Stewart? Es könnte sein, dass Neil Warren schon lange auf *Green Crystal* aus war. Er wusste, dass Denise und Arnaud heiraten wollten. Vielleicht hat er Arnaud davon abgehalten und das Haus –“

„Joanna! Deine Fantasie geht mit dir durch. Arnaud ist durchaus in der Lage, seine eigenen Entscheidungen zu treffen. Und immerhin hat Mr Warren Tante Natasha geholfen, damit sie nicht auch noch die Felder verliert.“

„Denkst du? Vielleicht wollte er auch nur verhindern, dass die Plantage an jemand anderen verkauft wird. Das schreckliche Feuer im *Crystal*-Haus, Stewart ... Ich habe damals, als ich versuchte, Beckie aus den Flammen zu holen, gesehen, wie Dan

Cutler unsere Privaträume ausgeplündert hat. Seitdem frage ich mich immer wieder, ob nicht dieser Mann das Feuer gelegt hat. Und vergiss nicht, Stewart, Mr Cutler ist Tante Natasha von Mr Warren empfohlen worden."

„Warren wollte helfen", widersprach Stewart.

„Er wollte *Green Crystal* in seinen Besitz bekommen!", ereiferte sich Joanna.

„Er konnte damals, als der Brief geschrieben wurde, nicht wissen, dass Onkel Sebastian, Pa und Oliver kurze Zeit später sterben würden. Und auch nach ihrem Tod muss ihm klar gewesen sein, dass die Plantage Tante Natasha gehören würde – bis zu ihrem Tod. Er kann sie nicht einfach für sich beanspruchen, selbst wenn er sie, wozu er sich freundlicherweise bereit erklärt hat, mitverwaltet."

„Ach, Stewart! Ich traue dem allem nicht mehr. Ich habe Angst um Denise!"

„Niemand wird Denise etwas tun, Jo. Selbst wenn er von vornherein auf *Green Crystal* aus gewesen sein sollte – was ich nicht glaube –, ist sie noch immer seine Frau."

„Ich weiß nicht, Stewart. Jedes Mal, wenn ich an Denise denke, werde ich unruhig. Es ist so ein Gefühl, als spüre ich eine Gefahr, die auf sie lauert."

„Ihr Frauen und eure Gefühle", lachte Stewart und legte ihr seine Decke um die Schultern.

Huftritte näherten sich, und Stewart blickte über Joanna hinweg, sodass auch sie sich umwandte.

Es war Alec Thompson, der sich müde aus dem Sattel stemmte, das Tier am Zügel nahm und zu ihnen herüberkam.

Joanna wickelte sich fester in Stewarts Decke und blickte den Mann unwillig an. Sie wollte nicht gestört werden, denn es war ihr wichtig, ihrem Bruder ihre Ängste darzulegen. „Sollten Sie nicht bei der Herde sein, Mr Thompson?", fragte sie ihn.

„Ich habe den Hund gehört, Miss Steinmann", erklärte der Mann seine Anwesenheit.

„Sie müssen sich nicht für ihn verantwortlich fühlen."

„Aber vielleicht für die Sicherheit seiner Herrin."

„Bestimmt nicht, Mr Thompson", sagte Joanna und presste die Lippen fest aufeinander. „Wie Sie sehen, ist Stewart bei mir. Wahrscheinlich ist es Ihnen nicht bekannt, dass ein Hund gelegentlich auch einmal bellt, ohne dass gleich eine Gefahr drohen muss."

„Die Nacht trägt Geräusche weit, Miss Steinmann. Ich habe Sie aufgeregt mit jemandem diskutieren hören."

„Das dürfte Ihnen nicht so fremd sein, dass es Sie veranlassen müsste, Ihre Aufgabe zu vernachlässigen."

„Um diese Uhrzeit hielt ich es für beunruhigend genug, um einmal nach dem Rechten zu sehen." Alec verschränkte die Arme vor der Brust.

„Das haben Sie ja nun getan. Jetzt können Sie getrost zurück zur Herde reiten."

Alec zögerte einen Moment, dann tippte er sich lässig an seine Hutkrempe. Er blickte Stewart mit seinem gewohnt frechen Grinsen an und schwang sich wieder in den Sattel.

Joanna wartete nicht ab, bis der junge Mann weggeritten war, sondern ergriff ihren Bruder am Handgelenk. „Bitte, Stewart. Denk noch einmal über alles nach, und behalte dabei im Hinterkopf, was in diesem Brief steht. Ich habe den Verwalter im brennenden Haus gesehen! Vielleicht ist Denise' Leben in Gefahr."

Stewart seufzte laut auf und blickte wieder über sie hinweg in Richtung *Chimney Rock,* der jedoch aufgrund der Dunkelheit nicht zu sehen war. „Es kann schon sein, dass Warren auf *Green Crystal* aus war. Aber Tante Natasha hat ihren Anwalt, der, falls es tatsächlich zu einem Verkauf kommen sollte, darauf achten wird, dass sie nicht übervorteilt wird. Zudem ist Denise nun Warrens Ehefrau. Warum sollte er sich ihr gegenüber nicht korrekt verhalten?"

„Stewart ..."

„Bitte, Joanna. Wir sind in den Westen aufgebrochen, und Denise hat sich entschieden, in Bamberg zurückzubleiben. Du hast dich von ihr verabschiedet und wusstest damals auch, dass wir unsere Schwester mit großer Sicherheit nie mehr wiedersehen werden. Du kannst dich nicht weiter um sie kümmern. Sie muss ihr eigenes Leben führen."

„Wenn sie aber doch gar nicht weiß, wen sie da geheiratet hat ... Vielleicht hat er Arnaud ja dazu gebracht –"

„Jo!" Stewarts Stimme klang nun deutlich ungehalten.

„Warum siehst du es nicht? Angefangen bei dem plötzlichen Feuer im Haus, über die übereilte Hochzeit bis hin zu einer eventuell nicht ganz einwandfreien Übernahme von *Green Crystal* durch Mr Warren – das alles könnte Teil eines heimtückischen Plans sein!", rief Joanna aufgeregt.

„Der für Denise jedoch nicht gefährlich sein muss."

„Und für Tante Natasha?“, warf die junge Frau ein.

„Bitte, Jo.“

„Sie ist diejenige, die dem ganzen Plan noch im Weg stehen könnte! Und wenn Warren unserer Schwester irgendwann überdrüssig geworden ist? Wenn er erst einmal sein Ziel erreicht hat und –?“

„Selbst wenn das alles so kommen sollte, Joanna, so sind wir nicht in der Lage, irgendetwas zu tun.“

„Ich kann zurückreiten und nach dem Rechten sehen.“

„Jo!“ Stewart ergriff sie an beiden Schultern und schüttelte sie leicht. „Du kannst nicht zurückreiten. Allein bis Independence sind es über 600 Meilen.“

„Ich kann nachkommen. Mit einem anderen Wagenzug. Vielleicht mit Tante Natasha und De–“

„Joanna Steinmann. Ich will davon nichts mehr hören!“, fuhr Stewart sie nun aufgebracht an. Dann ließ er sie los, wandte sich um und stapfte, mit den Händen tief in den Hosentaschen, davon.

„Ich sehe es, Stewart! Du bist auch beunruhigt!“, rief sie ihm nach und Rowdy jaulte erschrocken auf.

„Mehr über das, was du Dickkopf durchzusetzen versuchst, als über das, was du mir weismachen willst“, gab er ein wenig leiser zurück, ohne sich dabei umzudrehen.

Joanna wandte sich an Alec, der noch immer wenige Meter von ihr entfernt auf seinem Pferd saß. Eine Hand lag auf dem Sattelknauf, die andere spielte mit den Enden der losen Zügel.

Sie ging zu ihm hinüber, fuhr mit der Hand über die Nüstern der Stute und blickte mit zurückgelegtem Kopf zu dem Reiter hinauf, der sie mit weit in die Höhe gezogenen Augenbrauen musterte. „Mr Thompson, würden Sie mir eines Ihrer Reitpferde leihen? Ich verspreche Ihnen auch, es Ihnen gesund wiederzubringen.“

„Das werde ich mit Sicherheit nicht tun, Miss Steinmann“, entgegnete er ernst.

„Aber ich muss unbedingt nach Hause zurück. Meine Schwester und meine Tante könnten in Gefahr sein.“

„Wie Ihr Bruder sehe ich vielmehr Sie in Gefahr, Miss Steinmann.“

„Ich kann die Familien einholen, die bei *Ash Hollow* umgekehrt sind“, versuchte sie, den Mann umzustimmen.

„Sie würden es nicht einen Tag durchhalten, bei diesen Leuten zu bleiben, da sie Ihnen zu langsam vorankommen. Und Sie glauben doch nicht wirklich, dass wir Sie allein durch die Wildnis und von Independence zurück nach South Carolina reiten lassen würden?"

„Sie, Mr Thompson, haben, was mich betrifft, keine Entscheidungen zu treffen", begehrte sie wütend auf.

„Solange Sie eins von meinen Pferden reiten wollen, schon, Miss Steinmann."

„Ich kann mir einen Begleiter suchen."

„Wen? Mr Stevens?", lachte Alec und stieg wieder ab. Er stellte sich vor sie und blickte sie eindringlich an. Der Mond ließ seine blauen Augen hell aufschimmern.

Schnell senkte Joanna den Blick. Mit Spott von seiner Seite kam sie weitaus besser zurecht als mit der Freundlichkeit und Zuneigung, die in seinem schemenhaft beleuchteten Gesicht auszumachen waren. Sie stemmte die Hände in ihre schmalen Hüften und taxierte ihren Gesprächspartner erneut. „Können Sie mich denn nicht verstehen?"

Alec trat noch einen Schritt näher und entgegnete leise: „Doch, auch wenn ich vermutlich nur einen Bruchteil von dem begriffen habe, was Sie Ihrem Bruder gesagt haben. Aber Sie müssen auch ihn verstehen. Er trägt schon schwer genug an der Verantwortung, seine reizenden, wenn auch sehr eigenwilligen Schwestern durch diese Wildnis zu bringen. Er kann sich nicht auch noch um Miss Denise kümmern, die in einer offensichtlich sicheren Umgebung zurückgeblieben ist, und das aus freien Stücken und als verheiratete Frau."

Verzweifelt hob Joanna beide Arme, um sie unmittelbar darauf wieder kraftlos fallen zu lassen.

Diese Geste brachte ihr ein freundliches Lächeln ihres Gegenübers ein. Alec beugte sich ein wenig zu ihr hinunter. Unwillkürlich wollte Joanna einen Schritt nach hinten ausweichen, doch dort stand Rowdy, und er schien keine Lust zu haben auszuweichen. „Ich mache Ihnen einen Vorschlag, Miss Steinmann: Gestern habe ich zwei Reiter gesehen, die uns in entgegengesetzter Richtung passierten. Es gibt hin und wieder Reisende, die umkehren, oder einzelne Männer aus dem Westen, die in die Zivilisation zurückwollen. Schreiben Sie an Ihre Schwester oder an eine Person Ihres Vertrauens einen Brief und teilen Sie ihr Ihre Befürchtungen mit. Ich werde dafür sorgen, dass der Brief nach Independence und von dort mit der Post in den Distrikt Bamberg gebracht wird."

Joanna blickte den jungen Mann lange nachdenklich an. Noch immer war sein Gesicht nur wenige Zentimeter von ihrem entfernt und allmählich befiel sie ein aufgeregtes Ziehen in der Magengegend. Sie biss sich kurz auf die Unterlippe und erwiderte dann: „Das ist nicht ganz das, was mir vorschwebte, Mr Thompson. Dennoch danke ich Ihnen für diesen Vorschlag."

Alec schwang sich zurück auf den Rücken des Pferdes. „Übrigens können Sie es weder mir noch Ihrem Bruder, noch irgendeinem anderen Mitglied des Wagenzuges verdenken, wenn wir nicht wollen, dass Sie zurückfahren. Uns würde Ihre fröhliche, streitlustige Art einfach sehr fehlen."

Joanna lachte leise auf und wandte sich ab. Sie würde erst wieder in den Wagen steigen können, wenn Alec Thompson davongeritten war. Immerhin hüllte sie sich noch immer schützend in Stewarts Decke, die er für den Rest der Nacht brauchen würde. Doch der Reiter dachte keineswegs daran, sofort zu seinem Wachposten bei der Herde zurückzukehren. Vielmehr verriet ihr das leise Aufsetzen der Hufe im sandigen Boden, dass er sich ihr erneut näherte. Also wandte sie sich nach ihm um.

„Versprechen Sie mir, dass Sie sich nicht heimlich eines der Pferde nehmen und damit verschwinden werden."

Joanna blickte zu Alec auf und überlegte. Noch immer spürte sie diesen unbändigen Drang in sich, Denise und Natasha Steinmann zu Hilfe zu eilen. Doch gleichzeitig wusste sie, dass dies ein gefährliches, wenn nicht sogar tödliches Unternehmen sein konnte.

Da er keine Antwort bekam, beugte Alec sich ihr erneut entgegen. „Ich weiß nicht, wie real die Gefahr für Ihre Schwester tatsächlich ist, Miss Steinmann, aber ich weiß, wie real die ist, in die Sie sich begeben würden. Seien Sie sich sicher, dass ich das nicht zulassen werde!" Joanna öffnete den Mund, doch Alec war schneller: „Das Einzige, was Sie für Ihre Schwester tun können, ist, für sie zu beten. Gute Nacht, Miss Steinmann."

Der Reiter verschwand sehr schnell in der Dunkelheit und Joanna schloss mit einer Mischung aus Furcht, Erleichterung und Verwirrung die Augen. Als sie sie Sekunden später wieder öffnete, stand Stewart neben ihr. War er die ganze Zeit über in ihrer Nähe gewesen?

„Alec ist ein feiner Kerl, Jo", sagte er leise. „Du solltest seinen Vorschlag annehmen."

„Mir wird nichts anderes übrig bleiben, nicht wahr, Stewart?", fragte sie verzagt.

„Ich bitte dich darum, Jo. Ich kann nicht auch noch die Angst um dich aushalten."

„Neben der um Denise?"

„Neben der um Denise, um Beckie, Branca, Carole und Ellie. Wir brauchen dich hier. Vielleicht mehr, als Denise dich braucht", erwiderte ihr Bruder sanft.

„Aber du siehst ein, dass meine Furcht nicht ganz unbegründet ist?"

„Wenn du mit deinen Vermutungen recht hast, dann ist Denise ein armes Mädchen, das schamlos ausgenutzt wurde. Zudem wird Tante Natasha vermutlich nicht nur um ihr Haus, sondern auch um ihre Felder gebracht werden – wenn deine vagen Vermutungen stimmen sollten, Jo", wiederholte er seine Zweifel.

Joanna seufzte, wickelte sich aus der Decke und gab sie ihrem Bruder zurück. „Ich werde Linda schreiben. Wenn ich recht habe, wird es sicherer sein, wenn sie Denise mündlich eine warnende Nachricht übermittelt und vielleicht ein wachsames Auge auf *Green Crystal* hält."

Stewart nickte und nahm sie in den Arm. Dabei flüsterte er: „Sieh zu, dass du zurück in den Wagen kommst."

Joanna löste sich von ihm. „Wo ist denn Rowdy?"

„Dieser sagenhafte Wachhund ist mit Alec davon."

„Was er nur an ihm findet?"

„Selbst er hat festgestellt, dass Alec ein netter Kerl ist. Diese Erkenntnis fehlt nur noch dir."

„Du solltest froh darüber sein. Sonst müsste ich meine Bissigkeiten wieder auf dich konzentrieren und du hast schon genug mit uns Frauen zu tun."

„Geh schlafen", murmelte Stewart, gähnte hinter vorgehaltener Hand und verschwand wieder unter dem Planwagen.

Joanna kletterte zurück auf die Pritsche, und diesmal gelang es ihr schnell, Schlaf zu finden.

Kapitel 37

Zufrieden und erleichtert blickte sich Denise Warren im Salon um und nickte dann einer Haussklavin zu, die die dunkelbraunen, schweren Samtvorhänge, die sie gerade von der Stange abgenommen hatte, zusammenrollte. Obwohl die hohen Fenster und Verandatüren nun kahl, ja, beinahe nackt wirkten, erschien der Raum schon wesentlich freundlicher und einladender. Wenn die Näherin erst einmal den leichten, in blassem Grün gehaltenen Stoff, den sie sich ausgesucht hatte, zu Vorhängen genäht hatte, würde der Salon viel eher zum Verweilen einladen. Schließlich konnte sie, da sie es nicht wagte, einige der dunklen, sichtlich wertvollen Möbel zu entfernen, helle Deckchen auf sie legen. Die Chaiselongue und die Sessel würde sie mit denselben blassgrünen Farben wie die Vorhänge aufhellen. Ob sie es wagen konnte, Neil um eine neue, hellere Tapete zu bitten? Doch nein, erst einmal musste er sehen, welche Veränderung allein die Vorhänge und hellen Sofakissen in dem Raum bewirkten, dann war er vielleicht bereit, sich auf weitere Neuerungen einzulassen.

Beschwingt wie schon lange nicht mehr wandte sie sich um – und prallte gegen ihren Mann. Sofort sah sie seine zusammengezogenen Brauen, die dunkel aufblitzenden Augen und die verbissen zusammengepressten Lippen. Denise trat eingeschüchtert einige Schritte zurück.

„Was tust du hier, Denise?“, zischte er sie an.

„Du hast mir aufgetragen, den Salon neu herzurichten, Neil.“

„Was ist mit den Vorhängen? Sie wurden erst gewaschen.“

„Ich lasse sie austauschen, Neil. Den Stoff für die neuen Vorhänge hast du gestern aus der Stadt mitgebracht.“

„Dieses Grün? Ich dachte, der sei für die Gartenmöbel.“

„Da musst du mich missverstanden haben. Es tut mir leid, Neil“, sagte Denise leise, fast flüsternd.

„Auf diesen Tand scheinst du dich auch nicht zu verstehen! Ich wollte, dass etwas von diesem geschmacklosen Gerümpel verschwindet, das sich hier angesammelt hat“, brummte Neil und fegte mit der Hand über die Kommode, sodass die kunstvoll bemalte Vase, die darauf stand, klirrend zu Boden fiel.

Denise schrie nicht, zuckte nicht einmal zusammen. Nur einen kleinen Augenblick lang musterte sie die Scherben der Vase, die sie erst wenige Tage zuvor hier aufgestellt hatte. Dann schloss sie für einen Moment die Augen und wartete ab, was ihr Mann noch an ihr auszusetzen hatte.

„Die Vorhänge werden wieder aufgehängt“, fuhr er das Mädchen an, das sofort gehorchte.

Denise straffte die Schultern und murmelte, ohne Neil Warren anzusehen: „Ein wenig Farbe würde dem Raum guttun, Neil. Ich dachte auch –“

„Du solltest nicht denken, Denise. Das beherrschst du ganz offensichtlich nicht. Räum die Scherben beiseite, lass die hässlichen gestickten Bilder verschwinden, die du hier hast anbringen lassen, und sieh zu, dass der grüne Stoff an die Gartenmöbel kommt!“

„Die Stickereien sind von mir, Neil“, wagte sie, mit zitternder Stimme zu erklären.

„Schlimm genug, dass du diese Kunst nicht beherrschst, jetzt willst du sie auch noch in meinem Haus ausgestellt haben.“

„Darf ich wenigstens frische Blumen aufstellen lassen?“, bat sie weiter, auch wenn sie die Antwort bereits ahnte. Doch heute wollte sie nicht sofort aufgeben. Irgendetwas musste er ihr doch zugestehen. Hatte sie nicht ein klein wenig Aufmerksamkeit, Anteilnahme oder zumindest etwas Nachgiebigkeit verdient?

Seine Stimme wurde drohend leise: „Willst du mich reizen, Denise? Geh sofort hinauf in dein Zimmer. Ich komme gleich nach.“

„Aber, Neil –“

„Mach schon! Es wird Zeit, dass ich endlich einen Erben bekomme. Und dieses Mal wirst du ihn nicht umbringen!“

Denise lag es auf der Zunge zu fragen, wie er das verhindern wolle, doch die Schuldgefühle in ihrem Inneren waren zu groß. Sie raffte ihren Rock weit in die Höhe und schickte sich an, an ihm vorbei zur Tür zu gehen, doch ihr Mann packte sie grob am Arm.

„Kannst du dich nicht einmal wie eine gesittete, wohlerzogene Südstaaten-Dame bewegen? Wie weit du deine Röcke hochraffst – wie eine Hure in einem Freudenhaus.“

„Wenn ich wie eine solche behandelt werde ...“, zischte Denise zurück. Zum ersten Mal seit Minuten sah sie ihm direkt ins Gesicht. Wut blitzte ihr aus seinen Augen entgegen, doch sie wusste, dass er sie nicht schlagen würde. Das war unter seiner Würde. Das hatte er noch nie getan. Manches Mal wünschte sie sich fast, er würde zuschlagen, statt sie wie ein nutzloses Etwas zu behandeln. Sie würde zwar Schmerzen erleiden, doch das würde wenigstens zeigen, dass sie noch etwas fühlen konnte und dass sie noch am Leben war.

Denise fragte sich, ob irgendetwas in ihr zerstört worden war, als sie die Fehlgeburt gehabt hatte. Seit Wochen kam Neil jeden Tag zu ihr ins Zimmer, um seine ehelichen Rechte einzufordern, doch sie war noch nicht wieder schwanger geworden ...

Kapitel 38

Nachdenklich betrachtete Linda den Brief in ihren Händen. Dann las sie ihn noch einmal. Es hatte weitere vier Wochen gedauert, bis sie endlich eine Antwort auf ihren zweiten Brief an Natasha Steinmann erhalten hatte. Doch die Nachricht verunsicherte die junge Frau zutiefst. Verwirrt blickte sie auf.

Ocean setzte sich zu ihren Füßen nieder und deutete mit der Hand auf den Brief. „Sie haben endlich Antwort erhalten, Missi Linda?"

„Ja, aber sie kommt nicht von Mrs Steinmann selbst. Stell dir vor, die Verwandten schreiben, sie hätten sich schon gewundert, weshalb ich einen Brief an Mrs Natasha Steinmann zu ihnen gesandt habe – und nun einen zweiten. Mrs Steinmann ist nicht bei ihnen und hat auch keinen Besuch angekündigt."

„Aber wo ist Missus Steinmann dann?"

„Das frage ich mich auch. Zudem schreiben sie, sie hätten meinen ersten Brief, zusammen mit einem Brief des Anwalts der Steinmanns, an die Warrens zurückgeschickt. Doch bei meinem letzten Besuch hat Denise kein Wort darüber verloren. Sie muss sich doch auch wundern, wo ihre Tante abgeblieben ist, die angeblich bei diesen Verwandten zu Besuch sein soll."

„Entschuldigen Sie, Missi Linda. Ich will ja nicht unhöflich sein, aber Missus Denise ist nicht gerade sehr gesprächig."

„Da hast du allerdings recht. Aber Mary ..." Linda beendete ihren Satz nicht und schüttelte den Kopf. Mary war eine Schwarze und, wie sie selbst sagte, von Neil Warren ausgesprochen kontrolliert eingesetzt. Sie würde es nicht erfahren, wenn irgendwelche Briefe ankamen – vor allem, wenn selbst Denise sie nicht zu Gesicht bekam.

Lindas Verwirrung wich einer handfesten Furcht. Was geschah hier? Weshalb hinterließ Mrs Steinmann eine knappe Nachricht zum Abschied, dass sie zu Verwandten reise und versuche, dort unterzukommen, wenn dem nicht so war? Und wenn sie es wirklich vorgehabt hatte, dorthin zu fahren, weshalb war sie nie dort angekommen? Wo war sie? Warum ließ sie ihre geliebte Nichte und ihr geliebtes Anwesen so ohne Weiteres zurück? „Irgendetwas stimmt hier nicht, Ocean. Und je länger ich darüber nachdenke, desto mehr Angst bekomme ich um Mrs Steinmann und um Denise."

Ocean nickte und rutschte ein Stück von ihr weg, da sich Schritte über die Veranda näherten. Sie sollte nicht so nahe und vertraulich bei ihrer Herrin angetroffen werden.

Linda hob den Kopf. Ihre Eltern waren vor drei Wochen abgereist. Umso mehr wunderte es sie, dass sich ihr eine männliche Gestalt näherte. Als die helle Sonne es zuließ, sie zu mustern, hoben sich ihre Augenbrauen weit.

Vor ihr stand Arnaud Brook.

„Linda, du siehst aus wie der Frühling", begrüßte er sie und brachte sie damit zum Lächeln.

Arnaud war schon immer ein Charmeur gewesen, und obwohl sie ihn als ein wenig langweilig und zu ernst empfand, mochte sie ihn. Ein Verband um seinen Hals zeigte ihr, dass die Gerüchte, die im Distrikt kursierten, stimmten. Arnaud befand sich aufgrund einer Kriegsverletzung in der Heimat. Ein kleiner Stich fuhr durch ihr Herz. Wie konnte dieser Mann trotz seiner Verletzung und trotz der Erlebnisse im Mexiko-Krieg so gelassen und korrekt wirken und Simon Bryant war so schrecklich verändert? Mühsam verdrängte sie ihre schwermütigen Gedanken an ihren Verlobten und wandte sich dem Besucher zu. „Guten Tag, Arnaud. Wie geht es dir?"

„Mit jedem Tag besser, Linda. Danke der Nachfrage. Aber du siehst besorgt aus."

„Das bin ich, Arnaud. Besorgt, bekümmert ... und wütend auf dich." Mit den letzten Worten änderte sich ihr Gesichtsausdruck und zeigte ihrem Gesprächspartner, wie ernst ihre Worte gemeint waren.

„Auf mich?" Arnaud zog sich einen Stuhl heran und setzte sich ihr gegenüber an den kleinen Gartentisch. Er fuhr sich mit den Händen durch seine sorgfältig zurückgekämmten Haare und zog seine Stirn kraus. „Es geht um Denise, nicht wahr?", fragte er leise.

Linda nickte. Sie glaubte, Schmerz in seinen Augen zu erkennen, und sofort tat er ihr leid. Irgendetwas musste auch zwischen ihm und Denise furchtbar verkehrt gelaufen sein.

„Ich habe sie vor einigen Tagen gesehen, als ich geschäftlich in der Gegend der Warren-Plantage war", erklärte er. „Sie ist dürr und bleich und sie wirkt sehr unglücklich. Sie hat mich mit ihren großen grauen Augen angesehen, als hätte sie mich nicht erkannt, und ist dann im Haus verschwunden."

Linda nickte und faltete den Brief zusammen. „Es geht mich vermutlich nichts an, Arnaud. Aber keiner von uns hat verstanden, weshalb du Denise aufgegeben hast. Ihr wart –"

„Aufgegeben?“ Arnaud richtete sich auf und schüttelte entschieden den Kopf. „Wenigstens du als gute Freundin des Hauses Steinmann solltest wissen, dass ich Denise nicht aufgegeben habe. Ich wollte ihr, als die Nachricht vom Tod ihres Vaters, des Bruders und des Onkels eintraf, Zeit für ihre Trauer geben. Dann kam – selbst für mich völlig überraschend – meine Einberufung, um die ich gebeten hatte. Ich wollte Denise noch sehen, aber genau zu dieser Zeit war sie für ein paar Tage bei Verwandten, und ich musste nach Mexiko. Ich habe ihr zweimal geschrieben, habe jedoch nie eine Antwort erhalten. Als ich erfuhr, dass sie heiraten würde, habe ich mich teuer aus der Armee freigekauft und bin zurückgekehrt – leider zu spät.“

„Meine Güte“, murmelte Linda und schüttelte den Kopf. Sie fragte sich, weshalb Denise nicht auf Arnauds Briefe geantwortet hatte. War sie zu stolz gewesen, sie überhaupt zu öffnen? Oder waren sie womöglich verloren gegangen? Schließlich befand sich Mexiko im Kriegszustand und die Post der Armee war nicht gerade zuverlässig. „Arme Denise“, flüsterte sie leise und hob dann den Kopf.

Der junge Mann blickte sie mit zusammengezogenen Augenbrauen prüfend an. Er wirkte nachdenklich und unsicher, doch schließlich legte er seine Hände gefaltet auf den Tisch. „Bitte, Linda. Was weißt du über Denise? In der Stadt gehen so viele Gerüchte um.“

„Es steht mir nicht zu, irgendetwas zu sagen.“

„Du machst dir doch offensichtlich Sorgen um Denise – und nach dem, was ich gesehen habe, ist diese Sorge berechtigt. Bitte, Linda. Ich liebe Denise. Selbst wenn sie die Frau eines anderen Mannes ist, so möchte ich doch, dass es ihr gut geht.“

Unentschlossen blickte Linda an ihrem Gesprächspartner vorbei. Es schickte sich nicht, über andere Personen zu sprechen, geschweige denn, sich als Frau mit einem Mann über ungeborene Kinder und Schwangerschaften zu unterhalten. Doch war Arnauds Auftauchen nicht eine Gebetserhörung? War er die Hilfe, die Simon ihr im Moment nicht sein konnte, die sie jetzt, zumal der seltsame Brief sie in Aufruhr versetzte, so dringend benötigte? „Es fällt mir nicht leicht“, begann sie, „aber ich werde dir sagen, was ich weiß.“ In knappen Worten legte sie ihre Eindrücke und ihre Vermutungen offen.

Als sie geendet hatte, sagte er: „Ich danke dir für deine Ehrlichkeit, Linda. Und für deine Fürsorge in Bezug auf Denise. Mrs

Steinmanns Verschwinden ist tatsächlich beunruhigend. Ist es dir recht, wenn ich der Sache nachgehe und vielleicht sogar einmal zu den Verwandten reite, die sie besuchen wollte?“

Linda hob den Kopf und lächelte den jungen Mann dankbar an. Endlich hatte sie einen Verbündeten gefunden, der die Freiheiten und die Möglichkeiten besaß, auch außerhalb ihres Distrikts und in der für sie verschlossenen Männerwelt seine Erkundigungen einzuziehen.

Arnaud erhob sich und reichte Linda verabschiedend seine rechte Hand. Er hauchte den obligatorischen Handkuss auf ihren Handrücken und verbeugte sich ein wenig steif. „Darf ich dich bitten, weiterhin nach Denise zu sehen, Linda?“

„Das sind wir Nachbarn uns schuldig, Arnaud. Selbstverständlich werde ich mich um Denise kümmern.“

Arnaud nickte, blieb jedoch noch immer zögernd stehen. Dann räusperte er sich und erklärte mit rauer, beinahe brüchiger Stimme: „Ich möchte dich nicht erschrecken, aber bitte sei sehr vorsichtig, wenn du dich auf dem Grundstück der Warrens aufhältst. Das plötzliche Verschwinden von Mrs Steinmann ist sonderbar und ich fürchte ein wenig um ihr Leben. Dieselbe Angst empfinde ich um Denise, und wenn ich dich dort weiß, muss ich auch um dich bangen.“

„Du fürchtest, Mrs Steinmann könnte nicht erst auf der Reise etwas zugestoßen sein, sondern schon auf der Plantage?“ Erschrocken blickte Linda den Mann vor sich an.

„Bitte, Linda. Ich möchte keine Gerüchte in die Welt setzen oder gar Mr Warren irgendeines Vergehens beschuldigen. Doch die Gerüchte um das Haus Warren und das, was du mir gerade erzählt hast – auch über die Informationen, die die Freunde deines Vaters von dem Notar der Steinmanns bekamen –, lassen mich erst einmal das Schlimmste befürchten. Wir sollten bei unseren Nachforschungen sehr vorsichtig sein.“

„Nachforschungen?“, murmelte Linda. Ein eiskalter Schauer überfiel sie. Sie blinzelte mehrmals und ihre Hände wurden feucht. War es tatsächlich möglich, dass Neil Warren Mrs Steinmann etwas angetan hatte, um seinem Ziel, der Übernahme *Green Crystals,* näher zu kommen? Bislang hatte sie diese Überlegungen immer als ein Hirngespinst abgetan.

„Arnaud?“, hauchte sie. „Vielleicht solltest du noch wissen, was Joanna mir gegenüber kurz vor ihrer Abreise angedeutet hat. Als *Green Crystal* brannte, hat sie offenbar Dan Cutler, den

Verwalter, den Neil Warren für Mrs Steinmann eingestellt hatte, im Haus gesehen, wo er in aller Seelenruhe plünderte. Joanna hat den Verdacht geäußert, dass er das Feuer gelegt hat, um sich zu bereichern. Nach dem, was wir jetzt wissen, frage ich mich allerdings, ob nicht Mr Warren hinter der Sache stecken könnte. Vielleicht hat er Cutler dazu angestiftet."

Arnaud nickte mehrmals. „Wenn das stimmt, dann besteht tatsächlich ernsthafte Gefahr für Denise und ihre Tante. Aber auch für dich, Linda ..."

Kapitel 39

Die Tage vergingen in immer gleicher Monotonie, selbst wenn die Landschaft nun unruhiger wurde und das Auge nicht mehr von der vergeblichen Suche nach einem festen Punkt oder einer Abwechslung ermüdete. Die Sonne brannte Tag für Tag heiß und unbarmherzig auf die Wagen herab, und selbst die gelegentlich sehr überraschend auftretenden, heftigen Regengüsse reichten nicht aus, um dem Boden die tiefen Rillen der Trockenheit zu nehmen. Nach einem solchen Regen dampfte die Erde und das Weiterziehen wurde zur Qual. Die Luftfeuchtigkeit stieg vorübergehend so sehr an, dass die Reisenden, selbst wenn sie bei einer Pause im Schatten der Wagen saßen, klatschnass geschwitzt waren.

Der Wagenzug hatte *Saddle Rock*, eine Felsformation von *Scotts Bluff*, die an eine Burg oder Festung mit Türmen und Festungsmauern erinnerte, hinter sich gelassen, ebenso wie eine vormals ganz aus Holz errichtete, nun durch Lehmsteingebäude erweiterte Niederlassung am *North Platte River*. Die Siedler hatten erfahren, dass dort in den nächsten Monaten mit dem Ausbau zu einem militärischen Fort begonnen werden sollte. Das Fort sollte vor allem dazu dienen, den durchreisenden Wagenkolonnen mehr Sicherheit auf ihrem Weg in den Westen zu bieten. Außerdem sollte eine bessere Versorgung mit Lebensmitteln, Wasser und allerlei anderen Nützlichkeiten, wie das Hinterlassen von Nachrichten oder Abschicken von Briefen in die Heimat, ermöglicht werden.

Bewundernd, aber auch ein wenig ängstlich wanderten die Blicke der Reisenden zum hohen Gipfel des *Laramie Peak* hinauf, der friedlich von der warmen Sonne beschienen wurde. Erst jetzt, beim Anblick des ersten höheren, bewaldeten Berges, wurde den meisten klar, was ihnen demnächst bevorstand. Immerhin würden sie weitaus höhere Berge überqueren müssen als diesen, den sie nur passieren mussten.

Bei der abendlichen Rast verkündeten weitere Familien, dass sie umkehren würden. Die vielen Krankheiten und nicht enden wollenden Entbehrungen nagten zu sehr an ihren Kräften. Zudem wurde ihnen beim Anblick der sich in der Ferne erhebenden – im rötlichen Licht der untergehenden Sonne angestrahlten – schneebedeckten Gipfel der Rocky Mountains deutlich, dass ihre Wagen noch immer maßlos überladen waren. Um sie für die anstehenden Bergüberquerungen leichter zu machen, würden sie noch vieles zurücklassen müssen, und dazu hatten sie bereits zu viel entbehrt.

Joanna verfolgte die Diskussionen mit gemischten Gefühlen. Einerseits tat es ihr leid, sich wieder von einigen Familien, die seit mehreren Monaten zu ihrem Leben dazugehörten, verabschieden zu müssen. Andererseits wusste sie, dass Alec Thompson noch immer ihren Brief an Linda mit sich herumtrug, und das Umkehren einiger Wagen würde bedeuten, dass er endlich in Richtung Osten gebracht wurde.

Während sie das nicht mehr ganz frische Rindfleisch über dem Feuer in einer großen Pfanne briet, hörte sie den jungen Silas Krasko mit seinen Eltern streiten. Offenbar gelang es dem sonst so stillen Burschen, sich gegen sie durchzusetzen. Joanna beobachtete, wie Silas sich ruckartig abwandte und zu Mike Thompson hinüberging. Wahrscheinlich wollte er ihn um Erlaubnis bitten, bei ihnen bleiben und mit für die Herde sorgen zu dürfen. Mike, der gemeinsam mit Alec und Stewart mehr und mehr die Aufgaben von Esra Stevens übernahm, da der Treckführer ständig betrunken war, warf Stewart einen prüfenden Blick zu. Joannas Bruder nickte zustimmend. Sie konnten jeden weiteren, wenn auch noch so jungen Mann gebrauchen.

Silas Krasko strahlte über das ganze staubverschmierte Gesicht, verabschiedete sich von seiner Familie und nahm sofort seinen Platz bei der Herde ein. Dort löste er wieder einmal Alec Thompson ab, der scheinbar tagelang ohne Schlaf auskommen konnte.

Joanna schüttelte betrübt den Kopf und sah zu, wie die Familie Ritter, die damals bei dem starken Regen den Anschluss an die anderen Wagen verloren hatte, ihren Prärieschoner abseits der anderen postierte. Diesem Beispiel folgten vier weitere Fahrzeuge, sodass schnell klar wurde, wer weiterreisen würde und wer den langen Rückweg anzutreten gedachte.

„Sie lassen unser Abendessen anbrennen, Miss Steinmann“, lachte plötzlich eine tiefe Stimme neben ihr und Joanna fuhr erschrocken zusammen.

„Wenn Sie mich noch einmal so erschrecken, landet es sowieso in den Flammen, Mr Thompson“, gab sie ärgerlich zurück und hievte die schwere Pfanne von der Feuerstelle.

Besorgt blickte Alec auf die gesondert stehenden Fahrzeuge und setzte sich neben sie in das Präriegras. „Sind die Leute krank?“, erkundigte er sich.

„Nein, Mr Thompson. Sie wollen morgen in den Osten zurückkehren.“

„Wie sieht es mit Ihnen aus? Wollen Sie auch zurück?“

„Ich? Nein. Warum fragen Sie?“

„Sie könnten zu Ihrer Schwester zurückkehren.“

„Wollen Sie mich loswerden?“

„Keinesfalls, Miss Steinmann. Mir könnte es auf der Reise ohne Ihre ständigen Herausforderungen und Diskussionen ja langweilig werden.“

„Die Herausforderungen der Bergüberquerung würden Sie durchaus beschäftigt genug halten.“

Alec lächelte und stützte sich rücklings mit den Ellenbogen ab. Er wirkte sehr müde. „Ich werde Mr Krasko Ihren Brief anvertrauen. Ist das in Ordnung?“, fragte er schließlich.

„Geben Sie ihm am besten auch gleich unseren Führer mit.“

„Mr Stevens?“

„Besser, er fährt zurück, als dass wir ihn weiter wie ein nutzloses Gepäckstück mitführen und auch noch durchfüttern müssen.“

„Welch harte Worte von einem sonst so hilfsbereiten, großzügigen Geschöpf“, spottete der Mann freundlich.

„Ehrliche Worte, die durchaus einer Überlegung wert sind.“

„Durchaus“, lachte er und versuchte, ein großes Kartoffelstück aus der Pfanne zu nehmen. Joanna schlug ihm mit der flachen Hand auf die Finger und erntete das für ihn so typische spitzbübische, jungenhaft wirkende Grinsen.

„Waschen Sie sich gefälligst erst einmal Ihre Hände und holen Sie sich einen Teller“, ermahnte sie ihn.

Mit einem Satz sprang er auf die Füße und ging sich waschen. Nach weniger als einer Minute kam er zurück und reichte seinen verbeulten Blechteller zu ihr hinüber.

„Sie scheinen am Verhungern zu sein, Mr Thompson.“

„Kurz davor“, gab er zwinkernd zu.

„Dann bin ich gerade dabei, Ihnen ein weiteres Mal Ihr Leben zu retten?“

„Wenn Sie das so sehen wollen, Miss Steinmann ...“, erwiderte er gelassen und beobachtete, wie sie ihm eine große Portion Bratkartoffeln sowie ein Stück Fleisch auf den Teller häufte.

Joanna fühlte ein aufgeregtes Kribbeln in sich, als er sie unverhohlen musterte. Hastig streckte sie ihm seinen gefüllten Teller wieder entgegen. „Mr Esra Stevens ist als Führer nicht mehr zu gebrauchen“, kam sie auf ihr vorheriges Gesprächsthema zurück. „Wir werden alle vor den Bergen nochmals unnützes Gepäck, Möbel und vielleicht sogar Nahrungsmittel und Pflanzensamen zurücklassen müssen.“

„Und einen unnützen Führer?“

„Das meine ich, ja. Es wäre vermutlich menschlicher und für Mr Stevens angenehmer, ihn in einen Wagen zu legen, der zurückfährt, als ihn irgendwo am Fuße der Rocky Mountains zwischen einem Herd, einer Kommode, einem Klavier und aussortierten Kleidungsstücken liegen zu lassen.“

„Wie überaus großherzig von Ihnen“, sagte Alec mit vollem Mund und hob dann entschuldigend die Gabel.

Joanna warf ihm einen missbilligenden Blick zu und winkte Ellie zu sich. „Holst du bitte die anderen, bevor mir das Fleisch und die Kartoffeln komplett anbrennen?“

„Es wäre nicht das erste Mal, dass wir statt einer Mahlzeit schwarze Pampe aus der Pfanne kratzen“, lachte das Mädchen und lief eilig davon.

„Ich habe offenbar nichts versäumt, wenn ich durch Abwesenheit glänzte, als Sie für die Mahlzeiten zuständig waren, Miss Steinmann?“

„Noch ein unverschämtes Wort in Bezug auf meine Kochkünste und Sie können Ihre Mahlzeit beenden, Mr Thompson.“

„Wie wollen Sie mich daran hindern weiterzuessen?“, forderte er sie heraus und seine hellen Augen schienen Funken zu sprühen.

Joanna griff in Richtung seines Tellers, überlegte es sich jedoch schnell anders. Sie würde ihn berühren, sich vielleicht sogar auf ein kleines Handgemenge mit ihm einlassen müssen, und das wagte sie nicht. Allerdings kam ihr Rowdy zu Hilfe. Während

Alec seinen Teller zur Seite zog und mit ausgestrecktem Arm von sich weghielt, um ihren Händen auszuweichen, schoss der Hund heran, schnappte sich das größte Stück Fleisch vom Teller und trottete glücklich kauend davon.

Joanna lachte laut auf.

„Dieser Hund!“, empörte sich Alec. „Ich nehme zurück, was ich damals in Independence behauptet habe. Sie haben den Hund doch gut erzogen – fraglich ist nur, zu welchem Zweck.“

„Ausschließlich zu dem, Männer wie Sie zu ärgern, Mr Thompson.“

„Dann war ich nicht der Erste, der über das Riesenvieh gestolpert ist?“

Joanna ignorierte seine Frage und lächelte Beckie und Branca entgegen, die gerade zum Essen kamen.

Nachdem auch die anderen zum Abendessen am Wagen der Steinmanns eingetroffen waren, sprach Alec Thompson den Tischsegen. Joanna war erstaunt über seine ehrlich gemeinten, klaren Worte, mit denen er ihrem himmlischen Vater dafür dankte, dass er es ihnen auch hier draußen in der Wildnis an nichts fehlen ließ.

Nach dem Gebet verteilte Joanna das Essen und den kalten Tee.

„Miss Joanna Steinmann hat vorgeschlagen, Mr Stevens mit den zurückfahrenden Wagen mitzuschicken“, begann Alec schließlich ein Gespräch.

„Kein schlechter Gedanke“, murmelte Laurie und lächelte Joanna dankbar an. Sie hatte Mr Stevens noch nie gemocht und litt unter seiner raubeinigen, oftmals auch unflätigen Art.

„Würden wir ohne ihn zurechtkommen?“, fragte Mrs Paltrow vorsichtig und blickte wenig begeistert zu den nun dunkel in die Höhe ragenden Bergspitzen hinüber.

Joanna drückte ihr kurz den Arm. „Sehen Sie die Felsen dort vorne? Selbst dort haben sich inzwischen die Wagenspuren voranfahrender Kolonnen eingegraben. Den Spuren müssen wir einfach folgen. Zudem werden wir in den Bergen vermutlich immer wieder auf Waldläufer, Jäger oder andere Reisende treffen.“

„Und auf steile Felshänge, unwegsames Gelände, Indianer, Bären, Silberlöwen und andere Gefahren, mit denen wir nicht umgehen können“, wandte Mrs Schlenker, die sich nach dem Tod ihres Mannes der Gruppe um die Steinmanns und Thompsons angeschlossen hatte, mit einem unfreundlichen Blick auf Joanna ein.

„Mr Stevens wird uns da in seiner momentanen Verfassung eher eine Last als eine Hilfe sein, Mrs Schlenker“, gab Joanna ruhig zurück.

„Dann müssen wir zusehen, dass er nicht mehr an seinen Alkohol oder an Laudanum herankommt.“

„Haben Sie schon einmal einen Mann gesehen, der in dem Maße dem Alkohol verfallen ist wie Mr Stevens und dem er genommen wurde? Ich fürchte, Mr Stevens würde tagelang noch weniger seine fünf Sinne beieinanderhaben als momentan“, wandte Joanna ein.

„Sie haben wohl immer auf alles eine Antwort, Miss Steinmann“, fauchte Mrs Schlenker sie an.

Joanna presste erschrocken die Lippen aufeinander. Mrs Schlenker war ihr gegenüber bislang immer seltsam reserviert gewesen. Diese kleine, unfreundliche Attacke gegen sie erschreckte sie und auch die anderen blickten schweigend in die züngelnden Flammen des Feuers oder auf ihre halb geleerten Teller. Für einen kurzen Moment legte sich eine große Hand über ihre, die sie hinter sich auf dem Boden abgestützt hatte. In der Annahme, dass die tröstliche Geste von Stewart kam, der neben ihr saß, zuckte sie erschrocken zusammen, als fast gleichzeitig Alec auf ihrer anderen Seite wieder das Wort ergriff. „Wir werden darüber gemeinsam entscheiden“, schlug er vor. Der Ton in seiner Stimme ließ keine weitere Diskussion mehr zu.

Eine Stunde später versammelten sich die Männer und einige Frauen um das Kochfeuer der Turners.

Joanna, die etwas abseits stand, musterte die dunklen Silhouetten vor dem hellen, flackernden Hintergrund und wandte sich dann ab. Ihr Blick wanderte über die Prärie, bis er an den Bergen hängen blieb, die nur noch als schwarze, ungleichmäßige Umrisse am dunkler werdenden Himmel auszumachen waren. Der Ruf eines Adlers hallte über sie hinweg und ein lauer Abendwind brachte die Halme des Grases zum Rascheln. Die junge Frau schloss die Augen und sog die milde Abendluft ein.

Leise Huftritte hinter ihr veranlassten Joanna, sich umzudrehen. Laurie kam auf sie zu und führte Alec Thompsons Reitstute hinter sich her. „Bist du mit deinen Aufgaben fertig?"

Joanna nickte und nahm die Zügel entgegen.

„Ich weiß nicht, ob ich davon begeistert sein soll, dass Mike dich für die Herdenwache eingeteilt hat."

„Jemand muss Mr Ravens ablösen. Von jedem Wagen sollte bei der Besprechung wenigstens eine Person anwesend sein."

„Pete könnte doch für seinen Vater dabei sein. Mir gefällt es nicht, wenn du mit dem jungen Ravens dort draußen alleine bist."

„Er wird mich schon nicht bei lebendigem Leibe auffressen. Außerdem bringe ich ihm seine Mahlzeit", lachte Joanna und schwang sich geschickt in den Sattel.

„Mir gefällt es auch nicht, dass du für Männerarbeit eingeteilt wirst."

„Wir sind inzwischen mehr Frauen und Kinder als Männer, Laurie. Wir werden mehr und mehr dieser Aufgaben übernehmen, die du so klassisch als Männerarbeit bezeichnest."

„Das sagt ausgerechnet die zarte Südstaatenlady", lachte Laurie.

Joanna fiel in ihr Lachen mit ein. „Gib es zu, du willst nur nicht alleine in eurem Wagen liegen."

„Na gut, ich gebe es zu. Mir fehlt die Gesprächspartnerin."

„Gesprächspartnerin?" Joanna lachte laut auf und tippte ihrer Freundin mit der Stiefelspitze gegen den Oberarm. „Die letzten Nächte bist du eingeschlafen, bevor ich überhaupt den Kopf auf dem Lager liegen hatte."

„Ich schleppe weitaus mehr Gewicht durch die Gegend als du, Joanna! Ich habe ein Recht darauf, müde zu sein."

„Selbstverständlich", beschwichtigte Joanna. „Sobald dein Mann mich bei der Herde ablöst, komme ich. Gute Nacht, Laurie."

Der dunkle Nachthimmel breitete sich über dem weiten Land aus. Joanna atmete die klare, angenehm kühle Abendluft tief ein und betrachtete die unzähligen hell blinkenden Himmelslichter über sich. Das Malmen der Pferde, die den mitgeführten Hafer und das Heu fraßen, war zu hören, und hin und wieder ließ einer der Ochsen oder ein Schaf seine Stimme vernehmen. Die Grillen zirpten ein hohes Lied und übertönten beinahe das leise Auftreten der Reitstute und das verhaltene Knarren des Ledersattels.

Joanna neigte sich ein Stück nach vorne, um der Stute leicht über den Hals zu streichen. Jetzt konnte sie verstehen, warum es Alec Thompson immer wieder zur Herde trieb und weshalb er nächtelang ohne viel Schlaf auszukommen schien. Es war die Ruhe in der unendlich erscheinenden Weite, die beruhigenden Geräusche der grasenden Tiere und die Gelassenheit, die man in Anbetracht der blinkenden Sterne, des angenehm frischen Nachtwindes und der keinesfalls beängstigenden Einsamkeit erleben konnte. Das alles entschädigte für den entgangenen Schlaf. Hier fühlte sich Joanna dem Himmel unglaublich nahe, und ohne es recht zu bemerken, begann sie, leise ein altes Kirchenlied zu singen. Als sich eine Kuh auf der Suche nach ein paar frischen Grashalmen von ihren Artgenossinnen entfernte, trieb Joanna ihr Pferd langsam um das Tier herum, um es zurück zu den anderen zu dirigieren. Dabei sang sie leise weiter.

„Hallo, Cowgirl. Sie machen das sehr gut!“, lobte sie aus der Dunkelheit eine tiefe, inzwischen vertraute Stimme.

Sofort hörte sie auf zu singen und wandte sich im Sattel etwas um.

Zwei Reiter tauchten aus der Dunkelheit auf.

„Da muss ich Alec recht geben – sowohl, was das Singen, als auch, was den Umgang mit dem Vieh betrifft.“ Mike lenkte sein Pferd hinter ihrem vorbei. „Gute Nacht, Joanna“, sagte er, bevor er in Richtung Pete Ravens, dem zweiten Wächter, der nur als dunkler, schemenhafter Schatten zu erkennen war, verschwand.

Alec blieb an ihrer Seite.

„Sie wollen doch nicht schon wieder eine Nachtwache übernehmen?“

„Ich bin nur Ihre Eskorte, Miss Steinmann“, erwiderte Alec und wendete das Pferd.

„Ich schaffe es durchaus, alleine zu den Wagen zurückzufinden, Mr Thompson.“

„Ein einfaches Danke würde mir durchaus genügen“, entgegnete der Mann.

Joanna lachte kurz auf und bedankte sich wie gewünscht.

„Na bitte, ich schaffe es schon noch, Sie zu einer freundlichen und höflichen Südstaatendame zu erziehen.“

„Dann würde es Ihnen doch langweilig werden, Mr Thompson." Als ihr Gesprächspartner schwieg, blickte Joanna prüfend zu ihm hinüber und lächelte vor sich hin. Sie konnte sich nicht länger selbst belügen. Sie liebte diesen Mann und genoss die wenigen Augenblicke, in denen sie einmal alleine waren.

„Sie haben recht. Eine brave Joanna Steinmann, die mit ihrer Meinung hinter dem Berg hält, würde mir nicht gefallen", gab er zu.

Joannas Herz begann, heftig zu klopfen.

„Übrigens meinte ich ernst, was ich vorhin sagte: Sie können erstaunlich gut mit den Tieren umgehen."

„Hätten Sie das ‚erstaunlich' weggelassen, könnte man Ihre Worte fast als ein Kompliment auffassen."

„Dann lasse ich es weg, Miss Steinmann."

„Dann bedanke ich mich nochmals."

„Das halte ich nicht aus. Zwei Dankeschöns an einem Tag."

„Wenn Sie das nicht ertragen können, müssen Sie mit Ihren Komplimenten ein wenig sparsamer umgehen."

„Noch sparsamer? Sie sind leicht zufriedenzustellen", lachte Alec.

„Für eine Südstaatenpflanze, nicht wahr?", gab Joanna amüsiert zurück.

„Das sollte eigentlich noch ein Kompliment sein."

„An Ihren Komplimenten sollten Sie noch ein wenig arbeiten, Mr Thompson."

Er lachte fröhlich auf und schwieg wieder.

„Was haben die Leute beschlossen, Mr Thompson?"

„Dass wir Sie weiter in unserer Mitte dulden werden."

Joanna lächelte und wich mit ihrem Pferd einem niedrigen Busch aus.

„Ihrem Antrag wurde stattgegeben. Esra Stevens wird die Reise zurück in den Osten antreten. Es sollte ein neuer Führer gewählt werden, doch die Leute konnten sich nicht einigen, und so wurde ein Beratungsgremium gewählt."

„Das hört sich für diese Gegend ausgesprochen zivilisiert an", erwiderte Joanna belustigt.

„Ihr Bruder, Jake Lewis und Mike gehören dazu."

„Und wer noch?"

„Ich", brummte Alec.

Eine kräftige Windbö fegte Staub auf und hüllte sie ein. Unwillkürlich blickten sie beide in die Richtung, aus der der

Windstoß gekommen war, und entdeckten ein unruhiges, heftiges Wetterleuchten am Himmel. Die zuckenden Blitze ließen den *Laramie Pike* wie einen gewaltigen, schlafenden Riesen wirken.

„Hoffentlich kommt das nicht in unsere Richtung", murmelte Joanna, als sie eine weitere Abfolge unruhiger Blitze aufleuchten sah.

„Dem Wind nach zu urteilen, wahrscheinlich schon", erwiderte Alec beunruhigt. „Reiten Sie zu den Wagen und warnen Sie alle. Ich werde den Männern bei der Herde Bescheid sagen." Rötlicher Staub wirbelte auf, als der Mann sein Tier auf den Hinterläufen wendete und in fliegendem Galopp davonpreschte.

Joanna presste die Lippen fest aufeinander. Wenn der ansonsten eher gelassene Alec Thompson so hektisch reagierte, dann fürchtete er wohl das Schlimmste.

Weitere Blitze zuckten vom seltsam violettfarbenen Himmel zur Erde herab. Wieder wehte ihr eine heftige Windbö entgegen, die rote Erde, kleine Steinchen und trockenes, loses Gras mit sich führte und ihr ins Gesicht schlug. Schnell trieb sie die Stute an und ritt in Richtung Lager.

In vollem Galopp jagte sie zwischen zwei Wagen hindurch in den nun sehr kleinen Kreis. Ein paar Männer blickten sie verwundert an und kamen langsam näher. Joanna deutete nur mit der Hand auf den westlichen Himmel, und als sie sah, wie die Männer erschrocken das Schauspiel betrachteten, wendete sie ihr Pferd und trieb es in die Richtung, in der die Wagen standen, die am nächsten Tag den Rückweg antreten sollten.

„Jo! Wo willst du hin?", hörte sie ihren Bruder hinter ihr herrufen.

„Die anderen müssen gewarnt werden!", rief sie ihm über die Schulter zu.

Die Hufe der Stute donnerten über den festen Boden und ein kräftiger Rückenwind trieb sie förmlich auf die einige Hundert Meter abseits stehenden Wagen zu. Eingehüllt in eine Wolke aus Schmutz und rotem Staub, parierte sie Alecs Stute inmitten der kleinen Wagenburg durch und sah sich prüfend um. Nur Mr Ritter war noch auf den Beinen und kam verwundert auf sie zu. „Wollen Sie mit uns umkehren, Miss Steinmann?", fragte er und machte Joanna somit deutlich, dass er trotz des zunehmenden Windes noch keine Ahnung davon hatte, was da auf sie zuzukommen drohte.

„Nein, Mr Ritter. Von Westen her naht ein Unwetter. Spüren Sie den Wind? Ihm wird bald ein heftiges Gewitter und vermutlich kräftige Böen folgen."

Der Mann blickte zwischen zwei Planwagen hindurch an den von Blitzen überzogenen westlichen Horizont. Ratlos fuhr er sich mit beiden Händen durch die Haare.

„Warnen Sie die anderen!" Joanna wartete gar nicht erst auf eine Reaktion des Mannes. Mit weit ausholenden, kräftigen Sprüngen jagte die Stute über die Ebene. Heftiger Wind wehte ihr entgegen. Sand, entwurzelte Grasbüschel und sogar Steine schlugen Joanna ins Gesicht. Das Atmen fiel ihr schwer. Sie senkte den Kopf und schloss halb die Augen. Die Stute schnaubte und schüttelte ungehalten den Kopf. Doch Joanna ließ ein Ausbrechen nicht zu. Das Pferd hatte die Richtung einzuhalten, so unangenehm es auch sein mochte.

Das Gewitter näherte sich mit unglaublicher Geschwindigkeit. Grelle Blitze zuckten über den Himmel und die ersten Regentropfen fielen wie Geschosse auf die Erde.

Zeitgleich mit dem heftig einsetzenden Regen erreichte sie die Wagen. Blitze schlugen ganz in der Nähe ein, die Luft lud sich elektrisch auf. Es zischte und nur Sekunden später bebte die Erde unter ohrenbetäubendem Donnern.

Joanna band die Stute am Wagen der Thompsons fest und blickte auf. Erschrocken weiteten sich ihre Augen. Eine weiße Wand traf das Lager und zerfetzte die Plane eines Wagens. Dann trafen die riesigen weißen Hagelkörner auch ihren Körper.

Kapitel 40

Das Gefährt ruckelte langsam über den Waldpfad. Sein Quietschen und Knarren hallte zwischen den Bäumen wider, als wolle es der geheimen Fahrt Hohn lachen.

Linda hatte ihre Finger in den teuren Stoff ihres Ballkleides gekrallt und versuchte, außerhalb des Gefährts irgendetwas zu erkennen. Doch die dichten Wolkenmassen, die seit dem frühen Abend vom Meer her über das Land zogen, hinderten sowohl den Mond als auch die Sterne daran, ihr freundliches Licht auf diesen Flecken Erde scheinen zu lassen.

Die junge Frau zitterte am ganzen Körper – und das nicht vor Kälte, denn trotz der Wolken und des kräftigen Windes waren die Nächte in South Carolina um diese Jahreszeit sehr warm. Es war die Angst vor dem, was ihr bevorstand, die sie erschaudern ließ. Sie fragte sich, ob sie nicht einen Fehler beging. Sie war auf einem Ball der Haussers gewesen, und als Neil Warren dort aufgetaucht war, hatte sie das Fest kurz entschlossen verlassen. Sie wollte die Gunst der Stunde nutzen, um einmal mit Denise zu sprechen, ohne dass ihr Ehemann im Hause war. Außerdem musste sie dringend nachfragen, ob Denise eine Ahnung hatte, wohin Natasha Steinmann tatsächlich gereist war. Ihr wäre es lieber gewesen, wenn Arnaud Brook mit ihr gekommen wäre, doch obwohl er den Haussers sein Kommen zugesagt hatte, war er nicht erschienen, und länger konnte sie einfach nicht warten. Es war schon verwunderlich genug, dass Neil Warren die Einladung angenommen hatte, und vermutlich würde er nicht lange bleiben.

Die Kutsche bog um eine Kurve, und trotz der Dunkelheit konnte Linda erahnen, dass sie aus dem Wald herausfuhren.

Sie strich sich über ihre Unterarme, als hoffte sie, damit nicht nur ihr ängstliches Frösteln, sondern auch ihre Furcht selbst vertreiben zu können.

Als der Kutscher das Gefährt auf den Hof lenkte, konnte Linda zwei erhellte Fenster im ersten und eines im Erdgeschoss erkennen. Ansonsten wirkte das große, herrschaftliche Haus in dieser Nacht ebenso düster und beklemmend, wie es sonst in seinem Inneren aussah.

„Sollen wir wirklich hineingehen, Missi Linda?“, fragte Ocean leise.

Linda tastete im Dunkeln nach ihrer Hand. „Ich muss mit Denise sprechen, Ocean, oder wenigstens mit Mary. Wenn du möchtest, kannst du hier in der Kutsche auf mich warten.“

Ocean schüttelte energisch den Kopf und verließ den Wagen.

Als auch Linda draußen stand und den Kutscher bat, bei dem Gefährt zu warten, verlosch eines der Lichter im oberen Stockwerk. Linda fuhr ein eisiger Schauer über den Rücken. Wieder suchte sie mit ihrer Hand die ihrer Vertrauten. Gemeinsam gingen die beiden Frauen auf die Eingangstür zu.

Linda atmete tief ein und hob die Hand, um dagegenzuklopfen, doch in dem Augenblick schwang die Tür wie von selbst auf. Nur mühsam konnte sie einen Schrei unterdrücken. Dann hörte sie Marys freundliche Stimme: „Missi Linda? Zu dieser Stunde?“

„Mary, bin ich froh, dich zu sehen!“

„Ist etwas geschehen?“

„Dürfen wir hereinkommen?“, fragte Linda flüsternd.

„Missi Linda, ich möchte nicht unhöflich sein, doch Massa Warren mag es nicht, wenn ich in seiner Abwesenheit Besuch hereinlasse.“

„Lass uns bitte rein, Mary. Wir müssen mit Denise sprechen.“

„Missus Denise geht es nicht gut, Missi Linda.“

„Was ist mit ihr?“

„Ich vermute, sie ist wieder in anderen Umständen.“ Mary schien einen Moment lang zu überlegen. Dann winkte sie einen Hausburschen heran und wies ihn an, ein Stück die Allee hinunterzulaufen, um sie schnell warnen zu können, wenn sich eine Kutsche näherte. Sie ließ Ocean und Linda herein und schloss eilig die schwere Eingangstür hinter ihnen.

„Ich möchte Denise in ihrem Zustand nicht aufregen, Mary. Vielleicht kannst du mir ja auch meine Fragen beantworten.“

„Ich will es gerne versuchen, Missi Linda.“

Linda bedeutete den beiden Sklavinnen, ihr in eine kleine bestuhlte Nische in dem großen Foyer zu folgen. Dort ließen sie sich nieder. Die junge Frau berichtete von den Gerüchten über das Interesse eines Unbekannten, *Green Crystals* zu übernehmen, und von ihren beiden Briefen an die Verwandtschaft von Mrs Steinmann. Mary hörte schweigend zu. Ihre gerunzelte Stirn zeigte deutlich, dass sie sich bemühte, den knappen Sätzen die weitreichenden und besorgten Gedanken Lindas zu entnehmen. Mehrmals ging ihr gequälter Blick in Richtung der Treppe, die in den ersten Stock hinaufführte, doch sie blieb still sitzen und unterbrach die weiße Frau nicht. Als Linda geendet hatte, seufzte sie schwer. „Meine Güte, Missi Linda. Missus Steinmann ist also nie bei ihren Verwandten angekommen?“

„Bist du dir sicher, dass es diese Verwandten waren, die sie besuchen wollte?“

„Ich habe die Nachricht von Missus Steinmann, die sie bei ihrer Abreise hinterlassen hat, nie gesehen und Missus Denise auch nicht. Massa Warren hat sie ausgerichtet. Aber er nannte eine Familie Wagner in Denmark. Missus Wagner ist eine Kusine von Missus Natasha.“

Linda nickte. Joanna hatte ihr von den Wagners erzählt. „Gehen wir einmal davon aus, dass Mrs Steinmann sich tatsächlich auf den Weg zu den Wagners gemacht hat. Könnte sie irgendwo einen längeren Halt eingelegt haben?“

„Zwischen hier und Denmark? Warum hätte sie das tun sollen? Sie kennt auf dem Weg dorthin niemanden. Ihre nächsten Verwandten sind in Barnwell, und das liegt in der entgegengesetzten Richtung.“

Wieder zeigte Linda ihre Zustimmung durch ein einfaches Nicken. „Ist sie denn überhaupt abgereist, Mary?“, fragte sie dann vorsichtig.

„Ob sie überhaupt abgereist ist?“, wiederholte Mary und die Furchen auf ihrer Stirn wurden tiefer.

„Hätte sie dich nicht mitgenommen? Du bist ihre einzige Vertraute von *Green Crystal*, die mit in dieses Haus gekommen ist.“

„Ich dachte einfach, sie wollte mich bei der jungen Missus lassen, Missi Linda.“

„Aber hätte sie es dir nicht mitgeteilt, wenn sie vorgehabt hätte, für eine gewisse Zeit zu verreisen?“

„Und hätte sie das nicht auch Missus Denise mitgeteilt, Missi Linda?“, meldete sich auch Ocean zu Wort.

Nachdenklich zog Linda die Schultern in die Höhe. Vielleicht wäre es tatsächlich gut, wenn Arnaud Brook zu den Verwandten der Steinmanns reiten würde. Wenn Mrs Steinmann unterwegs krank geworden war oder gar einen Unfall gehabt hatte, würden die Menschen, die an der Strecke lebten, sicherlich darüber Auskunft geben können.

„In diesem Haus herrscht kein freundlicher Umgang, Missi Linda. Es würde mich nicht wundern, wenn Missus Steinmann schon länger vorgehabt hätte, von hier wegzugehen“, flüsterte Mary.

Ein weiterer kalter Schauer lief Linda über den Rücken. „Du meinst, Mrs Steinmann hat ihre Pläne bewusst für sich behalten?“

„Oder um die junge Missus nicht zu quälen. Vielleicht wäre sie gerne mit ihr gegangen, doch als Ehefrau und werdende Mutter konnte sie das nicht“, überlegte Ocean.

Linda sprang auf die Füße, sodass die Krinoline und der Rock heftig um ihre Beine schwangen. Dann wandte sie sich an Mary. „Die Steinmanns haben bei dem Feuer in ihrem Haus doch alles verloren. Vermutlich hat sich Mrs Steinmann danach keine allzu große Garderobe zugelegt. Könntest du nachsehen, ob sie tatsächlich für einen längeren Aufenthalt gepackt hat, und die anderen Mädchen fragen, ob sie ihr dabei zur Hand gegangen sind?"

Marys Augen leuchteten im Licht der Kerzen auf. Ohne ein weiteres Wort erhob sie sich und huschte durch den Eingangsbereich und über die vielen kleinen, dunklen Stufen in den ersten Stock hinauf.

Linda und Ocean standen bewegungslos in der Halle. Von irgendwoher kam der dumpfe, tiefe Gong einer Standuhr. Draußen heulte der Wind und ließ das Gebälk knarren. Das unheimliche, unregelmäßige Klappern eines Fensterladens trug ein Übriges dazu bei, dass sich die Furcht der beiden Frauen weiter steigerte.

Schnelle Schritte auf der Treppe ließen die beiden erschrocken herumfahren. Mary kam aufgeregt zu ihnen heruntergelaufen. Heftig atmend ergriff sie sowohl Ocean als auch Linda am Arm, als müsse sie Halt suchen.

„Keines der Mädchen hat Mrs Steinmann beim Packen geholfen", erklärte die Schwarze atemlos. „Ihre einzige Reisetasche ist da – genauso wie die Koffer in der Abstellkammer. Ihre Kleider hängen im Schrank. Es fehlt nur eines – ein hellgraues Nachmittagskleid aus feiner Baumwolle. Es ist mit dunkelgrünen Satinbändern geschmückt und hat einen bestickten Saum mit Spitze."

Gequält schloss Linda die Augen. Würden sich ihre schlimmsten Befürchtungen bewahrheiten? Wo war Natasha Steinmann? Was war mit ihr geschehen?

In diesem Moment wurde die Eingangstür geöffnet und der Wind ließ sie mit einem heftigen Donnern gegen die rückwärtige Wand schlagen. Blütenblätter wirbelten herein und die drei Frauen fuhren gleichzeitig herum.

Der halbwüchsige Bursche, den Mary beauftragt hatte, am Ende der Einfahrt Wache zu stehen, taumelte in den Raum und öffnete den Mund. Doch noch bevor er etwas sagen konnte, stürmten Ocean und Linda an ihm vorbei in die ungemütliche Dunkelheit der Nacht hinaus, während Mary hastig hinter ihnen die Tür schloss.

„Schnell, fahr die Kutsche hinter das Haus!", rief Linda gegen das Brausen des Windes an ihrem Kutscher zu. Der Schwarze eilte auf die Kutschentür zu, um sie für die junge Herrin zu öffnen. Aber Linda winkte ihm zu, dass er sich beeilen sollte, um auf den Kutschbock zu gelangen.

Ocean half ihr, die Stoffmassen ihres Kleides durch die Wagentür zu stopfen, und warf sich dann hinter ihr in das Innere des Gefährts. Augenblicklich und sehr unsanft fuhr die Kutsche an, und unter lautem Aufknirschen wurde sie über den freien Platz auf die Wiese, an die Seitenwand des Hauses gelenkt.

Atemlos verharrten die beiden Frauen, hielten sich an den Händen und beteten leise. Was sollten sie tun, wenn sie entdeckt wurden?

Linda fühlte ihr heftig schlagendes Herz in ihrer Brust und wagte nicht, sich zu bewegen. Sie hoffte, dass der drohende Regenguss Neil Warren veranlassen würde, schnell in die trockene Sicherheit seines Hauses zu eilen.

Es vergingen unruhige Minuten, bis das Schaukeln einer Kutschenlampe in einiger Entfernung deutlich machte, dass das Fahrzeug von Mr Warren bereits in den abseits stehenden Stall gebracht wurde. Allerdings bedeutete das noch lange nicht, dass Linda und Ocean aufatmen konnten. Noch immer bestand die Möglichkeit, dass Neil Warren im Freien unterwegs war und sie entdecken konnte.

Schließlich hielt Linda es nicht mehr aus. Sie lehnte sich vor und öffnete das kleine Fenster, das zum Kutschbock hin zeigte. „Siehst du nach, ob Mr Warren im Haus ist, Leo?", fragte sie den Kutscher mit gedämpfter Stimme.

„Ja, Missi", erwiderte der Mann. Das Gefährt schaukelte leicht, als er aufstand und vom Kutschbock sprang. Als es kurz darauf an die Kutschentür klopfte, zuckten die beiden Frauen zusammen. Leo blickte herein und ein verschwörerisches Grinsen lag auf seinem dunklen Gesicht. „Es ist niemand vor dem Haus, Missi. Massa Warren ist in seinem Kontor. Er hat da eine Lampe angemacht."

„Gott sei Dank!", hauchte Linda und bat den Kutscher, sie wieder zu den Haussers zurückzufahren. Sie musste dringend mit Arnaud sprechen und ihn bitten, nach Denmark zu reiten.

Kapitel 41

Joanna war innerhalb von Sekunden klatschnass und ihr ganzer Körper schmerzte.

Plötzlich wurde sie von hinten gepackt und unter den Thompson-Wagen gestoßen. „Jo, was tust du hier draußen?“, schrie Stewart gegen den gewaltigen Lärm um sie herum an, als er sich neben ihr unter dem Wagen in Sicherheit gebracht hatte.

„Ich war bei den anderen“, verteidigte sie sich.

Ihr Bruder brummte etwas vor sich hin und schob sie mit seinem Körper noch ein Stück weiter unter den Wagen. Die Hagelkörner wurden schräg aus dem von Blitzen erhellten Himmel heruntergeschleudert und einige von ihnen sprangen auch unter den Wagen.

Joanna schloss die Augen und rollte sich ängstlich zusammen. Das Donnern der Geschosse gegen das Holz wurde übermächtig. Als sie die Augen wieder öffnete, konnte sie die Beine der Stute sehen, die sich Schutz suchend mit ihrem Körper gegen den Wagen drückte. Das Lagerfeuer des frühen Abends dampfte nicht einmal mehr, und die Hühner, die irgendjemand bei der überstürzten Flucht vor dem Unwetter draußen gelassen hatte, lagen erschlagen auf dem Boden oder duckten sich unter einen anderen Wagen. Der Wind zerrte heftig an den Planen der Fahrzeuge, und Joanna musste mit ansehen, wie sich eins von ihnen ganz langsam auf die Seite legte, als wehre es sich vehement gegen die enorme Kraft des heftigen Sturmwindes. Ohne dass ein hörbares Geräusch – das Rufen der Insassen, das Klappern und Knarren des Inventars oder des Wagens selbst – herübergetragen wurde, kippte das Gefährt um. Dann wurde auch der Thompson-Wagen von einer heftigen Bö erfasst. Im Gegensatz zu dem anderen Wagen ging es hier erschreckend schnell. Joanna glaubte, einen Schrei aus dem Wageninneren zu hören, doch vielleicht war es auch nur das protestierende Quietschen des Prärieschoners, das er von sich gab, als er wie ein Spielzeug zur Seite kippte.

Wieder schlugen die Hagelkörner mit voller Wucht auf sie ein und trafen sie am Kopf, im Nacken, auf dem Rücken, den Beinen und auf den Armen. Sie wollte ihre Hände schützend über ihren Kopf heben, doch Stewart legte sich wie ein Schutzschild auf sie und fing die Geschosse für sie ab.

Ganz plötzlich war alles vorbei und das Gewitter zog ab. Die Blitze kamen in immer längeren Abständen, das Donnern wurde zu einem leiser werdenden, tiefen Grollen und der Hagel war in einen heftigen Regen übergegangen.

Joanna spürte schwer das Gewicht ihres Bruders auf sich und bekam nur mühsam Luft. „Es ist vorbei", rief sie gegen den prasselnden Regen an.

Weshalb rührte er sich nicht? Sie mussten doch aufstehen und nach den Mädchen sehen. Und nach Laurie. „Steh bitte auf!", presste sie hervor, doch Stewart rührte sich nicht.

Mühsam versuchte sie, seinen regungslosen Körper von sich herunterzuschieben, doch erst als ihr jemand half, Stewart beiseitezuziehen, konnte sie sich endlich aufrichten.

Alec Thompson war klatschnass, sein Hemd zerfetzt und an der Schläfe klaffte eine blutende Wunde. Er beugte sich über ihren Bruder und nickte ihr dann beruhigend zu. „Er wird wieder!", rief er. Dann kniete er sich vor sie, nahm ihr Gesicht zwischen seine großen, starken Hände und blickte sie besorgt an. „Bist du in Ordnung, Jo?", fragte er.

Sie blickte verwirrt in seine vor Sorge und Schmerz dunklen Augen. Jo – nur Stewart und Linda nannten sie so. Niemals hatte sie diese Kurzform ihres Namens aus dem Mund einer anderen Person gehört. Aber es gefiel ihr, wie Alec es sagte, und so lächelte sie tapfer und nickte, wobei ihr der Regen in Strömen über das Gesicht rann. „Stewart hat mich geschützt. Was ist mit ihm?"

„K. o., würde ich sagen. Wenn er wieder zu sich kommt, wird er sich fühlen, als habe er einen gewaltigen Faustkampf ausgetragen und verloren."

In dem Moment fiel Joanna Laurie ein. Sie sprang auf die Beine. „Laurie!" Ängstlich lief sie um den Wagen herum. „Laurie? Mein Gott, bitte, lass ihr und dem Kind nichts zugestoßen sein!", flehte sie im Stillen und riss die Rückseite der zweigeteilten Plane beiseite, die nass und kraftlos im Wind hin und her wehte.

„Ich bin in Ordnung, Joanna", kam eine schwache Stimme aus dem Wageninneren. „Mir tun zwar sämtliche Knochen weh, aber seit wir von Independence aufgebrochen sind, ist das ja nichts Neues für mich. Was ist mit dir und den anderen?"

„Ich weiß noch nicht. Ich habe zuerst nach dir gesehen. Kannst du alleine da heraus?"

„Ja. Sieh du nach deiner Familie und nach den anderen!", rief Laurie.

Joanna wirbelte herum. Das eiskalte Wasser spritzte unter ihren Füßen hoch auf, als sie zum Wagen ihrer Schwestern hinüberlief, der noch auf seinen vier Rädern stand und erstaunlich unbeschädigt wirkte. „Beckie? Branca? Ellie? Carole?“, rief sie laut und zerrte auch hier die Plane beiseite.

Vier Augenpaare blickten sie verschreckt und erleichtert zugleich an, und als sie Beckie schwach lächeln sah, wusste sie, dass es den vieren recht gut ging. Rowdy, der sich an die zitternde Ellie gedrückt hatte, löste sich von dem Mädchen und sprang in den zentimeterhoch liegenden Hagel hinaus.

„Kommt, ich helfe euch heraus. Wir müssen nach den anderen sehen“, forderte Joanna ihre Schwestern auf.

Die Mädchen schälten sich unter ihren Decken und schützend über sie ausgebreiteten Kleidern hervor. Nacheinander sprangen sie auf den inzwischen morastigen Boden. Ein seltsamer Dunst lag über den Plains und wallte wie Nebel zwischen den Planwagen.

Branca zog widerwillig die Augenbrauen in die Höhe und machte Anstalten zurückzuklettern, doch Beckie hielt ihre Zwillingsschwester unmissverständlich am Arm zurück. „Sieh du bitte nach Sandra Paltrow und ihren Kindern, Branca“, bat sie, und die Mädchen verteilten sich schnell zwischen den einzelnen Wagen, um dort ihre Hilfe anzubieten.

Nachdem Joanna sich vergewissert hatte, dass es auch der kleinen Ruth und ihren Eltern gut ging, kam sie zum Wagen der Thompsons zurück. Ihr Bruder saß mit dem Rücken an die Unterseite des umgestürzten Wagens gelehnt und betrachtete besorgt das Chaos um sich herum. Offenbar wollte er sich so wenig wie möglich bewegen, und angesichts der deutlich sichtbaren Hautverfärbungen, die an seinen Armen zu erkennen waren, konnte Joanna ihm das nicht verdenken. Sie kniete sich neben ihn und musterte ihn aufmerksam. „Danke, Stewart Steinmann“, sagte sie so leise, wie es bei dem Prasseln des Regens möglich war, und nahm eines der kalten Hagelkörner in die Hand.

„Das ist schon in Ordnung so, Jo. Allerdings fürchte ich, dass du in den nächsten Tagen meine Aufgaben mit übernehmen musst. Ich spüre jeden Knochen in meinem Leib.“

„Das bin ich dir schuldig.“

„Wunderbar, Miss Steinmann“, hörte sie Alec hinter sich sagen. „Dann können Sie gleich das Pferd nehmen und mit mir zu unserer Herde reiten – oder zu dem, was von ihr noch übrig ist.“

„Sie bluten, Mr Thompson“, stellte Joanna entsetzt fest.

„Das ist nicht weiter schlimm.“

„Lassen Sie mich das einmal genauer ansehen.“ Sie trat vor ihn, legte zwei Finger an sein Kinn und drehte so seinen Kopf ein wenig zur Seite, damit sie sich die Platzwunde an seiner Augenbraue genauer ansehen konnte. Regen lief ihm über die dunklen Locken in das Gesicht und wusch das Blut unaufhörlich über seine mit Bartstoppeln überzogene Wange hinunter. „Die Wunde blutet viel zu stark“, meinte sie schließlich.

„Sollte ich mich deshalb bei Ihnen entschuldigen?“, fragte Alec mit einem schiefen Grinsen.

Joanna lächelte ihn zaghaft an und war erleichtert, als Laurie hinter ihrem Wagen hervorkam und sich bei Alec nach Mike erkundigte.

Als Alec die besorgte Ehefrau beruhigt hatte, half er Joanna auf den Rücken der Stute. Er selbst schwang sich auf den ungesattelten Rücken einer anderen Stute und winkte Jake Lewis, Mr Barter, dessen Sohn Andy und Silas Krasko, ihnen zu Fuß zu folgen. Als sie bei der Herde ankamen, betrachtete Joanna betroffen die wenigen Tiere, die nicht vor dem Gewittersturm geflohen waren. Nur die behäbigen Ochsen schienen alle noch da zu sein, doch sowohl von den Mulis und den Kühen und Schafen als auch von den wertvollen Pferden der Thompsons fehlten unzählige.

Mike Thompson machte sich bei einigen verletzten Tieren zu schaffen. „Wie geht es Laurie, Joanna?“, wollte er wissen, ohne sich von seiner Arbeit abhalten zu lassen. Dennoch war deutliche Besorgnis aus seiner Stimme herauszuhören.

„Der Wagen ist umgestürzt, aber ihr ist nichts geschehen, Mike.“

„Der Wagen ist umgestürzt?“ Jetzt blickte er doch auf und musterte die nasse, verschmutzte Erscheinung vor sich. „Gott sei Dank, dass es Laurie gut geht“, sagte er halblaut vor sich hin, ehe er sich wieder dem nervös tänzelnden und blutenden Hengst zuwandte.

Schließlich trafen die anderen ein, darunter auch Carole. Sie war mit einer gesunden Robustheit ausgestattet und ritt ebenfalls recht gut. Auch sie konnte helfen, die davongestobenen Tiere wieder einzufangen.

Alec musterte die Anwesenden und wies Carole das zweite gesattelte Pferd zu. „Silas, darf ich dir Miss Carole anvertrauen?

Vorausgesetzt, Miss Joanna Steinmann hat gegen die Regelung nichts einzuwenden?“

Joanna schüttelte verneinend den Kopf. Der fünfzehnjährige Silas Krasko war zuverlässig und würde sicher gut auf ihre Schwester achtgeben.

Alec teilte die übrigen Suchtrupps ein und schließlich folgte Joanna ihm in Richtung Süden. Offenbar war er um ihren Ruf weniger besorgt als um den von Carole. Vielleicht aber nahm er einfach nur an, dass ihre ständigen Rededuelle die anderen von alleine zu dem Schluss brachten, dass sie beide sich auf ihrem Weg ausschließlich streiten würden.

Joanna sah sich suchend um, doch die Dunkelheit ließ nicht zu, dass sie sehr viel erkannte. Zerklüftete Felsen ragten wie dunkle Schatten vor ihr in die Höhe. Das Klappern der Pferdehufe machte deutlich, dass der Boden felsiger geworden war. Die junge Frau war sich nicht sicher, ob sie den Weg zurück finden würde, und dirigierte die Stute neben die von Alec Thompson, der seinen Blick über die Ebene schweifen ließ, um nach den entlaufenen Tieren zu suchen.

„Mr Thompson, sind Sie sicher, dass Sie wieder zurückfinden?“

„Sie haben doch nicht etwa Angst, Miss Steinmann?“

„Ich werde doch wohl eine sachliche Frage stellen dürfen?“

„Dann lassen Sie mich ganz sachlich antworten: Ich finde wieder zurück“, erwiderte er ruhig.

„Gut“, murmelte Joanna ein wenig beruhigt und begann ebenfalls, die Umgebung nach Bewegungen oder einem unförmigen Umriss abzusuchen. Tatsächlich entdeckte sie zwei Mulis, die ganz in ihrer Nähe dösten. „Sehen Sie sich das an!“, rief sie und zeigte in die entsprechende Richtung. „Sie stehen da, als gehörten sie nirgendwo anders hin.“

„Die würden hier zumindest überleben – im Gegensatz zu unseren Pferden“, murmelte Alec kaum verständlich und streckte seinen Arm in ihre Richtung aus. „Geben Sie mir die Seile.“

Schnell löste sie die aufgerollten Stricke, die an ihrem Sattelknauf hingen, und reichte sie dem Mann hinüber.

Die Tiere ließen sich problemlos einfangen. Alec befestigte die Enden der Stricke, die er an den Halftern befestigt hatte, am Knauf von Joannas Sattel.

Die Nacht wollte offenbar nicht dem Tag weichen. Noch immer schoben sich dunkle, dichte Wolkenberge am Himmel entlang und entluden ihre nasse Fracht über der Prärie. Joanna fühlte eine bleierne Müdigkeit in sich aufsteigen und sie fröstelte vor Kälte. Ein wenig ungeduldig schob sie sich mit einer Hand die nassen Haare aus dem Gesicht. Täuschte sie sich oder hatte sie eine Kuh gehört? Sofort zügelte sie die Stute.

Alec tat es ihr gleich.

„Eine Kuh", bemerkte sie erfreut. Sie schrak zusammen, als Alec plötzlich ihren Oberkörper grob zu sich herüberriss und sie gegen seinen breiten Brustkorb drückte. Seine behandschuhte Hand legte sich über ihren Mund. Sie wollte sich gegen seinen Griff wehren, doch Alec stieß einen warnenden Zischlaut aus. „Ich höre Stimmen", flüsterte er. „Indianer vermutlich."

Joanna blickte Alec mit großen Augen ängstlich an.

Er bedeutete ihr noch einmal, dass sie sich unbedingt leise verhalten musste, und nahm dann die Hand von ihrem Mund. Allerdings ließ er sie nicht los.

„Wahrscheinlich haben sie ein paar der Tiere eingefangen", flüsterte Joanna.

„Vermutlich. Wenn wir ganz ruhig bleiben, bemerken sie uns vielleicht nicht."

„Aber es sind unsere Tiere, Mr Thompson."

„Und unser Leben."

„Die anderen Indianer damals –"

„Das sagt nichts über diese hier aus. Vielleicht sind sie harmlos und freundlich, vielleicht aber auch nicht. Jedenfalls werden sie sich den feinen Braten nicht einfach nehmen lassen."

„Lassen Sie mich bitte los. Es ist nicht sehr bequem so, Mr Thompson", zischte Joanna.

„Eigentlich schade", murmelte Alec nahe an ihrem Ohr und schob sie wieder zurück in den Sattel.

Ihre Hände krallten sich um die nassen ledernen Zügel. Zu der Furcht vor den Indianern mischte sich nun auch noch die Aufgeregtheit und Verwirrung über seine Nähe und seine Andeutung.

Das leise Wiehern eines Pferdes ließ sowohl ihre als auch Alecs Stute den Kopf heben.

Alecs Hand legte sich auf ihren nassen Unterarm. Dann beugte er sich zu ihr hinüber und flüsterte: „Die Indianer wissen vermutlich, dass sie mit den Pferden nichts anfangen können, da diese das Präriegras nicht vertragen. Sie werden sie zurückgelassen haben. Ich hole das Tier. Rühren Sie sich nicht von der Stelle. Und kommen Sie unter keinen Umständen auf den Gedanken, mir zu helfen."

„Wie könnte ich!", erwiderte Joanna bissig. Dabei konnte sie das angenehme Gefühl, das sich bei dem Gedanken daran, wie sehr er sich um sie sorgte, bei ihr einschlich, nicht ignorieren.

Der Reiter verschwand in der Dunkelheit und Joanna blieb alleine zurück.

Es dauerte unendlich lange, bis das Nahen mehrerer Tiere zu hören war. Joanna biss sich auf die Unterlippe. Kamen die Indianer zurück? Was sollte sie in dem Fall tun? Die Mulis zurücklassen und versuchen zu fliehen?

Die dunklen Umrisse mehrerer Pferde tauchten vor ihr auf, doch nur auf einem konnte sie einen Reiter entdecken. Erleichtert atmete Joanna aus.

Als Alec bei ihr angelangt war, meinte er: „Fünf Stuten und der zweite Hengst. Das nenne ich einen guten Fang. Reiten wir weiter?"

„Wohin sind die Indianer gegangen?", wollte Joanna wissen und versuchte erfolglos, etwas in der Dunkelheit zu erkennen.

„Sie sind irgendwo zwischen den Felsen verschwunden. Wir meiden die Gegend einfach und reiten in Richtung Osten weiter."

Er beugte sich weit zu ihr hinüber und band auch diese Tiere an ihrem Sattelknauf fest.

„Soll ich Sie mit unserer Beute zurückbringen, Miss Steinmann?"

„Wollen Sie mich loswerden?"

„Ich Sie loswerden? Keinesfalls! Ich empfinde Ihre Anwesenheit als ausgesprochen angenehm. Aber Sie sind nass und frieren."

Joanna ignorierte seine Worte. „Lassen Sie uns weitersuchen", schlug sie vor. „Ich nehme an, dass die meisten Tiere in diese Richtung geflüchtet sind."

Alec trieb wortlos sein Pferd wieder an.

Mit einem unruhigen, leicht schmerzenden Gefühl in der Magengegend bat Joanna ihren Gott darum, dass die Indianer bereits weit genug von ihnen entfernt waren, dass sie nicht von ihnen gehört wurden.

Kapitel 42

Aus dem Inneren des festlich geschmückten Hauses drang die muntere Tanzmusik und das ausgelassene Lachen der Feiernden auf die Veranda heraus. Linda, die nach ihrem Ausflug nicht mehr sehr vorteilhaft aussah, berichtete dem wie immer perfekt gekleideten Arnaud von ihrem Gespräch mit Mary.

Nachdem sie ihre Erklärungen beendet hatte, atmete der junge Mann tief ein. Dann sagte er kopfschüttelnd: „Unser Verdacht scheint sich also zu bestätigen, Linda. Mrs Steinmann hat die Warren-Plantage offenbar niemals verlassen – zumindest nicht freiwillig.“

„Ach, Arnaud! Bedeutet es das, was ich denke?“

„Dass Neil Warren sie getötet haben könnte, da sie zwischen dem Erbe und Denise Warren steht?“

Linda schloss gequält die Augen. Sie gab keine Antwort, doch offenbar erwartete Arnaud auch keine, denn er fuhr fort: „Und dass nun Denise zwischen Neil Warren und dem Erbe steht?“ Entsetzt riss sie ihre blauen Augen weit auf. Es hatte etwas Bedrohliches, dass ihre eigenen Gedanken von einer anderen Person ausgesprochen wurden. Verzweifelt blickte sie den Mann ihr gegenüber an. „Sie ist seine Ehefrau, Arnaud. Das Vermögen wird ohnehin auf ihn übergehen“, versuchte sie, dem Naheliegendsten die Bedrohlichkeit zu nehmen, indem sie nach anderen Erklärungen suchte.

„Aber nicht komplett. Sollte Warren – aus welchen Gründen auch immer – versterben, könnten auch Kinder aus einer zweiten Ehe von Denise *Green Crystal* erben, und Warrens Kinder würden leer ausgehen. Neil Warren wird – wie alle unsere Väter und Großväter – größten Wert darauf legen, seinen direkten Nachkommen Grund und Boden, Wohlstand, Ansehen und Macht weitervererben zu können.“

„Dann ist sie zumindest im Moment nicht in Gefahr. Mary meinte, sie erwarte ...“ Linda beendete den Satz nicht und senkte betroffen den Kopf. Es gehörte sich nicht, mit Männern über diese Angelegenheiten zu sprechen.

Doch Arnaud räusperte sich und sagte leise: „Sosehr mich das schmerzt, so bin ich doch erleichtert, weil Denise dadurch im Moment in Sicherheit ist. Er würde seinem eigenen Fleisch und Blut kaum etwas antun.“

„Aber danach, Arnaud? Was wird danach sein? Wird er akzeptieren, dass Denise die Plantage erbt? Wird er darauf drängen, dass sie ihm *Green Crystal* überschreibt? Er hat sie so fest in der Hand. Vermutlich würde sie alles tun, um ihm zu gefallen."

„Dann könnte sie sich zumindest ihres Lebens sicher sein."

„Aber wie lange? Wenn er Natasha Steinmann hat verschwinden lassen – warum sollte er das nicht auch bei Denise tun? Was, wenn er ihrer überdrüssig wird oder sich in eine andere Frau verliebt?" Linda wurde immer aufgeregter und immer lauter. Als Ocean sie warnend am Arm ergriff, legte sie erschrocken eine Hand vor ihren Mund und sah sich mit großen Augen um. Doch außer ihnen befand sich niemand draußen auf der Terrasse. Dafür war das Wetter zu ungemütlich. Der Tanz und die geselligen Runden fanden allesamt im Inneren statt, und der Geräuschpegel, der von dort nach draußen drang, war laut genug, um ihr Gespräch zu überdecken.

„Ich werde nach Denmark reiten, Linda. Vielleicht ist unser ungeheuerlicher Verdacht aus der Luft gegriffen und Mrs Steinmann ist tatsächlich kurzfristig abgereist. Vielleicht wollte sie lediglich keines der Kleider mitnehmen, um die sie Mr Warren hat bitten müssen, weil ihre Garderobe im Feuer zerstört wurde."

„Sie verfügt über ein eigenes Einkommen, Arnaud."

„Aber nicht so kurz nach dem Brand. Solche rechtlichen Angelegenheiten dauern oft unangenehm lange, und selbst wenn sie ihre neue Garderobe aus Einkünften von der Plantage finanzieren konnte, so ist es doch Mr Warren, der diese beaufsichtigt und am Laufen hält. Eine Dame wie Mrs Steinmann hat ihren Stolz. Bevor wir uns weiteren Verdächtigungen hingeben, möchte ich nachprüfen, ob Mrs Steinmann vielleicht auf dem Weg zu ihren Verwandten einen Unfall hatte."

„Aber in dem Fall hätte man doch Denise oder die Wagners informiert."

„Natürlich, Linda. Trotzdem möchte ich jeden Zweifel aus dem Weg räumen. Stell dir vor, wir konfrontieren Neil Warren mit unseren Anschuldigungen, und dabei ist Denise' Tante wohlauf!"

Linda nickte, wenngleich sie der Möglichkeit kaum mehr eine Chance einräumte. „Ich fürchte nur so sehr um das Wohlergehen von Denise", flüsterte sie.

„Ich auch, Linda. Aber wir dürfen keine voreiligen Schlüsse ziehen. Sollte sich unser Verdacht bestätigen, könnte jeder Fehler unsererseits Neil Warren in die Hände spielen und Denise größeren Schaden zufügen."

Verwirrt und zutiefst aufgewühlt, strichen die Finger von Denise über den blassgrünen Stoff der Gartenmöbel, der ursprünglich für den Salon gedacht gewesen war. Arnaud Brook war gerade bei ihr gewesen. Ein heißes, verzweifeltes Gefühl einer verbotenen Liebe hatte ihr Gesicht zum Glühen gebracht und doch hatte sie gleichzeitig schreckliche, eisige Angst ergriffen. Was, wenn Neil Warren sie zusammen entdeckte? Doch Arnaud war nur wenige Minuten geblieben.

Er hatte sie kaum zu Wort kommen lassen, doch nach dem, was er ihr zu sagen gehabt hatte, war sie ohnehin sprachlos gewesen. Er verdächtigte ihren Ehemann, mithilfe von Dan Cutler das Feuer auf *Green Crystal* gelegt zu haben, um die Frauen, die nach dem Tod der männlichen Familienmitglieder allein im Haus lebten, zu vertreiben.

Wenn das stimmte und Neil tatsächlich die Plantage übernehmen wollte, dann waren seine Klagen über seine Mehrarbeit durch die Verwaltung von *Green Crystal* eine reine Farce. Denise lachte bitter auf. Natürlich klagte er über die Arbeit, die er mit der Plantage der Steinmanns hatte, immerhin bekam er dafür von ihrer Tante höchstens eine kleine Aufwandsentschädigung. Sollte sie ihm jedoch erst einmal ganz gehören, würde sich die darin investierte Arbeit auch für ihn lohnen.

Sie vergrub ihr Gesicht in ihren Händen. Tante Natasha! Hatten Linda und Arnaud mit ihren Vermutungen recht? Hatte Neil ein weiteres Hindernis zwischen sich und *Green Crystal* aus dem Weg geschafft? Musste sie befürchten, dass er ihre Tante nicht nur verschleppt, sondern vielleicht sogar umgebracht hatte? Die junge Frau krümmte sich auf dem Stuhl zusammen, sodass sie ihren Kopf beinahe zwischen den Knien hielt.

Neil hatte sie nur aus reiner Berechnung geheiratet! Niemals hatte er in ihr das gesehen, was eine Frau sich wünschte, selbst wenn es sich um eine arrangierte Zweckheirat handelte. Er brachte ihr keine oberflächliche Zuneigung entgegen, die eines Tages vielleicht sogar zu einer reifen Liebe werden konnte. Es gab keine Achtung vor ihrem Charakter und ihrer Schönheit. Auch nicht den Wunsch, ihr ein gutes Zuhause, Anerkennung und Geborgenheit zu bieten, um die Mutter seiner Kinder glücklich zu sehen. Gab es tatsächlich nur eiskalte Berechnung, grausame Pläne?

Arnaud Brook hatte sie gewarnt, möglichst nicht mit ihrem Ehemann allein zu sein. Denise schüttelte den Kopf. Aber Neil war doch immerhin ihr Ehemann und ...

Sie kam nicht mehr dazu, den Gedanken zu Ende zu führen. Es näherten sich ihr schwere, schnelle Schritte.

Neil!

Sie richtete sich wieder auf, wischte sich mit dem Ärmel ihres dunklen Kleides die Tränen aus dem Gesicht und strich sich den Rock glatt. Hoffentlich würde Neil nicht sehen, dass sie geweint hatte. Wie aber sollte sie die Angst verbergen, die Arnaud mit seinen Worten in ihr geschürt hatte?

Breitbeinig und mit vor der Brust verschränkten Armen baute sich Neil vor ihr auf. Seine Augen funkelten sie mit unverhohlenem Zorn an. „Was wollte Brook hier?", fuhr er sie wütend an.

Denise zitterte innerlich. Sie hatte gehofft, dass Neil die Anwesenheit ihres früheren Verlobten entgangen war. „Arnaud hat mich gestern auf dem Ball der Haussers vermisst und wollte wissen –"

„So! Vermisst hat er dich! Offenbar ist diesem Kerl noch nicht klar, dass er keinen Anspruch mehr auf dich hat", fauchte Neil und ein feiner Speichelregen traf ihre im Schoß gefalteten Hände.

„Er war nur höflich, Neil!", brachte sie mit zitternder Stimme hervor, doch kaum waren die Worte ausgesprochen, ahnte sie, dass auch das die falsche Antwort war.

Neil kam näher und stützte seine Hände auf ihre Stuhllehnen, sodass sein frisch rasiertes Gesicht nahe vor ihrem war. „Höflich? Höflich wäre es, wenn er die Frauen anderer Männer in Ruhe lassen würde, *Mrs Warren!*"

Denise konnte ihr Zittern kaum noch verbergen, doch entweder sah Neil es nicht oder er ignorierte es.

„Was also wollte er von dir?"

„Sich erkundigen, ob es mir gut geht", flüsterte Denise. Sie hatte das Gefühl, keine Luft mehr zu bekommen.

„Hat dieser Mann den Eindruck, dir ginge es im Hause Warren schlecht, Mrs Warren?", fragte er plötzlich leise, aber mit deutlich drohendem Unterton in der Stimme.

„Wie viele andere im Distrikt hat er mein häufiges Fehlen bei den Veranstaltungen in der letzten Zeit bemerkt, Neil!", versuchte sie zu erklären.

„So lange ist er noch gar nicht aus dem Krieg zurück, als dass ihm so etwas auffallen könnte!“

„Die Leute sprechen miteinander. Auch Linda Fowler hat sich bereits nach meinem Verbleib erkundigt“, murmelte Denise kaum hörbar.

„Nach deinem Verbleib! Wenn du nicht meinen Erben umgebracht hättest, müsste ich dich nicht unter ständiger Beobachtung halten“, lauteten die noch immer erschreckend leisen, scheinbar ruhigen Worte des Mannes. „Sollte Brook noch einmal hier auftauchen, wirst du unverzüglich ins Haus gehen. Ich verbiete dir jeglichen Kontakt mit ihm!“

Denise nickte. Sie wollte Arnaud nicht in Gefahr bringen, zumal er vielleicht ihre einzige Hilfe war, wenn sich sein Verdacht bewahrheitete. „Ich habe ihm erklärt, dass er nicht mehr herkommen soll“, erklärte sie wahrheitsgetreu, wenngleich der Grund, weshalb sie das zu Arnaud gesagt hatte, ein anderer gewesen war. Sie hatte eine solche schreckliche Auseinandersetzung mit ihrem Ehemann vermutet, falls Arnaud und sie zusammen gesehen worden waren.

„Brave Mrs Warren!“, flüsterte Neil. Dann stieß er sich so heftig mit den Armen ab, dass der Stuhl ein Stück über die Holzdielen nach hinten gegen die Wand rutschte. „Kein Kontakt mit Arnaud Brook. Und ich will auch diese neugierige Linda Fowler nicht mehr hier sehen. Wenn sie das nächste Mal kommt, schick sie weg!“

Denise nickte benommen. Dieser Mann raubte ihr den einzigen Kontakt zur Außenwelt, der ihr noch verblieben war. Und wie sollte sie erfahren, ob Linda und Arnaud recht hatten? Wie sollte sie ihr Leben schützen – und von hier fortkommen? Tränen der Verzweiflung schossen ihr in die Augen und so senkte sie eilig den Kopf.

„Und jetzt rauf mit dir in dein Zimmer. Ich komme gleich nach!“

Diese Aufforderung hatte Denise bereits erwartet. Sie ahnte inzwischen, dass ihr Ehemann nicht nur sein Recht einforderte und einen Erben haben wollte, sondern die tägliche Prozedur, der sie nichts als Schmerz abgewinnen konnte, als eine Strafe für sie ansah. „Neil, bitte. Ich bin in anderen Umständen.“

„Na endlich. Muss ich jetzt im oberen Stock alle Fenster vernageln lassen, Mrs Warren?“

„Nein, Neil.“

„Wehe dir, Weib. Du kannst hier draußen an der frischen Luft bleiben. Das wird dem Baby guttun. Ich hole mir eine der schwarzen Frauen. Vielleicht zeigen die mehr Respekt und Einsatz bei ihrem Herrn!"

Seine Schritte entfernten sich ebenso laut und schnell, wie sie gekommen waren.

Denise sah ihm nicht nach. Sie bemitleidete das arme Mädchen, das er sich nun ins Haus holen würde, denn den Schwarzen gegenüber gebrauchte er sehr wohl seine Fäuste.

Dann übermannte sie erneut die Erinnerung an das kurze Gespräch mit Arnaud. Blanke Angst ließ sie verzweifelt in Tränen ausbrechen. Was sollte sie jetzt nur tun? Trug sie das Kind eines Mörders unter ihrem Herzen?

Kapitel 43

Es war bereits früher Vormittag, als Joanna und Alec mit den Tieren, die sie hatten einfangen können, zum Lagerplatz zurückkehrten. Die Wagen der Familien, die eigentlich hatten umkehren wollen, standen noch an Ort und Stelle, da, wie Laurie Joanna und Alec bei ihrer Ankunft berichtete, eine Tochter der Ritters bei dem Hagelsturm in der Nacht ums Leben gekommen war.

Joanna blickte, noch im Sattel sitzend, zu dem sehr in Mitleidenschaft gezogenen Wagen der Familie. Ein weiteres unbekanntes, namenloses Grab würde zurückbleiben. Eines von vielen auf diesem so verheißungsvollen Weg in Richtung Westen.

Laurie bat Alec, zu den Ritters hinüberzugehen. Mrs Ritter hatte gefragt, ob er nicht eine Grabrede halten und ein Gebet sprechen könne. Alec gähnte hinter vorgehaltener Hand, nickte, wendete sein Reittier und machte sich gleich auf den Weg.

Joanna sah ihm nachdenklich hinterher. Sie konnte Mrs Ritters Wunsch verstehen. Es würde einfacher sein, das Kind hier in der Wildnis begraben zurückzulassen, wenn es eine halbwegs angemessene Beerdigung erhalten hatte.

„Komm von deinem hohen Ross herunter, Joanna!", hörte sie Beckie rufen. „Du siehst aus, als würdest du gleich im Sitzen einschlafen. Carole ist schon vor drei Stunden zurückgekehrt und schläft seitdem wie ein Bär. Du kannst dich auch in den Wagen legen und dich ausruhen. Wir werden heute wohl nicht mehr weiterreisen."

Joanna gehorchte und rutschte langsam aus dem Sattel. Ihr Po und ihr Rücken schmerzten, und sie brauchte drei Anläufe, ehe es ihr gelang, sich in den Wagen zu hieven.

Carole rührte sich nicht, nicht einmal, als Joanna sie grob zur Seite schob, um wenigstens ein bisschen Platz auf der schmalen Matte zu ergattern.

Die Sonne stand bereits hoch am Himmel, als Joanna endlich aufwachte und mit weitaus mehr Schmerzen aus dem Wagen stieg, als sie noch wenige Stunden zuvor gehabt hatte.

Der Canestooga-Wagen der Thompsons war inzwischen wieder auf seine vier Räder gestellt worden. Darunter sah sie die Umrisse eines in eine Decke gehüllten, schlafenden Mannes. Stewart machte im Inneren des Wagens irgendwelche Reparaturen, doch auch sein lautes Hämmern und Sägen vermochte nicht, den Schläfer zu wecken. Joanna konnte es Alec Thompson nicht verdenken. Sie wusste nicht, wie viele Nächte er hintereinander bei der Herde Wache gehalten hatte und nur für wenige Stunden am frühen Abend zum Schlafen herübergekommen war.

„Du siehst nicht unbedingt frischer aus als heute Morgen, Joanna", begrüßte Beckie sie und drückte ihr eine Tasse dampfenden Kaffee in die Hand.

„Dafür ist die Begrüßung umso erfreulicher", erwiderte sie und verbrannte sich erst einmal die Lippen an dem Gebräu.

„Gier hat schon immer Schaden angerichtet", rügte Beckie und musterte sie prüfend. „Alec sagte, ihr habt Indianer gesehen?"

„Na ja, *gesehen* nicht unbedingt, Beckie. Ich hoffe, er hat nicht damit angegeben, dass er mich unter Einsatz seines Lebens aus den Händen blutrünstiger Indianer gerettet hat?"

„Nicht ganz", lachte Beckie und reichte ihr auch noch ein Stück frisch gebratenes Fleisch. Dann trat sie näher und flüsterte: „Du solltest dich vorsehen, Joanna. Nur die Tatsache, dass ihr beide euch ganz offensichtlich nicht riechen könnt, hält die Leute davon ab, euch irgendetwas nachzusagen. Das ist der dritte nächtliche Ausflug, den ihr zusammen unternommen habt."

„Was denkst du, weshalb Mr Thompson die Einteilung so vorgenommen hat? Der junge Silas, der vermutlich noch keine Ahnung hat, dass Gott zwei verschiedene Geschlechter geschaffen hat, mit unserer kleinen Carole und der bärbeißige, ungehobelte und rücksichtslose Pferdezüchter mit der Feuer speienden, ungezogenen und frechen Joanna."

„Du bist ein hoffnungsloser Fall, Joanna", lachte Beckie.

„Weißt du, wie viele Tiere wir verloren haben?", fragte Joanna und unterdrückte ein Gähnen.

„Nicht genau. Ein paar Rinder, einige Mulis und zwei oder drei von den wertvollen Zuchtstuten der Thompsons. Die Schafe waren wohl zu faul, um sich sehr weit zu entfernen, und die Ochsen haben sich gar nicht erst von der Stelle gewagt."

Joanna war erleichtert und wandte den Kopf, um zu Mrs Schlenkers Wagen hinüberzusehen, der vom Hagel am schlimmsten zugerichtet worden war. Die zerfetzte Plane war abgenommen worden und nun flatterte ein provisorisch angebrachter dünner Stoff über dem vorderen Gestänge.

„Die Keiths haben sich inzwischen ebenfalls entschlossen umzukehren, Joanna", informierte Beckie sie über die neuesten Begebenheiten. „Mr und Mrs Birk werden sich freuen, sie wieder bei sich zu haben. Die beiden Paare scheinen es zu lieben, sich miteinander zu streiten und dann wieder zu versöhnen."

„Es gibt immer Menschen, die andere Menschen brauchen, um sich mit ihnen zu duellieren, in welcher Weise auch immer."

„So wie du mit Alec?"

„Wir streiten nicht, Beckie. Wir sind gelegentlich unterschiedlicher Meinung und keiner von uns beiden hält mit seiner gern hinter dem Berg." Joanna lachte fröhlich auf und Beckie fiel in ihr Lachen mit ein.

Mrs Schlenker, die gerade an ihnen vorbeiging, warf ihnen einen bösen Blick zu. „Ich möchte nur wissen, was Sie schon wieder zu lachen haben. Das Unwetter hat uns allen übel zugesetzt und dort drüben ist sogar ein Kind gestorben."

„Der Hagel hat großen Schaden angerichtet, Mrs Schlenker, und das ist schlimm. Und ich fühle mit der Familie Ritter, die ihre Tochter verloren hat. Aber wir können uns nicht von jedem Wind, der uns ins Gesicht weht, niederdrücken lassen. Alle unsere Wagen sind noch fahrtüchtig. Dieser Sturm hätte weitaus mehr Verletzte und Todesopfer von uns fordern können. Wir konnten fast alle Tiere wieder einfangen, und vermutlich war es auch an der Zeit, einen Tag Rast einzulegen, bevor wir weiterziehen. Der Boden wird, zumindest einen oder zwei Tage lang, nicht so viel Staub aufwerfen, und die kleineren Bäche und Flüsse werden frischeres Wasser für uns bereithalten. Vergessen wir also trotz aller zweifellos schlimmen Ereignisse nicht, auch das Gute zu sehen."

„Ich kann die Albernheit, die in Ihrer Familie offenbar üblich ist, nicht ertragen!", brummte die Frau und entfernte sich mit eiligen Schritten.

Die Schwestern blickten ihr nach und Joanna murmelte leise: „Arme Mrs Schlenker. Ich bewundere sie dafür, dass sie alleine weiter in den Westen reisen will. Aber hin und wieder frage ich mich, ob das nicht mehr eine Trotzreaktion als eine gut durchdachte Angelegenheit ist."

„Diese Frage haben sich zu Hause auch viele gestellt, als wir uns entschieden haben, in den Westen zu fahren. Kannst du dich erinnern, Joanna?"

Joanna nickte und ein flüchtiges Lächeln huschte über ihr Gesicht.

„Mir zumindest hat die Reise einen liebevollen Verlobten eingebracht." Über Beckies Gesicht huschte ein glückliches Lächeln.

„Das ist wunderbar, Beckie Steinmann. Und genau das ist die Sichtweise der Steinmanns."

„Aber vielleicht sollten wir mit unserer innerfamiliären Heiterkeit und fröhlichen Sicht der Dinge tatsächlich nicht so nach außen treten."

„Nur das nicht", mischte sich Laurie Thompson ein, die gemeinsam mit ein paar anderen Frauen dabei war, am Feuer des Nachbarwagens die Abendmahlzeit zuzubereiten. „Was wäre denn inzwischen aus uns geworden, wenn eure Fröhlichkeit uns nicht immer wieder angesteckt hätte? Vermutlich wären wir inzwischen alle griesgrämig, verzweifelt und hoffnungslos auf dem Weg zurück in den Osten. Wir brauchen euer Lachen und eure unerschütterliche Hoffnung auf das Gute, um ans Ziel zu kommen." Jasmine Lewis, Sandra Paltrow und auch die 12-jährige Schwester von Andy Barter nickten, ohne sich von ihren Bemühungen um die Abendmahlzeit ablenken zu lassen, vor sich hin.

Früh am nächsten Morgen zogen die Wagen weiter. Eine Kolonne rumpelte schaukelnd und knarrend in Richtung Osten zurück, die anderen Wagen rollten, getragen von der Hoffnung auf ein besseres Leben und dem Willen, das Alte für immer zurückzulassen, weiter in Richtung Westen, den sich in der Ferne auftürmenden Ausläufern der Rocky Mountains entgegen.

Sie erreichten die Stelle, an der sich der *North Platte River* in einer gewaltigen Biegung nach Süden wandte. Von nun an mussten sie sich am *Sweetwater River* orientieren, der für die nächste Zeit ihr neuer Wegbegleiter und Wasserspender sein würde. Einige Tage nach dem Gewittersturm fuhren sie am *Independence Rock* vorbei, der sich wie ein mächtiger schlafender Bär über dem flachen, wüstenähnlichen Boden erhob. Viele der Kinder ritzten ihre Namen in das weiche Gestein unter die Namen, die bereits vorher eingraviert worden waren und denen vermutlich noch viele folgen würden.

Wieder zwei Tage später war der 4. Juli. Da sie nach dem Hagel einen Tag Pause eingelegt hatten, wurde am Unabhängigkeitstag lediglich morgens ein Gebet gesprochen und nach einem etwas früheren Halt am Abend zur Musik der Mundharmonika getanzt. An diesem Tag hielten es Andy Barter und Beckie Steinmann für angemessen, ihre Verlobung zu verkündigen.

Die Strapazen nahmen mit jeder Meile zu, die sie hinter sich ließen – vor allem für die weiblichen Reisenden. Die Frauen mussten viele der Aufgaben übernehmen, die bislang die Männer verrichtet hatten, denn die wurden vermehrt für die Herde gebraucht. Der Wagenzug, der inzwischen auf sieben Prärieschoner geschrumpft war, umrundete die Felsformation, die *Devil's Gate* genannt wurde.

Der Boden begann kaum merklich anzusteigen und wurde immer felsiger. Vor und neben ihnen schienen die Berge in den Himmel zu wachsen. Die Tritte der Tiere, ebenso wie das laute Rollen der eisenbeschlagenen Räder, hallten zwischen den Felswänden wider, und das brausende Donnern des Flusses in der Schlucht unterhalb ihres felsigen Weges dröhnte bedrohlich zu ihnen herauf. Weiße Gischt spritzte in die Höhe und verbreitete einen milchigen Nebelschleier, der die Kleidung durchnässte und den felsigen Grund an manchen Stellen gefährlich glitschig machte. Vereinzelt wuchsen Bäume dem Himmel entgegen und grüne Büsche säumten die weniger felsigen Abschnitte, sodass das Land zwar gefährlich wild und zerklüftet wirkte, jedoch auch angenehm grün und beinahe schön anzusehen war.

Joanna nahm die Zügel fester in die Hand und lenkte die Mulis ein wenig weiter von dem steil abfallenden, dunklen Abgrund fort. Das brachte ihr einen kurzen, dankbaren Blick von Carole ein, die an diesem Tag die Tiere führte.

Da ihr Wagen der vorderste war, folgten die nachfolgenden ihrem Beispiel. Joanna blickte über die Rücken ihres Gespanns hinweg. Vor ihnen gingen einige Personen zu Fuß. Angeführt wurde diese Gruppe von Mrs Paltrow, die ihren fünfjährigen, sehr unternehmungslustigen Sohn fest an der Hand hielt. Ihre beiden kleineren Kinder befanden sich im Wagen, unter der Bewachung von Branca, während er von Andy geführt und von Beckie gefahren wurde. Hinter Sandra Paltrow ging die ältere Tochter der Barters mit ihren beiden jüngeren Brüdern, während Mr Barter weiter hinten im Zug die Tiere seines Wagens führte, der von einer etwas verunsichert wirkenden Ellie auf dem Kutschbock gelenkt wurde.

Die Sonne stand hoch am Himmel und brachte sowohl die Menschen als auch die Tiere zum Schwitzen. Auch Rowdy ließ seine Zunge weit heraushängen und hechelte laut. Carole wandte sich an ihre Schwester, ohne jedoch den Weg aus den Augen zu lassen: „Dein Hund sollte auf die Kinder achtgeben. Dann könnten Mrs Paltrow und Luisa Barter zu den Wagen gehen und dort helfen."

„Ich traue dem Stromer nicht! Es sieht zwar so aus, als halte er die Kinder, wie ein Schäferhund seine Herde, vom gefährlichen Abgrund fern, doch was, wenn er irgendein Tier wittert?"

„Oder Alec Thompson?", lachte Carole über die Zuneigung, die der Hund dem Mann entgegenbrachte.

Es dauerte nur wenige Minuten, bis sich Joannas und Caroles Verdacht bestätigte. Während von hinten eilige Hufschläge zu hören waren, drehte sich der Hund um, nahm Witterung auf und sprang dann mit großen Sätzen an ihrem Wagen vorbei.

„Ein Tier oder Alec?", fragte Carole und lachte ein weiteres Mal fröhlich auf.

„Da die gesuchte Kreatur auf einem Pferd sitzt, vermute ich einmal, Mr Thompson", meinte Joanna und tatsächlich tauchte ein Mr Thompson an der Seite ihres Kutschbocks auf. Allerdings handelte es sich um den älteren Bruder des genannten.

Joanna wollte sich mit einer fröhlich-frechen Bemerkung an ihn wenden, als sie seine ernsten Gesichtszüge bemerkte. Sofort verschwand das Lächeln von ihren Lippen.

„Wir brauchen deine Hilfe, Joanna."

„Ihr seid doch schon vier Mann bei der Herde ..."

Mike zog die Schultern hoch. Er schien keine Zeit mit Erklärungen verschwenden zu wollen.

Joanna rief Carole eine Warnung zu, ehe sie die Zügel anzog und die Mulis zum Stehen brachte. Mike winkte Mrs Paltrow nach hinten, die ihren Fünfjährigen zu den kleineren Kindern in ihren Planwagen setzte und selbst auf dem Kutschbock Platz nahm. Somit konnte Beckie Joannas Platz einnehmen.

Joanna stieg auf das ungesattelte, von Mike mitgeführte Handpferd und folgte ihm an den Wagen vorbei die Schlucht entlang, bis sie in einiger Entfernung den jungen Silas und Pete Ravens entdeckte. Die beiden taten sich offensichtlich schwer damit, die unruhigen Tiere beieinanderzuhalten.

„Nehmt die Leitstute zwischen euch, die anderen Stuten werden ihr folgen. Ich kümmere mich um die Nutztiere", rief Mike hinüber. Die beiden befolgten seine Aufforderung sofort.

Joanna hingegen folgte ihm weiter auf dem Weg zurück, immer darum bemüht, der Schlucht nicht zu nahe zu kommen. Als sie die Schafherde passierten, blökten die Tiere unruhig vor sich hin und drückten sich in einem wilden Durcheinander gegeneinander und gegen die Bäume und Felsgesteine. Dann entdeckte Joanna die unruhigen, widerspenstig hin und her springenden Mulis und ganz hinten die beiden wertvollen Hengste. Sie wieherten lauthals und vollführten einen seltsamen, gefährlich aussehenden Tanz. Zwischen ihnen stand Alec Thompson, der sie fest an den Führstricken hielt.

Mike sprang aus seinem Sattel und warf ihr die Zügel seiner Stute zu, die vor den wütenden Hengsten zurückweichen wollte. Sie schlug nervös mit dem Schweif und wollte sich gegen einige in die Höhe ragenden Felsen drücken. Joanna rutschte schnell von ihrem Reittier herunter und nahm auch dieses an den Zügeln. Dabei beobachtete sie, wie Mike seinem Bruder die Hengste abnahm.

Als sie endlich einen freien Blick auf den jungen Mann hatte, schrak sie zusammen. Nur mühsam konnte sie einen entsetzten Aufschrei unterdrücken. Alec Thompson war über und über mit Blut verschmiert und sein Gesicht war schmerzverzerrt. Dennoch glaubte Joanna, auch Zorn in seinen Augen zu erkennen, und tatsächlich begann er, mit seinem älteren Bruder zu streiten. Mike jedoch ließ ihn einfach stehen, kam zu ihr zurück und nahm ihr die Zügel der beiden auf der Stelle tänzelnden Pferde ab. „In der Satteltasche meiner Stute findest du Verbandsmaterial und Heilkräuter. Kümmer dich bitte um den Sturkopf. Vielleicht lässt er sich ja von dir etwas sagen." Mike wartete, bis sie die in ein Tuch eingewickelten Materialien herausgenommen hatte, und ging dann, die vier Tiere hinter sich herführend, davon.

Joanna ging zögernd zu dem jungen Mann hinüber, der mit in die Hüften gestemmten Händen auf dem Weg stand, rechts von ihm die Schlucht, links die aufragenden Felswände. „Abhänge liegen Ihnen wohl nicht, Mr Thompson", begrüßte sie ihn leise, um ihren Schrecken und die Sorge um sein Ergehen zu verstecken.

„Das hat mir gerade noch gefehlt! Ein freches Mädchen, das mich mit messerscharfen Worten statt mit Verbandsmaterial behandeln will."

„Was ist passiert?", fragte sie unbeeindruckt von seiner abweisenden Art und breitete die Utensilien vorsichtig auf einem größeren rötlichen Felsbrocken aus.

„Die beiden Hengste haben mich hinuntergedrängt."

„Wo sind Sie verletzt?"

„Ich wollte nicht, dass Mike Sie holt. Es ist zu gefährlich hier bei den Tieren. Sie sollten vorne bei den Wagen sein – und das ist für eine Frau schon gefährlich genug."

„Nun bin ich aber schon mal hier. Da kann ich mir auch gleich Ihre Verletzungen ansehen."

„Ich werde jetzt meinem sturen Bruder nachgehen und meine Arbeit wieder aufnehmen, Miss Steinmann."

„Stur ist hier nur einer, und zwar Sie. Setzen Sie sich jetzt bitte hierhin, und lassen Sie mich sehen, woher das ganze Blut kommt."

Alec Thompson stand noch immer breitbeinig vor ihr und musterte sie intensiv.

„Ich habe tatsächlich anderes zu tun, als mich um einen erwachsenen Mann zu kümmern, der sich wie ein dreijähriger Junge verhält, Mr Thompson. Meine kleine Schwester Ellie sitzt vorne auf einem Kutschbock, und mir wäre es nicht unlieb, wenn ich sie ablösen könnte."

„Mike will Sie hier bei den Tieren haben. Er meint, Ihr ach so ruhiges Wesen hätte einen guten Einfluss auf sie."

Joanna tat so, als wolle sie die Verbandsmaterialien wieder in das Tuch einrollen.

„Darauf fallen nur die Tiere herein. Sie und ein ruhiges Wesen", spottete Alec weiter. „Aber wenn Sie fertig sind, werde ich Sie wieder nach vorne bringen." Mit diesen Worten streifte er die Hosenträger von seinen Schultern, knöpfte sich sein zerfetztes Hemd auf und zog es sich über den Kopf.

Joanna zog die Augenbrauen in die Höhe. Die Oberarme und die breite, muskulöse Brust waren von unzähligen lang gezogenen und heftig blutenden Schrammen durchzogen. „Setzen Sie sich hin", wies sie ihn an.

„Was ist mit Ihnen los? Sie sehen aus, als bräuchten Sie gleich eines dieser seltsamen Riechfläschchen, die bei Ihnen im Süden so in Mode sind."

„Davon wissen Sie überhaupt nichts", fauchte Joanna ihn an und drehte sich nach dem Verbandsmaterial um. Er sollte weder sehen, dass sie über seinen Anblick tatsächlich erschrocken war, noch, wie ihr die Röte ins Gesicht stieg. In ihren Kreisen im Süden kam es nicht vor, dass die jungen Mädchen einen unbekleideten männlichen Oberkörper zu Gesicht bekamen.

Als sie sich wieder umwandte, hatte er sich endlich auf einer herausragenden Felsplatte niedergelassen. „Wer hat Sie eigentlich zu unserem Arzt bestimmt?", stieß er gepresst hervor, als Joanna begann, einige tiefere Risse zu verbinden.

„Jasmine hat mir schon eine Menge Tricks gezeigt."

„Tricks? Das hört sich beängstigend nach Quacksalberei an."

„Sie müssen sich nicht von mir verbinden lassen, Mr Thompson", stellte Joanna klar, arbeitete aber weiter.

„Nein, aber da Mike Sie geholt hat und wir hier so gemütlich beieinander sind, können Sie getrost weitermachen."

„Ich werde das alles jetzt nur oberflächlich verbinden. Die Wunden müssen erst einmal ordentlich ausgewaschen werden." Da sie befürchtete, dass er die Röte auf ihren Wangen sehen könnte, arbeitete sie zügig und mit leicht geneigtem Kopf. „So, Sie widerspenstiger Patient. Ich bin fertig."

„Dann bringe ich Sie jetzt nach vorne zu den Wagen", erklärte Alec mit fester Stimme.

„*Sie* sollten besser zurück zu den Wagen gehen und sich entweder in einen hineinlegen oder auf die Kinder achtgeben. Zu mehr werden Sie in den nächsten Tagen wohl nicht imstande sein."

„Möglich, dass Ihre verwöhnten Südstaatengentlemen so empfindlich sind, ich jedenfalls werde weder meine Aufgabe vernachlässigen noch zulassen, dass Sie sich zwischen die unruhigen Tiere begeben, Miss Steinmann."

Joanna stemmte ihre Hände in die Hüften und blitzte zu dem Mann auf, der sich wieder erhoben hatte. Allerdings verriet seine Schonhaltung, dass er große Schmerzen haben musste. „Sie, Mr Thompson, haben nicht darüber zu bestimmen, was ich zu tun habe", empörte sie sich. „Außerdem habe ich Sie für vernünftiger gehalten."

Ein belustigtes Grinsen legte sich auf die Gesichtszüge ihres Gegenübers. Alec kam einen großen Schritt näher und umfasste mit seinen Händen ihre beiden Schultern. „Ich würde aber sehr gerne darüber bestimmen, was Sie tun. Außerdem weiß ich im Moment nur eines, was vernünftig wäre." Mit diesen Worten zog er sie an sich und küsste sie direkt auf den Mund.

Joanna war zu erschrocken, um reagieren zu können. Einen kleinen Moment lang genoss sie seine Nähe sogar, doch dann drückte sie ihn von sich weg. „Bitte nicht", flüsterte sie mit gesenktem Kopf. Als sie aufblickte und in Alecs lächelndes Gesicht sah, wollten ihre Gefühle sie dazu treiben, sich erneut in seine Arme zu werfen. „Eigentlich hätten Sie dafür eine Ohrfeige verdient. Aber ich schlage keinen Verletzten", stieß sie hervor und wandte sich hastig ab.

Sein Lachen ließ sie verwirrt, aber auch ein wenig erbost wieder herumwirbeln. „Ich habe deine komplizierte Südstaatenerziehung vergessen, Jo. Muss ich mich jetzt auf die Knie werfen und dich um Verzeihung anflehen, weil ich es gewagt habe, dich zu küssen, ohne vorher mit allem pompösen Getue um deine Hand angehalten zu haben?"

„Was weißt du denn darüber, wie ein Mädchen umworben werden möchte?"

Alec wurde ernst. „Eine ganze Menge, Jo. Und ich habe mir vorgenommen, es nie wieder zu tun."

Joanna nickte verstehend. Sie kannte die Geschichte um seine gelöste Verlobung. Doch was sollte sie jetzt tun? Wie sollte sie reagieren? Es kam selten vor, dass Joanna Steinmann sich so unbeholfen fühlte. Sie zog die Schultern in die Höhe und schenkte ihrem Gegenüber ein hilfloses Lächeln. „Lass mir Zeit, Alec."

„Es ist schon ein gewaltiger Fortschritt, dass du mich endlich beim Vornamen nennst", sagte er mit einem liebevollen Lächeln. „Wir haben Zeit, Joanna. Schließlich dauert es noch eine ganze Weile, bis wir am Pazifik ankommen. Dort sollte ich jedoch wissen, ob ich ein Haus für einen Junggesellen oder eins für eine Familie bauen sollte."

Joannas Gefühle wirbelten wild durcheinander, doch sie nickte nur und wandte sich den Resten des Verbandsmaterials zu.

Alec wartete, bis sie fertig war, und schweigend marschierten sie den Wagen und der Herde nach, die sich weit vor ihnen befanden. Irgendwann durchbrach Alec das Schweigen und murmelte: „Ich würde sagen, der Sturz in die Schlucht hat sich gelohnt."

Eine Stunde später trieb Joanna die Pferde der Thompsons vor sich her an der Schlucht entlang und sehnte sich danach, endlich wieder weite Ebene links und rechts von sich zu haben. Hinter ihr muhten die Ochsen, denen wohl ebenfalls allmählich die Geduld ausging, und nicht selten einmal kamen sie ihr mit ihren langen Hörnern bedenklich nahe. Mit dem Ärmel ihrer Bluse wischte sie sich den Schweiß von der Stirn, auf der eine rötliche Staubspur zurückblieb.

Ihre Gedanken wanderten zu Alec. Er befand sich irgendwo hinter ihr, und als sie sich wieder einmal nach ihm umwandte, konnte sie ihn in gebeugter Haltung auf seiner Stute sitzen sehen. Sie beobachtete, wie sich Mike seinem Bruder näherte und sich zwischen den beiden ein zwar nicht hörbarer, jedoch deutlich erkennbarer heftiger Disput entwickelte. Schließlich winkte Joanna Silas, der ihr verstehend zunickte und ihren Platz einnahm. Sie selbst blieb am Rande der steil abfallenden Schlucht, umgeben von dem aufspritzenden, weißlichen Nebel der Gischt, zurück und wartete, bis die Tiere vorbeigezogen waren und die Brüder sie erreichten.

„Gibt er noch immer nicht nach?", fragte sie Mike, der sich mühsam beherrscht an sie wandte und nur den Kopf schüttelte. „Dann will ich mal versuchen, dem Mann Vernunft beizubringen, Mike."

„Ich dachte, das hättest du schon vorhin versucht, Joanna."

„Jetzt ist er reif. Vermutlich waren die Schmerzen vorhin einfach noch nicht stark genug, um sich der Blamage hinzugeben, einmal etwas Begonnenes vorzeitig abbrechen zu müssen."

„Mach mit ihm, was du willst. Hauptsache, er wird endlich vernünftig." Mike ritt vorsichtig im Trab an den Schafen vorbei und reihte sich hinter den Ochsen ein.

Joanna sah Alec ernst an. „Gehst du jetzt und legst dich in einen der Wagen? Sonst spreche ich bis Oregon kein einziges Wort mehr mit dir."

„Was wird das für eine Wohltat sein!"

„Ich sehe es ein, das war die falsche Drohung. Wie dumm von mir. Also: Ich werde mich dir keine einhundert Meter mehr nähern, dir kein Lächeln, keinen Blick und keine medizinische Betreuung mehr schenken."

„Ich schicke euch Andy oder Stewart", brummte Alec und trieb seine Stute in eine schnellere Gangart.

Wenig später kam Mike zu Joanna zurück und musterte sie prüfend von der Seite. „Wie hast du das gemacht?", wollte er wissen.

„Weibliches Einfühlungsvermögen ... und eine Drohung."

„Was auch immer du damit meinst – ich danke dir, Joanna. Offenbar streitet ihr noch gerne weiter, selbst wenn ihr die förmlichen Anreden endlich fallen gelassen habt?"

„Es macht einfach zu viel Spaß, sich mit deinem Bruder zu streiten, Mike. Schon alleine deshalb sollte er sich endlich ein wenig Ruhe gönnen."

Kapitel 44

Die Tage waren zu Wochen geworden und Arnaud Brook hatte sich nicht im Distrikt Bamberg zurückgemeldet. Linda, die seiner Rückkehr entgegenfieberte, nahm sich schließlich eine Equipage und ließ sich zu den Warrens hinüberfahren. Allerdings wurde sie dort von Neil Warren in Empfang genommen, der ihr zwar freundlich, aber doch bestimmt klarmachte, dass Denise keinerlei Besuch empfangen durfte. Sie sei guter Hoffnung, und die Erfahrungen in der ersten Schwangerschaft hätten gezeigt, dass sie jegliche Aufregung vermeiden müsse, auch wenn sie – wie im Falle eines Besuchs – positiver Natur sei.

Linda hatte sich zurück auf die Plantage ihres Vaters fahren lassen. Doch seit ihrem Besuch beherrschte sie ein ungutes, beklemmendes Gefühl, das sie nicht einmal durch ihre Gebete besänftigen konnte. Ihre Furcht um Denise wurde mit jedem Tag, an dem sie die junge Frau in der Abgeschiedenheit des düsteren Warren-Hauses wusste, größer.

Ihre Eltern waren noch immer in New Orleans, da es der Großmutter, wie sie aus einem Brief ihrer Mutter erfahren hatte, dieses Mal tatsächlich sehr schlecht ging. Einzig Ocean war ihr in diesen einsamen Tagen ein Trost. Die beiden Frauen saßen oft stundenlang beieinander und aus ihrer vorsichtigen Zuneigung war eine tiefe Freundschaft geworden. Andererseits wusste Linda den Freiraum, den sie durch die Abwesenheit der Eltern hatte, da ihr Kommen und Gehen nicht überwacht wurde, zu schätzen. Und genau dieser Freiraum war es, der sie dazu bewog, eines Nachts einen der Kutscher wecken zu lassen und sich gemeinsam mit Ocean erneut hinaus zum Haus der Warrens fahren zu lassen.

Schwülwarme, schwere Luft hüllte die beiden Frauen ein, als sie außerhalb des Grundstücks aus der Kutsche stiegen. Kein noch so leichter Windhauch regte sich. Millionen von golden blinkenden Sternen erhellten die Nacht, die vom lauten Zirpen der Grillen erfüllt war.

Linda blickte in das ängstliche Gesicht ihrer Begleiterin. Gemeinsam schlichen sie wie Schatten über die Allee auf das im Dunkeln liegende Hauptgebäude der Plantage zu.

Als sie den Vorplatz erreichten, erhob sich vor ihnen schwarz und bedrohlich das große herrschaftliche Haus. Der Kies knirschte leise unter ihren vorsichtigen Schritten. Der Mond, nur eine kleine Sichel zwischen den hell blitzenden Himmelslichtern, warf ein schwaches Licht auf die beiden Frauen.

Vor der schweren Eingangstür angekommen, tastete Linda nach der großen, gusseisernen Türklinke, bis sie sie endlich fand. Kalt lag sie in ihrer Hand. Sie öffnete die Tür, die glücklicherweise, wie in dieser Gegend üblich, nie verschlossen war, einen kleinen Spaltbreit. Sie stemmte sich mit ihrem ganzen Körpergewicht gegen das schwere Holz, und ganz langsam, ohne auch nur das leiseste Geräusch von sich zu geben, schwang die Eingangstür auf.

Wie Katzen huschten die beiden Frauen in die Halle. Die Tür ließen sie für eine schnelle Flucht offen stehen. Linda spürte ihr Herz in ihrer Brust hämmern, und die Angst, entdeckt zu werden, ließ sie unkontrolliert zittern. War es nicht verrückt, sich heimlich Zutritt zu einem fremden Haus zu verschaffen, zumal der Eigentümer ihr nur wenige Tage zuvor klar und deutlich zu verstehen gegeben hatte, dass sie hier nicht erwünscht war?

Doch Linda musste einfach zu Denise! Sie musste sie sehen – sich vergewissern, dass sie überhaupt noch am Leben war. „Weiter, Ocean!“, flüsterte Linda und zog die junge Frau an der Hand hinter sich her.

Gemeinsam betraten sie die mit edlem Teppich ausgelegte Holztreppe. Unter ihren zaghaften Schritten begannen die Stufen, laut zu knarren. Erschrocken blieben die beiden stehen. Sie hielten den Atem an und lauschten. Doch nichts geschah.

Langsam, Schritt für Schritt, tasteten sie sich weiter nach oben. Bei jedem Knarren der Stufen blieben sie angsterfüllt stehen. Schweiß lief Linda über die Stirn. Dann hörte sie, wie im ersten Stock eine Tür geschlossen wurde. Sie hielt inne. Langsame Schritte näherten sich der Treppe. Ocean stöhnte leise auf und wandte sich um. Auch für Linda gab es nur einen Gedanken: Flieh!

Kapitel 45

Der *South Pass*, ein Tal in den Rocky Mountains mit über zwanzig Meilen Breite, der erst 1824 bekannt geworden war, als ein freundlicher Crow-Indianer ihn einem Weißen namens Jebediath Smith gezeigt hatte, stieg nahezu unmerklich, aber beständig an. Er brachte die Wagen des Trecks tief in das Gebirge hinein. Von den Siedlern, die vor ihnen diese Passage genommen hatten, waren deutliche, wenn auch flache Wagenspuren in dem weichen, fast sandigen Boden zu sehen.

Joanna, Beckie und Laurie suchten die letzten Reste der kleinen Feier zusammen, die an diesem Abend zu Ehren von Caroles 16. Geburtstag stattgefunden hatte. Das Geburtstagskind selbst half dabei, die letzten Sitzgelegenheiten wegzuräumen.

„Du weißt schon, was dir heute entgangen ist, Carole Steinmann?“, fragte Joanna ihre jüngere Schwester.

„Du spielst auf meine Einführung in die Gesellschaft, meinen Debütantinnenball und meine erste Reise nach Charleston an, nicht wahr, Joanna? Glaubst du tatsächlich, damit kannst du mich aufziehen?“

„Wie könnte ich? So burschikos, wie ich dich in den letzten Wochen erlebt habe, müsste ich ja sowieso annehmen, dass ich dich damit nicht ein kleines bisschen treffen würde."

„Wie schade für dich, nicht wahr?"

„Ausgesprochen schade. Jetzt muss ich mir tatsächlich etwas anderes suchen. Das Einzige, womit ich dich vielleicht aufziehen könnte, wäre die Tatsache, dass die meisten Mädchen in deinem Alter in South Carolina allmählich verlobt werden und uns hier die entsprechende Auswahl an Männern fehlt."

„Es gibt Alec, Pete und Silas. Das ist mehr, als manches Mädchen in der Heimat auf ihrer ersten Tanzkarte vorweisen kann."

Die Mädchen lachten und Laurie fiel mit ein.

Plötzlich sprang Mrs Schlenker aus ihrem Wagen. Sie landete unmittelbar neben Joanna und rempelte diese dabei heftig an.

Joanna versuchte, ihr Gleichgewicht zu halten, indem sie einige Schritte vorwärtstaumelte. Dabei trat sie auf ihren Rock und stürzte doch noch auf ihre Knie. Verwundert wandte sie den Oberkörper nach der Frau um, die, seit der Hagel ihre Plane zerfetzt hatte, in einem Zelt schlief, das sie von Alec bekommen hatte.

Mrs Schlenkers Augen funkelten sie an, sodass Joanna annahm, dass sie mit keiner Entschuldigung zu rechnen hatte. Es hatte vielmehr den Anschein, als habe Mrs Schlenker sie absichtlich angerempelt. „Habe ich Ihnen etwas getan, Mrs Schlenker?", fragte sie verwundert.

Die Witwe machte ein paar Schritte auf sie zu und baute sich vor ihr auf.

Joanna musste den Kopf weit in den Nacken legen, um zu ihr aufsehen zu können.

„Ob Sie mir etwas getan haben? Ich kann Ihre alberne Fröhlichkeit mit jedem Tag weniger ertragen."

„Das tut mir leid, Mrs Schlenker. Es war nicht meine Absicht –"

„Dummes Geschwätz. Sie haben in Ihrem Leben wahrscheinlich noch nie Schmerz oder Trauer erfahren. Sie sind ein oberflächlicher, dummer Hüpfer mit einem losen, frechen Mundwerk, der keine Rücksicht auf seine Mitmenschen nimmt."

„Mrs Schlenker, mir ist durchaus bewusst, was Schmerz und Trauer bedeuten und –"

„Wenn das der Fall wäre, würden Sie nicht den ganzen Tag lang nur herumalbern und lachen. Wissen Sie nicht, dass es Ihr Wagen war, der meinen Mann in den Tod gerissen hat? Haben

Sie nicht die geringsten Schuldgefühle?“ Mrs Schlenker kam noch einen weiteren Schritt auf Joanna zu, doch Beckie schob sich eilig zwischen ihre Schwester und die aufgebrachte Frau.

Mit ruhiger Stimme sagte sie: „Wir haben unseren Vater und unseren älteren Bruder verloren, Mrs Schlenker. Joanna kennt Leid und Schmerz, und ihr Herz ist mitfühlend genug, um Ihre Trauer zu verstehen. Unser Wagen war nun einmal der, bei dem die Befestigungen leider nicht mehr hielten. Es tut uns allen – und mit Sicherheit auch Joanna – sehr leid, dass Ihr Mann auf so schreckliche Weise ums Leben kam.“ Beckie nahm die Frau an den Schultern und drehte sie sanft, aber bestimmt um, um sie mit sich fortzuführen. „Wir Steinmanns haben eine fröhliche Natur – das war schon immer so. Das hat nichts mit Oberflächlichkeit oder Rücksichtslosigkeit zu tun, Mrs Schlenker. Ja, wir haben unseren Vater, unsere Mutter und unseren Onkel verloren – und unser älterer Bruder wird vermisst. Trotzdem lassen wir uns nicht die Freude nehmen. Denn trotz aller furchtbaren Geschehnisse, die wir hinnehmen mussten, haben wir Hoffnung, Hoffnung auf denjenigen, der unser Grund zur Freude ist. Unser Herr Jesus Christus.“

Beckie und Mrs Schlenker entfernten sich, doch die Nacht trug ihre sanfte, freundliche Stimme noch zu Joanna und Laurie herüber. „Wir wissen, gleichgültig, wie unser Leben verlaufen wird und wie viele Jahre es zählt, wo wir leben und wie wir sterben werden, dass wir alle einmal zu unserem Herrn kommen werden. Dort werden wir unsere Lieben wieder treffen, die ebenfalls in dieser Hoffnung gelebt haben, und darauf freuen wir uns ...“ Die Worte verklangen allmählich in der Dunkelheit, und das Zirpen der Grillen, das Gackern eines einzelnen Huhnes und das verschlafene Fiepen von Rowdy drangen wieder zu den schweigend lauschenden Menschen durch.

Joanna lächelte. Der unfreundliche Angriff auf sie war vergessen. Was zählte, war, dass genau er Beckie nun die Möglichkeit bot, der zutiefst unglücklichen und einsamen Frau von der Liebe Gottes zu erzählen.

Zwei große Hände streckten sich ihr entgegen, und ohne nachzudenken, nahm Joanna sie und ließ sich auf die Füße helfen. Alec ließ sie nicht los, sondern musterte sie mit prüfend in die Höhe gezogenen Augenbrauen. „Bist du in Ordnung, Jo?“

„Mir geht es gut, Alec. Danke“, flüsterte sie zurück. Sie wollte ihre Hände aus seinen ziehen, doch er ließ es nicht zu.

„Geh ihr aus dem Weg, Jo. Ich glaube nicht, dass sie gefährlich ist, aber ausgesprochen durcheinander, und offenbar hat sie dich als Opfer für ihren Zorn ausgesucht."

„Sie tut mir leid. Vielleicht kann ich ihr ja irgendwie helfen", überlegte Joanna.

„Ja, indem du für sie betest. Aber bitte tu mir den Gefallen und geh ihr, so weit es möglich ist, aus dem Weg." Alec drückte ihre Hände fest und ließ sie endlich los, bevor Laurie und Carole etwas bemerken konnten.

Alec Thompson lehnte sich mit dem Rücken gegen den Wagen. Er beobachtete im Licht des hell am nachtschwarzen Himmel stehenden Mondes Laurie und Joanna. Die beiden Freundinnen unterhielten sich leise miteinander und schraken zusammen, als er sich bewegte. Sie waren so sehr in ihr Gespräch vertieft gewesen, dass sie ihn gar nicht bemerkt hatten.

„Entschuldigt. Ich wollte euch nicht erschrecken."

„Weshalb sonst lauert man im Dunkeln anderen Personen auf?", fragte Joanna.

„Um sie auszurauben?", gab er lachend zurück.

„Bei uns gibt es nicht viel zu holen, selbst wenn die eine so aussieht, als verberge sie eine Menge Schätze unter ihrem Kleid."

„Das *ist* mein Schatz!", rügte Laurie kichernd und Joanna fiel in das Lachen mit ein.

„Sind Beckie und Mrs Schlenker zurück?", fragte Alec und strich Rowdy, der die Frauen begleitet hatte, über den Kopf.

„Beckie ist im Wagen", erklärte Joanna und half ihrer Freundin, die müde eine gute Nacht wünschte, in den Prärieschoner.

Dann wandte sich Joanna wieder Alec zu. Ihre grünen Augen glänzten im sanften Licht des Mondes. „Weshalb stehst du eigentlich hier herum, anstatt die wenigen Stunden Schlaf in Anspruch zu nehmen, die dein Bruder dir zugesteht?"

„Ich höre dich, Joanna Steinmann", kam eine gedämpfte Stimme aus dem Wageninneren.

„Das weiß ich, Laurie. Deshalb habe ich Mike auch nicht einen sklaventreibenden Bruder genannt." Lauries ansteckendes Lachen ließ Joanna lächeln.

Alec ergriff sie am Handgelenk und zog sie sachte ein paar Schritte hinter sich her, in die Mitte des kleinen Wagenkreises hinein. „Ich möchte dich noch einmal bitten, Abstand zu Mrs Schlenker zu halten."

„Sie wird mir nichts tun, Alec."

„Sie hat dich heute absichtlich zu Fall gebracht. Hoffen wir, dass Beckie sie besänftigen konnte. Ich kann dich nur bitten, ihr gegenüber vorsichtig zu sein."

Joanna beugte sich nach vorne und flüsterte ihm zu: „Allein schon, um die arme Frau nicht durch meine offenbar nervenaufreibende Fröhlichkeit aufzuregen, werde ich deiner Bitte nachkommen."

Alec betrachtete fasziniert, wie sich die Sterne in ihren Augen spiegelten und dort noch weitaus heller zu leuchten schienen als hoch oben am Firmament. Ihm wurde klar, wie schwer es *ihm* fallen würde, sich von *Joanna* fernzuhalten. Dieses Gedankenspiel brachte ihn erneut zum Grinsen.

„Willst du meine Bemühungen schon im Voraus anzweifeln?", fragte sie, verwirrt über seine belustigte Reaktion.

„Deine nicht, aber meine."

„Und welcher Art sind deine?"

„Das willst du nicht wissen." Er drehte sich um. „Gute Nacht, Jo." Mit dem Bewusstsein, dass er sie ärgerte, wenn er jetzt einfach ging, aber auch mit der Gewissheit, dass er schnellstens gehen sollte, um sie nicht noch einmal ungefragt in seine Arme zu ziehen, ging er davon. Mit weit ausholenden, großen Schritten verließ er die Wagenburg. Morgen würde er Jasmine bitten, nach seiner Verletzung zu sehen, die nicht so recht heilen wollte und die sich immer und immer wieder entzündete. Das war schon einmal ein guter Anfang, um diese aufregende Frau, die ihn um etwas mehr Zeit gebeten hatte, auf Abstand zu halten.

Andererseits würde es ihn besonders nach dem heutigen Vorfall mit Mrs Schlenker immer wieder in ihre Nähe treiben. Er hatte bei der Auseinandersetzung der beiden Frauen Mrs Schlenkers Augen gesehen. Obwohl sie im Schein der Sterne nur undeutlich zu erkennen gewesen waren, meinte er, einen Anflug von wahnsinnigem Hass in ihnen entdeckt zu haben. Und das ließ ihn um Joannas Sicherheit fürchten.

Kapitel 46

Die Schritte näherten sich den Stufen, die hinunter in die Halle führten, doch Linda war nicht in der Lage, die Flucht zu ergreifen. Abgrundtiefe Angst hatte sie ergriffen. Es war ihr unmöglich, etwas anderes zu tun, als hinauf auf den Treppenabsatz zu starren. Eine dunkle Silhouette wurde sichtbar.

Linda atmete auf. Das konnte unmöglich Neil Warren sein.

„Wer ist da?“, lautete die leise hervorgestoßene, hörbar ängstliche Frage. Linda löste sich von ihrer schwarzen Freundin.

„Mary? Bist du das, Mary?“

„Missi Linda? Um diese Zeit?“

„Tagsüber können wir nicht mehr kommen, Mary. Neil Warren hat mir das deutlich zu verstehen gegeben.“

„Deshalb waren Sie so lange nicht hier.“

„Können wir zu Denise?“

„Kommen Sie, Missi Linda“, murmelte Mary und sofort verschwand ihr schwarzer Schatten in der Dunkelheit.

Ocean und Linda tasteten sich weiter die Stufen hinauf, die noch immer vereinzelt knarrten.

Kurze Zeit später standen sie vor Denise Warrens Bett. Im Mondlicht, das durch das Fenster hereinfiel, konnte Linda die eingefallenen, fahlen Gesichtszüge der jungen Ehefrau deutlich erkennen. Sie erschrak zutiefst. „Ihr geht es immer noch nicht gut, nicht wahr, Mary? Wir sollten sie schlafen lassen“, murmelte Linda besorgt, doch Mary hielt sie mit ihrer kräftigen Hand am Unterarm zurück.

„Die Einsamkeit, die Dinge, die Master Arnaud ihr erzählt hat, Ihr Ausbleiben, Missi Linda – das ist es, was die Missus beschäftigt.“

„Arnaud war hier?“

„Ja, Missi Linda, vor einigen Wochen. Er bat Missus Denise, ihrem Ehemann gegenüber sehr vorsichtig zu sein. Er hat ihr auch gesagt, dass Massa Warren die arme Missus Natasha womöglich ...“ Mary beendete den Satz nicht, doch Linda hatte das Entsetzen und die Trauer in der Stimme der treuen Schwarzen durchaus wahrgenommen.

Denise Warren rührte sich und schlug die Augen auf. Ohne eine Spur von Erschrecken zu zeigen, musterte sie die kleine Gesellschaft vor ihrem Bett und streckte dann Linda ihren dünnen weißen Arm entgegen. Schnell kniete sich Linda vor das hohe Empire-Bett und ergriff die kalte, zitternde Hand.

„Du bist wiedergekommen, Linda“, flüsterte die kränklich wirkende Denise.

„Ich war schon früher hier, aber dein Mann hat mich wieder fortgeschickt. Ich darf dich nicht mehr besuchen kommen. Er fürchtet um deine Gesundheit.“

„Er sperrt mich hier ein und hält alle Menschen von mir fern. Ich könnte ebenso gut tot sein und niemand würde mich vermissen“, klagte Denise. In ihrer Stimme lag die pure Angst, dass ihre Befürchtung Wirklichkeit werden könnte.

Linda ärgerte sich darüber, dass sowohl sie als auch Arnaud nicht geschwiegen hatten. Welche Ängste musste Denise tagtäglich ausstehen? Wie furchtbar musste es sein, jeden Tag und jede Nacht im eigenen Haus Angst um sein Leben ausstehen zu müssen? „Wir müssen dich von hier fortbringen, Denise“, entschied sie.

„Neil wird mich nicht einfach gehen lassen. Was für eine Schande wäre das für ihn! Und wo würdest du mich verstecken wollen? Das hier ist zwar kein Leben, aber immer in einem Versteck zu sein, in der Angst, von ihm gefunden zu werden, ist nicht besser.“

Linda nickte verstehend. Mit Tränen in den Augen legte sie ihren Kopf auf den dünnen Arm der werdenden Mutter. „Es tut mir so schrecklich leid, Denise. Ich wollte dir so gerne helfen, aber ich habe alles nur noch schlimmer gemacht.“

„Du meintest es gut, Linda.“

„Aber wie kann ich dich mit deiner Furcht länger hierlassen? Doch wegbringen kann ich dich auch nicht. Vielleicht wenn ich ein Mann wäre und –“

„Bitte Linda. Ja, deine und Arnauds Worte haben mir Angst gemacht. Aber ich bin schwanger. Mir wird nichts geschehen – zumindest bis das Kind geboren ist und einer Amme übergeben werden kann.“

„Er könnte es so hindrehen, dass du im Kindsbett verstorben bist, oder –“

„Missi Linda ...“, flüsterte Ocean warnend.

Linda kniff die Augen zusammen. Sie war schon wieder dabei, Denise Angst einzujagen.

„Ihr müsst gehen. Neil ist noch unterwegs, und seit er weiß, dass ich ein Kind erwarte, schaut er immer hier herein, wenn er nach Hause kommt.“

„Ich kann also nichts für dich tun?“

„Nein, vermutlich nicht, Linda“, flüsterte Denise schwach. „Danke für deine Fürsorge, Linda. Und bitte …“ Denise’ Stimme war so leise geworden, dass Linda mit ihrem Kopf nahe an den ihren herankommen musste. „… gib mich nicht auf!“

„Nein, Denise, das werde ich nicht.“ Linda erhob sich eilig und drückte Mary dankbar die Hand. Gemeinsam mit Ocean flog sie förmlich die Stufen in die Halle hinunter. Mit fliegendem Rock lief sie, gefolgt von Ocean, der noch immer offen stehenden Eingangstür entgegen und schrak zurück, als im Türrahmen der Umriss einer männlichen Gestalt auftauchte.

Linda unterdrückte nur mühsam einen Schreckensruf. Ihr Herz raste und das Blut rauschte in ihren Ohren. Dann erkannte sie den Mann, der im Türrahmen stand.

Es war Arnaud Brook.

„Hast du mich erschreckt“, hauchte sie und hörte auch Ocean erleichtert ausatmen.

„Linda! Was machst du denn hier? Wenn Neil Warren dich hier trifft –“

„Du warst so lange fort und ich habe nichts von Denise gehört. Ich musste sichergehen, dass sie tatsächlich noch am Leben ist.“

„Und das leider zu Recht. Geht es ihr gut?“

„Zu Recht? Oh, Arnaud! Du hast keine Spur von Natasha Steinmann gefunden?“

„Sie ist auf den Kutschenstationen und auch entlang der Wegstrecke niemandem bekannt. Ich habe tagelang auch abseits der eigentlichen Route nach ihr geforscht – nichts!“, flüsterte er.

„Sie hat die Plantage niemals verlassen, nicht wahr?“, fragte Linda, und die Gewissheit, dass Natasha Steinmann Opfer eines Verbrechens geworden war, jagte einen heftigen Schmerz durch ihr Inneres. Panische Angst breitete sich in ihr aus. Unwillkürlich drehte sie sich um und blickte durch die offen stehende Eingangstür in Richtung der in der Dunkelheit nicht erkennbaren Stufen in den ersten Stock hinauf. „Wir müssen Denise mitnehmen“, flüsterte sie.

„Das können wir nicht. Noch nicht“, meinte Arnaud und schob sich an den beiden zitternden Frauen vorbei, um die Eingangstür zuzuziehen.

„Lassen Sie uns hier schnell verschwinden, Missi, bitte", bat Ocean.

„Dein Mädchen hat recht, Linda. Als ich beim Fowler-Haus war und man mir sagte, du seist so spät noch mit der Kutsche unterwegs, hatte ich furchtbare Angst um dich. Mir war klar, wohin es dich gezogen hat."

Linda lächelte Arnaud gequält an.

„Wo ist die Kutsche?", wollte der Mann wissen.

„Abseits der Zufahrtsstraße."

„Wir treffen uns dort, Linda. Ich hole mein Pferd." Noch bevor Linda etwas erwidern konnte, war der Mann in der Dunkelheit verschwunden.

„Schnell, Missi Linda! Bitte, schnell!", drängte Ocean.

Die beiden Frauen rafften ihre Röcke und liefen unter den leise rauschenden und knackenden Eichen hindurch, bis die zunehmende kühle Feuchtigkeit den nahen Wald ankündigte. Dort fanden sie sehr schnell die Kutsche und stiegen eilig ein. Der Atem der beiden Frauen ging keuchend und Linda spürte ein heftiges, schmerzhaftes Ziehen in ihrer linken Seite. Kurz darauf näherte sich ihnen ein Reiter, der dem Kutscher leise Anweisungen gab. Innerhalb kürzester Zeit rollten sie von der direkten Zufahrtsstraße der Warrens auf eine der öffentlichen Landstraßen. Erleichtert darüber, dass sie unentdeckt geblieben waren, atmeten die beiden auf und lächelten sich dann an. Zumindest den nächtlichen Ausflug hatten sie unbeschadet hinter sich gebracht.

Lindas Gedanken wirbelten wild durcheinander. Sie war einerseits erleichtert darüber, dass es Denise so weit gut ging, andererseits aber auch bekümmert darüber, dass sie sie weiterhin in einer heimlich lauernden, tödlichen Gefahr wusste.

Als sie zu Hause ankamen, riss sie die Kutschentür auf und beeilte sich, aus dem Gefährt auszusteigen, ohne auf die Hilfe des Kutschers zu warten. Sofort wandte sie sich an Arnaud Brook, der der Kutsche auf dem Pferd gefolgt war. „Was sollen wir denn jetzt tun, Arnaud?", bestürmte sie ihn. „Wir können Denise nicht einfach dortlassen! Wir müssen uns etwas ausdenken und sie fortschaffen. Vielleicht kann sie ihrer Familie in den Westen folgen."

„Sie kann im Moment keine lange Reise unternehmen, Linda. Vergiss ihren Zustand nicht. Außerdem ist genau dieser Zustand ihr bester Schutz."

„Darauf will ich mich nicht verlassen!", entfuhr es Linda.

„Linda, bitte, beruhige dich. Zuerst müssen wir uns mehr Sicherheiten, besser sogar noch Beweise beschaffen, die Neil Warren vor einem Gericht eines Verbrechens – vermutlich eines Mordes – überführen würden."

„Ist es denn nicht genug, dass er behauptet, Natasha Steinmann sei bei Verwandten, sie aber dort niemals angekommen und auch unterwegs nicht gesehen worden ist? Ihre Garderobe und ihr Zimmer im Haus lassen außerdem darauf schließen, dass sie niemals gepackt hat und somit das Anwesen höchstwahrscheinlich auch nicht aus freien Stücken verlassen hat!"

Arnaud Brook verneinte leise und wandte sich dann ab. Vermutlich zerrten die Tatsachen auch an seinen Nerven und er wollte seine Gefühlsregungen vor ihr verbergen.

„Warum lassen wir Denise nicht zum Anwalt der Steinmanns bringen und er soll *Green Crystal* augenblicklich auf Neil Warren überschreiben? Dann muss sie zumindest keine Angst mehr um ihr Leben haben."

„Um das tun zu können, müsste Mrs Steinmanns Tod festgestellt werden. Das kann Neil Warren nicht wollen, würde er doch ansonsten der Lüge überführt werden und in den Verdacht geraten, an ihrem plötzlichen Tod schuld zu sein."

„Natürlich. Wie dumm von mir", murmelte Linda.

Mit weit aufgerissenen Augen blickte sie ihr Gegenüber an. Sie fragte sich, wie ein Mann so ausgeschlafen und korrekt gekleidet sein konnte, wenn er gerade erst von einem mehrere Tage dauernden Ritt zurückgekommen war. Doch Arnaud Brook war schon immer für seine Korrektheit bekannt gewesen und nicht selten hatten sich Joanna und Linda darüber lustig gemacht. Nun kam ihr und Denise diese Eigenschaft jedoch entgegen, denn unter seiner Federführung würden sie keinen unüberlegten Schritt machen und nichts tun, was Denise schaden könnte. Erleichtert darüber, faltete sie vor ihrem einfachen Rock die Hände und beruhigte sich etwas. „Was also können wir als Nächstes tun, Arnaud?"

Der Angesprochene drehte sich wieder um, blickte nachdenklich über sie hinweg und murmelte dann leise, ohne sie dabei anzusehen: „Ein Leichnam kann nicht einfach verschwinden. Er wird sie irgendwo auf dem Grundstück begraben haben."

Ein Frösteln überfiel Linda. Die Vorstellung, nach einem Grab suchen und es öffnen zu müssen, erzeugte eine heftige Übelkeit in ihr. „Arnaud, ich weiß nicht ..."

„Ich werde nach dem Grab suchen, Linda. Allein die Tatsache, dass du in die Geschehnisse eingeweiht bist, ist für dich Gefahr genug. Neil Warren darf davon niemals etwas erfahren, sonst bist auch du deines Lebens nicht mehr sicher. Für mich ist es einfacher, mich heimlich auf dem Anwesen herumzutreiben, und ich kann dabei auf Denise achtgeben – zumindest aus der Ferne“, seufzte Arnaud gequält.

Linda war sich nicht sicher, ob diese Regelung sinnvoll war. Es konnte Wochen dauern, bis Arnaud Brook auf dem großen Anwesen der Warrens ein Grab entdecken würde – wenn es überhaupt dort und nicht ganz woanders war. Konnten sie Denise noch so lange dortlassen? Leise brachte sie ihre Zweifel vor.

„Wir müssen uns ganz sicher sein, Linda. Noch schöpft Neil Warren keinen Verdacht. Durch ihre Umstände ist Denise tatsächlich geschützt, wenngleich ich hoffe, dass ihr zartes Gemüt sie nicht wieder so sehr belastet, dass sie zu so drastischen Mitteln greift wie beim letzten Mal, zumal sie annehmen muss, das Kind eines Mörders in sich ...“ Arnaud brachte den Satz nicht zu Ende. Er wandte sich ab und ging zu seinem Pferd.

„Beeil dich, Arnaud. Jeder Tag, den wir sie früher von dort wegholen können, wird ein guter Tag für sie sein.“

Arnaud nickte, ohne sie anzusehen, und schwang sich in den Sattel seines Pferdes. Dann wandte er sich im Sitzen noch einmal um. „Sprich mit niemandem darüber, Linda. Wenn Neil Warren irgendetwas erfährt, könnte das Denise’ und dein Leben gefährden.“

Linda nickte und sah zu, wie der Mann sich in eiligem Galopp entfernte. Als die Hufschläge verklungen waren, wandte sie sich der vom fahlen Mond beschienenen Parkwiese zu. Im Osten breitete sich ein heller Schimmer aus und ließ den neuen Tag erahnen, der diese Nacht zu vertreiben gedachte.

Kapitel 47

Die Morgendämmerung war noch nicht hereingebrochen. Tiefe Dunkelheit lag über dem von seltsamen Felsformationen unterbrochenen Landstrich, wenngleich die Sterne allmählich ihren Glanz einzubüßen begannen, als hätten sie ihre Leuchtkraft für diese Nacht ausgeschöpft.

Caspar Lewis und French Maison überprüften ihr auf den Tieren festgezurrtes Reisegepäck und schwangen sich dann schweigend in die leise knarrenden Sättel. Die Tiere ließen sich in einen zügigen Schritt treiben. Der junge Lewis trug seit Tagen eine beinahe verbissene Miene zur Schau und sein Begleiter registrierte es mit wachsender Besorgnis. Er selbst war ein sehr einfacher Mann, der von einer Arbeit zur anderen wanderte, da er kein eigenes Haus und keine Besitztümer benötigte, um glücklich zu sein. Er brauchte nur eine Arbeit, die ihm ausreichend Nahrung, Kleidung und in der kälteren Jahreszeit auch einmal ein warmes Zimmer bescherte. Ihm machte die Reise durch dieses karge, in den Karten als unbekannte Landschaft gekennzeichnete Gebiet wenig aus. Zu sehr faszinierten ihn die Sanftheit der Hügel und die beeindruckenden Felsformationen. Auch die immer näher rückenden Berge mit den schneebedeckten Spitzen begeisterten ihn. Er vermisste weder die Gesellschaft anderer Menschen noch die einengenden Gepflogenheiten irgendwelcher Gesellschaftsschichten oder deren Gesetze. Zu sehr genoss er die Einsamkeit der Prärie, die grenzenlose Weite und das dadurch hervorgerufene Gefühl der Freiheit.

Doch Caspar Lewis, der in seinen Augen nicht unbedingt verweichlicht, aber doch verwöhnt war, war die Sehnsucht nach seiner Familie deutlich anzumerken. Vermutlich vermisste er auch die Abwechslung durch das weibliche Geschlecht, die er sonst gerne genoss, und einen gewissen Komfort. Dieser Umstand machte aus seinem bislang recht gelassenen Gefährten, der sich auf ein wenig abenteuerliche Abwechslung gefreut hatte, einen zunehmend unfreundlichen, missgelaunten und einsilbigen Boss. French Maison vermutete, dass allein der Gedanke, er könne mit seiner Mission scheitern und damit den Spott oder gar die Verachtung vonseiten seiner Familie oder seines gesellschaftlichen Umfeldes auf sich ziehen, den jungen Mann dazu antrieb, Meile um Meile weiter auf die Berge zuzuhalten. Nun trieb ihn die Hoffnung, dass sie die Kolonne in den Bergen, wo sie sicherlich nicht so schnell vorankam, endlich einholen konnten.

French versteckte sein Gähnen nicht. Inzwischen ritten sie jeden Tag bis in die Nacht hinein und standen noch vor Sonnenaufgang auf. Trotzdem schienen die Wagen, die doch mit Sicherheit nicht schneller vorankamen als sie, unerreichbar weit von ihnen entfernt.

Der Mann unterbrach seine Überlegungen, als seine Stute die Ohren interessiert nach vorne drehte und hörbar einatmete. Ein erfreutes Schnauben folgte als Reaktion und ließ ihn vermuten, dass sich irgendwo vor ihnen andere Pferde befinden mussten. Er hoffte, dass es sich nicht um die halbwilden Mustangs irgendwelcher Indianer handelte, von denen sie zum Glück noch nicht einen zu Gesicht bekommen hatten.

Der immer heller werdende Himmel in ihrem Rücken ermöglichte es ihnen, in einem Tal einige Pionierwagen zu entdecken. Caspar Lewis stellte sich in die Steigbügel, um besser sehen zu können. Für einen kurzen Moment legte sich ein triumphierendes Lächeln auf seine unrasierten, sonnenverbrannten, einst dandyhaft wirkenden Gesichtszüge, das jedoch sofort wieder verschwand, als French Maison meinte: „Das sind viel zu wenige Wagen, Mr Lewis. Uns begegnen immer wieder Umkehrer. Wer sagt uns, dass das nicht nur der klägliche Rest des Wagenzuges ist, der von Independence gestartet ist?"

French ignorierte den wütenden Blick seines Bosses und folgte ihm den kleinen Hügel hinunter bis in das Lager hinein.

Drei Männer kamen ihnen entgegen.

„Gehören Sie zu dem Emigrantentreck, der von Mr Esra Stevens geführt wird?", rief Lewis ihnen entgegen.

„Wir sind ein kleiner Rest davon", lautete die Antwort, und French beobachtete, wie Lewis sich vorstellte und den drei Männern, die sich Birk, Keith und Ritter nannten, die Hände schüttelte.

„Falls Sie Mr Stevens sprechen wollen, er liegt irgendwo dort hinten im Gras. Wenn Sie Glück haben, ist er heute Morgen noch nüchtern."

„Weshalb sind Sie so wenige?"

„Wir kehren um. Die Reise hat uns schon zu viel geraubt", lautete die bittere Antwort eines der Männer, der sich dann auch sofort umdrehte und zum Feuer hinüberging.

„Er hat vor Kurzem seine Tochter begraben. Nehmen Sie ihm seine Unfreundlichkeit nicht übel", brummte der Mann, der sich als Mr Keith vorgestellt hatte, und bot ihnen einen Kaffee an. Das veranlasste auch French Maison, von seinem Pferd zu steigen. Der Kaffee war ihnen schon vor Tagen ausgegangen. Wenn die Menschen in Richtung Osten zurückkehrten, konnten sie ihnen vielleicht ein paar Lebensmittel aus ihren großen Vorräten abkaufen, hoffte er und nahm von einer Frau die dampfende, sehr verbeulte Blechtasse entgegen.

„Dann gibt es andere Familien, die weitergereist sind?"

„Einige versuchen es weiter. Andere haben schon vor Wochen aufgegeben, Mr Lewis."

„Befanden sich in Ihrem Wagenzug Schwarze?"

„Es gab da ein schwarzes, jüngeres Ehepaar mit Namen Lewis."

„Sie sind noch unterwegs?"

„Die sind zäh!", murmelte Mr Birk und wandte sich dann auch ab.

French hatte den Eindruck, dass es dem Mann gar nicht recht war, dass Caspar Lewis diese Auskunft einholen konnte. Ahnte er, dass das schwarze Ehepaar entlaufene Sklaven waren? French trank seinen Kaffee leer und reichte die Tasse der Frau zurück. Sie hatte einen gequälten Ausdruck in ihrem Gesicht, das vor Monaten vermutlich noch hübsch gewesen war. Doch nun hatte die Sonne tiefe Furchen und die durchlittenen Strapazen ihre Spuren darin hinterlassen. Zudem durchzogen unzählige graue Strähnen das dunkelbraune Haar, obwohl die Frau mit Sicherheit noch nicht einmal dreißig Jahre alt war.

„Kommen Sie, Maison. Der Treck hat einen großen Vorsprung", knurrte Lewis ihn an, und als French sich umwandte, ritt der Mann bereits zwischen zwei der Wagen hindurch, weiter dem Felsengebirge entgegen. Er seufzte leise auf, ging zu seinem Pferd hinüber und schwang sich ebenfalls in den Sattel.

„Vielen Dank für den guten Kaffee, M'am", rief er der Frau zu, die ihm ein knappes Nicken, jedoch kein Lächeln schenkte und sich sofort abwandte.

Stunden später – die Sonne stand hoch am wolkenlosen, tiefblauen Himmel und brannte unbarmherzig heiß auf sie herunter – wagte French es, seinen Begleiter anzusprechen: „Wollen Sie tatsächlich noch weitermachen, Mr Lewis? Die Wagen haben noch immer einen großen Vorsprung."

„In den Bergen ... spätestens in den Bergen werden wir sie einholen. Dort können sie höchstens fünf bis acht Meilen pro Tag vorankommen. Wir werden mit den Pferden jedoch mehr als das Dreifache schaffen. Ich kriege sie!", knurrte der junge Mann drohend und trieb das bereits erhitzte Pferd in einen schnellen Galopp.

Kapitel 48

Die Wagen hatten die Wasserscheide passiert, und mit Verwunderung hatten die Menschen zugesehen, wie die einen Flussläufe ihr Wasser nach Westen, die anderen das ihre nach Osten sandten, als sei das flüssige Element sich nicht sicher, welchen Weg es einzuschlagen hatte.

Nach einem Ruhetag beim *Great Divide River* zog der Treck unermüdlich weiter. Inzwischen waren sie auf gut 2.000 Metern Höhe und von gewaltigen Bergkämmen, tiefen Schluchten, aber auch sanft abfallenden grünen Tälern umgeben. Während entlang ihres Weges verschiedene Wacholder- und Kiefernarten wuchsen, erhoben sich auf den umliegenden Bergen Gelbkiefern, Gambeleichen und Lärchen weit in die Höhe. Vor ihnen zeigten sich die nächsten Berge, die es zu bewältigen galt und deren Gipfel mit einem herrlich schimmernden weißen Schneekleid bedeckt waren. Weiße Wolken hingen des Öfteren vor und zwischen den Berggiganten, und hin und wieder kam es zu kleinen, heftigen Regenschauern, während der Wind beständig aus westlicher Richtung über die Gebirgsformationen strich.

An diesem Nachmittag trafen sie auf einen weiteren Fluss, den sie würden überqueren müssen. Tatsächlich hielt der Weg durch die Bergwelt der Rocky Mountains unzählige Flussüberquerungen für sie bereit.

Joanna lächelte und betrachtete das niedrige Unterholz, die grün und blau schillernden Libellen in der Luft und das lustig vor sich hinsprudelnde Wasser des kleinen Flusslaufes, dessen Namen sie nicht kannte. Vermutlich hatte er noch nicht einmal einen. Joanna füllte ihr Wasserfass am Wagen neu auf und tränkte die vier Mulidamen. Erst als alle Trinkgefäße aufgefüllt waren, sicherten die Siedler die Wagen.

Joanna sah sich um, doch sie konnte von der Herde, die dem Wagenzug folgte, nichts erkennen. Offenbar waren sie zu weit entfernt. Sie seufzte leise, war doch sowohl Stewart als auch Alec bei den Nutztieren, und das hieß, dass sie und Beckie die Überquerung ohne die Mithilfe eines Mannes bewerkstelligen mussten, während die anderen Mädchen hinten im Wagen saßen.

Der Wagen der Thompsons war der erste in der Reihe. Vorsichtig lenkte Mike die Ochsen in die klaren, kalten Fluten des

Gebirgsflusses. Das entrüstete Aufbrüllen der Tiere mischte sich mit dem Schlagen der Plane und dem Rumpeln der großen Räder, die über das sandige Ufer in das felsige Flussbett getrieben wurden. Dort blieb der Wagen erst einmal eine ganze Weile stehen, damit sich das ausgetrocknete Holz der Räder mit Wasser vollsaugen konnte und das Rad wieder ausreichend Kontakt zu der Eisenummantelung und der Radnabe bekam. Dann schaukelte er wie ein kleines, vom Wind davongetragenes Segelboot auf den Wellen weiter. Erleichtert beobachtete Joanna, dass das Fahrzeug nur bis zum oberen Drittel des Holzverschlages im Wasser versank, ehe es sicher die gegenüberliegende Seite des Flusses erreichte.

Der Wagen der Familie Turner war als nächster an der Reihe und auch dieses Mal schien die Überquerung ohne weitere Schwierigkeiten vonstattenzugehen. Doch als der Wagen die steil ansteigende Uferböschung erklomm, rutschten die Vorderräder nach rechts ab, und das ganze Fahrzeug kam in eine parallele Position zum Fluss. Obwohl Mr Turner sich bemühte, die Tiere zu einem eiligen Weiterziehen anzutreiben, bekam er das Gefährt nicht mehr unter Kontrolle. Langsam kippte es zur Seite, wobei es die Ochsen unbarmherzig mit sich zog. Das Wasser spritzte weit in die Höhe. Die weiße Gischt wurde unter der Sonne für einen Augenblick zu einem farbenfrohen Regenbogen, ehe sie zurück in die Fluten fiel.

Joanna hielt den Atem an. Das Gefährt lag halb auf dem flachen, morastigen Uferrand, und die Ochsen, die sich laut brüllend wieder aufrichteten, verhinderten, dass das schäumende Wasser es als Beute mit sich reißen konnte. Einige Möbel und Kisten wurden aus seinem Inneren geschwemmt, und einen Moment lang glaubte Joanna, zwischen dem Inventar einen blonden Haarschopf zu erkennen. Doch obwohl sie sich sofort auf den Kutschbock stellte, sah sie ihn nicht wieder.

„Setz dich hin, Joanna. Wenn die Mulis anziehen, wirst du runterfallen“, rief Beckie gegen das Rauschen des Wassers an, doch Joanna beachtete ihre Schwester nicht. Noch immer suchte sie mit ihrem Blick die Wasseroberfläche ab und tatsächlich tauchte zwischen zwei Holzkisten und einem Spinnrad ein dünner Arm auf. „Ruth!“, rief Joanna und sprang mit einem gewaltigen Satz vom Kutschbock direkt in den weichen Ufersand.

„Joanna!“, schrie Beckie entrüstet, denn sie hatte alle Hände voll damit zu tun, die nervös werdenden Mulis stillzuhalten.

Joanna watete in das eisige Wasser. Vor Schmerz atmete sie laut ein. Doch Schritt für Schritt lief sie weiter in die Fluten hinein, die ihr die Beine unter dem Leib wegreißen wollten. Schließlich wurde das Wasser so tief, dass sie den Grund unter den Füßen verlor. Für einen kurzen Moment raubte ihr das kalte Wasser den Atem, dann fing sie an zu schwimmen. Ihr Blick suchte die Wasseroberfläche nach der fünfjährigen Tochter der Turners ab, doch sie konnte sie nicht mehr sehen. War es für das kleine Kind schon zu spät? Ihr Herz raste, und ihr Körper begann von dem Eiswasser zu kribbeln, als liefen Millionen von Ameisen über sie hinweg. Die heftige Strömung erfasste sie und riss sie mit sich. Vielleicht sollte sie sich selbst schnell an das gegenüberliegende Ufer retten, bevor die Kälte ihr alle Kräfte raubte.

Feiner Staub wirbelte durch die Luft und wurde vom Westwind davongetragen. Der herbe Geruch der Bäume und der Duft der an den Sonnenseiten der Hänge wild wachsenden Blüten erfüllte das Tal. Hoch über ihnen kreiste ein großer Steinadler und lockte immer wieder die Blicke der Männer auf sich.

Alec Thompson blinzelte gegen die Sonne an und wandte sich dann wieder den Stuten zu, die er eher gemächlich vor sich hertrieb. Hinter ihm folgte Stewart mit den Nutztieren und Silas bildete mit den Ersatzzugtieren den Schluss. Müde fuhr Alec sich mit der Hand über seine Augen und das Gesicht. Dabei stellte er fest, dass es Zeit wurde, sich an einem der nächsten sauberen Flüsse einmal wieder ordentlich zu rasieren. Er warf einen prüfenden Blick auf die beiden Hengste. Den einen hatte er bei sich, den anderen führte Stewart als Handpferd mit sich, da sie an diesem Tag bereits mehrmals heftig zusammengeprallt waren. Offenbar lockte das wilde, urwüchsige und freie Land die Urinstinkte der beiden Hengste hervor.

„Was schätzt du, wie weit sind uns die Wagen voraus?“, rief Stewart ihm von hinten zu.

„Eine, vielleicht zwei Stunden.“

Alec erhielt keine Antwort und wandte sich nach hinten um. Vielleicht hatte Stewart die Worte nur nicht gehört, zumal ein kleines Echo die Geräusche der Tiere deutlich verstärkte. Doch Joannas Bruder hielt den Kopf gesenkt und beschäftigte sich mit einer Hand mit seiner Trinkflasche, während der Hengst, den er führte, ungeduldig am Führungsseil riss. Als Alec sich wieder nach vorne wandte, bemerkte er ein Pferd, das in rasantem Tempo auf sie zujagte. Ein unbehagliches Ziehen breitete sich in seiner Brust aus. Zum einen bedeutete das Kommen eines Reiters aus Richtung der Wagen selten gute Nachrichten, zum anderen war es meistens Joanna, die in solchen Fällen geschickt wurde. Die hohe Geschwindigkeit, in der das Pferd herangaloppierte, ließ ihn um die junge Frau bangen. Doch nachdem der Reiter, eingehüllt in eine gewaltige Staubwolke, abseits der nervös mit den Ohren zuckenden Stuten hielt, konnte er in ihm Andy Barter erkennen. Der junge Mann war darum bemüht, sich nun langsamer der Herde zu nähern, um sie nicht in Aufruhr zu versetzen.

Alec dirigierte seine Stute aus der Herde heraus, auf den Verlobten von Beckie Steinmann zu. Stewart tat es ihm gleich. Sofort begannen die beiden Hengste, die Zähne zu entblößen und ihre Köpfe einander entgegenzustrecken, wobei aus ihren Kehlen ein tiefes, drohendes Wiehern hervorstieg. Vorsichtshalber blieb Stewart etwas abseits.

„Was ist los, Andy?“, rief Alec zu dem anderen Reiter hinüber.

„Der Wagen der Turners ist in den Fluss gestürzt. Die kleine Ruth muss davongespült worden sein.“ Andy atmete heftig und warf einen bekümmerten Blick auf Stewart, der jedoch nicht wagte, näher zu kommen.

„Joanna ist ihr hinterhergesprungen.“

Alec starrte den jungen Mann an und spürte eine brodelnde Angst in sich aufsteigen. Sein Magen zog sich zusammen.

„Jo?“ Aus Stewarts Stimme war deutlich die Angst um seine Schwester zu hören.

„Als ich losgeritten bin, haben wir schon eine Stunde nach ihr gesucht. Es tut mir leid. Ich fürchte, wir müssen entlang des Ufers nach den beiden suchen.“

Alec nickte. Kaum auszuhaltender Schmerz füllte sein Herz. Er wollte Stewart die Zügel des um sich tretenden Hengstes zuwerfen, um nach vorne zu den Wagen reiten zu können. Doch Stewart war Joannas Bruder. Hatte er nicht viel mehr das Recht, Joanna zu suchen oder bei seinen anderen Schwestern zu sein? „Worauf wartest du noch?“, zischte er Stewart zu, der Andy das Führseil des Hengstes zuwarf und unter Aufspritzen von Geröll und Gras davondonnerte.

Alec blickte dem immer kleiner werdenden Reiter und der in Richtung Osten davonziehenden Staubwolke nach. Der große Hengst zerrte an seiner Führleine und wieherte ob seiner Bewegungsarmut ungehalten auf.

Silas, der sich bei Andy nach den Vorkommnissen erkundigt hatte, kam zu ihm herüber und wartete, bis er Alecs Aufmerksamkeit erlangt hatte. Er deutete auf den Hengst und sagte: „Wenn du diesen verrückten Kerl mitnimmst, kannst du auch gehen. Andy und ich kommen mit der Herde zurecht."

„Ich ...?", brummte Alec und spürte den überhandnehmenden Wunsch in sich, dem Angebot unverzüglich Folge zu leisten.

„Ihr könnt vielleicht die anderen täuschen, aber mich nicht. Also verschwinde", meinte Silas Krasko lächelnd.

Alec grinste schief zurück. Ohne weiter auf die Andeutungen des jungen Burschen einzugehen, stieg er von seiner Stute und warf ihm die Zügel zu. Mit einem gewaltigen Satz sprang er aus dem Stand auf den Rücken des Hengstes, der unwillig die Ohren zurücklegte und heftig schnaubte.

Silas hob anerkennend die Augenbrauen und meinte, mehr zu sich selbst als an Alec gerichtet: „Wenn der Hengst erst einmal zu laufen beginnt, kannst du es noch vor Stewart bis zum Fluss schaffen."

Alec nickte und gab dem Tier eine Schenkelhilfe. Sofort schoss der Hengst voran und fegte über die Ebene hinweg. Seine Hufe donnerten laut über den festen Boden. Das Tier genoss den schnellen, unbeherrschten Lauf, hatte es doch wochenlang nur inmitten der Herde langsam gehen oder einmal einen kontrollierten Galopp absolvieren können, um seine Muskeln in Bewegung zu halten.

Als Alec Stewart mit der Stute vor sich entdeckte, zügelte er das Pferd, und sie ritten das letzte Wegstück gemeinsam.

Inzwischen hatten alle Wagen das jenseitige Ufer erreicht, und das Wasser spritzte hoch und von der Sonne golden beschienen auf, als sie durch den Fluss zu ihnen hinüberritten.

Beckie, Branca und Ellie kamen ihnen sofort entgegen.

„Sind sie immer noch nicht zurück?", rief Stewart seinen Schwestern zu, als sich die Stute die steil ansteigende Böschung hinaufarbeitete.

Die Mädchen schauten ihn nur betreten an. „Ein paar Männer sind losgelaufen, schon vor über einer Stunde, Stewart", erklärte Beckie. „Aber ihr werdet mit den Pferden viel schneller sein." Sie blickte zu Alec hinüber. In ihren Augen lag die unausgesprochene

Bitte, schnell aufzubrechen und ihre Schwester wohlbehalten zurückzubringen.

Es gab nichts, was Alec im Moment lieber tun wollte. Beckie konnte wohl kaum ahnen, wie sehr es ihn dazu drängte, die beiden Mädchen zu suchen. Doch eine leise Stimme in seinem Kopf flüsterte ihm warnend zu, dass er nicht damit rechnen sollte, eine der beiden Vermissten noch lebend zu finden.

„Unsere Gebete werden euch begleiten", sagte Beckie, der die Tränen über die Wangen liefen. Branca legte schweigend einen Arm um ihre Zwillingsschwester, während Ellie die Hände vors Gesicht schlug und sich in das hohe Ufergras fallen ließ.

„Ich versuche es am anderen Ufer", brummte Alec und jagte den Hengst unter erneutem heftigem Aufspritzen des Flusswassers wieder auf die andere Uferseite hinüber. Dort trieb er das Pferd in den Galopp und ritt am Flussbett entlang. Ob Joanna und die kleine Ruth in dem eiskalten Wasser überhaupt eine Chance hatten – zumal an unzähligen Stellen große, scharfkantige Felsen aus dem Wasser ragten?

Kapitel 49

Die sommerlichen Temperaturen in South Carolina stiegen immer weiter an. Die großen, schweren Rosenköpfe blühten in allen Farbschattierungen und verwandelten die Fowler-Plantage in ein buntes Blütenmeer. Die hohe Luftfeuchtigkeit war fast unerträglich. Während auf den Feldern die Baumwolle wunderschön gedieh, wuchs die Angst in Linda. Es war Tage her, dass sie und Ocean nachts heimlich in das Haus der Warrens eingedrungen waren. Seitdem hatte sie weder von Denise noch von Arnaud etwas gesehen oder gehört.

Ein weiterer Brief von ihren Eltern hatte Linda darüber in Kenntnis gesetzt, dass sie noch eine Weile bei der Großmutter bleiben würden. Der alten Dame ging es sehr schlecht, zumal sie der brütenden Hitze New Orleans' nicht den Rücken hatte kehren können. Die wohlhabenden Einwohner der von Sumpfland umgebenen Hafenstadt pflegten jeden Sommer aus New Orleans zu fliehen, um den grassierenden Gelbfieberausbrüchen zu entkommen. So fürchtete Linda nun auch noch um die Gesundheit ihrer Eltern. Zudem wurde ihr durch ihre erzwungene Tatenlosigkeit erneut schmerzhaft bewusst, wie sehr sie Simon Bryant vermisste.

Während Linda im Schatten des Balkons auf der Veranda saß, näherte sich ein Reiter dem Haus. Linda, der es zu warm war, um mehr als den Kopf zu drehen, erkannte erst sehr spät, dass es sich um Arnaud Brook handelte. Langsam erhob sie sich, um bis an die Brüstung der Veranda zu gehen. Dort zügelte der junge Mann sein Pferd. Wie immer sah er sehr gepflegt und gut gekleidet aus und selbst die drückende Schwüle konnte dem jungen Mann anscheinend nichts anhaben. „Bist du mit deinen Nachforschungen vorangekommen, Arnaud?“, fragte sie.

„Gefunden habe ich leider noch nichts, Linda.“

„Wie geht es Denise?“

„Ich sehe sie nur gelegentlich von ferne. Warren bewacht sie wie ein wertvolles Kleinod.“ Mit einem schüchternen Lächeln fügte er hinzu: „Was sie ja auch ist, nicht wahr?“

Linda nickte nur und senkte den Kopf. Arnaud litt unter den gegebenen Umständen. Aber immerhin hatte er es selbst in der Hand gehabt, Denise Steinmann vor den Traualtar zu führen. Doch seine übergroße Vorsicht und Korrektheit hatten ihn die Frau seines Herzens gekostet und Denise letztendlich in die Gefahr gebracht, in der sie sich nun befand.

„Neil Warren hat vor zwei Stunden die Plantage verlassen, Linda. Ich habe mich bei den Schwarzen umgehört. Er ist zumindest bis in die Nacht hinein unterwegs. Ich dachte mir, dass du Denise vielleicht einen Besuch abstatten möchtest. Ich werde mich so lange ausruhen und gegen Abend weitersuchen.“

Linda nickte, wenngleich sie nicht einsehen mochte, warum Arnaud die Gunst der Stunde ungenutzt verstreichen lassen wollte. Aber wahrscheinlich war er seit Tagen fast ununterbrochen dort draußen und brauchte tatsächlich einmal eine Pause.

Gelbe und hellblaue Schmetterlinge flatterten in wunderschönen Tänzen durch die blütenduftgeschwängerte, warme Luft, die in einiger Entfernung vor dem Wald flimmerte. Das Gras raschelte unter den Schritten der beiden Frauen, als sie das Hauseck umrundeten und einen prüfenden Blick über den schön angelegten Parkgarten der Warrens warfen. Schließlich betraten sie die hölzerne, weiß gekalkte Veranda. Unter ihren Schritten knackte das Holz, und Denise Warren drehte langsam den Kopf, als sei jede Bewegung an diesem Tag zu viel für sie.

Ein Lächeln huschte über die schmalen Gesichtszüge der Hausherrin, ehe sie sich aufrichtete und der Nachbarin beide Hände entgegenstreckte.

Linda kniete sich neben den Korbstuhl und nahm die Hände in die ihren. „Ich bin so froh, dich wohlauf zu sehen, Denise", flüsterte sie erleichtert.

„Es tut so unendlich gut, dass du es wagst hierherzukommen, Linda. Ich hatte schon Sorge, du und Arnaud, ihr hättet mich vergessen."

„Hast du Arnaud nicht gesehen?"

„Arnaud? Weshalb sollte ich?"

„Er ist seit Tagen hier auf der Plantage. Er sagte, er habe dich hin und wieder aus der Ferne gesehen."

„Mein Gott, was tut er hier? Was, wenn Neil ihn sieht? Schon bei seinem letzten Besuch hier hat Neil mir schreckliche Vorwürfe gemacht."

Linda erhob sich. Sie dankte Ocean, die ihr einen Stuhl heranschob, und ließ sich erschöpft nieder.

„Es ist gut, dass du Arnaud nicht gesehen hast. Das bedeutet, er ist vorsichtig genug, Denise."

„Aber weshalb ist er hier?"

Lindas Mundwinkel zuckten kurz. Ob sie Denise tatsächlich erzählen sollte, was Arnaud herausgefunden hatte? Aber sie waren mit ihren Verdächtigungen bislang auch nicht zurückhaltend gewesen. Wieder musterte Linda das ausgezehrte, müde Gesicht der jungen Frau und ahnte, dass wohl kaum allein die Schwangerschaft Ursache ihres Zustands war. „Wir suchen nach einem Beweis, Denise", erklärte sie schließlich. „Nach einem Beweis, der ausreicht, um Neil Warren verhaften zu lassen."

„Einen Beweis?" Die Angst, die sich in Denise' Blick widerspiegelte, steigerte sich zur Panik. Sie schien sich die Wahrheit selbst zusammenreimen zu können. „Oh, mein Gott. Sie ist tot, nicht wahr?"

„Höchstwahrscheinlich, Denise. Es tut mir schrecklich leid. Doch unsere Befürchtungen bewahrheiten sich Stück für Stück. Mrs Steinmann kann die Plantage nicht lebend verlassen haben."

Denise schlug beide Hände vor ihr Gesicht, und ihre Schultern fingen an zu beben, wenngleich kein Laut über ihre Lippen kam.

Schließlich zog sie ihre Hände wieder fort, und Linda erschrak über das Bild, das sich ihr bot: Keine einzige Träne hatte die grauen, stumpfen Augen verlassen, die nun seltsam hart und kalt über die Schönheiten des Gartens hinweg in Richtung Wald blickten. „Arnaud sucht ein Grab, nicht wahr?"

„Ja, Denise. Doch das Gelände ist einfach zu groß und dein Mann könnte Mrs Steinmann auch einfach den Fluten des Flusses überlassen haben."

„Dann wäre ihr Leichnam inzwischen gefunden worden. Nein, Linda. Ich glaube, ich weiß, wo Tante Natashas Grab ist."

„Du weißt es?" Linda fuhr in die Höhe, wobei ihr Stuhl protestierend aufquietschte. Sie starrte die Nachbarin an und schüttelte verwirrt und aufgewühlt den Kopf, ehe sie sich wieder im Griff hatte.

„Du kannst uns sagen, wo wir nach Mrs Steinmann suchen müssen?"

„Ich habe einen Verdacht. Sag Arnaud, dass es einen Spazierweg gibt, der in einen einfachen Reitweg mündet." Sie streckte den Arm aus und zeigte in Richtung Wald. „Ich darf mich eigentlich nicht so weit vom Haus entfernen, bin aber vor einigen Wochen dennoch in den Wald gegangen. Nach einer Biegung, wenn man den Spazierweg nicht mehr sehen kann, gibt es rechts hinter dem Unterholz eine kleine Lichtung. Dort war ein Grab. Damals habe ich vermutet, dass dort einer von Neils geliebten Jagdhunden vergraben liegt."

Linda wandte langsam den Kopf und blickte Ocean an. Auf den dunklen Gesichtszügen des Mädchens zeigte sich ein Anflug von Triumph. „Auf dem Rückweg werden wir bei den Brooks vorbeifahren. Arnaud wollte sich zwar ausruhen, aber ich glaube, diese Nachricht wird ihn alle Müdigkeit vergessen lassen. Und sollte er doch nicht imstande sein, heute Abend oder heute Nacht nachzusehen, ob du recht hast, werde ich es höchstpersönlich tun!", erklärte Linda mit fester Stimme. Eilig sprang die junge Frau auf die Beine. „Halte durch, Denise. Vielleicht können wir dich schon morgen oder übermorgen von hier fortbringen."

„Ich halte durch, schon alleine des Kindes wegen", flüsterte die junge Frau leise und ihre linke Hand legte sich schützend über ihren Unterleib.

Linda nickte und wandte sich Ocean zu, um gemeinsam mit ihr auf die Wiese zu treten. Während Linda noch überlegte, ob sie tatsächlich kurz davor standen, Denise endlich helfen zu können, bewegte sich hinter der Terrassentür leicht der Vorhang, als ein heimlicher Lauscher den Platz ungesehen verließ.

Kapitel 50

Die Dunkelheit verdrängte das letzte Licht der Abenddämmerung und hüllte die bergige Landschaft in ihren schwarzen Mantel ein. Noch zeigte sich kein Stern am Himmel, und es war für die beiden Reiter links und rechts des Flusslaufes unmöglich, ihren Ritt fortzusetzen. Sie verharrten auf der Stelle, während der Wind, der einige Wolken vor sich herschob, den Uferbewuchs zum Rascheln brachte. Alec konnte den Fluss plätschern hören, doch zu sehen war nichts – außer tiefschwarzer Nacht.

Während der dunkle Hengst begann, am nahrhaften Ufergras zu knabbern, fuhr sich Alec Thompson mit beiden Händen durch die Haare. Verzweiflung und Angst tobten in seinem Inneren. Er hatte doch diese wunderbare Frau nicht gefunden, um sie gleich wieder zu verlieren! Er hob seinen Blick zum dunklen Himmel hinauf, als suche er dort Hilfe. Was hatte Gott mit ihm vor? Sollte auch diese Liebe nicht für ihn bestimmt sein? Sollte er allein bleiben? In einen lang gezogenen, tiefen Seufzer legte er seine unausgesprochenen Fragen und fühlte für einen Moment eine tiefe Erleichterung und Frieden in sich. Er wusste, dass er gehört und verstanden wurde, und wollte darauf vertrauen, dass sein Herr es gut mit ihm meinte.

Dann blinkte der erste helle Stern am weiten Firmament auf und die Unruhe und Angst kehrten in sein Herz zurück. Noch gab es Hoffnung, Joanna und Ruth zu finden. Die schnelle, reißende Strömung konnte sie mehrere Meilen mit sich gerissen haben, ehe sie die Möglichkeit hatten, das sichere und rettende Ufer zu erreichen.

Weitere Sterne erschienen am schwarzen Himmel, und der auffrischende Wind trug die Wolken davon, sodass auch der Mond zum Vorschein kam. Der Fluss schimmerte unheimlich und drohend schwarz zu ihm herauf und nach wenigen Minuten konnte Alec wieder die Landschaft um sich her und den ungeduldig auf seinem Reittier verharrenden Stewart am gegenüberliegenden

Ufer erkennen. Als er Stewart losreiten sah, riss auch er sich aus seinen teils düsteren, teils hoffnungsvollen Überlegungen und setzte die Suche entlang des Flusslaufes fort.

Der kühle, feuchte Westwind verdrängte die Hitze des Tages und der junge Mann trieb sein Pferd noch mehr an. Er konnte sich vorstellen, wie sehr Joanna und Ruth frieren mussten, wenn es ihnen tatsächlich gelungen war, sich zu retten.

Die tiefe Stimme von Stewart drang zu ihm herüber, als dieser verzweifelt begann, den Namen seiner Schwester zu rufen. Gleichzeitig nahm das Gurgeln des Wassers zu, als wolle es die Stimme übertönen. Dieses Geräusch ließ darauf schließen, dass die scharfkantigen Felsen im Flussbett noch größer und gefährlicher geworden waren. Erneut drang Stewarts Stimme zu ihm herüber.

Täuschte er sich oder hatte er eine leise Stimme antworten gehört? Alec zügelte augenblicklich sein Tier. Er verharrte auf einer Böschung, die mit schmalen Lärchen bewachsen war. Auch Stewart parierte seine Stute durch und versuchte, neben dem Tosen des Wassers etwas zu hören.

Wieder trug der Wind seine Stimme zu Alec herüber, und einen Augenblick lang überlegte dieser, ob er Stewart jemals den vollen Namen seiner Schwester hatte aussprechen hören. Doch heute, in dieser kühlen Nacht, getrieben von der Angst, sie zu verlieren, tat er es.

„Joanna?"

„Stewart, wir sind hier!", hörte Alec Joannas Stimme antworten. Sein Herz vollführte ein paar Kapriolen. Wieder blickte er in den nun mit Millionen von hell blinkenden Sternen besetzten Himmel hinauf und sein Dank war wenig mehr als ein Flüstern.

Sekunden später trieb er das Tier die Uferböschung hinab und durch die wild dahinfließenden Fluten. Als er das gegenüberliegende Ufer erreichte, löste sich Joanna gerade von ihrem Bruder, der ihre Schultern jedoch nicht loslassen wollte. Sie trug nur ein Paar weiße Spitzenhosen und die blaue Bluse klebte an ihrem schlanken Körper. Ihre Haare fielen ihr nass und in wilden Locken bis auf die Hüfte herunter.

Alec brachte sein Pferd zum Stehen, konnte jedoch seine Augen nicht von ihrer Gestalt lassen. Dann entdeckte er neben Joanna im Gras den kleinen Körper von Ruth. Die Tatsache, dass sie sich nicht rührte, ließ Alec besorgt die Stirn runzeln. Er schnalzte seinem Pferd zu und es setzte sich langsam in Bewegung.

Stewart richtete sich auf, zog sich sein Hemd über den Kopf und reichte es Joanna, während er leise auf sie einsprach. Alec konnte ihr Nicken sehen, ehe sie sich umwandte und eilig in das große, weite Hemd ihres Bruders schlüpfte.

Als er bei ihnen angelangt war, stieg er langsam ab.

Stewart kniete inzwischen neben dem kleinen Mädchen und so wanderte sein Blick zu Joanna. Ein beinahe schüchternes Lächeln huschte über ihr Gesicht, als sie ihn ansah. Alec hatte den Eindruck, als bitte sie ihn mit ihrem Blick, näher zu kommen und sie tröstend und schützend in die Arme zu nehmen. Doch als er die Zügel des Hengstes um eine aus der aufsteigenden Böschung ragende Wurzel schlang und auf sie zuging, hob sie abwehrend beide Hände und trat zwei Schritte nach hinten. Er blieb sofort stehen, obwohl in seinem Inneren ein unbändiger Sturm zu toben begann. Er wollte sie berühren, fühlen, dass sie noch am Leben war, und sie in die Arme schließen, um sie zu wärmen. Er wollte ihr zuflüstern, welche Angst er um ihr Leben ausgestanden hatte und wie sehr er sie brauchte. Doch nichts von alledem durfte er tun. Was also blieb ihm anderes übrig, als seine Gefühle wieder einmal hinter Spott und Hohn zu verbergen? „Konntest du keinen früheren Zeitpunkt für ein Bad finden, Joanna?“, rief er ihr zu.

„Es war noch Nachmittag, als ich in den Fluss stieg. Du und Stewart, ihr habt nur zu lange gebraucht, um uns zu finden. Und wie ich mit Bedauern feststellen muss, habt ihr weder an Handtücher noch an trockene Kleidung gedacht.“

„Entschuldige bitte, dass wir uns nicht die Zeit genommen haben, deine Garderobe einzupacken.“

„Du könntest edelmütig dein Hemd zur Verfügung stellen. Die kleine Ruth ist vollkommen unterkühlt.“

Alec nickte, knöpfte die obersten drei Knöpfe seines Hemdes auf und zog es sich über den Kopf. Er reichte das Kleidungsstück Stewart, der das Mädchen beinahe vollständig darin einhüllen konnte.

Als Stewart das fünfjährige Kind auf den Arm nahm, betrachtete Alec betroffen dessen fahles Gesicht und die blau angelaufenen Lippen.

„Schwing dich auf den Hengst, Alec, damit ich dir das Mädchen hochreichen kann. Ich nehme dann meine Schwester zu mir aufs Pferd.“

Eilig griff er nach den Zügelenden und legte sie dem inzwischen sehr ruhig gewordenen Hengst über den Hals. Dann stieg er von der erhöhten Böschung aus behände auf seinen Rücken. Stewart reichte ihm Ruth hinauf, die sich wie ein kleines Kätzchen an ihn kuschelte. Alec erschrak über die Eiseskälte, die von dem kleinen, heftig zitternden Körper ausging. Wieder warf er einen Blick auf Joanna, die scheinbar ruhig neben der Stute stand und auf Stewart wartete. Doch er konnte im Mondlicht deutlich sehen, dass auch sie heftig zitterte. Sie schlang ihre Arme um ihren Körper, um dem zunehmenden Wind möglichst wenig Angriffsfläche zu bieten.

Die beiden Mädchen waren zwar dem Wasser entkommen – und, wie es schien, sogar mit wenigen Verletzungen –, doch die Gefahr war für sie bei Weitem noch nicht gebannt.

Stewart schwang sich ebenfalls auf den Rücken seines Pferdes und zog seine Schwester zu sich in den Sattel. Als Joannas Bruder die Böschung hinauf-, an ihm vorüberritt, wagte Alec es, die Hand auszustrecken und für einen kurzen Augenblick das feuchte, kalte Haar Joannas zu berühren.

Kapitel 51

Die Luftfeuchtigkeit war noch immer unangenehm hoch, obwohl die Nacht bereits hereingebrochen war. Linda und Ocean verharrten schweigend in ihren Stühlen auf der Veranda und lauschten auf die Geräusche der Nacht. Auf der Plantage der Brooks hatte man ihnen gesagt, dass Arnaud Brook geschäftlich nach Bamberg geritten sei, was Linda gewundert hatte, da er sich doch hatte ausruhen wollen. Sie hatten eine Nachricht für ihn hinterlassen, doch noch immer war er nicht bei ihnen eingetroffen.

Linda fuhr sich mit dem weißen Spitzentuch über die schweißnasse Stirn und schloss für einige Sekunden ihre müden, brennenden Augen. Was Arnaud wohl in Bamberg zu tun hatte? Hatte er vor, noch anderen Überlegungen nachzugehen? Oder bemühte er sich erneut darum, den Mann zu finden, der im Auftrag von Neil Warren versucht hatte, *Green Crystal* an sich zu reißen? Leise seufzte die junge Frau auf. Als sie die Augen wieder öffnete, konnte sie den Blick ihrer schwarzen Freundin auf sich gerichtet sehen, und ein zaghaftes Lächeln legte sich auf ihr Gesicht.

Einer Eingebung folgend, erhob sich Linda. „Es muss etwas geschehen, Ocean! Heute Nacht noch. Kannst du dir vorstellen, wie es Denise dort draußen gehen muss? Sie weiß, dass sie mit einem Mörder verheiratet ist, mit einem Mann, der es vielleicht auch auf ihr Leben abgesehen hat."

„Missi Linda ..."

„Wir können sie unmöglich noch einen Tag länger in dieser schrecklichen Angst lassen, Ocean. Sie ist labil. Sie könnte einen schrecklichen Fehler begehen."

„Sich töten?"

„Sie hat es bereits einmal versucht." Linda trat an die Brüstung und umfasste mit beiden Händen die oberste Querstange. „Wenn Arnaud nicht kommt, werden wir selbst gehen müssen."

„Aber Missi Linda –"

„Du kannst doch auch reiten, nicht wahr? Wir nehmen uns je ein Pferd. Nach der Beschreibung, die Denise uns gegeben hat, kann es nicht so furchtbar schwer sein, die Stelle zu finden, an der sie das Grab entdeckt hat", meinte Linda.

„Sie wollen tatsächlich den Leichnam suchen?"

Linda nickte entschlossen, wenngleich sie von einem eiskalten Schauder erfasst wurde. Brachte sie es wirklich fertig, in einem unwirtlichen Wald mitten in der Nacht nach der verscharrten Leiche von Natasha Steinmann zu graben? „Ich möchte das nicht tun, Ocean. Aber es muss sein. Ich bin es Denise, Joanna und allen anderen Steinmanns schuldig."

„Sie schulden den Steinmanns nichts, Missi Linda", widersprach Ocean leise.

„Ich habe Joanna versprochen, auf Denise achtzugeben." Linda wandte sich nach Ocean um, die noch immer in ihrem Korbstuhl saß und ihre weiße Freundin aufmerksam musterte. „Geh bitte in den Stall und lass uns zwei Pferde satteln. Ich ziehe mir in der Zwischenzeit mein Reitkostüm über."

„Es könnte gefährlich werden, Missi Linda", wagte Ocean erneut, ihre Herrin zu warnen.

Linda schob diesen Einwand mit einer Handbewegung beiseite, obwohl sie das ängstliche Rumoren in ihrem Inneren durchaus wahrnahm. „Für Denise könnte es weitaus gefährlicher sein, noch länger als ein paar Stunden in der Nähe Neil Warrens ausharren zu müssen."

Ocean nickte, erhob sich flink und lief über die Holzdielen der Veranda in Richtung Nebengebäude davon.

Unruhig blickte Linda ihr nach. Sie wünschte sich Arnaud Brook herbei. Nein, eigentlich war es Simon Bryant, den sie sich an ihre Seite wünschte. Doch ihn hatte sie seit vielen Wochen nicht mehr gesehen oder gesprochen. Leise flüsterte sie ein Gebet, als sie ins Haus ging und die Stufen in den ersten Stock hinauflief. Sie bat Gott um Schutz und Hilfe für ihr Vorhaben und befahl Simon einmal mehr seiner Liebe und Fürsorge an.

Der Wald wurde dichter und der Spazierweg mündete in einen unebenen, schmalen Reitpfad. Linda zügelte ihre Stute. Sie wandte sich im Sitzen um und blickte auf das vom fahlen Mondlicht beschienene Plantagenhaus zurück. Eingerahmt von schwarzen, weit in die Höhe ragenden Eichen, stand es auf der kleinen, von Wiesen und Ziersträuchern umgebenen Anhöhe.

Sie wandte sich wieder nach vorne und nickte ihrer Begleiterin auffordernd zu, die sich mit unruhigem Blick nach allen Seiten umsah. Etwas langsamer setzten die beiden ihren heimlichen Ritt fort.

Wieder und wieder schaute Linda zurück, bis ihr nach einer Biegung der Blick auf den Spazierweg genommen wurde – wie Denise es ihr angekündigt hatte. Ihr Herz klopfte wild. Lange Zeit saß sie einfach nur da. Wie war sie nur auf den Gedanken gekommen, selbst nach dem einzigen Beweis zu suchen, den es gab, um Neil Warren des Mordes zu überführen?

Ein Kauz stieß seinen klagenden Ruf aus und Linda zuckte erschrocken zusammen. Eiseskälte jagte ihr über den Rücken. Sie hörte Ocean laut atmen. Erleichtert wandte sie ihr das Gesicht zu. Zumindest ihre treue Freundin war an ihrer Seite.

Endlich raffte sie ihren Rock zusammen und ließ sich aus dem Sattel gleiten. Nun, da sie den Weg hierher auf sich genommen hatten, sollten sie ihr Werk auch vollenden, beschloss Linda. Ocean stieg ebenfalls ab und befestigte die Zügel der beiden Tiere an den Zweigen eines wilden Holunderstrauches. Ihre Begleiterin holte die handlichen Gartengeräte, die sie mitgebracht hatten, aus der Satteltasche und streckte sie ihr entgegen. Linda nahm den kleinen Handspaten und wandte sich dem Wegrand auf der rechten Seite zu. Dichtes Unterholz wucherte vor den Hemlocktannen, Kiefern und Buchen. Dadurch war nicht zu erkennen, an welcher Stelle sie in das Dickicht eindringen sollte, um die kleine Lichtung zu finden, die Denise beschrieben hatte.

Langsam stieg sie in den niederen Graben, der um diese Jahreszeit glücklicherweise kein Wasser führte, und schob vorsichtig ein paar Zweige beiseite. Die Bäume über ihr rauschten leise, im Unterholz raschelte es und der weit entfernte Ruf eines anderen Kauzes erschreckte sie erneut und jagte heiße Wellen der Furcht durch ihren angespannten Körper. Auf dem Boden huschte ein Tier davon und Linda konnte nur unter Mühen einen erschrockenen Aufschrei unterdrücken. Sie atmete tief ein und aus und schob sich rückwärts durch das Unterholz. Tiefer und tiefer drang sie in den Wald ein. Schließlich wandte sie sich nach links und duckte sich unter den tief hängenden Zweigen einiger Bäume hindurch. Sie stolperte über eine Bodenunebenheit und taumelte zurück. Dann schlug sie eine andere Richtung ein. Schon wollte sie, beinahe erleichtert, nichts gefunden zu haben, aufgeben, als die Bäume vor ihr weiter auseinanderzutreten schienen und eine kleine Lichtung vor ihr lag. Ihr Blick fiel sofort auf einen vom Mond beschienenen, schmalen, länglichen Erdhügel in der Mitte der Lichtung.

Linda starrte das Grab an. Ihre Beine drohten, ihren Dienst zu versagen.

„Missi Linda?“, drang Oceans leise, verängstigte Stimme zu ihr durch. Ein Nachtvogel stieß einen lauten Schrei aus und Linda ließ den Spaten fallen. Ohne die aufgeworfene Erde aus den Augen zu lassen, sagte sie mit rauer, heiserer Stimme: „Ich habe es gefunden, Ocean. Komm her.“

Neil Warren bog mit seinem wertvollen, im Mondlicht goldfarben schimmernden Wallach auf die Landstraße ein, die zu seinem Grundstück führte. Er musterte die deutlichen Hufabdrücke und Radspuren auf dem Boden und fragte sich, wer wohl auf seinem Grundstück gewesen war. Sorgen und Wut ließen ihn sein markantes Männergesicht zu einer Fratze verzerren und seine Hände ballten sich um die Zügel herum zu Fäusten. Niemand kam hierher, es sei denn, er hatte die Personen eingeladen. Es kamen nur zwei Personen infrage, die ein Interesse daran haben konnten, zu seinem Haus und zu seiner Frau zu reiten, wenn er nicht da war: Linda Fowler, die seiner Frau gegenüber offenbar einen besonderen Beschützerinstinkt entwickelt hatte, und dieser Wicht Arnaud Brook, der zu dumm gewesen war, um Denise Steinmann zu heiraten.

Linda Fowler war einfach nur lästig, da sie neugierig war und offenbar die Gerüchte bestätigt sehen wollte, die im Distrikt über seine Frau gestreut wurden. Arnaud Brook hingegen war gefährlich. Neil ahnte, dass Denise ihn noch immer liebte, und er hatte nicht vor, sich Hörner aufsetzen zu lassen. Wütend kniff er seine dunklen Augen zu schmalen Schlitzen zusammen.

Er zügelte sein Pferd, schwang sich aus dem Sattel und beugte sich tief über die feuchte Walderde. Seine Augen gewöhnten sich bald an die Dunkelheit und so konnte er zwei Wagenspuren erkennen. Folglich war der Besuch, der mit der Kutsche gekommen war – vermutlich Linda Fowler –, wieder heimgekehrt. Doch die Hufabdrücke führten nur in Richtung des Hauses, und mit einem weiten Hochziehen seiner Augenbrauen stellte er irritiert fest, dass es sich um zwei Reiter gehandelt haben musste. Vorsichtig tastete er mit seinen Händen in eine Hufspur. Die Kanten waren gerade und glatt – ein deutliches Zeichen dafür, dass sie noch sehr frisch waren. Ohne sich aus der Hocke zu erheben, blickte er den Weg entlang. Wer wagte es, zur nächtlichen Stunde auf sein Anwesen zu kommen? War es Arnaud mit einem Begleiter? Befanden sie sich noch auf seinem Grundstück? Bei seiner Frau?

Er stand auf und schwang sich zurück in den Sattel. Ungeachtet der schlechten Sicht, trieb er den wertvollen Fuchs in einen wilden, raumgreifenden Galopp.

Pferd und Reiter donnerten über die Kieselsteine auf dem Vorplatz, und die Vorderhufe des Tieres gruben sich tief in den Belag ein, als er es abrupt zum Halten brachte. Nirgendwo war ein Pferd zu sehen und alle Lichter im Haus waren gelöscht. Einer seiner Hunde schlug verhalten an. Vermutlich hatte er seine wilde Ankunft gehört. Der Mond beschien den Park und die umliegenden Anpflanzungen und Wälder. Neil Warren wandte den Kopf, als er ein Geräusch aus dem nahen Waldstück zu hören glaubte. Er lauschte und tatsächlich wiederholte es sich. Der misstrauisch gewordene Mann dirigierte den Wallach in Richtung Wald und beugte sich dabei weit der Erde entgegen. In dem tagsüber von der Sonne beschienenen Park war der Boden sehr trocken, dennoch fand er auf dem Spazierweg in Richtung Mischwald einen einzelnen, jedoch deutlichen Hufabdruck. Neil Warren richtete seinen düsteren Blick auf den Spazierweg, der in den Wald hineinführte und in den dunklen Reitpfad mündete. Dann trieb er den Fuchs erneut an.

Ocean und Linda trugen schweigend die Erde des Grabes ab. Schweiß lief ihnen über die Körper und durch die ungewohnte körperliche Arbeit mit den kleinen Werkzeugen begannen ihnen die Arme und der Rücken sehr schnell zu schmerzen.

Linda hörte den keuchenden Atem ihrer Freundin und richtete sich ein wenig auf. Der Mond schien auf das glänzende schwarze Gesicht ihrer Begleiterin. Sie unterbrach ebenfalls die Arbeit und schaute ihre Herrin prüfend an. „Machen wir weiter, Missi Linda?"

„Mir ist bei dieser ganzen Sache genauso unwohl wie dir, Ocean. Aber ich muss endlich wissen, ob wir mit unserem Verdacht recht haben."

„Gut", flüsterte die andere junge Frau und stieß mit aller Kraft, die sie aufbringen konnte, die kleine Schaufel tief in die Erde.

Auch Linda machte sich wieder an die Arbeit, und allmählich wuchs der Hügel aus ausgehobener Erde neben ihr an, während der vor ihr immer flacher wurde.

Linda wurde es immer mulmiger zumute. Was würden sie finden? Die Überreste eines menschlichen Körpers? Zum ersten Mal machte sie sich bewusst, dass der wahrscheinlich nicht unversehrt sein würde. Ekel überfiel sie. Was tat sie hier? Hätte sie nicht noch einen Tag warten können, bis Arnaud wieder da war? Die junge Frau richtete ihren Blick auf die leuchtenden Sterne am dunklen Firmament. Niemand wusste, wo sie und Ocean sich befanden. Wenn ihnen hier etwas zustieß, würde sie niemand finden.

Sie zwang sich zu ihrer Arbeit zurück. Was sie begonnen hatte, konnte sie jetzt nicht einfach abbrechen. Doch die Angst zerrte an ihren Nerven und bei jedem Geräusch zuckte sie nervös zusammen. Dann stieß ihr Spaten auf etwas Festes. Erschrocken starrte sie in das kaum einen Meter tiefe Loch und fuhr zurück. Die Mondsichel beleuchtete eine Unzahl dicker, weißer, sich hin und her windender Maden. Sie krochen übereinander und ließen sich von der plötzlichen frischen Luft und dem Licht des Mondes nicht stören.

Linda schüttelte es am ganzen Körper und angeekelt warf sie den Spaten neben sich auf den frisch aufgeschichteten Erdberg. Ocean betrachtete das Gewimmel und schob schließlich unerschrocken die Parasiten mit der Schaufel beiseite, woraufhin etwas Helles, Unförmiges zutage kam.

Linda schloss gequält die Augen. „Das ist ekelhaft, Ocean", murmelte sie.

„Das ist ein toter Körper, Missi."
„Dann lass uns alles schnell wieder zuschütten."
„Aber es könnte auch einer der Hunde sein, Missi. Wie Missus Denise zuerst vermutet hat ..."
Linda blickte ihr Mädchen entsetzt an. Wollte Ocean damit sagen, dass sie noch weitergraben mussten? Bis sie sich ganz sicher sein konnten, dass hier ein Mensch – Natasha Steinmann – begraben war?
Ocean nahm ihre Schaufel wieder auf und grub vorsichtig weiter. Linda sah ihr eine ganze Weile zu, unfähig, sich zu rühren. Sie kniete hier vor einem Grab, in dem vermutlich der Leichnam der ermordeten Natasha Steinmann verweste, und sie hatte keine Ahnung, wo deren Mörder – Neil Warren – sich in diesem Augenblick aufhielt. Sie schüttelte über sich selbst den Kopf. Vor ihm musste sie sich im Moment nun wirklich nicht fürchten. In der Nacht würde er wohl kaum einen Ritt in den Wald unternehmen. Sie nahm den Spaten wieder auf und half Ocean. Ihre Bewegungen liefen wie von selbst ab, während ihr Gehirn die Gegenwart auszublenden versuchte und ihre Gedanken, die sich um Joanna und Denise, Simon und Arnaud Brook drehten, wild durcheinanderwirbelten.
„Missi?", flüsterte Ocean plötzlich und deutete vor sich in das Erdloch.
Linda beugte sich ein Stück nach vorne und sah hinunter. An der Stelle, an der Ocean gegraben hatte, war ein Stück durchlöcherter, schmutziger hellgrauer Stoff zu sehen, der mit dunkelgrünen, inzwischen halb zerfressenen Satinbändern versehen war.
Natasha Steinmanns einziges fehlendes Kleid!
Kaltes Grauen überfiel Linda. Sie warf sich herum und kämpfte gegen einen Würgereiz an. Plötzlich hörte sie ein Geräusch. War das das Wiehern eines Pferdes gewesen?

Kapitel 52

„Mir ist so schrecklich kalt, Beckie."
„Laurie bringt dir noch eine Decke und Carole macht dir einen heißen Tee mit einem ordentlichen Schluck Whisky."

„Ich dachte, Esra Stevens hätte jeglichen Tropfen vernichtet."

„Einen kleinen Schluck hat er dir noch übrig gelassen, liebe Joanna", lachte Beckie.

Joanna schloss die Augen. Beckies fröhliches Lachen tat ihr unendlich gut. Als sie die Augen wieder öffnete, wanderte ihr Blick zum Wagen der Thompsons hinüber. An das Vorderrad gelehnt saß Alec, ebenfalls in eine Decke gewickelt, und schaute zu ihr herüber. Keinen Augenblick hatte er sie aus den Augen gelassen, seit Stewart sie hier in der Obhut ihrer Schwestern gelassen hatte. Offenbar wollte er persönlich darüber wachen, dass sie gut umsorgt war und alles hatte, was sie brauchte. Joanna war für diese Fürsorge sehr dankbar und so bedachte sie den jungen Mann mit einem heimlichen Lächeln. Er nickte nur ernst und bedankte sich dann, ohne jedoch den Blick von ihr zu nehmen, bei Ellie für das heiße Getränk, das diese ihm brachte.

Plötzlich fühlte sie eine angenehme, wohlige Wärme in sich aufsteigen, und sie brauchte gar nicht erst zu überlegen, woher sie stammte. Sie legte all ihre Zuneigung und Liebe, die sie für Alec Thompson empfand, in ihren Blick.

Er schien mit sich zu kämpfen, ob er aufstehen und zu ihr herüberkommen sollte. Die Anwesenheit ihrer Schwestern, die sich um sie kümmerten, hielt ihn jedoch davon ab.

Joanna spürte einen kleinen Anflug von Bedauern in sich, hatte sie sich doch schon zuvor gewünscht, sich in seine starken Arme flüchten zu können.

Branca kam zu ihr und legte ihr wortlos eine Hand an die Wange und in ihren Nacken und schüttelte dann ihren hübschen, sorgfältig frisierten Kopf. „Du bist eiskalt. Was hast du dir nur dabei gedacht, als du in den Gebirgsfluss gesprungen bist, Joanna?"

„Ich hatte keine Zeit, darüber nachzudenken, Branca."

Branca deutete mit der Hand zu dem prasselnden, Funken speienden Feuer hinüber. „Vielleicht sollten wir dich ein bisschen näher ans Feuer setzen, damit dir schneller warm wird."

„Warten wir damit lieber, bis Jasmine ihren Kräuteraufguss und Laurie die Mahlzeit zubereitet hat. Wer weiß, wie das Feuer auf die eisige und nasse Kälte unserer Wassernixe hier reagiert", kicherte Carole und Beckie lachte leise auf.

„Hättest du den Tee nicht so heiß gekocht, könnte ich ihn inzwischen trinken und mich zumindest von innen wärmen", sagte

Joanna an Carole gewandt, woraufhin diese lächelnd den Kopf schüttelte.

„Das sieht Ihnen wieder ähnlich", hörte Joanna plötzlich Annette Schlenker fauchen. Sie hatte die Frau gar nicht kommen gehört. „Erst veranstalten Sie hier ein wahnsinniges Theater, und nun machen Sie Ihre Späße, während die arme kleine Ruth um ihr Leben ringt."

Alle fünf Mädchen wandten der Frau, die gegen das lodernde Feuer nur als schwarze Silhouette zu erkennen war, die Gesichter zu.

„Bitte, Mrs Schlenker, Sie tun meiner Schwester Unrecht. Immerhin ist sie dem Mädchen hinterhergesprungen und hat es gerettet", wandte Beckie mit sanfter Stimme ein.

„Hätte sie das mal einem Mann überlassen. Vermutlich wäre dann alles schneller gegangen und das arme Kind hätte viel früher aus dem Wasser gezogen werden können. Dann wäre es jetzt nicht vollkommen unterkühlt."

„Niemand hatte den Vorfall beobachtet, Mrs Schlenker. Nur Joanna hat das Kind im Wasser gesehen und schnell gehandelt", erwiderte Beckie. In ihrer Stimme lag eine Spur Ungeduld.

„Ist schon gut, Beckie", mischte sich Joanna ein. Aus dem Augenwinkel sah sie, dass Alec Thompson sich erhob und, fest in seine Decke gehüllt, ein paar Schritte in ihre Richtung kam.

Sofort erinnerte Joanna sich an seine Warnung, sich von Mrs Schlenker fernzuhalten, die unter dem Tod ihres Mannes Tag für Tag mehr zu leiden und sie als Zielperson für ihren Zorn ausgesucht zu haben schien. So freundlich, wie es ihr möglich war, bat sie Mrs Schlenker: „Wenn Sie vielleicht so freundlich sein wollen und sich noch einmal nach dem Ergehen Ruths erkundigen würden?"

„Gehen Sie selbst! Dabei wird Ihnen ganz bestimmt warm!", gab Mrs Schlenker unfreundlich zurück, wandte sich ab und schlenderte scheinbar ungerührt zu ihrem planenlosen Wagen hinüber.

„Meine Güte, was für ein theatralischer Auftritt", murmelte Ellie.

„Shakespeare hätte ihn nicht dramatischer gestalten können", konterte Branca und nahm Joanna den leeren Becher wieder aus den eiskalten Fingern.

„Jedenfalls hat sie recht. Bevor ich hier festfriere, werde ich versuchen, mich durch Umhergehen warm zu halten."

„Was willst du warm halten? Du bist ein einziges Stück Eis“, meinte Ellie mit einem Lächeln, doch die Stimme des Mädchens klang sehr besorgt.

Eine Stunde später, Joanna lag dick eingepackt neben Laurie, wechselten sich unerträgliche Hitze und unangenehme Kälte in ihr ab. Dann begann sie, bellend zu husten.

Kapitel 53

Linda und Ocean schaufelten hastig mit beiden Händen die Erde zurück auf das Grab und drückten sich durch das Gestrauch auf den Pfad hinaus.

Immer deutlicher war das gedämpfte Geräusch von Pferdehufen zu hören.

Schnell half Ocean Linda in den Damensattel. Anschließend warf sie sich förmlich auf ihr eigenes Pferd.

Linda bemühte sich darum, den gröbsten Schmutz von ihrem Reitkleid zu klopfen, dabei fiel ihr Blick auf ihre verschmutzten Hände. Sie rieb sie in panischer Angst aneinander, doch es half nichts, der Schmutz blieb. Würde der sich langsam nähernde Reiter nicht sofort wissen, was sie hier getan hatten? Wer außer Neil Warren konnte sich ihnen nähern? Sollten sie schnell fliehen? Doch er würde sie hören. Mit Sicherheit war er der bessere Reiter und besaß das schnellere Pferd. Zudem kannte er den Reitpfad, während er ihr und Ocean vollständig unbekannt war.

In einem Anflug von Verzweiflung lenkte sie ihr Reittier dem sich nähernden Pferd entgegen. Sie mussten nur schnell fort von dieser Stelle. Ihre Anwesenheit hier, genau neben der Lichtung mit dem Grab, würde ihr Tun in jedem Fall verraten. Und dann? Was würde Neil Warren mit ihnen tun? Eiskalte Furcht raubte Linda den Atem. Vielleicht würden Denise' Ehemann ihre verschmutzten Hände und Kleider in der Dunkelheit des Waldes, dessen Laubdach nur wenige Mondstrahlen hindurchließ, nicht auffallen? In dem Moment fiel ihr ein, dass sie die beiden Schaufeln auf der Lichtung vergessen hatten! Heiße Schauer jagten durch ihren Körper. Verzweifelt wandte sie sich nach Ocean um, und auch in deren Gesichtsausdruck lag blankes Entsetzen.

Als Linda sich wieder nach vorne wandte, tauchte das andere Pferd vor ihnen auf. Sie hielt den Atem an.

Der Mond beschien das zornesrote Gesicht Neil Warrens. „Miss Fowler? Das ist eine seltsame Überraschung, Sie nach Mitternacht und ohne männliche Begleitung auf meinem Grund und Boden zu sehen."

Linda starrte den Mann an. Sie zitterte am ganzen Leib und ihre Kehle war wie zugeschnürt.

„Ich erwarte eine Erklärung, Miss Fowler!"

Linda sah das leidende Gesicht von Denise und den verwesenden, von Maden befallenen Unterarm von Natasha Steinmann vor sich und brachte keinen Ton hervor.

Plötzlich näherte sich von hinten ein weiterer Reiter. Neil Warrens Aufmerksamkeit wandte sich dem im schnellen Galopp heranstürmenden neuen Eindringling zu und auch Linda wandte sich verwirrt um. Ihre Verwunderung nahm noch zu, als sie im schwachen Licht des Mondes das Gesicht von Simon Bryant zu erkennen glaubte. War er es tatsächlich?

Der Reiter zügelte sein Pferd und lenkte sein Tier mit einer kleinen Schenkelhilfe neben das von Linda.

Es war tatsächlich Simon. Er blickte sie eindringlich an, dann hob er seinen Arm, legte seine Hand in ihren Nacken und zog ihren Kopf für einen kurzen Augenblick an seinen Hals.

Linda glaubte zu zerbrechen vor Erleichterung und Glück.

Doch Simon ließ sie wieder los und sagte laut: „Bin ich froh, dich gefunden zu haben, Linda. Wir suchen schon seit über fünf Stunden nach dir. Wie kamst du nur auf die Idee, alleine auszureiten?"

„Ich ... ich weiß nicht", murmelte Linda verwirrt. Was wusste er? Weshalb suchte er sie? Spielte er Neil Warren ein Theater vor? Es war in jedem Fall unmöglich, dass er sie bereits seit fünf Stunden suchte.

„Hatte ich dir nicht gesagt, du sollst auf den Landstraßen bleiben? Die Reitpfade in den Wäldern sind wie ein Labyrinth. Kein Wunder, dass du dich verirrt hast. Geht es dir gut?", fragte er und ergriff ihre Hand.

Linda, die noch immer vollkommen verunsichert war, nickte. Noch immer war sie sich ihrer Stimme nicht sicher, außerdem wusste sie nicht, was Simon vorhatte.

Er wandte sich an Neil Warren und ließ sie dabei wieder los. „Ich wusste nicht, dass Sie sich auch an der Suche nach Miss

Fowler und ihrem Mädchen beteiligt haben. Gut, dass Sie sie gefunden haben. Ich werde die Dame jetzt nach Hause begleiten." Simon streckte Neil Warren seine Rechte entgegen.

Dieser zögerte merklich, ließ seinen Blick über ihr schmutzverkrustetes Reitkleid und die lehmigen Hände gleiten, ehe er die dargebotene Hand nahm und dann, ohne ein weiteres Wort, sein Pferd wendete.

Die Hufschläge entfernten sich auf dem weichen, mit Laub und Nadeln bedeckten Boden, und schließlich schloss Linda, noch immer heftig zitternd, die Augen. Als sie sie wieder öffnete, wandte sie sich nach Simon um. „Wie ... wie kommst du hierher?", fragte sie verwirrt und prüfend blickte sie in sein mit Bartstoppeln überzogenes, ernstes Gesicht.

Die Wut in seinen Augen verglomm wie ein herunterbrennendes Feuer und zurück blieben Sorge und Erleichterung. „Lass uns zuerst ein paar Meter zwischen Warrens Grundstück und uns bringen, Linda", raunte er ihr zu und bedeutete Ocean, ihr Pferd zu wenden. Offenbar wollte er sie direkt über den Reitpfad zurück zum Haus ihrer Eltern bringen. Doch kaum, dass sie unterwegs waren, griff er ihr in die Zügel und nahm sie ihr aus den Händen. Leise flüsterte er gegen das Rauschen der Blätter an: „Ich wäre beinahe gestorben vor Angst, als Marys Bote mich erreichte. Wo ist dieses Grab?"

„Du weißt Bescheid?"

„Nur bruchstückhaft. Mary muss sehr besorgt um dich gewesen sein. Einer der Hausburschen hat gestern Nachmittag dein Gespräch mit Denise belauscht und Mary davon berichtet. Sie hat wohl geahnt, dass du nachts hier herauskommen würdest, um ..." Simon zögerte und blickte sie mit einem Kopfschütteln an. „Mary wähnte dich jedenfalls in Gefahr."

„Und das war Grund genug für dich, endlich das Haus zu verlassen und herzukommen?"

„Ist an dieser seltsamen Geschichte etwas dran, oder war das Ganze lediglich ein Versuch deinerseits, mich herauszulocken?"

„Es ist alles so furchtbar, Simon. Wir haben Natasha Steinmanns Leiche gefunden und Denise ist in Gefahr und ..." Linda brach in Tränen aus.

Sofort zügelte Simon ihre beiden Pferde, während Ocean noch einige Meter weiterritt und schließlich auch stehen blieb.

„Linda", flüsterte Simon, griff zu ihr hinüber und zog sie nahe zu sich heran.

Die junge Frau lehnte sich an den breiten Oberkörper des Mannes, den sie seit Langem liebte und doch fast verloren zu haben glaubte, und spürte unbändige Freude in sich aufsteigen. Leise flüsterte sie: „Es ist alles so grauenvoll, Simon. Und du warst nicht an meiner Seite."

„Jetzt bin ich da. Wir müssen über alles reden, Linda. Über die Sache mit Natasha Steinmann – und über uns."

Linda löste sich von Simon, obwohl sie gerne noch viel länger in seinem Arm gelegen hätte. Doch ihr waren die zurückgelassenen Gartengeräte wieder eingefallen. „Ich muss zum Grab zurück, Simon. Unsere Spaten liegen noch dort."

„Es gibt das Grab also tatsächlich?"

„Ja, und falls Neil Warren trotz deines Eingreifens Verdacht schöpft und morgen hierher zurückkommt, wird er sehen, dass wir dort gegraben haben. Das kann für Denise übel enden."

„Und für dich und Ocean?"

Linda sah in Simons unruhig flackernde braune Augen und wieder wurde sie von einem kalten Schauer geschüttelt. „Und für dich, vielleicht auch für Arnaud."

„Arnaud Brook?"

Sie nickte. „Er hat schon eine ganze Weile nach dem Grab, dem einzigen Beweis für Mr Warrens mörderische Pläne, gesucht."

Noch immer unfähig, die ganze schreckliche Geschichte vollständig zu erfassen, schüttelte Simon Bryant den Kopf und stieg dann ab. „Kannst du mir das Grab zeigen?"

Linda nickte und ließ sich von Simon aus dem Sattel helfen. Trotz des fehlenden Armes war er stark genug, sie sanft zu Boden gleiten zu lassen, und sie dankte ihm mit einem liebevollen Lächeln. Er hielt den Arm um ihre Hüfte, sah nachdenklich auf sie hinab und lächelte schließlich. Es war ein wehmütiges, um Entschuldigung bittendes Lächeln.

„Zuerst holen wir die Schaufeln, dann bringe ich euch nach Hause und morgen früh erwarte ich deinen Besuch. Schließlich schickt es sich nicht, wenn ich dich besuche, solange deine Eltern nicht zu Hause sind."

Linda konnte nur nicken. Sie hob ihre rechte Hand, strich Simon liebevoll über die Wange, den Hals entlang, über die Schulter und auch über den Armstumpf, der unter einem zusammengeknoteten Hemdsärmel verborgen war. „Jetzt verstehe ich, weshalb die Menschen sagen, dass Gott auch aus Schrecklichem

Gutes erwachsen lassen kann. Ich bin froh, was dich angeht, niemals die Hoffnung aufgegeben zu haben. Gott hat meine Gebete erhört."

Für einen kurzen Moment verstärkte er den Druck seines Armes, dann trat er zurück und ließ sich von ihr an der Hand nehmen. Gemeinsam liefen sie ein paar Meter zurück und drangen in das Dickicht ein, hinter dem die kleine, mondbeschienene Lichtung ein schreckliches und gefährliches Geheimnis verbarg.

Kapitel 54

Die ersten Sonnenstrahlen strichen über die hohen Berggipfel und verwandelten das Grau der Nacht in ein tiefgrünes Meer aus Nadel- und Laubbäumen. Das zuvor schwarze, unruhig dahinfließende Gewässer wurde zu einem glasklaren, von Millionen Lichtreflektionen überzogenen Fluss, in dem sich silbern glänzende Fische tummelten.

Im Lager machte sich langsam Aufregung breit. Die kleine Ruth Turner und Joanna hatten beide hohes Fieber. Die neu gewählten Treckführer Stewart, Alec, Mike und Jake beschlossen, einen Tag Rast einzulegen, wenngleich ihre Blicke sorgenvoll zu den schneebedeckten Gipfeln der vor ihnen in die Höhe ragenden Berge wanderten.

Alec Thompson führte die Herde, die wie immer abseits des Lagers gehalten wurde, an das Ufer, damit die Tiere trinken und von dem frischen, genießbaren Ufergras fressen konnten. Jasmine und Beckie kümmerten sich um Joanna, während Mrs Turner nicht von der Seite ihrer heftig fantasierenden Tochter wich.

Die Sonne stieg höher, und der Tag wurde wieder sehr heiß, wobei der Westwind, der zwischen den tiefen schwarzen Felsschluchten hindurchstrich, eine angenehme Abkühlung mit sich brachte. Alec stieg langsam und müde aus dem Sattel und zäumte seine Stute ab. Die Herde befand sich nur einige Hundert Meter von den Wagen entfernt, und es reichte aus, wenn Andy bei ihr blieb.

Mit schweren Schritten ging er auf die im Kreis angeordneten Wagen zu. Er ignorierte die warmen, weichen Sonnenstrahlen auf seiner Haut, den kühlen Wind, der nach Blütenduft und Wald roch, das gemütliche Rauschen der Blätter und die üblichen hohen Lieder der Grillen. Schmetterlinge, Bienen und andere Insekten tanzten über den Blüten, doch für all das hatte der junge Mann keinen Blick. Er sah starr auf den Boden. Schmerzhaft zog sich sein Herz zusammen, wenn er daran dachte, wie krank Joanna dort in ihrem Wagen lag.

Plötzlich trat Laurie ihm in den Weg. Langsam hob er den Kopf und musterte seine Schwägerin, der die frisch gewaschenen Haare feucht am Kopf klebten und deren gerötetes Gesicht deutliche Spuren von Kummer zeigte. „Mike will, dass du dich endlich einmal ausruhst, Alec."

„So? Will Mike das?"

„Bitte, Alec. Du bist seit Tagen nicht zur Ruhe gekommen. Such dir einen schattigen Platz und leg dich etwas hin", bat Laurie, doch ihre Augen wanderten bereits wieder zu dem Wagen der Steinmanns hinüber, aus dem der raue, bellende Husten Joannas zu ihnen herausdrang.

Alec nickte, wollte er seine hochschwangere Schwägerin doch nicht noch mehr aufregen. Er ging zum Thompson-Wagen hinüber, holte seine Decke und eine gefüllte Wasserflasche und marschierte in Richtung eines bewaldeten Abhangs hinüber. Unter einer Gambeleiche legte er seine Decke auf den weichen Humusboden und ließ sich langsam darauf nieder. Mit dem Rücken an die braune Rinde gelehnt, konnte er den Wagen der Steinmanns gut sehen. Er verschränkte die Arme vor der Brust, schloss die Augen und betete für die junge Frau, die er von ganzem Herzen liebte.

Als Alec wieder erwachte, sandte die Sonne ihre letzten hellen Strahlen über die Berggipfel und färbte die schneebedeckten Spitzen in einem warmen, angenehmen Orangeton. Ein auffrischender Wind brachte die Blätter der Eiche über ihm zum Rascheln.

Noch immer müde, streckte der junge Mann seine vom Sitzen steif gewordenen Gliedmaßen und wagte einen Blick auf das abendliche Lager. Noch waren keine Kochfeuer entzündet, und zwischen den Wagen und Zelten herrschte unheimliche Ruhe. Nicht einmal die Kinder waren zu sehen. Dann entdeckte Alec eine kleine Gruppe von Frauen direkt am Flussufer, wo sie offensichtlich Wäsche gewaschen hatten. Auf Felsen und Büschen ausgebreitet, lagen verschiedene Kleidungsstücke. Carole, Ellie, Laurie, Mrs Ravens und Mrs Paltrow kauerten im Kreis und hielten sich an den Händen. Ihre gebeugten Köpfe zeugten von tiefem, innigem Gebet, aber auch von unendlicher Trauer.

Alec beobachtete die bewegungslose Gruppe. Eine schwere Last legte sich auf sein Herz, und unfähig, sich zu erheben, wanderte sein Blick zum Wagen der Steinmanns hinüber. Weder Beckie noch Jasmine waren vor dem Gefährt zu sehen. Waren sie darin? Bei der sterbenden oder bereits toten Joanna? Richteten sie ihren Leichnam für eine weitere Bestattung in dieser unbekannten Wildnis her? Würde er wieder gebeten werden, die Rede am Grab zu halten? Er entdeckte Branca, die scheinbar ziellos zwischen den Wagen hin und her ging. Ihre Schritte waren noch immer anmutig, ihre Haltung grazil und mit ihrem ganzen Äußeren schien sie tatsächlich mehr in die aristokratische Welt des Südens als in die wilde Landschaft zu gehören. Doch heute drückte ihre ganze Haltung Schmerz aus.

Er ließ seinen Blick weiterwandern, bis er Mrs Schlenker sah, die vor ihrem Wagen kauerte und den der Steinmanns nicht aus den Augen ließ. Dabei wirkte sie wie ein lauernder Puma, kurz vor dem Sprung auf seine Beute. Alec wurde das Gefühl nicht los, dass Mrs Schlenker ihre unfreundlichen Worte und ihr Verhalten Joanna gegenüber keinesfalls bedauerte. Vielmehr hatte er den Eindruck, als könne die Frau es nicht erwarten, dass Joanna endlich aus ihrer Gegenwart verschwand. Dieser Gedanke ließ Alec auf die Beine springen.

Er musste hinunter. Er musste zu Joanna, ihr sagen, wie sehr er sie liebte und dass sie nicht sterben durfte. Abrupt blieb er wieder stehen. Hatte er nicht Stunden zuvor ihr Leben in Gottes Hand gelegt? Wollte er nicht annehmen, was sein himmlischer Vater für ihn bereithielt?

Doch im Moment war ihm das nicht möglich. Er wusste nur, dass er diese wunderbare Frau nicht verlieren wollte, wo er doch gerade erst hoffen durfte, sie für sich gewinnen zu können.

So schnell er konnte, lief Alec den Abhang hinunter. Er rutschte aus und schlitterte ein Stück weit auf dem Hosenboden über das Gras, wobei seine Füße tiefe Rillen in die Erde gruben, rappelte sich aber wieder auf und rannte weiter. Keuchend erreichte er die Ebene, lief über die Wiese und blieb vor dem Wagen seines

Bruders stehen. Dort wartete er, bis sich sein Atem beruhigt hatte, wenngleich sein Herz es ihm nicht gleichtat. Unaufhörlich schien es schneller, heftiger und schmerzhafter in seiner Brust zu schlagen. Alec ballte seine Hände zu Fäusten.

Langsam, obwohl er lieber wieder rennen wollte, näherte er sich dem Wagen der Steinmann-Mädchen. Als er die rückwärtige Pritsche mit den Händen erfasste, wurde die Plane zurückgeschlagen, und Jasmine kletterte heraus.

„Alec?“ Sie war überrascht, ihn zu sehen.

„Was ist mit dem Mädchen?“, fragte er tonlos.

„Es geht zu Ende, Alec. Offenbar gefällt es unserem Herrn, sie zu sich zu holen.“

Alec blickte gequält zu dem Hang hinüber, wo noch immer seine Decke unter einem Baum lag. Die Wildblumen oberhalb seines verlassenen Lagerplatzes leuchteten ihm entgegen und er presste kräftig die Lippen aufeinander. Die Blüten gehörten als Kranz gebunden auf den Kopf eines fröhlich tanzenden Mädchens oder in einen Brautstrauß gebunden, nicht jedoch in die kalten, leblosen Hände einer Toten gelegt. Doch genau das würde wohl ihre Bestimmung sein.

Jasmine lächelte sanft. „Dafür scheint Joanna Steinmann eine echte Kämpfernatur zu sein. Ihr Fieber ist gesunken und die Kräutertees und -wickel schlagen an.“

Alecs Kopf fuhr ruckartig herum. Verwirrt blinzelte er auf die kleine, stämmige Frau hinunter. Er öffnete den Mund und sagte doch nichts. Dann fuhr er sich mit beiden Händen durch sein ungekämmtes Haar und schüttelte den Kopf. Jasmine hatte angenommen, er erkundige sich nach Ruth. Allerdings mochte sich echte Freude über den besseren Zustand Joannas nicht bei ihm einstellen. Traurig und zutiefst erschüttert blickte er zum Wagen der Turners hinüber. Dort konnte er die zusammengekauerte Gestalt von Mr Turner erkennen, der das Gesicht in seinen Händen vergraben hatte und weinte.

„Vielleicht kannst du mit ihm sprechen und mit ihm beten, Alec“, schlug Jasmine leise vor.

Alec nickte zustimmend. Aber zuerst wollte er einen Blick auf Joannas schmales, wunderschönes Gesicht werfen und mit eigenen Augen sehen, dass es ihr tatsächlich schon wieder besser ging. Er wartete, bis Jasmine sich entfernt hatte, und stieg dann auf den Wagen. Als er die Plane beiseiteschlug, blickte Beckie ihn fragend an. „Geht es Joanna wirklich besser?“, erkundigte er sich leise.

Eine schmale Hand hob sich aus dem provisorischen Lager, als wolle sie sich ihm entgegenstrecken, doch kraftlos fiel sie wieder zurück.

Beckie lächelte. „Es geht ihr besser, Alec. Jasmines Medizin hilft ihr, und auch wenn sie zart wirkt – sie ist kräftig und widerstandsfähig."

„Ich bin nicht zart", ließ sich Joannas schwache Stimme vernehmen. „Ich bin fast einen ganzen Kopf größer als du."

„Ich sehe schon, Joanna. Dir geht es recht gut", lächelte Alec und fühlte die Erleichterung wie einen angenehm warmen Sommerwind durch sein Herz streichen. „Ich bin wirklich erleichtert, für den Rest unserer langen Reise nicht auf deine spitzen Bemerkungen verzichten zu müssen."

„Bitte, Alec, Joanna braucht noch Ruhe", mahnte Beckie.

Der junge Mann nickte, warf einen letzten Blick auf das Lager und ließ die Plane langsam wieder herunter. Dann drehte er sich um, ignorierte den neugierigen Blick von Mrs Schlenker und ging langsam zu Mr Turner hinüber. Ohne ein Wort an den Mann zu richten, setzte er sich neben ihn. Während er auf die letzten hellblauen und roséfarbenen Streifen am Himmel blickte, betete er für die kleine Ruth, die hinter ihm im Planwagen lag und den Kampf um ihr Leben offenbar schon verloren hatte.

Kapitel 55

Ein Zittern ging durch Lindas Körper. Sie erinnerte sich an die Maden und an das zerfressene, schmutzverkrustete Kleid von Mrs Steinmann und schüttelte den Kopf, als könne sie diese Bilder dadurch vertreiben. Hilfe suchend wanderte ihr Blick von Arnaud Brook zu Simon Bryant und schließlich zu Ocean. Ungläubig schüttelte sie den Kopf, dann legte sie ihre beiden zitternden Hände an ihre Wangen. „Sie haben nichts in dem Grab gefunden?", fragte sie ein zweites Mal, obwohl Arnaud ihr bereits einmal versichert hatte, dass dem so gewesen war.

Arnaud Brook, der unruhig in dem großen Salon der Bryants auf und ab ging, schüttelte den Kopf und seufzte schwer auf.

Simon, der dem Sheriff, seinem Gehilfen und dem Justizangestellten aus Bamberg das Grab gezeigt hatte, erklärte: „Ich habe mitgeholfen, das Grab auszuheben, Linda. Es war leer."

„Aber Ocean und ich haben den verwesenden Arm gesehen und das Kleid von Mrs Steinmann erkannt – das einzige Kleid, das laut Mary im Kleiderschrank von Denise' Tante fehlt", ereiferte sich Linda und sprang auf die Füße. Aufgebracht wirbelte sie zu Ocean herum. „Sag es ihnen, Ocean. Wir haben beide die Maden, die Hand, den Unterarm und ein Stück von dem grauen Kleid gesehen. Und wir haben den schrecklichen Geruch verwesenden Fleisches eingeatmet."

„Ja, Missi Linda. Das haben wir."

„Da hört ihr es!", rief die junge Frau und wandte sich wieder den beiden Männern zu, die nebeneinander vor der Fensterfront standen.

Simon hob beruhigend den Arm und trat vor Linda. „Wir glauben euch doch. Was auch immer seit gestern Nacht geschehen sein mag – das Grab war leer."

Linda schüttelte heftig den Kopf. „Neil Warren muss geahnt haben, weshalb wir dort draußen waren. Er hat den Leichnam von Mrs Steinmann mit Sicherheit noch in der Nacht verschwinden lassen. Arme Denise!", seufzte sie schließlich und legte für einen kurzen Augenblick ihre Stirn gegen Simons Brust. „Ich habe ihr gesagt, dass wir sie vermutlich heute oder morgen aus dem düsteren, unheimlichen Haus fortholen werden. Wie können wir das nun tun, nachdem Neil Warren unbehelligt davonkommt?"

„Mir macht im Moment mehr Sorge, was mit dir und Ocean geschehen wird", wandte Arnaud ein und musterte Linda eingehend.

Sie blickte irritiert zu ihm auf.

„Dass er heute Morgen Besuch vom Sheriff hatte, wird selbstverständlich seinen Verdacht, dass ihr in der Nacht den Leichnam gesehen habt, bestätigen. Er konnte sich jetzt zwar aus der Affäre ziehen und amüsiert sich vielleicht über uns, andererseits weiß er, dass zumindest ihr beide von der Leiche wisst. Das macht euch zu einer potenziellen Gefahr für ihn – zu einer wesentlich größeren, als ihr sie für Denise annehmt."

Linda schloss die Augen.

„Ich werde dich und Ocean von hier fortbringen, Linda", entschied Simon und ergriff sie fest an der linken Schulter.

Sofort hob sie den Kopf. „Ich soll davonlaufen und diesem schrecklichen Mann den Sieg überlassen? Ich kann Denise nicht einfach im Stich lassen. Ich bin die Einzige, die hin und wieder zu ihr hinausgefahren ist, um sie zu besuchen."

„Das wirst du nicht mehr tun, Linda. Du wirst dich in Zukunft von diesem Warren fernhalten", begehrte Simon mit donnernder Stimme auf. „Neil Warren wird mit Sicherheit nicht davor zurückschrecken, eine Zeugin seiner grausamen Tat aus dem Weg zu schaffen!"

„Aber Denise –"

Simon schüttelte den Kopf. „Linda, ich bitte dich. Ich hätte keine ruhige Minute mehr, wenn ich dich weiter hier in der Nähe Neil Warrens wüsste."

„Und was ist mit dir? Immerhin warst du es, der dem Officer das Grab gezeigt hat."

„Aber Warren hat mich nicht gesehen. Ich habe dem Officer die Lichtung gezeigt und mich zurückgezogen, als Warren von der Polizei dorthin gebracht und befragt wurde."

„Und dein Name ist nicht gefallen?"

„Nein, Linda. Deshalb werde ich dich und Ocean in Sicherheit bringen und dann hierher zurückkehren. Arnaud und ich, wir werden uns um Denise kümmern."

„Ich gehe nicht ohne Denise, Simon. Weißt du, was für Ängste sie in diesem düsteren Haus aushalten muss? Wir müssen sie mit uns nehmen."

„Das geht nicht, Linda. Wir können Warren nicht einfach seine Frau fortnehmen."

„Aber er darf sie ungestraft quälen und vielleicht sogar töten, Simon? Was, wenn wir eines Tages erfahren, dass Denise Steinmann-Warren verstorben ist? Ich würde mir bis an mein Lebensende Vorwürfe machen." Lindas Stimme überschlug sich.

„Linda, bitte. Vielleicht können wir Warren den Mord an Natasha Steinmann niemals nachweisen. Willst du Denise ein Leben lang vor ihm verstecken?"

„Willst du, dass ihr Leben kurz nach der Geburt des Erben endet?"

Simon sah sie mit zusammengezogenen Augenbrauen an, ehe er sich abwandte und auf und ab zu gehen begann. „Was denkst du, Arnaud?", fragte er schließlich, ohne stehen zu bleiben.

Arnaud Brook lächelte Linda tröstend zu. Dann zog er sich seine Weste zurecht und nickte mehrmals gewichtig vor sich hin.

„Ich neige dazu, Linda recht zu geben, Simon. Denise wird den Belastungen, denen sie im Warren-Haus ausgesetzt ist, nicht mehr sehr lange standhalten können. Sie ist nicht in der Verfassung, diese Erniedrigungen und Ängste noch sehr viel länger auszuhalten."

Simon warf dem Mann einen kurzen Seitenblick zu. Vermutlich fragte sich auch Simon, weshalb Arnaud es überhaupt zugelassen hatte, dass Denise Neil Warren heiratete. „Gut", murmelte er. „Wir planen am besten einen langen Besuch von Linda und ihrem Mädchen bei irgendwelchen Verwandten außerhalb unseres Distrikts. Vielleicht können wir dich zu deinen Eltern und deiner Großmutter nach New Orleans bringen", überlegte er laut, verwarf diesen Gedanken jedoch gleich wieder und schüttelte den Kopf. Vermutlich war ihm die Gelbfiebergefahr eingefallen, die dort zu dieser Jahreszeit drohte. „Für Denise müssen wir jedenfalls eine heimliche Flucht an einen unbekannten Ort vorsehen."

„Soll sie sich nicht am gleichen Ort verstecken wie Ocean und ich?", fragte Linda.

„Auf keinen Fall. Solange ihr außerhalb der Reichweite von Neil Warren seid, seid ihr für ihn uninteressant. Immerhin blieb euer Hinweis auf das Grab ergebnislos und weitere Gefahr droht ihm von eurer Seite nicht. Aber wenn seine Frau verschwindet, wird er sie suchen. Er wird sie selbstverständlich zuallererst in eurer Nähe vermuten, und genau da möchte ich ihn ganz schnell wieder forthaben. Denise darf nicht mit euch in Zusammenhang gebracht werden. Niemals!", erklärte Simon entschieden.

„Aber wo soll sie hin?"

Simon runzelte wieder die Stirn und musterte Linda auf so eigentümliche Art und Weise, dass sie unruhig mit dem linken Fuß über den Teppichboden zu streichen begann. „Ich dachte an den Westen, Linda. Ihre Familie ist dort."

„Denise? Sie hat sich bewusst gegen die Reise entschieden. Außerdem ist sie schwanger!"

Simons Mundwinkel zuckten kurz nach oben, doch Linda ignorierte das. Ihr stand nicht der Sinn danach, irgendeine Etikette einzuhalten. Sie wollte die Tatsachen beim Namen nennen, um keine Fehlentscheidungen zu treffen oder zuzulassen.

„Ob er sie bei einer befreundeten Familie unseres Hauses suchen würde?", überlegte Arnaud und sowohl Linda als auch Simon und Ocean wandten sich wieder dem ehemaligen Verlobten von Denise zu.

„Es ist keine Verwandtschaft der Brooks?“, fragte Simon.

„Nein. Der Familienvorstand war ein Freund meines verstorbenen Großvaters. Unsere Familien haben noch immer Kontakt zueinander, und wenn wir verreisen und ihr Anwesen auf dem Weg liegt, besuchen wir sie. Doch kaum jemand weiß von den noch bestehenden Kontakten.“

„Das hört sich gut an“, seufzte Linda.

„In Ordnung, wir bringen Denise dorthin, bis sie mit ihrem Kind die Reise in den Westen antreten kann“, entschied Simon.

„Die Gastfreundschaft wird in dem Hause großgeschrieben“, erklärte Arnaud. „Es sind ehrliche, gute Menschen. Wir können einen Teil der Wahrheit andeuten, ohne die Herrschaften erschrecken zu müssen, und sie werden sich sicher gut und gerne um Denise kümmern.“

„Aber Mary! Ihr müsst Denise Mary mitgeben.“

„Daran habe ich auch schon gedacht, zumal Denise unmöglich mit Arnaud und mir ohne Begleiterin reisen kann“, versicherte Simon ihr.

„Lasst uns unser Vorgehen Schritt für Schritt planen“, schlug er vor und deutete auffordernd mit der Hand in Richtung eines gusseisernen Tisches.

Linda wollte auf den Tisch zugehen, doch Simon hielt sie am Unterarm zurück. „Dich lasse ich von zwei unserer Burschen zurück zum Fowler-Haus fahren, Linda. Du packst sofort. Bis wir abreisen, wirst du eines der Gästezimmer hier im Haus bewohnen, auch wenn sich das eigentlich nicht gehört.“

Linda machte es nichts aus, von den weiteren Planungen ausgeschlossen zu werden. Sie war erleichtert darüber, dass Denise endlich geholfen werden konnte – selbst wenn es auf eine andere Weise geschah, als sie noch vor weniger als 24 Stunden angenommen hatte.

Kapitel 56

Die Wagenkolonne passierte immer höhere Berge, wand sich durch Schluchten, meisterte gefährliche Abstiege und überquerte so manchen weiteren Flusslauf. Vor jeder neuen Bergüberquerung spielte sich dasselbe Geschehen ab: Schwere Möbelstücke und entbehrliche Kleinigkeiten blieben am Wegesrand liegen – wie schon unzählige inzwischen verwitterte und aufgequollene Gegenstände, die frühere Kolonnen zurückgelassen hatten. So kam die kleine Gruppe immer weiter voran, getrieben von dem Wunsch, möglichst bald ihr Ziel zu erreichen.

Der August neigte sich dem Ende entgegen. Während die Tage angenehm warm, manches Mal sogar drückend heiß waren, kühlte es in den Nächten unangenehm ab.

Joanna hatte sich gut erholt. Sie kutschierte, führte die Mulis, lief vor oder hinter den Wagen her und kümmerte sich weiter um ihre Mitreisenden. Zudem verbrachte sie viel Zeit mit der kleinen Ruth, die wie durch ein Wunder überlebt hatte und ihrer Retterin nun am liebsten nicht mehr von der Seite weichen mochte. Allerdings war sie nach wie vor sehr schwach und musste entweder im Wagen mitfahren oder von ihrem Vater getragen werden.

Das Kochfeuer flackerte zwischen den im Kreis aufgestellten Planwagen munter vor sich hin. Der Duft von gebratenem Fisch und Fleisch mischte sich mit dem der späten Wildblumen und dem herben Geruch des nahen Bergwaldes. Durch die große grüne Ebene, eingerahmt von hohen Gipfelzügen, zogen sich unzählige Flüsse. Ihre Überquerungen stellten sich im Gegensatz zu vorherigen – insbesondere der des sogenannten *Three Island Crossing* des *Snake River* – als harmlos und einfach heraus. Vielleicht lag es aber auch daran, überlegte Joanna, dass ihnen das Überqueren der Flüsse inzwischen fast zur Routine geworden war.

Sie wendete mit einem von ihr selbst hergestellten Holzspieß die Wapiti-Hirsch-Fleischstücke in der großen, verrußten Pfanne. Gleichzeitig rührte sie mit der anderen Hand in einem verbeulten Kochtopf, um die Kartoffeln, die inzwischen kräftig austrieben und im ungeschälten Zustand wenig appetitlich aussahen, nicht verkochen zu lassen. Carole und Beckie zogen Joanna wieder einmal auf und sie fiel in das Lachen der Schwestern mit ein. Doch auch Laurie musste einigen Spott vonseiten Joannas bezüglich ihres dicken Bauches einstecken.

„Darf ich mich dazusetzen oder werden mir die Gespräche unter Frauen die Tränen in die Augen treiben?“, fragte Alec, der mit den anderen Männern zum Essen herüberkam. Er ließ sich zwischen Joanna und Laurie nieder.

„Die Tränen der Rührung oder der Ungerechtigkeiten wegen, die mir wieder einmal von meinen Schwestern angetan werden?", fragte Joanna.

„Wenn du denkst, dass ich mich deinetwegen mit einem dieser Steinmann-Mädchen anlege, dann muss ich dich enttäuschen, Jo", flüsterte er zu ihr hinüber. „Außerdem hatte ich mehr den Eindruck, als sollte ich meine Schwägerin vor deinen Verbalattacken schützen."

Laurie winkte nur ab und machte sich daran, das Essen zu verteilen. Sich selbst nahm sie zuletzt etwas.

Joanna musterte die kleine Portion auf Lauries Teller und fragte dann: „Was ist los, Laurie? Bisher hast du für zwei gegessen."

„Ich muss heute Abend nicht noch einmal Zielscheibe für deine Spötteleien sein", konterte sie gelassen und Joanna lächelte ihr freundlich zu.

„Ich frage mich ohnehin, wie es jemand länger als unbedingt nötig in der Nähe dieses Mädchens aushalten kann", murmelte Mrs Schlenker, die sich ihr Essen selbst aus der Pfanne und dem Topf holte und sich ein wenig abseits niederließ.

Joanna blickte zu Alec hinüber, der sie lange musterte. Schließlich konnte sie ein amüsiertes Lächeln nicht länger unterdrücken und meinte leise: „Stellst du dir diese Frage auch?"

„Soll ich darüber mit deinem Bruder als Stellvertreter deines Vaters sprechen?", gab er leise zurück.

Joanna blickte in die Runde und war erleichtert, dass die anderen seine Frage nicht gehört hatten. „Alexander Thompson", zischte sie mahnend.

Entschuldigend hob er beide Hände in die Höhe, wobei ihm beinahe das Fleisch vom Teller rutschte. „Ich weiß, wir sind noch nicht in Oregon. Aber ich würde gerne einmal, so wie Beckie und Andy es tun, ein paar Minuten ungestört mit dir außerhalb der Wagenburg verbringen."

„Das entspricht nicht den Gepflogenheiten, die ich gewohnt bin, Alec Thompson."

„Was kümmern mich irgendwelche Südstaaten-Gepflogenheiten? Außerdem halte ich Beckie für wesentlich besser erzogen als dich, und sie scheint kein Problem damit zu haben, mit Andy allein zu sein. Also trifft mich dein Einwand überhaupt nicht", scherzte er.

„Weitere Unverschämtheiten dieser Art und du kannst deine Bemühungen auf Eis legen."

Alec lachte leise auf und wandte sich wieder seinem Essen zu.

Joanna lächelte vor sich hin. Schließlich nahm sie Mrs Turner die inzwischen eingeschlafene Ruth ab und brachte sie in deren Planwagen. Auf dem Rückweg zum Feuer stellte sich ihr plötzlich eine weibliche Gestalt in den Weg. Erschrocken zuckte sie zusammen. Joanna atmete tief durch, als sie in der Silhouette vor sich Laurie erkannte. „Hast du mich erschreckt", atmete sie erleichtert auf. Dann bemerkte sie, dass mit ihrer Freundin irgendetwas nicht stimmte. „Was ist denn mit dir?"

„Es hat schon heute Morgen angefangen, Joanna. Zuerst waren es nur ein Ziehen in der Leiste und heftige Rückenschmerzen. Doch jetzt ..." Die junge Frau krümmte sich leicht zusammen und atmete schwer ein und aus.

„Das Baby kommt?" Joanna strahlte über das ganze Gesicht, doch als sie in das ängstliche Gesicht ihrer Freundin blickte, wurde sie augenblicklich ernst.

„Ich dachte, ich schaffe es wenigstens noch, bis wir aus dem Gebirge heraus sind, Joanna. Ich hatte gehofft, dass es noch zwei oder drei Wochen bis zur Geburt wären. Ich habe Angst, Joanna. Ich werde das Kind ohne Hebamme und ohne Arzt auf die Welt bringen müssen. Im Niemandsland."

„Jasmine hat schon mehr als nur einem Kind auf die Welt geholfen. Bei ihr bist du gut aufgehoben", versuchte Joanna, Laurie zu beruhigen.

„Was tun wir jetzt?", fragte die werdende Mutter.

Joanna nahm die zitternde Frau fest in die Arme, soweit deren gewölbter Leib das überhaupt zuließ. „Ich räume mein Lager bei euch im Wagen, damit du mehr Platz hast. Dort legst du dich –"

„Nichts ist mit hinlegen, Joanna."

Joanna drehte sich nach Jasmine um, die nur wenige Schritte hinter ihr stand.

„Das tun nur die verwöhnten weißen Frauen. Jede halbwegs starke und vernünftige Frau bleibt so lange wie möglich auf den Beinen. Das bringt das Kind schneller in die richtige Position." Jasmine schüttelte über Joannas Naivität den Kopf.

„Hast du gelauscht?"

„Ich habe Augen im Kopf, Joanna. Laurie hat heute kaum gegessen und hielt sich ständig den Rücken."

„Siehst du, Laurie, du hast die beste Hebamme in diesem Niemandsland an deiner Seite", lachte Joanna und drückte der Freundin einen Kuss auf die Stirn.

Kapitel 57

Die Nächte waren noch immer heiß, jedoch nicht mehr so schwül wie noch im August. Die Grillen sangen ihr immerwährendes Lied, während irgendwo ein Hund mehrmals aufbellte. Ein leichter, kühler Wind brachte die weißen Vorhänge zum Flattern und blätterte mit leisem Rascheln ein paar Seiten des aufgeschlagenen Buches auf dem Tisch um.

Linda Fowler konnte nicht schlafen. Sie blickte auf den hellen Streifen, den der Mond über das Fenstersims, den Tisch, das Buch und schließlich den Boden bis zu ihrem Bett schickte, in dem sie nach den vergangenen aufregenden Wochen endlich wieder einmal ruhig schlief. Nicht jedoch in dieser Nacht. Nach der ungewöhnlich einfachen, sehr unspektakulären Flucht von Denise und Mary und ihrer eigenen Abreise zu den Verwandten ihres Vaters, den Lasers, hatte sich ihr Leben wieder normalisiert. Sie fühlte sich bei ihren Verwandten als gern gesehener Gast. Obwohl ihr die Regelung zu Anfang sehr schwergefallen war, hatte sie keinerlei Kontakt zu Denise aufrechterhalten. Tatsächlich hatten die Nachbarn erzählt, dass sich nur wenige Tage nach ihrem Eintreffen ein ihnen unbekannter Mann nach dem Damenbesuch bei der Familie Laser erkundigt hatte.

Wie Linda erfahren hatte, hatte er sich nicht mit der Information zufriedengegeben, es handele sich lediglich um Miss Linda Fowler und deren Zofe Ocean. Offenbar hatte er sich in der Nähe des Postamtes einquartiert. Linda war erleichtert gewesen, dass sie den Aufenthaltsort von Denise nicht kannte und somit niemals in Versuchung gekommen war, einen Brief an sie zu schreiben. Wie schnell konnte die Anschrift von einem naiven – oder geldgierigen – Postangestellten ausgeplaudert werden.

Nun hielt sie seit über einer Stunde eine nicht erklärbare innere Unruhe wach. Ihre Gedanken wanderten zu Simon, der sie einmal bei den Lasers besucht hatte, um ihr mitzuteilen, dass es den beiden geflohenen Frauen gut ging. Arnaud hielt mit ihnen Kontakt. Neil Warren, der noch immer auf der Suche nach Denise war, kehrte wohl selten einmal für ein paar Tage auf seine Plantage zurück, um dort nach dem Rechten zu sehen. *Green Crystal* hatte er im Moment seinem Schicksal überlassen, was viele der jüngeren Schwarzen dort zum Anlass nahmen, von der Plantage zu fliehen.

Die Unruhe in Linda nahm zu. Sie setzte sich auf, um den Mond in ihr Gesicht scheinen zu lassen. Schließlich hob sie ihre Beine über den hohen Bettrand und ließ ihre Füße auf den glatten, kühlen Holzboden hinab. Langsam ging sie zum offenen Fenster hinüber und kniete sich auf den davorstehenden Stuhl. Dabei stützte sie die Ellenbogen auf das Sims und begann, um die Sicherheit und das Wohlergehen von Denise und Mary zu beten.

Als sie die Augen wieder aufschlug, entdeckte sie draußen, nur etwa zehn Meter von ihrem Fenster entfernt, eine Männergestalt. Erschrocken fuhr sie zurück. Sie sprang vom Stuhl und versteckte sich hinter dem Vorhang. Sogleich fiel ihr ein, dass das eigentlich widersinnig war. Immerhin saß sie bereits seit mehreren Minuten, vom Mond hell beschienen, am Fenster. Zitternd behielt sie die Gestalt im Auge. Der schwarze Schatten trat in den hellen Mondschein. Linda schnappte entsetzt nach Luft.

Sie erkannte Neil Warren sofort. In panischer Angst riss sie ihre Augen weit auf. Sie wollte fliehen. Aber ihre Beine gehorchten ihr nicht. Neil Warren drehte sich um und innerhalb von Sekunden verschwand er zwischen den dicht stehenden Bäumen.

Die junge Frau wühlte sich aus dem vom Wind bewegten Vorhang. Hastig schloss sie das Fenster, um sich sofort zu ducken und vom Fenster wegzukriechen. Zitternd kauerte sie sich auf dem kalten Fußboden zusammen. Sie sah den von Maden zerfressenen weißen Unterarm und das graue Kleid mit den grünen Satinbändern und der Stickerei am Saum vor ihrem inneren Auge und ihr Magen rebellierte.

Neil Warren hatte sich ihr bewusst gezeigt, da war sie sich sicher. Er wollte gesehen werden. Doch weshalb? Was wollte er von ihr?

Kapitel 58

In der Nacht hatte es stark abgekühlt und ein frischer Wind pfiff zwischen den Berghängen hindurch. Joanna, Jasmine und vor allem Laurie bemerkten von der unangenehmen Kälte jedoch nicht viel. Seit Stunden gingen sie zwischen den Wagen, einigen Felshängen, dem Fluss und einem von Herbstblumen geschmückten Hügel hin und her.

Laurie hielt sich tapfer. Nicht ein Laut kam über ihre Lippen, wenn sie sich an Jasmine oder Joanna hängte, um eine weitere Wehe durchzustehen.

Wieder erreichten sie die Wagenburg, und das kräftige Schnarchen eines der Männer brachte die drei dazu, leise aufzulachen. Lauries Lachen ging jedoch in ein Japsen über. Sie legte ihre Arme auf Joannas Schultern, um sich an ihr festzuhalten. Nachdem die Wehe abgeklungen war, hob sie den Kopf und blinzelte ihrer Freundin vergnügt zu: „Wer hätte gedacht, dass ich sogar noch zum Lachen fähig bin, nicht wahr?"

„Das wird dem Kind gefallen", erwiderte Joanna und strich ihr liebevoll eine verschwitzte Haarsträhne aus dem Gesicht.

Laurie ließ sie wieder los und hängte sich bei Jasmine ein. Gemeinsam gingen die beiden in Richtung Felskanten hinüber, während Joanna ihnen lächelnd nachsah. Sie hatte bereits den Rock in die Höhe gerafft, um ihnen wieder zu folgen, als ein leiser Pfiff sie erschrocken herumfahren ließ.

Aus dem Schatten der Wagen löste sich eine männliche Gestalt. „Wie geht es Laurie?", flüsterte sie.

Joanna erkannte Alec Thompsons Stimme. „Sie hält sich gut."

„Ich habe euch lachen gehört."

„Kannst du nicht schlafen?", fragte Joanna.

„Das habe ich mir abgewöhnt", grinste Alec nur. Wie nicht anders zu erwarten, tauchte auch Rowdy auf, der offenbar kaum noch aus der Gegenwart Alec Thompsons wich.

Joanna ging in die Hocke und strich dem großen Tier über das wuschelige, offensichtlich frisch gebürstete Fell. „Na, wenigstens versorgt er dich gut", murmelte sie.

„Du bist doch nicht etwa eifersüchtig, Joanna?"

„Auf Rowdy?"

„Er hat eben einen guten Geschmack und weiß, an wessen Seite es sich gut leben lässt."

Joanna hob den Blick und musterte den Mann, der sie zwar nicht ansah, aber deutlich belustigt vor sich hinlächelte. „Ich möchte nicht mit einem Hund verglichen werden. Und gewisse Entscheidungen werde ich keinesfalls von der Ab- oder Zuneigung Rowdys abhängig machen."

„Hin und wieder solltest du aber auf das Tier hören, Jo. Er macht zum Beispiel einen großen Bogen um Mrs Schlenker, worum ich dich ebenfalls gebeten hatte. Offenbar besitzt er mehr Menschenkenntnis als du."

„Und du übertreibst maßlos. Mrs Schlenker mag mich nicht sonderlich, doch im Grunde ist sie eine sehr arme, sehr traurige Frau."

„Sie wird immer seltsamer, Jo. Nachts streift sie stundenlang durch das Lager."

„Sie kann nicht schlafen. Was ist daran so ungewöhnlich, nach dem, was sie erleben musste? Außerdem kenne ich einen jungen Mann, der ebenfalls kaum schläft und häufig durch die Gegend schleicht. Ist er deshalb auch seltsam? Und muss ich um ihn ebenfalls einen großen Bogen machen?"

Alec grinste sie breit von oben herab an, während Rowdy die Ohren spitzte und mit großen Sprüngen davonjagte, sodass Joanna sich wieder aufrichtete.

„Du solltest dich tatsächlich vor mir in Acht nehmen, Joanna Steinmann. Es ist gefährlich, sich nachts mit mir alleine zu unterhalten. Ich könnte auf den Gedanken kommen, das als Einladung aufzufassen, dich noch einmal zu küssen."

Joannas Blick wanderte zu den hell im Licht der Sterne leuchtenden Planen hinüber und sie presste für einen kurzen Augenblick die Lippen fest aufeinander. Dann huschte ein Lächeln über ihr Gesicht, das sie jedoch dadurch verbarg, dass sie schnell den Kopf senkte. „Ich gehe wieder zu Jasmine und Laurie", erklärte sie einfach und wandte sich um.

Alec ergriff sie am Unterarm und hielt sie mit sanfter Gewalt zurück. „Ich kann Mike also sagen, dass mit Laurie alles in Ordnung ist?"

„Mike hat dich geschickt?", fragte Joanna erstaunt.

„Der werdende Vater hat sich nicht selbst hierher getraut. Er hat mich gebeten, mit dir zu sprechen, um Laurie nicht aufzuregen."

„Mike schickt dich aus, um alleine mit mir zu sprechen?"

„Unsere Tarnung ist perfekt. Keiner schöpft irgendeinen Verdacht", lachte Alec und drückte ihren Arm noch ein wenig fester, ehe er sie losließ.

„Tarnung? Ich kann mich nicht erinnern, irgendetwas getan zu haben, wofür ich eine Tarnung gebraucht hätte."

„Fein, dann werde ich morgen mit Stewart –"

„Gar nichts wirst du, Alec Thompson. Ich verbiete dir hiermit jegliche unüberlegte oder herausfordernde Handlung, die auch nur im Entferntesten mit mir zu tun hat."

„Schade", lachte der junge Mann, tippte sich an den Hut und verschwand innerhalb von Sekunden in der Dunkelheit.

Joanna betrachtete ihren Arm. Die Stelle, an der er sie gehalten hatte, strahlte eine angenehme Wärme aus. Rowdy schien tatsächlich über eine gute Menschenkenntnis zu verfügen. Auch sie stellte es sich zunehmend angenehm vor, an der Seite von Alec Thompson zu leben. Lächelnd wandte sie sich um und lief eilig den beiden ungleichen Frauen nach, die sich weit entfernt hatten.

„Wo warst du, Joanna?“, fragte Laurie sofort. „Ich habe dich reden hören. Mit wem?“

„Mit einem ungehobelten, frechen Mann, der sagte, er sei von deinem besorgten Ehemann geschickt worden, um nach deinem Ergehen zu fragen.“

„Alec?“, lächelte Laurie und hängte sich auch bei ihr ein. „Weißt du, eine Zeit lang dachte ich ja, aus euch beiden könnte vielleicht ein Paar werden.“

Jasmine lachte belustigt auf.

„Das dachtest du?“, murmelte Joanna und lächelte dann, als sie an ihre lang gehegte Vermutung dachte, Beckie und Alec würden zueinanderfinden.

„Wie dumm von mir, nicht?“, meinte Laurie. Dann sog sie wieder, überwältigt von einer neuen Wehe, heftig Luft ein und hängte sich schwer an sie, wobei sie dieses Mal sogar ein wenig in die Knie ging. Ihr Atem wurde lauter. Als die Wehe vorüber war, richtete Laurie sich wieder auf und hob den Blick zu Joanna. „Eines Tages wirst du einem Mann begegnen, der dich so sehr begeistern wird, dass du ein zahmes, braves Mädchen wirst.“

„Das stelle ich mir ziemlich langweilig vor, liebe Laurie Thompson“, erwiderte Joanna und bot ihr wieder ihren Arm an.

Laurie zögerte, blickte zu der schwarzen Frau und schließlich wieder zu Joanna. Dann nickte sie, erneut belustigt auflachend. „Du hast recht. Zu Joanna Steinmann gehört einfach die vorlaute, schnelle und ehrliche Zunge. Nur, welcher Mann wird sich damit abfinden können?“

„Keine Angst, Laurie. Irgendwo auf dieser weiten, großen Welt hat Gott einen Mann, der mit mir und meiner frechen Art zurechtkommen wird.“

„Dann hättest du vielleicht nicht in den einsamen Westen ziehen sollen“, bedauerte Laurie.

„Wollen wir es doch demselben Gott zutrauen, dass er genau den Mann ebenfalls nach Oregon führt“, mischte sich Jasmine in das Gespräch ein und erntete das fröhliche Lachen der beiden anderen Frauen.

Nicht weit von ihnen entfernt kauerte eine weibliche Gestalt auf dem Boden, wiegte sich leicht hin und her und ließ die drei nicht aus den Augen. Ihr Gesicht glich dem einer steinernen Statue, und ihr Atem ging heftig, ärgerte sie sich doch über die ihrer Ansicht nach unangebrachte Fröhlichkeit.

Joanna schlug die Plane zurück und kletterte aus dem Wagen. Kalte Luft schlug ihr entgegen und die Sterne waren hinter einer dichten Wolkenschicht verschwunden. Hinter ihr weinte das Neugeborene. Ihr Herz wollte hüpfen und springen vor Freude über das Wunder, das sie kurz zuvor in den Armen gehalten hatte. Nackt und hilflos und doch ein perfekter kleiner, lebendiger Mensch, der von seinen Eltern unendlich geliebt werden würde.

Sie legte den Kopf in den Nacken und blickte in den dunklen Himmel hinauf. Etwas Kaltes, Federleichtes legte sich auf ihre erhitzte Wange und löste sich dann auf. Joanna blinzelte, als ihr etwas Ähnliches auf ein Augenlid fiel. Fasziniert beobachtete sie die kleinen weißen Flocken, die zu Tausenden aus dem Nichts auf sie heruntergeschwebt kamen. Sie ließ den Kopf weiterhin im Nacken, breitete ihre Arme aus und versuchte, die kalten, weichen Kristalle mit den Händen einzufangen. Dann legte sich ein fröhliches, beinahe kindliches Lächeln auf ihr Gesicht. „Schnee!“, flüsterte sie beinahe ehrfurchtsvoll und begann, sich übermütig im Kreis zu drehen. Dabei stieß sie gegen jemanden.

Starke Arme legten sich um sie. Erschrocken blickte sie auf und sah in das Gesicht eines Mannes, das unter dem breitrandigen Hut als das von Alec zu erkennen war.

„Du bist bezaubernd in deiner Begeisterung, Jo“, flüsterte er und sein Atem strich über ihr Gesicht.

„Es schneit, Alec!“

„Ich weiß.“

„Ich habe noch nie Schnee gesehen. Das eine Mal, als es bei uns Schnee gab, war ich noch ein Baby, und beim zweiten Mal war ich gerade in Charleston.“

Der Mann, der noch immer seine Arme um ihren Körper gelegt hatte, nickte. „Wie geht es Laurie?“

„Gut! Ausgezeichnet. Sie hat vor wenigen Minuten ein wunderschönes Mädchen zur Welt gebracht.“

Alec atmete erleichtert auf und zog sie noch ein wenig fester an sich. „Und wie geht es dir?"

„Ich bin müde, aber auch erleichtert und glücklich. Ich könnte vor Freude jubeln und springen und die ganze Welt umarmen."

„Ich stelle mich für den Anfang gerne zur Verfügung", bot Alec ihr an.

Joanna hob den Blick und musterte das nur schemenhaft erkennbare Gesicht. Dann legte sie ihre Arme um seinen Hals.

Er musterte sie prüfend und ihr Herz schlug unter seinem intensiven Blick Kapriolen. Die munter umherfliegenden Schneeflocken schienen sich in ihr Inneres verirrt zu haben, doch waren sie dort wohltuend warm.

„Was bedeutet das, Jo?", fragte er leise.

„Es bedeutet wohl, dass ich auf Rowdy nicht verzichten möchte. Und da er sich dafür entschieden hat, nicht mehr von deiner Seite zu weichen, wirst du gezwungen sein, mich ebenfalls aushalten zu müssen."

„Dazu muss man mich nicht zwingen", flüsterte er in ihr Ohr und legte seine Wange für einen Augenblick an ihre.

„Ist das der ungehobelte, freche Mann, von dem wir noch vor wenigen Stunden geredet haben?", hörten sie plötzlich Lauries fröhliche, aber matte Stimme.

Die beiden fuhren auseinander.

„Kannst du dich ein anderes Mal mit Joanna weiterstreiten und stattdessen den frischgebackenen Vater holen, Alec?"

„Ich hole Mike. Er ist bei der Herde ohnehin nicht mehr auszuhalten. Schlimmer als die beiden Hengste!", lachte er und drückte kurz Joannas Hand, ehe er in der Dunkelheit verschwand.

„Es schneit, Laurie!", rief Joanna durch die geschlossene Plane hindurch, die wenige Augenblicke später beiseitegezogen wurde.

Jasmine streckte ihren Kopf heraus und schüttelte ihn mit grimmigem Blick. Erst jetzt wurde Joanna klar, weshalb Alec auf ihre Begeisterung über den Schnee nicht näher eingegangen war. Die Flocken waren dicht und groß, und obwohl der Boden noch zu warm war, als dass sie liegen bleiben konnten, bedeutete der Schneefall für sie hier oben in den Bergen Gefahr – tödliche Gefahr.

Kapitel 59

Der Himmel war schwarz. Gigantische Wolkenberge trieben an ihm entlang und das sich in einiger Entfernung entladende Gewitter jagte heftige Sturmböen über das Land. Ein Wetterleuchten erhellte in unregelmäßigen Abständen die sich im Wind schüttelnden Bäume.

Linda lag in ihrem Bett, blickte an die hohe Decke, lauschte auf den tosenden Lärm um sich her und wünschte sich, endlich einschlafen zu können. Doch die Erinnerung an die unheimliche Begegnung in der Nacht zuvor ließ das nicht zu. Bei Einbruch der Dunkelheit waren ihre Sorgen und Ängste, die sie tagsüber hatte verbannen können, wie schleichende dunkle Schatten wiedergekehrt. Linda schloss die Augen und versuchte, in einem Gebet Ruhe zu finden. Tatsächlich verlangsamte sich ihr Herzschlag ein wenig und sie atmete auf. Doch Minuten später ertönte ein gewaltiger Schlag gegen die Außenwand ihres Zimmers.

Sie fuhr in die Höhe. Hitzewellen durchliefen ihren Körper. Ihr Herz schlug wie nie zuvor und sie hörte das Blut in ihren Ohren rauschen. Helle Lichtreflexe huschten über den Holzboden und machten ihr klar, dass sich einer der Fensterläden, die sie in dieser Nacht vorsichtshalber geschlossen hatte, losgerissen haben musste. Wieder drückte eine gewaltige Windbö gegen das Haus, sodass aus dem Kamin ein hohes Heulen kam. Der Fensterladen schwang wieder zurück und schlug laut krachend gegen den Fensterrahmen.

„Reiß dich zusammen, Linda Fowler. Das ist nur der Sturm!“, schimpfte sie mit sich selbst, doch es gelang ihr nicht, sich selbst Mut zu machen. Wieder schlug der Holzladen mit gewaltigem Krach gegen die Außenwand. Obwohl Linda darauf vorbereitet war, zuckte sie zusammen. Sie konnte den Laden unmöglich offen lassen. Der Lärm würde alle anderen Personen im Haus auch noch aufwecken.

Langsam stand sie auf und tapste barfüßig ans Fenster. Blitze erhellten in schneller Abfolge den Himmel. Nur zu genau erinnerte sie sich an die dunkle Gestalt im Garten, die sie in der letzten Nacht so furchtbar erschreckt hatte. Linda atmete tief ein. Bei diesem Wetter würde niemand freiwillig dort draußen sein, überlegte sie und öffnete das Fenster.

Der Wind zerrte an ihrem geflochtenen Zopf und ihr Nachthemd flatterte wie eine Flagge am Heck eines Schiffes. Kleinere Äste und aufgewirbelte Erde schlugen ihr ins Gesicht. Linda blinzelte, beugte sich nach vorne und griff mit der Hand nach dem schweren hölzernen Laden. Er wurde vom Sturm heftig gegen die Wand gedrückt. Mit angestrengtem Gesichtsausdruck beugte sie sich weiter nach vorne und griff auch mit der zweiten Hand zu.

In dem Moment sah sie die Gestalt. Schwarz wie die Nacht stand sie einige Meter von ihr entfernt vor dem Fenster. Der Himmel wurde erneut von gleißenden Blitzen erhellt und in ihrem unheimlichen Licht konnte sie Neil Warren erkennen.

Linda schrie gellend auf. Der Wind drehte und der Laden donnerte ihr entgegen. Die Finger ihrer linken Hand wurden zwischen die beiden Holzleisten gequetscht, doch Linda spürte den Schmerz nicht. Zitternd schob sie den Riegel zu, schloss das Fenster und sank kraftlos zu Boden.

Kapitel 60

Der Schnee war gegen Morgen in Regen übergegangen. Den ganzen Tag über fuhren die Wagen durch eine gewaltige Regenfront und die Flüsse traten innerhalb von Stunden über die Ufer. Die Felsabschnitte wurden glitschig, die mit Erde und Gras bewachsenen Ebenen zu einem einzigen schweren Morast. Das Prasseln der schweren, großen Tropfen auf den Planen übertönte das Klirren des Geschirrs und das Rollen und Knarren der Räder und Wagen. Die Tiere kämpften sich mühsam durch die aufgewühlte, feuchte Erde, während die Menschen auf den Kutschböcken und an den Führseilen es aufgegeben hatten zu versuchen, sich vor der Feuchtigkeit zu schützen. Die Kinder und die junge Mutter mit ihrem Neugeborenen, das sie Josie Snow Thompson genannt hatte, wurden in den Wagen wild hin und her gerüttelt, und allmählich drang auch zu ihnen die alles in Besitz nehmende Feuchtigkeit durch.

Joanna und Carole waren mit Alec und Silas bei der Herde. Joanna trug Stewarts ausgebeulten Hut, und sie hatte auch seine widerstandsfähige Wildlederjacke übergezogen, während

Carole einen aus festem, wasserabweisendem Material gefertigten Mantel von Pete Ravens trug, der an einen Militärmantel erinnerte.

Joanna lief das Wasser in Strömen am Körper entlang, und der kühle, wenn auch schwache Wind trug nicht gerade dazu bei, dass sie sich wohlfühlte.

Die Landschaft war kaum zu erkennen und die tief in die Erde eingegrabenen, mit Wasser vollgelaufenen Wagen- und Hufspuren vor ihnen wurden zu gefährlichen Stolperstellen. Joanna führte mit der Leitstute als Handpferd die Herde an. Alec folgte mit den beiden nassen, heute nicht sehr kampfeslustigen Hengsten. Die anderen Tiere liefen den Stuten treu hinterher, sodass Silas und Carole den Abschluss bilden konnten und darauf achtgaben, dass sich keines der Tiere weiter entfernte, als sie sehen konnten.

Joanna hoffte, dass sie an diesem Tag, auch um Lauries und des Babys willen, früh ihr Nachtlager aufschlugen. Andererseits wusste sie um die Sorge der führenden Männer – immerhin hatten sie bereits den ersten Schneefall hinter sich. Jede zurückgelegte Meile würde sie dem Ende des Hochgebirges ein wenig näher bringen.

Joanna hörte den Hufschlag eines sich schnell nähernden Pferdes und wandte sich um. War es Alec, der sich wieder einmal vergewissern wollte, ob es ihr hier vorne gut ging? Doch die Gestalt, die erst schemenhaft, dann deutlicher aus dem tristen Grau auftauchte, trug einen langen, dunklen Mantel. Es war Carole. Joanna zügelte die Stute, brachte auch das Leittier zum Stehen und wandte sich im Sattel nach ihrer Schwester um. Deren Atem ging keuchend.

„Was ist los?“

„Keine Sorge, bei den Tieren ist alles in Ordnung. Aber wir haben Besuch von zwei Männern bekommen. Sie sprechen einen deutlichen Südstaatendialekt. Vielleicht hat es nichts zu bedeuten, aber –“ Carole musste nochmals tief durchatmen und wischte sich mit ihrem Lederhandschuh das Regenwasser aus dem Gesicht. „Einer der Männer hat sich als Mr Lewis vorgestellt.“

Joanna musterte Carole prüfend. „Ein Mr Lewis aus dem Süden, sagst du? Beschreibe ihn mir.“

„Das ist nicht einfach. Blond, würde ich sagen. Zumindest nicht sehr dunkel. Er hat einen Schnauzbart und ist etwa 30

Jahre alt." Das Mädchen zog hilflos die Schultern in die Höhe. Unmöglich hatte sie unter dem tief in die Stirn gezogenen Hut mehr Details erkennen können.

„Bleib du hier an der Spitze der Herde, Carole", entschied Joanna. „Ich warne die Lewis'."

„Joanna ..." Caroles Augen weiteten sich.

„Was können wir sonst tun?"

„Dann geh", zischte Carole.

Joanna reichte ihr das Führseil der Stute, wendete ihr Pferd und ergriff eines der nachfolgenden Tiere am Halfter. Jake und Jasmine würden das Pferd und ihre Stute für ihre Flucht brauchen. Es war nicht einfach, mit dem zweiten Pferd so dicht neben sich im schnellen Galopp durch die nasse Landschaft voranzukommen. Unruhe keimte in Joanna auf. Waren die beiden Männer von der Familie Lewis geschickt worden, um das entflohene Sklavenpaar zurückzuholen? Sie hätte niemals angenommen, dass Jasmine und Jake bis hierher verfolgt werden würden – und die beiden sicherlich auch nicht.

Als sie die Wagen erreichte, fuhren diese gerade zu ihrem Nachtlager in kreisförmiger Anordnung zusammen. Joanna preschte zwischen zwei Prärieschonern hindurch und hielt unter hohem Aufspritzen des auf dem Boden stehenden Wassers vor Jake Lewis an, der sie überrascht musterte. „Gibt es einen jungen Lewis, etwa dreißig, blond, mit Schnauzbart?", fragte sie, ohne ihn vorher zu begrüßen.

„Caspar Lewis?"

„Ich weiß es nicht, Jake. Bei der Herde sind zwei Männer aufgetaucht. Einer von ihnen hat sich als Mr Lewis vorgestellt." Joanna beobachtete, wie Jakes Blick zu seiner Frau hinüberhuschte, die gerade den Kutschbock verließ. Sorge lag in seinen dunklen Zügen und er ballte seine Hände zu Fäusten. „Nehmt die beiden Pferde und reitet weiter", forderte sie ihn auf. „Wir kümmern uns um euren Wagen."

„Meine Frau kann nicht reiten, Joanna."

„Wenn du das Tier führst, wird es gehen, Jake. Es *muss* gehen!", drängte Joanna ihn.

Jake überlegte kurz, nickte schließlich und deutete dann mit dem Daumen auf Jasmine. „Sprich du bitte mit ihr. Ich hole noch ein paar Sachen." Er drehte sich um und eilte schnell davon.

Joanna führte die beiden Tiere hinter sich her zu Jasmine, die dabei war, die hintere Plane ihres Wagens aufzuschnüren.

Sie berichtete ihr von dem Auftauchen der beiden Fremden und von ihrem Verdacht.

Für einen kurzen Augenblick ruhten Jasmines Augen auf den beiden Pferden, dann nahm sie Joanna entschlossen die Zügel und den Halfter aus der Hand. „Ihr müsst sie aufhalten. Irgendwie. Und unsere Spuren müssen verwischt werden, Joanna. Jemand muss in den Wagen ziehen. Und ich zeige dir, wie du anhand von Zeichen an Steinen und Büschen, die wir hinterlassen werden, erkennen kannst, ob wir in der Nähe sind und etwas brauchen."

„Sie werden hoffentlich gleich wieder umkehren, wenn wir sie überzeugen konnten, dass ihr nicht mehr hier seid. Dann könnt ihr zurück ins Lager."

Jasmine zog die Schultern nach oben und winkte ihr mit einer Kopfbewegung, ihr zu folgen.

Joanna sah zu, wie die beiden flüchtigen Sklaven in der Regenfront verschwanden. Eilig trug sie ihre Kleider und persönlichen Gegenstände aus dem Wagen der Thompsons in den der Lewis' und Ellie tat es ihr gleich. Nach und nach wehte der Wind die letzten Wolken davon und der Himmel klarte auf. Die Sonne wagte es vorsichtig, über einige Bergspitzen hinwegzuscheinen, und obwohl sie bereits tief im Westen stand, brachte sie die nasse Erde zum Dampfen. Joanna bat Ellie, alles, was im Wagen auf einen männlichen Bewohner schließen ließ, zu verstecken. Dann lief sie von einem Wagen zum anderen und gab die Veränderung in knappen, sachlichen Worten weiter. Mrs Schlenker blickte Joanna mit düsterer Miene an, nickte einmal knapp und wandte sich dann ab. Joanna hob kurz die Augenbrauen und hoffte, dass die Frau sich zumindest den Lewis' zuliebe an ihre Bitte halten würde.

Die letzte Person, die sie instruierte, war ihre Schwester Branca. „Schnell, Branca, zieh dein gutes Kleid an und mach dich zurecht."

„Bist du verrückt geworden, Joanna? Bei dem Matsch werde ich mehr als nur den Saum meines Seidenkleides ruinieren."

„Es kommen zwei Gentlemen aus dem Süden. Vielleicht möchtest du angemessen gekleidet sein?" Sie wusste, dass sie Branca mit diesem Argument überzeugen konnte.

„Zwei Männer aus unserer Heimat?" Branca sah an sich herunter. Die Bluse und der einfache Baumwollrock klebten nass an ihrem Körper, ihre Haare tropften und sie trug keine Schuhe. „Wie lange wird es dauern, bis sie hier sind?“

„Ich hoffe, noch mindestens eine Stunde.“

„Was ist los, Joanna?“, fragte Branca schließlich misstrauisch.

Nachdem Joanna es ihr in wenigen Worten erklärt hatte, schüttelte Branca missbilligend den Kopf. „Es reicht schon, dass die Schwarzen mit uns reisen. Aber nun stellt sich auch noch heraus, dass sie entflohene Sklaven sind!“

„Wo ist der Unterschied, Branca?“

„Sie sind jemandes Eigentum.“

„Hattest du den Eindruck, dass sie nicht ihre eigenen Herren sein können? Ganz zu schweigen davon, dass sie allein dem Willen Gottes unterstehen?“

„Dein Reden würde Tante Natasha und die anderen zu Hause zutiefst kränken und empören.“

„Hat mich das jemals gestört?“, erwiderte Joanna wenig beeindruckt.

„Nein, und das war schon immer dein Problem!“

„Hilfst du mir jetzt?“

„Dir ja, den Lewis' nicht!“, beschloss Branca und verschwand im Wagen.

Joanna grinste und ging auf den Wagen der Lewis' zu. Branca würde vor allem sich selbst helfen. Sie hatte heute Abend die beste Gelegenheit, sich endlich einmal wieder hervorragend in Szene zu setzen.

Die untergehende Sonne malte orangefarbene und gelbe Streifen an den Himmel. Die Erde roch intensiv nach Feuchtigkeit, und die Stute hatte einige Mühe, ihre Hufe aus dem aufgeweichten Untergrund zu ziehen. Alec runzelte die Stirn, als er ins Lager geritten kam. Die beiden Männer, die ihn, als sie an der Herde vorbeigeritten waren, nur mit einem knappen Nicken bedacht hatten, saßen auf zwei Fässern und ließen sich einen herrlich duftenden Braten schmecken. Als er dann auch noch Branca in einem teuren roten Seidenkleid entdeckte, konnte er nur irritiert den Kopf schütteln. Dann wurde er auf eine große, schlanke Frau in einem hellgrünen Kleid aufmerksam, die sich ebenfalls um die Gäste kümmerte. Als sie sich in seine Richtung umwandte, erkannte er unter den sorgsam frisierten, aufgesteckten Haaren das Gesicht Joannas. Alec zügelte die ungesattelte Stute und fuhr sich mit der Hand durch die feuchten Haare, die sich wild nach allen Seiten lockten. Verwundert beobachtete er die junge Frau.

Stewart kam zu ihm herüber und griff nach den Zügeln seiner Stute.

Schließlich schwang sich Alec etwas schwerfällig aus dem Sattel. „Was ist hier los?“, knurrte er, ohne seine Augen von Joanna zu nehmen, die sich mit dem jüngeren der beiden Männer unterhielt und kokett lachte. „Was ist das für ein Theater, das deine Schwestern da aufführen?“

„Die beiden Männer sind hinter Jasmine und Jake her.“

Alec begriff schnell und er schaute zum Wagen des Ehepaares hinüber.

„Der Jüngere ist Caspar Lewis“, erklärte Stewart weiter. „Der Sohn des Plantagenherrn, unter dem die beiden gearbeitet haben. Joanna hat den Lewis’ zwei eurer Pferde gegeben. Sie sind schon seit über drei Stunden fort, und die Mädchen versuchen, die beiden Männer abzulenken und aufzuhalten.“

Alec nickte und sah wieder zu Joanna hinüber, die den Fremden gerade zwei Blechtassen brachte, aus denen schmale Dampffahnen in die Höhe stiegen. Auch er würde jetzt eine heiße Tasse Kaffee vertragen können – vor allem, wenn sie ihm von dieser wunderschönen Frau gereicht wurde, die sich eigentlich um ihn und nicht um die beiden Eindringlinge kümmern sollte. „Sind alle eingeweiht?“, fragte er mit zusammengebissenen Zähnen.

„Ja. Deshalb habe ich dich von Silas ablösen lassen, obwohl er erst später an der Reihe gewesen wäre. Du warst der Einzige, der noch nicht informiert war. Außerdem wollten wir einen weiteren Mann im Lager haben.“

„Alle spielen das gefährliche Spielchen mit?“

Stewart zog seine Schultern hoch. „Es sieht so aus.“

„Gut.“ Alec nickte Joannas Bruder zu. Er wollte zum Wagen seines Bruders gehen, doch Stewart hielt ihn am Oberarm zurück, und so wandte er sich wieder zu ihm um.

„Nur damit es keine Komplikationen gibt, Alec: Ellie und Joanna sind in den Wagen der Lewis’ gezogen.“

Wieder nickte Alec. Er verachtete Lügen, sah aber ein, dass sie, um die Lewis’ zu schützen, kaum ausschließlich mit Andeutungen und vagen Aussagen auskommen würden. Aber offenbar verstanden es die Frauen – allen voran Joanna und Branca –, die beiden Männer ausreichend abzulenken. Zumindest würden somit die verräterischen Spuren der Sklaven im morastigen Untergrund zuschwemmen können.

Alec band sein Pferd an das Wagenrad des Thompson-Planwagens, rieb es trocken, kontrollierte die Hufe und wandte sich dann dem Feuer zu. Dort stand Joanna in ihrem wertvollen Kleid, das aus dem frechen Mädchen mit dem geflochtenen Zopf und der einfachen Baumwollkleidung eine vornehme, wunderschöne Lady zauberte.

Mit scheinbar schwebenden Schritten, obwohl der Saum des Kleides bereits braun vom nassen Untergrund war, kam sie auf ihn zu. Joanna lächelte und reichte ihm eine Tasse dampfenden Kaffee.

„Entschuldigen Sie bitte. Kennen wir uns?“, spottete er.

„Ich denke schon, mein Herr“, gab sie zurück.

„Das kann nicht sein. Ich bin noch nie zuvor einer so wunderschönen, reizenden und vornehmen Dame begegnet.“

„Sie sollten sich waschen, ehe Sie essen kommen. Ihr Geruch könnte die eigens für die Gäste von Mrs Ravens kreierte Sahnesoße sauer werden lassen.“

„Ja, jetzt erkenne ich dich.“ Alec lachte und nahm dann einen großen Schluck Kaffee.

„Bist du eingeweiht?“, fragte Joanna unvermittelt. Die Sorge um Jasmine und Jake war deutlich in ihren Augen zu lesen.

„Geht es dir gut?“, fragte Alec zurück.

„Ich mag die Heimlichtuerei und die Halbwahrheiten nicht, die wir den Leuten erzählen müssen. Aber irgendwie müssen wir Jasmine und Jake doch schützen.“

„Solange du mich mit ebenso vielen Aufmerksamkeiten bedenkst wie diesen Südstaatenmann in seinem einstmals vornehmen Anzug.“

„Mit weitaus mehr Zuneigung.“

„Das wollte ich hören, Jo“, flüsterte Alec und seine Augen warnten sie davor weiterzusprechen.

Langsam wandte sie sich um und sah sich Caspar Lewis gegenüber.

„Miss Steinmann? Gibt es außer Ihnen und Ihren reizenden Schwestern noch weitere Frauen aus dem Süden in dem Wagenzug?“

„Nein, Mr Lewis. Wir Steinmanns sind die einzige Familie aus dem Süden, die sich dem Wagenzug angeschlossen hat. Darf ich fragen, warum Sie das interessiert?“

„Ich möchte eine Warnung aussprechen. Da Sie und Ihre Schwestern die einzigen Ladys aus dem Süden sind, wird es wohl eine von Ihnen betreffen, sosehr mich das verwundert oder gar beunruhigen mag.“

„Eine Warnung, Mr Lewis?“ Joanna blickte den Fremden irritiert an.

Alec biss die Zähne zusammen, als Caspar Lewis ihm einen prüfenden, wenig erfreuten Blick zuwarf, ihn von oben bis unten musterte und sogar ein wenig die Nase kräuselte. Dann bot der Neuankömmling Joanna galant seinen Arm, die ihn nahm und sich mit ihm ein paar Schritte entfernte, sodass er ihre weitere Unterhaltung nicht mehr mit anhören konnte.

Gerade als er sich dazu durchgerungen hatte, nicht länger wie ein eifersüchtiger Wächter auf demselben kleinen Fleckchen nasser Erde zu stehen, sah er, wie Joanna erbleichte und einen Schritt nach hinten taumelte. Ihre Hände wollten scheinbar irgendeinen Halt suchen, fanden jedoch keinen. Caspar Lewis griff schnell nach Joannas Handgelenk, um sie zu stützen.

Alec zog missbilligend die Augenbrauen in die Höhe, blieb aber, wo er war.

Mr Lewis ließ Joanna wieder los, nachdem diese sich ein wenig zur Seite gedreht hatte, um seinem Griff zu entkommen. Der Fremde sprach auf sie ein, doch die junge Frau schien ihm gar nicht richtig zuzuhören. Dann winkte sie plötzlich ab und drehte sich abrupt um. Joanna ging mit weit in die Höhe gerafftem Rock zwischen zwei Wagen hindurch davon.

Alec folgte ihr, zögerte jedoch, als sie mit energischer Vehemenz die Aufmerksamkeit ihres älteren Bruders einforderte. Sie zog Stewart aus dem Wagenkreis hinaus.

Alec ging den beiden nach, lehnte sich gegen einen Wagen und tat so, als beobachte er das Farbenspiel, das die Sonne an den abendlichen Himmel malte. Joannas aufgeregte Stimme drang deutlich zu ihm herüber. „Ich hatte recht, Stewart! Dan Cutler hat den Brand überlebt! Mr Lewis hat mir gerade erzählt, dass er ihm auf dem Weg hierher begegnet ist und dass er uns seit geraumer Zeit folgt. Er hat Mr Lewis wohl erzählt, er sei auf der Suche nach einer bestimmten Dame aus dem Süden.“

„Damit kann er bestimmt nicht dich gemeint haben", spottete Stewart in dem Versuch, seine Schwester aufzuheitern, doch das Lächeln in seinem bärtigen Gesicht erlosch sehr schnell wieder.

„Stewart! Weißt du nicht, was das bedeutet? Ich habe ihn in dem brennenden Plantagenhaus beim Plündern erwischt."

„Das wird kaum sein Antrieb sein, uns über Tausend Meilen zu folgen. Wir wussten nicht einmal, dass er lebt. Was kannst du ihm von hier aus schon antun?", winkte Stewart halbherzig ab.

„Er sucht mich! Ich bin die einzige Zeugin dafür, dass er den Brand gelegt hat, um das Anwesen einem Spekulanten in die Hände zu spielen und die Gelegenheit auch noch zum Plündern zu nutzen."

„Das sind doch nur Vermutungen, Jo."

„Vergiss nicht den Brief von Tante Natasha, der niemals abgeschickt wurde!"

Stewart rieb sich den Nacken und schüttelte nachdenklich den Kopf. Dann ergriff er seine jüngere Schwester an den Oberarmen. „Wenn du recht hast, Jo, wenn Neil Warren schon lange vor dem Brand hinter *Green Crystal* her war und Dan Cutler instruiert hat, das Haus niederzubrennen, dann kann zumindest Tante Natasha als rechtmäßige Erbin, aber vielleicht auch Denise sich ihres Lebens nicht mehr sicher sein."

Joanna nickte aufgeregt und fügte hinzu: „Vielleicht genügt es Mr Warren ja, das Grundstück, die Felder und die Sklaven über die Eheschließung mit Denise für sich gesichert zu haben. Aber wenn ich einen Brief in die Heimat schreibe, in dem ich die Vermutung äußere, Dan Cutler könnte der Brandstifter gewesen sein, und Tante Natasha beginnt, die Fakten zusammenzufügen, dann müsste ein offenbar skrupelloser Mann wie Mr Warren ..." Joannas Augen weiteten sich erschrocken und sie bedeckte ihr Gesicht mit beiden Händen.

Stewart zog das Mädchen in seine Arme und wiegte sie leicht hin und her, während sein Blick grimmig über ihren Kopf hinwegglitt und schließlich an Alec hängen blieb.

Alec stieß sich von dem Wagen ab und ging zu den Geschwistern hinüber. Die beiden lösten sich aus ihrer Umarmung, hielten sich jedoch weiter an den Händen fest. Seine Augen suchten Joannas Blick, und sein Herz zog sich zusammen, als er den Schmerz in ihren Augen sah. Wie gerne wollte auch er sie beschützend in den Arm nehmen. „Ich verstehe nicht ganz, was da bei euch im Süden geschehen ist“, erklärte er, „aber wenn ihr jemanden braucht, der zurückreitet und eure Schwester warnt ...“

Joannas Blick, der zwischen Hoffnung und Verzweiflung schwankte, brachte ihn aus dem Konzept. Sie streckte ihren Arm aus, als wolle sie ihn festhalten, um zu verhindern, dass er den langen, gefährlichen Ritt auf sich nahm. Doch dann besann sie sich eines Besseren und wandte sich fragend ihrem Bruder zu.

Stewart musterte ihn einen Moment lang nachdenklich und schüttelte dann entschieden den Kopf. „Wenn jemand zurückreitet, dann ich. Denise wird mir mehr vertrauen als einem Fremden. Außerdem kenne ich die Verhältnisse und die Nachbarschaft. Und sollte sich herausstellen, dass Neil Warren tatsächlich der berechnende Geschäftsmann ist, für den du ihn hältst, und dass er das Feuer gelegt hat, dann kann ich Denise und Tante Natasha mit mir mitnehmen und sie nach Oregon in Sicherheit bringen.“

„Das ist unmöglich, Stewart. Der Treck kann nicht noch einen Mann entbehren. Ich werde reiten. Vielleicht gemeinsam mit Carole ...“

„Joanna!“ Stewart packte seine Schwester erneut an den Oberarmen, dieses Mal jedoch sehr viel grober. „Das ist doch lächerlich. Du glaubst doch nicht, dass ich zwei Mädchen alleine durch diese Wildnis reiten lasse. Es reicht, wenn ich Tante Natasha und Denise in Gefahr weiß. Soll ich auch noch dein und Caroles Leben aufs Spiel setzen – auf einen unbestimmten Verdacht hin? Letztendlich wissen wir nichts, Jo. Wir haben einen alten Brief, deinen Verdacht, Vermutungen und angeblich Dan Cutler, der hinter dir her ist.“

„Aber Stewart –“

„Allein schon wegen diesem Cutler kann ich dich nicht reiten lassen. Wenn er dir unterwegs begegnet –“

Alec blickte Joanna fragend an. Noch immer war ihm nicht ganz klar, was in der Heimat der Steinmanns geschehen war. Wurde Joanna verfolgt? Verwirrt schüttelte er den Kopf und wandte sich Stewart zu, da dieser ihm kurz gegen den Oberarm schlug.

„Pass auf sie auf und lass dir die ganze Geschichte erklären, Alec. Vielleicht kannst du uns als nüchtern denkender Außenstehender einen Rat geben.“ Mit diesen Worten drehte Stewart sich um und ging mit eiligen Schritten davon.

„Was hat das alles zu bedeuten, Jo?“, fragte Alec und ergriff die junge Frau an beiden Händen.

Sie legte ihre Stirn gegen seine Brust, atmete mehrmals tief ein und aus, drückte dann seine Hände und richtete sich wieder auf. Leise berichtete sie von den Vorkommnissen auf der Plantage ihres Onkels, von ihrem Verdacht und von ihrer Angst um ihre Tante und ihre ältere Schwester.

Alec hörte schweigend zu. Der Wunsch, sie fest in die Arme zu schließen, nahm so sehr in ihm überhand, dass er sie eilig losließ und einen großen Schritt nach hinten machte.

„Was denkst du, Alec?“, fragte Joanna schließlich, als sie ihren Bericht beendet hatte.

Er konnte im Licht der ersten, matt am Himmel erscheinenden Sterne das Grün ihrer Augen wie Smaragde aufleuchten sehen. „Das, was du erzählst, klingt sehr abenteuerlich, Jo.“

„Dann hältst du meine Angst für übertrieben?“

„Nein. Uns fehlen die Informationen aus Bamberg, um zu wissen, was mit der Plantage weiter geschehen ist. Letztendlich würde nur das Wissen darüber uns schlüssige Antworten geben.“

„Was soll ich nur tun, Alec?“

„Bestimmt nicht zurückreiten. Das ist zu gefährlich.“

„Aber du wirst auch nicht reiten, ebenso wenig Stewart.“

„Nein. Wir sollten stattdessen Lewis und Maison davon überzeugen, dass sie schnell wieder die Heimreise antreten sollten. Sie können für deine Schwester einen Brief mitnehmen.“

Joanna nickte und ein Lächeln huschte über ihre angespannten Gesichtszüge.

Alec wandte sich Stewart zu, der sich ihnen wieder mit eiligen Schritten näherte. In seiner Hand blitzte etwas auf, und als er bei ihnen angelangt war, streckte er Joanna eine Schusswaffe entgegen.

Sie musterte die dunkle Waffe und hob dann den Kopf, um ihren Bruder zweifelnd anzusehen. „Was soll das?“

„Du wirst ab sofort eine Waffe tragen, Jo.“

„Ich kann nicht einmal damit umgehen.“

„Das werde ich dir beibringen. Du musst dich schützen.“

„Aber doch nicht so, Stewart. Ich könnte unmöglich auf einen Menschen schießen.“

Alec betrachtete Joanna besorgt. Auch ihm gefiel die Vorstellung nicht, dass sie eines Tages mit der Waffe in der Hand gezwungen sein würde, sich ihrer Haut zu erwehren. Andererseits wollte er auch nicht, dass ihr etwas zustieß. Brummend wandte er sich ab. Das mussten die Geschwister unter sich klären. Er jedenfalls würde jetzt erst einmal überlegen, wie er den Steinmanns weiterhelfen und vor allem die beiden Südstaatenmänner auf den Heimweg bringen konnte.

Er ging zurück in die Mitte des Wagenkreises, wo die anderen Reisenden um das Feuer saßen. Fröhliche Stimmen schlugen ihm entgegen. Der ältere Mr Ravens spielte auf seiner Mundharmonika, und Branca tanzte mit Caspar Lewis, wobei ihr rotes Kleid unter dem flackernden Schein der Flammen wie glühende Kohlen aufleuchtete.

Ellie kam zu ihm herüber und hängte sich bei ihm ein. Sie schaute ihn jedoch nicht an, sondern hatte das Gesicht einer niedrigen Hügelkette zugewandt. Ihr Kopf war leicht auf die Seite geneigt und schließlich murmelte sie: „Da hat es aber jemand sehr eilig."

Alec wandte sich zu ihr um und nun sah auch er einen Reiter – nur als schwarzer Schatten erkennbar – über die Hügelkante jagen und auf sie zuhalten.

Auch Beckie, Sandra Paltrow und Mrs Turner hatten den Reiter entdeckt und kamen zu ihnen herüber.

Als der Reiter an dem ersten Wagen vorbeidonnerte, sprang Alec über eine Deichsel hinweg und ging auf Joanna und Stewart zu. Die kleine Schar Frauen folgte ihm. Ein nervöses Ziehen zog durch seinen Körper. Wer war dieser Mann? Weshalb hielt er nicht auf den Wagenkreis, sondern auf die abseits stehenden Geschwister zu? War das womöglich dieser Dan Cutler?

Als Alec Joanna und Stewart fast erreicht hatte, hielt er erschrocken inne.

Der Mond warf sein Licht auf die ebene Grasfläche. Stewart stand ein paar Meter von seiner Schwester entfernt, als habe er gerade zur Wagenburg zurückkehren wollen. Joanna aber stand inmitten des vom Wind bewegten Grases und hielt ihren Arm mit der Waffe in der Hand erhoben. Deren Lauf deutete auf einen mittelgroßen Mann, der keine vier Meter von ihr entfernt stand. Er hielt ebenfalls eine Waffe in den Händen. Sie war auf Joannas Kopf gerichtet.

Kapitel 61

Die Dunkelheit machte es schwer, den richtigen Weg zu finden. Simon Bryant zügelte sein Pferd und fuhr sich mit der Hand über die schweißnasse Stirn. Obwohl es bereits auf Oktober zuging, war es noch immer ungewöhnlich heiß zu dieser frühen Nachtstunde. Schlechte Nachrichten hatten ihn daran gehindert, noch eine Nacht im Distrikt Bamberg zu bleiben. Nun irrte er seit mehreren Stunden durch den dunklen Wald und schien zu allem Übel auch noch die Abzweigung zum Haus der Verwandten von Linda verpasst zu haben.

Widerwillig wendete er das Tier und ritt den schmalen Waldweg zurück. Aus dieser Richtung war es einfacher, die Abzweigung zu finden. Erleichtert ritt er in die Zufahrtsstraße hinein. Es dauerte nur wenige Minuten, bis er die hell erleuchteten Fenster des Herrenhauses zwischen den Birken und Eichen hindurchschimmern sah. Ein breiter Schatten bewegte sich hinter einem der Fenster. Simon vermutete, dass es Mr Laser war.

Plötzlich knackte es laut neben ihm im Unterholz.

Erschrocken fuhr er herum, doch in der Dunkelheit war nichts zu erkennen. Simon war kein ängstlicher Mann, doch ein unbekannter Gegner, den er weder sehen noch einschätzen konnte, machte ihn vorsichtig. Er ließ das Tier weiter im Schritt gehen, zog jedoch seine Sattelpistole hervor. Langsam spannte er den Hahn und warf wieder einen Blick zurück. Dunkelheit lag über dem Park und den anschließenden Feldern.

Beunruhigt stieg er schließlich aus dem Sattel. Er hatte Linda extra hierhergebracht, weil er sie hier in Sicherheit glaubte. Simon warf einem heraneilenden dunkelhäutigen Burschen die Zügel zu und musterte noch einmal die Umgebung.

Schließlich entsicherte er die Waffe wieder, trat auf die ebenerdige Veranda und klopfte kräftig gegen die Tür. Es dauerte lange, bis ihm ein livrierter Schwarzer öffnete und seine Ankunft Mr Laser meldete.

Der Hausherr eilte heran, begrüßte ihn wie einen guten alten Freund und bat ihn in den Salon. „Gut, dass Sie kommen, junger Mann“, sagte Lindas Onkel. Dann warf er einen besorgten Blick in die leere Eingangshalle hinaus. „Linda ist völlig aufgelöst. Sie hat erzählt, sie habe zwei Nächte hintereinander einen Mann im Garten gesehen. Sie nannte ihn sogar beim Namen. Neil

Warren", erklärte Mr Laser und zog hilflos die Schultern in die Höhe.

Simon tippte mit der Waffe, die er noch immer in seiner rechten Hand hielt, gegen seinen Oberschenkel. Dann ging er mit festen Schritten, als sei er hier nicht der Gast, sondern der Hausherr, auf die Tür zu.

„Wo befindet sich Linda gerade?"

„In ihrem Zimmer, Mr Bryant. Mit ihrem Mädchen. Sie hat deren Bett dazustellen lassen."

„Danke, Mr Laser."

„Bitte, bitte, junger Mann!", erwiderte Mr Laser gutmütig und widmete sich wieder seiner Pfeife.

Simon durchschritt das Foyer, bog in den Flur zu den Gästezimmern ein und klopfte kräftig gegen die mit Schnitzereien verzierte Tür.

Vorsichtig wurde sie einen Spaltbreit geöffnet und Oceans hübsches rundes Gesicht wurde dahinter sichtbar. „Es ist Massa Simon Bryant!", rief sie erfreut und öffnete die Tür ganz. Innerhalb von Sekunden huschte ein Schatten heran und er wurde stürmisch umarmt.

Simon erwiderte die Umarmung, ehe er einen Schritt nach hinten machte und das blasse Gesicht seiner Verlobten musterte. „Was ist hier los, Linda?"

„Ich bin so unendlich froh, dass du gekommen bist, Simon. Dieser schreckliche Neil Warren ist hier. Er steht abends immer keine zehn Meter von meinem Fenster entfernt im Garten und gibt sich ganz offen zu erkennen. Es ist so unheimlich!", schluchzte Linda, drückte erneut ihr Gesicht gegen seine Brust und begann zu weinen.

Hilflos streckte er seine Hand, in der er noch immer die Waffe hielt, von sich weg. Er war erleichtert, als Ocean ihm die Pistole vorsichtig aus der Hand nahm und sich dann wieder zurückzog. Nun legte er seine Hand auf Lindas Rücken und zog sie noch ein wenig näher an sich heran. Grimmig schloss er die Augen. Er konnte es nicht sehen, wenn eine Frau weinte – schon gar nicht, wenn es Linda war. „Es ist gut, Linda. Ich bin hier. Warren wird dir nichts tun. Er will dich zermürben, da er hofft, dass du ihm endlich einen Hinweis auf den Aufenthaltsort von Denise geben wirst."

„Niemals!", schrie Linda erbost, ohne den Kopf von seiner Brust zu heben. „Dieser entsetzliche, widerliche Kerl. Dann soll er mich erschrecken, solange er will. Ich werde Denise nicht verraten!"

Simon schüttelte den Kopf. „Du bist tapfer, Linda. Aber ich werde nicht zulassen, dass er dich weiter belästigt."

„Was hast du vor?"

„Ich werde mich heute Nacht auf die Veranda legen und ihn gebührend empfangen, wenn er auftaucht", erwiderte Simon mit einem drohenden Unterton in der Stimme.

„Ach, Simon", murmelte Linda und löste sich schließlich aus seinem Arm. „Weshalb bist du gekommen?"

„Ich wollte dich sehen, Linda", sagte er leise.

„Und weshalb noch?"

„Dir kann man wohl wirklich nichts vormachen, wie?", murmelte Simon und lehnte sich mit dem Rücken gegen die geschlossene Zimmertür.

„Ist etwas mit Denise?"

„Nein, mach dir um Denise keine Sorgen. Niemand weiß, wo sie sich aufhält. Allerdings geht im Distrikt seit einiger Zeit das Gerücht um, dass sie verschwunden ist. Manche meinen, sie sei vor Warren geflohen."

„Wie kommen die Leute darauf?", fragte Linda erschrocken. „Wer erzählt so etwas? Neil Warren mit Sicherheit nicht. Er würde niemals herumerzählen, dass seine Frau vor ihm geflohen ist."

„Die Leute reden immer, Linda."

„Aber das Gerede entspricht der Wahrheit. Und das kann Denise gefährlich werden. Was passiert, wenn derjenige, der über dieses Wissen verfügt, auch weiß, wo Arnaud die beiden Frauen versteckt hat – und es eines Tages ausplaudert?"

„Vielleicht hat doch einer der Schwarzen, die Mary und Denise beim Verlassen des Hauses sahen, etwas herumerzählt. Du weißt, wie gut und schnell die Verständigung der Sklaven untereinander funktioniert."

„Ja, innerhalb ihrer Kreise. Wie sollten ihre Vermutungen – oder ihr Wissen – in die Welt der Weißen durchsickern?"

„Über irgendwelche Kinder, die viel mit den schwarzen Kindern zusammen sind? Ich weiß es nicht, Linda. Ich weiß nur, dass der Anwalt der Steinmanns seit Wochen keine Geldanweisungen mehr bekommt. Er hat keinen Ansprechpartner oder potenziellen Erben für das Grundstück mehr, und wieder hat irgendein Fremder sehr intensiv versucht, die Plantage zu übernehmen."

„Er wird sie verkaufen, nicht wahr? Nur um sie los zu sein und seine bisherigen Kosten decken zu können?"

„Sicher. Der Erlös für *Green Crystal* ist für ihn einfacher zu verwalten – und vor allem auch gewinnbringender – als eine langsam verkommende Plantage, auf die offenbar niemand mehr Anspruch erhebt. Zudem ist auch Neil Warren kaum noch im Distrikt und kümmert sich nicht mehr um die Plantage der Steinmanns."

„Was ich nicht verstehe, Simon. Warum lässt er sie jetzt links liegen, wenn er sie doch so dringend haben wollte?"

„Vielleicht weil er keinen Verdacht erwecken möchte."

„Ob ihm als Ehemann von Denise Steinmann überhaupt jemand den Anspruch streitig machen könnte?", überlegte Linda.

„Sollte sein Plan scheitern, wären die Ländereien in schlechtem Zustand billiger zu erwerben."

„Wie will er das später im Distrikt erklären?"

„Das muss einen Warren nicht kümmern. Immerhin kann er hinterher damit prahlen, die Plantage einem anderen – natürlich unter einem großen finanziellen Opfer seinerseits – wieder abgekauft zu haben. Dass er den ursprünglichen Käufer selbst beauftragt hat, weiß natürlich keiner."

„Um solche Intrigen zu verstehen, bin ich zu unbedarft, Simon."

„Das ist auch gut so, meine Liebe", flüsterte Simon und strich ihr sanft über die Wange.

Linda lächelte, wurde aber sehr schnell wieder ernst. „Können wir gegen die Veräußerung *Green Crystals* nichts tun?"

„Warum auch, Linda? Denise wird *Green Crystal* niemals für sich beanspruchen können. Es sei denn, sie möchte zu Neil Warren zurückkehren."

Linda schüttelte entsetzt den Kopf.

Simon fuhr fort: „Die anderen Steinmanns sind nicht mehr hier und andere Verwandte kümmern sich nicht darum und scheinen auch keinen Anspruch erheben zu wollen. Jedenfalls im Moment noch nicht. In dem Fall wird der Anwalt korrekt und zu seinen Vorteilen handeln."

„Dann wird Neil Warren also höchstwahrscheinlich über den seltsamen Mittelsmann *Green Crystal* erhalten. Weshalb hat er dann noch Interesse an Denise?"

„Er braucht sie für seine Erben, und mit ihr als Ehefrau könnte er an die Plantage herankommen, ohne dafür bezahlen zu müssen."

„Indem er sie tötet – so wie Natasha Steinmann?"

„Sollte er es weiterhin so eilig mit der Übernahme des Besitzes haben, ja. Vielleicht genügen aber auch ein oder zwei weitere Jahre in der Gegenwart dieses Menschen, um Denise' Willen zu brechen, sodass sie ihm die Plantage einfach überschreibt."

„Ein Tod in kleinen Stückchen?", hauchte Linda. Sie hielt sich den Kopf, als schmerze er von den vielen Überlegungen. Dann murmelte sie: „Da können wir nur beten und hoffen, dass sich alle diese Pläne zerschlagen."

„Soll Warren *Green Crystal* doch bekommen, Linda. Hauptsache, dir, Ocean, Denise und Mary geschieht nichts."

„Du weißt aber, was das bedeutet, Simon. Mit der Vereinigung von *Green Crystal* und der Warren-Plantage wird die Familie Warren sehr mächtig und einflussreich werden."

Simon Bryant runzelte die Stirn und schüttelte langsam den Kopf. „Nein, Linda. *Green Crystal* ist ansehnlich, aber nicht so groß wie die umliegenden Plantagen. Es war vielmehr der Fleiß und der ausgeprägte Geschäftssinn von Mr Steinmann, der die Plantage so gedeihen ließ. Die Warren-Plantage ist sogar noch kleiner als *Green Crystal.* Gemeinsam sind sie nicht größer oder stärker als die anderen. Nur die Plantage der Brooks wird vielleicht nicht mehr mithalten können. Sie besitzt in etwa die Wirtschaftlichkeit von Neil Warrens Grund und Boden."

„Die Plantage der Brooks ist klein? Dann hat Arnaud nicht nur eine liebenswerte Frau, sondern auch eine gute Partie in den Wind geschlagen?"

Simon nickte nur. Er bedauerte Arnaud Brook. Selbst wenn Denise endgültig von Neil Warren fortkommen würde, so war sie doch noch immer eine verheiratete Frau. Sie würde ihren früheren Verlobten nicht mehr heiraten können. „Versuche heute Nacht zu schlafen, Linda", sagte Simon mit einem sanften Ton in der Stimme und blickte sie liebevoll an. „Ich werde auf dich achtgeben."

„Das ist gut zu wissen, Simon. Schön, dass du gekommen bist."

Simon hauchte Linda einen Kuss auf die Hand und nahm sich die Pistole vom Tisch. Im Türrahmen drehte er sich noch einmal um und sagte: „Ich bringe übrigens auch noch eine gute Nachricht: Santa Anna hat am 14. September in Mexico City vor General Winfield Scott kapituliert. Der Krieg ist vorbei." Er lächelte den beiden Frauen zu und verließ das Zimmer.

Kapitel 62

„Schieß doch, Joanna“, flüsterte eine weibliche Stimme neben Alec.

Er wollte am liebsten seine Qual laut hinausschreien. Joanna durfte nichts zustoßen, aber ebenso wenig wollte er, dass sie einen Menschen tötete.

Reglos standen sich Joanna und der fremde Mann gegenüber, jeder die Waffe auf den anderen gerichtet.

Die zur Untätigkeit verurteilten, entsetzten Zuschauer hoben die Köpfe, als der Wind die leisen Worte von Joanna zu ihnen herübertrug: „Selig sind die Friedfertigen; denn sie werden Gottes Kinder heißen ...“ Die junge Frau senkte langsam den Arm mit der Waffe. Hinter Alec stöhnte jemand laut auf. Dan Cutler hingegen hob den Arm ein klein wenig an. Ein Schuss löste sich. Schreie erfüllten die Luft.

Dan Cutler stand bewegungslos vor ihr. Blut rann ihm über die linke Wange. Dann sackte er plötzlich in sich zusammen und fiel vornüber auf das Gesicht.

Joanna sank ebenfalls zu Boden. Ihre Hände schoben die Stofffülle des Kleides beiseite und sie kroch zu dem Mann hinüber. Zitternd ergriff sie ihn an den Schultern, um ihn ein wenig zu drehen.

Unruhig flackernde Augen musterten sie aus dem bärtigen Gesicht, dann huschte ein zynisches Grinsen darüber. „Das wird Ärger geben“, murmelte er und wandte die Augen von ihr ab.

Joanna biss sich auf die Unterlippe. Sie versuchte, die Schusswunde zu finden, die Caspar Lewis dem Mann zugefügt hatte.

Stewart warf sich neben sie in den Schlamm und wollte sie an sich ziehen, doch Joanna wehrte ihn ab. In ihrem Kopf wirbelten die Gedanken wild durcheinander, nachdem zuvor nur eine erschreckende Leere geherrscht hatte. Sie musste mit dem Mann sprechen, bevor er das Bewusstsein verlor und vielleicht starb. „Mr Cutler ... Hören Sie mich? Sie haben damals das Feuer gelegt, nicht wahr?“

„Sie wissen es doch“, murmelte der Mann. Seine Augenlider flatterten.

„Was ist mit Denise? Geht es ihr gut? Hat Neil Warren inzwischen *Green Crystal* übernommen? Das war es doch, was er wollte, nicht wahr? Deshalb hat er Sie als Verwalter vorgeschlagen. Er wollte uns die Lebensgrundlage dort entziehen, Denise heiraten und die Plantage an sich reißen, habe ich recht?"

„Neil Warren?" Der Mann sah sie an, als könne er sich an den Namen des Mannes nicht mehr erinnern.

Schnell fuhr Joanna fort: „Er wusste, dass Stewart die Plantage nicht wollte und dass Oliver nach dem Krieg ein Studium beginnen würde, dass also keiner von beiden die Plantage übernehmen würde. Somit war Denise die nächste Erbin."

„Neil Warren?", wiederholte Dan Cutler. Seine Stimme klang höhnisch.

Joanna strich sich ungeduldig eine Haarsträhne aus dem Gesicht. „Er versuchte es auf zwei Wegen. Über einen im Distrikt unbekannten Grundstückspekulanten und über die Eheschließung mit Denise. Gibt es irgendetwas Wertvolles auf dem Grundstück, das die Brandstiftung rechtfertigen würde? Bei dem Feuer wäre Beckie beinahe ums Leben gekommen. Mr Cutler, bitte ..."

„Das war mit einkalkuliert. Ich durfte an mich nehmen, was ich wollte, und sollte dann verschwinden", keuchte der Mann und schloss die Augen. Dennoch sprach er leise weiter: „Sie hätten mich dabei nicht sehen sollen. Jetzt gab man mir den Auftrag, die Zeugin zu eliminieren."

„Neil Warren hat Sie beauftragt, mich zu töten? Damit er weiterhin seinen Machenschaften nachgehen kann?", flüsterte Joanna entsetzt.

Mr Cutlers Augen öffneten sich noch einmal. Sein Blick war erstaunlich klar. „Was reden Sie dauernd von Warren? Ich habe mich, wie geplant, bei Warren nach einer Verwalterstelle erkundigt. Er hat mich dann tatsächlich auf *Green Crystal* vorgestellt."

„Neil Warren ist aber doch Ihr Auftraggeber? Er hat das Haus abbrennen lassen, Denise geheiratet, nebenher über einen unbekannten Makler versucht, die Plantage an sich zu reißen und ..." Dan Cutlers Grinsen ließ Joanna innehalten. Sie warf dem schweigsamen Stewart einen fragenden Blick zu. Plötzlich begann der Körper vor ihr zu zucken. Sie ergriff Cutler an beiden Schultern. „Wer dann? Wer ist der Drahtzieher hinter dem Komplott, Mr Cutler?"

Der Sterbende sagte etwas, doch seine Worte waren nicht zu verstehen.

Joanna beugte sich weit zu ihm hinunter. „Bitte, Mr Cutler! Wer?“, flehte sie verzweifelt.

Es war nur ein leiser Hauch, der über ihre Wange strich, dennoch konnte sie den genannten Namen verstehen, zumal sie ihn kannte: „Arnaud Brook.“

Kapitel 63

Linda Fowler reichte Simon die Sahne und lehnte sich in ihrem Stuhl zurück. Müde betrachtete sie den Mann ihr gegenüber und ein liebevolles Lächeln legte sich auf ihr Gesicht. Ob er bald bereit sein würde, einen Hochzeitstermin festzulegen? Wie gerne würde sie jeden Morgen gemeinsam mit ihm auf einer sonnenüberfluteten Veranda frühstücken. Sie war Gott so unendlich dankbar dafür, dass Simon zurück ins Leben und zurück zu ihr gefunden hatte. Jetzt mussten nur die Zeiten wieder ruhiger werden und Normalität in ihr Leben einkehren, damit sie endlich heimkehren und heiraten konnten.

Doch wie sollte das geschehen? Wenn Neil Warren niemals des Mordes angeklagt werden würde, konnte sie mit ihrem Wissen nicht in seiner unmittelbaren Nähe leben. Er würde in ihr immer die Frau sehen, die ihm gefährlich werden konnte und Denise die Flucht ermöglicht hatte.

Unruhig glitten ihre Hände über die Falten ihres Nachmittagkleides. Würde es ihr jemals möglich sein, wieder in ihr vorheriges Leben zurückzukehren? Der Leichnam von Natasha Steinmann war verschwunden. Joanna, die Dan Cutler, den von Neil Warren engagierten Verwalter, in dem brennenden Haus gesehen hatte, war 2.000 Meilen von ihr entfernt. Denise würde ihr Leben lang vor diesem Mann auf der Flucht sein und vermutlich schon bald ebenfalls in den Westen reisen.

„Linda?“

„Entschuldige, Simon. Ich war in Gedanken.“

„In unschönen Gedanken, nicht wahr?“

„Das Leben ist nun einmal nicht immer nur leicht und schön, selbst wenn wir es uns wünschen.“

Simon fuhr sich mit der rechten Hand über seinen Armstumpf und nickte mehrmals.

„Simon, werden wir jemals in ein normales Leben zurückkehren können? Neil Warren kann – mit oder ohne Denise – einfach auf seiner Plantage weiterleben. Aber ich?“

„Dieser Gedanke hat auch mich heute Nacht beschäftigt, Linda“, erwiderte Simon leise und legte seine Hand auf ihre.

Offenbar hatte Neil Warren Simon in der vergangenen Nacht entdeckt, denn er war in dieser Nacht nicht in der Nähe des Hauses erschienen. Doch weder Linda noch Simon hatten genügend erholsamen Schlaf abbekommen.

„Ich habe nachgedacht, Linda. Unser Traum war es immer, unsere Plantage human zu führen und den versklavten Menschen eine Möglichkeit zu geben, sich freizukaufen. Doch je mehr sich der Konflikt zwischen dem Norden und dem Süden nun wieder zuspitzt, desto weniger glaube ich, dass wir ein solches Vorhaben tatsächlich durchführen könnten. Nicht nur, dass uns unser Umfeld unzählige Steine in den Weg legen würde, wir müssten vermutlich auch mit vehementen Angriffen und vielleicht sogar Übergriffen rechnen.“

Linda hörte ihrem Verlobten aufmerksam zu. Sie verstand nicht viel von Politik, aber sie wusste, dass seit Jahren ein Konflikt innerhalb ihres Landes immer wieder größere Wellen warf. Meistens ging es dabei um die Sklaverei und die Handelszölle. „Was willst du mir sagen, Simon?“, fragte sie schließlich, nachdem er einige Zeit nicht weitergesprochen hatte.

Der junge Mann sah sie prüfend an und fragte dann: „Liebst du mich, Linda?“

Linda atmete tief ein. „Ich liebe dich, Simon. Jeden Tag ein wenig mehr.“

Simon lächelte und legte erneut seine Hand auf die ihre. „Könntest du dir vorstellen, mit mir auch woanders zu leben als hier in South Carolina?“

„Du meinst, weiter im Norden?“

„Ich dachte vielmehr an den Westen, Linda.“ Ihre Augen wurden groß und rund. Simon spielte mit dem Gedanken, ebenfalls in den weit entfernten, wilden und recht unbekannten Westen zu ziehen? „Nach Kalifornien oder Oregon“, fuhr er fort, und der Druck auf ihrer Hand nahm zu, als fürchtete er, sie würde ihre zurückziehen.

„Aber, Simon ...“ Linda beendete den Satz nicht. Sie hatte ihre Familie hier. Niemals war sie auf den Gedanken gekommen, woanders zu leben als in dem wunderschönen Distrikt Bamberg.

Nachdenklich wanderte ihr Blick zu Simon zurück. Seine Gesichtszüge spiegelten seine innere Unruhe wider. Linda schüttelte über sich selbst den Kopf. Wie konnte sie auch nur einen Moment zögern, wenn sie die Möglichkeit hatte, mit diesem Mann, den sie von ganzem Herzen liebte, zusammen zu sein. „Ich würde mit dir überallhin gehen, Simon Bryant."

Simon sprang auf. Er umrundete den Tisch und kniete sich vor sie, wie er es bereits einmal getan hatte, als er sie gebeten hatte, ihn zu heiraten. „Ich weiß, dass ich dir vor meiner Zeit in Mexiko schon einmal einen Heiratsantrag gemacht habe. Doch seitdem ist so viel geschehen, dass ich dich erneut bitten möchte, meine Frau zu werden – und das möglichst sehr schnell!"

„Wir können aber doch warten, bis meine Eltern aus New Orleans zurückgekehrt sind?", lachte Linda.

„Aber keinen Tag länger, Miss Fowler."

„Versprochen. Keinen Tag länger", stimmte Linda zu und ungeachtet ihrer Erziehung rutschte sie von ihrem Stuhl herunter und ließ sich in Simons Arm fallen.

Als er sie wieder auf die Beine gestellt hatte, konnte sie das fröhliche, leuchtende Gesicht Oceans sehen, die Zeugin dieser Szene geworden war. Einem inneren Impuls folgend, lief Linda mit in die Höhe gerafftem Kleid auf sie zu und umarmte auch sie. „Möchtest du uns begleiten, Ocean? Als freie Frau?"

„Als Freie, Missi Linda?" Oceans Augen begannen zu glänzen.

„Nur als Freie – als meine Freundin! Schließlich reisen wir in ein freies Land!"

„Oh, ja! Gott sei gelobt!", jubelte Ocean und schlug dann beide Hände vor ihren Mund.

Simon lachte schallend und wandte sich seiner Verlobten zu, die wieder zu ihm herüberkam.

„Dann können wir mit Denise reisen, Simon. Nächstes Frühjahr."

„Das würde dir gefallen, nicht wahr? Zumal wir Denise zu ihrer Familie bringen müssten."

„Zu Joanna!", flüsterte Linda. Erst jetzt wurde ihr bewusst, dass sie ihre Freundin vielleicht doch wiedersehen würde.

Simon lächelte ihr verstehend zu. „Ich würde mich auch freuen, mich einmal wieder mit Joanna Steinmann streiten zu können."

„Vielleicht ist sie verheiratet, bis wir sie wiedersehen, und sie streitet nur noch mit ihrem Ehemann."

„Joanna? Verheiratet?“ Simon schüttelte nachdenklich den Kopf, zog dann aber die Schultern in die Höhe. „Weshalb auch nicht. Irgendwo ganz tief in ihr drin schlummert ein liebenswerter Mensch.“

„Rede nicht so herablassend von meiner besten Freundin, Simon Bryant!“

„Ich rede nur lobend von meiner zukünftigen Ehefrau, da die anderen Damen mir gleichgültig sind.“

„Das sollten sie aber nicht sein, Simon. Wir müssen sehen, wie wir Denise weiterhin schützen können. Wenn die Gerüchte zunehmen und Neil Warren weiter versucht, sie zu finden, könnte er auf ihr Versteck treffen.“

„Arnaud Brook wird auf sie achtgeben, Linda.“

„Wird Neil Warren nicht auch ihn im Auge behalten?“

„Das hat er mittlerweile aufgegeben. Deshalb ist er vermutlich auch wieder hier bei dir aufgetaucht.“

„Jetzt könnte er seine Aufmerksamkeit jedoch wieder auf Arnaud richten. Zumindest so lange, wie er einen eifrigen Beschützer an meiner Seite weiß.“

Simon fuhr sich mit der Hand über das Kinn und musterte seine Verlobte besorgt. Dann wandte er sich der Tür zu. „Ich werde Mr Laser einweihen, Linda. Er muss wissen, weshalb wir dich hier untergebracht haben, damit er dir noch mehr Schutz angedeihen lassen kann. Und ich werde heute noch zurückreiten, um Neil Warren im Auge zu behalten. Außerdem werde ich Arnaud bitten, noch ein wenig vorsichtiger zu sein.“

„Es ist schade, dass du schon wieder gehen musst, Simon, aber im Moment geht Denise' Sicherheit wirklich vor. Grüße bitte den armen Arnaud von mir.“

Kapitel 64

Joanna stand an Beckie gelehnt da und zitterte am ganzen Körper. Sie beobachtete, wie Stewart mit Caspar Lewis und French Maison sprach. Ihr verschmutztes Festtagskleid klebte an ihren Beinen und sie hatte ihre Arme um sich geschlungen.

Dan Cutler war in der Nacht gestorben. Jetzt hoben Silas und Mike ein Grab aus, während Stewart nach einem langen, ernsten Gespräch mit seinen Schwestern die beiden Männer bat zurückzureiten, um Natasha Steinmann und Denise Warren zu warnen.

Joanna schüttelte mehrmals bekümmert den Kopf und drückte ihr Gesicht gegen Beckies Wange. Dabei flüsterte sie: „Und ich hatte es so eilig zu schreiben, damit alle vorsichtig sind. Ich habe ihnen den falschen Namen genannt."

„Du hast es gut gemeint, Joanna. Niemand von uns wäre jemals auf den Gedanken gekommen, dass Arnaud irgendetwas Böses vorhaben könnte."

„Aber Denise und Tante Natasha auch nicht, und genau dieser Fehler könnte für sie zur Gefahr werden."

„Wir können nichts anderes tun, als zu beten, Joanna. Ich hoffe nur, die beiden Herren lassen sich überreden, unverzüglich umzukehren."

„Nachdem sie Jasmine und Jake hier nicht finden konnten, werden sie das schon tun", sagte Joanna mit einem unsicheren Unterton in der Stimme.

Über Beckies Gesicht huschte ein flüchtiges Lächeln. „Wir kennen doch die Südstaatengentlemen, Joanna. Ihre höchste Lebensaufgabe ist es doch, dem weiblichen Geschlecht alle Wünsche von den Augen abzulesen und ihre rettenden Helden zu sein. Dieser Ehrenkodex wird auch bei Mr Lewis und Mr Maison sehr ausgeprägt sein. Stewart wird sie nicht lange überreden müssen."

Joanna löste sich von ihrer Schwester und eilte zu den drei Männern hinüber.

Caspar Lewis zog seinen Hut vor ihr und nickte ihr grüßend zu.

„Ich konnte mich bei Ihnen noch gar nicht gebührend für Ihre Rettung bedanken, Mr Lewis", begann sie. „Dieser Mann hatte es auf mein Leben abgesehen. Ich werde immer in Ihrer Schuld stehen. Haben Sie herzlichen Dank für Ihr beherztes Eingreifen."

„Es war mir eine Ehre, Miss Steinmann."

Joanna schob den Gedanken, dass sie Jasmine und Jake vor genau diesem Mann gewarnt und versteckt hatte, beiseite und trat einen Schritt auf ihn zu. „Hat mein Bruder Sie in die Hintergründe der ganzen furchtbaren Geschichte eingeweiht, Mr Lewis? Können Sie verstehen, in welcher Angst meine Schwestern, mein Bruder und ich um unsere älteste Schwester sind?"

„Es bedrückt mich zutiefst, Sie in solcher Not zu wissen, Miss Steinmann. Tatsächlich wollte ich Ihrem Bruder soeben anbieten, unverzüglich zurück in den Osten zu reiten."

„Das würden Sie tun, Mr Lewis? Niemals können wir gutmachen, was Sie für uns tun wollen. Ach, ich wünschte mir, Sie würden unverzüglich aufbrechen, um meiner Schwester und meiner Tante schnell zu Hilfe eilen zu können."

French Maison sah sie prüfend an.

Joanna hatte Mühe, seinem Blick standzuhalten. Ob er sich fragte, wo die Geflohenen sein konnten, wenn sie sie zwischen den umgekehrten Wagen und hier nicht gefunden hatten? Dann huschte ein eigentümliches Lächeln über sein Gesicht und er wandte sich an seinen Begleiter: „Da wir die beiden Schwarzen hier ohnehin nicht angetroffen haben, Mr Lewis –"

„Ist schon gut, Mr Maison", unterbrach ihn der Jüngere unwirsch, als wolle er sich nicht den Ruhm und die Dankbarkeit der Dame von ihm rauben lassen.

„Schreiben Sie einen Brief an Ihre Schwester, solange wir aufsatteln und uns mit ein wenig Proviant versorgen, Miss Steinmann", sagte Caspar Lewis und wandte sich wieder Stewart zu.

Joanna lächelte, wandte sich flink um und eilte zum Wagen von Beckie, Branca und Carole. Dort kramte sie zerknittertes, leicht feuchtes Briefpapier aus einer Kiste, ging zum Schreiben der Nachricht jedoch vorsichtshalber in den Wagen von Jasmine und Jake, um bei Mr Lewis und Mr Maison nicht doch noch Verdacht zu erregen. Dort schrieb sie in Anbetracht der knappen Zeit in wenigen Worten, was in der letzten Nacht geschehen war und was sie erfahren hatte. Als sie fertig war, adressierte sie den Brief an Linda Fowler. Es erschien ihr sicherer, nicht direkt an Denise oder Tante Natasha zu schreiben.

Weniger als eine Stunde später verabschiedeten sich Caspar Lewis und French Maison. Kaum waren sie hinter einer der Hügelkuppen verschwunden, kletterte Joanna in den Wagen der Lewis'. Sie entledigte sich des grünen Kleides, warf es achtlos in eine Ecke und zog sich ihren einfachen Baumwollrock und die helle Bluse über. Dann löste sie die Haarspangen aus ihren Haaren, flocht sich einen einfachen Zopf, der weit über ihren Rücken hinunterbaumelte, und zog sich eine Sonnenhaube über.

Als sie wieder aus dem Wagen sprang, lief sie beinahe in Stewart hinein. „Ich brauche ein Pferd, Stewart."

„Ich weiß, du willst Jasmine und Jake holen. Aber es ist sicherer, die beiden noch mindestens eine Woche vor uns herreiten zu lassen, falls Maison oder Lewis misstrauisch geworden sind und uns doch folgen."

„Uns folgen? Aber sie *müssen* zurückreiten, Stewart. In Richtung Osten!"

„Wir sollten dennoch gewisse Vorsichtsmaßnahmen nicht außer Acht lassen. Alec treibt die Herde gleich hier vorbei. Wir werden die Tiere einige Zeit zwischen Jasmine und Jake und dem Wagenzug laufen lassen. Sie werden ihre Spuren verwischen, und wir können die Lewis' unauffälliger informieren, falls wir tatsächlich verfolgt werden sollten."

„Wahrscheinlich ist es besser so", seufzte Joanna und blickte in Richtung der Berge, hinter denen die beiden Reiter verschwunden waren.

„Es tut mir leid, dass wir Mr Lewis so hintergangen haben, Stewart."

„Niemand hat von ihm verlangt, dich vor Cutler zu retten, oder ihn gezwungen, nach Denise und Tante Natasha zu sehen. Er hat beides aus freien Stücken getan. Du musst dich nicht mit Schuldgefühlen plagen, Jo. Du hast nach deinem Herzen entschieden und den beiden geflohenen Sklaven die Hoffnung auf ihre Freiheit erhalten."

„Und die beiden uns erhalten, Stewart. Ohne Jasmines medizinische Kenntnisse wären wir schon so manches Mal völlig hilflos gewesen."

Stewart nickte und wandte sich um.

Das Donnern unzähliger Hufe auf dem Boden hallte zwischen den Bergen wider und kurz darauf trieben Alec, Andy und Silas die Tiere an der Wagenburg vorbei.

Kapitel 65

Die Tage vergingen in nervenaufreibender Monotonie. Linda und Ocean hatten gemeinsam ein anderes Zimmer zugewiesen bekommen, vertrieben sich die Zeit mit Handarbeiten, lasen oder unterhielten sich mit Mrs Laser und ihrer vierzehnjährigen Tochter. Zweimal gab es eine Gesellschaft, und Linda nahm gerne daran teil, dankbar für jede Abwechslung und Ablenkung.

Obwohl die junge Frau sich abends und nachts von den Fenstern, die in den Garten hinaus führten, fernhielt, war sie sich recht sicher, dass Neil Warren nicht mehr aufgetaucht war. Offenbar konzentrierte er sich bei seiner Suche nach Denise nun doch wieder auf Arnaud, und sie hoffte, dass dieser vorsichtig genug war. Vielleicht aber – und das war Lindas größter Wunsch – hatte Warren es inzwischen aufgegeben, Denise zu finden.

Die Blätter der Bäume begannen schon, sich bunt zu färben, und die Farbenpracht der umliegenden Wälder trieb Linda immer wieder in den Garten hinaus. Doch von größeren Spaziergängen oder Ausflügen hatten ihr sowohl Simon als auch der inzwischen eingeweihte und äußerst besorgte Mr Laser abgeraten.

An diesem Abend saßen Mrs Laser, ihre Tochter Traci, Ocean und Linda im Salon. Während die Frauen stickten, las das Mädchen aus der Bibel vor. Im Kamin prasselte das erste Feuer dieses Herbstes. Draußen war es bereits dunkel und Regentropfen trommelten leise gegen die Fensterscheiben.

Das tiefe Läuten der Türglocke tönte durch das Haus, und die Schritte eines Schwarzen klapperten über den hölzernen Fußboden des Flures, als er auf die Eingangstür zueilte. Mehrere Männerstimmen drangen in den Salon herein.

Linda hob den Kopf. War das nicht Simon? Was war der Grund dafür, dass er bei diesem Wetter hierherkam? Beunruhigt legte sie die Stickerei beiseite und erhob sich. Traci Laser blickte nur kurz auf, ließ sich jedoch nicht unterbrechen, während Ocean ebenfalls ihre Arbeit in ihrem Schoß ruhen ließ.

„Besuch für dich, mein Kind?“, fragte Mrs Laser und nickte ihr freundlich zu.

Linda nahm die Stofffülle um ihre Beine mit beiden Händen leicht in die Höhe und verließ den Salon. Als sie in den großen Flur trat, standen dort tatsächlich Simon Bryant und Arnaud Brook. Beiden tropfte das Regenwasser von den Hüten und Mänteln und unter ihnen bildeten sich gewaltige Wasserlachen. Beunruhigt eilte Linda auf die beiden zu.

Simon sah auf und trat ihr zwei Schritte entgegen, als wolle er sie augenblicklich in die Arme ziehen. Doch sein äußerer Zustand wie auch die Anwesenheit von Arnaud und Mr Laser hielten ihn davon ab. „Linda!“, flüsterte er nur. Er schien sehr erleichtert zu sein, sie wohlbehalten und gesund vor sich zu sehen.

„Ist etwas geschehen?“, fragte sie aufgeregt.

„Leider, Linda. Mr Laser, können wir irgendwo ungestört mit Miss Fowler sprechen?“

„Ist sie in Gefahr?“

„Sie vermutlich weniger. Jedoch die andere Dame, von der ich Ihnen bei meinem letzten Besuch ebenfalls erzählte.“

„Geben Sie dem Burschen Ihre Mäntel und Hüte. Hier gleich nebenan können Sie sich unterhalten.“ Mr Laser deutete auf eine Tür. „Ich sorge inzwischen für heiße Getränke.“ Er verschwand in einem abzweigenden Flur.

Simon schob Linda förmlich vor sich her in das Arbeitszimmer von Mr Laser und schloss fest die Tür hinter sich. Arnaud trat an die Fensterfront und zog die schweren Samtvorhänge zu.

Ein eiskaltes Frösteln jagte Linda über den Rücken. Denise war in Gefahr! Und sie offensichtlich ebenfalls, da Arnaud so sehr um einen Sichtschutz bemüht war. Mit flehendem Blick sah sie zu Simon hinauf. Sein Gesicht wurde von dem warmen Licht des unsteten Kaminfeuers angeleuchtet, das auch in diesem Raum entfacht worden war.

„Hast du Warren in den letzten Tagen gesehen, Linda?“, erkundigte sich Arnaud sofort.

„Nein. Allerdings muss das nicht heißen, dass er nicht hier war. Ich habe ein anderes Zimmer bekommen. Außerdem habe ich mich tagsüber ausschließlich im Haus und im Garten aufgehalten. Die Vorhänge wurden immer sorgfältig geschlossen und ich habe mich abends und nachts nie an einem offenen Fenster sehen lassen.“

„Das war vollkommen richtig, Linda“, lobte Simon und ergriff ihre Hand.

Arnaud drehte sich mit einer hastigen Bewegung um.

Lindas Augen wurden groß vor Angst und sie drückte Simons Hand. „Was ist denn los?“, fragte sie schließlich flüsternd.

Arnaud gab keine Antwort, sondern blieb bewegungslos stehen. Also wandte sie sich an ihren Verlobten.

Der schüttelte langsam den Kopf und erklärte dann: „Ganz plötzlich, woher auch immer, ist in der Stadt das Gerücht aufgetaucht, Denise sei bei Bekannten der Brooks gesehen worden.“

Linda schlug sich erschrocken eine Hand vor den Mund. „Das hat mich noch nicht weiter beunruhigt. Immerhin weiß jeder, dass Arnaud und Denise einmal verlobt waren. Selbstverständlich kann darüber spekuliert werden, ob Denise Neil Warren verlassen hat und in Arnauds Nähe geflüchtet ist.“

Linda und Simon blickten beide zu dem jungen Mann hinüber, der jedoch noch immer bewegungslos vor dem geschlossenen Vorhang stand, als ginge ihn das alles nichts an. Bedauernd schüttelte Linda den Kopf. Weder für ihn noch für Denise schien es einen guten Ausgang für diese schreckliche Geschichte geben zu wollen.

„Dann kursierte plötzlich der Name der Bekannten. Arnaud war zu dieser Zeit bei Denise, und ich musste zwei Tage warten, bis er wiederkam und mir bestätigen konnte, dass Denise sich tatsächlich bei diesen Leuten aufhält. Wir ritten sofort zur Warren-Plantage, doch dort sagte man uns, Warren sei vor einigen Stunden abgereist."

„Aber was tut ihr dann hier? Ihr müsst zu Denise und sie fortbringen!", rief Linda entsetzt. Sie ergriff Simon mit beiden Händen an seinem Arm.

„Beruhige dich, Linda. Wir sind auf dem Weg zu ihr. Denise ist nur eine halbe Stunde von dir entfernt."

„So nahe ...", flüsterte Linda und musterte Arnauds Rücken. Er war mehrmals bei Denise gewesen und hatte dabei nie bei ihr hier vorbeigeschaut. War auch das eine Vorsichtsmaßnahme des bedachtsamen Mannes gewesen? Aber vielleicht hatte er es nur als sehr unschicklich und unangebracht angesehen, im Hause der Lasers eine Dame zu besuchen. Sie wandte sich wieder an Simon. „Trotzdem – ihr müsst schnell weiterreiten."

„Wir wissen genau, wohin wir müssen, Linda. Neil Warren hingegen hat nur einen Namen. Es kann sein, dass er Tage braucht, um die richtige Familie zu finden", versuchte Simon erneut, sie zu beruhigen.

Arnaud wandte sich um und musterte die aufgeregte, verängstigte Linda mit zusammengezogenen Augenbrauen. Dann trat er ein paar Schritte näher. „Warren ist gefährlich, Simon. In meinen Augen ist er wie ein Tier, das tötet, um selbst überleben zu können. Vielleicht ist es angebracht, dass du hier bei Linda bleibst. Ich habe kein gutes Gefühl dabei, sie hier allein zurückzulassen."

Linda erschrak. Konnte es sein, dass Neil Warren sie bislang verschont hatte, weil er hoffte, über sie an seine Frau heranzukommen? Aber jetzt, wo sie ihm nicht mehr bei seiner Suche nach Denise behilflich sein musste, was sollte ihn da noch davon abhalten, sie, die immerhin über die Leiche in seinem Garten Bescheid wusste, aus dem Weg zu schaffen? Schwebten auch sie und Ocean in Lebensgefahr? Hilfe suchend wanderte ihr Blick zu Simon zurück.

Ihr Verlobter musterte sie prüfend und nickte schließlich langsam. „Kann ich dich alleine reiten lassen, Arnaud?“, fragte er seinen Begleiter.

„Warren wird, wie du selbst sagtest, mit Sicherheit noch einige Zeit brauchen, bis er den genauen Aufenthaltsort von Denise ausfindig machen kann. Ich werde in einer halben Stunde bei ihr sein. Mary und sie können packen und wir werden uns gemeinsam auf den Weg in Richtung St. Louis machen.“

„In Richtung Westen?“, hauchte Linda.

Arnaud nickte. Ein harter Zug lag um seinen Mund. „Das ist die einzige Möglichkeit für Denise, für immer aus Warrens Nähe verschwinden zu können.“

„Wirst du sie begleiten?“, wagte Linda leise zu fragen.

„Wie könnte ich das, Linda? Denise ist eine verheiratete Frau“, antwortete er mit brüchiger Stimme.

Linda löste sich von ihrem Verlobten und trat zu dem scheinbar gelassen dastehenden Mann heran. Gerne hätte sie seine Hand ergriffen. Immerhin war er ihr in den vergangenen Monaten nicht nur ein Helfer, sondern auch ein Freund geworden. Doch er hielt seine Hände hinter seinem Rücken verschränkt, was ihn zusätzlich sehr steif und korrekt wirken ließ. „Du wirst sie aber doch bis nach St. Louis bringen?“

„Nach St. Louis oder Independence. Dort werde ich sie in einer Pension unterbringen.“

„Aber sie hat kein Geld“, wandte Linda ein.

„Das ist unser geringstes Problem“, versicherte Arnaud und deutete damit an, dass er für Denise und Mary zu sorgen und wohl auch ihre Reise in den Westen zu finanzieren gedachte.

„Bitte grüße sie herzlich von mir, Arnaud. Und richte ihr aus“ – Linda wandte sich nach Simon um – „dass wir beide nachkommen und gemeinsam mit ihr im nächsten Frühjahr in den Westen ziehen werden.“

Arnaud musterte erst sie und dann Simon. Dann lächelte er, als habe er schon lange eine solche Vermutung gehegt.

„Gib auf sie und Mary acht, Arnaud. Und auch auf dich. Du bist mir ein guter Freund geworden. Ich möchte nicht, dass dir etwas zustößt.“

Arnaud nahm ihre Rechte, um einen Handkuss daraufzuhauchen. Anschließend verabschiedete er sich knapp von Simon und stürmte in den Flur. Er ließ sich von einem der Haussklaven seinen Mantel und seinen Hut reichen und verschwand durch die Eingangstür in der regnerischen, dunklen Nacht.

Linda wandte sich um und musterte Simon, dem noch immer vereinzelte Tropfen aus den Haaren in das Gesicht rannen.

Er lächelte knapp, kam zu ihr herüber, nahm sie fest in seinen Arm und drückte sie an sich.

Linda fühlte sich unendlich wohl und geborgen, obwohl ihr Kleid nass zu werden begann. Schließlich hob sie den Kopf und flüsterte: „Hoffentlich gelingt Arnaud sein Vorhaben. Ich weiß nicht, was ich getan hätte, wenn er nicht als Helfer an meiner Seite gestanden hätte.“

„Er ist ein vorsichtiger und präzise planender Mann, Linda. Er wird gut auf Denise aufpassen und sie und Mary sicher bis an den Missouri bringen.“

Kapitel 66

Der Planwagen holperte unruhig über den steinigen Abhang. Der von einzelnen Kiefern und niedrigem Gehölz gesäumte Weg führte in Serpentinen den Hügel hinab. Als sich vor ihnen plötzlich ein Tal öffnete, zügelte Joanna die Ochsen des Thompson-Wagens. Laurie, die mit Josie auf dem Arm neben dem Wagen herging, und Branca, die die Tiere führte, wandten sich nach der jungen Frau um. Doch sie hatte nur Augen für das tiefgrüne, kreisrunde Tal, das sich unterhalb des Abhanges vor ihnen ausbreitete.

Eingerahmt durch die auslaufenden Berghänge, lag es wie eine Oase vor ihr. Nach der langen Fahrt durch die staubige, trockene Einöde, die Anstrengungen, Entbehrungen und Leid mit sich gebracht hatte, glaubte Joanna, noch nie zuvor eine schönere Landschaft gesehen zu haben. Ihr Herz schien wahre Freudensprünge zu vollführen. In einem Anflug jugendlichen Übermutes warf sie die Arme in die Luft und stieß einen lauten Jubelruf aus. „Seht euch das einmal an! Habt ihr jemals in eurem Leben etwas Schöneres gesehen?“

„Zumindest nicht im letzten halben Jahr“, erwiderte Branca. Sie ließ das Führseil los und kletterte auf eine kleine Anhöhe, um besser in das Tal hinuntersehen zu können.

Die anderen Wagen kamen hinter ihnen zum Stehen. Joanna lächelte, da kein Esra Stevens herangeritten kam, um sie zurechtzuweisen, weil sie mal wieder den Treck aufhielt.

Der ältere Mr Ravens gesellte sich zu ihnen und warf einen ausgiebigen Blick über die Landschaft. Dann wandte er sich an die Frauen. „Ich vermute, wir dürfen an dieser Stelle sagen: Herzlich willkommen in Oregon."

Joanna lächelte auf den bärtigen Mann hinunter.

Der Nächste, der nach vorne an den ersten Wagen kam, war Stewart. Er betrachtete die staunende und schweigsame Branca einen Moment lang, ehe er zu Joanna hinaufblickte und sich dabei mit beiden Händen an dem Wagen abstützte. „Wir haben beschlossen, die Route weiter in Richtung Oregon City zu fahren. Das heißt, wir haben eine weitere schwere Flussüberquerung vor uns."

„Den *Columbia River?*", fragte Joanna mit leiser Stimme. Sie hatte in ihrem Führer von dem Strom gelesen, und der enthielt eine eindeutige Warnung bezüglich des breiten, wilden und sehr gefährlichen Stromes.

Stewart bejahte, und sein Blick ruhte einen Moment auf Laurie, die mit ihrem Baby im Arm neugierig herangetreten war.

Joanna lächelte Laurie aufmunternd zu. Seit sie ihre kleine Tochter hatte, war die ohnehin schon vorsichtige Frau sehr ängstlich geworden. Schon allein um Lauries willen wünschte sich Joanna, dass sie bald am Ziel ihrer Reise ankommen würden.

„Wir übernachten hier oben, Joanna. Für den ganzen Abstieg ist es heute schon zu spät", erklärte Stewart schließlich, ehe er sich umdrehte und von einem Wagen zum anderen ging, um die Anweisungen der Treckführer weiterzugeben.

An diesem Abend zog Pete Ravens wieder einmal seine Mundharmonika hervor und spielte ein paar fröhliche Lieder. Jake und Jasmine Lewis, die sehr bald nach ihrer zweiten Flucht wieder in ihren Planwagen gezogen waren, fassten sich an den Händen. Einige ungleiche Paare taten es ihnen nach und begannen, auf dem etwas abschüssigen, unebenen Boden zu tanzen, während die Kinder lachend in die Hände klatschten. Rowdy sprang zwischen ihnen hin und her. Auch er schien die aufgeregte, erwartungsvolle Stimmung zu spüren, die die Reisenden ergriffen hatte. Bald schon würden sie ihr Ziel erreicht haben – eine neue Heimat.

Joanna verließ wie an jedem Abend nach der Mahlzeit die Wagenburg, um die Ruhe und Abgeschiedenheit abseits des Lagerlebens zu suchen. In diesen Tagen wollte sie besonders für Linda und Simon und Denise und ihre Tante Natasha beten.

Geschickt kletterte sie über einige große Steine auf einen kahlen Felsen, von dem aus sie eine herrliche Aussicht über das grüne Tal vor sich hatte. Sie setzte sich, winkelte die Beine an, stützte die Arme auf die Knie und legte ihr Kinn darauf. Fasziniert betrachtete sie das Farbenspiel, das die Sonne an den Himmel malte, und die immer länger werdenden dunklen Schatten in dem grünen Tal. Während sie den abkühlenden Wind genoss, wanderten ihre Gedanken nach South Carolina zurück.

Plötzlich hörte sie, wie mehrere Steine übereinanderkullerten. Langsam hob sie den Kopf, richtete sich ein wenig auf und suchte mit den Augen nach der Ursache für dieses Geräusch. Doch sie konnte nichts erkennen und auch keine weiteren Geräusche hören. In der Annahme, eine Eidechse oder ein anderes Tier habe die Steine gelöst, nahm sie ihre vorherige Haltung wieder ein und gab sich erneut ihren Gedanken hin.

Kurz darauf hörte sie ein weiteres Geräusch hinter sich. Sie hob den Kopf und schaute sich prüfend um. Ihr Blick blieb an einer kleinen Ansammlung von Kiefern, einige Meter von ihr entfernt, hängen. Für einen kurzen Moment glaubte sie, eine Bewegung gesehen zu haben. Als jedoch nichts weiter geschah, wandte sie sich wieder um. Allerdings fand sie nicht mehr recht zu ihrer vorherigen Ruhe zurück. Vermutlich gab es hier Silberlöwen. Sie wollte keinesfalls von einem solchen Raubtier überrascht werden, das womöglich sein Revier zu verteidigen gedachte. Noch einmal blickte sie in das Tal hinunter, ehe sie sich erhob und zum Gehen umwandte.

Vor ihr stand Annette Schlenker.

„Guten Abend, Mrs Schlenker“, grüßte Joanna und versuchte, ihren Schrecken über das plötzliche Auftauchen der Frau zu verbergen.

Sie bekam keine Antwort. Alarmiert durch das seltsame Verhalten der Frau trat sie einen Schritt zurück. In diesem Moment fiel ihr Alecs Warnung ein. Unwillkürlich wandte sie den Kopf und blickte auf die nicht einmal einen Meter hinter ihr endende Felsplatte. Vorsichtig machte sie einen kleinen Schritt seitwärts.

Mrs Schlenker lachte kurz auf. „Angst?“, zischte sie und ergriff Joanna an den Oberarmen.

Panik stieg in ihr auf. Wieder blickte sie auf den drohenden Abgrund.

„An genau so einem Steilhang ist mein Mann hinter Ihrem Wagen hergezogen worden. Erinnern Sie sich?“ Die Frau drängte sie einen Schritt zurück.

Joanna versuchte verzweifelt, mit ihren Füßen festen Halt zu finden. „Natürlich erinnere ich mich, Mrs Schlenker“, antwortete sie mit unsicherer Stimme. „Es war furchtbar. Und Ihr Verlust tut mir unendlich leid.“

„Deshalb lachen und albern Sie auch so viel und verspotten die Leute um Sie herum?“

„Bitte, Mrs Schlenker. Ich habe niemals über den Tod Ihres Mannes gelacht.“

„Aber Sie trauern auch nicht. Sie wissen doch gar nicht, was es bedeutet, auf sich allein gestellt zu sein. Sie kennen nicht die Angst, mit der ich seit Monaten zu kämpfen habe.“ Wieder drängte sich die Frau gegen sie.

Joanna blieb nichts anderes übrig, als einen weiteren Schritt nach hinten auszuweichen. Sie spürte, wie der Boden abschüssig wurde.

„Jetzt, jetzt kennen Sie Angst. Nicht wahr? Ich sehe sie in Ihren Augen.“ Sie schob Joanna noch ein Stück weiter nach hinten.

Obwohl sie versuchte, sich gegen die Frau zu stemmen, kam sie um einen weiteren Schritt nach hinten nicht herum. Steine lösten sich unter ihren Füßen und schlugen weit unterhalb polternd auf. Halt suchend wollte sie nach der Frau greifen, doch Mrs Schlenker wich geschickt aus und gab ihr einen Stoß. Mit einem lauten Schrei rutschte Joanna über die Felskante hinweg.

Kapitel 67

Am diesem Abend kamen einige weitere Besucher in das Haus der Lasers: zwei Ehepaare mit ihren fast erwachsenen Töchtern und ein etwas älteres Geschwisterpaar. Unverzüglich wurde ein gewaltiges Menü auf den Tisch gezaubert und die Tafel durch zwei Beistelltische so verlängert, dass alle daran Platz finden konnten.

Linda, die das Ehepaar mit den beiden Mädchen bereits kannte, gesellte sich zu ihnen, während Simon, der ebenfalls ein Gästezimmer bei den Lasers bezogen hatte, neben ihr Platz nahm und somit neben dem fröhlichen Geschwisterpaar zu sitzen kam. Froh über die unverhoffte Ablenkung, unterhielt sich Linda mit den Damen. Sie genoss den Abend und spürte, dass sie, wenn die ganze unsägliche Geschichte endlich ein Ende gefunden hatte, das Ganze wohl sehr schnell würde vergessen können. In der Ansicht, sie habe die schlimmsten Erfahrungen schon hinter sich, lächelte sie ihren Verlobten an, der ihr wiederum fröhlich zuzwinkerte.

Dann erhob er sich allerdings und wies eines der schwarzen Mädchen an, die Vorhänge zuzuziehen. Linda registrierte diese Bemühungen mit einem unangenehmen Erschaudern. Die Gefahr war auch für sie noch nicht vorbei.

Nach dem Nachtisch brachten die Bediensteten einen leichten Apfelwein und mit erhobenem Glas in der Hand meinte Mr Laser an sie und Simon gewandt: „Schade, dass Mr Brook gestern Abend so schnell wieder abreisen musste. Er sah sehr ernst aus. Eine fröhliche Runde wie diese hätte ihm sicherlich gutgetan."

Linda nickte verhalten. Offenbar war ihr Gastgeber bereits ein wenig angetrunken, denn eigentlich wollte er seiner Familie gegenüber Stillschweigen bewahren.

„Brook? Arnaud Brook?", fragte Mr Winder, der ältere Herr, der in Begleitung seiner Schwester gekommen war, interessiert. „War er wieder einmal in der Gegend?"

„Sie kennen Arnaud?", wunderte sich Simon.

„Natürlich kenne ich Mr Brook. Immerhin hat er sich im letzten Herbst beinahe ein halbes Jahr in und um Orangeburg herumgetrieben."

Linda runzelte die Stirn und beugte sich auf ihrem Platz weit nach vorne. Sie musterte den freundlichen älteren Herrn mit dem weißen Backenbart und den wild abstehenden weißen Haaren. „Entschuldigen Sie bitte, Mr Winder. Aber kann es nicht sein, dass Sie Mr Brook mit jemandem verwechseln? Mr Arnaud Brook war zu dieser Zeit in Mexiko im Krieg."

„Arnaud Brook aus Bamberg? Der war niemals im Krieg. Das ist doch so ein mittelgroßer, braunhaariger, immer sehr korrekt zurechtgemachter Jüngling. Ein wenig steif und bedachtsam, jedoch ein gewiefter Geschäftsmann. Ich verbringe mehr Zeit in Orangeburg als zu Hause auf unserem kleinen Eiland, Miss Fowler. Und Mr Arnaud Brook ist mir dort mehrmals über den Weg gelaufen."

Hilflos blickte Linda Simon an, der seine Aufmerksamkeit jedoch weiterhin auf den älteren Herrn gerichtet hatte. Die anderen am Tisch hatten sich inzwischen wieder anderen Themen zugewandt. So erhob sich Linda und wandte sich, die Hände auf die polsterüberzogene Rückenlehne von Simons Stuhl gelegt, erneut an Mr Winder: „Arnaud Brook kam mit einer Kriegsverletzung nach Hause."

Mr Winder lachte schallend auf. „Sie meinen die Verletzung am Hals? Da hat Mr Brook vor der Damenwelt Bambergs aber gewaltig aufgeschnitten, Miss Fowler. In dem Restaurant in Orangeburg, in dem er oft zu Abend aß, erzählte er, es handele sich um eine Schnittverletzung, die ihm ein Straßendieb zugefügt habe. Allerdings sah mir die Wunde mehr nach einer selbst zugefügten Verletzung aus. Entschuldigen Sie bitte meine Freimütigkeit, aber wahrscheinlich wollte sich der unscheinbare, etwas langweilig wirkende Mann interessanter machen, als er ist. Übrigens habe ich ihn vor einigen Wochen wieder mehrmals in dem Restaurant gesehen. Er muss erneut zwei oder drei Wochen hier verbracht haben."

Linda verstand das alles nicht. Weshalb erzählte Arnaud, er sei in Mexiko gewesen? Und wenn er nicht dort gewesen war, warum hatte er sich dann nicht früher um Denise gekümmert? Wenn er tatsächlich in South Carolina gewesen war, musste er doch irgendwie von der anstehenden Hochzeit zwischen Denise Steinmann und Neil Warren erfahren haben.

Simon erhob sich langsam und schob ihr seinen Stuhl zurecht. „Setz dich bitte, Linda."

Sie erschrak über seine düstere Miene und kam seiner Aufforderung schnell nach.

Nun war es ihr Verlobter, der sich hinter sie stellte und seine Hand auf ihre Schulter legte. „Es ist wichtig, Mr Winder, dass wir über Arnaud Brook genauere Informationen erhalten. Wichtig für eine liebe Freundin von uns."

„Was meinst du?", fragte Linda beunruhigt. Die Verwirrung in ihr stieg von Minute zu Minute an.

Simon erkundigte sich nach den genauen Zeiten, wann Mr Winder Arnaud in Orangeburg getroffen hatte. Sie stimmten zum einen mit seiner angeblichen Militärzeit überein, zum anderen mit den Wochen, in denen er angeblich Natasha Steinmann entlang des Weges zu ihren Verwandten in Denmark gesucht hatte.

Beunruhigende Gedanken machten sich auch in Linda breit. Hatte Arnaud ihr gegenüber überhaupt jemals die Wahrheit gesagt? Was sollte dieses seltsame Versteckspiel bedeuten?

„Wissen Sie, was Mr Brook in Orangeburg wollte?", fragte Simon weiter. „Sie sprachen von seinem ausgezeichneten Geschäftssinn, Mr Winder."

„Er hatte gelegentlich einen Gast zum Dinner, Mr Bryant. Dieser Mann ist ein gerissener Halunke. Das, was er tut, nämlich für andere Männer, die im Hintergrund bleiben wollen, Grundstücke oder wertvolle Immobilien aufzukaufen, ist nicht illegal, aber auch nicht gerade gentlemanlike. So manche Familie oder Witwe saß plötzlich auf der Straße, weil ihr Anwesen in Krisenzeiten zu Schleuderpreisen verkauft wurde. Und ich vermute, dass dabei die Anwälte, denen die Finanzen und somit auch die Zukunft der Familien anvertraut wurden, ein wenig mitverdient haben."

„Meine Güte, der Unbekannte, der *Green Crystal* kaufen wollte!" Lindas Augen funkelten zornig auf. Sie fühlte eine unbändige Wut in sich. Arnaud Brook war es gewesen, der *Green Crystal* an sich reißen wollte! Oder hatte er nur versucht zu verhindern, dass die Plantage Neil Warren zufiel? Hatte er damals schon eine Ahnung in Bezug auf dessen Machenschaften gehabt? Aber warum hatte er dann nichts davon gesagt?

„Gibt es noch mehr, was wir wissen sollten, Mr Winder?", hakte Simon nach.

„Vielleicht, Mr Bryant, wenngleich mir der Hintergrund Ihrer offensichtlichen Besorgnis um Ihre Bekannte unklar ist."

„Wir sind bereit, Ihnen später alles genau zu erzählen, doch im Moment interessiert uns, ob es weitere Kontakte gab."

„Einen anderen Mann – einen unangenehmen Zeitgenossen – traf er mehrmals. Ich weiß nicht genau, was sie so lange und intensiv zu verhandeln hatten, doch es schien um dieses *Green Crystal* zu gehen, das Sie vorhin erwähnten. Der Name Warren fiel dabei auch, falls Ihnen der etwas sagt."

Lindas Augen suchten Simons Blick, doch der konzentrierte sich noch immer ausschließlich auf seinen Gesprächspartner.

„Können Sie sich an den Namen dieses Mannes erinnern, mit dem sich Arnaud Brook getroffen hat, Mr Winder?", fragte er.

„Ich habe ihn einmal gehört, ja. Ich ging gerade an ihrem Tisch vorbei, als sie sich miteinander bekannt machten. Aber der Name ...?“ Mr Winder überlegte und klopfte dabei mit dem Zeigefinger auf die Tischkante. „Daniel oder nur Dan. Und irgendetwas mit einem K ...“, sagte er und begann wieder, nervös mit dem Zeigefinger gegen das Holz der Tischplatte zu klopfen. „Kutter?“, murmelte er dann.

Linda gab einen Laut des Erschreckens von sich. Sie ergriff die Hand des Mannes mit ihren beiden und drückte sie fest. „Cutler? Sie meinen Dan Cutler?“

„Genau.“ Er bedachte sie mit einem breiten Lächeln. „Das war der Name.“

Linda sprang auf und wirbelte zu Simon herum. Mrs Laser und eine der anderen Damen hoben irritiert die Köpfe, doch das ignorierte sie. „Es war Arnaud! Arnaud hat Cutler irgendwie über Warren auf *Green Crystal* eingeschleust. Er hat das Feuer legen lassen, um den Frauen die Heimstatt zu nehmen. Er ist hinter dem Grund und Boden her und kann es nun zu einem Schleuderpreis erwerben.“

Simon hob abwehrend seine Hand. „Warte, Linda. So mag es im Augenblick aussehen. Doch Tatsache ist, dass auch Warren mit Cutler Kontakt hatte. Vielleicht hat Arnaud es gut gemeint und nur irgendeinen dummen Fehler begangen.“

„Er hat uns angelogen, Simon“, begehrte sie auf.

„Vielleicht nur um sich und Denise zu schützen? Wir wissen es nicht. Es gibt zu viele offene Fragen. Was ist zum Beispiel mit dem Leichnam auf dem Grundstück? Warren hat dich und Ocean erwischt und später war er fort. Arnaud wusste nicht einmal etwas davon.“

„Ich weiß nicht ...“, murmelte Linda. Sie fühlte sich plötzlich unendlich erschöpft.

„Ein Leichnam?“, stotterte Mr Winder. Seine Augenbrauen hoben sich weit an.

Simon wandte sich halb nach ihm um. „Meine Verlobte kann Sie ins Vertrauen ziehen, Mr Winder. Ich werde sofort nach Bamberg aufbrechen. Dort gibt es einiges zu klären.“

„Du willst gehen?“, rief Linda entsetzt.

Simon nahm sie am Arm und führte sie ein paar Meter vom Tisch weg. „Ich muss, Linda. Ich muss mir Gewissheit darüber verschaffen, wer das Haus hat niederbrennen lassen – Neil Warren oder Arnaud. Ich will wissen, wer Natasha Steinmann getötet und heimlich begraben, später jedoch wieder ausgegraben hat, wer durch diese ganzen dunklen Machenschaften Vorteile genießt!"

„Es könnte Neil Warren ebenso wie Arnaud Brook sein", stellte Linda erstaunlich nüchtern fest. „Gut, reite los und erlange für uns beide Klarheit. Aber sei bitte vorsichtig, Simon. Ich möchte nicht, dass du einem der beiden begegnest."

Simon nahm sie flüchtig in den Arm. „Pass auf dich auf, Linda. Ich versuche, übermorgen wieder hier zu sein. So lange verlässt du besser nicht mehr das Haus. Weihe Mr Laser, wenn er wieder nüchtern ist, über die neuen Einzelheiten ein, und bete für Denise. Vielleicht haben wir ihr den Mörder ihrer Tante als Retter geschickt!"

Kapitel 68

Mr Pete Ravens' Gesicht glänzte vor Schweiß, doch er legte die Mundharmonika nicht beiseite. Er spielte ein Lied nach dem anderen. Inzwischen hatten sich sogar einige der kleineren Mädchen auf der unebenen Tanzfläche eingefunden und hüpften in ihren einfarbigen, verstaubten Kleidern fröhlich im Kreis herum. Ihre geflochtenen Zöpfe sprangen wild auf und ab.

Alec betrachtete seinen Bruder und dessen Frau, die gemeinsam auf der heruntergelassenen Pritschenklappe ihres Wagens saßen und ihrer Tochter, die in Lauries Arm lag, mehr Aufmerksamkeit schenkten als dem Musiker oder den Tänzern. Es hatte Zeiten gegeben, in denen er die beiden um ihr gemeinsames Glück beneidet hatte. Inzwischen aber wusste er, dass ihm eine Frau an die Seite gestellt worden war, die weitaus besser mit seiner Art zu leben zurechtkommen würde als seine frühere Verlobte.

Er richtete seinen Blick in die Richtung, in der Joanna vor einiger Zeit verschwunden war. Er wusste, dass sie regelmäßig die Stille suchte, um zu beten. Heute allerdings wünschte er sich, sie würde bald wieder zurückkommen. Zu gerne wollte auch er mit ihr noch ein wenig feiern, und vielleicht würde er es sogar wagen, sie zu einem Tanz aufzufordern.

Er überlegte, ob er Joanna folgen und sie erneut, diesmal ernsthaft, um eine Antwort auf seine brennendste Frage bitten sollte. Doch er wollte sie nicht drängen. Vermutlich würde sie ohnehin erst noch darauf bestehen, dass er mit Stewart sprach und bei ihm um ihre Hand anhielt. Alec lächelte vor sich hin.

Rowdy, der zu seinen Füßen kauerte, hob leicht den Kopf, klopfte mehrmals mit dem Schwanz auf den Boden, wobei er eine nicht geringe Menge rötlichen Staubes aufwirbelte, und legte seinen Kopf schließlich wieder auf seine Vorderbeine.

Ravens begann gerade, ein neues Stück zu spielen, als Rowdy mit einem gewaltigen Satz auf die Beine sprang. Wie der Blitz schoss er zwischen den Tanzenden hindurch und auf den nur noch andeutungsweise erkennbaren Pfad zu, auf dem Joanna verschwunden war.

„Das Stück gefällt ihm wohl nicht, Mr Ravens", lachte Branca, die mit Mrs Ravens tanzte. Die Feiernden lachten belustigt.

Rowdy schoss zwischen den niedrigen Sträuchern hindurch und begann, wild zu bellen.

„Was ist denn mit deinem zotteligen Freund los?", rief Mike zu Alec hinüber.

Dieser erhob sich und setzte sich seinen braunen Hut fest auf die dunklen Locken. „Mal sehen", murmelte er und marschierte mit großen Schritten durch die Wagenburg hindurch. Als er die Wagen hinter sich gelassen hatte, begann er zu laufen.

Das Verhalten des Hundes gefiel ihm überhaupt nicht.

Er hörte Stewart hinter sich rufen und wandte kurz den Kopf. Sowohl Joannas Bruder als auch Silas, Andy und Mike folgten ihm. Offenbar hielten auch sie das Benehmen des Hundes für bedenklich. Alec sprang über eine kleine Kiefer hinweg, wobei ihm der Hut vom Kopf fiel. Doch er ließ ihn einfach liegen und lief weiter. Mehrmals rutschten seine Füße auf dem nachgebenden Geröll aus, fanden in Grasbüscheln und kleineren Pflanzen jedoch schnell wieder Halt.

Dann entdeckte er Mrs Schlenker. Sie stand erhöht auf einem abgerundeten Felsen.

Alec hielt in seinem Lauf inne. Sein Atem ging heftig und sein Herz schlug wild. Brodelnde Angst überkam ihn. Was war hier geschehen? Wo war Joanna?

Rowdys Silhouette tauchte auf dem Felsen auf. Er hielt einen Sicherheitsabstand zu der Frau, bellte jedoch lautstark in Richtung Tal hinunter.

Joanna!

Hinter sich hörte er die nahenden Schritte der anderen. Ohne sich umzudrehen, sprang er über einige größere Gesteinsbrocken und zog sich mit einem gewaltigen Satz und mithilfe seiner kräftigen Arme auf den Felsen hinauf.

Mrs Schlenker stand bewegungslos da. Der Wind ließ ihre offenen Haare sanft auffliegen. Sie wirkte ungewohnt ruhig und zufrieden. Alec beachtete Mrs Schlenker nicht weiter.

Rowdy bellte noch immer wild und laut. Seinen Kopf hatte er vorsichtig über den Abhang hinausgeschoben.

Alec warf sich neben dem Tier auf den harten Boden und schob sich mit dem Oberkörper weit über die scharfe Kante des Abgrunds hinaus und blickte in die Tiefe. Nur wenige Zentimeter unter ihm konnte er Joannas Hände um einen Felsvorsprung geklammert sehen. „Joanna!“, rief er.

„Alec?“ Erleichterung lag in Joannas Stimme. „Ist sie fort?“

Langsam wandte er den Kopf. Mrs Schlenker stand noch immer da. Ihre Gesichtszüge wirkten friedlich, und sie hatte den Blick in weite Ferne gerichtet, während der Westwind an ihrem Haar und dem Rock zerrte. Durfte er ihr trauen? Womöglich würde sie, wenn er versuchte, Joanna heraufzuziehen, und dabei kaum Halt hatte, die Situation ausnutzen. Aber konnte er es wagen, Joanna weiter dort hängen zu lassen? Wie lange konnte sie sich halten?

Schnell wandte er sich wieder dem Abhang zu. „Sie ist noch da. Aber gleich kommen Stewart und die anderen. Sie werden sie ablenken“, flüsterte er ihr zu.

„Gut“, hörte er sie antworten.

Ihre Fingerknöchel waren von der Anstrengung ganz weiß.

Mit einem vor Grauen eiskalten Kribbeln im Nacken fragte er: „Kannst du dich noch halten?“

„Nicht mehr lange, Alec“, stöhnte sie. „Aber ich habe mit einem Fuß Halt gefunden.“

Wieder warf Alec einen Seitenblick auf Mrs Schlenker. Ob er es wagen konnte, seine Hände um ihre Handgelenke zu legen? Oder bestand Gefahr, dass sie aus ihrer seltsamen Starre erwachte?

In diesem Moment sprang Stewart mit einem gewaltigen Satz auf den Felsvorsprung.

„Halte sie fest!“, donnerte Alec ihm entgegen, woraufhin sich Stewart auf Mrs Schlenker stürzte, um sie festzuhalten. Ohne sich weiter um das Geschehen neben ihm zu kümmern, schob Alec sich auf dem Bauch weiter nach vorne und ergriff Joannas Handgelenke. Jetzt hatte er sie zwar sicher im Griff, doch so war er unmöglich in der Lage, sie nach oben zu ziehen.

„Ist Joanna da?“, rief Mike und warf sich neben seinen Bruder. Nach einem knappen Blick in den Abgrund rollte er sich auf die Seite und setzte sich auf Alecs Oberschenkel. So konnte dieser zumindest von Joanna, würde sie den Halt verlieren, nicht mit in die Tiefe gezogen werden. „Silas, Jake. Schnell!“, rief Mike und die beiden Männer stürzten herbei.

„Zieht mich zurück!“, presste Alec hervor.

Er wurde an den Beinen und um die Hüfte gepackt und Stück für Stück über den Felsen nach hinten gezerrt. Eisern hielt er Joanna fest. Ihre Augen waren geschlossen und er sah den Schmerz in ihrem Gesicht. Vermutlich hatte sie sich bei ihrem Sturz verletzt und nun wurde sie mit ihren schmerzenden Gliedern Stück für Stück über den harten, rauen Fels gezerrt. Doch sie ließ keinen Laut hören und bewegte sich nicht, um keinen Widerstand zu bieten.

Erst als auch ihre Beine wieder oberhalb der Kante waren, wagte sie es, ihre Augen zu öffnen. Sie sah Alec an und ein müdes Lächeln huschte über ihr Gesicht.

Langsam stand Alec auf, dann streckte er ihr seine Hände entgegen, und als Joanna sie ergriff, zog er sie sanft in die Höhe. Dann schlang er seine Arme um sie und drückte sie an sich. „Joanna!“, flüsterte er und spürte sie vor Erschöpfung zittern. „Ich habe genug davon, ständig Todesangst um dich ausstehen zu müssen. Ich werde dich bald an mich fesseln.“

„Das brauchst du nicht, Alec Thompson. Ich bleibe ab sofort gerne freiwillig in deiner Nähe“, sagte sie leise.

Ein wohliger Schauer durchlief seinen Körper. Nun hatte er seine Antwort!

„He, Alec. Das ist die vorlaute Joanna Steinmann, die du da anscheinend nicht mehr loslassen willst“, hörte er Stewarts erleichterte Stimme.

„Was ist los?“, fragte Alec mit heiserer Stimme und hob den Kopf. Er sah die grinsenden Gesichter der Männer vor sich, aber auch die verwundert dreinblickenden Frauen, die mittlerweile herangeeilt waren.

„Was tust du da?“, rief Carole.

„Ich umarme meine zukünftige Frau.“

Beckie reagierte als Erste: „Eine etwas ungewöhnliche Art für einen Antrag, findest du nicht, Alec Thompson?“

„Ungewöhnlich wie die Frau, der er gilt“, gab er zurück und konnte spüren, wie Joanna sich noch ein wenig mehr gegen ihn lehnte.

„Ich halte ihn für äußerst unfair", lachte Ellie.
„Richtig", unterstützte Beckie sie. „Du hast ihr ja nicht einmal die Möglichkeit gegeben, Nein zu sagen."
Joanna hob schwach den Kopf und rief: „Weshalb sollte ich Nein sagen, Beckie Steinmann?"
„Weil das Mr Alexander Thompson ist. Erinnerst du dich? Dieser Mann, der dich und deinen Hund als unerzogen betitelte und –"
„Sind wir das nicht auch? Er besitzt übrigens ebenso wenig Erziehung, sonst hätte er mich inzwischen bereits losgelassen. Bei der Menschenansammlung hier ..."
„Ich habe nicht den Eindruck, als sei dir die Umarmung unangenehm, liebe Joanna", lachte Branca.
„Da muss ich dir recht geben." Joanna schob sich dennoch ein Stück von Alecs Brust weg.
Nur widerwillig fügte er sich ihrem Wunsch und trat einen Schritt beiseite.
Doch offenbar hatte Annette Schlenker, die in der ganzen Aufregung in Vergessenheit geraten war, nur auf diesen Augenblick gewartet. Mit einem heiseren, wilden Aufschrei riss sie sich von Stewart los und stürmte auf Alec und Joanna zu.

Kapitel 69

Linda spürte, wie sich die Angst wie eine schleichende Schlange höher und höher um sie wand, um sie irgendwann zu erdrücken und ihr die Luft zum Atmen zu nehmen. Jedes laute Geräusch, jede heftige Bewegung und jeder Schatten, der sich bewegte, ließ sie zusammenzucken und jagte ihr einen heißen Schauer durch den Körper. Was würde geschehen, wenn Neil – oder Arnaud – herausfand, dass sie weitere Nachforschungen anstellten? War Simon vorsichtig genug?
Sie machte sich bittere Vorwürfe. Weshalb war es ihr niemals eigenartig vorgekommen, über welches Wissen Arnaud zu verfügen schien? Warum hatte sie niemals genauer nachgefragt, woher er seine Informationen hatte? Wie hatte sie nur übersehen können, dass ein Mann, der die Nächte in Sorge um eine geliebte Frau und auf der Suche nach einem verscharrten Leichnam ver-

brachte, nicht sauber und perfekt gekleidet und vor allem nicht immerzu munter und frisch aussehen konnte?

Doch es gab noch so viel mehr, was sie nicht verstand. Weshalb hatte Arnaud, wenn er doch *Green Crystal* an sich reißen wollte, zugelassen, dass Denise Neil Warren heiratete? Immerhin war er – laut Mr Winder – in erreichbarer Nähe gewesen. Und war er es auch gewesen, der Natasha Steinmann getötet hatte? Wenn ja, aus welchem Grund hatte er den Leichnam dann wieder fortgeschafft? Hatte Neil Warren, nachdem er sie und Ocean dort auf dem Reitpfad gefunden hatte, die Gegend untersucht und war auf das Grab gestoßen? War Neil Warren so geistesgegenwärtig und intelligent gewesen, den Leichnam, der ihn schwer belasten konnte, verschwinden zu lassen?

Linda wandte sich dem Fenster zu. Es war inzwischen dunkel geworden. Doch da Ocean und sie in ihrem Zimmer keine Lampe entfacht hatten, waren die Vorhänge noch geöffnet. Die Bäume erhoben sich wie schwarze, knorrige Giganten in den dunkelblauen Himmel hinauf. Der Wind brachte die grauen Moosbehänge an den Ästen in Bewegung und ließ sie sanft hin und her schaukeln. Ein paar vereinzelte Sterne blinkten tröstlich zwischen den dichten Baumkronen hervor.

Linda trat näher an das geschlossene Fenster heran, schaute jedoch nicht hinaus, sondern hing mit gesenktem Kopf weiter ihren Gedanken nach. Neil Warren hatte Denise kein Wohlwollen entgegengebracht. Er hatte sie gedemütigt und ihr ihren Stolz, ihre Selbstachtung und ihr Selbstbewusstsein geraubt. Seine Geschäftspraktiken galten als nicht immer ganz sauber, und er war im Distrikt als Einzelgänger bekannt, der nur auf den Festen der Saison auftauchte, wenn es für ihn von Nutzen war. Dieser Mann passte so viel besser zu ihrem Bild von einem hinterhältigen, berechnenden Verbrecher als Arnaud Brook, der immer korrekte, höfliche und sogar als ein wenig langweilig verschriene Gentleman.

Als sie den Blick hob, sah sie direkt hinter der Scheibe einen Mann. Linda schrie auf.

Mit einem gewaltigen Satz war Ocean bei ihr und stieß sie unsanft zu Boden, während sie sich schützend mit ihrem ganzen Körper über sie warf.

Panisch versuchte Linda, kriechend aus der unmittelbaren Nähe des Fensters zu kommen. Jemand klopfte kräftig gegen die Glasscheibe und wieder schrie Linda auf.

Doch dann drang Oceans erstaunlich ruhige Stimme zu ihr durch. „Master Bryant! Das ist Master Bryant, Missi Linda. Sie brauchen sich nicht zu fürchten. Es ist Master Bryant!“

Mit keuchendem Atem und weit aufgerissenen Augen wälzte Linda sich auf den Rücken und stützte sich auf ihre Ellenbogen ab. Die Krinoline ihres Kleides hob sich weit über ihre Schenkel und legte die knielange Rüschchenhose frei, doch das kümmerte sie in diesem Moment nicht. Sie sah Simons erschrockenes, zutiefst besorgtes Gesicht vor der Scheibe und atmete tief ein und aus.

Ocean stand auf und trat an das große Fenster. Mit flinken Bewegungen öffnete sie das Fenster.

Simon sprang in den Raum hinein, um sich vor Linda niederzukauern. „Das wollte ich nicht, mein Herz! Ich wollte dich nicht erschrecken. Ich habe lediglich einen Kontrollgang um das Haus gemacht“, erklärte er bekümmert. Er strich ihr über das erhitzte, schweißnasse Gesicht und drückte sie an sich.

Linda war nur zu einem schwachen Nicken fähig. Ihr Pulsschlag ging noch immer rasend schnell. Tränen rollten ihr aus den Augenwinkeln. „Du bist schon hier?“, hauchte sie schließlich und legte die Erleichterung über seine Rückkehr in ihre Stimme. „Du musst geritten sein wie noch nie in deinem Leben.“

„Ich fürchte, ich habe den Hengst ruiniert. Er ist dort draußen im Hof pfeifend und keuchend zusammengebrochen.“

„Was bringst du für Nachrichten?“

„Keine guten, Linda.“

„Sie konnten nicht gut sein. Nicht bei dem, was in unserem Heimatdistrikt geschehen ist.“

Simon nickte und lächelte Ocean dankbar zu, die zwei Stühle heranschob und wie selbstverständlich für sich einen Hocker danebenstellte. „Kannst du aufstehen, Linda?“, fragte er.

„Ja“, erwiderte sie tapfer, obwohl sie sich nicht sicher war, ob ihre Beine sie tatsächlich tragen würden. Simon zog sie in die Höhe und geleitete sie bis zu einem der Stühle, in den sie sich dankbar fallen ließ. Er selbst nahm sich den Hocker und schob ihn nahe an ihren Stuhl heran, während Ocean mit einem Lächeln auf den Lippen den verwaisten, bequemen Stuhl für sich beanspruchte.

„Ich bin nur hier, um mich mit einem neuen Pferd zu versorgen und dir zu berichten, Linda. Dann muss ich sofort weiter.“

„Arnaud hinterher?“

Simon nickte.

„Dann ist er ...?“ Linda unterbrach sich selbst und schüttelte den Kopf. „Erzähle“, bat sie schließlich und straffte in Erwartung eines schrecklichen Berichts die Schultern.

„Im Moment sieht es so aus, als wäre Arnaud Brook tatsächlich niemals im Krieg gewesen. Er hat einige Zeit in der Gegend um Orangeburg verbracht, um Geschäfte abzuwickeln, doch sein Vater hat mir gegenüber zugegeben, dass er dort ein großes Vermögen verspielt hat. Er musste einen Weg finden, schnell an ein Grundstück zu gelangen, das er seiner angeschlagenen Plantage einverleiben konnte – mitsamt den dort zu erwartenden Gewinnen.“

„Deshalb die Versuche, *Green Crystal* über einen unbekannten Dritten zu bekommen? Vermutlich hat Sebastian Steinmann ebenfalls viel Geld in Kriegsanleihen investiert und *Green Crystal* stand in diesem Jahr finanziell nicht gerade auf sehr sicheren Beinen.“

Simon zuckte mit den Schultern. „Als Arnaud vom Tod der Steinmann-Männer erfuhr, heckte er einen Plan aus. Er trat offiziell in die Armee ein, zog jedoch niemals in den Krieg. Von Orangeburg aus konnte er alle Entwicklungen im Auge behalten.“

„Weshalb aber ließ er Denise Neil Warren heiraten? Liebt er sie nicht?“

„Ich befürchte, doch, Linda. Und das macht die ganze Geschichte noch unglaublicher. Arnaud Brook sah, als er von dem Werben Warrens um Denise erfuhr, eine Möglichkeit, sich auch die Warren-Plantage einzuverleiben.“

„Indem er Denise Neil Warren heiraten ließ, ohne einzuschreiten?“

Simon nickte. „Deshalb schwebt sogar Warren in Gefahr. Denn nach dem Tod von Neil Warren könnte Arnaud Denise heiraten und sich auch die Warren-Plantage einverleiben.“

Linda war verwirrt. „Und warum hat er Mrs Steinmann umgebracht?“

„Sie war ihm im Weg. Natasha Steinmann hätte *Green Crystal* zu ihren Lebzeiten wohl seiner Obhut überlassen, mehr aber auch nicht.“

„Weshalb hat er uns die Leiche finden lassen?“

„Um den Mord Neil Warren in die Schuhe zu schieben. Du musstest ihn dabei unterstützen, seine bösen Pläne durchzuführen und Denise vor Warren in Sicherheit zu bringen.“

„Und wie konnte er wissen, dass wir sie finden?"

„Ich habe mich bei den Schwarzen umgehört. Dort ging das Gerücht um, dass auf dem Reitpfad etwas Schreckliches geschehen sei. Vermutlich hat Arnaud das Gerücht selbst in die Welt gesetzt, damit irgendjemand einmal dort sucht. Allerdings kam ihm in diesem Fall Denise sehr zu Hilfe. Sie fand das Grab, noch ehe das Gerücht richtig um sich greifen konnte, beachtete es jedoch nicht weiter, da sie ihre Tante noch bei den Verwandten und in dem Grab einen der Jagdhunde ihres Mannes vermutete."

„Warum aber verschwand die Leiche dann?"

„Arnaud hatte immer geplant, sie zu beseitigen, Linda. Wäre Neil verhaftet worden, wäre Arnaud nicht an Denise und somit auch nicht an die Warren-Plantage herangekommen. Es ging einzig und allein darum, dir Neil Warren als schreckliches Monster darzustellen, damit du Denise in Sicherheit bringst, Neil Warren sie sucht und – wohl mithilfe von weiteren Gerüchten, die Arnaud Brook selbst streute – auch findet. Nun soll es – so meine Vermutung – zu einem sorgfältig vorbereiteten Kampf kommen, in dessen Verlauf Neil Warren sterben wird."

„Und ich soll bezeugen, dass Neil Warren Denise gequält hat. Das Verschwinden ihrer Tante würde erneut überprüft werden und vermutlich will Arnaud ihren Leichnam irgendwo auf dem Grundstück der Warrens wieder auftauchen lassen. Dann könnte er die dankbare Denise heiraten und über den Grund und Boden zweier Plantagen verfügen, die ihn reich und sehr mächtig machen würden", flüsterte Linda erschüttert. Ihr war elend zumute. Sie fühlte sich schrecklich ausgenutzt. Arnaud hatte sie für seine dunklen Pläne missbraucht. Ruckartig hob sie den Kopf und taxierte Simon mit ihren blauen Augen. „Du musst das verhindern, Simon."

„Deshalb werde ich jetzt sofort aufbrechen. Übrigens rate ich deinen Eltern, ihren Anwalt zu wechseln. Ich nehme dem Mann nicht ab, dass er keine Ahnung von Arnauds sonderbaren Grundstücksspekulationen hatte. Dafür hat er mir bei unserem Gespräch zu viele Informationen geben können."

Ocean rutschte unruhig auf ihrem Stuhl hin und her und wagte es dann doch, in Anwesenheit des weißen Herrn unaufgefordert zu sprechen: „Entschuldigen Sie, Master Bryant ..."

Simon wandte sich ihr mit aufmerksam in die Höhe gezogenen Augenbrauen zu. „Was ist, Ocean?"

„Darf ich Sie bitten, vorsichtig zu sein?"

„Was befürchtest du?“

„Wer weiß, ob Massa Brook nicht auch Ihren Tod eingeplant hat. Immerhin muss er bei Ihnen befürchten, dass Sie über Ihre Geschäfte und Kontakte einmal herausfinden könnten, wie früh Massa Brook sich bereits für *Green Crystal* interessiert hat.“

„Auch dem hat er versucht vorzubeugen, Ocean. Er hat, so vermute ich, durch Geräusche oder deutliche Spuren im Boden den heimkehrenden Neil Warren in das Waldstück gelockt, in dem du und Linda die Leiche gefunden hattet. Ich musste von da an immer befürchten, dass auch euer Leben bedroht ist. Immerhin habt ihr den Leichnam gesehen. Erinnert ihr euch, wie er gelächelt hat, als Linda ihm vor zwei Tagen sagte, unsere Zukunft liege im Westen? Er schien darüber nicht überrascht zu sein. Er wusste sehr wohl, dass ich Linda nicht unnötig einer potenziellen Gefahr aussetzen würde, indem ich euch zurück in unseren Distrikt bringe.“

„Dennoch konnte er nicht mit hundertprozentiger Sicherheit damit rechnen, dass wir fortziehen werden“, warf Linda leise ein. Doch kaum hatte sie die Worte ausgesprochen, war ihr klar, welche andere Möglichkeit es für Arnaud Brook gab, Simon aus dem Weg zu schaffen. Ocean hatte die Gefahr zuvor anzusprechen gewagt! Linda konnte es kaum glauben. Über wie viele Leichen wollte der scheinbar höfliche, freundliche Arnaud Brook gehen?

Kapitel 70

Denise blickte durch das Fenster in den nächtlichen Himmel. Das freundliche Funkeln der Sterne wollte so gar nicht zu ihrer Stimmung passen. Die Angst davor, dass ihr Mann sie finden würde, steigerte sich allmählich zu unkontrollierter Panik.

Sie saß auf der Chaiselongue und sah Mary zu, die sorgfältig ihre wertvolle Abendgarderobe faltete, in Papier wickelte und in den wuchtigen Schrankkoffer legte. Zwei Hutschachteln standen aufeinandergestapelt neben der Zimmertür. Kleine Packen mit Haarschmuck, ihren Handschuhen und einfacheren Röcken lagen im Zimmer verteilt und warteten darauf, ebenfalls in einem der hölzernen Koffer verstaut zu werden.

Mary nahm ein dunkelblaues Samtkleid, das mit einer schwarzen, nach vorne breiter werdenden Schärpe um die Taille getragen wurde, auseinander, um es erneut zusammenzulegen. Ungeduldig sprang Denise auf, hastete durch das Zimmer und riss ein cremefarbenes Organdykleid, das mit unzähligen Rüschen versehen war, von dem Bügel, mit dem es an einem Haken an der Wand aufgehängt worden war, und begann, es hastig aufzurollen.

„Bitte, Missus Denise. Sie ruinieren das Kleid."

„Ich will hier weg!", schrie die jüngere Frau. Tränen der Verzweiflung schossen ihr in die Augen. „Ich will hier weg, bevor dieser schreckliche Mensch kommt!", fügte sie ein wenig leiser hinzu und ließ das Kleid achtlos zu Boden gleiten.

In diesem Augenblick wurde an die Tür geklopft, und noch ehe Mary sich erheben konnte, kam Arnaud Brook hereingestürmt. „Ist hier alles in Ordnung?", fragte er und zog sich seine bestickte Weste zurecht.

„Missus Denise hat Angst, Massa Brook. Und wer könnte ihr das verdenken?", murmelte Mary und ergriff das Organdykleid.

Denise hob den Kopf und sah den Mann bittend an. Warum kam er nicht zu ihr und nahm sie in die Arme? Weshalb durfte sie nicht in seinen Armen Hilfe und Schutz suchen? Sie ärgerte sich über seine Korrektheit. Niemals würde er sie mehr umarmen, egal, wie weit entfernt Neil Warren von ihnen war. Vermutlich würde er nicht einmal mit ihr kommen, wenn sie ihre Reise in den Westen antreten musste.

Denise stieg über einen der sorgfältig in Papier eingeschlagenen Packen hinweg und ging zu ihm hinüber. Sie schaute ihn flehend an. „Können wir uns nicht ein wenig mehr beeilen, Arnaud?"

„Warren hat uns noch nicht gefunden, Denise. Vielleicht braucht er dazu auch noch Tage. Die nächste Zeit wird für dich noch anstrengend genug sein."

Denise hob ihre geschwungenen Augenbrauen leicht an und musterte den Mann vor sich. Dann wandte sie sich abrupt ab. Sie durfte ihm keine Vorwürfe machen. Obwohl er es gewesen war, der sich nach dem Tod ihres Vaters und ihres Bruders zurückgezogen hatte, so war er doch, als das Wohnhaus auf der Plantage niederbrannte, weit entfernt in diesem schrecklichen Krieg gewesen. Sie hatte sich aus einem Schutzbedürfnis heraus dazu entschieden, Neil Warrens Werben nachzugeben. Sie hatte den Wohlstand und die Bequemlichkeit gewählt, statt mit ihrer Familie einen Neuanfang zu wagen.

„Du brauchst keine Angst zu haben, Denise. Dir wird nichts zustoßen. Ich werde auf dich achtgeben."

„Danke, Arnaud“, flüsterte sie.

Arnaud sah sie noch einmal prüfend an, dann drehte er sich um und verließ das Zimmer wieder. Als sich die Tür hinter ihm schloss, seufzte sie leise. Lange ruhte ihr Blick auf der geschlossenen Tür und sie spürte eine schreckliche Leere in sich. Sie liebte Arnaud Brook. Er würde jedoch hier in South Carolina bleiben, während sie im nächsten Frühjahr nach Westen ziehen musste. Nur so konnte sie ihrem Mann, der es ihr unmöglich gemacht hatte, etwas anderes als Angst und Abscheu für ihn zu empfinden, entfliehen. Sie würde jedoch weiterhin mit ihm verheiratet und damit nicht in der Lage sein, noch einmal zu heiraten – vielleicht sogar überhaupt noch einmal so etwas wie Liebe zu verspüren.

Vorsichtig tastete sie mit einer Hand über ihren gewölbten Bauch. Doch, dieses Kind würde sie lieben können. Auch wenn sie Sorge hatte, dass sie in dem kleinen, hilflosen Baby, das sie in einigen Wochen in den Armen halten würde, immer nur den grausamen Vater sehen würde.

Denise drehte sich um, ging zur Balkontür hinüber und schob sie auf. Die Absätze ihrer Schuhe klapperten auf dem hölzernen Boden, als sie an die mit Ranken und Blüten verzierte gusseiserne Brüstung trat. Lange Zeit stand sie da, blickte auf die träge dahinziehenden Wolkenfetzen und versuchte zu beten, aber das mochte ihr nicht recht gelingen.

Plötzlich hörte sie die eilig herannahenden Huftritte eines Pferdes. Wer kam um diese späte Uhrzeit noch hier heraus? Denise' Hände schlossen sich fester um die kalte Brüstung. Mit ihrem Blick suchte sie den Weg, der zum Haus führte, nach einer Bewegung ab. Tatsächlich sah sie ein Pferd mit Reiter die Auffahrt zum Haus heraufjagen. Sie wollte sich abwenden und ins Haus flüchten, aber ihr Körper gehorchte ihr nicht.

Der Reiter zügelte das Pferd direkt vor dem Haus. Die Huftritte verhallten und für einen Moment war es ganz still. Nur das Zirpen der Grillen und das kurze Schnauben des Pferdes waren zu hören. Dann hob der Mann den Kopf und Denise erkannte Simon Bryant.

„Denise?“, klang seine Stimme beunruhigend rau und verhalten zu ihr herauf.

Die Erleichterung, die sie für einen Moment ergriffen hatte, wandelte sich erneut in Furcht, als sie seinen besorgten Gesichtsausdruck sah.

„Denise, wo ist Mary?"
„Hier bei mir."
„Und wo ist Arnaud?"
„Irgendwo im Haus."
„Könnt ihr herauskommen, ohne dass er es bemerkt?"
„Was –?"
„Bitte, Denise, schnell."

Denise schüttelte verwirrt den Kopf. Weshalb wollte Simon, dass Mary und sie heimlich das Haus verließen? Warum sollte Arnaud nicht bemerken, dass er da war und sie zu ihm hinausgingen? Misstrauisch betrachtete sie Lindas Verlobten. Seine Augen suchten unruhig die Umgebung ab und er machte einen aufgeregten Eindruck. Was war nur wieder geschehen?

Denise trat zurück in das Zimmer und knetete dabei aufgeregt ihre Finger. Was führte Simon im Schilde? Steckte er womöglich mit Neil Warren unter einer Decke? Weshalb musste alles um sie herum so beängstigend und verwirrend sein? Die junge Frau seufzte laut auf.

Mary kam sofort zu ihr herübergeeilt. „Missus Denise?"

„Simon Bryant ist draußen. Er möchte, dass wir das Haus verlassen, ohne dass Arnaud es mitbekommt."

Mary schwieg. Ihre Augen blickten zur noch immer offen stehenden Balkontür, während sich auf ihrer Stirn nachdenkliche Falten zeigten.

„Was sollen wir denn jetzt tun, Mary?"

„Gehen wir leise hinunter, Missus Denise. Master Bryant ist ein guter Mensch."

„Du denkst, wir können ihm vertrauen?"

„Er möchte helfen."

„Arnaud auch", begehrte Denise leise auf.

„Sie können bleiben und ich gehe erst einmal alleine hinaus, Missus Denise."

„Nein, lass mich bitte nicht allein", flehte Denise verzweifelt.

„Dann kommen Sie mit, Missus", bat Mary und nahm die junge Frau an der Hand.

Denise, die nicht alleine zurückbleiben wollte, blieb nichts anderes übrig, als der älteren Frau zu folgen.

Leise schlichen sie sich aus dem Zimmer und über den Flur bis ins Treppenhaus. Als sie die Stufen betraten, knarrten diese erschreckend laut. Denise presste erschrocken die Lippen aufeinander. Doch vor wem fürchtete sie sich? Vor Arnaud? Warum?

Er hatte sie doch gerettet und wollte sie in Sicherheit bringen. Außerdem hatte sie die Liebe in seinen Augen gesehen.

Denise blieb abrupt stehen und entzog Mary ihre Hand. „Es ist nicht richtig, Mary. Warum sollte Arnaud uns nicht mit Simon sprechen sehen? Arnaud liebt mich."

„Ich weiß es nicht, Missus", flüsterte Mary zurück. Sie blickte sich ängstlich um. „Gehen wir doch weiter, Missus. Master Bryant wird uns sagen, was das alles zu bedeuten hat." Mary griff erneut nach ihrer Hand und zog sie mit sanfter Gewalt hinter sich her.

Denise' Herz raste. Was sollte sie nur denken?

„Wo wollt ihr denn hin?", donnerte Arnaud Brooks Stimme plötzlich erschreckend laut durch die stille Eingangshalle. Die Worte schienen mehrfach von den Wänden und Raumsäulen widerzuhallen.

Denise drehte sich um. Ihre Knie begannen zu zittern. Sie konnte sich kaum noch auf den Beinen halten. War es Sorge, die Arnaud so laut werden ließ? Furcht um sie? Oder Wut?

Mary drückte fest ihre Hand und forderte sie damit zu einer Antwort auf.

Denise bewegte ihre Lippen, doch es schien kein Wort über sie kommen zu wollen.

„Denise, ich hatte dich gebeten, in der Sicherheit des Zimmers im ersten Stock zu bleiben", sagte Arnaud nun mit einer wesentlich ruhigeren Stimme.

„Simon Bryant ist draußen, Arnaud. Er möchte mit mir sprechen."

„Es ist gefährlich für dich, alleine hinauszugehen, Denise."

„Es ist doch Simon, Arnaud."

„Bist du nicht schon genug von Menschen enttäuscht worden?"

„Er hat dir und Linda doch geholfen", flüsterte sie, noch mehr verunsichert.

„Sicher, das hat er", hörte sie Arnaud in versöhnlicherem Tonfall sagen. Endlich tauchte er aus dem Dunkel auf und kam zu ihr herüber. „Bleib bitte hier, Denise. Ich werde mit ihm sprechen."

Denise nickte und klammerte sich an Marys Hand. Sie hatte Arnaud verschwiegen, dass Simon sie aufgefordert hatte, ohne ihn herauszukommen. Brachte sie Arnaud damit in Gefahr? War Simon womöglich nicht der, für den er sich ausgab? Zitternd blieb Denise nahe bei Mary stehen.

Arnaud öffnete die Tür. Der Mond beleuchtete seine schmale, große Silhouette und warf seinen Schatten auf den kalten Steinboden. Wieder war von draußen das Schnauben des Pferdes zu vernehmen.

Denise hörte Mary ein Gebet murmeln. Sie beneidete die Frau, die offenbar wusste, wem sie vertrauen konnte und wer es gut mit ihr meinte. „Lass uns an die Tür gehen", bat Denise plötzlich und löste sich von ihrer Begleiterin.

Die Sklavin folgte ihr schweigend.

Die beiden Frauen traten hinter den noch geschlossenen zweiten Türflügel. Draußen, vom fahlen Mondlicht schwach beschienen, konnten sie Arnaud und Simon erkennen. Die beiden Männer standen sich gegenüber und diskutierten heftig miteinander. Beide wirkten wie zwei Raubkatzen, die kurz davor waren, aufeinander loszugehen. Plötzlich tauchte auf der Auffahrt ein dritter Mann auf. In seiner Hand hielt er eine Schusswaffe, die im Licht des Mondes metallen aufleuchtete. Denise erkannte ihn sofort. Es war Neil Warren.

Als Simon Neil Warren sah, wich er einen Schritt zurück. Arnaud Brook funkelte ihn aus seinen dunklen Augen wütend an und schien ihm nachzuwollen. Hatte er seinen Widersacher Warren nicht bemerkt? Doch plötzlich sprang Arnaud mit einem gewaltigen Satz auf die offen stehende Eingangstür zu und packte Denise. In seiner Hand hielt er eine kurzläufige Pistole, die er auf den Kopf der jungen Frau gerichtet hielt.

„Lassen Sie meine Frau los", befahl Neil Warren und richtete seinerseits seine Waffe auf Arnaud.

„*Ihre* Frau?", rief der mit sich überschlagender Stimme. „Sie haben sie gar nicht verdient. Oder geht man so mit einer Frau um, die man liebt?"

Warren lachte höhnisch auf. „Aber so wie Sie? Lässt sie einfach sitzen, um Soldat spielen zu können. Und jetzt halten Sie ihr eine Waffe an den Schädel."

Simon ballte die Hand zur Faust. Neil Warren wusste nicht, mit wem er sich da einließ. Er ahnte offenbar ebenso wenig wie alle anderen, dass Arnaud Brook derjenige war, der mit ihnen allen sein intrigantes Spiel beinahe bis zur Perfektion getrieben hatte.

Gehetzt sah Simon sich nach seinem Pferd um. In der Satteltasche befand sich seine Pistole, doch das Tier war zu weit von ihm entfernt. Wenn Arnaud jetzt Warren und ihn erschoss, konnte er noch immer sein Ziel erreichen. Sollte er nicht zumindest das noch verhindern? Er hatte nur eine Chance: „Denise!“, rief er. „Arnaud Brook ist der Mörder deiner Tante. Er musste einige finanzielle Verluste hinnehmen und hatte es schon länger auf *Green Crystal* abgesehen. Und er hat dich Warren überlassen, um auch an die Plantage der *Witwe* Warrens gelangen zu können.“

Denise sah ihn entsetzt an. „Nein, Simon. Das glaube ich nicht. Arnaud liebt mich!“, kreischte sie, und er sah, wie ihr die Beine wegzusacken drohten. Doch Arnaud hielt sie eisern fest. Spürte sie die Waffe an ihrem Kopf denn nicht?

„Das eine schließt bei ihm das andere nicht aus, Denise. Er war niemals im Krieg. Die Verletzung hat er sich selbst beigebracht. Er wollte Warren als Mörder dastehen lassen, da er dich als Witwe heiraten will. Er wird Warren jetzt erschießen und anschließend mich, den Zeugen.“

„Woher –?“

„Ich habe es gestern erfahren und bin dann sofort hierhergekommen.“ Simon nutzte die Gelegenheit, durch die Antwort Linda und Ocean zu retten, indem er ihre Mitwisserschaft verheimlichte. „Leider weiß es niemand außer uns vieren hier.“

„Du bist ein Idiot, Bryant. Du hast dir dein eigenes Grab geschaufelt“, zischte Arnaud zwischen zusammengebissenen Zähnen hervor.

Simon hoffte, dass sein Plan aufgehen würde. Er hatte Arnaud genug gereizt, dass dieser nun die Mündung seiner Waffe auf ihn richtete. Erschoss er zuerst ihn, dann hatte Warren die Möglichkeit, Arnaud zu töten, bevor der Hand an Denise legen konnte. Vielleicht würde Denise den Mut finden, gemeinsam mit Linda in den Westen zu fliehen.

Linda!

Simon sah noch einmal auf die Waffe, die auf seinen Kopf gerichtet war. Er schloss die Augen und bat Gott um Schutz für seine geliebte Linda.

Dann hallte ein Schuss durch die Nacht.

Ein zweiter folgte. Simon hörte die Kugel irgendwo in das Holz des Zaunes einschlagen. Wo war sie hergekommen? Wem hatte sie gegolten?

Denise schrie hysterisch. Mary hängte sich an sie und versuchte, sie aus Arnauds Umklammerung zu befreien. Obwohl er Neil Warren getroffen hatte, warf Arnaud nun auch noch seine abgeschossene Waffe nach ihm. Warren taumelte einige Schritte nach hinten und brach schließlich zusammen.

Simon beobachtete irritiert das wilde Geschehen um sich her. Wer war der Schütze des zweiten, fehlgegangenen Schusses gewesen? Drohte ihm von einem Gefährten Arnauds Gefahr? War Dan Cutler in der Gegend?

Mit verbissener Miene rannte er auf Arnaud zu, der sich endlich von den beiden schreienden und sich wehrenden Frauen löste, und rammte ihm den Kopf in die Magengegend. Der Mann taumelte mehrere Schritte nach hinten. Simon stürzte sich auf ihn und versuchte, ihn mit seinem ganzen Körpergewicht auf den Boden zu drücken. Ein heftiger Schlag ins Gesicht ließ ihn zurückfahren. Sein Kopf dröhnte und schmerzte. Ein weiterer gezielter Schlag traf ihn an der Schläfe und für einen Augenblick wurde alles um ihn herum schwarz.

Simon blinzelte und sah undeutlich die beiden hilflosen Frauen vor der Tür kauern. Warum liefen sie nicht fort? Simon schob sich auf die Knie und setzte einen Fuß auf den Boden. Sein Kopf drohte zu zerplatzen und er bekam einen weiteren Schlag. Mit einem letzten verzweifelten Blick auf die entsetzten Frauen brach er zusammen.

Nach dem Schusswechsel war Stille eingekehrt.

Der Mond verschwand für einen Augenblick hinter einer dichten Wolkendecke. Als er wieder erschien, konnte Linda auf dem Vorplatz niemanden mehr sehen.

Inzwischen war es ihr gelungen, das Jagdgewehr von Mr Laser erneut zu laden. Sie kniff die Augen zusammen und versuchte, mehr zu erkennen. Wo war Simon? Bevor die Wolke die Szenerie in Dunkelheit getaucht hatte, hatte er doch auf dem Weg gestanden. Panische Angst machte sich in ihr breit. Hatte Arnaud ihn erwischt? War ihr ein dritter Schuss entgangen?

„Ocean? Kannst du jemanden sehen?“, flüsterte sie voll Angst, jemand könnte auf sie aufmerksam werden. Sie hörte das leise Rascheln des Busches, als ihre schwarze Freundin sich ein wenig aufrichtete.

„Die Frauen kauern vor der Tür, Missi. Aber die Männer kann ich nicht sehen."

„Es hilft nichts. Ich muss hin", murmelte Linda und erhob sich vorsichtig. Sie betete und hoffte, dass Simon noch am Leben war. Ocean trat sofort neben sie. Offenbar wollte sie Linda nicht alleine gehen lassen. Gemeinsam bewegten sie sich aus dem Gesträuch hervor, das ihnen bis jetzt Schutz geboten, aber auch ein wenig die Sicht genommen hatte. Die Steine knirschten unter ihren Schuhen, als sie von der weichen Wiese auf den Weg traten.

„Wer ist da?", hörten sie Marys zitternde Stimme fragen.

„Keine Angst, Mary. Wir sind es, Linda und Ocean", erwiderte Linda knapp und schrak zurück, als sie eine Gestalt auf dem Weg liegen sah. Langsam und mit bereitgehaltener Waffe ging sie auf den leblosen Schatten zu.

Es war Neil Warren. Im schwachen Licht des Mondes, der erneut hinter einem dünnen grauen Wolkenschleier verschwand, konnte sie die hässliche Kopfverletzung entdecken. Der Mann war tot.

Linda blickte sich um. Sie suchte mit ihrem Blick die Gegend ab. Wo waren Simon und Arnaud? Sie hob ihr Gewehr an, legte das kühle Holz an ihre Wange und ging langsam und vorsichtig weiter auf das Haus zu. Dort wurde hinter den Fenstern eine Lampe nach der anderen entzündet. Der Lärm hatte die Bewohner des Hauses geweckt.

Dann sah sie ihn. Simon lag halb in einem Blumenbeet, direkt unterhalb der Treppe. Linda vergaß alle Angst, aber auch alle Vorsicht. Sie drückte Ocean die Waffe in die Hand, lief zu ihrem Verlobten hinüber und ließ sich neben ihm in die feuchte Erde fallen. „Simon! Bitte nicht, Simon!", klagte sie flüsternd. Ein leises Stöhnen ließ sie erleichtert aufatmen. Simon lebte. Sie legte ihre Hände an seine Wangen und beugte sich weit zu ihm hinunter. „Simon, hörst du mich?"

„Linda!" Der Mann richtete stöhnend seinen Oberkörper auf.

Linda ergriff ihn an beiden Schultern und er klammerte sich mit seinem Arm an ihr fest. „Was tust du hier? Meine Güte, Linda. Versteck dich!", murmelte er undeutlich.

Linda drückte ihn sanft wieder auf den Boden. „Neil Warren ist tot, Simon, und Arnaud verschwunden."

„Er kann noch immer hier sein."

„Dann hätte er sich längst zu erkennen gegeben."

„Vielleicht sucht er im Haus eine Waffe."

„Dort sind die Lichter angegangen. Die Schüsse haben die Schlafenden geweckt."

„Was ist mit Denise und Mary?"

„Sie sind unverletzt."

„Denise liebt Arnaud, Linda. Vermutlich wollte sie mir nicht glauben."

„Wie konnte sie auch? Uns ist es doch schon schwergefallen, das zu glauben! Wie sollte es Denise dann überhaupt möglich sein?"

„Mein weises Mädchen", flüsterte Simon.

„Ich hatte solche Angst um dich, Simon. Sowohl Neil als auch Arnaud hatten einen Grund, dir etwas anzutun, und ich hatte Sorge, dass Denise dir Schwierigkeiten machen könnte. Deshalb habe ich mich bewaffnet und bin dir nachgeritten."

„Du bist ein lausiger Schütze, Linda."

„Ich weiß."

„Das werden wir noch üben, bevor wir in den Westen aufbrechen."

„Zuerst brauchst du einen Arzt", entschied Linda. Sie konnte ein erleichtertes Lächeln nicht unterdrücken.

„Geh bitte und sieh nach den Frauen, Linda. Und wir brauchen ein paar Männer, die sich auf die Suche nach Arnaud machen."

„Ich regle das alles. Bleib du einfach liegen, bis wir dich ins Haus tragen können."

„Das mache ich, keine Sorge."

Linda strich Simon eine blonde Haarsträhne aus der Stirn. „Wir haben es tatsächlich geschafft, Simon. Denise, Mary und auch wir sind noch am Leben."

„Und Neil Warren ist wirklich tot?"

„Es tut mir leid, dass ich ihn fälschlicherweise verdächtigt habe. Er war kein guter Mensch – kein guter Ehemann, aber den Tod hatte ich ihm nicht gewünscht."

„Mein liebes Mädchen", flüsterte Simon leise. Linda strich ihm erneut über die Stirn und erhob sich dann.

Inzwischen waren die aufgeregten Gastgeber aus dem Haus gekommen und kümmerten sich um Denise und Mary.

Linda trat zu dem sichtlich verwirrten Hausherrn, um ihn über die Vorkommnisse auf seinem Grundstück zu informieren.

Kapitel 71

Joanna fühlte Annette Schlenkers Körper gegen sich prallen. Sie taumelte nach hinten. Ein erstickter Aufschrei entwich ihrer Kehle. Doch dann wurde sie von einer starken Hand am Arm gepackt und zur Seite gerissen. Ein schwerer, großer Körper warf sich mit ihr zu Boden. Im gleichen Moment war ein lang gezogener, schriller Schrei zu hören, der immer leiser wurde und mehrfach zwischen den Hügel- und Bergketten widerhallte.

Joanna riss ihre Augen auf. Ganz nahe vor ihr war Alecs Gesicht.

Seine Stirn war in tiefe Falten gelegt, die Augenbrauen zusammengezogen. „Jo", murmelte er dann und umfasste ihr Gesicht mit seinen beiden Händen. „Es reicht, Jo. Ich habe dir doch schon gesagt, dass ich dich heiraten werde. Was willst du noch?"

„Ein wenig mehr", murmelte sie dann und ein flüchtiges Lächeln huschte über ihr Gesicht.

„Du bist sehr anspruchsvoll, Jo Steinmann."

„Nur ein klein wenig, Alec Thompson."

„Na gut", murmelte der Mann, hob seinen Kopf vom felsigen Untergrund und küsste sie. „Ich liebe dich, Joanna Steinmann."

„Und ich liebe dich, Alexander Thompson."

Alec lachte leise triumphierend vor sich hin, schob sie von sich, sprang auf und half ihr auf die Füße.

Beckie kam zu ihnen auf den Felsvorsprung geklettert und nahm ihre Schwester fest in die Arme. „Geht es dir gut, Joanna?"

„Bei mir ist alles in Ordnung", erwiderte ihre ältere Schwester und wandte sich den anderen Männern zu. Sie standen am Rande der Klippe und schauten in die Tiefe hinunter. Joanna drängte sich zwischen sie und blickte ebenfalls hinab. Einige Meter tiefer konnte sie den leblos daliegenden Körper Mrs Schlenkers erkennen.

Erschrocken hielt sie die Luft an. Hatte die Frau ihren Schwung nicht mehr abfangen können und war in die Tiefe gestürzt? „Ist sie tot?", fragte sie erschüttert und beugte sich ein wenig weiter nach vorne, um den verdreht daliegenden Körper besser sehen zu können.

Sofort schlossen sich ein paar kräftige Hände um ihre Taille und zogen sie sanft, aber bestimmt zurück. „Bitte, Jo", hörte sie Alec in ihr Ohr flüstern.

„Ich hoffe für sie, dass sie tot ist“, erklärte Stewart.

Joanna musste ihm zustimmen. Wenn Mrs Schlenker den Sturz überlebt hatte, würde sie vermutlich unsägliche Schmerzen zu erleiden haben, zumal es zweifelhaft war, ob jemand von ihnen bis an sie herankommen konnte, um sie zu bergen.

„Ich ... Es ging alles viel zu schnell. Hatte sie denn so viel Schwung?“

„Nein, Joanna.“ Mike wandte sich ab und klopfte im Vorbeigehen seinem jüngeren Bruder zweimal fest auf die Schulter. „Sie ist gesprungen.“

Jake Lewis, der sich noch immer über den Abhang gebeugt hatte, richtete sich auf und verkündete: „Sie ist tot.“ Er nickte Joanna und Alec zu, ging zu der weinenden Jasmine hinüber, legte seinen Arm um ihre Schulter und führte sie langsam zum Lagerplatz zurück.

Traurig und betroffen schüttelte Joanna den Kopf. Hatte sie im Umgang mit Mrs Schlenker einen Fehler gemacht? Fragend hob sie ihre Augen und blickte zu ihrem älteren Bruder hinüber, der sie nachdenklich musterte.

Schließlich nahm er ihre Hand und drückte sie leicht. „Mach dir keine Vorwürfe, Jo. Die Entbehrungen, die Verluste und der Tod ihres Mannes haben der Frau zu sehr zugesetzt. Du kannst nichts dafür, dass sich ihr Hass ausgerechnet gegen dich gerichtet hat. Es hätte ebenso jeden anderen treffen können.“

Joanna nickte, wenngleich sie eine nie gekannte Schwere in sich spürte.

Stewart wandte sich an Alec und legte ihm eine Hand auf die Schulter.

Alec sah ihn ernst an. „Eigentlich wollte ich mit dir sprechen, bevor ich Jo einen offiziellen Heiratsantrag mache, Stewart. Entschuldige bitte.“

Stewart lachte kurz auf und stieß ihm mit der Faust vor die Brust. „Jo ist zwar noch minderjährig, aber erwachsen genug, um selbst Entscheidungen zu treffen. Ich freue mich für euch. Allerdings frage ich mich, wann du deine Meinung über meine Schwester geändert hast?“

„Das musste ich nie. Schon bei unserer ersten Begegnung hat sie mich fasziniert.“

Kapitel 72

Die Lampions vor dem Haus der Bryants tanzten im auffrischenden Herbstwind wild hin und her und verbreiteten ein unstetes buntes Licht über der gepflegten Parkanlage. Die Schwarzen schlossen die Fenster und Verandatüren, um der abkühlenden Nachtluft keinen Einlass zu gewähren. Gleichzeitig sperrten sie damit das fröhliche Lachen, das Klirren der Gläser und die beschwingte Tanzmusik ein. Nur noch dumpf drangen die fröhlichen Stimmen der Hochzeitsgäste in den dunklen Garten hinaus, in dem das Brautpaar Hand in Hand zwischen den gestutzten Rosenhecken und abgeernteten Obstbäumen hindurchschlenderte.

„Geht es dir gut, Mrs Bryant?"

„Sehr gut, Mr Bryant", erwiderte Linda und legte ihren Kopf an Simons Schulter. „Ich kann nachts wieder ohne Angst an ein Fenster treten, und ich schlafe, ohne das Gesicht von Mr Warren oder das von Arnaud Brook vor mir zu sehen."

„Hast du Angst vor der langen Reise, die wir morgen antreten werden?"

Linda drückte seine Hand noch ein wenig fester, während sie mit der anderen das kostbare, perlenbestickte Atlasseidenkleid ein wenig höher raffte. „Ein wenig aufgeregt bin ich schon. Nachdem mich nun auch noch der zweite Brief Joannas erreicht hat und ich von den Gefahren weiß, die unterwegs lauern können ..." Linda hielt einen Moment inne, dann sprach sie weiter: „Es wird mir sehr schwerfallen, von der gewohnten Umgebung und den Nachbarn Abschied zu nehmen, von meinen Eltern ganz zu schweigen. Aber ich weiß, dass du an meiner Seite sein wirst, und das macht es doch auch wieder leicht."

Simon drückte ihre Hand. Schweigend gingen sie weiter und traten auf das abgeerntete, brachliegende Baumwollfeld hinaus.

Nach einiger Zeit sagte Simon: „Ich mache mir ein wenig Sorgen um Denise. Sie ist noch immer sehr angeschlagen und die Reise wird nicht leicht sein."

„Wir werden erst in einem halben Jahr von Independence aus in Richtung Westen aufbrechen. Bis dahin hat sie noch viel Zeit, sich zu erholen", versuchte Linda, seine Besorgnis zu mildern. „Vermutlich wird es ihr guttun, wenn wir bereits jetzt in Richtung St. Louis fahren und sie von hier fortkommt, wo alles mit so schrecklichen Erinnerungen verbunden ist."

Simon blieb stehen. Er ließ seinen Blick über die Felder schweifen, die vom Mond freundlich beschienen wurden.

Linda meinte, in seinem Gesicht Wehmut und Trauer zu erkennen. Auch ihm würde es nicht leichtfallen, seine Familie, sein Zuhause und sein Erbe zurückzulassen. „Konntest du die geschäftlichen Arrangements für Denise treffen?“, unterbrach sie schließlich seine Gedankengänge.

„*Green Crystal* wird aufgeteilt, Linda. Die Besizter der umliegenden Plantagen, darunter auch mein Vater und deiner, kaufen jeweils einen Teil davon auf.“

„Es wird *Green Crystal* also nicht länger geben?“

„Nein, leider nicht. Die Spuren der Familie Steinmann werden hier in Bamberg verschwinden.“

Linda spürte erneut Trauer in sich aufkeimen. Andererseits hoffte sie, dass die Steinmanns im Westen, in dem fernen, unerforschten Oregon einer guten Zukunft entgegensehen konnten.

„Die Warren-Plantage haben Denise und ich an ein junges Ehepaar aus Georgia verkauft. Die jungen Leute freuen sich sehr auf ihre neue Heimat.“

„Weißt du, was mich noch immer beschäftigt, Simon?“

„Was?“, wollte er wissen.

„Mary und Denise haben erzählt, Neil Warren habe ihnen von dem Brief erzählt, den Natasha Steinmann vor ihrer angeblichen Abreise hinterlassen hatte. Wenn er nichts mit ihrem Verschwinden zu tun hatte, muss es den Brief tatsächlich gegeben haben.“

Linda sah Simon nachdenklich nicken. „Vielleicht hatte Mrs Steinmann tatsächlich vor, das Haus von Neil Warren für einige Zeit zu verlassen. Vielleicht hat Arnaud sie aber auch gezwungen, den Brief zu verfassen. Letztendlich werden wir das wohl nie erfahren – so wie vielleicht auch niemals ihr Leichnam gefunden werden wird.“

Das Paar schlenderte weiter an den Feldern entlang und überquerte die Holzbrücke, die über den schmalen Flusslauf führte.

Linda blickte auf das unruhige Wasser hinunter. Sie erinnerte sich an die Schilderungen ihrer Freundin Joanna von den unzähligen Flussüberquerungen, die die Siedler hatten hinter sich bringen müssen, und sie fragte sich, wie sie sie wohl überstehen würde.

Simon legte seinen Arm um ihre Schultern. „Hast du doch ein wenig Angst?“

„Ein wenig schon“, gab sie zu.

„Dann bin ich aber erleichtert. Ich hatte schon Zweifel, ob du meine Hilfe bei der langen Fahrt überhaupt brauchen wirst. Immerhin bist du vor einigen Wochen durch die Dunkelheit zu einer dir unbekannten Plantage geritten, und das mit einem Jagdgewehr bewaffnet, um mich vor Arnaud Brook und Neil Warren zu beschützen."

„Ich habe schrecklich danebengeschossen."

„Das macht nichts, Linda. Was zählte, war dein Mut."

Linda nickte und fühlte sich ein wenig getröstet. „Jetzt fühle ich mich besser. Siehst du, wie sehr ich dich brauche – deine tröstenden Worte und deine Hilfe."

Simon nickte mit einem zufriedenen Lächeln auf dem Gesicht und nahm sie wieder an der Hand. „Wir sollten zurück zu unseren Gästen gehen. Nicht, dass sie glauben, wir hätten uns bereits heimlich zurückgezogen."

„Meine Güte!", hauchte Linda, lachte dann aber, als sie in Simons fröhliches Gesicht sah.

Die beiden traten den Rückweg an und gingen eine Weile schweigend nebeneinander her.

„Dann ist also alles geklärt und wir können morgen getrost in unser nächstes Abenteuer aufbrechen?", setzte Linda das zuvor begonnene Gespräch fort.

„Es ist alles geregelt, was ich regeln konnte", beantwortete Simon Lindas Frage.

„Aber?"

„Sie haben Arnaud Brook nicht gefunden", murmelte Simon und Sorgenfalten bildeten sich auf seiner Stirn.

„Machst du dir seinetwegen Gedanken?"

„Er könnte für Denise und auch für uns noch immer eine Gefahr sein."

„Er hat nichts mehr zu gewinnen, Simon. Weshalb sollte er so dumm sein, wieder in unserer Nähe aufzutauchen? Wir lassen ihn in Ruhe und er lässt uns in Ruhe."

„Kannst du in den Kopf des Mannes sehen?"

„Nein, er hat mich schließlich lange genug getäuscht. Doch Arnauds Spur hat sich in Richtung Norden, in Virginia, beinahe schon in Maryland, verloren. Wir jedoch werden ab morgen auf dem Weg in den Westen sein. Arnaud Brook wird uns nie wieder begegnen", erklärte Linda mit einer Bestimmtheit, die keinen Widerspruch zuließ.

Simon nickte und half ihr über die Stufen zur Veranda hinauf.

Das Licht der hell erleuchteten Fenster fiel auf sie, und das Gelächter, die fröhlichen Gespräche und die Tanzmusik drangen wieder lauter zu ihnen heraus.

Simon zog sie in seinen Arm und blickte ihr mit einer Intensität in die Augen, die Lindas Herz schneller schlagen ließ. „Ganz egal, was uns in den nächsten Monaten oder Jahren erwartet, Linda Bryant – wir haben uns und unseren Glauben an einen guten Gott."

Die junge Frau nickte, lächelte und ließ sich von ihrem frisch angetrauten Ehemann küssen.

Kapitel 73

Die Wagenkolonne hatte den *Columbia River* hinter sich gelassen und fuhr nun durch die tiefen, wunderschönen Wälder Oregons. Ein Indianer, den sie an der *Dallas Mission* beim *Columbia* getroffen hatten, hatte ihnen bei der Floßfahrt auf dem Fluss zur Seite gestanden und sie von dort aus ein ganzes Stück geführt. Anschließend waren sie wieder allein weitergezogen, doch sie folgten der Wegbeschreibung des Mannes, die sie in eine wunderschöne, fruchtbare Gegend, abseits der wachsenden Kolonnen von Emigranten, aber doch mit einigen bereits vorhandenen Ansiedlungen in der Nähe, bringen sollte.

In den Nächten war es bereits unangenehm kalt, und da die dicht stehenden Bäume kaum Sonnenlicht durchließen, blieb es auch tagsüber sehr frisch. Die Kleider der Siedler waren dünn geworden und so manch einer fror. Da kamen ihnen die gelegentlich geschossenen Wildtiere mit ihren Fellen sehr gelegen.

Joanna, in Alecs Mantel gehüllt, war auch heute wieder mit der Herde unterwegs. Mit einem fröhlichen Lächeln auf den Lippen betrachtete sie die bunt gemischte Abfolge von Nadel- und Laubbäumen, die die Hänge um sie herum bedeckten. Zwischen dem Grün der Nadelbäume leuchtete, von der herbstlichen Sonne sanft beschienen, das verfärbte Laub in warmen Rot-, Orange- und Goldtönen. Hoch oben in der Luft, nur als schwarzer Schatten zwischen den Wipfeln erkennbar, kreiste ein Raubvogel und ließ seinen scharfen, hohen Jagdschrei ertönen. Joanna hob den Kopf und beobachtete den Flug des großen Raubvogels, bis er aus ihrem Sichtfeld verschwand. Dann wandte sie sich im Sattel um und blickte zu den nachfolgenden Pferden zurück. Sie hatten inzwischen einigen Abstand zu den Nutztieren, zwischen denen sie ritt. Vermutlich machten die beiden Hengste den Treibern wieder einmal das Leben schwer. Joanna wandte sich wieder nach vorne und ließ einen prüfenden Blick über die Tiere gleiten, die ihrer Obhut anbefohlen waren.

Vor ihr ritt Silas, der inzwischen weitaus breitere Schultern hatte als noch zu Beginn ihrer Fahrt im frühen April. Gerade wollte sich die junge Frau wieder ihren Betrachtungen der Landschaft widmen und sich von der bunten Blättervielfalt auf den Hängen verzaubern lassen, als sie eines ihrer eigenen Mulis auf einer schmalen Lichtung entdeckte, die auf einem steil ansteigenden Berghang nach oben verlief. Joanna schob sich mit der Hand den Hut in den Nacken und musterte das dunkle Tier, das mit erstaunlicher Behändigkeit seinen Weg in Richtung Bergspitze fortsetzte. „Wie bist du denn da so schnell hinaufgekommen?“, wunderte sie sich laut, kannte sie die Mulidame doch als besonders lauffaul und eigensinnig.

Joanna nahm zwei Finger in den Mund und pfiff laut. Sofort wandte Silas sich um, ohne jedoch sein ungesatteltes Reittier zu zügeln. Joanna deutete auf die Lichtung.

Silas' Blick folgte der angezeigten Richtung. Er sah das verirrte Tier, nickte ihr zu und wandte sich wieder nach vorne um. Joanna lenkte ihre Stute aus dem Strom der anderen Tiere heraus und trieb sie den Berg hinauf. Rowdy, der auf ihren Pfiff hin angestürmt gekommen war, lief mit hängender Zunge neben ihr her.

Höher und höher kämpfte sich die Stute zwischen den dunklen Fichten und Pappeln hinauf. Als sie die Kuppe des Berges erreichten, zügelte Joanna das Pferd. Regungslos saß sie im Sattel und blickte sich fasziniert um. Ein aufgeregtes Frösteln erfasste sie, als sie in das mit grünem Gras bewachsene große Tal blickte, das sich vor ihr ausbreitete. Den Mittelpunkt des Tales bildete ein glasklarer, eisig blau leuchtender See, der durch einen schäumenden Fluss gespeist wurde. Hier und da zogen sich die Waldausläufer und einige sanfte grüne Hügel weit in das Tal hinein und versteckten dahinter weitere wunderschöne Seitentäler. Doch das Herrlichste war die wohlgeformte, schneebedeckte Bergkuppe des weit entfernt in die Höhe ragenden *Mount Hood*.

Minutenlang blickte Joanna sich ehrfürchtig um. Sie dankte im Stillen ihrem himmlischen Vater für die wunderbare Schönheit, die er hier geschaffen hatte.

Plötzlich wurde sie von Alecs Stimme, die ihren Namen rief, aus ihrer andächtigen Erstarrung gerissen. Sie wendete das Pferd und trieb es ein paar Meter zurück, um in den steilen Abhang hineinsehen zu können.

„Was machst du da oben?“, rief Alec von Weitem.

„Ich habe unser Zuhause gefunden“, lachte sie und wartete, bis er auf seiner ungesattelten Stute herangekommen war. Keinen Augenblick ließ sie sein Gesicht aus den Augen, als auch er das weite, fruchtbare Tal zu ihren Füßen mit prüfendem Blick musterte.

Seine Mundwinkel zuckten mehrmals, ehe er sich den Hut von den dunklen Locken riss und einen lauten, wilden Ruf ausstieß. Die beiden Stuten zuckten nervös mit den Ohren und schlugen mit dem Schweif, während Rowdy begann, wild und aufgeregt zu bellen. Auch die inzwischen in Vergessenheit geratene Mulidame machte sich durch ein erschrockenes Wiehern bemerkbar.

Alec beugte sich ein wenig zur Seite, um an Joanna vorbeisehen zu können. Sein Grinsen konnte kaum frecher sein, als er sich wieder auf dem Rücken der Stute zurechtsetzte. „So? Du hast also das Tal entdeckt? Ich würde sagen, es war vielmehr diese ausgesprochen widerspenstige und eigensinnige Lady dort drüben.“

„Das Einzige, was uns unterscheidet, ist, dass die Lady ein Fell trägt und ich deinen Mantel“, gab Joanna zurück und blickte erneut fasziniert auf den schneebedeckten Berg hinüber.

Alec lachte. Dann griff er zu ihr hinüber, um ihre Hand in seine zu nehmen. „Was denkst du, Jo?“

„Es gibt keinen anderen Platz, an dem ich leben möchte, Alec.“

„Mit mir?“

„Mit dir – und mit möglichst vielen der Menschen, die gerade dort unten an uns vorbeiziehen und noch keine Ahnung davon haben, was für ein bezauberndes Fleckchen Erde zwischen den Hügeln versteckt liegt.“

„Such dir eine schöne Stelle für unser Haus aus, Jo. Ich vermute, niemand hat etwas dagegen, wenn die Entdeckerin als Erstes einen Platz für sich sucht. Ich reite inzwischen hinunter und verständige die anderen.“ Alec ließ sie los.

Diesmal war es Joanna, die sich herüberbeugte und seine Hand ergriff. „Warte, Alec. Wir suchen uns gemeinsam einen Platz für unsere Zukunft aus."

„Das hatte ich nicht zu hoffen gewagt", spottete Alec und sprang ab. Er trat zu ihr herüber und fing sie auf, als sie mit viel Schwung von ihrem Tier sprang. Eng umschlungen standen sie da und betrachteten ein weiteres Mal die Schönheit des friedlichen Tales, das sich vor ihnen ausbreitete.

„Was hältst du von der kleinen Anhöhe hier links von uns?", schlug Alec vor. „Der Fluss fließt unterhalb vorbei, im Rücken hätten wir den Wald und von dort aus werden wir mit Sicherheit einen schönen Blick auf den Berg haben."

Joannas Blick folgte seiner ausgestreckten Hand. „Wunderschön. Allerdings wird es der Herde weiter unten im Tal besser gefallen."

„Das ist Mikes Problem."

„Aber ihr führt die Zucht doch gemeinsam fort."

„Ich bin daran beteiligt. Doch eigentlich hoffe ich, wieder meinem eigentlichen Beruf nachgehen zu können."

„Deinem eigentlichen Beruf? Das hört sich ja fast so an, als habe dieser windige, freche Cowboy irgendetwas Anständiges erlernt."

„Wusstest du das nicht? Was glaubst du, weshalb Laurie mich jedes Mal gebeten hat, die Beerdigungen zu halten? Oder die Taufe deines Patenkindes Josie? Und weshalb wir morgen bereits die Hochzeit von Beckie und Andy hier feiern werden? Dabei fällt mir ein: Wer wird uns beide wohl trauen?" Alec rieb sich nachdenklich den Nacken und Joanna blickte ihn mit in die Höhe gezogenen Augenbrauen fragend an. Dann ergriff er sie an den Schultern und zog sie wieder ein wenig näher zu sich heran. „Laurie hat dir sicher erzählt, dass ich einige Jahre nicht zu Hause war, weshalb Clara ihre Verlobung mit mir löste. Ich habe damals studiert. Ich muss dir mitteilen, dass dieser windige, freche Cowboy ein Pastor ist."

Joanna lachte schallend los.

Alec nahm das zum Anlass, sie fest in die Arme zu schließen. „Ich wusste, dass dich das zum Lachen bringen würde. Deshalb habe ich es so lange für mich behalten", lachte er in ihr Ohr.

Nachdem sie sich wieder ein wenig beruhigt hatte, blickte sie mit Lachtränen in den Augen zu seinem Gesicht hinauf. „Wusste Esra Stevens davon?", wollte sie wissen.

„Er wusste es."

„Dann hatte er viel mehr Respekt vor dem Geistlichen als vor seiner eigenen Pistole, die du ihm angeblich damals vor das Gesicht gehalten hast?"

„Mit Sicherheit. Ich hatte nämlich zuvor die Munition herausgenommen, damit er in seinem angetrunkenen Zustand keine weiteren Dummheiten mit der Waffe anstellen konnte", gab Alec zu. Er schob sie ein Stück von sich, um sie ansehen zu können. „Kann ich dich hier alleine lassen, bis ich die anderen geholt habe?"

„Was sollte mir hier schon zustoßen?"

„Wer weiß? Vielleicht stolperst du über eine Baumwurzel und brichst dir ein Bein oder du wirst von einem über die Wiese jagenden Feldhasen umgerannt oder –"

„Alec Thompson!"

„Wolltest du noch etwas sagen?"

„Ich liebe dich auch!", lachte Joanna und wandte sich wieder dem Tal zu.

Ein kühler Wind strich über die bewaldeten Hügel, kräuselte das kristallklare Wasser des Sees und setzte die langen grünen Halme der Wiesen in Wellenbewegungen. Die Blätter der Laubbäume begannen zu rascheln und ihre unterschiedlichen Farbtöne mischten sich zu einem faszinierenden Meer aus schillernden Mustern. Einzelne Wolken schoben sich über den blauen, klaren Himmel und die weiße Spitze des *Mount Hood* leuchtete strahlend zu ihr herüber, um sie in ihrem neuen Zuhause willkommen zu heißen.